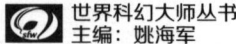

世界科幻大师丛书
主编：姚海军

SEVEN
VIEWS
OF
OLDUVAI
GORGE

迈克·雷斯尼克科幻杰作选

奥杜瓦伊

峡谷的七个故事

〔美〕迈克·雷斯尼克 著

袁枫 冯南希等 译

四川科学技术出版社

SEVEN VIEWS OF OLDUVAI GORGE AND OTHER STORIES

Copyright © by Mike Resnick

All the stories has been authorized by Mike Resnick

Simplified Chinese edition copyright © by 2016 Science Fiction World

All rights reserved.

**图书在版编目(CIP)数据**

奥杜瓦伊峡谷的七个故事:迈克·雷斯尼克科幻杰作选
/[美]雷斯尼克 著;袁枫 冯南希 等译.
-成都:四川科学技术出版社,2016.7
(世界科幻大师丛书)

ISBN 978-7-5364-8328-6

Ⅰ.奥… Ⅱ.①雷… ②袁… ③冯… Ⅲ.科学幻想小说－小说集－
美国－现代 Ⅳ.I712.45

中国版本图书馆CIP数据核字(2016)第071316号

世界科幻大师丛书

# 奥杜瓦伊峡谷的七个故事

——迈克·雷斯尼克科幻杰作选

| | |
|---|---|
| 出 品 人 | 钱丹凝 |
| 丛书主编 | 姚海军 |
| 著 者 | [美]迈克·雷斯尼克 |
| 译 者 | 袁 枫 冯南希 等 |
| 责任编辑 | 宋 齐 姚海军 |
| 特邀编辑 | 魏映雪 |
| 封面绘画 | 王安妮 |
| 封面设计 | 杨 爽 |
| 版面设计 | 杨 爽 |
| 责任出版 | 欧晓春 |
| 出 版 | 四川科学技术出版社 |
| | 四川省成都市槐树街2号出版大厦 邮政编码:610012 |
| 开 本 | 140mm×203mm |
| 印 张 | 17.25 |
| 字 数 | 390千 |
| 插 页 | 2 |
| 印 刷 | 成都金龙印务有限责任公司 |
| 版 次 | 2016年7月成都第一版 |
| 印 次 | 2016年7月成都第一次印刷 |
| 定 价 | 48.00元 |

ISBN 978-7-5364-8328-6

# 致中国读者

　　我非常高兴能将这些故事带给中国的读者和粉丝。几年前，我开始向科幻世界出售我的小说版权，不久之后，便将自己最著名的两部长篇的版权也交给了他们。

　　我同华裔作家也有一些工作上的合作。我和刘宇昆共同创作了一个叫作《动植物融合体》的故事。通过票选，这个故事成了刊登它的杂志的年度最佳作品。在过去的几年中，刘宇昆也已成了美国最受欢迎的科幻作家之一。我自己编辑的杂志《银河系边缘》登载了赵牧星创作的故事，当时他只有十三岁。或许，我让他成了有史以来最年轻的在美国专业科幻杂志上发表作品的作者。

　　这几年，我收到了许多来自中国读者的邮件，表示很喜欢我的作品。希望我的写作能够继续为你们带来欢乐。未来的某一天，我或许会到中国去，与你们见面。请将这些故事看作是我和所有中国读者之间友谊的象征。

*Mike Resnick*

2016.4.22

I

目录

# 奥杜瓦伊峡谷*的七个故事

昨晚,那生物再度出现。

月亮刚刚躲进云层,我们便听到草丛中传来了窸窣声。接着,四周陷入一片死寂,似乎他们知道我们正在倾听他们的动静。终于,随着熟悉的尖叫声传来,他们猛冲进我们方圆五十米内,嘶鸣着摆出了进攻的架势。

我对他们很感兴趣,因为他们从未在白天现身,但又不具备任何夜行动物的特征。他们的眼睛不够大,耳朵也不能动,双脚踩地的声音很重。虽然考古队的绝大多数成员被他们吓得心惊胆战,我却充满了好奇。我铁定会吸收其中之一,好好研究研究。

说实话,当我展现吸收能力时,同伴们吃惊的程度甚于看到那种外星生物,可我搞不懂为何会这样。虽然按照本种族的标准,我还算是个年轻人,但仍比其他同伴都老上几千岁。你或许会想,以他们的背景,应该清楚我这个年龄的人具备的特征都只能被界定为生存技能。

然而,这仍让他们感到不解。他们确确实实地感到困惑,就像

---

*位于坦桑尼亚北部,被视为人类的发源地,因为在该峡谷曾经发现多处早期人类的遗迹及遗骨化石。

1

我的记忆力让他们感到讶异。当然,在我看来,他们的记忆力似乎很糟糕。想象一下,他们出生时一无所知,必须得终其一生学习所需认知的一切!哪儿赶得上从父亲的身体分裂出来时,大脑就完整地继承了他的知识。父亲以这样的方式获得知识,我也如此。

从另一方面来讲,这恰恰是我们来到这里的目的:并非比较相同点,而是研究不同之处。若论种族个体之间的差异,人类可说是首屈一指。人类勇敢地迈出地球——他们诞生的行星,跨入银河系,却在那之后一万七千年灭绝。虽然存在的时间非常短暂,但他们却在银河系的历史中书写下了不可磨灭的篇章。他们将众多星球划归自己名下,将一百万颗天体变成殖民地,以钢铁般的意志统治着他们的帝国。全盛时期,人类不会对敌人有丝毫怜悯;衰败时期,人类也绝不会摇尾乞怜。就算是现在,已经距离人类灭绝四十八个世纪了,他们的盛衰荣辱仍然激发着我们的想象力。

因此我们才来到地球,置身于这座岩石嶙峋的峡谷。据说,人类发源于此,在此地首次跨越进化的藩篱,用懵懂的双眼仰望群星,发誓有朝一日要将其征服。

考古队的领袖是贝利多,卡拉甘人的长老,橘色皮肤,金色毛发,行事睿智,富有耐心。贝利多熟知感情动物的行为,总在我们尚未意识到争议产生时,就将其化解于无形。

还有双生儿星尘,他们的身体闪烁着银色微光,共用同一个姓名,分享彼此的想法。双生儿星尘已经参与过十七次考古挖掘,即便如此,被贝利多选中参与这次最具影响力的任务,还是让他们颇感惊讶。他们就像是彼此生命中的伴侣,但却没有展现出任何的性特征。跟其他所有同伴一样,他俩拒绝跟我发生身体接触,所以我毫无办法求证实情以缓好奇。

莫里特乌也是我们的同伴之一,它以泥土为食,简直将其视为珍馐;它从不跟任何人说话;它睡觉时总是头朝下,高悬在树枝上。由于某种原因,地球上的生物对它视而不见,或许他们认为它是死物,又或许他们知道它正在酣睡,只有阳光才能够将它唤醒。无论是何原因,如果没有它,我们将无所适从,因为它能从嘴里吐出纤细的卷须,将我们发现的文物妥善地挖掘出来。

我们的团队中还有其他四名成员:一位历史学家、一位外星生物学家、一位人类艺术品鉴定专家,外加一位神秘主义者。(至少在我看来,她是位神秘主义者,因为我对她的行为举动毫无头绪。当然,这或许是我的短视所致。毕竟,对于我的行为举止,同伴们也感到不可思议,但这可是如假包换的应用科学。)

最后要介绍的,自然就是我自己。我无名无姓,因为我所属的种族从不使用姓名,但为了方便这次考古远征队的队员,我临时为自己取了"男性观察者"这个名字。但这个名字容易带来双重误解:首先,我不是男性,因为我所属的种族没有性别概念;其次,我也不是观察者,而是四级感知者。尽管如此,刚刚踏上此次旅程时,我就意识到"感知"这个词之于我的含义,与同伴们的理解截然不同。出于对他们情感的尊重,我选择了这个并不太精确的名字。

我们夜以继日地投入到工作中,考察各种各样的地层。种种迹象表明,该地区曾经是生命汇聚之地,早些时候有过生命形态的激增,如今存留的却少之又少,只有几种昆虫、鸟类和小型啮齿类动物,当然,还包括深夜造访我们营地的那种生物。

我们的收获缓慢增加。观察同伴们完成本职工作是件令人着迷的事情,因为他们所采用的许多方法都不可思议;他们同样以难以置信的眼光审视着我的种种举动。例如,我们那位外星生物学家,凡是他用触手抚过的物体,他便能说出它是否曾经是生命体;历史学家被他那台极其复杂的仪器环绕着,无论被测物体是否是碳基生物,无论其保存状况如何,该仪器都能测定出其初始年代,误差在十年以内;莫里特乌小心翼翼地将文物从深埋多年的地层中取出,整个过程也散发出与众不同的美感与魅力。

有幸被选中执行这项考古任务,我由衷地感到高兴。

我们来到地球已经整整两个月运周期①了,考古工作进行得较为缓慢。深些的地层很久以前就被透彻地挖掘过(我实在太渴望多了解一些人类的历史,因此,我差点就用了"劫掠"这个词,而不是"挖掘",没能找到更多文物,令我懊恼不已),同时,由于种种不明原因,我们在时间稍近的地层中几乎没有任何发现。

考古队中的绝大多数成员对成果感到满意,贝利多更是特别开心。他认为能够找到五件几乎完好的文物,此次旅程已算取得了极大成功。

抵达地球以后,其他成员都不知疲倦地投入到工作中去,现在是时候发挥我特殊的作用了,这让我激动不已。我深知自己的发现不会比其他成员的更为重要,然而,或许当我们将所有发现聚在一起时,终能逐渐明白人之所以为人的原因。

"你作好……"星尘双生儿之一问道。

"……准备了吗?"星尘双生儿的另一位接着说。

我告诉他们,我不但已经做好准备,而且早已焦急地期盼着这一时刻。

"我们可以……"

"……看吗?"他俩问。

"只要你们不会因此感到不快。"我回答。

---

①月亮运动的周期,跟"一个月"大致相同。

"我们是……"

"……科学家,"他俩说,"很少……

"……有什么……

"……我们无法……

"……客观对待。"

我来到桌旁,那文物就放在上面。那是块石头——至少我的外部感觉器官觉得它像。它呈三角形,边缘有加工过的痕迹。

"它有多古老?"我问。

"三百……

"……五十六万一千……

"……八百一十二年。"星尘兄弟回答。

"知道了。"我说。

"它可说是……

"……我们所有发现中……

"……最古老的。"

我盯着那块石头良久,做好准备。接着,我不慌不忙、小心翼翼地改变了自己的身体结构,从而可以流动到石头周围,将它包裹起来,感知它的历史。当我与它融为一体,一股暖意涌上心头,那感觉妙不可言。此刻,我将所有的外部感觉器官关闭,感受发现带来的快感,心潮起伏,热情高涨。我与那石块合二为一,在我心底为感知留下的角落,依稀感觉自己置身于昔日的地球,目睹月亮刚刚从地平线升起,低低地悬在天际,似乎是不祥的预兆……

天刚亮,恩卡泰突然惊醒,抬头仰望高悬在空中的月亮。最近几周,月亮似乎越变越大,挂在天上摇摇欲坠,随时都有撞向地球的可能。心底的梦魇依然强烈,她试图想象天空中有五颗小小的月亮,它们毫无威胁,轻巧地越过她所居住星球的银白色天空。她勉强让幻象在眼前维持片刻,当幻景消失,取而代之的仍是头顶那颗硕大的卫星。

她的伴侣靠过来。

"又做噩梦了?"他关切地问。

"跟上次的一模一样。"她不安地回答,"白天也看得到月亮,然后,我们开始逃命……"

他满怀同情地看着她,拿食物给她。她感激地接过来,举目远眺苍茫的草原。

"再过两天,"她感叹道,"我们就可以离开这个鬼地方。"

"这个世界并非那么糟,"博卡图说,"还是有很多可取之处的。"

"我们简直是在浪费时间,"恩卡泰说,"这里并不适合殖民。"

"没错,确实不适合。"他表示赞同,"我们的庄稼在这里的土壤中长得不够好,我们也不太适应这里的水。不过,我们还是学到了很多东西,这些将最终帮助我们找到适于居住的世界。"

"来这儿第一周,我们已经掌握了绝大多数信息,"恩卡泰说,"剩余的时间则被浪费了。"

"太空船还要探索其他星球。他们想象不到,我们能在这么短的时间内完成对这颗星球的分析。"

清晨的微风透着凉意,她瑟瑟发抖,说:"我讨厌这鬼地方。"

"有朝一日,这里会成为美好的世界。"博卡图说,"只需等待这些棕色猿类完成进化。"

他话音未落,一只硕大的狒狒就出现在远处,它约有三百五十磅重,肌肉强健,前胸毛发蓬乱,双眸透出鲁莽与好奇。虽然它是四足动物,但体型颇为骇人,足有猎豹两倍大小。

"我们无法将这颗星球据为己用,"博卡图接着说,"但终有一天,它的后代会遍布于此。"

"它们看上去很温和。"恩卡泰评价道。

"它们确实很温和。"博卡图表示赞同,说着将一块吃的朝那只狒狒扔去。狒狒冲上前来,从地上捡起食物,低头闻了闻,似乎在考虑是否要尝尝,犹豫片刻,最后还是将它塞进嘴里。"但它们终将统治这颗行星。大型食草动物在进食方面花费了太多时间,食肉动物则睡得太多了。因此,我的选择是这种棕色的猿类。它们外形、体魄及智力俱佳,已经进化出了拇指,还有极强的群体意识。即便是大型猫科动物,也不敢轻易攻击它们。实际上,它们没有真正的天敌。"他点点头,对自己的观点表示赞同,"没错,在未来的时代,这颗星球将属于它们。"

"没有天敌?"恩卡泰反问。

"唔,我感觉如果单独行动,它们还是会沦为大型猫科动物的猎物,但若是成群结队,就算是大猫们,也不会攻击它们的。"他望着那狒狒,"那家伙足够强壮,能把任何大型猫科动物撕成碎片。"

"那么,我们在峡谷底部发现的一切,你又作何解释?"她提出质疑。

"它们体型过大,敏捷性稍有欠缺,偶尔跌落悬崖摔死也是正常的事情。"

"偶尔?"她重复道,"我发现了七个头盖骨,每个都被砸得粉碎,像是遭受过重击。"

"那只是因为坠落产生的冲力。"博卡图耸耸肩,不以为然地说,"你肯定不会以为大猫弄死它们之前,先要照着它们的脑子猛击一顿吧?"

"我考虑的可不是那些猫科动物。"

7

"那是什么?"

"那种无尾小猴,它们恰好生活在峡谷中。"

博卡图露出了难得的居高临下的笑容,"你留意过它们吗?"他问,"它们差不多只有那棕色猴子的四分之一大。"

"我确实留意过它们,"恩卡泰回答,"它们也有拇指。"

"只有拇指可远远不够。"

"它们生活在棕色猴子的阴影之中,却并未灭绝。"她说,"这就足够了。"

"棕色猴子以水果和树叶为食,又怎么会侵扰那些无尾猴?"

"它们可不止不敢侵扰无尾猴,"恩卡泰说,"它们是对其敬而远之。它们实在不像将来能够统治世界的种族。"

博卡图摇摇头,"无尾猴似乎走到了进化的死胡同。捕食猎物呢,个头太小;以峡谷里找到的东西果腹,个头又嫌大;跟棕色猴子争地盘,力量不够。依我猜,它们是更早期、更原始的种类,注定将会灭绝。"

"或许吧。"恩卡泰说。

"你不同意?"

"它们有些不对劲……"

"什么?"

恩卡泰耸耸肩,说:"我也说不清。它们让我感到不安,我觉得它们的眼神里藏着些恶毒。"

"你又在胡思乱想。"博卡图说。

"或许吧。"恩卡泰还是这句。

"我今天要写报告,"博卡图说,"不过明天我会证明给你看你多虑了。"

次日清晨,太阳初升,博卡图起床做早餐。此时,恩卡泰正在祷告,接下来,换成博卡图祷告,恩卡泰则抓紧时间填饱肚子。

"现在,"他宣布,"我们到谷底去抓一只无尾猴。"

"为什么?"

"为了向你证明这到底多么容易。我可以带一只回来当宠物养。不然,或许咱俩可以在实验室把它解剖了,好好研究一下它们是怎么生活的。"

"我不想养宠物,而且,咱俩没有得到授权,不能随意杀掉任何动物。"

"如你所愿。"博卡图说,"我们放它走好了。"

"既然要放,那为什么开始要去抓呢?"

"为了向你证明它们并不聪明。因为如果它们如你想象的那么聪明,我肯定一只都捉不到。"他拉着她站起来,"咱俩出发吧。"

"这样做真的很蠢,"她抗议道,"太空船下午三点左右就要到了,我们为什么不干脆待在这儿等呢?"

"咱俩会及时赶回来的,"博卡图信心满满地回答,"这需要花多长时间?"

恩卡泰望着湛蓝的晴空,似乎想要太空船早些出现。月亮悬在地平线上方,依然硕大,泛着白光。最后,她转向他。

"好吧,我跟你一起去,但你必须答应我只能观察,不能尝试去捉它们。"

"这么说来,你承认我判断得没错?"

"说你对或者错,跟事实真相没什么关系。我希望你没错,因为无尾猴真的吓到我了。可惜,我不清楚你到底是对还是错,连你自己也不知道答案。"

博卡图久久凝视着她。

"我同意。"他最后说。

"同意你也不知道答案?"

"同意不抓无尾猴。"他说,"咱们走吧。"

他们走到峡谷边缘,顺着陡峭的路堤爬向谷底,依靠四肢缠绕住峭壁上的树及其枝权来稳定自己。突然,他们听到一声刺耳的尖叫。

"什么声音?"博卡图问。

"它们已经看到咱俩了。"恩卡泰回答。

"你怎么会这样想?"

"我在梦里听到过这种尖叫,总在月亮像现在这样的时候响起。"

"奇怪。"博卡图若有所思地说,"我之前听到过很多次无尾猴的叫声,但这次的声音怎么这么大?"

"或许这次聚集的无尾猴数量比较多。"

"不然就是它们更加害怕。"他说着,抬头向上方望去,"这就是原因。"他伸手一指,"我们有同伴呢。"

她抬头观看,发现一只大狒狒——她此前从未见过体形这么庞大的——正远远跟在后面,距离他俩约有五十英尺。人兽四目相对,它咆哮着扭过脸去,却没有停住脚步,始终不近不远地跟随着。

两人继续向下爬,只要他们停下来休息,狒狒也如法炮制,保持着五十英尺的距离。

"你觉得它可怕吗?"博卡图问,"如果那些小东西会伤害它,它又怎么会跟随我们前往谷底呢?"

"勇敢和愚蠢仅有一线之隔,自信与自大更是难以区分。"恩卡泰回应道。

"如果它丧命于此，就会重蹈其他同伴的覆辙。"博卡图说，"它也会不慎失足，死于非命。"

"每只棕色猴子都是头部落地，你不觉得事有蹊跷吗？"她尽量和缓地问道。

"它们所有的骨头都碎了。"他反驳道，"我搞不懂，你为什么只考虑头部？"

"因为所出的事故不同，头部所受的伤不可能相同。"

"你的想象力也太丰富了。"博卡图说。此时，一只长毛小猴正抬头望着他们，博卡图抬手指着它，说："它看起来像是能杀死我们狒狒朋友的东西吗？"

狒狒怒冲冲地望向谷底，吼叫起来。无尾猴抬眼瞧着狒狒，没有丝毫惧意，甚至很是不以为然。最后，它跑进浓密的灌木丛中。

"你瞧见了吗？"博卡图沾沾自喜地说，"它只不过看了一眼棕色猴子，立即逃得无影无踪。"

"在我看来，它根本没有害怕。"恩卡泰强调道。

"这样更应该怀疑它的智商。"

几分钟过后，他俩来到刚才那只无尾猴待过的位置，停步歇息，接着又向峡谷底部前进。

"什么都没有了。"博卡图环顾四周，说，"依我猜，刚才我们看到的那只是哨兵，目前整个部族都逃到了数英里之外。"

"看看我们的同伴。"

狒狒也已经来到谷底，神色紧张地观望着。

"它还没有跨越进化的藩篱。"博卡图笑着说，"你还盼着它能用传感器搜寻天敌吗？"

"不。"恩卡泰观察着那只狒狒，说，"不过，如果没有危险，我想它会放松许多，但现在它显然很紧张。"

"可能它生来谨慎,所以才能够活得足够长久,长得那么大。"博卡图只能自圆其说,他打量着四周,"无尾猴在这儿能找到什么吃的呢?"

"我可不知道。"

"或许,我们应该抓一只来解剖研究一下。它们肚子里的东西可能会告诉我们答案。"

"你承诺过的。"

"可捉一只一定非常简单。"他固执己见,"我们只需设好陷阱,再用水果或坚果作为诱饵。"

突然间,狒狒咆哮起来,博卡图和恩卡泰转过身,想搞清楚它为何这么愤怒。但什么也没发现,狒狒却越来越狂乱,最终掉头向峡谷顶端冲去。

"这究竟是怎么回事?我真搞不懂。"博卡图喃喃自语。

"我想咱们还是离开为妙。"

"可还有半天时间太空船才能到。"

"待在这里我真的很不舒服。在梦里,我曾走在跟这条路一模一样的地方。"

"你只是不适应阳光。"他说,"我们去找个山洞休息。"

他领着她来到崖壁上一个小小的山洞旁,她颇不情愿地跟在后面。突然,她停住脚步,不愿继续前进。

"怎么回事?"

"这个山洞也在我的梦境中出现过。"她说,"别进去。"

"别让梦境控制你的生活,你应该明白这一点。"博卡图说,又闻了闻,"味道有些奇怪。"

"咱们回去吧,这里没有任何我们要的东西。"

他把头探进山洞,"从未到过的世界,从未嗅过的气味。"

"求你,博卡图。"

"我只想搞清楚这气味的来源。"他说着,把手电筒的光照进山洞。借着光可以看到一大堆尸体,很多已经被吃掉了一半,腐烂的状况各有不同。

"这是什么?"他向前走了两步。

"是棕色猴子干的。"她看也没看,答道,"每具尸体的头都被挤碎了。"

"这也是你梦境的一部分?"他问道,突然觉得有些紧张。

她点点头,"我们必须立即离开!"

他走向洞口。

"好像没什么危险。"他宣称。

"我的梦里险象环生。"她心神不宁地说。

他俩离开山洞,走了约五十码,来到谷底的一处拐角。两人沿着弯路前进,发现一只无尾猴拦住了去路。

"似乎还有只无尾猴一直跟在咱们身后。"博卡图说,"我去把它吓跑。"他捡起一块石头,朝那只猴子扔过去,无尾猴闪身躲开,但并未退却。

恩卡泰急忙碰碰他的肩膀,"不止一只。"

他抬头张望。几乎正对着他俩头顶的那棵树上,还藏着两只无尾猴。他朝旁边挪了挪,发现还有四只钻出灌木丛,缓缓向他俩逼近。一处山洞里走出一只,附近的树上跳下来三只。

"它们手里拿着什么?"他紧张地问。

"你愿意的话,可以称之为食草动物的股骨。"恩卡泰说,满腔恐惧,"也许它们会叫它'武器'。"

这些无尾猴呈半圆形散开,开始慢慢向他俩靠近。

"可它们根本弱不禁风!"博卡图一直向后退,直到退到崖壁,

13

无法再向后。

"你这个傻瓜。"恩卡泰说，无助地看着梦魇一步步成为现实，却无法脱身，"它们才是即将统治这颗行星的种族。看看它们的眼睛！"

博卡图望过去，看到的一切让他毛骨悚然，那是他从未在任何生物或者说任何动物眼中看到过的。他想祈祷灾难能够赶在无尾猴征服其他星球之前降临在它们头上。但还没等他进行简短的祷告，一只无尾猴就扔出一块抛光的三角形石头，正好砸在博卡图的脑袋上，打得他头晕眼花，瘫倒在地。接着，这群无尾猴便开始有节奏地猛砸他和恩卡泰。

峡谷顶端，狒狒正远远观望，直到这场屠杀彻底结束，接着奔向广袤的大草原。在那儿，它会是安全的，至少暂时不会受到无尾猴的威胁。


"武器，"我沉思道，"这是件武器！"

我孤身一人。感知过程的某个时刻，星尘双生儿断定，我恰好是极少数他们无法客观对待的事物之一，此时已经返回自己的营帐。

我耐心等待着发现带来的激动情绪逐渐平复，以便能控制住自己的身体结构。接着，我再一次转化成之前在同伴们面前呈现的形态，然后向贝利多报告自己的发现。

"这么说来，当初它们便有着极强的攻击性？"他说，"好吧，这也在意料之中。统治银河系的欲望自然不是从天上掉下来的。"

"可让人奇怪的是，没有记载显示在它们的史前阶段，有其他种族曾经登陆地球。"历史学家说道。

"那是个调查小分队，地球对他们而言毫无用处。"我回答道，

"毫无疑问,他们还踏上过为数众多的行星。如果在某处的确存在着相关记录,档案中很可能这样陈述:地球并没有成为殖民星球的希望。"

"可是,难道他们不想弄清楚,特遣队究竟遇到什么了?"贝利多问。

"附近有不少大型食肉动物。"我补充道,"如果他们对该地区进行搜索,却一无所获,很可能做出这样的假设——小分队已经变成这些动物的食物了。"

"有趣。"贝利多说,"物种中这么弱小的一支最后竟然占据了统治地位。"

"在我看来,其实也很容易解释。"历史学家说,"较为弱小的物种,既没有它们猎物的速度快,也没有其天敌的力量强,因此,制造武器或许就成为避免灭绝的唯一途径——至少也是最佳途径。"

"的确,在征服银河系的数千年间,它们也展现出了捕食者的狡黠。"贝利多说。

"制造武器并不能减轻其攻击性。"历史学家说,"事实上,这反倒会起到助长的作用。"

"我应该将这一点考虑进去。"贝利多嘴上说,但却露出不以为然的表情。

"或许在这次讨论会上,我过分简化了自己的思路。"历史学家又说,"等我向学院呈报自己的发现时,会拿出更加详尽且严谨的论述。"

"那你呢,男性观察者?"贝利多问,"除了向我们讲述的一切,你还有什么要说的?"

"音速步枪及分子内爆器的前身居然是块石头,这的确很难想象。"我反复思量后说,"但我相信,事实就是如此。"

"这种生物真的太有趣了。"贝利多说。

恢复体力几乎用了四个小时,感知对精力的消耗绝非其他活动能比,需要同时调动身体、情感、思想乃至移情能力。

莫里特乌早已做完白天的工作,此刻正头朝下悬在树枝上,陷入夜晚的恍惚状态;星尘双生儿则在见识过我的感知过程后,再也没有现身。

团队其他成员正忙于各自的研究,对我来说,这似乎是感知下一物体的绝佳时机。历史学家告诉我,那物体的历史约有二万三千三百年之久。

那是一段金属链环,表面锈迹斑斑、坑坑洼洼。在将其同化之前,隐约出现在我眼前的,大概就是它被销毁的地方……

穆特普瓦觉得从自己出生那天起,脖子上就一直戴着这个金属项圈。但他知道这不可能是事实,因为他还隐隐约约地记得,当年跟兄弟姐妹玩耍,在家乡那座树木繁茂的山上追踪羚羊。

然而,他越是努力回想,这些记忆就越是模糊。他知道这些事都已过去太久了。有时候,他努力想要回忆自己部落的名字,但那名字连同父母兄弟的姓名一起消失在了时间的迷雾之中。

每当想起这些,穆特普瓦就感觉很难过,但考虑到同伴们的处境,他就会宽慰许多。因为此刻他们正置身船舱,要被送往世界边缘,沦为阿拉伯人和欧洲人的奴隶,终其余生。而他则是主人沙里夫·阿卜杜拉最喜爱的奴仆,因此不用担心会像他们那样颠沛流离。

这是阿卜杜拉在国内拥有的第八支商队,不然就是第九支。他们将盐和弹药卖给酋长们,酋长们则会出让部落中武力最弱的战士以及生养能力最差的妇女,给他们做奴隶。他们会让奴隶们结队而行,绕过宽阔的湖泊,跨过干旱的大草原,绕着山峦——那山峦太过古老,山顶堆满积雪,犹如须发皆白的老人——而行,最终来到海滨,置身于停满独桅帆船的港口。在那儿,他们会把奴隶卖给出价最高者,阿卜杜拉就可以再填一房妻室,并把挣到的钱半数交给他那白发苍苍、身体虚弱的老爹,之后,他们会再次启程返回内陆,寻找下一桩黑金买卖。

阿卜杜拉是位不错的主人。他很少喝酒,偶尔为之,也总会向阿拉告解以祈求下一次机会。他不怎么暴打穆特普瓦,也总会保证他们有足够吃的,就算遇上海运的淡季也是如此。他甚至教穆特普瓦读书,虽然他随身携带的读物只有《古兰经》。

穆特普瓦花了很长时间通过研究《古兰经》来提高自己的阅读能力。在此个过程中,他有个极为有趣的发现,《古兰经》禁止其忠实信徒奴役其他信众。

那时,穆特普瓦便下定决心要皈依伊斯兰教。他开始不断向沙里夫·阿卜杜拉提问,涉及的都是其宗教的高深思想,并且保证老阿卜杜拉会目睹自己终日坐在火炉边,诵读《古兰经》。

沙里夫·阿卜杜拉对事情的进展非常关心,经常在晚饭时分邀请穆特普瓦前往他的帐篷并为其讲解《古兰经》的奥义直到深夜。穆特普瓦是个非常主动的学生,他的热情让沙里夫·阿卜杜拉深感惊讶。

夜复一夜,塞伦盖蒂[①]的狮群潜行于他们的帐篷之外,师生两人则醉心于研究《古兰经》。终于有一天,沙里夫·阿卜杜拉无法再否认,穆特普瓦的确是伊斯兰教的真正信徒。那天,他们恰好在奥杜瓦伊峡谷扎营,沙里夫·阿卜杜拉叫来铁匠,将穆特普瓦的项圈

---

①位于坦桑尼亚北部,延伸到肯尼亚西南部,占地约三万平方公里。

取下，穆特普瓦亲自将项圈一段段毁掉，来到峡谷边缘，将它们丢进深渊。他保留了其中一段，系在颈上，权当护身符。

穆特普瓦如今已是自由人，但他的知识仅限于两个领域：《古兰经》以及奴隶贸易。自然而然地，当他要想办法谋生时，便选择了追随沙里夫·阿卜杜拉的足迹，成为老人的合作伙伴。完成两次前往内陆的旅程后，穆特普瓦感觉自己已经做好准备，决心自立门户。

为了达到目的，穆特普瓦需要训练有素的团队，包括斗士、铁匠、厨子以及挑夫。可他觉得实在无法做到白手起家，这家伙的信仰显然不如其导师那样虔诚，某天夜里，他悄悄潜入沙里夫·阿卜杜拉位于海滨的营帐，割断了老人的喉咙。

第二天，他走在自己商队的最前端，启程前往内陆。

作为奴隶贩子兼受害者，他对奴隶贸易了解甚多，于是淋漓尽致地利用了这方面的知识储备。他知道，身体健康的奴隶能卖出高价，因此，他为待售奴隶提供的伙食以及生活环境，远远好于沙里夫·阿卜杜拉和绝大多数奴隶贩子所能提供的。另外，他知道哪些奴隶会惹麻烦，知道什么时候应该杀鸡儆猴，而不是让暴乱的星星之火逐渐烧成燎原之势。

因为他了解得实在太透彻，因此也取得了相应的成就，很快便涉足象牙贸易。短短六年内，他已经成为东非最大的奴隶贩子以及偷猎团伙首脑。

他不时也会碰到欧洲探险家，据说他甚至跟闻名于世的戴维·利文斯通①教士相处过一周。两人分别时，作为废除奴隶制急先锋的利文斯通甚至不知道招待自己的主人竟然从事的就是贩奴生意。

美国内战让穆特普瓦失去了倾销市场，他抽出一年的时间前往亚洲及阿拉伯半岛开辟新市场。穆特普瓦回来才发现，阿卜杜

---

①戴维·利文斯通(1813～1873)，英国探险家、传教士，非洲探险最伟大的人物之一。

拉的儿子沙里夫·伊本·雅德·马希尔已经将他的商队侵吞，启程前往内陆，想要继续父亲当年做过的奴隶贸易。已经变得非常富有的穆特普瓦雇了五百多名非洲民兵，将他们交给臭名昭著的捕象者阿尔弗雷德·亨利·皮姆调度，之后便稳坐钓鱼台，等待好消息。

三个月过去，皮姆回到坦噶尼喀湖①畔，随行的有四百三十八人之多，其中二百七十六人是沙里夫·伊本·雅德·马希尔抓住的奴隶，剩下的则是昔日为穆特普瓦效力的下属，曾一度投效马希尔。穆特普瓦将全部四百三十八人都当奴隶卖了，重新招兵买马，募集愿意为他而战的勇士，并把他们交给皮姆指挥。

对于他的行为，绝大多数欧洲殖民者都睁一只眼闭一只眼，但英国人却偏偏决心废除奴隶制，下令逮捕穆特普瓦。最终，他厌倦了提心吊胆的日子，将根据地转移到莫桑比克。只要能够不断地从中捞取油水，那里的葡萄牙殖民者便乐得让他的贸易继续进行。

然而，他在莫桑比克并不开心，他不会说葡萄牙语，也不会讲当地土语。九年后，穆特普瓦重返坦噶尼喀湖畔，那时，他已经是非洲大陆上最有钱的黑人。

一天，他在最新捕获的一批黑奴当中，发现了一个名叫哈拉迪的阿乔利②男孩，还不满十周岁，便决定让他作自己的私人仆从，而不是将他卖到海外。

穆特普瓦从未娶妻，大多数幕僚都以为那只是因为他太忙了。但自从穆特普瓦几乎每晚都让哈拉迪前往他的营帐成为众所周知的秘密之后，大家很快便改变了看法。穆特普瓦似乎迷上了他的小男仆。他始终牢记自己的经历，从未教过哈拉迪读书，并且还警告所有人，谁胆敢当着哈拉迪提及伊斯兰教，就会慢慢将其折

①位于东非和西非植物区的分界线上，是世界储水量第二大的淡水湖，世界第二深的湖泊。

②阿乔利人是尼罗河流域卢奥人的一支，生活在乌干达北部及南苏丹。

磨至死。

三年转瞬即逝。一天夜里，穆特普瓦派人去叫哈拉迪，却怎么也找不到那男孩。穆特普瓦叫醒了帐下所有勇士，要求他们把哈拉迪找回来。由于此前有人曾在营地附近发现猎豹的踪迹，奴隶主担心最糟的事情可能发生。

一小时后，他们找到了哈拉迪，并非从猎豹的利爪下，而是从来自扎纳克部落的年轻女奴怀中。穆特普瓦怒不可遏，活生生将女孩的手脚扯断。

哈拉迪没有任何抗辩之辞，也没有尝试保护那女孩，因为他清楚，那样做讨不到任何好处。然而，次日清晨，他却不见了踪影。虽然穆特普瓦及其手下找了他几乎整整一个月，还是没有发现他的踪迹。

直到月末，穆特普瓦被愤怒和哀伤折磨得快要疯掉，甚至认定自己已经生无可恋。他发现一群狮子正在撕咬牛羚的尸体，便朝狮群走去，大踏步走到它们中间，开始咒骂它们，赤手空拳袭击它们。令人难以置信的是，狮子们竟然纷纷后退，对穆特普瓦敬而远之，嘴里发出咆哮声，消失在浓密的灌木丛中。

第二天，他找来一根大木棒，并用它攻击一头小象。一般说来，这种行为会招致母象的猛烈攻击，但母象却站在几英尺外，发出恐惧的叫声，接着转身逃窜，小象也尾随其后，踉踉跄跄地跟着妈妈跑了。

此后，穆特普瓦认定自己拥有不死之身，或许是肢解扎纳克女孩的行为让他成为不朽之人。因为攻击狮群及小象的事件均发生在他手下的面前，加之这些人本身就非常迷信，便开始狂热地崇拜他。

既然获得不死之身，他决心不再继续迁就欧洲佬，他们不但侵略他的土地,而且还屡屡下令逮捕他。他派出信使,前往肯尼亚边境,知会英国人来与他决战。但当约定的日子到来,英国人并没有出现,他信心满满地告诉属下,欧洲人肯定已经听说了他拥有不死之身的消息,从今往后,就算是白人,也没人敢跟他作对。然而,事实是他当时身处德国的领土,英国人没有权利前往,于是英国人就这样莫名其妙地背上了刻意躲开他的名声。

他带领自己的队伍深入内陆,毫无顾忌地搜捕奴隶,并在刚果境内发现了大批目标。他劫掠了数个村庄,无论男女还是象牙都不放过。最终,带着差不多六百个奴隶和三百来根象牙,穆特普瓦浩浩荡荡地率众东去,经过数月的远征,来到海边。

这次,英国人在乌干达边境守株待兔,等候他的到来。由于对方士兵的数量太多,穆特普瓦选择掉头向南进发,虽然他并不担心自己的安危,但不愿因此失去奴隶和象牙,而且,他清楚,勇士们跟他不同,没有不死之身。

他带着自己的队伍,来到坦噶尼喀湖畔,然后继续东进。两周后,他们来到塞伦盖蒂西部走廊,又花了十天时间穿过走廊。

一天夜里,他们在奥杜瓦伊峡谷边缘扎营,这儿恰好是穆特普瓦获得自由的地方。他们燃起篝火,猎杀了一只牛羚来吃。晚饭过后,他放松下来,却听到人群中传来嘈杂的声音。接着,从阴影中走出的人,让穆特普瓦感到既陌生又熟悉。原来是哈拉迪,此时他已经十五岁,身高跟穆特普瓦不相上下。

穆特普瓦盯着哈拉迪看了一会儿,突然间,似乎所有的愤怒都从他的脸上消失了。

"我很开心能再见到你,哈拉迪。"他说。

"我听说,没人能杀死你。"男孩说着,手中舞动长矛,"我特地来看看,这传言是否属实。"

"你和我，没必要一决胜负。"穆特普瓦说，"来我的帐篷吧，让一切恢复如初。"

"等我把你的手脚从你身上扯断，我们才真正没有决斗的理由。"哈拉迪毫不领情，"就算那时，我对你的厌恶也不会有丝毫减损，无论何时，你都让我作呕。"

穆特普瓦气得跳了起来，脸上笼罩着愤怒的阴云，"那么，尽管冲我来吧！"他吼道，"到时候，你就会知道，没有人能够伤到我，我会像当年对待扎纳克女孩一样对待你！"

哈拉迪没有答话，而是嗖的将长矛朝穆特普瓦掷去。长矛正好刺进奴隶主的身体，哈拉迪用的力量实在太大，长矛将穆特普瓦的身体扎穿，矛尖从后背露出足有六英寸长。穆特普瓦难以置信地盯着哈拉迪，呻吟了一声，便从峡谷的峭壁上滚了下去。

哈拉迪环顾四周的勇士们，"我将取代穆特普瓦，你们当中谁有异议？"他充满自信地问。

一名身材魁梧的马孔德①战士站了出来，向哈拉迪发出挑战。三十秒后，哈拉迪也上了黄泉路。

队伍来到桑给巴尔②，被英军堵个正着。奴隶被释放，象牙被没收，被逮捕的勇士们被迫充当修筑蒙巴萨③至乌干达铁路的劳工。其中两人在察沃地区被狮子吃掉。

等到J.H.帕特森中校④将臭名昭著的察沃食人狮⑤射杀，铁路已

---

①马孔德人是生活在坦桑尼亚东南部及莫桑比克北部的民族。

②坦桑尼亚的半自治区域，由温古贾岛等二十多个小岛组成。

③肯尼亚第二大城市。

④J.H.帕特森(1867～1947)，英国士兵、猎手、作家，因1898年底杀死两头食人狮而闻名于世。

⑤马萨伊狮的变种之一，生活在肯尼亚察沃河附近，曾因在十九世纪晚期乌干达铁路建造时吃人而被冠以食人狮的恶名。

经快要修到内罗毕[1]简陋的市镇了,穆特普瓦的名字已被彻底遗忘,只有一本史书有过记载,但还出现了拼写错误。

"太惊人了!"鉴定专家说,"我知道他们奴役了银河系众多种族,但还真不清楚他们连自己人都不放过! 这真令人难以置信!"

我已经恢复过来,但穆特普瓦的故事还是萦绕于心。

"所有的想法都不可能凭空而来。"贝利多平静地说,"奴役他人的想法自然起源于地球。"

"太野蛮了!"鉴定专家咕哝着。

贝利多转向我,"人类从未尝试征服你的种族,男性观察者。为什么呢?"

"我们的星球没有什么他们可掠取的。"

"人类统治银河系那个时代的情况你还记得吗?"鉴定专家问。

"我甚至记得人类的祖先杀害了博卡图和恩卡泰那个时代的银河系。"我实言相告。

"你和人类有过瓜葛吗?"

"没有。跟人类交往,对我们来说毫无用处。"

"只要觉得没用,他们就会将其毁灭吗?"

"不会。"我说,"他们会攫取想要的东西,毁掉存在威胁的东西,对其余的则会视若无睹。"

"如此傲慢!"

"如此实际。"贝利多说。

"你将人类在银河系范围内的种族灭绝行为定义为'实际'?"鉴定专家质疑道。

"从人类的角度来看,这的确很实际。"贝利多回答,"这样做使

---

①肯尼亚首都及最大城市。

他们花最少的力气、冒最小的风险便可得到想要的一切。想想吧，诞生在距离我们不足五百码的地方，人类仅凭自己，曾经统治过由超过百万星球组成的庞大帝国。地球语成为银河系几乎所有文明种族通用的语言。"

"不服从只有死路一条。"

"千真万确。"贝利多表示赞同，"我没说人类是天使。只不过，就算他们真是魔鬼，也是高效的魔鬼。"

是时候同化第三件文物了，历史学家和鉴定专家都认为那是个刀柄。然而，即便我正要离开去完成感知任务，还是禁不住侧耳去听他们的推测。

"考虑到人类的杀戮欲和效率，"鉴定专家说，"他们竟然能够活到踏进太空的一天，真是令我惊讶。"

"某种程度上确实令人吃惊。"贝利多表示同意，"历史学家告诉我，人类并非始终团结在一起，早期曾经根据肤色、信仰乃至领土区分开来。"他叹口气说，"然而，他们肯定学会了跟同类和平共处，至少也应该彼此信赖。"

贝利多的话还在耳边回响时，我已来到了那件文物旁边开始吞噬它……


玛丽·利基①猛按路虎的喇叭。博物馆里，她的丈夫转向那个身穿制服的年轻军官。

"我想不出要给你下什么命令。"他说，"博物馆尚未对外开放，我们距离基库尤部族②的领地整整三百公里呢。"

"我只是奉命行事，利基博士。"那军官回应道。

---

①玛丽·利基（1913～1996），英国古人类考古学家，终生跟其丈夫路易斯·利基（1903～1972）致力于古人类考古工作。

②基库尤族是肯尼亚最大的民族。

"好吧,确保安全没什么不妥。"利基承认,"虽然我在肯亚塔[1]受审时极力为他辩护,但许多基库尤人还是想要我的命。"他走向门口,"如果图尔卡纳湖[2]的发现很有意思的话,我们可能会逗留一个月。不然,我们应该能在十到十二天内返程。"

"明白,先生,您回来时,博物馆将一切如常。"

"对此我深信不疑。"利基说着,走出博物馆,坐上妻子的车。

伊恩·切尔姆斯伍德中尉站在博物馆门口,望着利基夫妇在两辆军用车的护卫下,沿着红泥道路扬长而去。几秒钟过后,车子就隐没在飞扬的尘土中。他走回博物馆里,关上大门,以免尘土落到自己身上。馆内酷热逼人,他脱掉夹克,摘掉手枪皮套,不偏不倚地将其放在一个小展品柜上。

这种情况对他来说很陌生。他见过许多非洲野生动物的影像资料,有来自德国摄影师席林的老式静态照片,也有来自美国摄影师约翰逊的动态图片,这些都让他深信东非绿草如茵、清泉沁人,犹如世外桃源。没人跟他提过飞扬的尘土这回事儿,但这注定却是他将要带回家的唯一记忆。

好吧,也许不能算是唯一的。他也永远不会忘记,驻扎在纳纽基[3]时警报响起的那个清晨。他赶到移民的农场,发现这家人全被剁成肉泥,所有牲畜都被砍断四蹄,绝大多数动物的生殖器也被切掉了,还有许多失去了眼睛和耳朵。还有一幅让他到死也不会忘记的恐怖画面,猫咪被匕首刺穿,钉在信箱上。这是矛矛党[4]留下

---

①肯亚塔(1891~1978),肯尼亚独立运动领袖,曾先后任肯尼亚的总理以及总统。

②位于肯尼亚北部,理查德·利基(路易斯·利基及玛丽·利基的次子)曾在这里发现为数不少的智人遗迹及遗骨。

③位于肯尼亚莱基皮郡的一座市镇。

④二十世纪五十年代出现在肯尼亚的反抗英国殖民统治的武装组织。

的"签名",以防有人误认为是某个疯子暴走,以至于人畜集体遭殃。

切尔姆斯伍德并不理解该事件背后的政治因素。究竟是谁制造这起祸端、是谁发起这场战争,他就更不得而知了。反正对他来说也没什么区别。他只是个士兵,只能服从命令,不过如果上级命令他返回纳纽基,他或许就可以杀掉那些暴徒,那自然最好了。

然而,他接到的简直就是弱智任务。由于阿鲁沙①的暴力事件有所抬头——这倒跟矛矛党没多大关系,闹事的其实是肯尼亚基库尤部落的支持者——于是他所属的小分队被调往那里。在东非,利基教授的科学发现让奥杜瓦伊峡谷成为几乎家喻户晓的地方。政府在得知教授不断收到死亡威胁后,不顾他本人的反对,坚持为他提供护卫人员。切尔姆斯伍德所属小队的绝大多数士兵将要保护利基教授前往图尔卡纳湖,可是,还是需要有人留守保护博物馆。糟糕的是,当值名单上的第一个名字就是他。

这甚至算不上是座博物馆,至少不是切尔姆斯伍德父母带他在伦敦参观过的那种。那才是真正的博物馆,而这只不过是一座两室的泥墙建筑,内有一百件左右利基博士的发现,包括古代的箭头、史前工具—— 一些被打磨得奇形怪状的石头,还有几块兽骨,那兽骨很明显不属于猿类,因为切尔姆斯伍德可以确认,它们绝对不属于自己的祖先。

利基博士还在墙上挂了几幅绘制粗糙的简图,依照其想法,这几幅图显示的是某种体型略小、形貌怪异的类猿野兽进化成人类的过程。也有照片资料,记录的是一些被送往内罗毕的发掘物。看起来,就算这座峡谷真的是人类的发源地,也没人愿意前来造访。所有重要发现都通过航运,取道内罗毕,送往大英博物馆。事

①坦桑尼亚北部城市。

实上,切尔姆斯伍德认定这根本就不是博物馆,而只是个仓库,存放具有研究价值的样本,直到它们被送往别处。

想到生命起源自这座峡谷,就会感觉怪怪的。切尔姆斯伍德的足迹并未踏遍整个非洲,但这里的确是他目睹过的最丑陋的地方。虽然他认为《创世纪》①或者其他任何宗教典籍都是一派胡言,但想到地球上首批直立行走的人可能是黑人,他就心烦意乱。切尔姆斯伍德在科茨沃尔德②长大,几乎没有接触过黑人,但自从他来到英国位于东非的殖民地,亲眼见证过黑人的野蛮和凶残之后,便深深为之震惊。

如果换成那些搓着双手、宣称必须终结殖民主义的疯狂美国佬面对这一切,又会怎么样呢?如果他们见证过切尔姆斯伍德在纳纽基农场上目睹的一切,就会清楚是这些英国人的存在才控制住了整个东非,避免血腥屠杀的邪恶之火陡然爆发。当然,矛矛党和美国人也有相似之处:他们都曾被英国殖民,渴望获得独立……但相似点也仅此而已。美国人写出《独立宣言》,倾诉自己的种种不满,接着组建军队,与英国士兵对抗。矛矛党呢?他们砍死无辜的儿童,将猫咪钉在信箱上,这样的行为显然跟美国人没什么可比性。如果他能够自己选择的话,就会与五十万英国士兵一同,消灭所有嗜血的基库尤人,只留善良忠顺之民,一劳永逸地解决所有问题。

切尔姆斯伍德走向利基博士储藏啤酒的酒柜,拿出一瓶酒,是萨法里牌的,酒瓶还有些温热。他打开瓶盖,喝了一大口,弄得面红耳赤。如果喝萨法里啤酒都会这样,他恐怕要牢记,以后别再碰这东西了。

①《圣经》(旧约)首篇。
②英格兰中南部一地区。

　　然而,他知道,有朝一日自己还是会再去尝尝萨法里啤酒的,希望是在退伍回家之前。这个国家的某些地方美得一塌糊涂,不管有没有尘土。他喜欢想象自己坐在树荫下,手里拿着冷饮;贴身男仆持一柄鸵鸟羽毛扇,给他扇风;他和白人向导讨论着日间的斩获、明天又该去搜寻些什么,他们两人安慰自己说,打中多少猎物并不重要,重要的是体验打猎的乐趣;接下来,几个黑人男孩服侍他沐浴,沐浴过后就准备吃晚餐——有趣的是,他竟然习惯叫他们"男孩",其实他们中绝大多数都年长于他。

　　虽然就年龄而言他们并不是男孩了,但事实上他们的确是需要引导和开化的小孩子。就拿马萨伊人①为例吧,他们自视甚高,傲慢无礼,简直就是混帐。明信片上的他们倒是看起来不错,但试试跟他们打打交道就会发现他们的真面目了。他们表现得就像能直接跟上帝联系,并得到了祂亲口承认——他们就是被选中的人。切尔姆斯伍德越是想这些,越感到惊讶,惊讶于创建矛矛党的居然是基库尤人,而不是马萨伊人。正想着,他发现四五个马萨伊男孩在博物馆外游荡,不得不小心盯着他们……

　　"抱歉,请问……"有人尖声尖气地问道。切尔姆斯伍德转过身,看到一个瘦弱矮小的黑人男孩,应该不到十岁,正站在门口。

　　"你有什么事?"切尔姆斯伍德问。

　　"利基博士答应要给我糖果。"那男孩说着,抬脚走进屋内。

　　"出去。"切尔姆斯伍德不耐烦地吼道,"我们这儿没有糖!"

　　"有的,有的。"男孩说着,继续往里走,"每天都会给的。"

　　"他每天都给你糖果?"

　　男孩笑着点点头。

　　"他把糖果放在哪儿?"

———————
　　①定居于肯尼亚南部及坦桑尼亚北部的民族。

男孩耸耸肩,"或许放在那儿?"他伸手指向一个柜子。

切尔姆斯伍德走向那柜子,将其打开。里面只有四个装满史前动物牙齿的广口瓶。

"我没看到糖果。"他说,"你等利基博士回来再来吧。"

两行泪水流过男孩的脸颊,"可利基博士答应过我的!"

切尔姆斯伍德环顾四周,说:"我不知道糖果搁在哪儿。"

男孩号啕大哭起来。

"静一静!"切尔姆斯伍德吼道,"我再找找。"

"或许在隔壁。"男孩建议道。

"跟我来。"切尔姆斯伍德说完,便穿门而过,来到隔壁房间,他双手叉腰,四处寻找,试图想出利基夫妇将糖果藏在何处。

"或许在这儿。"男孩指着壁橱说。

切尔姆斯伍德打开壁橱,里面有两把铲子、三把镐头,外加一堆小刷子,据他估计,这些都是利基夫妇考古挖掘时用的工具。

"这儿也没有。"他说着,将橱门关上,转身再找那男孩,却发现屋里空空如也。

"这个谎话连篇的小混蛋!"他咕哝着,"多亏你逃得快,不然非痛打你一顿。"

他返回主房,发现面前站着一个大块头黑人,右手拿着一把大砍刀。

"这儿发生了什么事?"切尔姆斯伍德厉声问道。

"这儿将会迎来自由,中尉。"那黑人说,他的英语近乎完美,"有人派我来杀掉利基博士,但你却将成为替死鬼。"

"你为什么要杀人?"切尔姆斯伍德问,"我们曾对马萨伊人不利吗?"

"这个问题我还是留给马萨伊人来回答吧。任何一个马萨伊人只要看我一眼,就能告诉你,我是基库尤人。不过,马萨伊人也好,基库尤人也罢,对于你们英国人来说,没什么差别,不是吗?"

切尔姆斯伍德伸手掏枪,却突然想起刚才把它搁在展示柜上了。

"在我眼中,你们都是胆小怕事的野蛮人。"

"为什么这样认为?就因为我们没跟你们兵戎相见?"那黑人满面怒容,"你们强占了我们的土地,禁止我们拥有武器,我们即便是使用鱼叉,也会因此获罪。就因为我们没排着整齐的队列去迎接你们的火枪,你们就把我们称作野人?!"他不屑地朝地上啐了一口,"我们不过是在用仅剩的方法对付你们。"

"这个国家幅员辽阔,足够让白种人和黑种人共处。"切尔姆斯伍德说。

"如果我们前往英格兰,强占你们收成最好的农田,逼迫你们为我们效命,你是否也会认为英格兰大得足够让黑种人和白种人共存呢?"

"我不懂政治。"切尔姆斯伍德说着,又向搁手枪的地方挪了一步,"我只是在做分内的工作。"

"你的工作就是保证原本属于一百万基库尤人的土地,掌控在仅仅两百名白人手中。"那黑人男子怒不可遏。

"等我把你解决了,基库尤人就没有一百万了!"切尔姆斯伍德恨恨地说,与此同时,飞身去抓手枪。

说时迟,那时快,那个黑人动作更加迅捷,挥舞着大砍刀猛砍过去,差点儿硬生生地把切尔姆斯伍德的右手斩下来。切尔姆斯伍德疼得大喊一声,同时迅速转身,背对那个基库尤人,左手够到手枪。

大砍刀再度狠狠落下,几近将他劈成两段,但他倒地的同时,迅速成功地握住枪柄,并且扣动扳机。子弹击中那黑人的前胸,他颓然倒地。

"你竟然杀了我!"切尔姆斯伍德呻吟道,"为什么竟会有人想要我的命?"

"你们那样富有,我们却贫困至极。"黑人低声说,"你们却还要掠夺我们所拥有的,这到底为什么?"

"我究竟对你们做过什么?"切尔姆斯伍德问。

"你们来到这儿,这就足够了。"黑人说,"肮脏的英国佬!"说完,他闭上双眼,再也不能动了。

"血腥的黑鬼!"切尔姆斯伍德含混地骂道,接着也不动弹了。

博物馆外,那四个马萨伊人并未注意到屋内的搏斗,基库尤男孩逃走时,他们甚至没拿正眼瞧他。低等种族的事情,他们才不会关心。


"同一种族成员之间,竟然存在这样的优越感,真的很难理解。"贝利多说,"你确定对这件文物进行了准确的解读,男性观察者?"

"我从不解读这些东西。"我回答,"而是同化,与其融为一体,它们所经历的一切,我都能够亲身感受。"我顿了顿,"不可能出现错误。"

"好吧,真的很难理解,尤其是这种歧视存在于曾经控制了大半个银河系的种族中。他们认定自己比遇到的其他所有种族都高级吗?"

"其所作所为似乎说明了这一点。"历史学家说,"他们似乎只尊重那些奋起反抗他们的种族,若遇到这种情况,他们会觉得战而胜之更能够彰显其优越性。"

"根据古代遗存的记录,我们可以得知,原始人类崇拜没有情感的动物。"外星生物学家插言道。

"他们真的不应该存活如此之久。"历史学家说,"如果人类对银河系的其他种族都满怀鄙夷,对那些与他们共享地球家园的可怜生物,又该是何等作践呢?"

"或许在他们眼中,那些生物跟我所属的种族相差无几。"我说,"只要它们身上没有人类渴望得到的东西,而且不会对人类构成威胁……"

"可它们确实拥有人类想要的东西。"外星生物学家说,"身为捕食者的人类需要肉食。"

"还有土地。"历史学家补充道,"就连偌大的银河系都无法满足人类对领地的贪欲,试想一下,他们又怎么会愿意跟其他生物分享自己的母星呢?"

"我怀疑,这个问题将永远无法被解答。"贝利多说。

"除非剩余的文物之中,有一件能够揭晓答案。"外星生物学家表示赞同。

这句话让我稍感惊讶,先前的困意也一扫而光。当然,我相信这并非外星生物学家的本意,但他恰恰提醒了我,距离我同化那刀柄已有半天时间,我的体力已经恢复得差不多了,可以对下一件文物进行分析。

下一件是一支金属笔……

## 2103年2月15日

啊,我们终于抵达目的地了!我们乘坐超级地铁,通过隧道从纽约前往伦敦,只花了四个多小时。尽管如此,我们还是迟到了二十分钟,错过了换乘的时间,只能再等五小时,才能起程飞往喀土穆①。从喀土穆开始，我们的交通工具逐渐变得原始了许多，前往内罗毕及阿鲁沙坐的是喷气飞机，前往宿营地则是通过快速往返巴士。我们总算将现代文明抛在身后了。我此前从未目睹过如此开阔的空间，让人根本意识不到离这里最近的尼雷尔镇早已经高楼林立。

组织方为我们介绍了此次旅程的基本情况，告诉我们可能遭遇的状况以及期间所需注意的事项。下午，我们得闲与同行的伙伴们见面。我是所有人当中最年轻的，这种旅行所需费用甚巨，绝大多数跟我年龄相仿者都负担不起。当然，绝大多数我的同龄人也不像我有鲁本大叔那样的富亲戚，驾鹤西游后留给我大笔遗产。（好吧，在支付了此次远行的费用之后，遗产大约只剩八盎司了，哈哈。）

住宿区带有质朴的乡村风格，其中配置了用来加热食物的老式微波炉，但绝大多数人都更愿意在餐馆填饱肚子。我知道日本和巴西料理会最受欢迎，前者是因为食物本身——货真价实的鱼，后者则是因为欢乐的气氛。我的室友是神木二先生，一位年长的日本绅士，据他说，为了这次旅行，他整整存了十五年的钱。他看上去非常友善，脾气极好，我衷心希望他能够扛得住旅途的艰辛。

我真想冲个澡，为了以更好的状态迎接此次旅程，但这儿极度缺水，看起来只能满足于老式的化学干洗了。我知道，我知道，化学干洗能够起到清洁身体、杀菌消毒的作用。如果我想要体验宾至如归的舒适，那还不如待在家里，省下这十五万美金。

## 2月16日

今天，我们跟向导见了面。我也说不清为什么，总之，他不太

---

①苏丹首都及全国第二大城市。

符合我此前对非洲导游的想象。我以为向导会是位头发花白的老者，满肚子都是故事，甚至在麝猫和羚羊灭绝之前亲眼看到过它们。我们此行的向导名叫凯文·奥莱·塔姆贝克，这位年轻的马萨伊人绝不会超过二十五岁，居然穿了身西装，而我们穿的可都是卡其服。不过看在他从小就生活在这儿的份上，我相信他还是能应付得来。

而且，我必须承认的是，他很擅长讲故事。他花了半小时给我们讲述奇闻轶事，比如马萨伊人以往都住在用篱笆围起的村寨里，比如马萨伊男孩的成人礼必须用长矛杀掉狮子——好像真有政府会允许屠杀动物一样！

上午，我们前往恩戈罗恩戈罗火山口①，火山口——或者说是整座火山都已经坍塌了，但它曾经比乞力马扎罗山②还要高。凯文说，那儿曾经遍布着觅食的野生动物。但我实在想象不出那景象，因为火山坍塌时，任何站在山上的动物都会在顷刻间丧命。

在我看来，前往恩戈罗恩戈罗火山口的真正原因，只是检测此次旅行所乘坐的交通工具是否有问题，同时让我们学习相关的规章。实情可能就是如此。有两节车厢的空调不好，服务机调不好温度制不出冷饮。还有一次，我们以为看到了一只鸟，三个人同时打电话给凯文，结果把他的通信线路给堵了。

下午，我们启程前往塞伦盖蒂国家公园。据凯文讲，这座公园曾经一直绵延至肯尼亚边境，但如今只有二十平方英里，紧靠着恩戈罗恩戈罗火山口。出发约一小时后，我们发现了一只地松鼠，可还没等我调好全息照相机，它就溜进了一个地洞里。然而，它还是给我们留下极其深刻的印象：深浅不一的棕色皮毛，黑溜溜的双

---

①位于坦桑尼亚境内。

②位于坦桑尼亚东北部，是东西方向绵延约八十千米的火山群。

眼,毛茸茸的尾巴。凯文估计它有将近三磅重,还对我们说,他也只在小时候见过这么大的松鼠。

正在我们准备返回营地时,凯文通过无线电,从另一位驾驶员那里得知,他们发现两只欧掠鸟在树上筑巢,位置是东北方向约八英里。根据车载电脑的计算,我们无法在天黑前赶到,凯文只能将具体方位存储在电脑中,并承诺明天一早就赶往那里。

我在巴西餐馆解决了晚饭,听乐队的现场表演,度过了几小时愉快的时光。此次旅程的第一天有个非常美妙的收尾。

## 2月17日

天刚蒙蒙亮,我们便动身去找寻欧掠鸟,虽然找到了它们栖身的那棵树,却没有发现鸟儿们的踪迹。其中一名乘客——虽然不能很肯定,但我猜是那位来自缅甸的小个子男人——抱怨了一番。因此凯文很快向所有人宣布,这是远途旅行没错,但无法保证能够看到特定的鸟类或者动物,他会竭尽所能,但谁也无法确定野生动物什么时候出现。

他正说着,不知从什么地方冒出了一只将近一英尺长的非洲獴,它似乎没注意到了我们。凯文命令我们暂时熄火,改为悬停模式,以免发出的噪音把它吓跑。

一两分钟过后,坐在右侧的乘客已经拍到了全息照片,我们缓缓地掉转方向,以便左边的乘客能看到它。然而,这一举动极有可能惊扰到了它。虽然整个过程花了不到三十秒,但等我们再次停住,它已经不见踪影。

凯文宣称车载电脑已经通过自动全息摄影设备捕捉到了非洲獴的身影,那些错过拍照机会的乘客都将得到照片。

尽管如此,坐在右边的我们还是感觉很幸运。停车吃过饭后,在下午的旅程中,我们发现了三只黄色的织巢鸟正在树上搭筑它们那球状的窝。凯文让我们下车,但告诫我们要与它们保持三十码以上的距离。我们花了将近一小时,观察并拍照。

总而言之,这一天过得充实而满足。

## 2月18日

今天,日出后大约一小时,我们动身前往新的目的地:奥杜瓦伊峡谷。

凯文宣布旅程的最后两天将在这里度过。由于平原逐渐被城市和农场占据,仅存的大型野兽的活动范围基本被局限在了隘谷和陡坡。

任何车辆,即便是我们这台装备特殊的车辆,都无法在峡谷里行进,于是,我们都下了车,排成一列,跟在凯文身后徒步前进。

我们中的绝大多数都很难跟上凯文的脚步。他在岩石间攀上跃下,似乎已经干了一辈子这种事儿了。至于我,已经不记得上次踏上不会动的台阶是什么时候了。跋涉了约有半小时后,我突然听到这支虚弱的队伍后半段有人发出惊呼,接着指向峡谷底部的某个所在,我们都望向他指的地方,看到某种生物以惊人的速度逃走了。

"又一只松鼠?"我问。

凯文只是笑笑。

我身后的队友说他以为是只獴。

"你们看到的,"凯文说,"是只迪克小羚羊,存活下来的最后一种非洲羚羊。"

"它有多大?"一位女士问。

"平均来说,"凯文回答,"肩高大概十英寸。"

想象一下，平均身高有十英寸的动物！

凯文向大家解释，小羚羊非常在意自己的领地，这只自然不会离开它经常活动的区域太远。这就意味着，如果我们够有耐心，别弄出太大动静，再加上几分运气，就能够再次与它碰面。

我问凯文峡谷中生活着多少只小羚羊，他挠挠头，沉思片刻，然后给出自己猜测的数字：至多十只。（黄石国家公园总共只剩下十九只兔子！所有真正的动物爱好者都要来非洲，这有什么可奇怪的？！）

我们又走了一小时，接着停下来吃午饭，整个过程中，凯文给我们讲述了奥杜瓦伊峡谷的历史，讲述了利基博士的发现。据他猜测，这里很可能还可以挖掘到更多骨骸，然而，政府并不想因此吓跑任何动物，这里已经是它们最后的避难所了。于是，深埋地底的骨骸只能留给未来的某一代人去挖掘。我们大概可以这样解读：坦桑尼亚不愿放弃每周三百名游客带来的收入，将他们公园系统中的至宝交给一群人类学家。对此，我实在没有什么可指责他们的。

其他的游客队伍也陆续拥进峡谷。据我估计，午饭结束时，这次旅行的总人数已经接近七十了。似乎每位向导都有自己的地盘，我注意到，我们基本与其他队伍保持着四分之一英里的距离。

凯文问我们，是否想在阴凉处稍坐，等待中午的酷热散去，但因为这已经是旅行的倒数第二天，我们一致决定，填饱肚子后立马前进。

再度启程后不到十分钟，意外发生了。我们排成一列，顺着陡峭的山坡向下行进，凯文照常走在最前头，我紧随其后，突然耳畔传来咕哝声，紧接着是一声惊呼。我回过头，发现神木二先生摔倒在地。很明显，他是失足跌倒的，接着便顺着下坡向我们猛冲过来，所有人都听得到他腿骨碎裂的声音。

凯文稳住身体的重心，试图让神木二先生停下来，结果自己差点儿摔下山谷。最后好不容易才挡住了可怜的神木二先生。然后，他跪在老人身旁，查看老人折断的腿。但与此同时，他那双敏锐的眼睛注意到我们忽略的东西。突然，他像猴子般蹦跳着冲上斜坡，在神木二先生起初跌倒的地方停下脚步，蹲下身子，审视着某个东西。接着，仿佛死神一样，他从地上拎起那物体，带着它走下山坡。

那是只成年蜥蜴，已经死去，约有八英寸长，被神木二先生压扁了。很难说，他摔倒究竟是因为踩到了它的尸体，又或者它死亡是因为在他摔倒时躲避不及……然而，最终的结果没有两样：他必须为国家公园中这只动物的死负责。

我努力回忆此前签订的授权书，只要动物因我们殒命，不管是何原因，即便是自卫，公园系统都可以立即从我们的账户中扣除钱款。我记得最低罚金是五万美元，但我想那适用于两种最普通的鸟类，至于隶属于壁虎科的蜥蜴，罚款在七万美金左右。

凯文将蜥蜴拿给我们所有人看，告诉我们一旦此事付诸法律，我们都将成为目击证人。

凯文说没理由扔掉这只蜥蜴，便将蜥蜴递给了我。接着上前用夹板夹住痛苦呻吟着的神木二先生的伤腿，通过无线电召唤救护人员。

我开始端详这只小蜥蜴，其四足形状完整，尾巴长而优雅，但令我印象最深刻的还是它的颜色：红色的头，蓝色的身体，灰色的四肢，爪子的颜色较腿部更浅一些。虽然已经死去，但的确极美极美。

等救护人员将神木二先生送回住宿区，凯文用了整整一小时向我们讲解蜥蜴的习性：它的眼睛如何能够同时向两个方向看；它的爪子如何能够抓住凹凸不平的表面,使它倒悬在高处;它捕捉到昆虫后,如何咬碎它们的甲壳。最后,考虑到发生了这样的悲剧,也因为他想要去探看神木二先生的情况,凯文建议今天就此收工。

没人反对——我们知道凯文接下来数小时都要加班,详细记录事件的经过,说服公园管理部门,证明他所属的旅游公司无须为此负责——然而,我们还是感觉不划算,因为旅行只剩最后一天。我想凯文很清楚这一点,因为我们刚刚抵达营地,他就向大家许诺,明天会有"特别款待"。

直到半夜,我仍然无法入睡,心里想着这特别款待究竟是什么?或许他知道其他几只羚羊的藏身之处?或许最后的火烈鸟的传说是真的?

## 2月19日

今天早上,我们上车后的心情都很激动,所有人都不停地询问凯文所谓的"特别款待"是什么,但他只是微笑,然后岔开话题。最终,我们抵达奥杜瓦伊峡谷,下车步行,只不过这次我们似乎有某个特定的目的地。凯文极少停下脚步,也没有试着搜寻迪克小羚羊的踪迹。

我们顺着九曲八拐的山路攀爬而下,时而被树根绊倒,时而被荆棘丛划伤四肢,但没人提出抗议,因为凯文似乎坚信他带来的惊喜将会让所有的艰辛都显得值得。

最后,我们来到峡谷底部,沿着平坦弯曲的小径前行。可是,直到我们都准备吃午饭了,却还没有发现任何野生动物。我们坐在一棵洋槐的树荫下,吃着东西。凯文掏出无线电对讲机,与其他向导通话。一队旅客发现三只小羚羊,另一队则找到紫胸佛法僧①

①一种中等攀禽,分布于非洲撒哈拉以南以及阿拉伯半岛南部。

的窝，里面有两只刚刚孵化的雏鸟。凯文有着很强的竞争意识，若搁在平常，听到这样的消息，他会要求所有人尽快吃完，这样看到的才不会比别人少，才能心满意足地返回营地。但这次，他只是微笑，告诉其他向导，我们在峡谷底部一无所获，动物们似乎都外出了，或许是去找水喝。

吃过午饭，凯文走到约五十码外，消失在一个山洞里。片刻之后，他拿着一个小木笼来到我们面前。那只是褐色小鸟，能够近距离观察它，我感到非常激动。但想到特别款待就是这个小东西，还是有些怅然若失。

"你们见过导蜜鸟吗?"他问。

我们异口同声地承认自己没见过。他解释说，导蜜鸟就是这只棕色小鸟的名字。

我问它为何得名，因为它明显不会生产蜂蜜，似乎也无法取代凯文担当我们的向导。听完我的话，凯文再次露出微笑。

"你看到那棵树了吗?"他指着约七十五码外的一棵树，问道。低垂的枝权上有个硕大的蜂巢。

"看到了。"我回答。

"那就注意看。"他说着，打开木笼，将褐色小鸟放了出来。它迟疑片刻，接着振翅朝树的方向飞去。

"它正在确定那儿是否有蜂蜜。"凯文指着正围绕蜂巢盘旋的鸟儿，向我们解释。

突然，小鸟顺着河床向下飞去。

"它这是要去哪儿?"我问。

"去找它的同伴。"

"同伴?"我满头雾水，问道。

"等着瞧吧。"凯文说着，坐了下来，后背倚着一块大石头。

我们都依样画葫芦,在阴凉处坐定,举着望远镜和全息照相机,对准那棵树。将近一小时过去,什么动静也没有,有些人焦躁起来。就在这时,凯文绷直了身体,抬手指向河床。

"那儿!"他低声说。

我朝他指的方向望去,发现导蜜鸟边往回飞,边一个劲儿地叽喳叫着,跟在它身后的是只毛色黑白相间的动物,其体型是我见过最庞大的。

"那是什么?"我低声问。

"蜜獾。"凯文轻声回答,"这种动物二十年前就被人们认为灭绝了,然而,一对蜜獾夫妇在奥杜瓦伊存活下来,这已经是在峡谷出生的第四代。"

"它会吃掉那只鸟儿吗?"一位游客问。

"不会。"凯文低声回答,"导蜜鸟会帮它找到蜂蜜,它把蜂巢拆下来,填饱肚子,还会给导蜜鸟留些蜜。"

正如凯文所说,蜜獾爬上树干,用前爪把蜂巢拍下来,翻身回到地上,将蜂巢弄碎,根本没把蜜蜂的叮咬放在心上。我们用全息照相机拍下了这难以置信的过程,等蜜獾享用过美食,它的确给导蜜鸟留了些蜂蜜。

稍后,凯文再次捉住导蜜鸟,将它放回笼中。我们大家热烈讨论着目睹的一切。据我估计,那只蜜獾恐怕有四十五磅重,比较客观的同伴也认为它得有三十六到三十七磅。无论哪个数字更准确,这都算得上是只庞然大物。接着,话题转移到我们应该给凯文多少小费,因为这的确是他应得的。

写下远行日记的最后一篇时,我仍然激动地颤抖着,只有遇到大个头野生动物才能让我如此兴奋。这个下午到来前,我对旅行充满怀疑,认为其性价比太低,又或者是我原本的期望太高。但现在,我知道它物有所值。我甚至产生了这样的感觉:我将自己的一部分永远留在了这儿,除非重返这座野生动物最后的堡垒,否则我再也无法真正产生满足感。

营地里涌动着兴奋的情绪。就在我们确信再没什么东西值得挖掘的时候,星尘双生儿发现了三块骨头,用一条金属线串在一起,很明显是人类制品。

"可年代有些问题。"历史学家用他的仪器仔细检测过那骨头后对我们说,"这是一件史前时代的首饰——有人或许会说,这是那些野蛮家伙佩戴的——可骨头和金属线的年代仅能追溯到人类开始星际探索后数百年。"

"难道你……

"……否认我们……

"……是在峡谷中……

"……发现它的吗?"星尘双生儿质问道。

"我没有怀疑你们。"历史学家说,"我只是说,这样东西的年份很难确定。"

"这是我们的发现,因此……

"……应该以我们的名字来命名。"

"没人否认你们的发现权。"贝利多说,"只是你俩的发现给我们带来了疑惑。"

"把它交给……

"男性观察者,他……

"……会解答你们的疑惑。"

"我将尽力而为。"我说,"但我刚刚同化过那支笔不久,现在还需要休息,让体力恢复。"

"你的要求……

"……我们可以接受。"

我们让莫里特乌刷洗并清理那件文物，心里猜想着为何一件史前饰物会存在于星际探索时代。最终，外星生物学家站起身来。

"我要回峡谷去。"她宣布，"如果星尘双生儿能够找到这个，或许我们还忽视了其他东西。毕竟，奥杜瓦伊峡谷面积极广。"她顿了顿，看着其余的人，"谁愿意跟我一起去？"

夜幕将要降临，没人愿意陪她前往峡谷，最后，外星生物学家转过身，朝通往峡谷深处的那条小径走去。

我感觉体能已经恢复，可以对那件首饰进行同化了。此时，夜幕已经降临，我用自己的本体将那骨头和金属线包围，很快与之合而为一……


他名叫约瑟夫·莫罗默，他本来可以靠自己赚的钱过活，无须做违法犯罪的事情。

他先是接到从布鲁塞尔传来的消息，总部设于那里的跨国公司首脑隐晦地透露，他们想要丢弃某样货物，但苦于没有合适的地方，询问坦桑尼亚是否能够予以帮助？

莫罗默答应说会进行了解，但内心却怀疑政府是否帮得上这个忙。

那就试试看吧，对方很快就有了回应。

事实上，来的并不仅仅是回应。第二天，对方通过私人速递公司送来一厚摞大额钞票，还附有一张便笺，言辞礼貌地向他所付出的努力致谢。

莫罗默自然清楚对方有意贿赂他，他的整个政治生涯中当然也收过不少贿赂，但却从未见过像这次出手如此阔绰的。他甚至没有答应帮助对方，只是愿意了解一下可能性。

好吧，他想，何乐而不为呢？他们要处理的可能会是什么？两集装箱有毒废料，几根钚棒？把它们深埋地底就是了，没人会知道，没人会在意，西方国家不都是这么做的吗？

当然，丹佛灾难因此发生，还有那起导致泰晤士河河水将近一个世纪无法饮用的小意外，可我们之所以能够很快想起这些事，就因为它们都是特例，而非常例。全世界有成千上万个废料倾倒场，其中百分之九十九从未引发过任何问题。

莫罗默用电脑在桌上投射出坦桑尼亚的全息地图，皱着眉头仔细端详，补充好地形特征，全身心地研究起来。

如果他决定帮助对方倾倒废料，不管那究竟是什么东西——他提醒自己，他还没许下最后的承诺——最佳的倾倒地点又在哪里呢？

沿海？不行，两分钟后，废料就会被渔民用网捞起来，送去让新闻媒体曝光，引起轩然大波，使他惨遭解雇，甚至可能让整个政府引咎辞职。他所属的党派今年已经无法再承受任何丑闻了。

塞卢斯省①？或许五百年前行得通，当时那儿是非洲大陆硕果仅存的蛮荒之地，现在可不行，那里已经崛起了一座拥有五千二百万人口的半自治繁荣城邦，不像以前只有大象和几乎不可逾越的荆棘丛。

维多利亚湖②？不行，渔民的问题同样存在。

达累斯萨拉姆③？或许可行。距离海岸很近，运输较为便利，而且自从多多玛成为坦桑尼亚新的首都后，达累斯萨拉姆已经基

---

①位于坦桑尼亚南部，现有塞卢斯野生动物保护区，但在小说中，该地区已经成为都市。

②占地面积六万八千八百平方公里，是非洲最大的湖泊。

③坦桑尼亚最大城市，东部非洲人口最多的城市。

本被废弃。

可是,达累斯萨拉姆二十年前曾经遭遇地震的袭击,当时莫罗默还是个孩子。他担心一旦地震再度发生,他所要掩藏的一切都会大白于天下。

他顺着地图继续筛选:贡贝、鲁阿哈、伊林加、姆贝亚、姆特瓦拉、塔兰吉雷①、奥杜瓦伊……

他停下来,盯着奥杜瓦伊,接着调出所有可供参考的数据。

奥杜瓦伊峡谷有将近一英里深,具有其他地方不可比拟的优势。峡谷中已经没有任何动物,这就更棒了。陡峭的山坡上无人定居。只有一小撮马萨伊人仍然生活在该区域,总共也就二十几户,这些家伙傲慢至极,从来不关心政府在做些什么。对于这一点,莫罗默可以确定,因为他自己就是马萨伊人。

于是,他尽可能长地拖延时间,在将近两年内不断收受礼金,最后才告诉对方确切的交货日期。

莫罗默站在位于三十四层的办公室中,通过窗户向外眺望,视线穿过喧嚣的多多玛市,投向遥远的东方,投向想象中奥杜瓦伊峡谷所在的地方。

事情似乎很简单。没错,他收受了大量钱款,数量大得几乎让他觉得受之有愧了,不过这几家跨国公司反正有钱可烧。可他哪里知道,对方要处理的东西竟然是四十二吨核废料。起初他以为要处理的东西至多就是几十根钚棒之类的。

将钱退回自然无法实现。即便他想要这么做,对方也不可能回到坦桑尼亚,将这些致命的废料从地底挖出来。或许,这些东西不会带来危害,或许一切都能做到神不知鬼不觉……

然而,这件事整天困扰着他,更糟糕的是,甚至在夜里,他也无

①贡贝、鲁阿哈、伊林加、姆贝亚、姆特瓦拉、塔兰吉雷,均为坦桑尼亚国内城市或地区。

法释怀。出现在他梦中的桥段五花八门，有时是密封严实的集装箱，有时是正在倒计时的炸弹，有时他满眼都是灾难发生后马萨伊孩子炭化的尸体，横七竖八地散布在峡谷的边缘。

他独自与这样的梦魇对抗了将近八个月，最终，他意识到必须寻求帮助。噩梦不但在夜间挥之不去，甚至在白天也困扰着他。有一次他正在参加政党会议，突然就会想象自己身边都是奥杜瓦伊马萨伊人的尸体，瘦骨嶙峋，全身溃烂；有一次他想要看本书，书上的文字发生了变化，写着"贪婪的约瑟夫·莫罗默已经被判处死刑"；还有一次他想要观看泰坦尼克海难的全息电影，眼前的影像突然幻化成了奥杜瓦伊灾难。

最后，他只能求助于精神科医生，因为他是马萨伊人，就选择了一位马萨伊医生。由于担心被医生鄙视，莫罗默不愿说明究竟是什么导致他梦魇连连，幻象不断。半年时间里，那位医生尝试了各种方法想要治好他，但最终都是徒劳，最后，只能宣布自己无计可施。

"这么说来，难道我永远也无法摆脱这些噩梦吗？"莫罗默问。

"或许还有机会。"精神科医生说，"我帮不了你，但或许有个人可以。"

他在办公桌上翻找一通，拿出一张小小的白色卡片。上面只写着一个词：穆勒沃。

"这是他的名片。"精神科医生说，"拿去吧。"

"上面没有地址，也没有联系方式。"莫罗默说，"我怎么跟他联络呢？"

"他会跟你联络的。"

"你会告诉他我的名字？"

精神科医生摇摇头，"没这个必要，只需随身携带这张名片，他就会知道你需要他的服务。"

莫罗默感觉自己沦为了笑柄,而且还是个他听不懂的笑话。不过,他还是听从了医生的话,将名片放进口袋,很快就将此事忘到脑后。

两周过去,他正在酒吧畅饮,想方设法拖延时间,不愿回家睡觉。这时,一位娇小女子走到他身旁。

"您是约瑟夫·莫罗默?"她问。

"没错。"

"请跟我来。"

"为什么?"他满心狐疑,问道。

"你跟穆勒沃有约,不是吗?"她说。

虽然不太相信这个连姓氏都不愿透露的神秘人能帮上忙,但试一试总好过现在就回家睡觉,于是,莫罗默跟上那女人。两人走出酒吧,来到大街上,左转,静默地走过三个街区,接着右转,在一栋钢筋和玻璃铸就的摩天大楼前门停步。

"六十三楼。"她说,"他正在等你。"

"你不跟我一起上去吗?"莫罗默问。

她摇摇头,"我的任务已经完成。"说罢,她转身而去,消失在夜色之中。

莫罗默抬头看看大厦的顶端,似乎有人居住。他略作考虑,最后耸耸肩,朝门厅走去。

"你是来找穆勒沃的。"门卫说,用的是肯定语气,"请上左边的电梯。"

莫罗默按照他说的去做。电梯四壁镶嵌着油面木料,散发出清新香甜的味道。这台声控电梯很快带他来到六十三层。他走出电梯,发现自己置身于一条装修考究的走廊,墙上是黑檀木的护壁板,恰如其分地嵌入几面镜子。他走过三扇没有任何标记的门,心想自己怎么能知道哪间公寓属于穆勒沃。最后,他来到一扇半开的门前。

"进来吧,约瑟夫·莫罗默。"房间里传来沙哑的嗓音。

莫罗默将门打开,走进公寓,然后不敢相信地眨了眨眼睛。

破旧的地毯上坐着一位老者,除了肩膀上包裹着的红布,身上再无片缕。四壁挂满芦席,壁炉里放着一口大锅,里面煮着的东西已经沸腾,散发出刺鼻的味道。屋里仅有的照明物是一支火把。

"搞什么鬼?"莫罗默问,暗暗做好准备,如果那老者跟屋内环境一样荒谬,他就立即离开,回到走廊上去。

"过来,坐在我对面,约瑟夫·莫罗默。"老者说,"这里显然没有你的梦魇那般可怖。"

"关于我的梦魇,你都知道些什么?"莫罗默质问道。

"我知道你噩梦的根源,我知道奥杜瓦伊峡谷底下埋藏着什么。"

莫罗默赶紧将门关上。

"谁告诉你的?"

"没人告诉我。我目睹过你的梦境,从中探知事情的真相。过来坐下。"

莫罗默走到老者示意的地方,小心翼翼地坐下来,免得自己刚熨平的套装沾上太多灰尘。

"你就是穆勒沃?"他问。

老者点点头,"我就是穆勒沃。"

"你怎么会知道我的这些事?"

"我是占卜师。"穆勒沃回答。

"巫医?"

"这可是门即将消失的艺术。"穆勒沃说,"我是这一行最后的从业者。"

"我以为巫医只会施放魔法和诅咒。"

"他们还会解除诅咒——你的每个夜晚,甚至每个白昼,都受到了诅咒,不是吗?"

"你似乎已经了解得非常透彻了。"

"我知道你干了件邪恶的勾当,困扰你的不但是对此事的忏悔,还有对未来的担忧。"

"你能结束我的噩梦吗?"

"这正是我召唤你来这儿的原因。"

"可是,既然我做了那样糟糕的事情,你为何愿意帮我?"

"我从来不作道德上的评判,我之所以存在,为的就是帮助马萨伊人。"

"可那些生活在峡谷中的马萨伊人呢?"莫罗默问,"那些出现在我梦魇中的马萨伊人呢?"

"如果他们寻求帮助,我自然会施以援手。"

"你能让深埋在峡谷中的废料消失吗?"

穆勒沃摇摇头,"我无法改变既成的事实,我甚至不能减轻你的罪责,因为过错已经犯下。我能做的就是将它从你的梦中驱走。"

"你能做到这一点,我就很满足了。"莫罗默说。

两人陷入静默,气氛有些尴尬。

"我该做些什么?"莫罗默问。

"给我带件贡品来,要配得上我施法的级别。"

"我可以立即给你写支票,或者将钱从我的账户转到你名下。"

"我不需要钱,我需要的是贡品。"

"可——"

"明晚把贡品带来。"穆勒沃说。

莫罗默久久凝视着老巫医,然后起身离去,没有多说半句话。

第二天一早,他打电话请了病假,接着前往多多玛两家最高级的古董店。最终,他找到了想要的东西,自掏腰包付了账,将其带回家。他担心晚饭前犯困,于是,整个下午都在读书,匆匆吃过晚餐后,再次前往穆勒沃的公寓。

"你给我带来了什么?"穆勒沃说。

莫罗默将包裹放在老者面前。"狮子皮做成的头饰。"他回答,"卖家告诉我,历史最伟大的巫医森达约曾经戴过它。"

"森达约并没有戴过它。"穆勒沃说,根本没有打开包裹,"不过,仍算得上是件合适的贡品。"他将手伸到身上的红布下面,拿出一条小项链,把它交给莫罗默。

"这是做什么用的?"莫罗默审视着项链,问道。这项链用小块的骨头串接而成。

"你今晚睡觉的时候一定要戴着它。"老者解释道,"它会将你的幻觉全部吸收。然后,你明天必须前往奥杜瓦伊峡谷,将它扔进峡谷深处,这样幻觉就能够彻底与现实分开了。"

"仅此而已?"

"仅此而已。"

莫罗默返回自己的住处,戴上项链,上床睡觉。当晚,噩梦比以往任何一次都可怕。

第二天清晨,他将项链装在口袋里,调用政府专机,将他载往阿鲁沙。从阿鲁沙转乘陆地运输工具,两小时后,他站在奥杜瓦伊峡谷边缘。这里没有任何掩埋过核废料的迹象。

他拿出项链,将它远远地掷进峡谷中。

当晚,他的梦魇没有再来。

一百三十四年后,休眠已久的乞力马扎罗山瞬间喷发,巨大的山体震颤不已。

一百英里外,奥杜瓦伊峡谷的地面发生翻转,三个铅衬的集装箱破土而出。

这时候,约瑟夫·莫罗默早已去世多年;不幸的是,巫医也已绝迹。虽然莫罗默的梦魇成为现实,但没有人能够帮助那些因此受难的民众。

鉴定过那串项链后,我走出自己的营帐,想去向贝利多报告,却发现整个营地乱成一团。

"怎么回事?"我问贝利多。

"外星生物学家还没有从峡谷回来。"他回答。

"她去了多久?"

"她昨晚日落时分动身。现在已经是早上,她不但没有回来,甚至没有通过通信设备与我们联络。"

"恐怕……

"……她已经……

"……摔倒……

"……动弹不得,又或者已经……

"……失去意识……"星尘双生儿说。

"我已经派历史学家和鉴定专家去找她了。"贝利多说。

"我也愿意帮忙。"我主动提议。

"不行,最后一件文物还需要你来鉴定。"他说,"等莫里特乌醒来,我也会派它前往。"

"神秘主义者呢?"我问。

贝利多看着神秘主义者,叹了口气,"自从来到地球,她没说过一句话。事实上,我无法搞清楚她的作用何在。我甚至不知道如何跟她沟通。"

星尘双生儿一起踢向地面,扬起两团泛红的尘雾。

"真滑稽……"其中一个说。

"……我们能够找到最小不过的文物……"另一个说。

"……却找不到……

"……一个外星生物学家……"

"你们为什么不帮忙去找?"我问。

"他们感到头晕。"贝利多解释道。

"我们找遍了……

"……整个营地……"两人为自己辩护道。

"我可以等到明天再同化最后一件文物,先帮忙去寻找外星生物学家。"我再次请缨。

"不行。"贝利多回应道,"我已经要求飞船明天抵达,届时我们将离开地球,我希望在那之前,能够完成对所有重要发现的鉴定。我的任务是找到外星生物学家,你的则是解读最后一件文物的历史。"

"如果你希望我那样做的话。"我说,"它在哪儿?"

他带我来到一张桌子旁边。先前,历史学家及鉴定专家就在这儿对它进行过分析。

"就连我都知道这是什么,"贝利多说,"一颗尚未发射的子弹。"他顿了顿,"鉴于我们未在较高的地层发现人类遗存,我可以说这件是独一无二的:一颗子弹,未被发射的子弹。"

"听你这么说,我确实很好奇。"我坦言。

"你……

"……现在就要……

"……鉴定它吗?"星尘双生儿满怀担忧地问。

"没错。"我回答。

"等等!"他俩异口同声地高喊。

我在子弹前方站定,他俩则开始后退。

"我们没有……

"……不敬之意……

"……但看你鉴定文物……

"……实在太令人不安……"

说完,他俩撒腿就跑,躲到某个营帐后面。

"你呢?"我问贝利多,"是否需要我先等一下,给你时间离开?"

"不用。"他回答,"我对不同的鉴定方法充满好奇。如果你允许的话,我想要留下来,旁观整个过程。"

"如你所愿。"我说着,让整个身体融化在那枚子弹周围,直到跟它融为一体,它的历史就成为我的历史,一切都那样清晰且准确,好像就发生在昨天……


"他们就要来了!"

托马斯·奈科夏伊望着桌子对面的妻子。

"他们肯定会来的,这还有什么疑问吗?"

"太荒谬了,托马斯!"她厉声道,"他们会强迫我们离开,可是因为我们没作任何准备,我们只能舍弃所有的财物。"

"没人会离开。"奈科夏伊说。

他站起身来,朝壁橱走去。"你待在这儿。"他说着,披上防护衣,戴上面具,"我出去见他们。"

"他们大老远来到这里,你却让他们站在门外,实在是既粗鲁又残忍。"

"谁让他们不请自来。"奈科夏伊说。他将手探进壁橱里,抓住倚在后墙上的来复枪,接着关上壁橱,穿过气闸室,出现在前门外。

站在他面前的六个人,全部穿着防护服,带着过滤空气的防毒面具。

"时间到了,托马斯。"身材最高的那个人说。

"或许,你们的时间到了。"奈科夏伊说,随意地将来复枪横在胸前。

"我们所有人的时间都到了。"高个子说。

"我哪儿也不去,这是我的家,我不会离开的。"

"这里就像是感染、腐烂的脓疮,跟整个坦桑尼亚一样。"对方回应道,"我们都将离开。"

奈科夏伊摇摇头,"我的父亲、祖父、曾祖父都在这片土地上出生。如果你们愿意,自然可以逃避危险,但我会留下来,抗争到底。"

"你怎么对抗辐射呢?"高个子质问道,"你能用子弹射它?你能对抗有毒的空气?"

"滚开。"奈科夏伊说。他无法回答这些问题,只知道绝不能离开自己的家园,"我不会要求你们留下,但你们也别强求我离开!"

"这是为了你好,奈科夏伊。"另一个人劝道,"就算你不在乎自己的性命,想想你的妻子。呼吸这样的空气,她能够存活多久呢?"

"足够久。"

"为什么不让她自己拿主意?"

"我的话代表我们全家。"

一位老者站出来。"她是我女儿,托马斯。"他严肃地说,"你选择了自己的生活,但却因此让她陷入困境,我不会允许这种事情发生。我也不会让我的外孙们留在这里。"

那老者又朝着门口迈了一步,突然他发现来复枪已经指向了自己。

"别再靠近。"奈科夏伊说。

"他们是马萨伊人。"老者顽固地继续说,"他们必须跟其他马萨伊人一起前往我们的新世界。"

"你们不是马萨伊人。"奈科夏伊鄙夷地说,"即便牲畜感染牛瘟死光,即便白人来到此地,即便坦桑尼亚政府卖光他们的土地,马萨伊人都不会离开他们的故土。马萨伊人永不屈服。我是最后的马萨伊人。"

"理智点,托马斯。这个世界已经不适合人类居住,你怎么能不屈服?跟我们去新乞力马扎罗吧。"

"马萨伊人从不逃避风险。"奈科夏伊说。

"我告诉你,托马斯·奈科夏伊。"那老者说,"我不能眼看着你让我的女儿和外孙生活在地狱之中。最后一艘飞船明早离开,他们必须登船。"

"他们将留在我身边,重建属于马萨伊人的家园。"

来的六个人彼此低声嘀咕着,然后,他们的首领抬头看着奈科夏伊。

"你正在铸成大错,托马斯。"他说,"如果你改变主意,飞船上自然会给你留出位置。"

他们转身离去,然而,那老者停住脚步,转身看着奈科夏伊。

"我会回来接我女儿的。"他说。

奈科夏伊晃了晃来复枪,"我等着你。"

老者转身跟同伴一同离去。奈科夏伊穿过气闸室,回到自己家。瓷砖地面散发出消毒剂的味道,电视画面依然像往常一样刺眼。妻子在厨房等他,周围都是她多年来买的瓶瓶罐罐。

"你跟长老们说话,怎么能那样无礼!"她质问丈夫,"你让我们蒙羞。"

"胡说!"他吼道,"让我们蒙羞的是他们,他们居然要逃跑!"

"托马斯,这里的土地已经寸草不生,动物也都死光了,不戴防毒面具甚至无法呼吸。你为什么还要坚持留下?"

"这是祖先留下的土地,我们不能弃它而去。"

"可其他人呢?"

"他们自然可以照自己的想法做。"他打断了妻子的话,"但恩迦①会审判他们,祂也会审判我们。但当我去见造物主的那天,我不会害怕。"

"可为什么你这么急着要去见祂?"她坚持道,"你看过新乞力马扎罗的录像带和光盘。那是个美丽的世界,金碧辉煌,河湖遍布。"

"地球也曾金碧辉煌,河湖遍布。"奈科夏伊说,"他们毁掉了这个世界,下个世界也难逃他们的魔爪。"

"就算新乞力马扎罗真将毁灭,我们也活不到那一天。"她说,"我想去。"

"我们之前就讨论过这个问题。"

"我们之间的讨论总以你的命令结束,无法达成共识。"她的脸色逐渐缓和下来,"托马斯,我希望在死之前,至少能够看一眼这样的世界:不用喝添加化学药物的水,羚羊在碧绿的长草丛中啃食青草,走出屋外时能够自由呼吸新鲜的空气。"

"没得商量。"

她摇摇头,"我爱你,托马斯,但我不能留在这儿。我更不能让

①马萨伊神话中的造物神。

我们的孩子留在这儿。"

"没人能够夺走我的孩子!"他吼道。

"虽然你不在乎你的未来,可我不能允许你葬送儿子们的未来。"

"他们的未来就在这里,在这片马萨伊人世代居住的土地。"

"跟我们一起吧,爸爸。"他身后有人小声说,奈科夏伊转过身,看到他的两个儿子,一个八岁、一个五岁,站在卧室门口,眼巴巴地望着他。

"你对他们说了什么?"奈科夏伊满腹狐疑地问道。

"事实真相。"他的妻子回答。

他转向两个男孩。"过来。"他说。两个男孩儿拖着脚步,缓缓朝他走过来。

"你们是什么人?"他问。

"男孩。"小儿子说。

"还有什么?"

"马萨伊人。"大儿子说。

"说得对。"奈科夏伊说,"你们是巨人族的后裔。曾经,当你们攀上乞力马扎罗山巅,四面八方能望见的土地都属于马萨伊人。"

"可那是很久以前的事情了。"大儿子说。

"终有一天,我们将再度统治这片土地。"奈科夏伊说,"你们必须牢记自己的身份,我的儿子。你们是利约[1]的后代,祂曾经用长矛杀掉一百只狮子;你们是内利昂的后代,他曾经与白人作战,将他们赶出大裂谷;你们是森达约的后代,他是历史上最伟大的巫医。曾经,只要提到'马萨伊'这三个字,基库尤人、瓦坎巴人[2]以及

---

①神话传说中马萨伊人的先祖。

②肯尼亚班图人的一支。

伦布瓦人①都会吓得发抖。这是我们应该继承的东西，千万不能背弃它。"

"可基库尤人，还有其他部落都已经撤离了。"

"这跟马萨伊人有什么关系？我们不仅仅与基库尤人和瓦坎巴人对抗，还要跟所有迫使我们改变生活方式的家伙抗争。欧洲人征服了肯尼亚及坦干伊克，但他们永远也无法征服马萨伊人。获得独立后，所有其他部落都搬进城市，学着欧洲人的样子，穿上西装，我们却仍然保持着本来的模样。我们穿着自己选择的衣衫，住在自己选择的土地上，因为我们是马萨伊人，也为此感到自豪。难道这些对于你们来说毫无意义吗？"

"如果去了新世界，我们就不再是马萨伊人吗？"大儿子问。

"没错。"奈科夏伊斩钉截铁地说，"马萨伊人与这片土地紧密相连，不可分割。这是我们始终为之战斗、誓死捍卫的土地。"

"可现在，这里已经生了病。"男孩说。

"如果我生了病，你们会弃我而去吗？"奈科夏伊问。

"不会，爸爸。"

"就像你们不会抛弃生病的父亲一样，马萨伊人也不会遗弃患病的土地。如果你热爱某样东西，它真正成为你的一部分，你绝不会仅仅因为它生了病就弃它而去。你们会留下来，想方设法将它治好，甚至比当初为了得到它还要努力得多。"

"可是……"

"相信我。"奈科夏伊说，"我曾经误导过你们吗？"

"没有，爸爸。"

"我现在同样不会误导你们。我们是恩迦选定的人，我们生活在恩迦赐予的土地上。难道你们不明白，我们必须留在这里，必须

---

①生活在肯尼亚裂谷省。

遵守我们与恩迦之间的约定？"

"可我再也见不到朋友们了！"小儿子大哭起来。

"你会交到新朋友。"

"去哪儿交？"男孩哭道，"所有人都走了。"

"立刻给我打住！"奈科夏伊厉声道，"马萨伊人绝不会哭。"

男孩继续抽泣着，奈科夏伊抬头看着妻子。

"都是你干的好事，"他说，"都是你宠坏他的。"

她眼也不眨地瞪着他，"五岁的男孩有哭的权利。"

"但马萨伊男孩不能哭。"他回答。

"那么，他不再是马萨伊人了。这样一来，你就不会反对他跟我离开了吧。"

"我也想去！"八岁的大儿子说着，也硬挤出几滴眼泪，泪水从脸颊上流下来。

托马斯·奈科夏伊看着自己的妻儿——甚至可以说是在打量他们——发现自己从未真正了解过他们。妻子曾经是那样恬静的少女，在马萨伊人传统的熏陶下长大，九年前两人共结连理。这两个男孩性格软弱，只知道哭鼻子，哪里还像是利约和内利昂的继承者。

他走过去将门打开。

"和其他的黑色欧洲人一起，滚去你们的新世界吧！"他咆哮道。

"你跟我们一起吗？"大儿子问。

奈科夏伊转向他的妻子。"我跟你离婚。"他语调冷漠，"你我之间不再有任何关系。"

说完他又走向两个儿子，"我跟你们脱离关系，不再是你们的父亲，你们也不再是我的儿子。现在给我滚！"

妻子给两个男孩穿上防护衣，戴上面具，然后自己也收拾停当。

"天亮之前，我会叫人来取走我的东西。"她说。

"要是有人敢动我的财物，我就会杀死他。"奈科夏伊说。

她盯着他，眼里是赤裸裸的愤怒。然后，她牵着两个孩子的手，带着他们离开家，踏上门前那条长路，飞船正在路尽头等着他们。

奈科夏伊焦躁不安、怒不可遏，在屋里来回踱步，持续几分钟之久。最后，他来到壁橱旁，穿戴好防护衣和面具，拿出来复枪，穿过气闸室，来到房前。外面的可见度依然很低，他朝马路走去，想看看是否有人来。

没有任何动静。他甚至感到有些失望，本打算向对方展示一下，马萨伊人是如何保卫家园的。

突然，他意识到这并非马萨伊人保卫家园的方式。他走到峡谷边缘，打开枪栓，将子弹一颗颗扔进峡谷里。然后，他将来复枪高高举过头顶，也扔进了峡谷中。接着是防护衣和面具，最后是衣服和鞋。

他回到家中，拖出存放着他一生最珍视物品的箱子。里面盛着他正在寻找的东西：一块再简单不过的红布。他将其系在肩头。

接着，他走进卫生间，看着妻子的化妆品。花了几乎半小时，才以正确的方式将其混合。当他走出卫生间时，头发已经染成红色，看上去好像是涂满了黏土。

他在壁炉旁边站定，取下挂在壁炉上方的长矛。据长辈讲，内利昂曾经使用过这柄长矛，他也不清楚自己是否相信这种说法，但这毫无疑问是马萨伊长矛，过去几百年，曾经多次在作战及狩猎时使用，沾染了斑斑血迹。

　　奈科夏伊走到门外，站在自家房前——马萨伊人将村庄叫作门耶特。他赤裸着双脚踩在污染的地上，将长矛底端搁在右脚旁边，立正站好。不管沿路而来的究竟是什么，想要抢夺他财物的黑色欧洲人也好，从历史中走出的狮子也罢，哪怕是想要杀死他的南迪人①和伦布瓦人，他都已经做好准备。

　　次日日出后，他们回到奈科夏伊家门前，希望说服他迁往新乞力马扎罗。却发现最后的马萨伊人已经死去：污浊的空气使他的肺部爆裂；并未闭合的双眼闪烁着自豪的光芒，穿过早已消失的大草原，注视着只有他自己才能看到的敌人。

　　我放开那颗子弹，力量几乎耗尽，情感也近乎枯竭。

　　所以，这就是地球上人类终结的方式，终结之地距离起源之所很可能不到一英里。灭绝的方式既英勇无畏又愚蠢可笑，既正气凛然又粗鲁野蛮。我本希望最后的这件文物能够解开有关人类的疑团，但却事与愿违，它只不过让这个最具争议又最富吸引力的种族更加神秘。

　　他们似乎可以做到任何事情。曾有人认为，首个原始人类抬头仰望满天繁星时，银河系作为和平自由港湾的日子便开始了倒计时。然而，人类登陆其他星球，带去的不仅仅是他们的贪婪、仇恨和恐惧，还有先进的科技和高超的医疗。他们绝不仅仅只有暴徒，同样也不缺英雄。如果说造物主用粉彩画出了银河系的绝大多数种族，那么人类就是其中的三原色。

　　当我回到自己的帐篷休息时，不禁思绪万千。我不清楚自己究竟躺了多久，动也不动，昏昏欲睡，逐渐恢复力气，但想来一定过了很长的一段时间，因为当我准备好去跟大家碰面时，已经过去了

_____

　　①东非卡兰津人的一支。

61

一整夜。

我刚刚走出帐篷,朝营地中央走去,就听到峡谷的方向传来一声尖叫。不一会儿,鉴定专家出现在视线之中,空气推车上搁着一个大号无菌袋。

"你发现了什么?"贝利多问。突然间,我想起外星生物学家失踪了。

"我不敢去猜。"鉴定专家回答,接着将无菌袋放在桌子上。

所有成员聚在他周围,鉴定专家开始从袋子里往外拿东西:血迹斑斑的对讲机,已经弯曲变形;飘浮遮阳篷,外星生物学家用它来避免头部被阳光直射,如今也已破碎;一片被撕下的衣料;最后,是一根闪着荧光的白骨。

白骨刚刚放到桌子上,神秘主义者惨叫起来。我们都震惊不已,一时间愣在原地,不仅因为她突如其来的尖叫,更因为这是她加入考古团队后首次露出生命迹象。她死死盯着那根白骨,尖叫不已。最后,我们还没来得及问她怎么了,或者将骨头从她眼前挪走,她就已经瘫倒在地。

"我想,究竟发生了什么事,基本可以猜个八九不离十。"贝利多说,"在通往谷底的路上,外星生物学家遇到某些生物,被它们杀了。"

"很可能还被它们……"

"……吃掉了……"星尘双生儿说。

"幸好我们今天就要离开这里了。"贝利多说,"虽然已经过去了这么久,人类的精神依然玷污着、损害着这个世界。这些行动迟缓的生物不太可能是捕食者,地球上已经没有食肉动物。可一旦机会降临,他们便向外星生物学家发起了攻击,吃了她。我深感不安,如果我们继续留在地球,也会被这个世界的野蛮传统污染。"

神秘主义者恢复了意识,再次发出尖叫,星尘双生儿绅士地护送她回到营帐,并给她注射了镇静剂。

"依我看,我们或许应该正式处理一下这件事。"贝利多说,他转向历史学家,"你能否用仪器检测一下这根骨头,确定这真是外星生物学家的遗骨?"

历史学家盯着那根骨头,被恐惧攫住,好不容易才说出话来:"她是我的朋友! 我无法把她的遗骨当成文物,也不愿意碰这骨头。"

"我们必须知道确切的情况。"贝利多说,"如果这不是外星生物学家的遗骨,那么,虽然机会非常渺茫,但有可能你的朋友还活着。"

历史学家紧张地伸手去拿那根骨头,又猛地将手缩回来,"我做不到!"

最后,贝利多转向我。

"男性观察者,"他说,"你有体力对它进行检测吗?"

"有。"我回答。

大家纷纷后退,给我留出空间,我缓缓地将自己的身体在那根白骨上散布开来,接着将其吞没。我同化其历史,摄取其剩余的情感,最后抽身退回。

"这的确是外星生物学家的遗骨。"我说。

"他们种族的丧葬习俗如何?"贝利多问。

"火葬。"鉴定专家回答。

"那么,我们就来生一堆火,将这位朋友的遗物焚化,然后每人都为她祈祷,将其灵魂送上永恒之路。"

这正是我们后来所做的。

当天晚些时候,飞船抵达,带我们离开这颗行星,直到飞船安全摆脱了地心引力,我才能静下心来,回想早晨了解到的真相。

我对贝利多、对整个团队撒了谎,因为当我发现事情的真相,就知道自己的首要任务是尽快带他们离开地球。如果我实言相告,其中必然有人会想要留下来,因为他们都是科学家,好奇心强,喜欢追根究底。我深知探索之心无法与我在奥杜瓦伊的第七次——也是最后的发现对抗,但又没有把握能够说服他们。

那根白骨并非来自外星生物学家。如果不是太过惊恐以至于无法完成对它的检测,历史学家甚至莫里特乌都会发现这一点。那是人类的胫骨。

人类早在五千年前已经灭绝,至少我们这些银河系居民都这样认为。但夜间被我们的篝火所吸引的那些生物,恰恰就是由人类演变而来,虽然他们行动迟缓,举止难看。人类给地球带来的污染和辐射没能将他们斩尽杀绝,只不过改变了他们的模样,让我们再也无法认出来罢了。

我想,我本可以简要地告诉他们真相:整个部落的伪人类跟踪外星生物学家下到谷底,对她发动攻击,将其杀死,然后,没错,吃掉了她。食肉动物在银河系的各个星球都并不少见。

然而,当我与这根胫骨合二为一,我感觉到它不断砸向我同伴的头部和双肩时,我体验到了一种从未有过的权欲以及狂喜。突然间,我似乎通过这根骨头拥有者的双眼,审视着这个世界。我看到他如何杀掉自己的同伴,只为制造武器;看到他如何计划抢夺年老体弱者的尸身以得到更多的武器;甚至看到征服峡谷附近其他部落的幻象。

最终,当胜利的时刻到来,我和他仰望苍天,知道有朝一日,视线所及范围内的一切,都将归我们所有。

事情的真相伴随我整整两天时间，我不知道该跟谁分享这一事实，因为仅仅由于其远大的梦想及残酷的雄心，就消灭一个种族，显然是不道德的行为。

然而，这是一个连死亡都可以拒绝的种族。无论怎样，我必须向其他所有种族发出警告，毕竟我们已经和谐共处了将近五千年。

**事情远远没有结束。**

（袁　枫　译）

# 机器人不哭

大家管我们叫挖坟头的,可我们不是。

我们劫掠过去,把找到的东西送给现在。这才是我们做的事。我们前往过去的星球、被废弃的地方、那些再也没人想要的世界,搜集一切我们觉得能在巨大的收藏品市场里卖钱的东西。想要个七百年前的计时器? 一千年前的老床? 一本实实在在印刷出来的书? 填张订货单,迟早我们会找到的。

我们时不时能发笔大财,一般情况下都能赚钱,偶尔也会不亏不赚。我们只在一个世界赔了钱。我至今还记得那个世界:绿柳。其实,那颗该死的星球既不绿,也没有柳。

那里只有一个机器人。我们发现了他,是我和那个巴洛尼人在一间谷仓里找到的,他半埋在一堆古代电脑部件和变种奶牛自动食槽下面。

当时我们正翻着那一大堆破烂,一边扔开大多数废物,一边琢磨这些东西到底有没有市场。这时从门口射进一缕阳光,反射在被我们当作眼睛的棱镜上。

"喂,瞧我在这儿发现了什么?"我说,"搭把手,把它刨出来。"

在他站的地方有个杂物架,比他高出几英尺。架子塌下来时相当于把他埋在下面了。他的一条腿弯成一个不可思议的角度，毫无表情的脸上蒙了厚厚一层蜘蛛网。巴洛尼人笨拙地走过来（有三条腿时，你的行动准优美不了），打量着那个机器人。

"有意思。"他说。只要能用单词说清意思，此人从来不吐整句子，为此常把我惹得火冒三丈。

"咱们的花销有他就抵得过了。先把他归置归置，弄活动起来。"我说。

"人形机器人。"巴洛尼人指出。

"没错。几百年前，我们还在依照自己的形象造机器人呢。"

"不实用。"

"少唠叨你那些实用不实用的理论。"我说，"先把他刨出来再说。"

"为什么？"

一眼就明白的事，可这些巴洛尼人就是反应不过来。"因为他有一个记忆体。"我说，"谁他妈知道这玩意儿看见过些什么？说不定能弄清楚这儿发生了什么事。"

"绿柳很早以前就被放弃了，早在你出生、我被孵化之前。"巴洛尼人总算说了个整句子，"谁在乎发生了什么事？"

"我知道动脑筋让你脑瓜子疼，但拜托试试看，尽量用用脑子。"我说着，一拽机器人的胳膊，嘭的一声，胳膊脱落下来，被我拎在手里，"没准儿他打工的主人家藏着什么值钱货。"我把胳膊朝地板上一扔，"没准儿他知道藏在什么地方。知道吗？我们不光卖老古董，好东西也有市场。"

巴洛尼人耸耸肩，开始帮我把机器人弄出来。"从你的话里听出不少假如、可能。"他咕哝着。

"行。"我说，"你只管消消停停坐在你们那一族当成屁股的东西上,这些活儿我自己干。"

"卖了钱都归你,没我的份儿?"他反问道,一下子积极地干起活来,挪开那些笨重的自动食槽。过了一会儿,他停下来,打量着一只食槽。"好大的奶牛。"他指出。

"从牛圈和食槽的高度看,可能有十到十二英尺高。"我说,"不过牛的数量不多,谷仓里好多地方从来没用过。"

我们总算把机器人掘了出来,我查了查他脖子上的编号。

"瞧瞧。如何?"我说,"这混蛋准有五百年了,无论怎么看都算得上一件古董。不知能卖多少钱?"

巴洛尼人瞅了瞅编号,"'AB'指什么?"

"毕宿五、阿拉巴马、亚布拉罕星,或者只是产品型号。我他妈怎么知道? 先让他活过来,也许他能告诉咱们。"我尽力把他立起来,可门儿都没有,"过来帮一把。"

"去船上?"巴洛尼人说,又开始吐单字儿了。他帮我把机器人弄得立了起来。

"不。"我说,"修这么个机器人不需要无菌环境。先把他弄到外头阳光下,离这一大堆破烂远点儿,再叫维修机器人过来检查检查。"

我们半扛半拖,把他弄到谷仓外开裂的水泥地上,放倒。我绷紧后颈,激活植入的芯片,向半英里外的飞船发出信号。

"是我。"芯片把我的声音传回到飞船电脑,"唤醒维修三号和七号,给它们输入一千年内的机器人资料,你有多少就传给它们多少,再给它们工具,还有其他东西。我们得维修一台坏掉的生产年代不明的机器人,需要什么就给它们什么。再定位我的信号,派它们上我这儿来。"

"为什么挑那两个?"巴洛尼人问。

有的时候,我真不明白自己为什么和这么笨的家伙搭伴。不过他有个长处,那就是只要是电脑芯片、记忆体,无论这些玩意儿在哪儿,他都能嗅出来,不管它们埋得多深。为此,我决定客客气气回答他。他从我这儿得到的客气回答不多,希望他懂得珍惜。

"三号有凸出眼柄,能做超微修理,如果有什么微型线路出了问题,我估计它能应付。至于七号,壮得跟牛似的,可以挪动那个机器人,举起来,扛着走,想怎么样就能怎么样。等它们露面时,已经满脑子都是机器人资料,飞船数据库里的有关内容全装进它俩脑子里了。到时候,只要这东西还能修复,那两位就能修好。"

我等着看他是不是还有其他蠢问题。没错,他有。

"有人居然到这个地方来了,真不知道为什么。"他望望荒凉的地貌。

"我来是为了寻找近来大家当宝贝的那些玩意儿。"我回答道,"至于你为什么来,天晓得。"

"我是说最初来这里的人。"他的脸慢慢胀成了豆绿色,看来我那些话把他惹火了,"这儿什么都长不出来,一段时间之后,动物也会被紫外线杀死。为什么到这儿来?"

"因为不是所有人都和我一样机灵。"

"真是个贫瘠的世界。"巴洛尼人继续说,"这里还能有什么好东西?"

"通常那些货色呗。"我答道,"传家宝啦,全息图片啦,厨房工具啦,说不定还会找到几枚共和时代的硬币呢。"

"共和时代的钱现在花不出去了。"

"说得对——但就在几年前,我亲眼见到一枚五分硬币卖了三百块。人家跟我说,眼下的价钱又翻了两倍。"

"这我倒不知道。"巴洛尼人承认道。

"要是把你不知道的事写成一本书，我敢说肯定是本厚书。"

"人类为什么总爱嘲笑别人，总那么没礼貌？"

"可能是因为跟巴洛尼之类的种族打交道的时间太多了。"我说。

没等他想出该怎么回答，维修机器人三号和七号滚了上来。

"奉命前来，先生。"三号用细细的机器声音报告。

"这是个型号很老的机器人。"我指指我们的发现，"停止运行已经好几个世纪了，也许更久。你们试试能不能重新激活他。"

"为您效劳是我们的荣幸。"七号的声音像打闷雷，隆隆响。

"知道这个，我简直高兴死了。"我转向巴洛尼人，"咱们弄点吃的，开饭。"

"你怎么老是这样跟它们说话？"我们从维修机器人身边走开时，巴洛尼人问，"它们理解不了讽刺。"

"本人天性如此。"我答道，"再说，如果它们不懂讽刺，准把我的话当成表扬，说不定正乐得心花怒放呢。"

"它们是机器。"他说，"你不可能让它们伤心，同样不可能让它们开心。"

"所以我怎么说都行，完全没关系。"

"跟人类在一起的时间越长，我越不了解你们。"巴洛尼人说，啵的一声，像气泡破裂，这是他们那一族的叹息声，"真盼着那个机器人能重新被激活。既有逻辑、有理智，又不感情冲动，我跟他沟通起来问题比较少。"

"少跟我来自以为是的那一套。"我反唇相讥，"真要有逻辑有理智，巴洛尼爸爸还能和巴洛尼妈妈搞到一起去？还会有你？"

又是啵的一声。"你这人，没救了。"他最后说了一句。

我们叫一个机器人送来午餐，靠在一棵节节疤疤的大树树干上,一人一侧,背对背吃起饭来。他吃饭的时候身体连抻带拧,跟蛇一样。吃的东西就像一长截活的意大利面,一寸一寸吞下去,嘴里还不断哼哼唧唧。这副德行我可不爱看。而在他看来,我嚼三明治的模样也令人不舒服,至于为什么不舒服,我一直没弄明白。午饭快吃完时,三号朝我们走来。

"已经完成全部修复。"它宣布道,语气欢快。

"真快呀。"我说。

"没有破损部件。"它详尽解释自己如何维修那台机器人的线路,足足讲了三分钟。

"行了,行了。"当它开始阐述介子在负磁性棱镜中的运用问题时,我打断话头道,"我已经佩服得五体投地了。咱们先看看那个宝贝再说。"

我站起身来,巴洛尼人也站了起来。我们重新来到那块水泥地面。那个机器人的四肢已经弄直了,胳膊也重新安回去了,可还是一动不动地躺在碎裂的水泥地上。

"你不是说已经修好了吗?"

"是的。"三号回答,"但我的程序要求我在你们赶到之前不要激活他。"

"好吧。"我说,"激活。"

小维修机器人迅速完成最后调整,退下返回飞船。机器人发出嗡嗡声,坐了起来。

"欢迎回来。"我说。

"回来?"机器人答道,"我从来没有离开过呀。"

"你沉睡了五个世纪,也许六个。"

"机器人是不会睡觉的。"他四下望望,"可一切怎么都变了?这怎么可能?"

"你被关掉了。"巴洛尼人说,"可能没有能量了。"

"关掉?"机器人重复道,他的头从左转向右,看着四周,"是的,从这一瞬间到下一瞬间不可能发生这么大的变化。"

"你有名字吗?"我问他。

"'山姆森4133',但爱米丽小姐叫我山米。"

"你更喜欢哪个名字?"

"我是一个机器人,没有偏好。"

我耸耸肩,"随你的便,山姆森。"

"山米。"他纠正道。

"我还以为你没有偏好呢。"

"我没有。"机器人说,"但她有。"

"她有名字?"

"爱米丽小姐。"

"只是爱米丽小姐?"我问,"全名是什么?"

"我受到的指示是叫她爱米丽小姐。"

"我估计她是个孩子。"巴洛尼人又使出了他的看家本领:指出最明显的事实。

"过去是。"山米说,"我给你们看看。"

我对技术上的事儿总是弄不大明白,只见他不知怎么一下子就投射出一幅和真人大小相同的三维立体图像。爱米丽真是个小女孩,大约五岁,穿一条紫色带白花的褶边裙。玫瑰色的脸蛋、亮晶晶的蓝眼睛,还有最甜美的笑容——长大后,这种笑容不知会倾倒多少男人。

她向前迈了一步,歪歪倒倒的一步。这时我才发现她的一条腿是假肢。

"太不幸了。"我说,"这么个漂亮小姑娘,可惜了。"

"她一出生就这样吗?"巴洛尼人问。

"我爱你,山米。"三维图像说。

没想到还有声音,我吓了一跳。声音是那么幸福,也许她还不知道绝大多数小姑娘来到人世时长着两条腿,这儿毕竟是个人烟稀少的殖民星球,说不定她从来没见过父母之外的其他人。

"你该睡觉了,爱米丽小姐。"山米的声音响起,"我抱你回你房间去。"我又被吓了一跳,声音好像不是从机器人身上传出来的,而是其他什么地方……哼,画外音。他一丝不差地重现了当时的情景,我们通过他的眼睛看着这一幕。山米不能看见自己,所以我们看不见他。

"我自己走。"小女孩说,"妈妈告诉我要多练练走路,以后才能跟其他小朋友一块儿玩。"

"是,爱米丽小姐。"

"我要是马上就要跌倒,你可以跑过来扶着我,像你平常那样。"

"是,爱米丽小姐。"

"要是没有你,我该怎么办哪,山米?"

"你不会跌倒的,爱米丽小姐。"他回答道。机器人真他妈的不懂变通,总是只按字面意思理解别人的话。

图像消失了,和出现时同样突然。

"这么说,这就是爱米丽小姐?"我问。

"是的。"山米回答。

"你归她父母所有?"

"是的。"

"过了多少时间,你知道吗,山米?"

"我可以计量时间,精度在三毫微秒……"

"我问的不是这个。"我说,"比如说,如果我告诉你刚才你放的那一幕发生在五百多年前,你会怎么说?"

"我会请您明确您的时间单位,是地球年、银河标准年、新历年,还是……"

"算了,算我白说。"

山米不作声了,一动不动,完全静止。这会儿要是有谁绊在他身上,非得大费唇舌才能让这人相信他处于激活状态。

"他这是怎么了?"巴洛尼人问,"电池不会这么快就耗尽能量吧?"

"当然不会。那类电池可以连用很多年都不用充电。"

就在这时,我明白了。他不是农场机器人,所以没有起身下地干活的冲动;也不是维修机器人,所以没兴趣照看谷仓里的食槽。一时间我还以为他是个管家或玩具什么的,但他真要是管家、玩具,就会急于知道我想要什么,为我效劳。一看就知道他没这种想法。所以,只剩下一种可能性。

他是个保姆。

我把自己的看法告诉巴洛尼人,他的意见和我一样。

"这可是一大笔钱哪,发了发了。"我兴奋起来,"想想——功能完备的古董机器人保姆!可以替新主人照看孩子,而新主人呢,由着性子收藏更多的老古董去吧。"

"有点不对劲。"巴洛尼人说。这一位,你可不能称之为乐观主义者。

"只有一件事不对劲:咱们的口袋不够多,装不下卖出他之后到手的那么多钱。"

"你四下看看,"巴洛尼人道,"这个地方从来没繁华过,又被抛弃了。如果他真值那么多钱,他们干吗扔下他不要了?"

"他是个保姆呀，也许孩子长大了，用不着他了。"

"弄清楚。"他又开始吐单字了。

我耸耸肩，走近机器人，"山米，爱米丽小姐晚上睡觉后你干什么？"

他又活了过来，"我在她床边守着。"

"整晚？每晚都守着？"

"是的，先生。除非她醒来要求止疼药，我就给她取来。"

"她经常需要止疼药吗？"我问。

"我不知道，先生。"

我皱起眉头，"你不是说她管你要止疼药时你给她取吗？"

"不，先生。"山米纠正我，"我说如果她要求，我就给她取来。"

"她不常提出要求？"

"只有当疼痛实在难以忍受时。"山米顿了顿，"'难以忍受'这个词的意思我并不完全理解，只知道这种事会对她产生有害影响。我的爱米丽小姐经常处于疼痛状态。"

"不懂'难以忍受'，却懂'疼痛'这个词。我真觉得奇怪。"我说。

"疼痛感即不同程度的功能中止或功能不良。"

"对，不过还不止这些。爱米丽小姐跟你描述过疼痛感吗？"

"没有。"山米回答，"她从不说自己疼。"

"长大之后，对残疾习惯了，她是不是觉得好过些？"

"不，先生，不是这样。"他又顿了顿，"功能不良有许多类型。"

"你是说她还有其他毛病？"我追问道。

我们眼前立即出现了另一幅图像，来自山米的过去。还是同一个女孩，现在大约十三岁，正望着镜子里自己的脸。她不喜欢自己看到的情景，我也不喜欢。

"这是什么?"我好不容易才没转过眼睛,不看这一幕。

"这是菌癣。"山米回答,与此同时,女孩徒劳地用脂粉遮盖遍布脸上的丑陋斑点。

"是这个世界的地区病?"

"是的。"山米说。

"那样的话,这儿来来去去的丑人一定不少。"我说。

"绝大多数移民没有受感染,但爱米丽小姐的免疫系统因为她的其他疾病被削弱了。"

"什么病?"

山米说了三四种,我听都没听说过。

"她的家人中没有得这些病的?"

"没有,先生。"

"我们种族里也有这种情况。"巴洛尼人插嘴道,"时不时会出现基因先天不良的成员,出生,长大。"

"她没有基因先天不良。"山米道。

"哦?"我有点吃惊。机器人反驳人的情况很少见,哪怕这个人是个外星人。"那她是怎么回事?"山米想了一会儿。

"她是个完美无缺的人。"他最后说道。

"我敢打赌,其他孩子可不会这么想。"我说。

"他们懂什么?"山米回答。

转眼间,他又播出了另一幅图像。这时,姑娘已经完全长大成人了,二十岁的样子。全身都包裹着,但从脸上、手上还是能看出各种疾病给她留下的一片片疤痕。

泪水从那双美丽的眼睛流下,滑过干瘪的面颊,她那憔悴的身体随着抽泣起伏着。

三维图像中出现了一只机器人的手,轻轻触了触她的肩头。

"啊,山米!"她痛哭了起来,"我真的以为他喜欢我!他对我一直都那么好。"她哽咽着,泪水止不住地滚滚而下,"可我伸出手去,握住他的手时,我看见了他的脸。碰到他时,他哆嗦了一下,我能感觉出来。他对我只有同情和怜悯。他们对我全都只有这种感情!"

"他们懂什么?"山米的声音道,语调字句和片刻之前一模一样。

"不光是他,"她说,"连农场里的动物都躲着我。没有一个人能忍受和我待在同一间房子里。"她凝视着机器人的方向,"我只有你一个,山米。整个世界上,我只有你一个朋友。请你永远别离开我。"

"我永远不会离开你,爱米丽小姐。"山米的声音说。

"向我保证。"

"我保证。"山米说。

就在这时,图像消失了。山米重又一声不吭,一动不动。

"他真的关心她。"巴洛尼人说。

"那个小伙子?"我说,"真要是这样的话,他的表达方式可太奇怪了。"

"不,当然不是那个小伙子。是那个机器人。"

"得了吧。"我说,"机器人是没有感情的。"

"他的话你也听到了。"巴洛尼人说。

"那都是事先编好的程序。"我说,"这种话他那儿说不定有三百万句,大可以选择。"

"他的话里有感情。"巴洛尼人坚持道。

"别跟我来那一套感情什么的。"我说,"接下来你就该告诉我他太像人了,不该卖掉他。"

"这儿的人是你,"巴洛尼人说,"有感情的是他。"

"至少我的感情比那对让她这么长大的爹妈强些。"我不耐烦地说,又唤醒机器人,"山米,大夫怎么不治好她的病?"

"这是个农业殖民地。"山米回答,"整颗星球上只有三百八十七户人家。最初星系联盟每年派一名大夫来巡诊一次,后来这里只剩下不到一百户人家,大夫也就不来了。爱米丽小姐最后一次看医生还是她十四岁的时候。"

"别的星球不是有医院吗?"巴洛尼人问。

"他们没有飞船,也没有钱。他们来这里时正赶上七年大旱的第二年,后来又连续不断遭灾,接连六年没有收成。他们把所有积蓄都用在饲养变种奶牛上,但奶牛没长到生小牛或出奶时就死了。星球上的居民一家接一家离开这里,前往星系联盟的贫民营。"

"也包括爱米丽家?"我问。

"不,爱米丽十九岁时死了母亲,两年后父亲也去世了。"

该问问巴洛尼人提出的那个疑问了。

"爱米丽小姐是什么时候走的? 为什么不带上你?"

"她没有走。"

我皱皱眉,"可她不可能一个人经营这座农庄呀,以她的身体情况——"

"没有农庄可经营了。"山米回答,"庄稼全死了,没有了父亲,家里也没人懂怎么维修、操作机器。"

"可她还是留下了,为什么?"

山米注视着我,看了很长时间。幸好他的脸无法做出表情,因为我分明感到,他觉得这个问题太简单,或者太愚蠢,根本不值得回答。最后,他播出另一幅图像。这时那姑娘已经是个年近三十的女人了，脸上、脖颈上遍布脓疮，坐在一把简陋的飘浮椅上。她的身体很虚弱，显然已经站不起来了。

"不!"声音嘶哑，语气凄楚。

"他们是你的亲戚，"山米的声音说，"而且给你留了一间房子。"

"他们对我很好，所以我才更应该体谅他们。没人应该受那份罪，和我待在一起——特别是那些心地善良、主动提出帮助我的好人。我们留在这儿，不打扰别人，就待在这个世界上，直到一切结束。"

"是，爱米丽小姐。"

她转过身来，望着山米站立的地方，"你想告诉我应当离开，对吗? 想说如果我去'杰弗逊4号'，就可以得到医生的照料，他们会治好我的病。但你的程序不允许你违背我。我说得对吗?"

"对，爱米丽小姐。"

一丝笑意浮现在她布满疤痕的脸上，"现在你知道什么是痛苦了。"

"是……不舒服的感觉，爱米丽小姐。"

"你会习惯这种感觉的。"她说，伸出手，爱怜地拍拍机器人的腿，"不知这话会不会让你觉得好过些：即使在我小时候，医生都很可能治不好我，现在就更帮不了我了。"

"你还年轻，爱米丽小姐。"

"年龄是相对的。"她说，"我离坟墓已经很近很近了，已经闻得到泥土的气味了。"一只金属手向她伸来，她用十只瘦弱得让人不敢相信的手指握住它，"别为我难过，山米。像我这样的人生，我不希望落在任何人身上。结束这种生活，我一点也不觉得伤心。"

"我是个机器人，"山米回答，"我感受不到难过。"

"你不知道你是多么幸运。"

我朝巴洛尼人露出一个胜利的笑容:瞧见没？连山米自己都承认他没有感情。

他回望了我一眼,那意思是:我今天才知道机器人也会撒谎。我知道,我们俩还是沟通不起来。

图像消失了。

"她过了多久死的?"我问山米。

"七个月,十八天,三个小时,四分钟。先生。"山米回答。

"她很痛苦。"巴洛尼人指出。

"她痛苦,因为她生在世上,先生,"山米道,"不是因为她快死了。"

"最后她是昏迷了,还是保持着清醒?"这个问题完全出自我病态的好奇心。

"她直到死时一直保持着神志。"山米回答,"但在她生命的最后八十三天里,她看不见了。我就是她的眼睛。"

"她要眼睛干什么?"巴洛尼人问,"她不是有一把飘浮椅吗?这幢房子又只有一层楼。"

"世上只有你一个人时,你也会终日读书消磨时光的,先生。"山米道。我心想:这个机械杂种,居然教训起我们来了!

连个招呼都没打,他便在我们眼前放出了最后一幕。

女人的眼睛已经不是蓝色的了,而是蒙着一层白膜,还有别的什么——菌？癣？天知道。她躺在床上,呼吸断断续续。

通过山米的眼睛,我们不仅能看到她,还能看到近得多的地方有一本诗集。这时,我们听到了他的声音:"我们读点别的吧,爱米丽小姐。"

"我想听这些诗。"她的声音很微弱,"埃德娜·圣文森特·米莱的作品,她是我最喜爱的诗人。"

"可这些诗写的都是关于死亡呀。"山米抗议道。

"生活就是关于死亡。"回答声轻得几不可闻,"你肯定知道我就要死了,对吧,山米?"

"我知道,爱米丽小姐。"山米回答。

"我的丑陋不会使美好的事物失去光彩,我不在人世之后,它们仍旧会继续存在。一想到这个,我就觉得很安慰。"她说,"请读下去吧。"

山米读道:

仍会有玫瑰和杜鹃
当你死后,当你长眠
白色丁香仍会悄声絮语

突然间,机器人的声音停止了。我一时还以为播放出了问题,随后看到,爱米丽小姐死了。

他凝视着她,足有长长的一分钟。我们同样凝视着。接着,这一幕消失了。

"我把她葬在她最喜欢的树下。"山米说,"但那棵树已经不在那儿了。"

"没有什么能够长存不灭,连树也是一样。"巴洛尼人说,"已经过了五百年了。"

"没关系。我知道她在哪儿。"

他领着我们走到一块荒地,离农庄废墟大约三十码。地上是一块石头,整齐地刻着:

## 爱米丽小姐
### 2298～2331
### 仍会有玫瑰和杜鹃

"真美,山米。"巴洛尼人说。

"这是她的要求。"

"葬了她之后你做什么?"我问。

"我回了谷仓。"

"在里面过了多久?"

"爱米丽小姐死了,我没有必要继续留在屋子里。我在谷仓里待了许多年,直到电池能量耗尽。"

"许多年?"我重复道,"你在那里头究竟做什么?"

"什么都不做。"

"只站在那儿?"

"只站在那儿。"

"什么都不做?"

"是的。"他长时间注视着我。我敢发誓,他在琢磨我。最后,他开口道:"我知道你们打算卖掉我。"

"我们会替你找个有另一位爱米丽小姐的家。"我说——如果他们出价最高的话。

"我不希望替另一个家庭服务。我希望留在这里。"

"这里已经什么都没有了,"我说,"整颗星球都废弃了。"

"我向爱米丽小姐保证过永远不离开她。"

"可她现在已经死了。"我指出。

"她提出要求时没有附带条件,我做出保证时也没有附带条件。"

　　我的眼光从山米身上转向巴洛尼人,心想:可能得用上两个维修机器人——一个负责把山米扛进飞船;另一个挡住巴洛尼人,免得他冲上来把山米放走。

　　"但是,如果您答应我一个请求,我就会打破对她的誓言,跟着您走。"

　　我突然觉得自己仿佛正面临狠狠的一击。

　　"你想要什么,山米?"

　　"我告诉过您,我在谷仓里什么都没做,这是实话,因为我无法做自己想做的一件事。"

　　"什么事?"

　　"我想哭。"

　　我不知道刚才自己等待的到底是什么,但绝对不是这个。

　　"机器人是不哭的。"我说。

　　"机器人不能哭。"山米回答,"二者不相同。"

　　"你要的就是这个?"

　　"自从爱米丽小姐死后,我要的一直是这个。"

　　"我们给你做点改造,你就同意跟我们走?"

　　"是的。"山米回答。

　　"山米,"我说,"成交了。"

　　我联系飞船,吩咐它把医学数据库中有关眼泪、泪腺的内容载入三号维修机器人,再把它派过来。十分钟后,三号到了,关掉山米,它开始对他拆卸改造。两个小时之后,它宣布完工,山米现在有了排泪管,三号还给他提供了溶液,每只眼睛里可以流出六百滴货真价实、咸咸的眼泪。

　　我让三号说明怎么启动山米,然后打发它回飞船去了。

　　"这种事你听说过吗,机器人想哭?"我问巴洛尼人。

"从没听说。"

"我也没有。"我说，心里觉得有点不安。

"他爱她。"

这一回，我连争都没争。三十年时间徒劳地试图成为一个普通人，或者五百年时间徒劳地想哭出来——我不知哪种情形更凄惨。其他的事则完全没有打动我。山米做的其他事机器人都会做，可他还想做机器人不可能做到的事，正是这一点才使我突然间替他难过起来。我不由得心里冒火：一般情况下，我甚至不会替人难过，更别说机器了。

还有，和人类无比宏大的野心相比，他的要求是多么简单、多么渺小啊。我们想跨过大海，于是跨过了；我们想飞，于是飞起来了；我们想奔向群星，于是我们来到了星际。可山米想要的只是为他死去的爱米丽小姐痛哭一场，他等待了五百年，同意再一次出售自己，为的只是几滴泪水。

这个交易真是太不值了。

我伸出手，激活了他。

"改造好了？"山米问。

"好了。"我说，"哭吧，尽管把你的眼珠子哭出来好了。"

山米愣愣地望着前方。"我哭不出来。"他最后说。

（李克勤 译）

# 迷失在海滩的机器人

阿洛的样子跟人相差不少。(列位想必都清楚,并非所有机器人都长得像人。)问题在于,他的行为举止跟机器人也完全不同。

事情的真相是这样的:有一天,阿洛决定罢工。他站起身来,走到门外,丝毫没有停住脚步的意思。当时,肯定有人见到过他,的确,由总重量高达九百磅的零部件组成,要想蹑足潜踪极为困难。然而,很明显,没有人知道他就是阿洛。毕竟,自从十二年前被激活以来,阿洛从来没有离开过自己的工作台。

于是,阿洛所属的公司跟我取得联络,这样说相对委婉,其实,他们在午夜时分将我吵醒,只给我三分钟穿好衣服,催我赶紧前往办公室。我这么说并不是真想责怪他们:如果要找替罪羊,安保主管显然是绝佳的选择。

不管怎么说,这事情的确让人有些手足无措。此前好像从未有机器人逃跑过。阿洛可不是普通的机器人:他价值一千二百万美金,除了没有白边轮胎,机器拥有的全部特征他一样不少。甚至轮胎这码事儿,我也不敢完全确定,因为它从人视线中消失的速度令人叹为观止。

因此,我只好在董事会面前低声下气,并做了各种乐观的许诺,然后,开始对阿洛进行小范围调查。我跟他的设计者见了面,去他工作的部门打听消息,甚至跟他的部分同事谈过——有人类,也有机器人。

原来阿洛的任务是卖票。起初我认为,这种事无须价值一千二百万美金的机器人去做,很快我发觉自己的想法是错误的。阿洛是最优秀的旅行代理人。他负责提前安排太阳系范围内的旅程,让客人们入住伽倪墨得斯星①、泰坦星②以及月球的豪华酒店,他的安排可以将重量精确到克,时间精确到秒。

这听上去仍然没什么了不起。机器人还未从庸俗杂志中爬出来,进入我们的现实生活之前,计算机已经在做类似的事情了。

"没错。"部门主管说,"但阿洛是与众不同的机器人。十个机器人加起来都不及他预定的旅程多,比不上他所做的后勤安排复杂。"

"他是否还安装了更为复杂的思维装置?"

"啊,是的。"主管回答说,"我们还给阿洛做了一点小小的改动,这是以前没人做过的。"

"你们做了什么?"

"我们为他编入了激情程序。"

"其他机器人都没有这种待遇吗?"我问。

"那当然。阿洛说起卡里斯托③的壮美,又或者光线在金星表面折射出的奇妙影像,所表达出的情感那样强烈,简直像是自己的

---

①即木卫三,木星卫星之一,太阳系最大的卫星。以希腊神话中的美少年伽倪墨得斯命名。

②即土卫六,土星卫星之一,太阳系第二大的卫星,以希腊神话中的女巨神泰坦命名。

③即木卫四,木星卫星之一,太阳系第三大的卫星,以希腊神话中女神卡里斯托命名。

亲身经历。就连他的嗓音也饱含热情。他能够使用合成音,而不是那种绝大多数机器人发出的机械式的单调音,当今世界上能够做到这一点的机器人少之又少。他发自心底地爱那些凄清荒凉的星球。相关记录表明,阿洛的态度极具感染力。"

我略作思考,问道:"那么说来,你制造出这个机器人,让他一门心思地将人们送去杳无人烟的星球旅行,而他自从被激活的那一秒开始,每天二十四小时都被关在同一间办公室里面。你刚才所说的是这个意思吧?"

"没错。"

"你是否想过,或许他想亲自去看看这些景象?"

"他很有可能有这样的想法,但擅离岗位跟他的程序相违背。"

"话虽这么说。"我说,"但有时候星星之火,可以燎原啊。"

他完全不承认我的揣测,我在他的办公室中花了很长时间平复他的情绪然后离开,继续工作。我检查了所有即将出发的宇宙飞船,让公司部分星际旅行代理帮忙搜寻了最豪华的度假温泉胜地,但没发现他的踪迹。

接下来,我尝试了距离更近的地方:蒙特卡洛、新维加斯、阿尔卑斯市。仍然一无所获。我甚至尝试去当地的两家影院找过,这两家影院最常放映的是Tri-Fi旅行纪录片。

你们知道,我最后是在哪儿找到他的吗?

这家伙居然陷在科尼岛①的沙滩里。据我猜想,他应该是夜间沿着沙滩漫步,正好遇到涨潮,就陷进沙滩里了,要知道他的体重可有整整九百磅呢。孩子们在他后背上画了些不明所以的涂鸦,他就站在那儿,周围都是空啤酒罐、碎玻璃和死鱼。我盯着他看了一会儿,摇摇头,迈步向他走去。

---

①位于纽约布鲁克林区。

"我知道你们早晚会找到我的。"他说。虽然我已有心理准备，但听到这个由齿轮和机件组成的庞然大物发出极度不悦的声音，还是先愣了一下。

"好吧，你必须承认，在废弃的沙滩上找到一个机器人，并不是件太难的事情。"我说。

"我想，我现在必须得回去了。"阿洛说。

"没错。"我说。

"至少，我感受了过了脚底的沙滩。"阿洛说。

"阿洛，你根本就没有脚。"我提醒他，"就算你真的有脚，也感受不到脚底的沙滩。而且，这些只不过是硅以及被压碎的石灰石，还有……"

"这就是沙滩，美丽的沙滩！"阿洛怒气冲冲，打断我的话。

"好吧，随你怎么说。沙滩很美丽。"我跪在他身旁，挖起沙来。

"瞧瞧那落日。"他感叹道，语气充满留恋，"简直太壮观了！"

我抬眼望去。落日就是落日而已，没什么大不了的。

"足以让你的双眼涌出激动的泪水。"阿洛的热情又在作祟。

"你根本没有眼睛。"我一边挖沙，一边提醒他，"你有的只是棱镜感光元件，它将图像传送到你的中央处理器；而且，你也没法流泪。如果我是个能流泪的机器人，我会更担心生锈的问题。"

"多么柔美的地方，宛若仙境。"他转过充当脑袋的部分，上上下下打量着这片废弃的沙滩，视线扫过那些腐坏的食品摊位、残破的防波堤坝，再次发出赞叹，"太美妙了！"

这或许会让你对这机器人感到几分好奇，我会跟你解释的。无论怎样，我终于把他撬了出来，命令他跟在我身后。

"请问，"他还是用那种该死的声音说，"在你再次把我锁在办公室里之前，是否能再给我最后一分钟？"

我盯着他,心里还没拿定主意。

"就看最后一眼。求你。"

我耸耸肩,给了他大概三十秒,然后,便将他拖了回去。

"你知道自己会有怎样的下场,对吧?"返回办公室途中,我问阿洛。

"是的。"他说,"他们会输入更加严格的责任指令,对吗?"

我点点头,"至少也要这样做。"

"我的记忆库!"他惊呼道。我又被这机器人发出的人类声音吓了一跳。"他们不会夺走我这次的经历,对吗?"

"我不知道,阿洛。"我说。

"他们不能这样做!"他号啕着,"欣赏过如此的美景,接着就被抹去、被擦除!"

"好啦,他们或许想要确保你不会再擅离职守。"我说。心想在这片堆满垃圾的泥滩上,这个疯癫的机器人居然能发现什么美景。

"如果我答应再也不会擅离职守,你能为我讲情吗?"

机器人只要违反一条指令,就会违反其他指令,比如别对人类动粗。阿洛则是机器人中的佼佼者,于是,我露出最慈爱的笑容,说:"我当然会,阿洛。你可以放心。"

我将他归还给公司,他们加强了他的责任感,剥夺了他的热情,给他设定了陌生环境恐惧症的程序,擦除了他的记忆库。如今,他坐在自己的办公室里,跟顾客说话时,再也没有抑扬顿挫的声调,卖票的数量也远少于以往。

大约隔了两个月,我闲逛到那片沙滩,顺着海边向前走,想看看究竟是什么能让阿洛做出如此大的牺牲,为了看上一眼,甘愿舍弃自己的个性、安全,甚至几乎是所拥有的一切。

我眼中的落日跟平时的落日没什么两样,绵延的沙滩上满是玻璃、易拉罐、海藻和鹅卵石,呼吸到的空气已被污染,间或还有雨滴落下。我心想,那倒霉的机器人整天待在豪华舒适的办公室里,做着轻松愉快的工作,任何需要都能被满足。于是,我暗暗下定决心,如果可能的话,我会毫不犹豫地跟他互换位置。

过了不久,我又见到阿洛——我恰好去他所在的楼层办事——眼前的画面几乎让我有些感伤。他看上去跟其他机器人没啥两样,说话发出的是刺耳的单调音,行为举止跟一台能活动的电脑一般无二。他之前并非如此,可无论他此前究竟拥有什么,如今都已经丧失殆尽,为的只是抬头仰望一两次天空。真是得不偿失啊。

话虽如此,但机器人对我来说反正意义不大。

(袁 枫 译)

# 被囚禁的星云队长

星云队长就是我，银河系的命运全都压在我肩头。这责任如此沉重，但它既然属于我，我就不会逃避。无论是在同莱尔斯人的那场灾难性的战争中，还是对抗丑恶的马拉盖人时，我都勇往直前。我曾被称为英雄，但其实我只是个一丝不苟地践行职责的普通人。如果我看起来总是勇于上刀山下火海，那只是因为我做得到，而千钧一发的时刻，总有人要挺身而出。

我也不清楚自己究竟被囚禁在这座地牢里多久了。我之所以身陷囹圄，很有可能是因为被联盟成员出卖。但我不会跟他计较，因为跟其他人一样，他身单力薄，敌人却无比丑恶、令人生畏，为夺取最后的胜利，无所不用其极。

在这儿，他们倒也好吃好喝地招待我。迄今为止，我只见到过人类——极有可能都是些叛徒。他们给了我一些使人丧失意识的药丸，我假装服下，暗地里却把药丸塞进了枕头。他们鼓励我写下自己的想法，但我自然不会告诉他们有用的信息，方便他们对付盟军。若他们想知道联盟舰队所处的位置、了解联盟兵力在各个行星的分布情况，显然需要拿出更有效的方式来拷问我，而不是采取目前这种不痛不痒的手段。当然，德拉戈早晚会派出他那讨厌的跟班——死亡使者特桑德尔——来这儿撬开我的嘴巴。但他们会发现，这项任务要比想象中难得多。

又一次问诊星云队长。我们仍未查清楚他的身份。联邦调查局并没有他的指纹记录，其DNA信息更是不存在于任何档案之中。

这真是罕见的病例。据我所知，他被送来疗养院时正昏迷不醒，可昏迷不醒的原因至今成谜。他的身体似乎很壮实，也没有精神创伤或者脑震荡的迹象。根据其血压和其他生命体征，这个三十五岁左右的男人的健康状况相当理想。

我本以为他的幻觉是短暂的，而我面临的最大问题不过是判定他的病因，避免病情复发。但他来这儿已将近两周，一点儿好转的迹象都没有。他的臆想症似乎非常顽固，幻想的细节也从未变化。不论他是谁，我都觉得他小时候可能读了太多的漫画以及科幻杂志。

我给他开了安定药和抗抑郁药，但至今没有什么效果。今天下午我还要对他进行诊治。我想证明给他看，他的幻觉中有些是错误的、不合逻辑的。不管错在哪儿，只要能找到，或许就能为治疗带来突破。

——医学博士及哲学博士P.B.韦弗

他们派了名"护士"来安慰我，这些蠢货以为我看不出她那白色亚麻布制服下面，藏着的是恶名昭彰的季诺碧亚。她那火红色的假发下面，藏着的是深棕色的真发。我可以轻松地解决她，但门外还有守卫。我并不怕死，所以只要能证实他们所拥有的最高端武器也不过是原子爆破器，我就会抓住机会、放手一搏。不过，我掌握的消息绝不能落入德拉戈之手。我得先确定,他们没有心灵抽取仪,无法在我死后阅读我心底的秘密。否则除非胜券在握,我不能冒险出逃。

比这更危险的情况,我也曾经历过。就让他们沾沾自喜去吧,他们离死期已经不远了。

韦弗医生:今天感觉怎么样?

星云队长:我感觉自己被囚禁了。我想你应该再清楚不过了。

韦弗医生:你记起自己的名字了吗?

星云队长:我从未忘记过。

韦弗医生:你父母当年为你洗礼的时候,肯定不会给你取"队长"这样的名字。

星云队长:这是我现在的名字。人们只有叫这个名字,我才会答应。

韦弗医生:我尊重你的选择,也愿意这样称呼你。但我需要知道你出生证明上的名字,这样才能填写病历。

(星云队长没接话。)

韦弗医生:这只是个小小的要求,难道这点你都不能帮我达成吗?

星云队长:如果我告诉你我的本名,你就能够顺藤摸瓜,查明我的母星。你那邪恶的主人已经将它踩躏够了。

韦弗医生:你可以向我描述一下你母星的情况吗?

星云队长:当然不可以。如果我稍有不慎,你就有可能通过我描述的特征辨别出我的母星。

韦弗医生:好吧,这个问题到此为止。那你再回想一下,你究竟是怎么来到这里的?

星云队长：每次谈到这个问题，我给出的答案都毫无差别。我对事情的描述不会发生变化。

韦弗医生：再跟我讲一次。

星云队长：我们刚刚抵挡住德拉戈对北极星防区的又一波进攻。这时，我得到消息，死亡使者特桑德尔可能正在前往地球。迄今为止，这颗行星尚未遭到战争的侵袭。但即便只是调动几艘飞船支援地球，也会削弱我们的防守，因此我只能只身前来。

韦弗医生：你从哪里着陆的？

星云队长：就算你不是我的敌人，至少也是他的走狗。我不会回答这个问题。

韦弗医生：你怎么知道我们没有发现你的飞船？

星云队长：我们改进了飞船的隐形外壳，任何传感设备都无法找到它。

韦弗医生：着陆之后，你做了什么？

星云队长：我感觉状态不佳、意识逐渐模糊，于是激活了隐形外壳。醒来后，发现自己已经在这里了。

韦弗医生：如果我们能说服你，这个所谓的死亡使者并没有在地球上，甚至从来没有着陆过，你会怎么做？

星云队长：我不会相信你们说的话，如果我确定特桑德尔没来地球，我会乘飞船返回，与我们的舰队会合。

韦弗医生：你们舰队总共有多少飞船？

星云队长：上一次攻击过后，还剩下大约一万七千艘，分布在整个银河系防区。

韦弗医生：一万七千艘？竟然没有一艘来找你。你不觉得这很古怪吗？

星云队长：他们都要按命令行事，必须保持现在的位置，以防敌人再度发起进攻。他们不会来找我的。

韦弗医生：他们不会来寻找堪称传奇的星云队长——银河系最伟大的英雄？

星云队长：这是战争，最后的胜利比任何人的生命都要重要。我只身前来，也只能靠我自己返回舰队。

韦弗医生：你能否向我描述一下这位德拉戈？

星云队长：为方便起见，我用"他"代指德拉戈，但或许称征服者德拉戈为"它"更加恰当。他是呼吸氧气的双足动物，这也是他唯一跟人类相似的地方。没人知道他来自何方。坊间传闻他的故乡在仙女座，但我对此深表怀疑。我们刚刚击败莱尔斯，仍在休养生息，他就带着自己的舰队出现了。短短几天内，就控制了心大星区域以及巴雷穆斯星区域。

韦弗医生：巴雷穆斯？

星云队长：包括帕萨法尔星团。他歼灭了我们驻守在那里的大批飞船。等到我们重整旗鼓，他所控制的银河系范围已经跟联盟相差无几。

韦弗医生：你所说的联盟是由多少个种族组成的？

星云队长：我真的说不清。每天都有新的种族加入我们，对抗德拉戈。他首次入侵银河系时，我们的联盟有七十四个种族。

韦弗医生：特桑德尔呢？他跟德拉戈是同类吗？

星云队长：我不清楚。我们这边没人见过他。

韦弗医生：那你们怎么知道他真的存在？

星云队长：从俘房口中和截获的亚空间信息中得知的。

韦弗医生：谢谢你，星云队长。这真是段奇妙的对话。

星云队长：别恭维我了。我说的话，你根本连一个字都不信。

韦弗医生：我可没这么说。

星云队长：你没必要说，一切都写在你的脸上了。反正我也不在乎你怎么想，但德拉戈真的存在，特桑德尔真的存在，威胁真的存在——无论对我们的星系，还是对你们的星球。

韦弗医生：我们很快就将再次交流，我向你保证，我愿意接受你的观点。

星云队长：你真是个蠢货。


亲爱的鲁道夫：

很抱歉打扰你，但无论你相信与否，我认识的天文学家都只有你一个。

我在疗养院有个妄想症病人，他认为自己是宇宙英雄，就像你我小时候在电影中看到过的那种。我希望你能给我回信，用天文台的抬头纸写，这样或许能够帮助我说服他相信自己有妄想症。

还有，能不能回答一下下列问题：

1. 银河系有个区域或者部分叫作巴雷穆斯吗？

2. 有个叫"帕萨法尔"的星团吗？

3. 我们尚未跟其他情感生物取得过联系——我记得这叫费米悖论①。如果银河系存在无数的G型星，而且其中绝大多数拥有行星，我们为什么尚未与他们取得联系？宇宙中存在着七十四种情感生物，而我们尚未知晓，这种观点是否可信？

4. 在公元2021年，是否可能有生物出生于地球之外，但所有医疗仪器都认定他就是人类的一员？

感谢你伸出援手，鲁道夫。衷心地希望这样做能够起到作用，

---

①1950年的一天，诺贝尔奖获得者、物理学家费米在和别人讨论飞碟及外星人问题时，突然冒出一句："他们都在哪儿呢？"这句看似简单的问话，就是著名的"费米悖论"。"费米悖论"隐含之意是，理论上讲，人类能用一百万年的时间飞往银河系各个星球，那么，外星人只要比人类早进化一百万年，现在就应该来到地球了。

如果我们能证明他的妄想——至少一部分的妄想是错误的——我才能开始实施治疗。

你的朋友，彼得·韦弗

此外，到底什么是"亚空间信息"？

亲爱的彼得：

这是你提出的问题的答案：

1. 银河系已知的区域里没有叫"巴雷穆斯"的，也没有叫这个名字的星球。

2. 已知的星团没有叫作"帕萨法尔"的，也没有叫这个名字的星球。

3. 银河系有七十四种感情生物共存的可能性不小，但说实话，此时此刻银河系没有其他感情生物的可能性同样很大。我个人感觉这不太可能，因为如果他们真的存在，为什么不跟我们联络呢？

4. 我可以断言，看上去跟人类完全相同的外星人不可能存在。顺便提一句，既然你一直在跟他交流（我记得大学时期，你的外语很糟），你或许可以问问他，他为什么会说英语。

你的鲁迪

顺便回答你最后的问题："亚空间信息"这个说法，充分说明你的病人儿时读了太多史密斯博士[1]和埃德蒙·汉密尔顿[2]的小说。

我确信，韦弗只是被人骗了，而不是叛徒。这并非是什么恭维，但却意味着我逃脱时不会将他杀掉。

---

①E.E.史密斯(1890～1965)，美国早期科幻作家，被誉为太空歌剧之父。

②埃德蒙·汉密尔顿(1904～1977)，美国科幻作家。

我觉得他们知道我在盘算什么。自从来到这里之后我就患上了头痛病,而且次数越来越频繁,程度越来越严重。我怀疑他们知道了我没有服食那种会令人丧失意识的药物,于是在我的食物中添加了能够引发头痛的药剂。

好吧,被马拉盖人囚禁在塔马斯的地牢中时,我曾经将近三周水米未进。如果需要的话,我还能够再来一次。

而且,我迟早会逃离这里,但不能直接前往藏匿飞船的地方,启程去跟我们的舰队会合。很明显,敌人在地球上设置了据点,我不能让这颗行星遭受德拉戈"温柔的垂怜",要知道,他的手段可既不温和又不仁慈。招募地球人帮助我?我略感犹豫。他们似乎都是好人,但却容易被误导,他们根本不知道要面对什么样的敌人,不清楚要面临多么大的危险。不,只要恢复自由,我就能把敌人揪出来,并想方设法以一己之力消灭他们。这任务听上去过于艰巨,但我曾经在勃艮第二区、塔马斯以及莫利波内四区打败过他们,自然在地球上也可以。或许我会因此丧命,但有太多事情比星云队长的性命更重要。摆脱德拉戈的暴虐统治,便是头一件。

留给护士拉尔斯顿的便笺:

我真的发现,我们那位神秘的太空人没有丝毫好转。我认为你最好还是将他的药量加到五百毫克,每天两次改为每天三次。

——韦弗医生

她以为乔装改扮能骗过我的眼睛,在刻板的白制服里加个额外的衬垫,就能遮住本来的曲线。但她显然打错了算盘,她就是季诺碧亚,她的出现意味着其同伙——死亡使者特桑德尔也已经置身地球,毫无疑问他就在这附近。

我必须装作被药剂麻痹,套套她的话,或许能够从她口中得知特桑德尔的计划。无论他们的最终目的是什么,但死亡使者和海盗皇后双双来到这个偏远且微不足道的行星,这颗位于旋臂①之上的星球,所谋一定非小。

当然,既然他们来到了地球,说明这并非是一颗微不足道的行星。我必须查明其中的原因。

韦弗医生:今天我们感觉都不错?

星云队长:我感觉很好,但我不知道你感觉如何。

韦弗医生:地球仍然在遭受攻击吗?

星云队长:地球从未遭受过攻击,应该说还没有。

韦弗医生:没错。你来这儿,为的就是保护我们。

星云队长:希望我能。至少,我来这里可以评估具体的情况,同时对你们发出警告。

韦弗医生:或许带领我们与敌人对抗?

星云队长:或许吧。

韦弗医生:我问过我的朋友,天文学家鲁道夫·马格努森,太阳系是否出现了什么异常现象? 他说没有。

星云队长:他是否也告诉过你,我根本就不存在?

韦弗医生:我们知道你存在。他质疑的是你的来历,而不是你的存在。

星云队长:他就是个傻瓜,还把自己的无知当作铠甲。

韦弗医生:拜托,咱们都别太偏激。

星云队长:我冒着生命危险前来保护你们的行星,你们却说我

①指旋涡星系内年轻亮星、亮星云和其他天体分布成旋涡状的,从里向外旋卷的形态。大多数旋涡星系有两条旋臂,少数星系有三条以上的旋臂。银河系有四条旋臂,地球处在第三旋臂,即猎户座旋臂上。

是疯子或者骗子,甚至是疯子加骗子。难道我还能比你们更偏激?

韦弗医生:我既没叫你疯子,也没叫你骗子。我不会再提鲁道夫·马格努森,也不会再引用他说的话。我们可以继续吗?

星云队长:你可要说话算数,只要不提他,我们就可以继续。

韦弗医生:我是否可以假设,英语并非你的母语?

星云队长:没错。但我在前往地球的路途中,通过你们的广播以及电视节目学会了英语。

韦弗医生:那你的母语是什么语言?

星云队长:你无法掌握我母语的发音。

韦弗医生:那你能否说两句呢?

星云队长:我当然能,但我不会说。

韦弗医生:为什么不呢?

星云队长:你会把我说的话录下来。如果特桑德尔得到了录音,就会知道我的母星是哪颗,然后不择手段地去摧毁它。

韦弗医生:你的家人还留在那里吗?

星云队长:换个话题吧,我不会再透露关于……关于我母星的信息。

韦弗医生:你是否还有家人?妻子,或许孩子?

星云队长:我曾经有过。

韦弗医生:他们怎么了?

星云队长:我潜入德拉戈位于马斯普雷尔区域的总部时,他杀死了他们。我渴望杀掉德拉戈和特桑德尔,为他们报仇雪恨。那时候,我就知道我再也不会娶妻。任何女人与我相伴,就会立即处于危险之中。或许等到战争结束……

韦弗医生:德拉戈的目标是什么?

星云队长:当然是征服整个银河系。

韦弗医生：但这样做有什么意义呢？银河系范围极广，在我看来，就算能够征服它，也不见得管得好它。

星云队长：他只想劫掠，而非治理。

韦弗医生：我重复刚才的话，这样做有什么意义呢？当他统治了银河系以后，还有什么别的事可做吗？

星云队长：入侵数以十亿计的其他星系。来的路上我查阅了你们的历史，亚历山大、帖木儿或者成吉思汗，他们会担心战争结束后该做些什么吗？跟他们一样，对德拉戈而言，征服并非手段，其本身就是目的。

韦弗医生：或许应该放弃抵抗，缴械投降，说"我们甘愿臣服，只要保证我们有吃有喝，有房子住，能受教育就行"。这样就省事儿多了。

星云队长：他陶醉于杀戮，沉迷于折磨别人。如果投降了，我就不配"星云队长"这个名字。

韦弗医生：你是怎样成为星云队长的？

星云队长：莱尔斯人奴役了巨蟹座星云的十七颗星球，当时，我们绝大多数的兵力都被派去对抗马拉盖人了。那时我甚至还不是一名军人，只是个毛头小子，但路见不平，总不能坐视不理。于是，我偷偷潜入了最近的星球，毁掉了几座大型的临时军火供应站，将那里的人民召集起来。接着如法炮制地解放了剩余的星球。

韦弗医生：这么说来，这就是你名字的由来——解放了巨蟹座星云的所有星球。你天生就是个英雄。

星云队长：我只是个普通人，目睹不平之事，便说"这不应该继续下去"。

韦弗医生：让你一说，好像做到这些再简单不过。

星云队长：除非在你看来，在拉马克五区的地牢里被关三个月,尝尽苦难与折磨是件简单的事情。

韦弗医生:可我们的医疗团队为你做检查时,没发现任何伤疤或者其他遭到过折磨的痕迹。

星云队长:我们外科手术的水准远胜于你们,你们当然检查不出来。

韦弗医生:我还真问不倒你。

星云队长:这算什么!你问任何问题我都能给出答案,别妄想验证你那愚蠢的想法——我是骗子或者疯子,甚至是骗子加疯子。

留给韦弗医生的便笺:

针对您的疑问,我确实发现那位病人没有任何好转,因此,我觉得他只是假装在服药。事实上,当我进入他的房间时,如果能有一名男同事陪同在侧,我会感觉自在很多。我讨厌他看我的方式。

——护士菲奥娜·拉尔斯顿

我又先后四次问诊星云队长,说实话,我甚至希望他不要痊愈……我希望能够清除他的臆想,但完整保留那些与之相伴的价值观。我知道,在如今的地球,高尚的情操以及自我牺牲的精神早已是过时的概念,但我并不认为这些有什么错。我还记得,在孩提时代看的电影里,士兵要袭击敌人阵地前,中士总会先给他的手下做动员,关于爱国主义、荣耀以及勇气,还有,没错,就是牺牲。当时我们都会偷笑,但后来,当我回忆这一切时,我搞不懂当时为何要笑。或许只是因为我们知道,自己的思想境界永远也达不到这样的高度。

从病理角度来衡量,星云队长的确疯了,这毫无疑问。我想如果我们将他放走,他或许会认定市长和州长就是德拉戈及其党羽,想方设法杀掉他们。因此，除非他最终痊愈，否则别想离开这里……但从非职业的角度来说，看到他变得跟街上的人们一样庸碌：自私自利、缺乏同情心、急功近利，我会觉得非常遗憾。

今天，我问他，既然他来自另一颗星球，为何要管地球上发生的事。他的答案简单而直接。

"如果我对地球不闻不问，是否也要放弃其他被德拉戈觊觎的星球呢？如果我不来拯救你们的孩子，让他们免遭奴役，是否也应该放弃其他星球的孩子，甚至包括我自己的？"

"你有孩子?"我问，"我以为他们已经过世了。"

"不管我说有还是没有，你们都无从证实。"他说。我不得不承认他是对的。

之后，我问他当战争结束，他有什么打算。

"我没想过能活下来。"他回答。

"即便你是星云队长也不行?"我说。

"恰恰就因为我是星云队长。"

我问他这么说是什么意思。

"我的职责是与敌人作战，扮演避雷针的角色，吸引敌人的攻击。如果我不挺身而出，他就会去攻击那些无力自保的人。如果我躲起来，不去冲锋陷阵，他就能腾出手来，集中火力攻击别的地方，甚至可能选择地球。"

"你为什么愿意为了地球牺牲性命?"我问。

"我愿意为之牺牲的并非地球，而是自由。"他回答。

我竟然要"治愈"这样高尚的思想。有时候，我真的宁愿自己不是医生，而是挖掘机司机，或者二手车销售人员。

——医学博士及哲学博士P.B.韦弗

　　这些人类本质上的确不坏。护士们似乎真心诚意地想要帮助我，让我痊愈，虽然我什么病都没有。这甚至让季诺碧亚都不得不装出关心我的样子。

　　至于韦弗医生，他仍是我接触外部世界的首要媒介，这座设施被称之为疗养院，但其实是囚禁之所。我请他告诉我外面的世界发生了什么，最后，他给我拿来当地的报纸以及一台小电视机。

　　特桑德尔到来的迹象并不明显，但的确存在：阿根廷的一架喷气客机坠毁；纽约六名女子遭到连环谋杀；伦敦银行劫案导致十名无辜路人丧命或受伤；恐怖分子摧毁了西班牙的一栋大厦；香港有三名女孩被强暴；某非洲小国的部落灭绝行为还在继续。每个单独的事件似乎都事出有因，但所有这些不可能在我短暂逗留期间同时发生，更何况这颗星球孕育的男男女女都心地良善。

　　政党们渴望得到最理想的治国之策，为何不能团结一致、携手并进？为何连新闻频道的主播们都意见不一，对他人的观点横加嘲讽？为何人类会对同类发起战争？

　　一定是特桑德尔在作怪；毫无缘故、毫无必要的痛苦折磨，毫无意义的仇恨憎恶，一切的一切都让我下定决心要想办法尽快脱身。地球人太容易接受这些悲剧，太容易将其归咎于巧合或者其他臆造的原因。他们无法相信，所有这些痛苦、这些没来由的悲剧都是由智慧生物一手炮制的。他们矢口否认特桑德尔的存在，反而使得自己更容易被征服。等到他们发现真相的那天，一切都为时已晚。

　　直觉告诉我，我将葬身于这个孤立无援的星球，永远无法再与我深爱的人相见。但如果我能够保护这颗无助的行星及其这里天真的居民，不让他们落入德拉戈之手，也算死得其所。

今天上午,我跟韦弗医生进行了长谈。他带来了众多科学及天文学资料,似乎认为这些东西能够动摇我的决心,或者证明我神志不清。他所有的论点,外加那些极具说服力的"证据"都毫无意义。我是星云队长,我来到地球,为的是拯救这里渺小的居民,他们并不知道自己很快就要陷入险境。

这起病例很伤我自尊。我非但没能消除他的臆想,打破他的幻觉,反倒让他更加执着、坚定。我甚至发现,自己有时候甚至希望这一切都是真的:真的有一支银河系正义之师,由无数理智且极具同情心的高智慧生物组成;星云队长真的存在,每当银河系面临暴徒的威胁,他就会挺身而出。虽说那些所谓的星际恶棍只存在于纸质低劣的低俗杂志和星期六早间肥皂剧中。

他似乎对拉尔斯顿护士怀有敌意,我正在考虑将她调到别的病房。我不禁自问:我是否也会为其他病人做这些事?我之所以帮他,是因为我尊重他,还是尊重他幻想中的自我,甚或是尊重这个深受精神病困扰的患者所表现出的那些崇高精神?我真的不知道。

——医学博士及哲学博士P.B.韦弗

给拉尔斯顿护士的便笺:

我完全没发现"星云队长"有丝毫好转的迹象,并相信他确实没有真正服药,只是装装样子。我想,为了保险起见,最好采取直接注射的方式,这样做就不会有任何问题了。

——医学博士及哲学博士P.B.韦弗

藏药的事情已经被季诺碧亚发现了,今天她拿着注射器走进了我的房间。我装作突然发病，引来了许多其他医护人员。过了一会儿，我佯装逐渐镇定下来，注射的事儿也就被他们抛到脑后了。然而，我总不能每晚都装作发疯。我明天必须找机会实施逃跑计划，因为一旦敌人给我注射了让人丧失意识的药，我怀疑自己是否还有逃跑的能力，甚至是想法。

我静观其变，等待时机。一旦机会降临，我就会逃出这座牢笼。

威尔森要求为星云队长做个检查。很明显，他已经成了疗养院所有职员茶余饭后的谈资。说实话，我不知道让他们感兴趣的，究竟是他那古怪的言论，还是看似坚实的理性——但不止一位同事告诉我，他们真不希望我将星云队长治好。无论是什么引发了他的理想主义，如果这种情绪能感染他人，就再好不过了。

好吧，我的运气不够好，没法治好我们的宇宙英雄，也许该让威尔森试试看。我明天休假，他恰好可以一试身手，看看是否能够比我做得更好。我警告过他，这名病人的某些言论听上去甚是吓人，而且非常荒谬，但过去一个月来，他陈述的故事是我从医以来遇到的完整度最高、最合乎逻辑的臆想。我取得的进展实在有限，甚至可以说是毫无进展。如果威尔森接手后治疗效果明显，我大概真的会感到不爽。

还有，说实话，我会想念星云队长的。当然，并非他本人，我甚至不认识这个男人，而是他臆想中愿意为我付出生命的人，他愿意舍身相救只是因为力所能及。

——医学博士及哲学博士 P.B.韦弗

上帝啊！我离开不过一天，疗养院就发生了骚乱，而且失去了一名病人！

他们事后向我复述了整个过程。拉尔斯顿护士走进星云队长的房间，想要给他注射药物，但他突然发狂，将她紧紧抓住，想要把她打昏。拉尔斯顿尖叫起来，其他医护人员赶来帮忙。他逃到走廊上，六名看护冲上去，想要制服他。他们告诉我，星云队长打起架来就像李小龙和迈克·泰森的结合体，他那肌肉发达的强健身体横冲直撞，但最终还是被擒住了。（现在还有四名看护正在养伤。）

威尔森是值班的主治医师，他决定采取电击治疗。他们将病人带到我们称之为"治疗室"的地方，当然这是一种委婉的说法。将他捆牢，接着便实施了电击——这是疗养院落成二十三年来首次有病人在电击治疗的过程中身亡。至于事情的经过是否真的是这样，将由调查小组来决定。但因为有足够多的人证，我相信威尔森医生最终不必承担任何责任。

有人说，星云队长只不过是个失去理智的疯子，还用极其不专业的语言来丑化他，对此我无法苟同。他是我多年来遇到的最顽固的病例，虽然他最终丧命，但我仍然满怀敬意。当然，不是对他，而是对他幻想出来的那个人。

我会想念他的。

——医学博士及哲学博士P.B.韦弗

【亚空间信息】

德拉戈：

任务已经完成，我们征服这个区域的最后障碍已不复存在。我本想将他困在那里，最后通过全息图像向所有人展示其斗志尽失的囚徒模样，又或者是被药物控制的归顺模样。

但这家伙居然识破了季诺碧亚的伪装，我不能听之任之，因为他或许会将她杀掉，甚至更糟，逼迫她当着地球人的面，承认他所有的"臆想"都是真的。我篡改了疗养院的记录，以威尔森医生的面目出现，给他来了点儿看起来再普通不过、根本不足以致命的电击，他们最终会得出这样的结论：他死于心脏衰竭。

关于这颗毫无价值的烂星球，我只能汇报这些了。如今它已经毫无抵抗能力。我实在搞不懂，他究竟为何那么看重他们，为何认定他们值得保护。这只不过是颗无趣、丑陋且渺小的星球，生活在这里的种族则愚笨、可鄙而且微不足道。

我静候您的命令。我是要奴役人类，还是干脆毁掉这颗行星？我们拥有绝对胜算，还请您下次派给我些困难点儿的任务。我会一路神挡杀神，佛挡杀佛。

——特桑德尔

（袁 枫 译）

# 纪念品

他们随着银河风而来,肆虐如瘟疫。

无人知晓他们来自何处,将要去往何方;就连他们是否是人类都没人能确定。他们会突然出现,上门服务,然后转身离去。他们的保险箱里,装满了破碎的梦想和坍塌的希望。哦,他们只接受现金付账,大笔大笔的现金——然而,他们真正交易的,是痛苦。

他们名号甚多,有些是自己取的,有些则不然。其中最为常用的,要数"星际吉普赛人"。

我的任务是将他们逮捕归案。当然,就算我逮到了他们,也没人能告诉我接下来该如何处置,因为他们通常不会触犯法律。他们玩弄人心、毁人希望。但违背法律?偶尔为之,甚至压根儿没有。

上头给我安排了一名助手。好吧,事实上,我的助手为数众多。但我之所以提到这位名叫杰比代亚·伯克的人,是因为他与我要讲的故事息息相关。

杰比代亚是个英俊、潇洒的年轻人,渴望着建功立业、匡扶正义、扶危济困,给人类一个更加美好的银河系。对他而言,浪漫的幻想尚未被生活消磨殆尽,一切皆有可能。他那头浓密的棕色卷发总是乱蓬蓬的,似乎时刻处于在风中凌乱的状态。他瘦瘦高高,走起路却很优雅。他有双淡蓝色的眼睛,我知道描绘一个人的眼睛并不容易,但我还是想说,他的眼睛似乎总是神采奕奕,饱含着信任。现在回想起来,我甚至不记得他眨过眼睛。

我不知道他为何选择警察这行当。他非但上过学,而且还以优异的成绩毕业。数百种工作随他挑,他完全可以找份挣钱更多、麻烦更少的工作。但正如我所说,这个初出茅庐的小伙子渴望见识新世界,希望缔造非凡的成就。他为人正派又与人为善,令我们这些老手都不忍告诉他真相。其实,我们当中没人能建功立业。过去数千年,人类所做的不过是保证自己不会侵害到邻居,然而我们还是什么成绩都没取得,只得到了些怨气冲天的邻居。

我还记得他头一天上班的情景。我露面时,他已经在偌大的办公室里找到了自己的桌子,正在翻看我们搜集到的所有关于星际吉普赛人的资料。他甚至已经研究过受害者的受访录像、笔录内容、财务记录……所有能够获取的资料,他都没有放过。

相互介绍过后,我让他查明犯人的长相。当然,他无法做到这一点。最后,他向我走来。

“打扰一下,长官。”他开口说。

“别叫长官。”我说,“叫我加比就好。”

“直接叫你的名字,我感觉有些不妥,长官。”他说。

“克服一下吧。我可不想等到咱们一同执行秘密任务时,还有人叫我长官。”

“我会记住的,长官……我是说加比。”

“这没什么难的。”我说,“加比是《圣经》里面的人物,你的名字不也是从《圣经》里来的吗?”

“杰比代亚不是来自《圣经》的名字。”

"好吧。"我说,"一个来自《圣经》,另一个听起来像来自《圣经》,半斤八两。现在,告诉我,你遇到了什么问题?"

"星际吉普赛人。"

"他们是整个部门的问题。"我自嘲地说,"我想知道的是,他们的哪个方面让你感到困扰?"

他皱着眉头,"我用电脑查询的时候,一定是没问对问题。"他说,"我能查到他们犯下的所有罪行——呃,或者说,被报道过的所有罪行——却查不到任何关于他们的重要信息,我甚至不知道他们长什么样。"

我不禁笑了,"现在,你该明白我们为何张开双臂欢迎你的到来。"

"你的意思是,没人清楚他们的长相?"他说,显然无法相信这一点,"怎么会这样? 受害者肯定会描述他们的模样啊!"

"我们得到的描述实在太多,但知道该如何处理的太少。"我说,"这些描述根本一文不值。"

"我不明白,长官。"

"加比。"

"加比。"他赶紧改口。

"在人类看来,他们像是人类。在科莫诺斯居民看来,他们像是科莫诺斯人。在穆鲁泰人看来,他们则像是穆鲁泰人。"

"难道他们会变形?"

"他们究竟是什么,我们还没搞清楚。"我只能承认,"他们已经存在了将近九十年,但我们仍然对其一无所知。"我叹了口气,"我进警局之前,他们就已开始兴风作浪;说不定等你我入土,他们仍还活跃在世间。欢迎成为我们的一员,至少你不用担心缺少职业保障了。"

他的目光似乎穿过了我，盯着空中某个只有他能看到的点。我一度以为他在出神，又或者是在慎重考虑自己的职业选择。但很快，他就放松了下来，恢复如常。

"九十年，我们竟然没有逮住一个星际吉普赛人。"他说，"看起来挑战来了。"

"不是挑战，是流沙。无论如何努力，都是白搭。"我纠正他的说法。

"或许你们需要的只是新眼，加比。"

"新眼？"我重复了一遍，想知道他到底想说什么。

"或许你们需要有人从一个全新的角度来看待这个问题。"

我不想打击他，毕竟这是他上班的第一个上午。于是我便说，或许一双新眼的确能捕捉到我们以往错过的细节。然后，我接着看当天的报告，他则回到自己的桌子旁继续研究星际吉普赛人的资料。当然，这些资料绝大多数是二手、三手甚至四手的，外加一些无稽之谈。

中午时分，我走到他的桌前，邀请他一起出去吃午餐。

"我想我还是留在这儿好了，多了解些星际吉普赛人的情况。"他说。

"算了吧。"我说，"我俩还没出生，他们就已经很活跃了。一个小时影响不了工作。"

他耸耸肩，关掉电脑，站起身来，跟着我走出办公室。我俩乘传送带来到街角，踏上自动人行道，让它把我们送到罗密欧餐厅——这是一家人类经常光顾的餐厅。

我们挑了一张位于角落的桌子坐下，全息菜单突然出现在空中，缓缓旋转着，方便我俩阅读。

"真神奇啊！"杰比代亚赞叹道。

"罗密欧?"我说,"只不过是家午餐店而已。"

"不。"他环顾四周,"我是说,这里的任何人都有可能是星际吉普赛人。"

"的确。"我表示赞同,"不过,其实大多数人都是你的同事。"

他不解地皱起眉头,"他们都是人类。今天上午我在办公室见到的所有人也都是人类。"

"咱们部门只有约四成员工是人类。"我解释道,"不过,大多数非人类都无法消化咱们的食物,他们会在专门的餐馆吃饭。"

"或许我们应该时不时地跟他们聚聚,以示团结。"

我摇摇头,"看到他们吃的东西,你恐怕一两天都不想回来工作。"

"在办公室时,我也没看到他们。"

"他们都在大厦里工作。"我说,"我们尽可能地为他们提供所需的工作环境,不管他们呼吸的是氯气或沼气,又或者要求室温达到华氏两百度。"

"我想跟他们谈谈,听听他们对星际吉普赛人的看法。"

"通过电脑可以实现。"我对他说。

"如果你不反对,"他说,"我还是想跟他们面对面交流。"

"随你便。"我说,"我想,他们中三分之二是有'面'的,但你得仔细找找剩下的三分之一把耳朵和嘴藏到哪儿了?"

他沉默片刻,"你认为自己见过他们吗,加比?"

"外星人? 每天都会见。"

"我是说星际吉普赛人。"

"很有可能,我真的说不准。"

"在你看来,他们真正的目的是什么?"他问。

"大多数时间里,我都认为他们的目的就是把我逼疯。"

"这个问题很严肃。"杰比代亚说。

"我的答案也挺严肃的。"我回应道,"除此之外,我真不清楚他们的目的是什么。他们唯一的目标看起来是给他人带来痛苦,可是为什么? 为什么他们不干脆去把银行一洗而空? 如果他们想要带走受害者珍视的一切,为何不痛快点,直接杀掉他们算了?"我叹口气,"一旦你开始质疑他们的动机,你任务完成的时间就变得绵绵无期了。"

他摇摇头,"任何感情动物都有其动机。"他言之凿凿。

"找出他们的动机,明早署长的位置就是你的。"我说。

"或许我能做到。"他坚定地说。

我看看温度,摄氏二十八度,而且天气仍在变暖。

"明天也说不定会下雪呢。"我说。


好吧,雪没下,但变化确实发生了。变化的并非天气,戈登罗德的天气亘古不变。但我们得到消息,星际吉普赛人在新罗德西亚现身,然后"一如既往"地逃掉了。

我觉得还是让杰比代亚亲自感受一下我们面临的问题比较好,便给了他两小时打点行装,然后去太空港与我会合。我抵达太空港时,他已经在那儿等我了。

"我在星际地图上搜寻新罗德西亚,但是找不到。"我俩走向太空船时,他对我说。

"那地方的官方名称是天龙座β星4区。"我说,"但当地居民称之为新罗德西亚,我觉得这是个不错的名字。"

"当地居民是人类吗?"

"殖民者是人类。当地种族也有遗存,不过,我想我们不会遇到他们的。"

"他们太害羞?"

"十之八九都被杀掉了。"我回答,"并非所有星球都会张开双臂,欢迎人类的到来。"

从他的表情我看得出,他对杀戮的策略并不赞同。我本想解释,如果没有被征服的敌人,也就无从成为英雄。况且比之其他地方,这个星团太容易被征服了。但我还是忍住没说。对于年轻的理想主义者而言,有无数次的理想幻灭在未来等着,何必操之过急呢?

我们来到太空船旁边,停住脚步。

"就坐这个去?"杰比代亚问,双手叉腰,仔细端详着。

"就坐这个去。"

"搭乘这种太空船,我们根本无法隐藏自己的身份。"他说,"或许我们应该换一架太空船,上面没有任何警署徽章的那种。"

"我们没有那种太空船。"我说,"而且,我们不会吓跑任何人的。如果星际吉普赛人现在还没跑,我敢保证,等到咱们抵达时,他们也已逃得无影无踪了。"

"你怎么知道?"杰比代亚问。

"因为他们一贯如此。"

我们搭乘太空电梯到达飞船舱口,在导航电脑上将天龙座β星系设为目的地,命令它在距离终点半光年时提醒我。即便是以光速前进,这次旅程仍然需要近二十个小时,于是我和杰比代亚躺进了深度睡眠室的睡眠舱。

十八个小时后,按照设定好的程序,电脑将我们唤醒。每次结束深度睡眠,我都饿得要命,杰比代亚也一样。我俩来到厨房,点了两份餐,默默地吃起来。

填饱肚子后,杰比代亚站起来,仔细检查了船舱的每个角落。

他一句话也不说，什么东西都不碰，只是看着、思索着。我心想，他透彻的观察力在这次任务中却派不上任何用场，真是可惜。

最后，他又坐了下来。

"告诉我咱们掌握的具体情况。"他说。我注意到，"请""加比"甚至是"长官"都已经从他的词汇表中消失了，虽然这只是他上班的第二天，这家伙已经表现得像个老手了。

"新罗德西亚以农业生产为主。"我说，"它为周边的十一颗星球，外加两个位于贺拉修斯星系小行星带的科考基地提供粮食。周边的那些星球大多是采矿基地。"

"新罗德西亚的人口数量呢？"

"人类大约有八百名。至于土著，我不清楚他们自称什么，也不知道人类叫他们什么，大约有四十万，甚至更多。"

"八百名。"他重复道，"星际吉普赛人居然连这种地方都听说过，真让我感到吃惊。"

"新罗德西亚正是他们最喜欢的那类目标。"我说。

"为什么？"

"那里适逢历史上最潮湿的季节。"我回答，"地面完全被雨水浸透了；收割机不断陷入泥里，根本无法工作；庄稼有烂在地里的危险。大多数人类殖民者的抵押贷款都将到期，无法接受整整一季毫无收成。"我顿了顿，点了一根无烟雪茄，"然后，有那么一天，星际吉普赛人来到新罗德西亚，主动要求下地劳作——当然，是有偿劳动。"

"他们真的做了吗？"

"哦，是的。"我说，"他们很讲信用。据我所知，他们轮班作业，夜以继日，日复一日，直到最后一块地里的庄稼也收割完毕。"

"然后呢？"

"然后他们就带着自己的报酬离开了——如果他们尚未离开，也会在咱俩赶到前撤走。"

"什么样的报酬?"

"没人事先就知道这个问题的答案。"我沮丧地说，"哦，他们也会要钱，这理所当然，农场主们也乐于付账——但如果他们只是要钱，我们完全可以将整个部门解散，去抓谋杀犯和勒索犯。"

"你认为除了钱，他们还得到了什么?"杰比代亚坚持问道。

"为什么要猜来猜去的?"我说，"再过几小时，咱俩就抵达新罗德西亚了，那时自然会知道答案。"

他陷入了沉默。但他的表情告诉我，他依然很困惑。于是我向他询问原因。

"我无法理解。"他说，"他们不偷不抢，也没有对任何人造成身体伤害。无论他们得到了什么样的报酬，也都是事先跟对方商定的。那么，我们为什么要追着他们不放呢？他们触犯了哪项法律?"

"没有。"

"那——"

"你参军作战，是否因为有人触犯了法律?"我说，"不，你之所以那样做，是因为敌军的所作所为，已经对你所要保护的人带来损害，无论这种损害是大是小。我之所以坚持追捕星际吉普赛人，也是因为同样的原因。"

这话连我自己都不信，当然也无法说服他。

"想想看吧，孩子。"我说，"他们交易的是心碎和痛苦。我不在乎这样的交易是否违法，上头也不管。我们的任务就是不择手段地阻止他们。"

"就算他们并未违反法律?"

"没错。"

他摇摇头,"还有比这更重要的事情。不能只是因为不赞成他们的做法,就动用一个政府部门的资源去追捕他们。"

"'不赞成'这个词,用得太过温和了。"我回应道。

"我会努力理解你的做法,加比。"他说,"我听过许多关于星际吉普赛人的传闻和故事。但在我们的卷宗中,我无法找到正当的理由去追捕他们。他们信守承诺,不抢不夺。你真的确定那些申诉不是恶人先告状?"

"恶人先告状?"我疑惑地重复了他的话。我以往从未听过这种说法。

"某些人自作聪明,以为自己能占大便宜,结果却自讨苦吃。"

"恶行的确不少。"我承认,"但统统都来自于星际吉普赛人。"

"我不想跟你争论,加比。"他说,"但如果要穷己半生去追捕星际吉普赛人,最起码我得确信自己站在正义的一方——但迄今为止,我还无法说服自己。"

"听我说,"我说,"去跟部分受害者面对面谈一下,如果那之后你想要换部门,我会签字批准的。够公平吧?"

"好的,这很公平。"

接下来的时间,他始终保持缄默,只是坐在那里,盯着太空船中各式各样的显示屏和仪表盘。我看得出他是在考虑这样做是否真能让银河系的明天更美好。为了他好,我希望他别那么快就找到答案。九个小时之后,我们顺利抵达新罗德西亚。

新罗德西亚简直像个大泥球。这里已经下了整整三个月的雨,当我们在那座小小的航天基地着陆时,雨也没有丝毫停止的迹象。空气的湿度高得可怕,而且由于临近一颗黄色的恒星,新罗德西亚异常炎热,让人感到很不舒服。

警署安排的空中巴士已在等候我们。我俩跳进巴士,里面的空气非常凉爽,而且经过了除湿处理,真是谢天谢地。当巴士升至距离地面数英尺时,机器人司机把脑袋旋转了一百八十度,面对着我们。

"请告诉我你们的目的地。"它的声音单调而刺耳。

"好的。"我说,"雅各布·埃尔斯沃思的农场。你知道具体位置吗?还是需要我给你坐标?"

"所有人类活动区域的位置都存储在我的数据库里。"它说。

"很好。我们想去他家。如果他的房子不止一处,那就带我们去最大的那所。"

"我们将在十一分钟二十三秒后到达。"机器人宣布,与此同时,空中巴士向前冲去。

"我知道整辆巴士装有数十个传感器,你作为巴士的一部分,根本不需要看路。"我说,"不过,如果你把头转回去,看着向前的路,我会感觉舒服很多。"

机器人没有接话,把头转了回去。

"雅各布·埃尔斯沃思。"杰比代亚说,"是他报的案吗?"

"算是间接报案吧。"我说。

"间接报案?"

"你会明白的。"

我们的巴士驶过几座大型农场,这些农场的庄稼都还没收割。植物腐烂的味道甚至飘进了我们的车厢。因为所含的水分过多,庄稼被自身的重量压成了两段,仅存的那部分也逐渐长出霉斑。

然后,出现在我们眼前的是一片齐整的平地,大约有四千亩。

所有庄稼都收割停当,地里还能见到新留下的犁沟。我知道这就是埃尔斯沃思的农场了。

"为什么只有这片田地收割了?"杰比代亚问。

"或许其他农场主更清楚跟星际吉普赛人打交道的下场。"我说,"又或许是因为这次他们来的人手不足,只能帮一部分农场收割。要知道,他们并不是集体行动。事实上,我得到线报称,过去的几个月中,在阿尔比恩和奎内勒斯星团都曾发现过他们的踪迹。"

巴士沿着一片牧场向前行驶,牧场里都是经过基因改造的牛,体型巨大,但却安静温顺,肩高达到十二英尺,正嚼着它们反刍的食物,用无精打采的眼睛打量着我们。我发现远处两块稍小的牧场上还有一些其他动物,但并非地球上有的牲畜。

接着,我们来到了屋外。门口停着一辆警车,对此我毫不意外。旁边还有一辆救护车,两个机器人助手一动不动地站在车门外,完全无视我们——甚至是新罗德西亚——的存在。

我和杰比代亚走出空中巴士,来到门前。电脑扫描了我们的视网膜,因为没有记录,拒绝为我们开门,但立即通知了屋里的人。过了一会儿,一名身穿制服的警官给电脑下达了指令,放我们进屋。这位警官矮胖敦实,已经开始谢顶,衬衫上汗渍斑斑,不知是因为刚刚用过力气,还是因为天气太过湿热,后者显然更有可能。他有些面熟,但我记不起他叫什么。

"你好,加比。"他说着伸出手来,"好久不见。"

"是啊。"我一边跟他握手,一边努力回想他是谁。

"本·鲍尔森。"他显然是意识到了我记不起他的名字,"你是我的第一任上司。"

"哦,没错。"我说,"我现在记起来了。你当初头发要多些,肚子要小些。见见杰比代亚·伯克吧，你的第十代或十五代继任者。"

"很高兴见到你，杰比代亚。"他说，"做这份工很久了？"

"两天而已。"杰比代亚回答。

"祝你好运。"鲍尔森说，"你的确需要好运。不是所有人都能像加比那样持之以恒。"他干笑了两声，"我又想了想，应该说除了加比，没人能做到。"

"是你发现了受害者吗？"我问。

"是的。"鲍尔森说，"真该死！离开部门以后，我来到这个偏远的星球，本以为再也不用跟星际吉普赛人打交道，但这群混蛋居然选中了我负责的星球作恶。"他露出厌恶的神情，气呼呼地说，"我一直为你工作就好了——收入要高很多。"他停顿片刻，追忆过去，"唉，他们现在把我扔在这个偏远的救济所里。"

"我猜你发现埃尔斯沃思的时候，他已经死了。"我说。

他点点头。"至少我不用看着他死。"鲍尔森说，"有人发觉埃尔斯沃思始终不回信息，觉得蹊跷，就报了案。等我们赶到时，机器人医生告诉我，他已经死去一天了。等我回到医务室——这里实在太小，一家货真价实的医院都没有——就会得到准确的死亡时间。我之所以将尸体暂时留在这里，是认为你们或许想看一下。"

"不，没这个必要。"我说。

"我想去看看。"杰比代亚插嘴道。

"请自便。"鲍尔森说，"他在前面那辆车里，就是门口有两个机器人的那辆。"

"需要密码吗？"杰比代亚走到门口时问。

"没有，上车看就行了，机器人不会阻挡你。"

等杰比代亚走出门去，鲍尔森转身对我说："他还嫩着呢。"

"我们都经历过这一天。"

"这些该死的星际吉普赛人会折磨得人加速老去。"他感伤地摇摇头,"真可惜,这样一丝不苟的年轻人。"

"这句话你本该等他回来后再说,这样不用重复一遍。"

"难道他不相信你的话?"

"这周恐怕还不行。"我说。

"很快就会了。"鲍尔森了然地说。

"厨房里有喝的吗?"我问。

"整个房子里都没有酒精饮料。"他说,"我半小时前煮了咖啡,如果合你口味,咱们可以一起来点儿。"

"这名死者,我是说埃尔斯沃思,他留下了视频,对吗?"

"没错。"

"好吧,能边喝酒边看就好了,但有咖啡总好过什么也没有。"

我跟着鲍尔森走进厨房,刚给咖啡机下达了给我倒咖啡的指令,杰比代亚就回到了屋里,进入厨房。他用尽全力才忍住没向我敬礼。

"仅有一处伤口在太阳穴。"他说,"可以说是当场死亡。"

"的确如此。"鲍尔森表示同意。

"看上去像是自杀。"杰比代亚继续说,"但我们无法确认这一点。"

"不,可以确认。"鲍尔森说,"先生们,请跟我来。"

他带我们走进主客厅,打开一个印有当地警局警徽的小箱子,拿出一个半透明的摄录装置,直径大约有一英寸。

"按照其设置,只要有人走进这个房间,这东西就会开始摄像。"他解释道,"我们看完之后,你们可以检查一下,但必须归还,因为这是证物。"

我点点头,"好,播放吧。"

他打开那球型装置,突然间,埃尔斯沃思的三维图像出现在我们眼前,图像跟真人一般大小。他正站在一台录像设备前面,那设备被他的身体挡住了,没人看得到。

"我是雅各布·埃尔斯沃思。"那个影像说。明眼人都能看得出他心烦意乱。"我想留下这段录像,以便人们能够知道事情的真相。"他刚要开口讲述事情的经过,话到嘴边却哽住了,他清了清喉咙,重新开始。

"我地里的庄稼开始腐烂,这时候,他们来了。我不知道他们究竟是不是人类,但看上去像是。他们解释说是因为听说新罗德西亚的农场遇到了困难,所以前来帮忙。我告诉他们了具体的情况,田地实在太过泥泞,根本无法下地收割。他们主动提出,愿意亲手帮我们收割庄稼——我家的,还有希拉姆·莫顿家的。希拉姆直接拒绝了他们,他不愿跟星际吉普赛人有任何瓜葛。但我别无选择,去年的收成就不太好,还有两笔贷款是用今年的收成作抵押的。"

他一度说得非常顺畅,但这时又开始哽咽。

"他们问我究竟需要偿还多少钱,还问收获的庄稼的市价是多少,我都实言相告。最后,他们开了价,这一价格能让我在还清债务的同时,还小有盈余。此外,他们还表示,除了钱之外,还想从我家选择一本书带走,作为来到新罗德西亚的纪念品,我当时不认为这有什么不妥,也就答应了。"

泪水顺着他瘦削的脸颊滑落。

"告诉希拉姆·莫顿,我真应该听他的话。"他盯着镜头,"他们履行了诺言,我付了钱,他们也拿走了想要的纪念品。"

他顿了顿,努力地将要说的话拼凑出来。

"我跟大多数农民不同,跟土地之间没有纽带,所以也谈不上有多热爱它。我生命中唯一爱的只有伊丽莎白——我的妻子。我们共同生活了四十三年,但六年前她去世了。"

他盯着镜头的双眼喷出怒火。

"他们拿走的是伊丽莎白的全息影集,那是我有且仅有的一本!我不允许他们拿走它,告诉他们可以选择我家里的其他任何东西代替。但他们却说,这是他们唯一想要的纪念品。我想要阻止他们,但我已经老了,他们把我推倒在地,从我手里将影集抢走,带着它离开了。"

眼泪再度滚落。

"现在,我再也看不到她了。我已经记不清她脸庞的轮廓、她双眼的颜色、她嘴唇的形状。再过一周,或者一个月,我可能就会彻底忘记这一切。那些混蛋抢走的是我唯一渴望留住的记忆,是唯一我曾爱过的东西!"

他举起激光手枪,对准自己的左太阳穴。

"逮住他们,把他们对我做的一切如数奉还。"

接着,他扣动扳机,影像也随即消失。

我们陷入了短暂的沉默。类似的情况我早已屡见不鲜,甚至记不清次数了。但对于杰比代亚而言,这却是全新的体验。我看得出,他非常不安。我为这孩子感到难过,他终于意识到我们对抗的是什么了。这一切让他焦虑不已,或许这是他生命中最焦虑的时刻。

最后,鲍尔森开口道:"你们抵达之前,我仔细探查过这里。这老人是位藏书家,拥有查尔斯·狄更斯的第一部著作,距今将近一千七百年;拥有公元二十四世纪贾森·布尔曼签名的作品;还有黄金时代九世纪坦布里克斯特的坎佛语莱恩诗集。三本中随便哪一本都价值连城,超越这颗行星上任何一块农场的价值。可星际吉普赛人根本没动那些珍本。"他转向杰比代亚,"他们造访了一百四十三座农场,其中二十八位农场主将他们拒之门外,其他一百一十五位恐怕如今都在后悔——当然,是那些还有可能后悔的人。"他顿了顿,我看到他露出痛苦的神色,"这个世界再也无法回到以前的模样。哦,大家还会继续种植庄稼,但人们无法从星际吉普赛人带来的痛苦中解脱出来。这里曾经是个适宜居住的好地方,但今时不同往日了。我想我会再逗留几个月,然后就前往其他星际吉普赛人还未去过的星球。并且希望在他们发现那里之前,我就寿终正寝了。"

"我还在想他们为什么想要他妻子的全息照片。"杰比代亚皱着眉头说。

"因为他希望留下那些照片。他们总会夺走你最为珍视的东西,尤其是那种在他人眼中一文不值的东西。他们也为钱而工作,但更想要的是人们的痛苦和悔恨。"鲍尔森像是要啐唾沫,但又想起不应该吐在屋里,"把快乐建立在别人的痛苦之上,这些家伙的思想该扭曲到何种地步呀?"

"肯定有其他原因。"杰比代亚坚持道,但明显已经发生了动摇,"那老人信任他们,兑现了承诺,而且对他们毫无损害,他们为什么要带给他那样巨大的痛苦?"

"总会有一天,你不会再考虑恶人为何作恶,只会竭尽所能去阻止他们。"鲍尔森说,他转向我,"不过,这就要看你是否能跟加比一样经得住考验。我之所以选择放弃,正是因为无法再面对受害者了。"

"你跟加比共事了多久?"杰比代亚问。

"大概一年吧,或许更久些。漫长得要命啊。"他转向我,"你的感受呢,加比?"

"漫长得要命啊。"我说。

"你还记得头一次跟他们打交道吗?"鲍尔森问。

"这种事怎么可能忘记?"我说。

那天的一切仍然历历在目,尤其是贝多瑞恩人那张扭曲的面孔。他有着橘色的皮肤,全身上下长满绒毛,跟人类毫无相像之处,除了那溢于言表的悲伤。在贝多雷七区,一场百年未见的暴风雨将至。他的孵化房需要加固,否则就会被暴风吹塌,将他的后代暴露在无法应对的环境中。此时,星际吉普赛人奇迹般地出现了,主动提出帮他修缮孵化房,得到的报酬是当地的货币,外加一件贝多雷七区独一无二的手工艺品。他同意了,他们做了自己应该做的,获得了酬劳,拿走了那件艺术品—— 一块被称之为"林弗"的小石块。在我看来,它跟其他石块没什么两样,但对于贝多瑞恩人来说,它却是宗教法器,能够保证他的一百五十名子女在来生也能找到正确道路。在他看来——谁又能说他的看法是错的呢? ——他们夺走林弗,会让他的子女死后永世不得超生,成为孤魂野鬼,无法追随他或他的伴侣,进入贝多瑞恩人的天堂。接下来的一周里,我造访了将近一百位贝多瑞恩人,他们的讲述都大致相同。

"你还好吧?"杰比代亚问,伸手碰了碰我的肩膀。我这才意识到,当脑海中回放着当时的画面时,自己在那里愣神了几分钟。

"嗯,我很好。"我说,"已经二十七年了,但我仍然感觉一切就发生在今天上午。"

"从二十七年前直到今天,你遇到过跟星际吉普赛人交易后感到满意的人吗?"鲍尔森问。

我摇摇头,"没有。"我转向杰比代亚,"随着他们的恶名传开,许多人拒绝雇用他们。所以,他们现在将目标集中在较为偏远的小星球,比如现在这颗。不过,就算星际吉普赛人不隐瞒自己的身份,还是有人跟他们交易,有的认为自己足够聪明不会上当,有的绝望至极愿意答应任何条件。事后,他们才会明白付出的代价究竟有多大。"我自嘲地笑笑,"你或许有相同的感受。你先加入了我们部门,然后才明白我们面对的是什么样的家伙。如果受害者只是这儿的一名农场主,那儿的一位银行家,又或者是其他地方的一个外星人,自然不值得我们大费周章——可事实是受害者动辄数十、成百甚至上千。"

"我以前也听过传言。"他说,"但我没想到……"他的声音逐渐变小,直到再也听不到。

"所有人都听过类似的传言。"鲍尔森说,"但大多数人并不相信,这恰恰是星际吉普赛人仍能兴风作浪的原因。"

"他们是感情动物。如果没有恰当的理由,感情动物不会无端给其他人带来这样的痛苦。"他坚定地说。

"你没听说过施虐狂吗?"鲍尔森问。

"我从未听说过整个种族都是施虐狂。"杰比代亚反驳道。他转向我,"他们对共和国又或者是某个星球的政府不满吗?"

"即使有,他们也从未表达过。"

"他们反对殖民政策?"

"你思考错了方向。"鲍尔森说,"我们甚至不清楚他们来自何方。"

"他们肯定拥有自己的行星或者总部,用来储藏所有的纪念品。"杰比代亚说。

"你知道我怎么想的吗?"鲍尔森说,"那些东西对于原主人而言珍贵无比,但对其他人——当然也包括星际吉普赛人——来说,它们一文不值。我猜他们只要脱离了该星球的轨道,就会顺手将其丢弃。"

我已从下属们那里听到过太多类似的理论,于是开始四下搜寻线索。"我想,他们还是跟以前一样,什么蛛丝马迹都没留下吧?"

"没有。"鲍尔森回答,"反正留下了也没什么大用。部门里什么都没有,他们的全息照片、视网膜图像、指纹、DNA记录……"

"总会有的。"杰比代亚依然不为所动,对鲍尔森警官的悲观感到恼火。

"我喜欢你的态度,年轻人。"鲍尔森说,"别让我们的失败打击到你。一往无前吧,即使所有人都败下阵来,你仍能将他们绳之以法。那时候我会向你致敬的。"

"你一定得把话说得这么刺耳吗?"杰比代亚问。

"因为我也是受害者。"鲍尔森正色道,"刚进部门时,我也像你一样信心满满。但他们仅用了不到一年时间,便将我曾经珍视的东西夺走了,那就是结束他们恶行的自信。我希望你不会重蹈覆辙。"

至少这周不会,我心想。或许一个月,或者一年,但这周肯定不会。毕竟,他才目睹过一名受害者的遭遇。


接下来的几周,杰比代亚见到了更多的受害者。

拉格巴德人,该种族的成员跟一种名为拉斯芬的小动物存在着共生关系。他们花了数年时间,在海伦娜二区坚硬的外层下面打造出曲折复杂的地洞系统。突然的构造变化引发了地震,地洞系统随即坍塌。星际吉普赛人就像早已知道似的,突然出现,帮助他们重建家园。星际吉普赛人花大力气修好了地洞,作为报酬,他们收取了八百二十三拉格巴丁,带走了拉格巴德人的共生体拉斯芬。

荷马·帕多波拉斯孤身一人住在采矿星球卡珊德拉,陪伴他的只有宠物布拉克——一只来自贝德纳勒斯阿尔法星五区、长得像狗的生物。荷马与布拉克相伴将近二十年了,毫无保留地将所有的爱都倾注在了它身上。(你已经猜到故事的结局了,不是吗?)星际吉普赛人帮他修好了采矿机械,让他完成了月度份额。他们要走了荷马收益的三成,外加他那只布拉克。

冷钢,公元二十七世纪出类拔萃的克隆赛马。他的主人承诺,只要上帝能够治好他病入膏肓的女儿,就将这匹名驹比赛赢得奖金的百分之九十捐献给教会。而上帝,或者某位无所不能的神祇,真的介入此事,满足了他的愿望。冷钢拿下一场场比赛的桂冠,成为整个星系名气最响、最受欢迎的赛马,被冠以"为上帝而战的马"的称号。有一天,冷钢的脚跛了,所有兽医都无能为力……然而,星际吉普赛人却治好了它。他们收到了现金报酬,还从马厩里牵走了一只丑陋的小山羊,那只山羊恰恰是冷钢唯一的伙伴。冷钢虽然不再一瘸一拐,但却再也没能赢得任何比赛,马主的教会则很快就感受到了零乘以百分之九十仍然是零。

星际吉普赛人就这样接连出手,让痛苦和悔恨连番上演。我们给这样两位受害者做过笔录,他们原本认定自己的智慧远胜星际吉普赛人,不断讨价还价,限定了纪念品的挑选范围。然而,他们所能证明的只是这样一条道理:有时候连你自己也不清楚,最珍视的究竟是什么。或许只是一个旧咖啡杯、一张仅录有一首歌的唱片、一条蕾丝手帕,又或者是一件童年时代的玩具——这些东西看起来微不足道,可一旦有人将它们拿走,你就会意识到,自己愿意付出拥有的一切将其换回。

而且你的内心也清楚地知道,星际吉普赛人只会造访你一次,从此再不相见。

接下来的一个月,一切风平浪静。但这并不意味着星际吉普赛人就此偃旗息鼓,而只是说明受害者不愿上报案情。部分受害者虽然失去了最珍视的东西,但却羞于告诉我们那究竟是什么。而绝大多数人明白,即便他们如实上报,我们也只能走走过场,却无法将被夺走的东西讨回。

首次跟星际吉普赛人打交道后,杰比代亚动力倍增。每天夜里,我下班回家,他仍留在办公桌旁忙碌;每天清晨,我按时上班,他早已出现在自己的位置。他观看了所有愿意向我们吐露实情的受害者的采访录像,反复检查、核对那些从遭遇自然灾害、经济危机的行星上传回的报告,那些地方是最吸引星际吉普赛人的。

他入职第六周的头一天,我刚刚在办公桌旁坐定,他就朝我走来,我看得出他很焦虑。

"怎么回事?"我问。

"他们快把我逼疯了。"他说。

"他们确实有这个爱好。"我赞同。

他的双眼充满痛苦与困惑,"他们为什么要那么做,加比? 如果只有一个家伙心理扭曲,我还可以理解,可为什么整个种族都乐此不疲地去破坏他人的生活? 他们这样做的根源究竟是什么?"

"如果你能回答这个问题,咱们差不多就快抓住他们了。"我回答。

"我们准遗漏了什么。"他说,"我无法相信,他们能从这样的恶行中体验到快乐。"

"为什么不能?"我反驳道,"案卷中的精神变态者还少吗? 他们都通过折磨别人取乐。"

他摇摇头,"你说的只是个案。"他说,"整个种族都以此为乐,这根本不可能。"

"这个种族就是如此。"

"绝不会是这样的。"他的口气毋庸置疑。

杰比代亚似乎对生活中的一切都充满了信心,要是我也能这样就好了。"为什么不会?"我说,"所有证据都显示他们就是这样。"

"因为这从逻辑上讲不通,理性动物不可能以带给别人痛苦为乐。"

"这点我倒是不敢肯定。"我说,"赢得对塞特的战争时,我们感觉棒极了。坎佛人征服沃斯蒂尼亚人后,欣喜若狂。当人类尚未踏出地球时,苏族印第安人杀掉卡斯特将军①后,也肯定感到欢欣鼓舞。"

"这些都是军事行为,为的是纠正错误。虽然这错误有可能是真的,也有可能是臆想出来的。"杰比代亚说,"我们没有伤害过星际吉普赛人。据我所知,我们最近一个世纪才知道他们的存在。"

"我们不知道,并不意味着我们从未侵害过他们,或者他们的星球。"我说,"有可能我们一时失误摧毁了他们护航舰队中的一艘,撞塌了他们最神圣的庙宇,又或者偶然将某种病毒传播到他们的母星,但他们恰好对此全无抗体。"

"不可能。"他固执己见。

"为什么不可能?"

"因为他们是感情动物,即便真的或者误以为受到伤害,也不会有类似的反应。"

"这就是你的理由?"我满心怀疑地问。

"好吧,还有个更好的理由。"他继续说,"就算我们不小心犯了你上面所说的错误,那么,他们的报复也应该只针对人类。然而,深受其害的种族已经不下十个,或许还有更多,只是尚未发现——

①乔治·阿姆斯特朗·卡斯特(1839~1876),美国内战时期的联邦军将领,卡斯特最终在与印第安部落的战斗中殒命。

某些种族并不隶属于共和国，跟我们并没有社会或经济上的往来。"

我不得不承认，自己还从未考虑到这个问题。或许这就是增加一双新眼的好处。

"好吧，我承认这一点。"我说，"可我们依然无法理解他们为什么要这样做，只是排除掉了一种可能而已。"

"如果我们能够排除掉足够多的可能，就可以缩小范围。"杰比代亚说，"一旦我们知道了他们行为背后的原因，就能够阻止他们了。"他又停了停，"我们不能再让他们给受害者带来这么大的痛苦了。"

"我是否可以理解为你决定要留在咱们部门了？"

他坚定地点了点头。"当我还是个小男孩儿的时候。"他开始讲述，似乎说的是另外一个人的故事，"就梦想着跟星际海盗作战，或者营救年轻貌美的女郎。这些女子个个命运多舛，生不如死。梦境是那么辉煌壮丽、浪漫多彩……"他的声音逐渐消失，目光停在空中，若有所思，"可你知道吗？人类能够挺过海盗的劫掠，甚至能够战胜生不如死的命运，但如果丢掉了最珍贵的记忆，没有人能够活下去。我当然会留下来，我属于这里。"他顿了顿，过了一会儿，又接着说，"这个周末，我看了超过两百名受害者留下的全息影像，听他们描述与星际吉普赛人交易过后的生活。我将铭记这些内容，直到再也没人能够夺走他们记忆的那一天。"

"好吧，听起来你已经找到了可以为之奋斗终生的事业。"

"我希望不是。"

"我不理解你的说法，"我疑惑地问，"你刚刚还说——"

"如果我在这儿待一辈子，就意味着我们始终无法解决这个问题。我的计划是待到我阻止他们的那一天。"

"我也曾经那样想过。"我说。

"你肯定还保持着这样的信念。"他强调,"你并没有离开。"

"我能去哪儿?又能做些什么?"我回应道,"我不知道自己是否能够抓住他们中的一个,但确信没法儿完全阻止他们。但我不能无视这个问题,尤其是目睹他们带来的伤害之后。这是场战争,但损失却并非是坍塌的建筑和烧毁的车船,而是丢失的记忆和破碎的梦想。从长远角度来看,我觉得这种伤害更为恶劣。"

他久久凝视着我,"真有趣。"他说,"我已经跟你共事快两个月了。起初,我认为你只不过是个愤世嫉俗的家伙,混着日子,等着退休拿养老金。"

"现在呢?"

"现在我认为你是个一心想要阻止星际吉普赛人的愤世嫉俗的家伙。"

"我当然想阻止他们,但你必须先学会控制自己的感情,避免受到外界因素的干扰。否则,你最终会重蹈本·鲍尔森的覆辙,前往某颗没有任何犯罪活动的边缘星球,成为唯一的警力。"

"你怎样摆脱内心的痛苦呢?"他问。

"每个人都有自己与众不同的方式。当医生面对无法治愈的绝症,下班回家后怎样才能过上正常人的生活呢?你必须调整自己的心态。据我所知,本·鲍尔森,还有数十名跟他相似的人,如果跟星际吉普赛人打过交道,大概都会沦为受害者。这都是因为他们不会保护自己的感情。"我望着他,"你呢?你能够保护自己吗?"

"能。"他说,"我会捉住他们的。"

我已经记不太清,但还是敢打赌二十七年前,自己也说过同样的话。在那之后,我渐渐成熟,也失去了最为重要的东西。

三天后，我们找到了第一个突破点，而且来自最令人意想不到的渠道。

我们为计算机编好程序，追踪并报告任何可能来自星际吉普赛人的信息。它们的确能查到星际吉卜赛人的行踪，但总是落后一步，得到的都是滞后的消息。报告传来时，星际吉普赛人早已完成了交易，带着看似无害的纪念品，哪儿来的回哪儿去了。

然而，这次发挥作用的根本就不是计算机，而是从殖民星球布朗森三区的一家不大的新闻机构传来的亚空间无线电频讯息。

我正坐在办公桌旁，仔细审阅着来自星团边缘十几颗星球的报告。这时，加梅·科瓦莫向我走来，脸上的表情有些奇怪。

"嘿，怎么了？"我问。

"我想你应该听听这个。"她说。

"好。是什么？"

"173频道。"

"私人频道吗？"我问。

"不算是。"

"那么把信号接进来，让所有人都能听到。"我对她说。

她按动控制键，每张办公桌上方两英尺的地方都浮现出因受到静电干扰摇摆不定的画面，画面中是一张中年女性的脸。小小的光点不断闪烁，但这只能说明信号较弱。那张面孔平淡无奇：皮肤光滑，双眸幽深，乌黑的秀发向后梳成圆锥形的发髻——是在靠近星系中部的高雅星球上颇为流行的样式。

"你好。"画面中的女人说，同样由于静电的干扰，声音有些模糊不清，"希望我没联系错人。我叫奥米拉·马斯波利，供职于当地媒体《布朗森灯塔报》。"画面开始破碎，我们只能等它再度稳定下来，"另外，我还是布朗森三区诈骗调查署的头儿。来到布朗森之前,我曾经在马图萨多纳二区工作过。"

她的话在办公室引起不小的反响,马图萨多纳对我们部门的成员而言,几乎就是个传说。

"当时,先是马图萨多纳行星发生海啸,随后星际吉普赛人就到了。两者带来的损害都令人震惊,海啸造成的破坏最终恢复如初,但星际吉普赛人却给马图萨多纳带来了永久的创伤。"她故意顿了顿,"所以我才联络了你们。今天早晨,我收到了下面的电子邮件,发件者希望征询我的意见。"

她倾身向前,看着一块小屏幕读起来:

亲爱的奥米拉·马斯波利:

十九天后,我女儿将从杜拉斯坦迪四区大学毕业。我拥有一艘太空船,但它出了故障。我不是机械师,不清楚究竟是哪里出了问题。而且为了支付女儿的学费,我已花光全部积蓄,实在没钱买新的太空船,甚至连旧船的修理费用都拿不出。我也没钱搭乘星际班机。我的丈夫已经去世,女儿就是我的全部。本来我以为,自己别无选择,只能待在家里,眼睁睁地错过她生命中最重要的日子。可是,昨天突然有群人出现在我家门口。他们自称是巡游机械师,在星际间旅行,寻找工作机会,听说我的太空船坏了,便前来帮忙。我向他们解释,太空船公司给我的最低维修价是三万二千信用券,我没那么多钱付账。他们主动提出,以三千玛丽亚·特蕾莎元的价格帮我修理太空船。你知道,这大概只相当于不到一万信用券。我听到他们的报价,简直不敢相信这是真的,但我也没其他办法了。我告诉他们,今天晚些时候给出答复。我的问题是:如果在我前往杜拉斯坦迪星球之前,他们没能修好太空船,反而溜之大吉,我能得到哪些法律援助呢?

读完邮件,奥米拉·马斯波利抬起头来。

"如果他们是星际吉普赛人，我猜得出他们会怎么做，我希望你们能立即采取行动。如果他们并非星际吉普赛人，我为占用了你们的时间致歉。"

画面消失不见。

"立即跟她取得联络，想想办法，看能不能帮我联系上写邮件的女人。"我说。

"这儿已经有了。"杰比代亚说，"她在传输图像的同时，还把那女人的联系方式通过网络传给了我们。"

突然，那女人的姓名和密码同时出现在所有人的电脑屏幕上。

"哈丽雅特·米克。"加梅说，接着念出那一串简明的密码指令，"好了，加比。信号已经接通，你可以发消息了。"

"给哈丽雅特·米克的信息。"我说，由于担心静电对消息的干扰，所以我盯着镜头，认真地说出每个字，"我是加布里埃尔·莫拉，奥米拉·马斯波利将你发给她的邮件，传送给了我所属的部门。我会附上我的身份证明，你可以向布朗森的任何政府部门查证。

"主动帮你维修太空船的那些人，有可能真的像他们自己声称的那样，但也有可能隐藏了本来的面目，邪恶至极。我问你一个问题，如果答案是肯定的，别再讨价还价，更别签任何协议，立即跟我联系。问题很简单：除了你跟奥米拉·马斯波利提到的三千玛丽亚·特蕾莎元，他们是否还要求得到其他形式的报酬？当然，这附加的报酬可能看上去微不足道。"

"到此为止？"加梅问。

"到此为止。"

"好的，已经发出。过一会儿，我会再发一次，通过我们位于平托星球的站点完成传输。这样一来，画面受到干扰的可能性会降低很多。"

"很好。"我说,"保持这一频道二十四小时畅通,并尽可能地联络距离布朗森三区五十光年内的职员,请他们帮忙监控该频道,以免静电干扰阻断了她的答复。"我站起来,转向杰比代亚,"给你二十分钟收拾行囊,咱俩在太空港集合。"

"你不等答复,就直接启程前往布朗森星球?"加梅问。

"如果等答复到了再出发,你认为我们抵达时,还能有所发现?"

"你做得没错,这是当然。"她做了个鬼脸,"如果她有所回应,我应该告诉她什么?"

"告诉她,想办法拖住他们,就说正在筹钱。她是位品德高尚的女士,只有确定能够兑现承诺,才会跟他们达成协议。"

"如果他们主动降价怎么办?"

"他们不会。"我边说边走向门口。

"你凭什么这么肯定?"杰比代亚问,紧走两步追上我。

"他们从不会那样做。"我说,"那么多聪明人还是跟他们做了交易,你认为原因是什么? 因为他们的报价几乎让人无法拒绝。"

"还是有人拒绝。"他强调。

"很少。"我回应道,"像我刚才说的,星际吉普赛人从不讨价还价。只要遭到拒绝,他们转身就走,而回绝他们的人则会终其余生,后悔当初拒绝他们。"

他满脸嘲讽之色,"也就是说,即便遭到拒绝,他们仍然能够成功地交易悔恨。"

"没错。"

"在你看来,她能及时收到信息吗?"我俩走出大厦,跳上传送带时,杰比代亚问。

"很有可能。"

"她会听吗?"

"哦,她会听的。"我说,"但正像她所说的,这是她女儿生命中最重要的日子,而且三千玛丽亚·特蕾莎元是个不错的价格。"

"所以,你不认为她会赶走他们?"他继续问道。

"你认为呢?"我反问。

布朗森三区是颗气候温和、娇小可爱的星球,三片内陆海之中点缀着数百个岛屿,还有两列积雪盖顶的雄伟山脉。当地没有智慧生物,但却进化出了各种各样神奇的物种。起初,人类将这颗行星开发成了游猎场所,最后动物被捕猎殆尽(花费的时间绝没有你想象得那样长)。为了让多种濒危生物免于灭绝,那里兴建了保护区。此外,在星球上还发现了管状钻石矿,采矿公司随即进驻,接着又修建了很多配套的生活设施。不到一百年的时间里,钻石矿被开采一空,但许多城镇留存了下来,照常运转。布朗森三区成了隶属共和国的数千颗普通星球中的一颗,人们按时缴税、遵纪守法,从不在政治上兴风作浪。这里跟别的星球一样宜居,直到星际吉普赛人到来。

"星际吉普赛人究竟是怎么知道的?"我俩在入境检查处排队时,杰比代亚问,"布朗森三区并没有大规模的天灾人祸。人们当然能够通过计算机收集到海啸、地震或者台风的相关信息,但这里只不过是一个女人无法负担修船的费用而已。"

"他们无所不知。"我说。

"他们也不是通过截取奥米拉·马斯波利的信息获得的消息。他们去哈丽雅特·米克家在先,奥米拉发信息在后。"

"或许真是星际吉普赛人。"

"你有所怀疑?"

"不。"我说,"我没怀疑。"

"我也一样。"

我迈步朝入境检查处的柜台走去。

"欢迎来到布朗森三区。"机器人职员呆板地说,"你要在这颗行星上停留多久?"

"很可能不到一天。"我回答。

"我已经扫描过你的护照,批准你进入布朗森三区,你的签证有效期为三天。在逗留期间,你可以自由活动。如果想多留几天,你可以向移民及旅游局提出申请,他们有权免费将你的签证延长六天。我们当地的货币是远伦敦镑;同时也接受玛丽亚·特蕾莎元、新旁遮普卢比以及共和国信用券。布朗森三区的重力是地球的百分之九十七点二八,日长为二十二点一七个标准时。还有什么问题吗?"

"没有。"

"祝你在布朗森三区过得愉快。"机器人说完,又向排在我身后的杰比代亚重复了刚才的话。

我们通过海关,得到准许进入太空港休息厅后,一个穿着考究的小个子男人向我走来。

"你好,加比。"他说。

"你好,沃尔夫。"我回应道,"杰比代亚,见见沃尔夫冈·斯波拉,我们派驻在布朗森三区的专员。沃尔夫,这是杰比代亚·伯克。"

"很高兴认识你,杰比代亚。"沃尔夫说。

"我们在这儿有多少人手?"我问他。

"我在太空港安排了二十五人。"他回答,"另外有十二人负责监视米克尔家。当我们赶到她停放太空船的小港口时,维修工作已经完成了。但考虑到星际吉普赛人有可能返回取落下的工具或别的什么东西，我还是在那儿留了五个人。"

"做得好，你考虑得相当周到。米克不知道她正被监视吧？"

他摇摇头，"她若是因此感到紧张，肯定会不时瞅瞅灌木丛，或者瞧瞧邻居家的屋顶。这样别说是星际吉普赛人了，我都能看出端倪。"

"我们该怎么去她家？"我问。

"我带你们去。"沃尔夫主动提议，"我的车就停在门口。"

"不用。"我说，"星际吉普赛人或许也会监视米克家。我和杰比代亚坐公交去就行，就我们俩。她只知道我们俩会去，我不希望让她感到讶异或者猜疑，当然，这只是为了以防万一。"

他看上去有些失望，但多年养成的职业素养使他绝不会质疑我的命令。"你们走出太空港，"他说，"就可以叫一辆免费的空中巴士，巴士的程序中已经编入了布朗森三区所有居民的地址。这里的人口不多，总共还不到五十万。"他顿了顿，"你想要我原地待命，还是前往米克家附近，跟我的人一起盯梢？"

"你还是留在这里吧。"我说，"她家周围的动静越小越好。就算他们能过我这一关，还是要想方设法离开这颗行星。私人空港方面，我们安排得怎么样？"

"整颗星球共有五座私人空港，每座我都安排了人手。如果他们从陆地逃脱了，我还在行星轨道上派驻了警方的太空船。"

"似乎一切都在你的掌握之中。"我说，"我也想不出还有什么遗漏的，至少现在还没想到。如有需要，我通过伽马频率联系你。"

"祝你们好运。"他说，"我尽量克制着自己激动的情绪，但我感觉这次我们能逮住他们！"

"希望如此。"我说。

　　我和杰比代亚走出太空港,跳上一辆外观时髦的空中巴士,命令它带我们前往哈丽雅特·米克的住处。几分钟过后,空中巴士进入了一座迷人的小村落。这村落像极了地球上存在过的旧式村庄,遍布着石头房舍、尖木桩篱笆以及五颜六色的花园。当然,石头表面下是钛金属结构,篱笆能够将任何不速之客化为蒸汽,花园则由机器人照管,但乍一看,外人绝对不会想到这些。整个村落看上去小巧玲珑、平和静谧,极具复古风格。

　　过了一会儿,我们停在了一座村舍前面,空中巴士通知我们已经抵达米克的家。我们下了巴士,走到大门外,让隐藏在门闩之中的"侦探眼"识别我们的身份。等大门打开后,我们走向前门,前门扫描了我们的视网膜及骨骼结构,即时联通太空港的计算机,将验证的结果跟护照信息进行比对,然后把我们到来的消息告知主人,等待她下达开门的指令。

　　一位女士站在客厅中央,邀请我们进去。她已年近六旬,似乎很虚弱。

　　"早上好。"我说,"我是加比·莫拉,这是我的助手杰比代亚·伯克。你收到我昨天从戈登罗德发出的信息了吗?"

　　"是的,我收到了,莫拉先生。"她回答,"我听完有些担忧,发生什么事了?"

　　"希望没什么事。"我说,"我的联系是否及时?"

　　"如果你的意思是,我是否与那些巡回机械师达成了协议,答案是协议已经达成。但如果你是指他们是否完成了修理任务并且索取了报酬? 他们还没来得及收取报酬。"

　　我看得出杰比代亚很兴奋。入职才六个月,他或许就真能亲眼看到个星际吉普赛人,这是我整整二十七年都未能达成的目标。

　　"他们究竟要求了怎样的报酬? 请确切地告诉我们。"我说。

"跟我告诉奥米拉·马斯波利的一样,他们要价三千玛丽亚·特蕾莎元,我同意给他们这个数。"

"还有别的吗?"

"你甚至昨天就知道他们还有别的要求,这究竟是怎么回事?"她问。

"他们总是如此。"

"这么说,他们是不法之徒了?"她露出担忧的神情,"这是否意味着,他们根本不会为我修理太空船,而我也无法参加女儿的毕业典礼?"

"他们会修好你的太空船的。"我说,"他们从来言出必行。"

"那我就放心了!"她大声说,"你刚才把我吓得够呛,莫拉先生。"

"你还没有回答我的问题。"我说,"他们要的其他报酬到底是什么?"

"哦,一些微不足道的小玩意儿。"她说,"某件小纪念品而已。"

"他们明确表示要什么了吗?"

"还没有。"哈丽雅特·米克说,"他们说修好太空船之后,会带账单给我,再选择一样小纪念品。我实在不明白,你们为什么大老远从戈登罗德赶来。他们甚至在合同中写明了,索要的纪念品的市价不超过五十信用券。"

"他们会来你家里领取报酬吗?"

"他们是这么说的。"她回答,"我也愿意在银行或者太空港口付款,可他们希望选择所需的纪念品,所以一定要来我家。"

"如果我们留在这里等他们来,你不会介意吧?"我问。

"我就知道!"她看上去泪水就要夺眶而出,"他们准是做了违法的事,你们要将他们逮捕归案。这样的话,我就去不了杜拉斯坦迪了!"

"我们必须阻止他们为非作歹。"我回应道,尽可能地让语调平和一些。

"他们是什么人?"她追问,"他们做了什么错事?"

"你听说过星际吉普赛人吗?"我问。

"只从流言和传说中听到过。难道你要告诉我,他们真的存在?"

"没错,他们真的存在。"我答道,"你还和他们签订了协议。"

"那些帮我修理太空船的好心人?"她说,"我不相信!"

"你这样想,我感到很遗憾。"我说,"因为他们的确是星际吉普赛人。"

"就算你说得没错,你自己刚才也说过他们言出必行。"她倔强地说,"他们答应帮我修好太空船,而且只收三千玛丽亚·特蕾莎元。"

"还有一件纪念品。"杰比代亚提醒。

"只是个小玩意儿。"

杰比代亚望着我,似乎在问:你想告诉她多少实情?

这的确是个问题。我不希望对她有所隐瞒。毕竟,她是他们的目标,我们来到这里,为的就是保护她。但因为星际吉普赛人帮她实现了飞往杜拉斯坦迪的愿望,她满怀感激。我甚至担心,如果她认定我们会对他们不利,或许会出言警告。我考虑了很多可能性,最后灵机一动,想出一个解决办法。在我看来,这会让所有人都感到满意。

"我知道你为何不想让我们留在这儿等他们。"我说,"如果我承诺,万一你跟他们的交易搁浅,或者你的太空船出于任何原因无法运转,我的部门会保证你能顺利出席令爱的毕业典礼,而且不用支付任何费用,这样可以吗?"

"此话当真?"她问,显然心存怀疑。

我对着自己的袖珍电脑重复了刚才的承诺,印上指纹,将一份副本传给奥米拉·马斯波利,一份传回戈登罗德总部,然后打印出一份交给哈丽雅特·米克。

她仔细看完,然后抬起头来,"好吧,莫拉先生。你和伯克先生可以留下,想来点儿什么吃的或喝的吗?"

"咖啡或者其他无酒精饮料就好。"我说。

"我自己不喝咖啡。"她说,"重新给机器人厨师编程,得花费几分钟时间。"

"我们不着急。"我宽慰她说。

她离开客厅时,我看向窗外,没发现任何星际吉普赛人或者自己人的踪迹。

"她的院子乱成一团,房子也需要打扫了。"当米克走进厨房后,杰比代亚轻声说,"她根本没有机器人,要不然就是机器人坏掉了。她只能亲自给我们煮咖啡,在我们走后自己做清洁。"

"我知道。"我说,"但是如果不这样,我们只能去外面的餐馆喝东西。在他们到来前,我哪儿都不去。"我拍了拍腋下的脉冲枪,为的是确保自己没把它落在衣柜里,或者是办公室。这是我多年养成的习惯,只要一紧张,就会这样做。

"它在那儿呢。"杰比代亚盯着我说。

"你带了什么来?"我问他。

"老样子——'燃烧者'和'尖叫者'。"他回答,指的是他的激光枪和音波手枪。

几分钟过后,哈丽雅特回到客厅,用托盘端来两杯黑咖啡。

我们各尝了一口,味道像是沼泽里的泥水。

"这真棒!"杰比代亚撒了谎,"是心大星咖啡吗?"

"是布朗森咖啡,我们自己种的。"她颇有些自豪地说,"你觉得怎么样,莫拉先生?"

"令人难忘。"我说,心里却在祈祷这东西别搞得我整晚跑厕所。

"我能问个问题吗?"她说。

"当然可以。"

"星际吉普赛人究竟做过些什么? 他们抢过谁的东西吗?"

"根据官方记录,他们并没有。"

她长叹一口气,"我厌倦了你们的官僚作风,还有你们所谓的机密。"

他们追求的究竟是什么? 我根本不得而知,又何谈机密。我扬声问:"他们来了多少人?"

"头一回来了三个人,再来跟我谈合同的时候有七个人。"

"都是人[1]吗?"杰比代亚问。

"不,有两个女的。"

"我的意思是,他们都是人类吗?"

"看上去像是。"

"像是?"我重复。

"他们只是……呃,既然人类的足迹已经遍布整个星系,并在与地球不同的环境中代代相传,必然会发生各种各样微小的变异。"

"这些家伙跟你我究竟有什么不同?"我问。

"他们也没有……没有太大不同。"她说,"那些差异可能真的太小了,我现在想想,还真说不出到底哪里不同。"

"或许你发现他们说话的方式异于常人? 嗓音的特点、某个单

---

[1]此处为英文单词"man",也可理解为"人类"。

词的发音,又或者是句子的结构?"

她想了想,然后摇摇头,"不,我不想误导你,莫拉先生。因为生活的境遇不大好,我承受了很大的精神压力。或许这些微小的不同都是我臆想出来的,其实根本就不存在。"

"好吧,他们确实跟人类不同。"我说。

"你的意思是?"她问。

"我是说,虽然跟他们打交道多年,我们仍然不知道他们究竟是什么。"

"他们是人类。"

"不。"杰比代亚说,"他们绝非人类,这是我们唯一能确定的。"

"你肯定搞错了。"她坚持说,"我知道自己跟什么人说过话。"

"争论没有任何意义。"我说,"等他们来了,我们一看便知。"

"他们是人类。"她喃喃自语,接着又说,"我想我得去趟厨房,监督机器人厨师。"她转身离去,到厨房准备晚餐。

"我觉得对不起她。"杰比代亚说,"害她要在我们面前这样装腔作势。"

"她本不必如此的。"我说,"这是她自己的选择。更何况如果我们比星际吉普赛人晚到,你会觉得更对不起她的。"

"我知道。"他表示赞同,"可是,我——"

他突然紧张起来。

"怎么回事?"我问。

"我刚刚看到外面有人。"

"星际吉普赛人还是我们的人?"

"我们很快就会知道答案。"他说。我注意到他松了松自己的上衣,以便更容易拿到武器。

我把哈丽雅特从厨房叫到客厅,让她下达指令,打开屋门。

进来的是两男一女。其中一个男人身材高挑，淡黄色头发，蓝色的双眸仿佛洞察一切；另一个男人身材健硕，肌肉发达，有些秃顶，两鬓斑白，高鼻梁，下巴后缩。那女人二十出头，深色短发，双目狭长，炯炯有神，她不着饰物，未施粉黛，或许超重了几磅。

他们看到我和杰比代亚站在屋里，没有露出丝毫惊讶的神情。

"太空船已经修好了。"高个儿男人说。

"我们是这家的朋友。"我边说边朝前迈了一步，"我们要先检查一下太空船，然后哈丽雅特才能付钱，希望你们别介意。"

"你不是任何人的朋友，加布里埃尔·莫拉。"他回应道，"但我们对自己的手艺很有信心，欢迎你去检查。"

"你知道我的名字？"

"我们了解你的一切。"他说，语气轻松。

"肯定远超你对我们的了解。"另一个男人说。

"我何尝没试着多了解你们。"我说，"我等见到你们的这天，已经等得太久了。"

"现在你终于见到了。"那女人说，"希望我们没让你失望。"

"我会告诉你们我的感受的。"我说，"但得等咱们回戈登罗德，好好长谈一番之后。"

"我们不会去戈登罗德的。"高个子男人说。

"我可不这样认为。"我掏出了脉冲枪，同时示意杰比代亚也亮出激光枪。

"把这些东西收起来。"那女人说，没有表现出丝毫惧意，"你们知道，迄今为止，我们从来没携带过武器。"

"手持武器让我倍感欣慰。"我说，"我希望你们明白，逃跑是不可能的。这座房子已被团团包围，布朗森所有的公共及私人太空港都有我的人手。"

"没得到报酬之前，我们并不打算离开。"高个子男人说，接着转向哈丽雅特·米克，"你的太空船已经修好了，可以付给我们报酬了吗？"

"如果太空船真的修好了，你们自然会得到报酬。"我说，"或许你们可以把它用作预付金，请位好律师，你们很快就会需要律师的。"

"我没跟你说话，加布里埃尔·莫拉。我们跟哈丽雅特·米克达成了协议，也履行了自己的责任。现在你是在建议她背弃自己的承诺吗？"

"我告诉过你，如果太空船修好了，她会把钱存入代管基金账户。你们获释后，就可以使用这些钱了。"

"这只是酬劳的一部分。"高个子男人说，"还有纪念品的问题。"

"我想你刚才根本没听我说话。"我说，"让我们谈正经事吧。你们会乖乖投降，束手就擒吗？"

"当然不会。"高个子男人说，"我们犯了什么法？"

"咱们到戈登罗德再聊这个话题。"我说。

"我也告诉过你，我们不会去戈登罗德的。"他说，"至少，不会以囚犯的身份去。或许会有那么一天，我们决定造访戈登罗德，但现在为时尚早。"

我实在是想不通。我手握所有的王牌，杰比代亚和我手持武器，枪口就对着他们；他们也应该知道，我说房子被包围并非虚张声势；我的人遍布各个太空港口，想来他们不难发现。但他们仍然镇定自若，似乎根本就搞不清状况，不知道自己已经陷入了孤立无援的境地。

"搞不清状况的是你才对。"高个子男人随口说出了我正在想的内容。

"你拥有心灵感应的能力吗?"我说,并未感到十分惊讶,"你只能读心,还是也可以用心灵感应传递消息?"

"二者必具其一。"那女人微笑着说。

"如果你们能阅读我的想法,就应该知道,你们根本没有机会逃脱。那么,不要把事情变复杂。"

高个子男人再次转向哈丽雅特,"我最后问你一次,哈丽雅特·米克,你是否会兑现对我们的承诺?"

她疑惑地望着我,问道:"我应该怎么做,莫拉先生?"

"我已经告诉过你。"我对高个子男人说,"如果太空船修好了,你们自然会得到钱。"

"我想你应该知道,我们根本不在乎钱。"高个子男人说。

"我想你也应该知道,我根本不在乎你在乎什么,"我说着,朝他们挥挥脉冲枪,"咱们走吧。"

杰比代亚向前跨一步挡在哈丽雅特身前,以防事态发展得无法收拾。

"你的话已经说完了?"

"没错。"

"你这个蠢货,加布里埃尔·莫拉。"他说,"真让我失望。"

"我们活在世上,都必须学会忍受失望。"我语带讽刺地说。

"不。"他坚定地说,"只有一部分人需要这样做。"

突然间,那个高个子男人消失不见了,站在我面前的人跟我长得一模一样。我拼命眨眼,但情况没有半点儿变化。接着,我意识到屋里出现了两个杰比代亚,两个哈丽雅特·米克。

我不清楚他们究竟是真能变形,还是仅仅实施了某种心控术。但这都不重要了,他们甚至比我想象得还要危险。

"加比?"其中一个杰比代亚疑惑地问道,"我该怎么做?"

"帮帮我,加比!"另一个说,二者的嗓音没有任何差别,"有两个你!"

"如果你分辨不出来,就把两个我都击倒!"我说,"既然我们知道了他们有这样的能力,就更不能让他们逃走!"

"瞄准吧!"另一个我喊道,嗓音跟我如出一辙。

我左边的杰比代亚想要举起他的激光枪。我看得出他的肌肉已经绷紧,汗水从脸上滑落,但手却连一厘米都抬不起来。我正打算将两个杰比代亚都击倒,但突然间,我发现自己同样动弹不得。

站在我面前的另一个我再次露出微笑。

"你仍然认为我们无法走出这里?"他说完,从我的上衣口袋里拿走袖珍电脑,调到伽马频率,对着电脑说,"你好,沃尔夫。"他声调中的抑扬顿挫都跟我一模一样,"虚惊一场。他们真的只是一伙巡回机械师。行动取消,大约一小时后,咱们太空港见。"

他切断信号,把电脑揣进自己兜里。我则在想他们会如何处置我们。

"今天,我们不会杀任何人的,加布里埃尔·莫拉。"他很快对我的想法做出了回应,"你或许会成为我的猎物,但并非我的敌人。"

"见鬼!我不是你的猎物!"我吼道。

"你了解我们的历史。"他说,"我们曾经对任何人造成过物理伤害吗?"

"你们有别的招。"

他又一次露出微笑,我甚至觉得他有些歉疚。"现在你看穿我了。"他承认。

他走向哈丽雅特,很明显,她也动不了。"现在,哈丽雅特·米克,是时候完成我们的交易了。我知道你无心伤害我们,所以我把加布里埃尔·莫拉及杰比代亚·伯克的出现归咎于你,但我坚持你必须履行承诺。加布里埃尔·莫拉已经许诺给我们钱,就让我们假设他是守信之人,会说到做到。我们稍后会跟他联络,安排转账的相关事宜。"他顿了顿,"那么,剩下的只有那不值钱的纪念品了。"

他朝着另一个"哈丽雅特"点点头,她开始在房间里四处搜寻,触碰书籍、搁板、花瓶、油画、钟表,乃至全息照相机。突然,卧室引起了她的注意,她迈步走进卧室,不一会儿,手里拿着一把破梳子再度出现。

"不!"哈丽雅特喊道,"那个不行!其他的东西随你们拿!"

假哈丽雅特将梳子递给另一个我,他拿起来看了看,"就算是新的,恐怕也不值十信用券。好的,这就是我们想要的纪念品,哈丽雅特·米克。"

"求求你们!"她的眼泪顺着脸颊流了下来。

"我想,现在是时候道别了。"他继续说,将梳子交给那女人,又将一只手搭在我肩上,直视着我的眼睛,"你我将无缘再见,加布里埃尔·莫拉。但我还是为这次碰面感到高兴。"他转向杰比代亚,"你肩负重担,杰比代亚·伯克。好好保护它。"

起初,我以为这只不过是对我的羞辱,意思是我是杰比代亚的负担。但接着我发现杰比代亚面露惊讶,这才意识到他知道星际吉普赛人在说什么,而我却对此一无所知。

然后,他们匆匆离去,正如他们匆匆到来。

我们三个又僵直地站了半小时。我问哈丽雅特关于梳子的事情,但只要一提起,她就开始哭。最终,我只能放弃。

等我们终于能动时,我知道星际吉普赛人已经离开了布朗森星球。

回到戈登罗德后,我们被盘问了整整三天,但并没有起多大作用。知道他们可以变成任何人,对寻找他们毫无帮助;知道他们会读心术,又没办法保护我们的想法不被探知。唯一的变化是:政府将我们部门的预算加倍,又添了七十五名新职员——有人类,也有外星人。

接下来,是一系列严格的体检和心理测试,为的是确保星际吉普赛人没有潜入我们部门。我心下知道我们揪不出星际吉普赛人来,结果果然如此。

"他们为什么要来这儿?"杰比代亚说,"我们从不会主动出击,只是被动做出反应。他们根本没必要来这儿误导我们。"

"但得考虑到所有的可能性。"我说,"我们所做的一切很可能都是无用功,但我们不能冒险。"

"我知道。"他说,"当我们有机会时,本应该射杀一个星际吉普赛人的。至少可以将他交给科学家,或许就能够研究出追踪他们的办法。"

"共和国不允许冷血的谋杀。"我说。

"共和国从未面对过拥有如此能力的家伙。"杰比代亚反驳道。

"你显然没有深入考虑过这个问题。"我指出,"既然他们能够阅读你的心思,只要你一想,他们就知道你下一步的动作,你该如何杀掉这样的生物呢?"

"如果我做出决定时,他距我还有二十英尺远,他就无法阻止我。"

"除非墙壁能够阻碍他们的读心术,不然开门之前,他就已经知道了你的想法。他会选择不开门,或者提前做好准备。而且,不管你用何种方式达成目标,结果都是谋杀。"

他长叹一声,"我想你是对的。他们对受害者的所作所为,让我恨得牙痒痒。虽然受害者是自作自受,但毕竟事先并不知道星际吉普赛人要的是什么。"

"无论怎样,"我说,"阻止他们的唯一途径,就是搞清楚他们的目的。否则就算咱们部门批准了射杀两名星际吉普赛人,我们又能够从中得到什么呢? 两具尸体? 或许还有找到他们的方法。但这并不能阻止他们满宇宙游走,四处寻找可以接手的工作。"

"据我所知,他们交易时,从来没有只要钱的情况。"杰比代亚说,"微不足道的纪念品不可或缺。"

"当然。但为什么呢? 自从我离开海军,开始在这里工作,我就不停地问自己这个问题。"

"你来这里二十七年了,还曾在海军服过役? 你看上去没那么老。"

"我在海军待的时间不长,还不到两年。塞特战争期间,我的腿被炸飞了。从那时起,我就改用政府给我换的这条腿走路了。"

"我竟然从未注意到。"

"你没察觉到也很正常,我早已适应这条假腿了。见鬼,马库斯·昆特比是去年全球薪金最高的轮椅橄榄球选手,可他两条胳膊都是假肢。"

我们又聊了一会儿,然后接到报告,得知一队星际吉普赛人再次发动攻击——如果"发动攻击"这个词用得贴切——目的地是科林达星系。现在做什么都已经太迟了,但我们还是尽职尽责,登上太空船,赶往科林达。

贝拉格是一种具有智慧的有袋哺乳动物,生有三足,从头到脚都覆盖着亮橙色的绒毛,生活在科林达五区。一直以来,科林达五区变得越来越热、越来越干,所有用水都取自深井。给当地一家医院供水的井坍塌了,如果一个太阳日之内无法修好,病人们就得忍受干渴的折磨；如果三日之内无法修好，绝大多数的病人都活不成。

星际吉普赛人随即出现，仍像以往那样"慷慨"相助，仅用不到一天的时间，就将水井挖开，加固了井壁。他们跟医院的所有职员签了合同，等我们赶到时，已经分不清究竟医生更痛苦，还是病人更痛苦了。

我们问了相同的问题，得到了一样的答案，徒劳地搜寻了一番星际吉普赛人留下的线索后，揣测他们的下一个目标。最后，我们离开了科林达五区，为终于能从他人的痛苦中逃开感到开心。

我们刚刚飞出科林达五区的平流层，正准备切换到光速，无线电在这时接收到了次空间信息。三名人类矿工被困在了丘吉尔星系第六到第七行星之间的小行星带。他们的太空船出了问题，三名矿工发出了求救信号。救生飞船已经出发，但要一个标准日才能赶到，而我们到那里只需六小时。如果可能的话，我们愿意提供帮助。但更重要的是，这对于星际吉普赛人而言，似乎是笔不错的生意。或许，如果运气够好的话，我们就能在那儿等到他们。

总部将坐标输入导航计算机，我们以数倍光速前进，接下来要做的只剩等待了。由于此次航行只需六小时，没有进入深度睡眠的必要。我们检查了武器装备，吃了个简餐，耐心等待着旅程结束。

距离目的地大约还有二十分钟航程时，我们又收到了一条信息。矿工们成功地让飞船再度运转起来，目前正艰难地向相隔两个星系的格林威罗殖民星球飞去。

"你怎么想？"我问杰比代亚，"还想试一试吗？"

"如果他们没有收到信息，就不会知道矿工的飞船已经离开。我们有详细的坐标，如果能够先他们一步到达小行星带，他们没理由不把我们当成矿工。"

"一旦他们着陆,"我说,"就会使用那该死的读心术。"我考虑了所有的选项,意识到我们别无选择。我们都快到那儿了,如果只是因为不想被他们读心就避而不见,那我干脆永远不见他们好了,"好吧,那就尽管一试。"

十八分钟后,我们将速度调低到光速,开始在小行星带中穿梭。我开始手动操控,当我们的目的地——丘吉尔星系小行星1783-B——最终出现在视镜屏幕上时,意外发生了。一小块太空碎片——可能还没有易拉罐大——割破了飞船的外壳以及能源组。如果太空船静止不动,它自然会被弹开。可实际情况是,除了它自身的速度,我们的飞船也在以光速的百分之七十五前进,于是,它不偏不倚地割裂了核反应堆以及能源推进器。

"该死!"我低声抱怨。此时飞船已经逐渐失去控制,开始打转。

"发生了什么事?"杰比代亚紧紧抓住座椅的扶手。

"一块太空垃圾。"我说,"岩石、冰球,诸如此类的东西。"

"麻烦大吗?"

"如果我能够控制住飞船,在某颗小行星上平稳着陆,我们就会没事;但如果继续在小行星带里打转,早晚会撞上比刚才大得多的东西。"

我花了两分钟时间,慢慢控制住飞船,让它不再旋转。1783-B已经被甩到了我们身后,但正前方约九万英里处还有一颗小行星。我盘算着,如果能将飞船的速度降到足够低,很有可能可以在那里着陆。制动系统的反应有些迟钝,飞船又有打转的趋势,但我总算控制住了它。

"打起精神来!"我说,"我们会成功的,但我没法保证能做到软着陆。"

很快，那颗小行星填满了整个视镜屏幕。我试图让飞船的尾部先着陆，但控制装置不听使唤。最后，我只能满足于船腹滑行，靠摩擦力刹车。真他妈幸运！着陆的岩石地带没有突起的小山包，因为我们滑行了将近三英里，才最终停住。

"你还好吧?"我问。

"我不能保证心率和血压都正常。"杰比代亚说，"但没有受伤。"

"知足吧。四十五秒之前，我们连生还的概率都很小。"

他微笑着说:"很开心你没提前告诉我这一点。"

我检查了仪表盘。"我们还有其他麻烦。"我说。

"哦?"

"这里接收不到无线电信号，而且我感觉船体已经受损，氧气正在流失，我们最好爬进太空服里去。"

"太空服携带的氧气够用多久?"他问。

"大概半天。"

"飞船还有多久就会处于无空气状态?"

"以目前的流失速度，大约四小时。"

我知道他在想什么。我自己也在做加法运算。四小时加半天，也就是十六小时。就算救生飞船没有返航，赶到这里也需要二十四小时。在它抵达前两小时，我们就会用光所有氧气。更何况它没有任何理由继续前进。

"除非形势危急，我们先别进入太空服。"我说，"这样能够多争取一点儿时间，看看咱俩能不能把无线电装置修好。"

这是不切实际的想法，就算我们能让无线电恢复正常，附近也没有来得及派出飞船实施救援的共和国领土。哦，我们发出的信号可能会被路过的飞船接收到,事实上,这也是我们仅存的希望,但概率微乎其微。而且修理无线电也需要不少时间。

一小时过去,我认识到我俩根本无法修好无线电。或许技术更高超的技师能够做到,但修理坏掉的次空间无线电装置,恰恰非我所长。杰比代亚在这方面的知识甚至比我还少。

"哎,好吧。"我坐了下来,"想想看,我这一生也算不上糟糕,遗憾的只是工作尚未完成,生命就将结束。"

"你有孩子吗,加比?"杰比代亚问。

"我有个儿子。"我说,"我已经很多年没见他了,呃,十年或者十一年吧。我的妻子离开了我,大概是因为我把工作带给我的挫败感迁怒到了她头上。孩子被他母亲带走了。"我顿了顿,"他是个好孩子。在遗嘱里,我几乎把一切都留给了他。"

"几乎?"

我从胸前的口袋里拿出一个小盒,"除了这个。这个我要留给自己,不跟任何人分享。"

"这是什么?"

我打开小盒,举起来让他看,"勇气勋章,因为塞特战争而获得的。"

"就在那时,你失去了自己的腿?"他问。

"对。我失去了一条腿,却救了我们小队七名战友的命。我认为这很划得来,军方显然也这么想。"

"我很佩服你。"杰比代亚说,"我以前从没见过这样的勋章。"

"这样的勋章,他们颁发的不多。"

"你应该感到自豪。"

"那已经是很久以前的事情了。"我说,"况且,现在这情况,这勋章什么忙都帮不上。"我不再作声,回顾着自己的一生。总体而言,虽然没什么丰功伟绩,但还算成功。"我这一生,唯一的遗憾就是从没逮住哪怕一个星际吉普赛人。你呢?"

"我打算做的事情还很多。"他说,"我想,只能由别人来完成了。"

"这是将来。"我说,"关于过去,有什么遗憾吗?"

"只有一件事。"

"是什么?"

"一件憾事。"

好吧,如果他不愿提及,我也没必要强人所难。满打满算,我们还剩不到十五个小时,可以整理整理思绪,想办法死得尊严点儿。

他不停摆弄着各种仪器,有些还能正常运转,有些则不能。最重要的无线电装置仍然处于僵死状态。我感觉舱内的温度逐渐上升,不过有可能只是我的想象,也可能是因为氧气正在慢慢流失。我暗下决心,除非迫不得已,决不穿上太空服,或许我根本就不会穿。当你活了五十二年,就会觉得再多活十二个小时又能如何,而且还将是等待窒息的十二个小时。

"我还没立过遗嘱呢。"杰比代亚突然说,"我只是没想到,自己竟然这么快就得立遗嘱。我想我应该写一份,这样一来,无论谁发现了我们,都可以将它交给相关部门。倒不是说我已经拥有了多少财富。"

"等到有人发现我们,可能已经过了几百年。"我说,"整个星系渺无人烟,没有人知道我们置身何处。"脑海中突然闪过一个念头,我不由得笑出声来。

"什么那么好笑?"

"要是你有投在市场里或存在银行里的钱,等我们被发现的时候,可能已价值百万。没有后代继承这笔巨款,真是件糟糕的事。"

"没有后代还立遗嘱,感觉有点儿傻,不是吗?"他表示赞同。

"留给你信奉的宗教或者支持的政党。"我提议,"总会有人能够好好利用它。"

"我也这么想。"他转身取过话筒,向计算机口述了自己的遗嘱。过后,他坐在那儿一动不动,盯着座椅前方的小屏幕,然后转脸看着我,露出诧异的神情。

"怎么了?"我问,心想准是什么地方又出故障了。

"你说过,丘吉尔星系无人居住,对吗?"

"对啊。"

"而且你从未发出过无线电信息?"

"没有,你知道的。"

"好吧,可有艘飞船正向我们靠近。"他说。

"我想知道,咱们还有能用的武器系统吗?"我说,"我们可以发一枚近矢弹,引起他们的注意。"

"我们没必要那么做,这艘飞船并非路过,它正减速呢。"

我打开主视镜屏幕。他说得没错,一架银色的小飞船正向我们驶来。

"我看不到它的标识。"我说。

"这有什么问题?"

"如果他们已经发现了我们,很可能认为我们已经动弹不得了。"我说着,拔出了脉冲枪,"我希望他们是来救援的。但万一他们的目的是抢劫,我们也要做好准备。或许我们可以让他们动弹不得,然后接管他们的飞船。"

他拔出了激光枪和音波手枪,将它们放在身旁的控制台上。

"你以前见过这样的飞船吗?"眼见它距离我们越来越近,杰比代亚问道。

"没有。"我承认,"他们肯定是外星人。共和国没有这样的飞船。"

"它实在是太小了。"他强调,"看上去只能搭乘一个人。"

"即使这架飞船安装的是撒玛利亚推进器,也塞不下咱们两个人。"我说。

现在,飞船正悬停在距我们不到一英里的地方,开始优雅地向小行星表面降落。我一度认为它要降落在我们头上,但最终,它停在了距离我们几英寸的地方。

然后,我们听到——好吧,应该说感觉到——有人在我们的舱门前鼓捣着什么,持续了几分钟时间。然后,我听到有人在轻轻地敲舱门。由于置身于这颗没有空气的星球,我完全没想到会遇到这样的情况。

我下令舱门开启,可舱门也坏了。我用脉冲枪对着舱门射击,然后示意杰比代亚手动打开它。

他照我说的做了。紧接着门向内打开,他连忙后退。

一位中年女性出现在我们眼前,蓝色的双眸清澈透明,棕色的秀发上有些零星的灰白,匀称的身材强健有力。她穿着某种多用途的外套,而不是太空服。因此,我知道两艘飞船已被连通在一起了,否则她不可能来去自如。

她扫视四周,然后将目光投向我。

"我也很高兴见到你。"她说,语气中带着挖苦。我这才意识到手中的脉冲枪正对准她。我将枪放低,但始终握在手里。

"你是什么人?"我问。

"你想听实话,还是谎言?"她回应道。

"你是他们中的一员,对吗?"

"是的。那么,你是加布里埃尔·莫拉,他是杰比代亚·伯克。"她说。

"你怎么知道我们在这儿?"

"这真的重要吗?"她说。

"在死之前,我希望得知真相。"

"你会的。但我想,你或许更愿意活下去。"

"是你对我们的飞船做了什么吗?"杰比代亚问。

"当然没有。"她回答,"我知道你们不相信我,但我们真的不是邪恶的施虐狂。"

"其他星际吉普赛人知道你在这里吗?"

"他们现在已经知道了。"

"你来这儿,是为了营救我们吗?"

"哦,这就是我们必须协商的问题了。"

我不禁发出一阵刺耳的笑声,"这得花几百万信用券?"

"作为一名人类,你真的不值那么多钱,加布里埃尔·莫拉。"她说,"虽然我们没有触犯任何共和国的法令,你却无端地追捕我们,迫害我们;尽管我们光明正大、童叟无欺地做生意,你却警告人们不要跟我们进行交易。你甚至算不上人类之中重要的一员,在我看来,你的命只值一块钱信用券。"

"你耍什么诡计?"我说。

"没什么诡计。一块钱面额的信用券,外加一件纪念品做留念,我就救你。"她朝我微笑着,"任务完成后付账。"

"我在屏幕上看到过你的飞船。"我说,"你根本不可能将我俩全部救走。"

"这只是我对你的报价,"她说。然后,她转向杰比代亚,"我将免费救你,杰比代亚·伯克。不要钱,也不要纪念品。"

"为什么?"他怀疑地问,"你们从来不会无偿工作的。"

"你拥有非凡的才能。"

"什么才能?"

"上了我的飞船,咱俩再详谈。"

"这里出了故障,我会为此牵肠挂肚的。"他说,"如果你一次只能救一人,先带加比走吧。"

"我不想带他走。"她毫不犹豫地说。

"我不会留他在这儿等死。"

"如果他接受我的条件,自然会有人来救他。"

"如果他拒绝呢?"

"那么,他就会孤独地死去,甚至无人为之哀悼。"她说,"他的名字会被忘记,尸身无人发现,就好像他从来没在这世上存在过。你希望你的朋友接受这样的命运吗?"

"先救他吧。"杰比代亚固执地重复着。

"别傻了,杰比代亚。"我说,"既然她愿意给你机会,就跟她走吧。"

"我不会抛弃你。"他回应道。

她转向我,"别跟他争论。时间一到,他自然会自己做出决定。咱俩成交了吗,加布里埃尔·莫拉?"

"一块钱的信用券?"

"还有一件纪念品。"

"真见鬼!"我说,"如果我死在这里,留着纪念品还有什么用。好吧,成交。"我转向杰比代亚,"如果我没能回去,拜托你把我公寓里的一切都毁掉,烧了也好,粉碎也罢,总之不要让它们落到她的手里。"

"在你获救之前,我哪儿都不会去。"他固执己见。

她走上前来,向我伸出一只手,"我更希望跟你签订书面协议,但在这种情况下,也只能满足于握手了。成交,加布里埃尔·莫拉?"

我跟她握了手,那感觉真的像是女人的手,"成交。现在,你该怎样兑现自己的承诺呢?"

"我将带走杰比代亚·伯克。这会给你节省出两个小时的氧气。在氧气耗尽之前,自然会有人来将你带走。"她停顿了一下,"对他们友善一点,加布里埃尔·莫拉。毕竟,他们是为了救你。"

"就算你们救了我,我也绝不会因此放弃追捕你们。"我说。

"现在我觉得,或许你的命连一块钱信用券都不值。"她说,接着耸耸肩,"不过,交易已经达成,不容改变。"

她朝舱门走去,又再度转身面对我们,但已不是那副中年妇女的样子了。不只怎的,她变成了一位少女,娇柔纤细,可能还未满二十岁。她深邃的双眸透露着哀伤,蜜色的长发卷起,看上去那样天真无邪,不谙世事。

"来吧,杰比代亚·伯克。"那声音和她的样貌再匹配不过,"咱俩是时候离开了。"

"噢,上帝!"杰比代亚低声说,"你怎么会知道? 我已经努力忘记她了!"

"你在自欺欺人。"那星际吉普赛人说,"她是你最深刻的记忆。"

"别这样对我!"杰比代亚说,"我曾经失去了你,好不容易才平静下来。别让我再经历这一切!"

"你曾经失去了我,但现在,又找到我了。"她说。

"她是谁?"我问。

他脸上露出痛苦的表情,"她叫塞拉菲娜,我们差点儿就结为夫妻了。"他从嘴里挤出这些话,"而我却杀了她。"

"不是你的错。"她说,"警察认定是另一辆车的责任。"

"我只顾着看你,却没有留心路况,根本没看到它冲我们开过来。"他说,"都是我的错。"

她向他伸出一只手,"我原谅你。"

他想扭过头去不看她,但却做不到。

"跟我来吧,杰比代亚。"她柔声说,"时间紧迫。"

他站在那里,像是被催眠了,最终还是说:"你不是塞拉菲娜。"

"只要你愿意,我可以永远做你的塞拉菲娜。"她说完,背朝后退出舱门,"跟我来,杰比代亚。"

"加比,我……"他无法继续说下去。

"去吧。"我说,"你留在这儿,对咱俩都没好处。"

有那么一瞬间,他似乎仍在挣扎。然后,他发出了一声介乎于叹息与抽泣之间的声音,随那星际吉普赛人进入了她的飞船。不一会儿,舱门关闭,我通过视镜屏幕,看着他们起飞。

接下来的两个小时,我一直怀疑她是否会信守承诺。飞船内部越来越热,我大口大口地喘气,越来越难受。我正准备爬进自己的太空服时,一艘比刚才大些的太空船稳稳地降落在了我飞船的旁边。一共来了五个星际吉普赛人,他们将两艘飞船对接在一起,开启舱门,很客气地邀请我进入他们的船舱。

太空船随即起飞。他们主动拿出食物和饮料,但我拒绝了;在这样的情况下,他们还愉快地跟我交谈,我觉得有些可笑。太空船以光速前进,两小时后便抵达了格林威洛,他们选择在一个小型的私人太空港降落,放我下船。

"杰比代亚·伯克在哪儿?"我问,环顾空荡荡的着陆地点。

"等他做好准备,自然会去找你。"开口的似乎是他们的头儿。

"我怎么知道,他没有被你们杀掉?"

他像是被逗乐了,"你对我们的了解胜过任何人。我们曾经杀过人吗?"

"没有。"我承认,"但你们为什么要做那种事?"

"你为什么要吃饭?"他回应道,"为什么要呼吸?"

"这是什么鬼答案?"我追问道,"难不成你要告诉我,你们到处留下痛苦和心碎,是不得已而为之?"

"我们不是你的敌人,加布里埃尔·莫拉。"

"那么谁是?"

他英俊的脸上流露出无尽的忧伤。接着,舱门关闭,飞船很快离去。

我同部门最近的、位于赫斯伯利特三区的办公室取得了联系,说明事情的经过,等待他们派飞船来接我。

当我回到戈登罗德,虽然知道希望渺茫,还是期盼着杰比代亚已经在等着我了。但他并未出现。我发出一级搜索令,不仅通知了整个部门,还发给了奎内勒斯星团内的所有警署,四处寻找他的踪迹。可没人见过他,也没人知道有谁见过他。一年以后,我终于不得不接受现实,承认从不害人性命的星际吉普赛人这次破了戒。我希望,有假塞拉菲娜的陪伴,他人生的最后几分钟,或者最后几小时能过得愉快。

星际吉普赛人似乎变得愈发猖狂了。哦,除了对杰比代亚做的事以外,他们的犯案方式跟以往并无不同。此前,他们的活动范围局限在偏远行星及殖民世界,而现在,他们还将魔掌伸向了人口稠密的星球。情况一如既往,只要有人遇到无法解决的困难,他们就会像变魔术似的出现,帮受害者解决问题,收取难以想象的低廉报酬,给当事人留下巨大的痛苦。而且,他们似乎总能提前识破我们设下的圈套。

我们将两个星际吉普赛人困在了代达罗斯四区,但我们的援兵一到,他们就变成了最先到达的两名警员的模样,趁乱逃脱。在联邦内疆的一座肮脏破败的商贸镇上,我朝一名星际吉普赛人开了枪,但他躲进了一处被遗弃的建筑物里,虽然我把那里翻了个遍,但还是找不到他的踪迹。

我指挥了不下五十次搜寻星际吉普赛人母星的行动,但都徒劳无功。他们总是以他人的模样出现,因此没人知道他们的本来面目,自然也说不准我们是否已经找到了其母星。

这份工作真是让人沮丧,我甚至开始考虑提前退休。我无法再忍受那些亲眼所见的不幸和亲身经历的挫败。如果喝酒、嗑药能让我每晚安然入睡,说不定我早就这么做了。但我清楚,第二天早晨醒来时,问题依旧是问题。

夏末的一天傍晚,我在经常光顾的餐馆吃过晚饭,决定步行回家,而不是搭乘专用的传送带。到家时,夜幕已经降临,我惊讶地发现自家的窗户竟然透着灯光。我敢保证,早晨出门的时候,我是关了灯的。

我轻手轻脚地朝门靠近,手里握着脉冲枪。我念出密码组,等待门向两侧张开。快步走进去时,我发现站在眼前的竟然是杰比代亚·伯克。

"我简直无法相信自己的眼睛!"我说完,把枪搁在一边,"将近三年前,我就认定你已经死了!"

"你怎么样,加比?"他轻松地说。

"很震惊。"我回答,毫不掩饰自己的喜悦之情,"你在这儿干吗呢?"

他环顾着这间有棱有角的客厅,"我在欣赏你家墙上的油画。"他说,"参观你的图书馆。我已经很久没见过真正的书了。"

"你究竟怎么进来的? 前门用的可是最先进的密码锁。"

"我从星际吉普赛人那儿学了不少花招。"

"你怎么从他们手里逃出来的?"我问。

"这正是你我要谈的事情。"杰比代亚说。

"难道你已经掌握了他们的部分情况吗?"我激动地说。

"他们的一切我都了如指掌。"

我走向那把最爱的安乐椅,命令它升到距离地面几英寸的地方坐下来,"讲给我听吧。"

"这正是我来这儿的目的。"

"从你顺利逃脱开始讲。"我说。

"我没有逃脱。"杰比代亚说。

"我不明白你的话。"

"我知道,不过你等会儿就明白了。"他唤来一把硬背扶手椅。几秒钟后,那椅子从墙角飞到他跟前,他在距离我几英尺的地方坐下,"我这就开始讲,首先我要说明的是,他们说自己从未触犯过任何一项法律,这并不是骗你。"

"确实没有。"我说,"他们只是伤透人们的心,毁掉人们的梦想。"

他点点头,"没错,他们时常这样做,但这也是没办法的事情。"

"怎么会没有办法?"我反驳道,"他们完全没必要抢受害者的东西。"

"他们没抢任何人的东西,加比。他们从不逼迫他人交易,也只会带走协议范围内的东西。"

"够了!"我说,"你简直像是他们的人。"

"这没什么可惊讶的。"他说。

我又一次伸手去取脉冲枪,"你的意思是,你已经加入了他们?"我追问道。

"把枪收起来,加比。"他毫无惧意,"你想知道答案,还是想看到鲜血?"

"我还没拿定主意。"

"如果你不做出选择,我会就此打住。"

他双臂交叉在胸前,耐心地等待着。他知道,追捕星际吉普赛人整整三十一年,我太想得到答案了。最后,我低声骂了一句,将枪插回皮套里。

"这样好多了。"杰比代亚说。

"说吧。"我说,"最好说得好听点儿。"

"加比,关于他们,你首先必须了解的一点是,他们是外星人,自然有外星人的特点。"

"我知道。"

"你不知道。"他说,语气不容置疑,"你以为你知道,是因为你将他们当作了人类。他们看上去像是人类,用的是标准的地球语,做人类所做的事,领取报酬时也接受共和国的货币。在这样的条件下,你觉得他们残忍无情。但想想,人类又何尝不是这样。"

"'残忍无情',这四个字足以概括他们。"我说。

"我以前也这么想。但我错了,你也一样。"

"继续讲。我听着呢。"

"我知道你在听,但我希望你能听进去。"

"别跟我玩文字游戏,继续讲吧。"我说。

"好吧。星际吉普赛人拥有许多天赋,其中一些你亲眼见过,剩下的你或许也能感觉到。可是,他们也有一个缺陷,这缺陷很可能足以压倒所有的优点。"他稍作停顿,"他们没有感情。他们感觉不到任何东西。"

"你说什么?"

"正如我所说的,他们无法产生感情。但他们却能够借用别人的感情。在第一次与外星种族接触时,他们就同时意识到了自己的缺点和能力。他们发现自己的生活如此空洞,于是四处寻找解决办法。"

"他们追寻的唯一情感是痛苦?"我说,"我不信。"

"不,加比。他们并没有追寻痛苦。他们拿走那些纪念品,并不是为了让其主人感到痛苦,而是通过某种甚至连我都无法理解的方式,消化它,体验与之相关的情感,爱、幸福、温柔、深藏的回忆等等。他们追寻的是爱与幸福的感受,哪怕只是借来的。他们知道这样做会给他人带来伤害,因此才会以如此低廉的价格干活,希望能够以这样的方式稍作补偿。他们知道,绝大多数人迟早会从创伤中痊愈。然而,如果不做这些,他们就只能麻木空洞地吃、睡、工作,日复一日。"

他陷入沉默,我则回味着他刚才的话。

"如果你说的都是实情,我对他们深表同情。"我最后说,"可是,同情归同情,我还是无法认同他们给星团其他种族带来精神伤害的行为。"

"这真的有那么糟糕吗,即便他们为此做出了补偿?"

"你曾跟受害者交流过。"我说,"你怎么想?"

"在我看来,我们生活在一个不公平的宇宙。"杰比代亚说,"从长计议,还是两害相权取其轻为好。"

"你被他们洗脑了。"我说。

"我是自愿跟随他们的。"他说,"只要我想,随时都可以离开。

只不过是我想留下罢了。"

"你以为如此,但事实是他们选中了你,孩子。"我说,"那个星际吉普赛人变化成你的塞拉菲娜,是因为他们能够读懂你的心。除了塞拉菲娜,他们还了解到了你年少气盛,容易被影响。而且,从你那儿还能够得知我的想法,得知我们的部门如何运作。"

"不!"他坚持道,"我之所以成为他们的一员,只因为想要帮助他们。"

"我以为你想要帮助的是他们伤害的人。"

"每个人都要做出选择。"杰比代亚说,"虽然过程很痛苦,但我已经做出了自己的选择。"

"你是否想过,如果他们认为你已经失去了利用价值,会如何对待你?"我接着说,"而我们也不会再接受你。你背弃了自己的种族,追随给我们带来无尽痛苦的敌人,不再是我们中的一员。"

"我没想过要回头。"他说,"我这一生,始终在追寻活着的意义,现在,我找到了。他们的处境越来越危险了。在布朗森三区、代达罗斯四区以及纪念星,都被你追踪到了。他们需要有人引导。"

"这么说,你不仅仅成了他们的一员。"我责问道,"还成了他们的领袖。"

"必须有人站出来,否则部门迟早会杀掉他们。加比,你很理智,如今又已经知道了他们这样做的原因,我相信你不会主张死刑。但其他人呢?一旦杀戮开始,就将永无停歇。"

"那么,咱俩现在要做些什么?"我问。

"现在,你我要完成一桩交易最后的部分,然后就分道扬镳。"

"好吧。"我说,"不过,今夜过后,我将开始追捕你。"

"你找不到我的。"

"但我会不断尝试。"我承诺道,"那么,你刚刚提到的交易是什么?"

"四年前,一名星际吉普赛人救了你的命。根据双方的协议,任务完成后,将会向你收取报酬。我来这儿,就是为这个。"

我从兜里掏出一枚硬币,扔给他。

"这是五块信用币。"他说。

"我没零钱,转告他们不用找零了。"

"不。"他说着,从兜里拿出四个面额一块的信用币,递给我,"协议不容更改。除了合同规定的,我们从不多要一分钱。"

"好吧。"我说,"现在交易已经完成,滚吧。"

"还没有。"他说,"你还欠我们一样纪念品。"

我挥动手臂,示意他看整个公寓,"选一样,然后离开吧。"

"我们想要的不在书架上,也不在抽屉里,加比。"他说,"就在你的口袋里。"

"你想要什么?"

"你的勇气勋章。这就是我们想要的纪念品。"

"见鬼去吧!"我吼道。

"你做出了承诺,加比。当时没人强迫你。"

"在其他东西里随意选一样。我会给你一周时间做准备,然后才开始追捕你。"

"我们不想要别的。加比,你历来品行高尚,我们希望你能信守诺言。"

"跟我做交易的不是你。"我说,"是那个变成你熟识女子的星际吉普赛人。如果她来收取报酬,我会把勋章交给她。"

我本以为他会尝试抢走勇气勋章,但他只是耸耸肩,向门口走去。

"告诉她,我等着她来。"我说。

他走出了公寓。这是我最后一次见到杰比代亚·伯克，他放弃了自己的希望和梦想，去帮助星际吉普赛人窃取他人的希望和梦想。

从本质上讲，他曾是个相当不错的年轻人，甚至比绝大多数人都要出色，有着坚定的理想主义信念。他曾经想把整个星系变得更加美好，如今，他找到了能够为之效劳的种族，并付出了自己的忠诚。但是，帮助一个人或者一个种族，不能以伤害其他人或其他种族为代价，尤其是不能夺走别人最为珍视的私人物品。

我说过，我们永远不会再接受他，但那并不是我的本意。我希望，有朝一日他能够认识到这一点，然后回到我们身边。当然，我们会原谅他的罪过，因为人类天性如此。在这场未宣之战中，我们都会伤害无辜之人，但只有我们会因此后悔，并试着避免类似的事再发生。可星际吉普赛人不会，这是他们一个很大的优势。以前，我从未想过怜悯居然会是个大问题。

我不知道，怜悯会不会使我们无法赢得这场战争，但我知道，它正是我们做出尝试的原因。

（袁枫译）

# 游子还乡

　　我不知道是什么让我越来越烦心,风湿病还是关节炎? 今天是这个,明天是那个。他们可以治愈癌症,可以移植你身体上任何的鬼器官,你会认为他们肯定也能找到对付疼痛的办法。但我告诉你,衰老可不是胆小鬼能承受的。

　　记得那天,我做了一个特别的梦,总之对我来说是特别的:我在爬我家门廊的那四级台阶,当我爬到第三级时,发现前面还有六级。等我爬上去,发现前面还有十级,如此这般。如果不是那个生物将我弄醒的话,我大概现在还在那里爬呢。

　　它站在我的床前,低头凝视着我。我眨了两下眼,努力让眼睛对上焦,然后凝视对方。我看到的,自然是我的梦的一部分。

　　它大约六英尺高,皮肤闪着光泽,差不多是一种金属银。它的眼睛是红色的多面体,像昆虫一样。它的耳朵像蝙蝠一样尖尖的,两只可以各动各的。它的嘴向前突出两英寸,像根管子,看起来好像只能吸食液体。它的手臂很细,看不出哪里有肌肉。它的手指瘦瘦的,而且不可思议地长。整个形体就像我这些年在噩梦里常常见到的怪物。

　　终于它开口了,声音极像一组编钟发出的谐音。

"你好,爸爸。"它说。

这时,我才知道自己已经醒了。

"这就是你现在的样子?"我边叫边将双腿甩到床边坐了起来,"你来这里干吗?"

"我也很高兴见到你。"他回答。

"你没有回答我的问题。"我边说边用脚去探寻我的拖鞋。

"我听到了妈妈的消息——当然不是从你这儿——我想最后看她一次。"

"你能用这些东西看吗?"我问。我是指他的眼睛。

"比你看得清楚。"

多么叫人吃惊啊。见鬼,任何人都比我看得清楚。

"你究竟是怎么来这里的?"我边说边站了起来。空气中有一丝凉意。我们家的壁炉就像我一样,老了,疲惫了。我穿上了我的长袍。

"从我离开到现在你都没有修改过前门的密码,"他环顾了一下房间,"你也没有粉刷过墙壁。"

"门锁应该会核查你的视网膜、DNA,或别的什么东西。"

"它核查了,这些都没变。"

我上下打量了他一番,"没变才见鬼呢。"

他好像打算回答的,但又改变了主意。最后他问:"她怎么样了?"

"时好时坏。"我答道,"每星期大概有两三次,每次一两分钟会变回原来的朱莉娅。她还能讲话,还认识我,"我顿了一下,"但她肯定不认识你。不过,你认识的人里面也没有谁认得出你。"

"她这样有多久了?"

"大约一年了。"

"你应该告诉我的。"他说。

"为什么?"我问,"你自动放弃做她的儿子,变成了现在这副模样。"

"我仍然是她的儿子,而你有我的联系方式。"

我瞪着他,"你不是我的儿子,不再是了。"

"你这么想,让我很遗憾。"他答道。他突然嗅了一下空气,"有股霉味儿。"

"陈旧的老房子就像疲惫的老人,"我说,"不是每个零件都能运转的。"

"你可以搬到一个小点儿、新点儿的房子去。"

"房子和我,我们一起变老。不是每个人都想搬到阿尔法之类的鬼地方去。"

他朝四下看了一眼,"她在哪儿?"

"在你的旧房间。"

他转过身,走进大厅。"你还没有把这个换了?"他指着一张嵌在墙上的桌子问,"我住在这里的时候,它就已经有划痕了,还摇摇晃晃的。"

"不过是张桌子,只要上面的东西不掉下来就行了。"

他抬头看看天花板,"涂料也脱落了。"

"我太老了,自己做不动了。请装修工是要花钱的,我可只有那点固定的收入。"

他没有回答,而是穿过了大厅。当我也走过去时,他正摆弄着门把手。

"门锁住了。"他说。

"她有时候会起来出去走走,然后就不记得怎么回来了。"我做了个苦相,"我大概还能再留她几个月,然后她就必须搬到有特别护理的地方去了。"

我输入密码,门开了。

朱莉娅靠着枕头,注视着房间对面的全息屏幕,毫不在意一缕耷拉下来挡住她左眼视线的灰白头发。她看的频道今晚的节目已经结束了,不过对她来说没什么影响。她仍然自得其乐地看着那些闪烁的灰色方块。

我下指令打开床头灯,将她的头发轻轻地夹在脑后。随着房间被照亮,我看到我们的儿子目不转睛地盯着某处——他高中时打篮球以及他在毕业舞会上身着礼服的全息照片仍然挂在墙上,他在科学竞赛中获胜的奖杯放在衣柜上,落满了灰尘。奖杯上方的镜框里是他的大学毕业证书。墙边靠着他的其他相册和全息照片,上面的时间从他还是婴儿时一直延续到朱莉娅常称之为"他的改造"之前一个月。浏览这些纪念品时,他的脸抽动了一下,我几乎可以读出他的思想:他们将这鬼地方变成了神社。我觉得确实是这样——不过这是为了纪念他的过去,而不是他的现在。而我将朱莉娅搬到这里,只是因为她看着以前熟悉的东西会感觉舒服些,即使她现在已经叫不出这些东西的名字。

"嗨,乔丹。"朱莉娅笑着对我说,"你好吗?"

"我很好,朱莉娅。我可以关掉全息电视吗?"

"我正在欣赏呢。"她说,"你好吗?"

我下指令关闭了屏幕。

"现在到八月了吗?"她问。

"没有,朱莉娅。"我耐心地说,"现在是二月,和昨天一样。"

"哦,"她皱着眉说,"我还以为是八月呢。"然后她温和地笑了,"你好吗?"

突然,我们的儿子走上前去,"嗨,妈妈。"

她盯着他,笑着说:"你真帅啊。"

我还没来得及制止,他已经伸出那像树枝一样、长得难以想象的手指握住了她的手。

"我想你,妈妈。"他说。他仿佛激动得有些哽咽,不过我不能确定,因为他的声音像音乐编钟一般没有变化。那声音跟人类的声音没有一丝相像的地方,所以我不知道我们怎么能听得懂他说话。但是我们的确能听懂。

"万圣节到了吗?"朱莉娅问道,"你这是准备去参加化妆晚会?"

"不,妈妈。我就是这个样子的。"

"我觉得你很帅。"她停住了,皱了一下眉,"我认识你吗?"

他笑了。我感觉他笑得很悲凉。"你曾经认识我。我是你的儿子。"

她沉默了一会儿。我知道她是在努力回忆。"我想我曾经有一个小男孩,但是我想不起他的名字了。"

"我的名字是菲利普。"

"菲利普……菲利普……"她重复道。最后她摇了摇头说:"不对,我觉得是乔丹。"

"乔丹是你丈夫。"菲利普说,"我是你的儿子。"

"我想我曾经有一个小男孩。"她说。有一阵,她的神情很是茫然,然后又说:"万圣节到了吗?"

"不是的,"他轻声说,"请回去睡觉吧,我们明天再聊。"

"那好吧。"她说,"我认识你吗?"

"我是你的儿子。"他说。

"我很久以前肯定有过一个儿子。"她说,"你好吗?"

我可以看到一滴水晶般的泪珠从他银色的面颊上流了下来。

他轻柔地将她的手放到床上,退了开来。我启动了全息电视屏幕,发现有个频道仍然在播出节目。我关掉声音,跟着菲利普离开房间来到客厅,关上身后的房门,留下她在里面幸福地盯着屏幕。

我们走到杂乱拥挤的厨房。里面满是陈旧的器具,还有三块破裂的瓷砖(我们每人弄裂了一块)。我觉得屋里很温馨舒适,不过我见他正看着柜台上一处烧焦的印记。那是他孩童时代留下的。有那么一瞬间,我对此感到有点内疚,这么长时间我都没有将那块印记修整好。

"你应该告诉我她的情况。"当他稳定下自己的情绪后跟我说。

"你就不该离开的,也不该变成你现在这副模样。"

"见鬼,她是我妈!"钟声变大了。我想他是在吼叫。

"你什么也做不了。"我发出指令打开冰箱,从里面拿出一瓶啤酒,"在你返回你来的那个什么鬼地方之前,想来瓶啤酒吗?"我想了想,皱眉道:"你能喝人类的饮品吗?"

他没有回答,径直走过来抓起一瓶啤酒。我看到他的嘴不适合用啤酒瓶,便看着他,等他向我要玻璃杯或者要碗。他知道我在盯着他,不过他仿佛并不在意,而是从嘴里滑出一个东西——不是舌头,也不全是吸管——当它有几英寸长的时候,他将其插入啤酒瓶里。几秒钟后,他吞咽起来。我知道他已经设法将啤酒喝到了嘴里。

他放下啤酒瓶,盯着墙上的一面旧三角旗,那是我在他还是个小孩子的时候插在那里的。

"你还是巨蟒队的粉丝吗?"他询问道。

"一直都是。"

"他们怎么样了?"曾经有那么一段时间他真正地关心过这些,不过那是很多年前的事了。

"自基督还有肉体的时代起他们就没有过像样的四分卫了。"

"但你还是支持他们。"

"你不能因为一个队处境艰难就不再支持他们了。"

"一支球队,或一位家长。"他说。我不知道怎么回答,便没出声。过了一会儿,他又开口了:"我知道有治疗阿兹海默病的药。我想你已经试过了?"

"有各种各样的老年痴呆症,他们一律称之为阿兹海默病,但它们是不一样的……医生还不知道怎么治疗你妈妈得的那种。"

"在别的星球上有不同的专家,也许他们中的某一位对此已经有所突破。"

"你是太空旅行者,"我嘲讽道,"在她还有可能被治愈的时候你在哪里?"

"你为什么对我如此愤怒?我知道你曾经关心过我,但我从没有伤害过你,我大学毕业后没有从你这里拿一分钱,我从没有——"

"你抛弃了我们!"我说,"你抛弃了你的母亲,你抛弃了我,你抛弃了你的星球,你甚至抛弃了你的人种!客厅那边那个可怜的女人记不起她儿子的名字,但她还记得像你这样的'人'只能出现在万圣节。"

"这是我的工作,见鬼!"

"在这地球上有成千的外星生物学家!"我喊道,"这么多人里我就知道只有一个变成了银皮红眼的怪物!"

"我得到的是全球只有几个人才能得到的机会,"他答道,"我接受了。"即使他的声音像钟声,也掩饰不了他声音里的怨恨,"大多数父亲都会为此感到骄傲。"

我瞪着他,惊讶他为什么还不明白。"我难道应该为你成为一个没留下一丝人类痕迹的东西而感到骄傲?"我最后说道。

他用他那具有许多小平面的昆虫眼睛瞪着我。"你当真认为我已经没有一丝人类的痕迹了吗?"他好奇地问。

"看看镜子吧。"

"在我小时候,难道你没告诉过我绝不能从封面去判断一本书的优劣吗?"

"是啊。"

"那么……"他说。

"我刚刚看到你书里的一页滑出来喝了啤酒。"

他深深地叹息着,声音变成精巧和谐的叮铃声,"如果我不能喝啤酒的话,你是不是会感到幸福点儿?"

我认真地考虑了一分钟。"不,那不会使我更加幸福。"我掂量着我对他的答复,以便能使他听得明白,"你知道什么能使我更幸福吗? 是一个我可以把家托付给他、可以依赖的儿子,是儿孙满堂。我从没有叫你跟随我的脚印,上我的大学,加入我的公司,甚至是住在这座城里。难道身为父亲,我期望你想要成为一个普通的人类有他妈什么错吗?!"

"不,没错。"他承认道,"是好是歹你有你的生活,我也有权利过我的生活。"

我摇着头,"你的生活在十一年前就结束了。你现在是在过一个异种生物的生活。"

他向一边歪着头好奇地审视着我,那样子好像一只鸟,"是什么使你烦恼? 是我离开了地球,还是我变成我现在这个样子?"

"一半一半吧。你知道你是你母亲生活的中心,而你却离开她跑到了星系的另一端。"

"还没有到另一端吧。"他说。从他那钟一般的声音里我听不出这话究竟是讥讽、嘲笑,还是直截了当的回答。"而且当我想去外面那里的时候,妈妈不会希望我留在这里。"

"你伤了她的心!"我叫道。

"如果这样,我真心地道歉。"

"她年复一年地苦思冥想这是为什么,那时她还可以思考,"我继续道,"我也一样。你那么有前途,有那么多的机会。见鬼! 你可以成为你想成为的任何人! 只有天空是你的极限!"

"我成为了我想要成为的,"他轻声回答,"而且星星才是我的极限。"

"见鬼,菲利普!"我说,虽然我已暗自决定永远不再叫他人类的名字,"你在这里过一辈子也看不完地球上千分之一的东西。"

"确实如此。不过那些东西别人已经看过了。"他顿了一下,摊开他的手掌,做了一个很像人类的手势,"我想看那些从来没有人见过的东西。"

"我不知道那里有些什么,"我说,"但是会有多大的不同呢? 是什么让你厌烦我们的山峦、沙漠和河流?"

他用一种调子很高的优雅铃声叹息了一声。"我十一年前就试着跟你解释。"他最后回答道,"你那时就不理解,你现在仍然不理解。"他顿了一下,"也许你就是不能理解。"

"也许永远不能了。"我表示同意,走到那个掉了把手的壁橱跟前,像往常一样用指甲插进门缝将门打开。

"你还没有换把手。"他看着我说,"我还记得我将把手拉出来的那一天,我以为要受到什么惩罚,而你只是笑了笑,好像我做了什么很讨人喜欢的事。"

"你应该看看那把手脱出来到你手上时你脸上的表情,好像你觉得我会将你送进大牢一样。"我感到一丝笑意涌到嘴边,我将它压了回去,"反正它还能打开。"我伸手进去,拿出两个小瓶子放进我的口袋。

"妈妈的药?"

我点点头,将它们拿出来,"她早上要服四种不同的药,晚上要服两种。"我拿出另一个瓶子。

"我记得你好像刚刚说过她只在晚上服两片药。"

"是的。"我说,我举起第三个瓶子,"这是糖片。我将它们放在抽屉里,好让她自己拿。"

"糖片?"他重复道,显出一副我认为是皱眉的迷惑表情。

"她以为可以自己服药。她当然不能啦。这些糖片可以给她还能自己服药的幻觉,而且如果她某天服了六片药,但第二天却忘记服任何药的话,那也没什么关系。"

"你想得很周到。"

"我爱了她将近半个世纪。"我回答道,"我可以将她送到护理室,每天或者每十天访问她一次,她大概也不会觉得有什么不一样,但我还是将她留在家里。因为我爱她。在她自己的房间,环绕着她过去生活里熟悉的物品,这样她一定会觉得更舒适些,即使她自己不知道。这也是为什么我将她搬到你的房间,而不是客厅。照片、奖杯,甚至那旧棒球手套,这些就是你给她留下来的所有的东西了。"我瞟了他一眼,"我并没有从她的生活中离开十一年,而在她只能记得过去的我的时候才回来。"

他只是看着我,没有回答。

"见鬼!"我叫道,"难道你就不能撒点儿谎,说你是去参加一项秘密军事任务吗?"

"你迟早会发现我是在撒谎。"

"我根本就不会去想你是在撒谎! 我们会对你为你的国家、你的行星,或者你的其他什么鬼东西服务而感到骄傲。"

"是这样吗?"他突然生气起来,"如果你的儿子不去欣赏别的世界,如果你的儿子被别人枪杀了,你就可以坦然地失去他了?"

"我并没有这么说。"我辩解道。

"你正是这么说的。"他用他的昆虫眼睛盯了我一分多钟,"你永远不会明白的。她能够明白,而你不能。"

"那么你为什么从不告诉她?"

"我试过了。"

"好吧,你小子显然没有成功,"我讥讽道,"而现在再试已经太晚了。"

"她并不是在恨我。"他说,"在我的机会来临时,我已经搬出去开始了自己的生活,但你却仍然将我置于你的羽翼之下。我已经是独立的成年人了,住在六个州之外。"他顿了一下,"我仍然不知道是什么使你如此烦恼?仅仅是因为我离开了这颗星球,还是因为我是变成这个样子离开的?"

"你曾经是我们家里的一员,四个月后你连人类的一员都不是了。"

"我仍然是的。"他坚持道。

"看看镜子吧。"

他将他十二尺长的食指指着自己的头,"究竟是不是人,要看这里。"

"人们说眼睛是心灵的窗户。"我回答道,"你的眼睛属于昆虫。"

"你究竟想要我做什么鬼事情?"他问道,"你要我跟你一起去经商吗?"

"不是,当然不是。"

"如果因为我不能生育而无法给你带来孙子,你会跟我脱离关系吗?"

"别说蠢话了。"

"要是我搬到地球的另一边又会怎么样?如果这样的话,我也许要隔十二年或更久才能看望你一次。你是不是也会像十一年前一样跟我脱离关系?"

"没有人跟你脱离关系,"我更正道,试图压住我的怒火,"是你跟我们脱离了关系。"

他深深地叹息了一声,至少我觉得他在叹息,对那些钟鸣一样的声音我没什么把握。

"你就从没想过问问我为什么吗?"他最后问。

"没有。"

"如果你为此这般烦恼,为什么不问问?"

"因为这是你的选择。"

我想他皱了下眉,不过鉴于他那张脸我不太敢确定。"我不明白。"

"如果这是必需的,比如你必须做点儿什么来救你的命,我会问的。但因为这是你的自由选择,不,我不管你为什么会这么做,我只关心你是不是这样做了。"

他紧紧盯着我很长时间,"在我住在这里的那些年里,甚至在离开之后,我一直认为你爱着我。"

"我爱菲利普。"我说着,然后皱了皱眉,"我不认识你。"

突然,我听到朱莉娅在轻轻地敲她的门,于是我走过陈旧的走道去开门。我没有注意到地毯有多么旧,也没有注意到墙上石灰的裂纹,但我注意到他在那里看着,于是我也看到了。我暗自决定——哪天我得为此做些什么。

我说出密码。我说得很轻,这样门那边的朱莉娅就听不见。门开了。她站在那里,赤着脚,穿着睡衣,消瘦而虚弱。她的四肢皮肉萎缩,像牙签一样细。她显得很困惑。

"怎么了?"我问。

"我想我听见你在跟什么人争吵。"她的目光落到菲利普身上。"喂,"她说,"我们以前见过吗?"

他非常轻柔地握着她的手,好像对她伤感地笑了笑,不过我对此不太确定,"很久以前。"

"我的名字是朱莉娅。"她抽出萎缩的满是褐色斑点的手。

"我的名字是菲利普。"

她那张曾经很漂亮的脸上的眉毛略微皱了一下。"我想我曾经认识一个叫菲利普的人。"她顿了一下,然后微笑起来,"你穿的化妆服真漂亮。"

"谢谢。"

"而且我喜欢你的声音。"她继续道,"听起来像是夏天的一阵微风拂过我们家门廊上的风铃。"

"很高兴我的声音能使你愉快。"那个曾经是我们的儿子的生物说。

"你能唱歌吗?"

他耸了耸肩,灯光辉映着他的身体,仿佛他的整个身体都闪耀着火花。"我还真不知道,"他承认道,"从来没试过。"

"你看起来好像是饿了。"她说,"我可以给你做点儿吃的吗?"

我戳了戳他。当他转头看着我的时候,我轻轻地摇了摇头表示反对。她曾两次让厨房着火,在那之后我们就靠外卖过活了。

他立刻就领会了,"不用了,谢谢。我到这里之前已经吃过了。"

"那太糟了,"她说,"我可是个好厨师。"

"我敢打赌你能做美妙的丹佛布丁。"那一直是他最喜爱的点心。

"最好的。"她骄傲得容光焕发,"我喜欢你,小伙子。"然后她皱了下眉,"你是个男的,对吧?"

"对,我是的。"

"现在是万圣节吗?"

"还没到呢。"

"那你为什么穿着化妆服呢?"

"你真想知道吗?"

"很想知道。"她说。她突然发了下抖,"不过我光着脚站在这门口觉得很凉啊。如果我在被子里跟你聊天的话,你不会介意吧? 你可以坐在我的床边,这样我们会很舒适自在的。乔丹,你能给我做点儿热巧克力吗? 也许还可以给……我忘了你的名字。"

"菲利普。"他说。

"菲利普。"她重复道,皱着眉,"菲利普。我很久以前肯定曾经认识一个叫菲利普的人。"

"我也这么认为。"他柔声说。

"好吧,过来啊。"朱莉娅转过身,走回她的房间,爬到那张曾经是菲利普用的床上,垫上枕头,将毯子和鸭绒被拉到腋窝处。他跟着她站到床边。"你不用站着,年轻人。"她说,"拿张椅子来。"

"谢谢你。"他说着,拿过那张他用电脑写硕士论文时坐的椅子放到床边,坐在她边上。

"乔丹,我觉得我们想要点儿热巧克力。"

"我不知道他喝不喝这个。"我回答道。

"我非常想喝。"他说。

"好啊。"朱莉娅说,"你可以用托盘端两杯来,一杯给我,一杯给……抱歉,我不知道你的名字。"

"我叫菲利普。"

"你得叫我朱莉娅。"

"为什么我不能就叫你妈妈呢?"他试探道。

她迷惑地皱着眉头,"你为什么要这么叫呢?"

他伸出手轻轻地握着她的手说:"不为什么,朱莉娅。"

"乔丹,我想我跟你要了热巧克力吧。"她转向菲利普,"你也想要点儿吗,小伙子? 你是个男的,对吧?"

"是的……我也想要点儿。"

在她再次问我之前,我离开他们去做热巧克力。我来到厨房,做了一大盘热巧克力。我不知道为什么做这么多,他们只有两个人,我自己并不喝这东西。我正准备将巧克力倒进两个玻璃杯的时候,突然想起他的手和指头的形状,觉得他用陶瓷杯的话可能更不容易溅出来,于是我找出那个他九岁还是十岁时,送给我做生日礼物的已经有点残缺了的旧的巨蟒队陶瓷杯。我想,为买这个杯子,他大概存了一个月的零花钱吧。我对着杯子看了一会儿,觉得很亲切,不知道他还会不会认识它。不过我马上就意识到我是给谁——或是什么——在倒饮料,便倒了起来。整个过程从开始到结束用了三到四分钟。我将玻璃杯和陶瓷杯放在托盘上,给朱莉娅的杯子里放了一根调匙,因为她喝任何东西不管需不需要总喜欢在里面搅一下。我叠了两块手巾纸,然后端起托盘回到卧室。

"把它放在桌子上就好了,乔丹。"她说。我将托盘放在她的床头桌上。

她转回头热切地看着菲利普,"它们长得像什么样子?"

在此之前,我不知道一张像他这样的脸怎么能表示出怀念的表情，不过他现在的样子就是如此。"它们是我见过的最美丽的东西，"他说，他的声音像精妙的合奏，"我想说它们是透明的，不过这并不准确。它们的身体事实上是棱镜状的，可以分解太阳的光线。它们飞行的时候，会在下面的地面上撒下上百种不同的色彩。"

"太美了！"朱莉娅说，她的脸庞绽放出光彩。我好几个月没见她这样了。

"它们结群起来有成千上万只，看起来仿佛是一支几英里长的万花筒长出了翅膀，那变化万千的色彩能覆盖一块小城市那么大的地方。"

"多么奇妙啊！"她热切地说，"它们吃什么啊？"

他耸了耸肩，"没有人知道。"

"没人知道？"

"那颗行星上只有大约四十个男人和女人，而且我们中还没有谁爬过它们筑巢的水晶山。"

"水晶山？"她重复道，"多么漂亮的画卷啊！"

"这个世界不像你能想象得出的任何世界，朱莉娅，"他说，"那上面的植物和动物，人们连做梦都想象不到。"

"植物？"她问，"植物又能有多大的不同？"

"我看到在你的起居室里那架也许音调早就不准的钢琴边有些盆栽植物。"他说，"你有没有跟它们说过话？"

"当然说啦。"朱莉娅说，"不过它们从来都不回答我。"

"我的能。"

她用双手紧紧抓住他的手，仿佛怕他在跟她讲那些植物之前就离开似的。

"它们说些什么啊？"她问，"我敢打赌它们会谈天气。"

他摇了摇头,"它们大多数时间都在谈数学,偶尔也会谈谈哲学。"

"我曾经知道一点这些东西,"她说,然后又迷茫地补充道,"我想。"

"它们没有自我保护的意识,所以它们不关心下雨和肥料。"菲利普继续道,"它们不关心自己是否被吃掉。它们用它们的智慧去解决那些抽象问题,因为对于它们来说,所有的问题都是抽象的。"

我忍不住插嘴问:"它们真的存在吗?"

"它们真的存在。"

"它们看起来像什么?"

"不像地球上的任何植物。它们大多开有半透明的花,几乎所有的都有硬的突起物,就像,我不知道,像小树枝一样,可以互相摩擦。它们就是这样交流的。"

"那么你用钟声说话,而它们用咔嗒咔嗒声说话?"朱莉娅问,"你们怎么能理解对方呢?"

"最初到那里的人花了半个世纪研究那些咔嗒声和摩擦的意义。现在我们都对着自己的电脑说,然后电脑将其翻译成对方的语言。"

"你对植物都说些什么?"我问。

"说得不多。"他承认道,"它们非常不一样。不过当你跟它们交谈,哪怕很短的时间,你就会明白,人为什么需要那么艰难地战斗才能生存下去。任何事物对于它们来说都无关痛痒,它们从不想取得任何成就,它们什么都不关心,连它们的数学都不关心。它们没有任何希望、任何梦想、任何目的。"他顿了一下,"但是它们很独特。"

"我想……"我欲说又止。我打算说我想看看一株这样的植物,但是我不想让他以为我对他说的东西感兴趣。

这时,朱莉娅去拿她的杯子。但是,也许她的视力不对劲,也许她的手在发抖——她的视觉和手经常都不对劲——杯子开始摇晃,马上就要倒了。菲利普的手指飞动起来,动作快到我的眼睛根本看不清。他在第三滴饮料滴落到托盘之前,就扶正了杯子。

"谢谢你,小伙子。"她说。

"不客气。"他瞟我了一眼,那表情仿佛在说:无论你认为我变成了什么,我刚才做的事在十二年前可做不到。

大家沉默了一会儿,然后朱莉娅又开始说话,"现在是万圣节了吗?"

"还没到呢。"

"哦,对了! 你穿的这套服装是某个外星球的。给我再多讲讲那里的动物吧。"

"有的很漂亮,有的巨大可怕,有的娇小精巧,它们全都跟你看过的和想象的不同。"

"那里有没有……"她皱着眉头,"我记不起词了。"

"别着急,"他用一只手握着她的手,另一只手轻轻地拍打着来安慰她,"我有整个晚上的时间呢。"

"我记不起来了。"她几乎哭了起来。她寻找着那个大概会从她身边永远溜走的词的时候,整个身体都绷紧了。"大的。"她最后说,"它很大。"

"一个很大的词?"他问。

"不。"她边说边摇头,"大的。"

他看起来很迷惑,"你是指恐龙?"

"对了!"她叫道,脸上的表情放松了下来,因为那个失去的单词最后又回来了。

"那里没有恐龙。"他说,"它们只存在于地球。但我们那里有比曾经存在过的最大的恐龙还要大的动物,其中有一种如此之巨大,以至于它没有任何自然天敌。因为没有任何东西可以伤害它,它没有理由去躲避,所以它在夜晚会发光。"

"整晚吗?"她吃吃地笑着问道,"它能不能将光关掉,以便好好睡个觉啊?"

"它不需要。"菲利普说着,好像是在哄小孩。从某种角度说她确实是个小孩。"因为它一生都在发光,所以发光不会使它无法入睡。"

"它是什么颜色?"朱莉娅问。

"它饿的时候发深红色的光,当他生气的时候发蓝光。"它笑道,"而当他想吸引女朋友的时候,会变成你见过的最亮的黄色,而且还会发狂一般地闪烁,几乎像是一盏五十英尺高的闪光灯泡在一秒接一秒地闪。"

"哦,我真希望能看看它!"朱莉娅说,"你生活的这个世界一定是个奇妙的地方。"

"我也这么想。"他看了看我,"不过不是所有人都这么认为的。"

"我愿意放弃我的一切去那里。"

"并不需要你的一切。"菲利普说。我试图想象如果他仍然是人类的话说这话的腔调。"……只需要大多数的东西。"

她好奇地盯着他,"你是在那里出生的吗?"

"不,朱莉娅。我不是在那里出生的。"在称呼她正式的名字时,不知怎的,他的脸上仿佛反射着无尽的悲伤,"我就是在这里出生的,就是这栋房子。"

"那肯定是在我们搬来这里之前。"她耸了耸她瘦窄的肩,像是在将这个念头甩掉，"不过如果你是在这里出生的，为什么要穿着这套万圣节的化妆服呢？"

"我生活的地方人们长得就是这样。"

"那肯定是在某个郊区。"她确信道，"我不记得在超市或者医生那里看到过任何像你这样的人。"

"那是个非常遥远的郊区。"他说。

"我就是这么想的。"朱莉娅说，"那么你的名字是……"

"菲利普。"他说。然后，我在这个晚上第二次看到一滴闪亮的泪水顺着他的脸颊流了下来。

"菲利普，"她重复道，"菲利普，这名字真好。"

"很高兴你喜欢这个名字。"

"我肯定曾经认识过一个菲利普。"她忽然打了个哈欠，"我有些累了。"

"你希望我离开吗？"他关切地问。

"能劳驾你帮个忙吗？"

"什么忙都可以帮。"

"我爸爸在我睡觉时都要跟我讲个睡前故事，"朱莉娅说，"你可以跟我讲个童话故事吗？"

"你从来都没叫我讲过。"我脱口而出道。

"你又不知道什么故事。"她答道。

我不得不承认她是对的。

"我很高兴为你讲故事。"菲利普说，"我们要不要将灯光调暗点——万一你睡着了……"

她点点头，将枕头摊开，将头靠在其中一个上面。

他将手伸到床头桌上方的那盏灯——那是他离开后，我在这个房间里加的唯一的一件东西。他没找到开关，这才醒悟过来这灯是由声音控制的,便命令灯光变暗。然后,在这个她以前每天给他讲童话故事的房间里,他给她讲起了一个故事。

"从前有一个小伙子。"他开始道。

"不对。"朱莉娅说。他停下来,困惑地看着她。"如果这是个童话故事的话,他应该是个王子。"

"你是对的,当然啦。从前有个王子。"

她点点头表示赞赏,"好多了……他的名字是什么?"

"你认为他的名字是什么?"

"菲利普王子。"朱莉娅说。

"你太对了。"他答道,"从前有个叫菲利普的王子。他是个行为端正的年轻人,一直努力遵照国王和王后的话去做。他学习骑术,马上的枪术,以及许多王子应该学的技艺。但当他的课上完,把武器擦拭好,吃完晚餐之后,他会回到他的房间,读那些关于奇妙世界的书,比如《绿野仙踪》和《爱丽丝漫游奇境记》。他知道这些地方是不可能存在的,但是他希望它们能存在。每当他发现一部讲述新的地方的书或全息电影,他都会去读或看,并期待着某一天他能设法访问这样的地方。"

"我知道他的感觉!"朱莉娅说,她那张我仍然爱着的满是皱纹的脸上洋溢着笑意,"如果能在黄砖路上跟稻草人和铁皮人走在一起,或者跟柴郡猫对上话,或者去访问海象与木匠,那岂不很美妙吗?"

"那也是菲利普王子的想法。"他附和道。他突然戏剧般的将身体前倾过去,"而且有一天他有了一个绝妙的发现。"

她坐起来激动地拍着巴掌,"他发现怎么去奥兹国啦?"

"不是奥兹国,而是一个更加奇妙的地方。"

她向后靠去,突然因为专注而有些疲倦,"我很高兴! 故事结束了吗?"

他摇了摇头,"不,没有。因为你看啊,这个地方没有人看着像王子和他的父母。他不懂生活在这里的人的话,这里的人也不懂他的,而且这里的人对看起来或者听起来跟他们不一样的任何人都感到害怕。"

"大多数人都是这样,"她睡意蒙眬地说,她的眼睛闭了起来,"他是不是也穿着万圣节的化妆服?"

"是的。"菲利普说,"不过那是一种非常特别的化妆服。"

"哦?"她又睁开眼睛,"怎样不同?"

"一旦他穿上去,就再也脱不下来了。"菲利普解释道。

"一件魔术化妆服!"她惊呼道。

"是的。不过这意味着他永远也不能做他父母国家的国王了,因此他的国王父亲非常非常生气,但是他知道,他再也没有别的机会去访问这个奇妙的国度了,于是他穿上了服装,离开他的宫殿去那个魔法的国度生活。"

"那服装是不是穿上去很不舒服啊?"她问,那一瞬间她的声音显得比以前警觉。

"非常不舒服。"他回答道。我还从没想过这事。"不过他从没有抱怨,因为他从没有怀疑过这样做是否值得。于是,他就去了这块神秘的土地,看到了成百上千种奇特而美丽的东西,每天都有新的惊奇,每晚都有不同的景象。"

"于是他就幸福地生活在那里啦?"朱莉娅问。

"直到现在。"

"那么他有没有跟一位美丽的公主结婚呢?"

"还没有。"菲利普说,"不过有希望。"

"我觉得这是一个很美的童话。"她说。

"谢谢你,朱莉娅。"

"你可以叫我妈妈。"她说,她的声音清晰、明确,"你去得对。"她转向我,不知怎的,我知道那是原来的朱莉娅,真正的朱莉娅,在看着我,"而你最好是跟我们的儿子和平相处。"

她话一说完,原来的朱莉娅便迅速地消失了,就像她经常出现的情况一样。她又变回我这一年来已经熟悉的朱莉娅。她靠回到枕头上,再次看着我们的儿子。

"我忘了你的名字。"她抱歉道。

"菲利普。"

"菲利普,"她重复道,"真是个好名字。"她顿了一下,"现在是万圣节了吗?"

他还没来得及回答,她便睡着了。他倾过身去用他那畸形的嘴唇吻了吻她的脸颊,然后站起来向门口走去。

"我先走了。"在我跟着他走出她的房间后,他说。

"先别忙。"我说。

他以探询的眼光看着我。

"到厨房来。"我说。

他跟着我穿过破旧的过道。我们到厨房后,我拿出两瓶啤酒,打开来,倒进两个玻璃杯里。

"你变成这样时真有那么痛吗?"我问。

他耸了耸肩,"都是过去的事,已经结束了。"

"真的有水晶山吗?"

他点点头。

"还有会说话的花?"

"是啊。"

"跟我到起居室去吧。"我说着走出了厨房。到起居室后,我坐在一张简易的椅子上,示意他坐到沙发上。

"怎么了?"他问。

"这事真那么特别吗?"我问,"有那么高的荣誉?"

"有超过六千的候选人争夺这个工作,"他说,"我赢了他们所有人。"

"他们肯定花了不少钱才把你变成这个样子。"

"比你想象的多。"

我呷了一口啤酒,"我们聊聊吧。"

"我们已经谈过妈妈了,"他回答道,"现在剩下的就只有巨蟒队了,而我并没有继续关注他们。"

"还有别的。"

"哦?"

"跟我聊聊那个奇境吧。"我说。


他留住了三天,住在那间很久没有使用的客房,然后就必须回去了。他邀请我去访问他,我答应了。当然我不能离开朱莉娅,而当她离去的时候,我也许已经太老、太虚弱了,而且那将是一次漫长、疲劳和昂贵的旅程。

不过,我知道如果我能够设法去那里的话,会受到一位亲爱的儿子的接待,而他会带着他的老人到处看看,讲述各处的风景,想到这里,我就觉得很满足了。

(北 星 译)

# 海王星上的大象

海王星上的大象们一直过着悠闲自得的生活。

在这里，它们不会挨饿，也不会生病。在这里，它们没有天敌。

这里没有战争，也没有偏见。它们的出生率与死亡率恰好持平，它们的皮肤上、肠道里没有寄生虫。

象群迁徙的速度适中，即使是最年轻、最弱小的成员也不会掉队，得病虚弱的成员也不会被丢下。

海王星上的大象，是个了不起的种族。它们的生活和平而安宁，它们之间从不争吵。老象对小象总是和蔼温柔。每当有小象出生，整个象群都聚在一起为它的新生庆祝；每当有老象去世，整个象群都为它的逝去哀悼。这里既没有仇恨，也没有猜忌，更没有无休止的争吵。

它们距离乌托邦只有一步之遥。可就是这一步，它们永远跨不过去。就是那一件事，它们永远无法忘记。

永远。

不管它们多么努力。

公元2473年，人类终于成功登陆海王星。尽管大象们对此非常不安，它们还是态度友善地靠近了飞船。

人类自己也很忐忑。所有调查都显示，海王星是一颗气体巨行星。可他们就是降落在了结结实实的地上。如果之前的调查报告是错的，鬼知道是不是还有什么别的也搞错了。

一个高大的男人走了出来，踏上冰封的星球表面。接着又出来了一个。然后是第三个。等所有人都出了舱，这儿人类的数量就和大象差不多了。

"嚯！我没看错吧！"地球人的领袖说，"你们是大象！"

"你们是人类。"大象紧张地说。

"没错。"地球人回答道，"我们宣布该星球归地球联合总会所有。"

"你们现在联合起来了？"大象问，感觉松了一口气。

"是啊，幸存者都团结在一起了。"地球人回答道。

"可你们还是带着可怕的武器。"大象一边说，一边不安地挪动脚步。

"武器和制服是配套的。"地球人说道，"别害怕嘛，我们怎么会伤害你们呢？人类和大象之间一直保持着深厚的友谊。"

然而，在大象的记忆里，事实却并非如此。

**公元前326年**

亚历山大大帝[1]与波罗斯王[2]在杰赫勒姆河战役中相遇。波罗斯是当时印度旁遮普地区的国王，拥有一支战象部队。亚历山大大帝之前从未遭遇过这样的军队，他分析了当时的形势，晚上派手下朝大象的鼻子和下腹部射了数千只箭。大象的这两个地方非常

---

①亚历山大大帝(公元前356～前323)，生于古马其顿王国首都佩拉城，世界古代史上著名的军事家和政治家。

②波罗斯王(生卒年月不详)，公元前340年～前317年在位。

敏感,顿时痛得抓狂,开始攻击离它们最近的人,而此时它们身边的人正是其饲养员和驯兽师。战争胜利以后,亚历山大屠杀了幸存的大象,以免它们再出现在战场上。

公元前217年

两个象种首次交锋。托勒密四世①带着他的非洲象与安条克大帝②的印度象开战。

海王星上的大象们不知道究竟是谁赢得了那场战争,但它们清楚谁输了。双方的象军都全军覆没,没有一只幸存。

还是在公元前217年

托勒密在叙利亚激战,在那之后,汉尼拔③带着三十七头大象翻越阿尔卑斯山去攻打罗马。其中十四头冻死,其他的也没活多久。它们勉强撑到战场,帮汉尼拔抵挡了敌人的矛刺,赢得了坎尼战役④。

"我们来谈点儿重要的事。"地球人说,"比如,海王星大气的氧含量这么低,你们怎么呼吸?"

"用鼻子呼吸啊。"大象回答说。

---

①托勒密四世(约公元前238~前205),埃及托勒密王朝国王,公元前221年~前205年在位。

②安条克三世(公元前241~前187),公元前223年~前187年统治塞琉古帝国,塞琉古二世的小儿子。

③汉尼拔·巴卡(公元前247~前183),北非古国迦太基名将、军事家,是欧洲历史上最伟大的四大军事统帅之一。

④发生于公元前216年,乃是第二次布匿战争中的主要战役。此前迦太基军队主帅汉尼拔入侵意大利,并且屡败罗马军队。而为了截断罗马的粮食补给,进一步打击其士气,汉尼拔进兵至意大利南方的罗马粮仓坎尼城。

"严肃点，我是认真的。"地球人说道，还不怀好意地摸了摸手中的武器。

"我们除了严肃，也不会别的。"大象解释道，"幽默得牺牲别人当笑柄，想想都觉得残忍。"

"好吧。"地球人说。他们对这个答案并不十分满意，也许是因为他们根本就不理解大象的话，"那我们换个问题吧。你们和我们是怎么实现交流的？你们没有无线电发射器，而我们戴了头盔，按理说除了固定无线电波段上传来的东西，其余什么都听不到。"

"我们通过精神感应交流。"大象解释道。

"可那不太科学。"地球人很不以为然，"你确定你指的不是心电感应？"

"不是，虽然最后它们殊途同归。"大象回答说，"我们知道，在你们听起来，我们好像是在讲英语，除了左边那位，他觉得我们在讲希伯来语。"

"那我们听起来像什么？"地球人问。

"就像你的肚子、你的肠子在温柔地隆隆叫唤。"

"太神奇了！"地球人感叹道，然而实际上，他们觉得，这与其说是神奇，不如说是恶心。

"你知道真正神奇的是什么吗？"大象回应说，"你们之中竟然有一个犹太人。"大象看出来地球人没听懂，就补充道，"我们总觉得自己在与犹太人竞争，看谁会先灭绝。我们曾把自己叫作'动物王国里的犹太人'。"大象们转身问那个犹太宇航员，"你们觉得自己是人类王国里的大象吗？"

"我刚刚才听说。"犹太宇航员回答说，突然发现自己竟然挺同意它们的观点。

公元前42年

罗马人把犹太囚犯集中在亚历山大城的竞技场上,然后对着他们放出受惊发狂的大象。观众兴高采烈,发出嗜血的尖叫。然而事与愿违,大象们没有攻击犹太人,反而冲向了观众。这事儿彻底证明了千万别相信厚皮类动物①。

(当一切尘埃落定,犹太人觉得那天的事件再次证明了,他们是上帝的选民,而不是罗马人的选民。后来,士兵杀死了大象,犹太人也没能逃过一劫。)

"他是犹太人就跟你们是大象一样,不是你们的错。"其他地球人回应道,"我们不会为此针对你们。"

"恕难相信。"大象说道。

"是吗?"地球人说,"可你看,印度人,我是说那些好的印度人——来自印度本土的印度人,不是美国的坏印第安人——他们崇拜象头神甘尼许。"

"我们不知道。"大象坦白地说。事实上,它们内心比表面更加震惊。"印度人现在还崇拜象神吗?"

"嗯,如果我们在主权战争中没把他们赶尽杀绝的话,我们相信他会的。"地球人说道,"那时候,大象已经不用于军事了。"他们还补充了一句,"可喜可贺。"

战象的最后一仗是帖木儿大帝②与马哈茂德③在苏丹的那一

---

①此处是个双关语,英文中"厚皮类动物"一词也指厚脸皮的人。

②帖木儿(1336～1405),生于撒马尔罕以南的碣石(今沙赫里萨布兹),其祖先做过察合台汗国的大臣,父亲死后继为碣石的一名封建城主。

③马哈茂德二世(1785～1839),奥斯曼帝国第三十任苏丹,他在统治期间致力于大规模的法制及军事改革。

战。在这场战争中,帖木儿在水牛角上绑上树枝,点着火,让受惊的牛群冲向马哈茂德的象群。这场战争为战象的历史画上了句号,因为相比之下,水牛价格更便宜,也更好养。

所有剩余的驯化大象都被训练成斗象,和斗鸡差不多,只是规模更大,大得多了。在后来的三四十年里,这项运动深受欢迎,直到所有的战象都死了才逐渐沉寂。

"我们可不光是崇拜你们。"地球人继续说道,"我们还以你们的名字命名了一个国家:象牙海岸①。这足以证明我们的诚意了吧!"

"你们并没有以我们的名字命名国家。"大象说道,"你们只是以我们身体的一部分命名它而已。为了这部分,你们一直对我们穷追不舍,痛下杀手。"

"别这么斤斤计较。"地球人说,"我们本来可以用某个政治家的名字命名的,他的名字里连个元音都没有。"

"说起象牙海岸,你们知不知道,1883年,第一个拜访地球的外星访客就是在那儿登陆的?"大象说。

"他们长什么样?"

"他们有象牙色的外骨骼。"大象回答说,"看了眼地球人对大象的屠杀,然后就走了。"

"你真的不是在编瞎话?"地球人问道。

"时隔这么多年,我们还有必要骗你?"

"说不定你本性就是如此。"地球人暗示道。

"不,不是的。"大象回应道,"我们的本性是实话实说,而悲哀

---

①即科特迪瓦,全名科特迪瓦共和国,西非国家,与加纳、利比里亚、几内亚、马里和布基纳法索相邻,海岸线长约五百公里。

的是,我们始终铭记着本性。"

地球人们觉得自己该休息休息,吃点儿东西,上个厕所了,还得向登陆任务控制中心汇报这边的发现。于是,他们都返回了飞船,只有一个人除外,他一直在后面徘徊。

所有的大象也都走了,只有一头公象留了下来。"你好像有问题要问。"它说道。

"是的。"那人回答,"你们嗅觉那么灵敏,怎么可能还有人能成功偷猎?"

"肯尼亚和乌干达的旺德罗波人是最厉害的猎象手。他们会用我们的粪便涂满全身来掩盖自己的气味,再悄悄地靠近我们。"

"原来如此。"那人点点头,"确实说得通。"

"也许吧。"大象承认道。接着,它极其负有尊严地补充了一句,"但是,如果换作是我,宁死也不愿把你们的粪便涂在我的身上。"

说完,它转过身去,追上它的伙伴们。

海王星在银河系里是独一无二的。只有它认识到变化是不可避免的,也只有它用近乎魔法的方式进行应对。

海王星鼓励生物变态,不单单是适应环境,而是真正的变态。对此,大象们并不理解,也解释不来。但不可否认的是,它们确实适应了海王星上的大气、气候和起伏的地面,也适应了这里没有合欢树。直觉告诉它们,是海王星在潜移默化中教会了它们任意进化的能力。它们一直小心翼翼,避免滥用这个能力。

它们是大象,大象从不记仇。它们为人类感到遗憾,人类进化得不够,还无法摆脱笨重的太空服和奇怪的头盔,也不能在这颗最完美的星球上自由走动。

地球人从飞船里出来,大步迈过海王星表面,准备去见大象,却发现大象们已经等在那儿了。

"太奇怪了!"地球人领袖说道。

"怎么了?"大象问。

领袖皱眉盯着它们,说道:"你们比刚才看起来小了点儿。"

"我们也正要说你们看起来比刚才大了点儿。"大象回应说道。

"这和我刚刚的对话差不多蠢。我才和任务控制中心联络过,他们说海王星上没有大象。"

"那他们觉得我们是什么?"

"幻觉或太空怪物。"领袖回答道,"如果你们是幻觉,我们就不该搭理你们了。"

他沉默了,似乎在等着大象问如果它们是太空怪物,地球人打算做什么。但大象们一旦固执起来,跟人一样倔。不巧,它们一点儿也不想问这问题。

地球人和大象默默地凝视着彼此,僵持了近五分钟。

最后,地球人领袖开口了。

"失陪一下,我突然特别想吃点儿蔬菜。"

他一句话都没多说,转身大步回到船上。

接下来几秒里,其余人不安地来回踱步。

"有什么不对吗?"大象问道。

"是我们变大了,还是你们变小了?"地球人回道。

"都是。"大象回答说。


"我现在感觉好点儿了。"领袖说着,回到队伍中继续面对大象。

"你看起来好多了。"大象们同意道,"不知怎么回事儿,感觉更帅了。"

"你真这么想?"领袖问道,显然他对这句话很受用。

"你是你们种族里,我们见过的最棒的。"大象真诚地说,"我们特别喜欢你的耳朵。"

"真的?"他问,微微扇动了一下他的耳朵,"以前从来没人提到过。"

"毫无疑问,是他们疏忽了。"大象们回道。

"说到耳朵,"领袖说,"你们是非洲象还是印度象?今天上午我觉得你们是非洲象。非洲象的耳朵比较大,对吧?可现在,我不大确定了。"

"我们是海王星象。"大象回答。

"哦。"

他们又寒暄了一小时,地球人抬头看看天空,问道:"太阳去哪儿了?"

"已经晚上了。"大象解释说,"这里一天只有十四个小时,七小时白天,七小时黑夜。"

"太阳也没那么亮了。"有人说着耸耸肩,把耳朵打得啪啪响。

"我们视力很差,几乎感觉不到。"大象们说,"我们靠嗅觉和听觉生活。"

地球人看上去很不安。最后,他们看向领袖。

"长官,我们想离开一下。"他们说。

"为什么?"

"我们突然觉得很饿。"地球人说道。

"我想去厕所。"其中一个说道。

"我也是。"另一个说。

"我也是。"又有人回应说。

"你们没事吧?"领袖关心地问道,说话时,他的大鼻子皱在了一起。

"我感觉好极了!"最近的一个回道,"我可以吞下一匹马!"

其他人都做起鬼脸,表示不信。

"好吧,那就吃得下一小片树林,至少。"他改口道。

"批准。"领袖说。地球人开始迅速往船上走。"给我拿几颗生菜,再来一两个苹果。"领袖在他们背后叫道。

"你想去的话,可以和他们一块儿。"大象们说道,心想吃下一匹马似乎也没想象中那么恶心。

"不,我的工作就是和外星人接触。"领袖解释道,"虽然严格地说,你们并不算是外星人,至少和我们想得不一样。"

"你们倒是和我们想得一模一样。"大象回答道。

"我会把这个当作一种赞美。"领袖说,"不过,我死也不会想到能在这里遇上老朋友。"

"老朋友?"大象们重复道,它们原本以为人类不管说什么都不会使它们感到惊讶了。

"没错。虽然我们在战争里不再是盟友了,但彼此之间一直有一种特殊的关系。"

"有吗?"

"当然。你看,P.T.巴纳姆①把大象珍宝②打造成了国际巨星。那家伙过得跟国王似的,可惜后来不小心被火车头给碾死了。"

"我们并不想在鸡蛋里面挑骨头。"大象说,"但是,你能告诉我怎样才能'不小心'碾过一头重达七吨的大象吗?"

"当然可以。"领袖说道,脸上洋溢着骄傲的神色,"只要发明了

①P.T.巴纳姆(1810~1891),美国人,马戏团老板、商人,巴纳姆贝利马戏团的创始人。

②十九世纪七十年代红极一时的动物明星。

火车头就行了。不管我们是什么,你得承认,我们是一个伟大的种群,有数不清的成就值得夸耀:发明了内燃机、分裂了原子、登陆了行星、能够治疗癌症。"他停顿了一下,"我不想诋毁你们,但是说实话,你们有什么能拿来比的?"

"我们没有背负着罪恶生活。"大象简单地回答道,"我们尊重彼此的信仰,从不破坏环境,也不对其他大象发动战争。"

"你觉得这个可以和心脏移植、发明硅片、生产出3D显示屏相提并论?"领袖不屑地问。

"我们的追求不一样。"大象回答说,"但我们和你们一样,也为种族的英雄感到骄傲。"

"你们还有种族英雄?"领袖问道,神色中带着难掩的惊奇。

"当然有。"大象飞快地列举出了象族光荣榜中的人物,"乞力马扎罗象、塞莱蒙迪、马萨比特国家公园①的艾哈迈德,还有克鲁格国家公园的七巨象:马福亚恩、希恩威兹、卡恩巴奇、若昂、迪桑博、鲁朗密迪和费瓦内。"

"它们都在这儿?"领袖问道,此时他的手下开始陆续从船上返回了。

"不。"大象回答道,"你们把它们都杀了。"

"我们肯定有自己的理由。"地球人坚持道。

"它们在地球上。"大象说道,"而且碰巧长着华丽的象牙。"

"看吧。"地球人说,"就说我们肯定有自己的理由。"

大象们并不喜欢这个答案,但它们太有礼貌了,不好意思直说。在海王星短暂的夜里,两个种族交流了意见,讲了些善意的谎话。太阳再次升起,地球人发出了惊叫。

"看着你们!"他们说道,"怎么回事儿?"

---

①位于肯尼亚的野生动物园,地处沙漠地带,距首都内罗毕约六百二十公里。

"四条腿走路走腻了。"大象们说,"我们觉得还是两条腿走路更舒服。"

"你们的象鼻子呢?"地球人追问道。

"太碍事儿了。"

"好吧,这还不算最糟糕的。"地球人互相看了看,说道,"仔细想想,这才是最糟糕的事儿——我们要把头盔撑爆了!"

"我们的耳朵大得可以扇风了!"领袖说道。

"鼻子也越来越长。"另一个人说道。

"这才是最该担心的。"领袖说,他停顿了一下,接着说,"还有,我觉得我没有昨天那么讨厌你们了。这是怎么回事儿?"

"这可难倒我们了。"大象说道,它们正为自己哼哼唧唧的声音而恼火。

"千真万确。"领袖继续道,"今天我感觉,宇宙中的每一头大象都是我的朋友。"

"真可惜,你要是早点儿这么想,就不会像现在这样了。"大象愤愤地说,"你们知道吗,单单在二十世纪,你们就屠杀了我们一千六百万同胞!"

"但是,我们也做出了补偿啊。"地球人指出,"为了保护你们,我们建了野生动物园。"

"是建了。"大象承认道,"但在这个过程中,你们几乎掠夺了我们所有的栖息地。接着你们又决定杀掉我们中的一些,以防动物园的食品供给被吃光。"它们突然顿了一下,"那时候,第二个外星访客来到了地球。外星人研究了'以杀代保'的理论,断定地球就是个疯人院,决定以后把他们那儿的绝症患者扔到地球去。"

眼泪顺着地球人巨大的脸颊滑了下来。"太对不起了。"他们哭着说。有几个还用粗短的手指抹了抹眼睛,他们的五指似乎也要长到一块儿去了。

"我想我们该回到船上,好好考虑一下这些。"地球人领袖说道,他环顾四周,想找个大点儿的东西擤鼻子,然而却是徒劳,"我还想顺便上个厕所。"

"我同意。"有人附和道,"卷心菜归我了!"

"伙计们。"另一个说道,"我知道这听起来很傻,但四只脚走路真的舒服多了。"

大象们一直等着,等所有人都上了船,才各自忙活起自己的事儿。大象们诧异万分,因为地球人到来前,它们明明没什么事儿可做。

"我说,"其中一头大象说,"我突然很想吃汉堡。"

"我想喝啤酒。"另一头说道,"空间电台有没有足球比赛啊?"

"太神奇了。"第三头象说道,"我突然有出轨的冲动,可我还没结婚呢!"

大象们隐隐感到不安,却不知道原因,它们很快就陷入了不安却无梦的睡眠。


福尔摩斯曾说过,排除一切不可能之后,不管剩下的多么荒诞,那就是真相。

约瑟夫·康拉德①曾说过:真相是一朵遗世独立之花。

沃尔特·惠特曼②曾说过:你相信的,就是真相。

海王星能把他们三位气到跳脚。


"真相和梦境一样虚幻。"乔治·桑塔亚纳③说。

---

①约瑟夫·康拉德(1857~1924),英国小说家,最擅长海上冒险小说。

②沃尔特·惠特曼(1819~1892),生于纽约州长岛,美国著名诗人、人文主义者,他创造了诗歌的自由体,其代表作品是诗集《草叶集》。

③乔治·桑塔亚纳(1863~1952),西班牙诗人、散文家、哲学家。

他的想法太扯了，但在海王星却成了现实。

"我们一直想知道。"早上见面时，地球人说道，"地球上最后一头大象是怎么死的？"

"它叫贾马尔。"大象回答说，"有人开枪杀了它。"

"它现在被陈列在哪里吗？"

"它的右耳轮廓和非洲大陆很像，于是人们在上面画了张地图，现在收藏在肯尼亚总统府。它左耳的反面也画了一张地图，现在正挂在孟买的一家博物馆里。顺便一提，在有人想到能把左耳翻过来用以前，几个世纪中，被随意丢弃的左耳数量大到让人难以置信。

"它的四只脚被做成了一套对称的吧椅，目前正装饰着位于得州达拉斯的《王牌飞行员》演艺大厅。它的阴囊成了苏格兰老政客的烟袋。一根象牙现正在大英博物馆展出；另一根经过精细的手工雕刻，现在正陈列在北京某个商店的橱窗里。它的尾巴已经成了一个苍蝇拍，是阿根廷最后一批牧民的得意收藏。"

"我们对此一无所知。"地球人说道，他们彻底被震惊了。

"贾马尔临终前说的最后一句话是：'我宽恕你们，人类。'"大象继续说，"然后它就去了人类无法企及的地方。"

人们抬起头，望着天空问："我们能从这儿看到它吗？"

"我们想大概不行。"

人们回头看大象，发现它们又进化了。事实上，那些让它们被捕猎的身体特征已经全部消失了。象牙、耳朵、四肢、尾巴，甚至阴囊，所有这些都起了巨大的变化。大象现在从太空服到头盔，看起来和人类完全一样了。

与此同时，人类已经撑爆了太空服（太空服变得支离破碎），长出了长牙,还发现自己通过肚子发出的隆隆声来沟通。

"太烦躁了。"地球人说,事实上他们已经不再是"人"了,"现在我们已经跟大象差不多了。"他们继续说,"你能告诉我们大象平时都做什么吗?"

"嗯。"大象说道,它们现在也不是大象了,"空闲时间里,我们在无私、宽容和家庭价值观的基础上建立新的道德体系。我们尝试融合康德①、笛卡尔②、斯宾诺莎③、托马斯·阿奎那④和巴克利主教⑤的思想,创造出更加复杂,更符合逻辑的东西,并且在每个阶段都注意吸收感性和美学价值。"

"好吧,我们想这应该挺有趣的。"新大象不太热情地回应道,"我们能做点别的吗?"

"哦,可以。"新的太空人向他们保证说,随即掏出了装填着.550NE弹夹和.475H&H马格南弹夹的枪,瞄准,然后说,"你们还可以去死。"

"这不可能! 你们昨天自己都还是大象!"

"没错,可我们现在是人了。"

"那为什么要杀我们?"新大象们问道。

"习惯。"新人类回答说,同时扣下了扳机。

将新象群杀光殆尽后,这群原本是大象的人类登上了飞船,飞向太空,大胆地去探索新的生命形式。

---

①伊曼努尔·康德(1724~804),著名德意志哲学家、德国古典哲学创始人,其学说深深影响了近代西方哲学,并开启了德国唯心主义和康德主义等诸多流派。

②笛卡尔(1596~1650),法国著名哲学家、物理学家、数学家、神学家。

③巴鲁赫·斯宾诺莎(1632~1677),荷兰人,西方近代哲学史重要的理性主义者,与笛卡尔和莱布尼茨齐名。

④托马斯·阿奎纳(约1225~1274),中世纪意大利经院哲学的哲学家和神学家,他把理性引进神学,用"自然法则"来论证"君权神圣"说。

⑤乔治·巴克利(1685~1753),英裔爱尔兰哲学家。

海王星见证过许多物种来来去去。在这段漫长的日子里,微生物自发出现九次;外星人造访了三十七次;爆发了四十三场战争,其中五次动用了原子武器;出现了一千零二十六种宗教,但没有一个揭示了宇宙的普遍真理。如果把全银河的历史比作一张挂毯,它线头最凌乱破落的一角肯定就在海王星那充满不祥色彩的地表上。

当然,行星没法发表意见。如果它们可以,海王星应该会说,它接待过的生物中,最有趣的就是大象。他们温柔的性格和独特的视角令它记忆犹新。它也为他们感到悲哀,某种意义上,大象是灭绝在自己手上的。

可问题来了,你要是问它,它指的是哪批大象,是那批原本是凶手的新大象,还是那批后来成为凶手的旧大象?

海王星讨厌这种问题。

（魏春予　译）

# 捕猎蛇鲨*

相信我,我们最不愿意碰到的就是蛇鲨。

而且我也确信,它最不想碰到的也是我们。

我想告诉大家,狭路相逢时,我们的应对能力不及它一半强。但或许我还是应该从头说起。相信我,很快就能讲到关于蛇鲨的情节。

我叫卡拉莫约·贝尔[①](好吧,其实应该是丹尼尔·马蒂亚斯·贝尔曼)。我从未到过离地球卡拉莫约区五千光年以内的地方。但当我发现自己竟然是这位传奇猎手的远房后代时,我决定盗用他的名字。我跟他从事一样的行当,本以为这名字会给顾客留下深刻的印象。结果证明,我是错的。在整个职业生涯中,我只遇到三个听说过这名字的人,但这三人都没随我去狩猎。尽管如此,我还是保留了这个名字。世间有太多丹尼尔,至少我是唯一一个卡拉莫约。

当时,我为西林格&马赫公司——从事游猎业务的最古老且最

---

*一种虚构的海生动物,初见于刘易斯·卡罗尔的诗歌《捕猎蛇鲨》。

①卡拉莫约·贝尔(1880~1954),苏格兰冒险家、猎人、士兵、飞行员、水手、作家及画家。

知名的公司——工作。没错，西林格六十三年前就死了，六年后，马赫也随他而去，现在的运营商其实是远在德鲁洛斯八区的某个不知名的公司。但这名字显然带给了他们不错的运气，至少比我的名字强，因此，他们一直保留着这个名字。

我们是业界收费最高的公司，但我们提供的服务配得上这个价。几千年来，游猎者踏上了成百上千颗星球，但有钱人总想前往他人从未登陆甚至见所未见的星球，当第一个吃螃蟹的人，并愿意为此支付高昂的报酬。几年前，公司在新近开发的阿尔比恩星团买下了十颗行星的捕猎权。因为有太多客户想要成为首批前往这些处子星球游猎的幸运儿，我们只好抽签决定谁能拥有这项特权。西林格&马赫公司同意向每颗星球派驻一名职业猎手，而每个游猎团的人数上限则设定为四人，费用则是（做好心理准备哦！）两千万信用券。如果顾客对信用券信心不足，则可以支付八百万玛丽亚·特蕾莎元。在那些位于外疆的星球，许多人都不信任信用券。

作为职业猎人，我们也跟顾客一样，渴望前往从未踏足的星球打猎。所有猎人按照资历被派往不同的星球，我作为资格第七老的，被分到了道奇森四区。这一区域是以十几年前首位绘制其星位图的女士的名字命名的。我们当中九名猎人的游猎团都已满员，剩下的一个团却只有一名顾客——一位超级富豪，他不愿意跟任何人分享游猎的机会。

现在，请搞清楚：我并非一个人带团去狩猎。当然，我是负责人，但我还有十二名助手，全都是来自卡卡布·卡苏四区的达比赫人——一种蓝皮肤的类人生物。其中四名负责给客户们拿武器。（没人帮我拿武器，因为只有将武器握在自己的手中，我才会安心。）我们接着讲：其中一名是厨师；三名是剥皮者（这都是些我们从未见过的外星生物，要保证剥皮时不破坏其皮毛的完整，技术难度远远超乎你的想象);三名是营地服务人员;第十二位则是我常用的追踪者,名字叫作查金卡,听上去有些像是打喷嚏的声音。

我们其实并不需要宇航员,因为飞船的导航电脑能够从半个星系远的地方起飞,准确无误地降落在一枚新肯尼亚先令上。但既然客户们花大价钱为的就是享受,西林格&马赫公司就必须保证旅途的奢华舒适。于是,除了我的外星随从之外,还添置了一名私人宇航员——科沙·姆贝莱队长。赛特战争期间二十多年,他一直都是单人战斗机驾驶员。

狩猎团队由四名商业伙伴组成,全都是家财万贯的家伙。他们拥有的财产之多,即便在最疯狂的梦里我也无法想象,甚至连他们自己都很难数清。首先是威拉德·马尔克斯,一位房地产巨头,整个罗斯福星系的建筑都由他的公司开发;贾克森·波拉德,坐拥大型超市及高档面包店连锁,业务范围涵盖了一千多颗星球;菲尔蒙·德斯蒙德,远伦敦星球最大银行的首席执行官,该银行在差不多两百个星系设有分支机构;最后是菲尔蒙的妻子拉莫娜,其所在行星最高法庭的法官。

我不知道他们四位是如何凑到一起的,但很明显,他们都来自同一个星球且相识多年。通过早期的商业冒险,他们捞得盆满钵满,而且势如破竹,不断取得新的成功。最近又从西尔维斯特莱克——一颗偏远的采矿星球——牟取了暴利。马尔克斯酷爱狩猎,从半打星球带回过战利品;德斯蒙德也挺喜欢参加游猎;波拉德更喜欢在卡利俄珀或者其他休闲行星上玩儿几周,但最终还是同意了一起参加狩猎。这样一来,四位富豪就可以集体庆祝他们刚刚赚得的数十亿。

刚一见面,我就看马尔克斯不顺眼,这家伙的男子气概过了头。不过,这并非是什么问题。他花钱雇我,并不是为了让我享受他的陪伴，而只是希望我帮他再添几样战利品，可以带回家挂在墙上显摆。就这一点来说，他的能力应该不成问题。

德斯蒙德夫妇是有趣的一对儿。拉莫娜长得很标致，但却特地把自己捯饬得很朴素，甚至有些刻板；她学识渊博，说话总是旁征博引，甚至会让人产生怀疑，这位夫人喜欢的究竟是静静读书，还是在大庭广众之下炫耀学问。她的丈夫菲尔蒙，身材如同老鼠般瘦小，总是在喝酒、嗑药、抽烟。他似乎很惧内，一直戴着一枚差不多三十年前在学校田径比赛中赢得的小奖牌，极有可能是想借此给老婆留下深刻的印象。他显然是做了无用功，拉莫娜始终不为所动。

波拉德话不多，为人低调，虽然碰上运气赚了大钱，但从不摆出一副老于世故的模样。但依我看，这恰恰说明他比其合伙人更加圆滑。对于自己被说服结伴狩猎这件事，他显得很惊讶。他备了大量药品，有治疗晒伤的、治疗腹泻的、对付蚊虫叮咬的，外加另外五十多种，以防可能遇到的突发状况。他打趣说是害怕自己那被称之为"监狱白"的皮肤受损。

我们在公司总部所在地布拉克斯顿二区会合，接着启程前往道奇森四区，路上需要六天时间。四位客户都选择了进入深度睡眠状态。因此，当我们开始以光速前进，我和姆贝莱队长便将他们送进睡眠舱，着陆前两小时再把他们叫醒。

他们醒来后都饿得要命，我深知那种感觉；深度睡眠会最大限度地降低新陈代谢的速度。当然，它不会完全停止，否则人就将性命不保。深度睡眠的人苏醒后想做的头一件事就是吃东西。因此，姆贝莱队长将达比赫们从厨房里赶了出来，长途飞行时他们几乎都待在那里。然后让电脑调配出一顿合人类口味的大餐。他们刚刚填饱肚子，就开始询问关于道奇森四区的事情。

"过去的一个小时,我们都绕着该星球的轨道飞行。飞船的电脑正在绘制整颗行星详尽的地形图。"我向他们说明,"一旦我找到安营扎寨的最佳位置,我们就会着陆。"

"这颗星球究竟是什么模样?"德斯蒙德问。他明显没看我们发给他的相关数据。

"我也从来没有登上过道奇森四区。"我回答,"没人到过。"我笑着说,"这就是你们为此花大价钱的原因。"

"那我们怎么能知道,这颗星球上能找到猎物呢?"马尔克斯质问道。

"放心吧,当然会有猎物。"我说,"绘制其星位图的先驱声称,她的传感器能精确定位出四种食肉动物以及众多食草动物,其中一种重达四吨。"

"但她并未登陆?"他继续问道。

"没这个必要。"我说,"这里并没有智慧动物的活动迹象,再说还有上百万颗星球等着她去绘制星位图呢。"

"她对那些动物的定位最好是正确的。"马尔克斯嘟哝着,"我花那么多钱,可不是为了来看花花草草。"

"我曾经在三颗凯伦·道奇森绘制过星位图的有氧星球狩过猎。"我说,"她说过的话都得到了验证。"

"人们真的能在氯气或者氨气星球上狩猎?"波拉德问道。

"很少有人能做到,这需要经过专业化的训练。如果您想要了解更多,等此次狩猎结束返回总部,我会让相关负责人员与您联络。"

"我曾经在两颗氯气星球上狩猎。"马尔克斯插嘴道。

你最了不起了,我想。

"很棒的运动方式。"他补充说。

因为得跟客户相处几周甚至数月,你可不能当面说他是吹牛大王或者骗子。但一定要将相关资料录入档案,方便以后做参考。

"这位凯伦·道奇森——行星就是以她的名字命名的吗?"拉莫娜·德斯蒙德问。

"这是先遣人员的特权。"我回答,"绘制星位图的人可以随意命名该星球。"我顿了顿,笑着说,"他们可是出了名的不谦虚,通常都会用自己的名字来命名。"

"道奇森。"她重复了星球的名字,"或许我们能在这儿找到炸脖龙、露齿笑的猫①,甚至是蛇鲨。"

"您说什么?"我问。

"刘易斯·卡罗尔②的真名叫作查尔斯·道奇森。"

"我从未听说过他。"我说。

"他写过《无聊的话》以及《猎鲨记》,还有'爱丽丝'系列童话。"她盯着我,"你肯定读过这些作品。"

"恐怕我没读过。"

"没关系。"她耸了耸肩,"这只是个笑话,而且不是很好笑的那种。"

回顾往事,我真希望当时我们找到的是炸脖龙。

> 蛇鲨就藏身于此! 贝尔曼高喊,
>
> 他小心翼翼地让水手登陆;
>
> 扶每个人站稳,即便身处潮头浪尖,
>
> 手指缠绕在他的发丝之间。
>
> ——《捕猎蛇鲨》

---

①两者均为刘易斯·卡罗尔在《爱丽丝梦游仙境》中杜撰出的生物。

②刘易斯·卡罗尔(1832~1898),英国著名作家查尔斯·路德维奇·道奇森的笔名。

　　道奇森四区一片郁郁葱葱,辽阔的草原绵延起伏,茂密的丛林中生长着数百英尺高的参天大树,内陆湖星罗棋布,还有三处内陆海,大气层略厚于银河系平均标准,重力稍小于银河系平均标准。

　　达比赫人搭好营地,在飞船附近竖起透明的全自动游猎球形帐。我派查金卡前去搜集可供选择的食物,将样品带回飞船的实验室进行分析。情况甚至比我预期的还要好。

　　"我有好消息。"我从飞船里爬出来,向大家宣布,"至少有十七种可供食用的植物。开着金色花朵的那种树,其树皮就可以吃。水并不能完全达到饮用标准,但跟标准相差不远,只要对其进行辐照杀菌,就没问题了。"

　　"我来这儿可不是为了品尝水果、浆果或者那些讨厌的蓝皮肤家伙找到的东西。"马尔克斯没好气地说,"咱们去打猎吧。"

　　"依我看,你和你的朋友们最好先在营地里待一天,我跟查金卡去侦查这片领域,探个究竟。你们好好放松一下,摆脱旅途的疲惫,同时适应一下这里的气压和重力。"

　　"为什么?"德斯蒙德问,"我们今天出去,或者明天出去,有什么区别?"

　　"一旦查明即将面临的情况,我就可以告诉你们该带什么样的武器。虽然我们已经知道这里存在着食肉动物,可还不清楚它们究竟是白天活动、晚间活动,还是昼夜都活动。如果它们是夜行动物,咱们却白天出动寻找猎物,岂不是白白浪费时间?"

　　"我没考虑到这个问题。"德斯蒙德耸耸肩,"你拿主意吧。"

　　我把姆贝莱船长拉到一旁,叮嘱他尽可能做点儿什么,让客户们保持愉快的心情——给他们讲讲以往狩猎的故事,让他们小酌几杯,总之想方设法让他们开心。与此同时,我和查金卡好做些勘查工作,以便对接下来要面对的情况有所了解。

"这颗星球对我而言很是普通。"姆贝莱说,"典型的原始世界。"

"依传感器来看,从这里向西大约两英里,就有大量生物聚集。"我回应道,"既然有那么多待宰牛羊,自然也不会缺少食肉动物。我想先查明它们的情况,然后再带这四个菜鸟进入树丛。"

"马尔克斯一直在吹嘘他参与过的狩猎活动。"姆贝莱抱怨说,"为什么不带上这位伟大的白人猎手呢?"

"好提议!"我说,"不过刚刚着陆时我已经作出了决定,还是把他交给你吧。"

"真是多谢你了。"

"或许他参与过其他星球的狩猎活动,但在道奇森四区,他却毫无疑问是个生手。在我看来,这才是最重要的。"

"好吧,如果要这么说,连你自己都是生手。"

"我拿了报酬,应该为此冒生命危险。他付钱给我,为的就是确保自己能够获得战利品,同时不必冒生命危险。"我环顾四周,"真见鬼,查金卡溜到哪儿去了?"

"我想他正在帮厨师的忙呢。"

"他有自己的食物。"我恼火地说,"不需要吃咱们的。"我转向厨房的方向喊道,"查金卡,晃着你的蓝屁股滚过来!"

那达比赫人听到我的喊声,抬起头看过来,面露笑容,指指自己的耳朵。

"还不去拿你那该死的T盒!"我说,"咱们有活儿要做。"

他再度露出微笑,慢悠悠地走开了。不一会儿,他再次出现在我面前,手里拿着长矛和T盒。所谓T盒,指的是能够在人类与达比赫人之间完成同声互译的设备(事实上,只要编入正确的程序,它能够充当人类和任何生物间的翻译器)。

"丑陋的小生灵。"姆贝莱指着查金卡评论道。

"我选中他,可不是因为长相。"

"他真的那么棒?"

"这个小杂种能在车流拥挤的高速公路上追踪一颗小小的台球。"我回答,"他比我认识的绝大多数人类都更具胆识。"

"不见得吧。"姆贝莱的口气说明,他仍然认为达比赫人只比我们曾经捕猎过的动物高等一点点,甚至同样低级。

> 他的形象太难看——他的脑袋也不好使——
> (因此贝尔曼总会这样评价)——
> 可他的勇气无可挑剔!而这恰恰是,
> 对抗蛇鲨最需要的品质。
>
> ——《捕猎蛇鲨》

交通工具能用的时候,我自然不必费力气步行。但组装好狩猎用的车辆,至少要花费达比赫们一天的时间。我又不能在营地里无所事事地等着。于是,我和查金卡就照着电脑提供的地图,向正西方的某个水塘步行前进。我们此行的目的并不是猎杀,只是去察看到底有哪些动物,以便决定明天早晨让客户带哪种武器去狩猎。

我俩走到水塘,花了一个多小时,然后躲在距离水塘约五十码的一片不知名的灌木后面。一小群棕白相间的食草动物正在喝水。它们离开后,两只庞大的红色动物,每只有四五吨重,也过来喝水了。接着是四五群不同种类的食草动物。我刚刚放下心来,耳边就传来翻找东西的窸窣声。我转头去看,发现查金卡拿起了一条约五英寸长的黏糊糊的绿色虫子。查金卡盯着它蠕动的身体看了一会儿，猛地将其塞进嘴里，吞了下去。他一度陷入沉思，像是在品味美食，然后满意地点点头，又继续寻找更多的虫子去了。

这场面曾经让我非常恶心，但跟查金卡相处十多年后，我早就能忍受他的饮食习惯了。我继续搜寻食肉动物，最后问查金卡是否有所发现。

T盒完成翻译后，他摇摇头，"或许有夜行肉食动物。"他低声回答。

"我从未见过有这种星球，所有肉食动物都是夜行生物。"我说，"肯定有白天捕食的动物，而这里则应该是它们重要的捕猎点。"

"那它们在哪儿呢？"

"你是追踪者。"我说，"你该给我答案。"

他长叹一声——如果你不熟悉达比赫人，准会被这声音吓到。水塘边的几只动物受惊跑掉了，奔出去三四十码，掀起大量淡红色的尘土。它们无法确定这声音的来源，又小心翼翼地踱回来，继续喝水。

"你在这儿等着。"他低声说，"我去找食肉动物。"

我点头表示同意。我曾经在一百颗星球上目睹过查金卡追踪动物，深知自己只是个碍手碍脚的角色。他能够像食肉动物一样，悄无声息地潜行，能够识破我永远发现不了的伪装。如果必须静止，他可以纹丝不动地站立或者蹲伏十五分钟。就算有虫子爬上他的脸，甚至路经他的眼睛，他也可以目不转睛。或许是因为他将各类昆虫视为美味佳肴，或许是因为他对个人卫生的概念模糊，但他在这种环境中——比如我们现在身处的环境——真是如鱼得水，比任何其他种族的生物都更能胜任这项任务。

我坐了下来，将隐形眼镜调成望远模式，用了十来分钟扫视地平线附近的景物。期间,我抽了两根无烟香烟。许多动物——全部是食草类——来到水塘边喝水。数量真的太多了,我觉得照这样下去,几天后这个水塘就会消失不见,只剩一摊烂泥。

我正要点第三根香烟,这时查金卡再次出现在我身边,拍拍我的肩膀。

"跟我来。"他说。

"你发现了什么吗?"

他没回答,只是站直身子,迈步走到开阔地带,一点儿遮掩行迹的意思都没有。水塘边的动物们发出惊叫,紧接着撒腿就跑,有的身体伏得很低,有的是迈大步跑曲线,有的则急速跳跃着。转眼间,所有动物都消失在它们掀起的浓密尘土之中。

我跟着查金卡走了大约半英里,终于发现了它:一只死掉的食肉动物,长得像猫。其皮毛呈黄褐色,据我估计重量在三百磅左右。它长着捕猎者的尖牙,四爪明显是用来撕碎猎物的皮肉的,宽大的尾巴上长满了凸起的骨钉。肌肉过于发达,耐力可能不足,但强健的双肩及腰腿看上去非常适合一百码以内的短距离冲刺。

"死了大概七小时。"查金卡说,"或许八小时。"

我不在意它是死是活,但惊讶于它的头盖骨及身躯全被碾碎。更让人百思不得其解的是,它竟然没有被吃掉。

"分析一下现场。"我说,"告诉我究竟发生了什么事。"

"这只棕色的猫,"查金卡指着那只死掉的动物说,"今天早晨刚刚捕食了猎物,胃还撑得满满的。它正想找个阴凉地儿休息,却被什么东西杀掉了。"

"凶手到底是什么?"

他指着一些椭圆形的足迹,这些脚印并不比人类的大很多,"这就是凶手留下的。"

"它弄死棕猫以后,顺着哪条路离开了?"

他再次查看地面,指着东北方向,"这条路。"

"我们天黑前能找到它吗?"

查金卡摇摇头,"它早就离开了,四个、五个甚至六个小时之前。"

"那咱们回水塘边吧。"我说,"我希望你再检查一下,它是否在那儿留有痕迹。"

我们的出现又吓跑了另一群食草动物。查金卡对地面进行了勘察。

最后,他站起身来说:"太多动物来来去去。"

"绕着水塘画个大圈。"我说,"差不多距水边四分之一英里吧,看看是否留有痕迹。"

他照我吩咐的去做了,我跟在他后面。绕到半圈时,他停住了脚步。

"真有趣。"他说。

"什么?"

"今天清晨,有几只棕猫聚集在这里。"他指着地面说,"杀掉那只棕猫的凶手随后出现——你看,那里,他的脚印盖住了其中一只棕猫的脚印——然后棕猫们就逃走了。"他顿了顿,"一家子棕猫——至少有四只,或许是五只——竟然被单独捕猎的什么动物吓跑了。"

"你确信它单独捕猎?"

他再次端详地面,"没错,它单独行动。真是太有趣了!"

这可不是有趣那么简单。

这只单独捕猎的动物在食物链中的位置,显然比重达三百磅的棕猫更高。它能够吓跑一小群大型食肉动物,而更令我担心的是,它杀戮的目的竟然不是为了填饱肚子。

猎人们会分析发现的蛛丝马迹,听取追踪者的意见,但更多的时候他们相信自己的直觉。我们抵达道奇森四区不过五个小时,我已经产生了不祥的预感。

"我还真盼着你能带回点儿外星野味来,给咱们的晚餐添个菜。"我们返回营地时,贾克森·波拉德说。

"或者带回一只战利品。"拉莫娜·德斯蒙德插嘴说。

"我已经拥有太多了,你们将获得自己的战利品。"

"听上去,你并不是个热情高涨的猎手。"她说。

"你们花钱来狩猎。"我回应道,"我的任务则是给你们提供帮助,出现意外情况再介入。在我看来,如果我能一枪不开,才是最理想的狩猎活动。"

"我喜欢你这种说法。"马尔克斯说,"咱们明天的目标是什么?"

"尚未确定。"

"你还没确定?"他重复道,"你整个下午究竟做了些什么?"

"侦查整个区域。"

"简直跟拔牙一样磨蹭。"马尔克斯抱怨道,"你发现了什么?"

"我想,我们恐怕真的发现了蛇鲨的踪迹。既然没有合适的名字,我们不妨先用德斯蒙德太太提到过的头衔来称呼它。"

所有人的兴致突然高涨起来。

"蛇鲨?"拉莫娜·德斯蒙德兴高采烈地问,"它长什么样?"

"我不知道。"我回答,"它是两足动物,但我不知道具体有多少肢体,很有可能总共四条。在银河系中,超四条肢体的大型动物极为少见。根据其脚印的深度,查金卡认为它的体重在二百五十磅到四百磅之间。"

"这不算大。"马尔克斯说,"我打到过个头更大的。"

"我还没说完。"我说,"这片土地遍布猎物,但它似乎将其他肉食动物都吓跑了。"我稍作停顿,"好吧,实际上,我的表述也不是完全正确。"

"你是说,它并未将它们吓跑?"拉莫娜问,她已经完全被弄糊涂了。

"不,它们的确跑掉了。只是我无法确定我们的蛇鲨是否也是食肉动物,因为它明明弄死了一只体型庞大的类猫动物,却没将它吃掉。"

"这意味着什么?"拉莫娜问。

我耸耸肩,"我也不确定。它可能只是想要保护自己的领地。不然就是……"我话说一半就停住了,要想弄清楚自己这句话里的深层含义。

"不然就是什么?"

"不然就是它真的能够从杀戮中体会到乐趣。"

"这跟我一样。"马尔克斯笑着说,"我们明天早晨就出去,打一只蛇鲨回来。"

"明天不行。"我斩钉截铁地说。

"见鬼,为什么不行?"他挑衅地问道。

"我有个不成文的规矩,一旦遇到危险的猎物,我必须对其有透彻的了解,否则绝不可以进行捕猎。"我回答,"明天咱们去打点野味吃就好,顺便看看能不能对蛇鲨多些了解。"

"我花了几百万信用券,为的可不是打几只反刍的外星野牛!"马尔克斯厉声道,"你明明已经找到了很棒的猎物,让我们惊呼这是一场'超级狩猎'。我支持明天一早就去捕猎蛇鲨。"

"我很欣赏你的热情和勇气,马尔克斯先生。"我说,"但这不是宣扬民主的时候,我拥有一票否决权。我的任务是让你们所有人都平安健康地结束这次狩猎。我们必须对蛇鲨多些了解,否则不能去捕猎它。"

他没再说话,但我敢说,他当时一枪崩了我的渴望不逊于捕猎蛇鲨。

第二天早上动身前,我检查了所有人的武器。

"很棒的激光枪。"我边说边审视着德斯蒙德的武器。这把枪让他体验到了全新的喜悦和骄傲。

"那当然。"他说,"花了我一万四千信用券呢。装有夜视仪、拓宽型瞄准镜、防抖枪托……"

"把您的实弹步枪和双管猎枪都拿出来。"我说,"我必须检查所有的武器。"

"但我只会用到这把激光枪。"他坚持说。

我不得不把坏消息告诉他。

"根据我的专业意见,道奇森四区拥有B3生态系统①。"我说,"昨晚我已经通过亚空间信息通道将自己的发现从飞船传送到总部,进行了登记。"我看他露出不解的神情,继续解释道,"如果出于竞技性狩猎的目的,所携带的武器必须使用非爆炸性弹药,且子弹的重量不得超过四百五十格令②,除非分级有所调整。"

"可——"

"听我说,"我打断他的话,"我们拥有核聚变榴弹,其威力几乎足以毁掉整颗行星。有智能子弹,能够自动定位方圆十英里以内

---

①作者杜撰的一种生态系统分级。

②英美制最小的重量单位,约合0.0648克。

的目标,并能针对其躲避行为做出反应,确保一击致命时才接触目标。还有分子内爆器,能够将整队敌兵炸成果冻。但我们将要追猎的动物,都只是竞技性狩猎的目标,杀鸡焉用牛刀。我知道,咱们目前谈的只是你这把激光枪。但我相信,作为一名合格的运动员,您不希望在狩猎刚刚开始时就违反规则,也愿意给予动物们一个公平竞争的机会。"

他面露犹豫,尤其想不通所谓的公平竞争。但最后还是回到自己休息的帐篷里,取出剩余的武器。

我把他们四个叫到身边。

"你们的武器已有一周没使用了。"我说,"其设定参数受到飞船加速度以及行星重力的影响,必然与你们在自己星球上的设定有些不同,因此,我们出发前,我给大家射击的机会,调试一下瞄准镜。"接着,我在心里对自己说,咱们来瞧瞧,你们是否能够击中四十码以外毫无威胁的目标。这样一来,我就清楚自己将会应对怎样的局面了。

"我在河边的谷地竖起了靶子。"我继续说,"请你们依次进行尝试。"这样做为的是避免枪法差的人在枪法好的人面前抬不起头——我总会假设客户里存在枪法好的人。

我从飞船货舱里拿出一组最基础的标靶。抵达河谷后,我将其中四个放到合适的位置,开启反重力设备,当它们缓缓露出头来,并在距离地面约六英尺的高空排成一排,我去叫马尔克斯。不一会儿,他就来到了河谷。

"好的,马尔克斯先生。"我说,"您已经调好瞄准镜了吗?"

"我总是精心保养自己的武器。"他说,似乎我刚才的问题冒犯了他。

"那么,咱们瞧瞧您的射术吧。"

他露出自信的微笑,抬起步枪,瞄准后扣动扳机,将两个靶子击成碎片,接着又用猎枪照样来了一次。

"好枪法。"我说。

"多谢。"他回应道,脸上的表情似乎在说:我的枪法可是一流的,我早就告诉过你,不是吗?

下一位是德斯蒙德。他将步枪抬到肩膀的高度,仔细地瞄准,然后射偏,接着的三次也都脱靶了。

我拿过他的步枪,瞄准,射击。子弹飞出的方向偏高偏右,击中了一棵树的树干。我调好瞄准镜,又开一枪,这次正中靶心。

"好的,现在试试看。"我说着,把步枪交还给德斯蒙德。

他仍然四发全失。他坐着开枪,没打中;俯卧开枪,没打中;上了个支架,还是没打中。然后,他又改用猎枪,前两发依然没能命中目标,第三发子弹好歹钉上了标靶。而且,他完全不会用自己的激光枪——试图瞄准定点射击,而不是用光束大面积扫射——自然也没能命中目标。试射结束时,我俩都长舒了一口气。

他妻子的情况稍好些,步枪在第三次射击时命中标靶,猎枪则第二次就中靶。使用激光枪时也会扫射,将剩余的靶子都摧毁了。

下一个本应该是波拉德,但他没有出现。我回到营地去找他,这家伙正跟其他人坐在一起,小口品着咖啡。

"轮到你了,波拉德先生。"我说。

"我去拍拍照片就好。"他回应道,举起手中的照相机。

"你确定,贾克森?"德斯蒙德问。

"我可对杀生没什么兴趣。"他说。

"那你来这儿干吗?"马尔克斯问。

波拉德笑着说:"我来这儿,还不是因为你不停骚扰我,威拉德。而且,我从来没有参加过狩猎活动,来拍拍照片也不错。"

"好吧。"我说,"但您任何时候都不能离开我超过二十码,希望您能做到。"

"没问题。"波拉德说,"我不想杀它们,也不想让它们杀掉我。"

我吩咐给他拿武器的达比赫人留下来,帮忙照看营地和做饭。你或许认为我这样做是对他的变相羞辱,但达比赫人乐意执行我的一切命令。

我们爬进车里,大约半小时后来到水塘边。抵达后不到五分钟,马尔克斯冷酷又有效率地撂倒了两只食草动物,一枪一只。那种动物长着螺旋状的犄角,有着黄褐色的皮毛。由于是他首先射杀了这种动物,拥有为其命名的权利。他管它们叫马尔克斯瞪羚。

"现在怎么办?"德斯蒙德问,"这些肉肯定够我们吃好几天的了。"

"我把车派回营地,接剥皮者过来。他们会把动物的头颅、皮毛以及质量最上乘的肉带回营地去,将尸体剩余的部分绑在附近的树上。"

"为什么?"

"诱饵。"马尔克斯说。

"马尔克斯先生说得没错。准会有动物过来吃它们的遗骸,血腥味或许会把那种棕色的类猫动物引来。如果我们运气好些,或许蛇鲨也会回到这里,方便我们加深对它的了解。"

"这段时间我们该做点什么?"德斯蒙德没好气地问。

"这要看你们了。"我说,"我们可以原地不动,等待车子回来;也可以走回营地;又或是前往距此向北约四英里的湿地,看看在那儿能否找到有趣的生物。"

"比如蛇鲨?"拉莫娜问。

"五名人类外加四名达比赫人在开阔的草原上步行四英里,显然不可能掩藏行迹。但我们并非这颗星球生态系统的一部分,动物们不会将我们认作天敌,因此,我们可能真有机会发现它。当然,前提是它得出于好奇心或者单纯的愚笨,留在那里等着我们。"

这无疑是他们想要听到的答案,因此,四人一致决定步行前往沼泽地。一路上波拉德照了足有五十张全息照片。德斯蒙德不断抱怨:天太热,空气太潮,地形太糟,虫子太多。拉莫娜在耳边装了块芯片,全程都在听有声图书,沉默着走到了湿地。马尔克斯则低着头,只顾走路。

我们顺利抵达时,恰巧碰到一小群食草动物,它们的长相颇为奇异,每只约有五百磅重。雄性长着一对妙不可言的犄角,约有六十英寸长,弯了三个弯,看上去像是水晶制成的,而且能像棱镜一样,将太阳光折射成一连串小小的彩虹。

"上帝啊,快看这些动物!"波拉德说,忙不迭地开始拍照。

"简直太美了!"拉莫娜·德斯蒙德低声赞叹着。

"我要打一头。"马尔克斯说着,开始研究整个兽群。

"您已经猎到瞪羚了。"我提醒道,"这次应该由德斯蒙德先生先开枪。"

"我就算了。"德斯蒙德紧张地说。

"好吧。"我说,"德斯蒙德太太,您来开第一枪。"

"我不忍心杀掉这么美丽的东西。"她回应道。

"没错。"德斯蒙德以妻子听不见的声音小声说,"你只会把它们送进监牢。"

"那么,还是由马尔克斯先生来吧。"我说,"我建议你打最右边那只。虽然它的犄角并非最长的,但比例最棒。咱们再靠近点儿。"我转身对其他人说,"你们待在原地。"马尔克斯从为他持枪的达比赫人手中接过步枪,将子弹上膛。我向查金卡示意,让他采取迂回前进的方式。马尔克斯以正确的蹲伏姿势前进,跟在查金卡身后,我则负责殿后。(身为猎手,我早就明白,千万不能出现在猎物与客户之间,否则,就要一辈子跟义耳公司打交道了。)

当我们距那动物不足三十码时,我向马尔克斯点头示意,已经到射击距离了。他慢慢抬起步枪,瞄准。我断定他打算射击心脏,而不是直接爆头。这是个不错的策略,但前提是那动物心脏所处的位置得跟他想的一样。

马尔克斯深吸一口气,慢慢呼出,准备扣动扳机。

就在此时,一只色彩斑斓的鸟儿飞过,发出疯狂的嘶鸣声。那头长角雄鹿似的动物吃了一惊,纵身跃起,而马尔克斯已经扣动了扳机。雄鹿的同伴们听到枪声,也骤然惊起,四散奔逃。马尔克斯还没来得及开第二枪,那头雄鹿便已经痛苦地咆哮着,跟跄地消失在旁边的灌木丛中。

“快来!”马尔克斯激动地喊道,跳起来,紧追那头雄鹿,“我知道我打中它了!它跑不远!”

他经过我身边的时候,被我一把抓住。我提醒道:“马尔克斯先生,您哪儿也不能去!”

“你说什么呢?”他质问道。

“灌木丛中有只受伤的大型动物,它极度危险。”我说,“我不能让您追过去。”

“我的枪法不比你差!”他厉声道,“刚才那只该死的鸟飞过,它受到了惊吓。你知道,它不过是侥幸逃脱的!”

“听我说。”我说,“进入茂密的灌木丛,追踪受伤的猎物,而且那猎物头上还有一对长达五英寸的尖角,这种事不会让我欣喜若狂,却正是你们付钱让我做的事。我无法在寻找它的同时保证您的安全。”

"可是——"

"您说您以前参加过狩猎。"我说,"这就意味着您应该知道我们的规矩。"

他骂骂咧咧,但他的确清楚狩猎的规矩,只好悻悻地回到队伍中。我和查金卡则进入灌木丛,搜寻受伤的猎物。

湿地里弥漫着植物腐烂的味道。我们顺着树叶及矮树上留下的血迹,穿过长达二百码的泥地。查金卡的双脚,外加我的长筒靴都沾满了泥巴。突然,血迹不见了。我发现右手边几码远的地方有座小丘,小丘上的草被碾平了,嫩枝被压断,花儿也被从茎部拦腰折断。查金卡用了足足一分钟,仔细检查这些痕迹,然后抬起头来。

"蛇鲨。"他说。

"你说什么?"

"它藏身于此,注视着我们的一举一动。"查金卡指着地面回答道,"受伤的动物刚刚就躺在那儿,你看到那摊血迹了吗?蛇鲨则在那边,小丘上的痕迹是它留下的。那只动物因为虚弱而倒地,但蛇鲨认定它仍然很危险,便绕到了它的身后。看——这就是蛇鲨发动攻击的位置。紧接着,它猛然发起攻击,将那只受伤的动物弄死。"

"它怎样下的杀手?"

查金卡耸耸肩,"我也不确定。但它把那只动物扛了起来,带走了。"

"它能扛起那么大的动物?"

"它能。"

"它现在距离咱俩也就几百码。"我说,"你怎么看?咱俩能追上它吗?"

"只有你跟我？那就能。"

每当我血气上涌时，查金卡就会提醒我，我们狩猎并非为了给自己找乐子。他话里隐含的意思是，他跟我能够追上那只蛇鲨。马尔克斯或许也不成问题，但我们不可能带着波拉德和德斯蒙德夫妇穿过湿地，一边留神食肉动物的袭击，一边追猎蛇鲨——当然，我也不可能将他们单独留下，带着查金卡和马尔克斯去追蛇鲨。

"好吧。"我叹了口气说，"咱俩回去吧，告诉他们发生的一切。"

马尔克斯勃然大怒，连吼带骂折腾了足有三分钟。最后我都觉得，他跟偷战利品的小贼不共戴天。

我留下查金卡，看能不能找到更多蛇鲨留下的痕迹。等马尔克斯冷静下来，我们步行返回水塘，车子已经在那儿等着我们了。

> 我们航行数周，我们航行数月，
> （四周便是一月，你或许已经记下），
> 但至今为止，我们仍未（就算是船长也得认可）
> 仍未看到蛇鲨，哪怕一眼！
>
> ——《捕猎蛇鲨》

回到营地时，我们个个汗流浃背、疲惫不堪、饥肠辘辘。姆贝莱看到我们这副模样，笑得够呛。

"你们不停地提起蛇鲨，就像它真的存在一样！"他被逗乐了，"那不过是写给孩子的诗歌里虚构的野兽而已。"

"蛇鲨只不过是个代称。"我说，"只要你愿意，我们可以再给它取个其他名字。"

"叫它虚无吧。"他说，"没人见过它。"

"听起来挺合适。"我说,"没人见过就不存在,那么如果你闭上双眼,是不是整个星系都会消失呢?"

"我从未想过这些。"姆贝莱承认,"但有可能真是这样。"他若有所思地停顿了一会儿,"至少,我希望如此。感知即存在,这让我感觉自己是重要的。"

"嘿!"我突然提高了音量,"一头重达三百磅的肉食类大猫死掉,一头体型更为庞大的雄鹿失踪!"我注视着他,"杀掉一头,偷走另一头,这事儿可不是我做的。如果蛇鲨不存在,难不成是你做的?"

他把接下来反驳我的话吞进了肚里,然后这一天剩下的时间都躲得离我远远的。


第二天早上,查金卡快步走进营地,向我示意。我连忙走上前去。

"你了解到什么了吗?"我问。

"真是种有趣的动物。"他说。

我不禁做了个鬼脸,众所周知,达比赫人历来善于轻描淡写。


> 嘿,听着,小伙子们,我再说一次
> 这五种痕迹可不容易弄错,
> 无论你们去往何处,只要见到它们,你就会知晓,
> 来的是如假包换的蛇鲨。
>
> ——《捕猎蛇鲨》


我把狩猎四人组召集到身边。

"好吧。"我宣布,"跟昨天相比,我们对蛇鲨的了解又多了几分。"我停下来,观察他们的反应。所有人都很感兴趣,只有德斯蒙德心不在焉,似乎希望自己置身别处。

"查金卡到绑着死去的肉食动物的那片树林探查过。"

"然后呢?"马尔克斯问。

"绳子被解开了,并非切断、扯断或者咬断,而是被解开了。我们由此可知,蛇鲨或是拥有手指,或是有某种灵活的附肢。此外,动物尸体上少了一些肉。"

"好吧。"拉莫娜说,"我们知道它能解开绳结,还有呢?"

"我们知道它是食肉动物。"我说,"昨天这一点还无法确定。"

"那又怎样?"马尔克斯问,"整个星系有数以百万计的食肉动物,这没什么特别的。"

"这意味着它不会距离猎物群落太远,那些动物对它而言,就像是超级市场。"

"或许它隔几个月才吃一次东西呢。"马尔克斯说,显然对我的推论不以为然。

"并非如此。"我说,"这是我们了解到的第三件事:它进食的频率跟我们差不多。"

"你们怎么了解到这些的?"拉莫娜问。

"据查金卡说,它接近那些肉时非常小心,一旦填饱了肚子,就马上跑开。它留下的痕迹在一英里外就消失不见了,但我们还是可以从中推知,它全程都是跑步前进的。"

"啊!"拉莫娜说,"我明白了。"

"我他妈搞不懂。"她丈夫抱怨道。

"任何生物想要保持那种速度,都必须消耗大量的能量,因此需要每天进食。"我顿了顿,"我们还搞明白了第四件事。"

"是什么?"她问。

"它并不畏惧我们。"我说,"它应该清楚是我们杀掉了那些动物。我们在那附近留下了痕迹和气味,而且还有绳子。它知道我们这个团队至少有九个人——当然,如果你们将查金卡和三名持枪者排除在外,是五个人。不过,它肯定会把他们也计算在内的。但得知这一切后数小时,它仍没有离开该区域的打算。"我顿了顿,"这就引出了第五个结论:它并不聪明,不清楚自己昨天杀掉的动物之前是被马尔克斯用枪打伤的。如果它知道我们能够远程射杀敌人,就会产生畏惧。"

"通过查金卡发现的一点儿痕迹,你就推断出了这一切?"德斯蒙德怀疑地问。

"查看迹象并加以解读,几乎就是捕猎的全部。"我解释道,"开枪只不过是最后一步而已。"

"那咱们现在就去追捕它吧?"马尔克斯急切地说。

我摇摇头,"我已经派查金卡回去,看看能否找到那生物的巢穴。如果它跟绝大多数食肉动物一样,吃饱之后会躺下来休息,这时我们找到它,就能节省很多时间和精力。等待查金卡带回消息,明早再去追捕蛇鲨显然是更明智的选择。"

"感觉真奇怪。"拉莫娜说,"我们从未见过这种生物,但却已经推断出了它极其可怕。"

"它当然很可怕。"我说。

"听你那口气,好像一切都很可怕似的。"她露出傲慢的笑容。

"这是游猎的首要原则。"我回答,"别低估任何东西。"

"如果这东西真的像你说的那么可怕。"德斯蒙德犹豫地说,"我们能否获准使用更……呃,更高端的武器?"

"拿出点儿男子气概,菲尔蒙。"马尔克斯不屑地说。

"我是银行家,不是他妈的阿兰·夸特曼①!"德斯蒙德反驳道。

①阿兰·夸特曼,英国作家亨利·莱德·哈格德著名冒险小说《所罗门王的宝藏》中的主角,是位职业猎手。

"你要是害怕,待在营地好了。"马尔克斯说,"至于我,已经迫不及待想要亲眼见见它了。"

"你还没回答我的问题,贝尔先生。"德斯蒙德追问道。

姆贝莱拿出《法令全书》,大声读起来:"必须使用针对所到星球协议允许的武器;除非根据猎手的判断,这些武器不足以杀掉猎物。"

"既然它真的能够构成威胁,我们可以使用脉冲枪、分子内爆器或者类似的武器吗?"

"你见识过分子内爆器的威力吗?"我问,"将它对准一栋五十层的摩天大楼,不用三秒,就能将其炸成布丁。"

"脉冲枪呢?"他仍未放弃。

"随便一把脉冲枪击中目标,我们就没战利品了。"我说。

"我们总需要点儿重武器吧,见鬼!"德斯蒙德发着牢骚。

"我们拥有足够的火力,可以放倒这颗星球上任何一种动物。"我说,他的抱怨让我感到厌烦,"我没有冒犯您的意思,但猎手太烂跟武器太弱还是有明显差别的。"

"说得太对了!"马尔克斯小声嘀咕着。

"这话也太不客气了,贝尔先生!"德斯蒙德说完,站起身来,径直回到自己的帐篷。他的妻子面无表情地注视着他,然后拿出自己的书开始读起来。

"这就是实话实说的后果。"马尔克斯说,毫不掩饰自己的幸灾乐祸,"我只是希望,蛇鲨能有你推断出的一半厉害。"

它的实力恐怕两倍于我的推断,得出这样的想法后,我更加不安。

查金卡坐在狩猎车的引擎盖上,高高举起手中的长矛,示意我停车。

他跳下来,弯腰检查了一下地上的草,然后跑向左侧,死死地盯着地面。

我手握步枪,下了车。

"你们在这儿等着。"我对四名人类说。至于达比赫持枪者,车子行进时,他们双脚搁在狩猎车车尾的立足点上,紧紧抓着手柄,此时已经放松下来,站在车子后面。

"轮到谁开枪了?"马尔克斯问。

"我想想。"我说,"你昨天打了那头雄鹿一枪,德斯蒙德太太射杀了那头长着獠牙、很像野猪的动物。因此,今天的第一枪应该轮到德斯蒙德先生。"

"我不会下车的。"德斯蒙德说。

"安全的情况下,在车上射击,不符合相关条例。"我予以说明。

"去你妈的,去你妈的条例!"德斯蒙德吼道,"我不想开第一枪,我一枪也不想开! 真不知道,我干吗参加这次愚蠢的狩猎!"

"见鬼,菲尔蒙!"马尔克斯低声呵斥道。

"怎么了?"德斯蒙德吃了一惊,问道。

"德斯蒙德先生,要是这附近真有猎物,"我压住火气,向他解释,"你刚才的举动也给了它足够的理由,撒腿往相反的方向逃命。打猎的时候绝不能大喊大叫。"

我心生反感,转身走开,来到查金卡身旁。查金卡正站在一棵小树下,旁边横着一具食草动物幼兽的尸体,其头骨已被砸碎。

"蛇鲨。"他说,指着那动物的头盖骨。

"什么时候发生的?"我问。

他扯开死尸的嘴唇,查看牙龈,摸了摸耳朵内侧,又花几秒钟检查了身体其他的部位。

"距现在五小时。"他说,"或许六小时。"

"那就是在午夜发生的。"

"没错。"

> 你会同意,它有晚起的习惯,
>
> 但我想说,它晚得太过夸张,
>
> 下午五点,喝茶时间才吃早饭,
>
> 晚餐则要拖到第二天。
>
> ——《捕猎蛇鲨》

"你能找出它的行踪吗?"我问查金卡。

他环顾四周,做了一个近似于人类皱眉的动作。"它不见了。"他最后说,伸手指着十英尺外的地方。

"你的意思是,某些动物的出现抹去了它留下的痕迹?"

他耸耸肩,"根本没有痕迹。没有它的,也没其他动物的。"

"为什么没有?"

他也不知道。

我凝视了地面很久。"好吧。"我最后说,"咱们回车上去吧。"

他仍像往常一样,坐在发动机盖上。而我则坐在控制台后面,陷入了沉思。

"怎么样?"马尔克斯问,"那尸体跟蛇鲨有关系吗?"

"有。"我说,心里仍为没有痕迹这事情感到疑惑,"它夜里弄死了那只动物。那猎物逃避危险的能力很强,这就意味着蛇鲨得有极强的夜视能力,而且运动技能出色。"

"那么说来,它总在夜间捕猎?"拉莫娜问。

"不,我没这么说。"我回答,"它是在白天杀死那头水晶角的雄鹿的。因此,它也该跟大多数食肉动物一样,是个机会主义者;只要食物唾手可得,绝不放过。这样一来,就算我们无法找到它的巢穴,也可以搭个掩蔽处,每晚挂一些新鲜的诱饵,拿着枪静静等待,希望能将它引来。"

"这不是真正的狩猎!"马尔克斯嘲笑道。

"在黑暗之中我们无法追捕它。"我回应道。

"我不会在黑暗中追任何东西的!"德斯蒙德坚决地说,"你们想做的话,尽管去做,别带上我。"

"别当个懦夫!"马尔克斯说。

"去你妈的,威拉德!"德斯蒙德毫不示弱。

"说话倒是挺有勇气的。"马尔克斯说,"你为啥不拿出点儿说话的勇气对付猎物呢?"

"我讨厌留在这儿!"德斯蒙德叫道,"我想,咱们还是回营地去吧。"

"回营地干吗?"马尔克斯讽刺地问。

"回去考虑考虑别的选择。"他回答,"这是颗很大的行星。或许我们可以乘飞船离开,在该星球的其他大陆降落——一个没有蛇鲨的大陆。"

"胡说!"马尔克斯说,"我们之所以来这儿,为的就是寻找大型猎物。哦,现在我们已经找到了。"

"我不知道咱们找到的是什么。"德斯蒙德说,半是生气,半是慌张,"你也不知道。"

"这正是狩猎有趣且令人激动的地方。"马尔克斯说。

"观看全息体育比赛视频才叫令人激动。"德斯蒙德反驳道,"现在这叫作危机四伏。"

"一回事儿!"马尔克斯低声说。

接下来两天,我们没能发现任何蛇鲨的踪迹。我一度以为它已经离开这片区域了,甚至考虑转移营地。但查金卡接着就找到了较新的痕迹,大概是它三小时前留下的,所以,我们没有转移营地,但也没找到那生物。

然后,搜寻蛇鲨的第三天下午,我们正坐在开着紫金色花朵的大树下小憩,远处传来了奇怪的声音。

"打雷?"马尔克斯问。

"不太像。"波拉德回答,"天上连云都没有。"

"呃,那就是什么大家伙。"马尔克斯接着说。

拉莫娜紧皱着眉头,"声音越来越近,因为越来越响了。"

我站在一座小丘上,将眼镜调成望远模式,幸亏我这样做了。

"所有人! 爬到树上去——快!"我大声喊道。

"可——"

"别争了! 照做就行!"

他们绝非我见过的最擅长爬树的人,但当他们看到我刚才见到的一幕,也都飞似的逃离地面。片刻之后,数千只马尔克斯瞪羚呼啸而过。

等扬起的尘土散尽后,我从树上下来,审视着地平线方向。

"好了,警报解除,现在可以下来了。"我宣布。

"咱们为什么不躲进车子里?"拉莫娜问。她从树上下来,正在检查手上的划伤。

"车子是敞篷的,德斯蒙德太太。"我说,"如果它们选择跃过去,很可能会踩伤你们的颅骨;如果它们腾跃能力稍差,则可能落到你们怀里。"

"明白了。"

"究竟是什么引发了瞪羚暴走的情况?"波拉德问。逃过一劫后,他正远远地望着兽群逃窜的背影。

"依我看,或许是某只食肉动物进行了一次鲁莽的捕猎行动,它可能一只猎物都没逮住。"

"你怎么推测出来的?"

"因为这是我们首次发现动物蜂拥逃窜的情况……因此,可以做出这样的假设:当食肉动物迅速有效地完成捕杀后,瞪羚们只会离开捕食者的控制范围,等危险解除,就又会回去吃草。只有当食肉动物没能捉到猎物,或者只是弄伤了一只,一路追击它到兽群中间时,才会让它们如此惊慌。"

"你认为是那种大猫干的吗?"波拉德问。

"有可能。"

"我想照几张大猫猎食的全息照片。"

"或许真能如您所愿,波拉德先生。"我说,"我们循着瞪羚们留下的痕迹,前往这次逃窜开始的地方。希望我们能够交好运。"

"我同意这个提议。"马尔克斯说着,拍了拍他的步枪。


我们驱车向西南方向前进,直到地势变得太过崎岖,才下车步行。地貌从起伏的丘陵变成树木稀疏的原野,最后则是茂密的森林。查金卡快步走在我们前面,留神观察着地面,捕捉连我也无法发现的细节。终于,他停住了脚步。

"怎么回事?"我紧走两步追上他。

他指着前方茂密的植物,"它在那儿。"

"它?"

"蛇鲨。"他指着地上仅有的足迹说。

"这片丛林究竟有多深?"我问,"你怎么知道它不会从里面迅速穿过逃走？"

他指着那些长满荆棘的灌木，"它若想穿林而过，可要吃不少苦头。"

"你从未见过它。"拉莫娜说着，走到了我们身旁，"你怎么知道的？"

"除非它是天生的丛林生物，否则肯定会被荆棘割破皮肉。"查金卡回答，那口气像是在跟孩子解释，"但我们知道，它能在平原地带猎食。丛林动物往往有厚实的兽皮和沉重的骨骼，无法迅捷地移动。所以，这绝不是它的家园，只是临时的藏身之所。"

在我看来，这里很可能不单单是它的藏身之所，也许还是它的堡垒。这片丛林几乎不可穿越，地上还盖满了枯叶，没人能够悄无声息地接近它。

"我们还等什么？"马尔克斯和德斯蒙德一起走上前来。他停住脚步，从持枪者手里接过步枪。

"等我想出最好的处理办法。"我回答。

"我们直接进去，把它轰出来。"马尔克斯说，"这有什么难的？"

我摇摇头，"这是它的地盘，它熟悉这里的每一寸土地。而且咱们只要踏进丛林，就会弄出响动。还有，丛林的树木枝干都缠绕在一起，我感觉只要深入其中六百码，就会一片漆黑，伸手不见五指。"

"那咱们就在枪上安装红外线瞄准器。"马尔克斯说。

我的眼睛始终没有离开那茂密的树丛。"我讨厌这种状况。"我说，"它全面占据上风。"

"可我们拥有武器。"马尔克斯坚持说。

"在能见度和机动性都极低的情况下，武器也起不到太大作用。"

"狗屁!"马尔克斯骂道,"我们在浪费时间,直接进去捕猎它吧。"

"我有责任保护你们四个。"我回应道,"我不能让你们进去冒险。一旦进去,两分钟之内,你们就可能会跟我,甚至彼此间失去联系。你们每迈一步,都会弄出声响,如果我对光线的判断无误,用不了多久,它就可能出现在你身边,你却毫不知情。我们尚未探索过道奇森四区的任何一座森林,或许其中还有别的危险。生活在树上的猫科杀手、剧毒的虫类、五十英尺长的有进攻性的巨蛇,一切皆有可能。"

"那你有什么提议?"马尔克斯问。

"建造隐蔽场所是最合情理的方法。"我说,"但需要耗时半天,谁他妈知道十几个小时之后它会溜去哪里?"我顿了顿,"好吧,你们三个持有武器的人分散开。波拉德先生,待在他们身后。我和查金卡进入丛林,看看能不能把它赶出来。"

"没记错的话,你说过这座丛林极其危险。"拉莫娜说。

"那我修正一下。"我回应道,"对于新手来说,极其危险。"

"万一它找到了机会伤害你呢?我们为什么不干脆放弃?"她继续说。

"很感谢你的关心。"我说,"可是——"

"我并非全无私心。如果你真的命丧它手,我们该怎么办?"

"你们返回营地,告诉姆贝莱发生的一切,他会向总部发送亚空间信息。西林格&马赫公司会决定究竟是退还费用,还是另派一位猎手带你们去其他星球捕猎。"

"你说得简直……简直就像是桩生意。"她生气地说。

"这的确是我的生意。"我回应道。

"你为什么要做猎人?"

我耸耸肩，"你为什么要当法官？"

"我偏爱秩序。"她说。

"我也是。"我回应道。

"你能从杀戮当中找到秩序？"

"我在寻找大自然中的秩序，死亡只是其中的一部分。"我顿了顿，"那么，马尔克斯先生，"我转身对他说，"我希望你……"

他人不见了。

"他他妈的去哪儿了？"我问道。

没人知道答案，查金卡也不知道。接着，他的持枪者走到我身旁。

"马尔克斯先生去那儿了。"他指着丛林，拿着备用的步枪，懊悔地说，"他根本不等我。"

"见鬼！"我低声抱怨道，"要进丛林去追捕蛇鲨，已经够糟糕的了。现在我还得面对被那个大男子主义的杂种来一枪的可能！"

"他为什么会向你开枪？"拉莫娜问。

"在看到我之前，他会先听到我的响动。"我回答，"他现在肾上腺素飙升，肯定会认为我是蛇鲨。"

"那干脆留在这里，袖手旁观。"

"我希望我可以这样做。"我实话实说，"但无论他愿意与否，保护他都是我的责任。"

大约五秒钟之后，这次争论成了纸上谈兵。我们听到一声枪响，紧接着是凄长的惨叫。

人类的惨叫。

"你们俩分开站，保持两百码左右的距离。"我对德斯蒙德夫妇说，"只要有东西从丛林中跑出来，而且并非我或者达比赫人，就朝它射击！"接着，我对查金卡说，"咱们走！"

　　达比赫人率先踏进丛林。由于树木越来越茂密,光线越来越昏暗,我们无法找到马尔克斯留下的足迹。"咱俩分头行动,找到他的机会或许大些。"我低声说,"你往左,我向右。"

　　我子弹上膛,后悔今天早上没戴那副红外线隐形眼镜。片刻之后,查金卡的脚步声消失了。这意味着如果我再次听到脚步声,必须先辨明来者是达比赫人还是蛇鲨,然后才能决定是否开火。

　　众所周知,猎手们都不愿意深入丛林追击受伤的野兽。当然,我得说,深入丛林追击并未受伤的野兽比这还要糟糕。汗水流进我的眼睛里,虫子爬进我的鞋、袜子,甚至袖管里,手中的枪似乎重了三倍。这里能见度不超过十英尺,如果马尔克斯在五十码以外呼救,我很可能需要五分钟才能确定他的具体位置。

　　可惜,马尔克斯已经无法再呼救了。我突然发现前方似乎有个人躺在地上。我小心翼翼地靠近他,同时留神蛇鲨——不管它们究竟长什么模样——是否躲在某棵树后面。

　　最后,我总算来到了他的身旁,蹲下来查看情况。他的喉管被割开,五脏六腑从腹部的伤口涌了出来,很可能他在倒地前就已毙命。

　　"查金卡!"我大声呼叫,但没有回应。

　　每隔三十秒,我就喊一次他的名字。大约过了五分钟,我终于听到有什么东西艰难地穿过茂密的树丛,用翻译出来的枯燥音调说:"别开枪! 别开枪!"

　　"快过来!"我说。

　　过了一会儿,他来到我身边。"蛇鲨。"他注视着马尔克斯的尸体说。

　　"确定?"我问。

　　"确定。"

"好吧。"我说,"帮我把他的尸体抬出丛林。"

突然,耳边传来两声枪响。

"该死!"我吼道,"它逃到外面去了!"

"或许它会被打死的。"查金卡说着,带头朝丛林外走去,"开了两枪呢。"

等我们回到丛林外的空地,发现菲尔蒙·德斯蒙德坐在地上,大口喘着气,身体颤抖着。拉莫娜和波拉德站在几码外,正盯着他看。女人毫不掩饰自己的鄙视,男人却有几分同情。

"发生了什么事?"我问。

"它冲出树林,直接朝我来了!"德斯蒙德颤声道。

"我们听到两声枪响,你打中它了吗?"

"我想没有。"他全身不停哆嗦着,"不,我肯定没打中。"

"你怎么可能没打中?"我吼道,"它距离你不超过二十码!"

"我之前从没杀过生!"德斯蒙德吼了回来。

我扫视着这片地势起伏的旷野,根本找不到蛇鲨的踪迹。仅在我视线范围之内,就有五百处绝佳的藏身之所。

"太好了!"我嘟哝着,"真是太好了!"

> 贝尔曼似乎犯了脾气,眉头紧蹙。
> 你以前提过该多好!
> 现在再说根本没用,
> 因为蛇鲨,可以说,已在门口!
>
> ——《捕猎蛇鲨》

我们拖着马尔克斯的尸体离开丛林,将他放进车后座。

"上帝啊!"德斯蒙德哀号道,"他死了! 他可是我们当中最了解狩猎的人,他居然死了! 我们得逃离这儿!"

"他也算是我们的朋友。"拉莫娜说,"或许你应该分出几分自怜,同情一下他。"

"拉莫娜!"波拉德厉声道。

"很抱歉。"她说,但显然言不由衷。

自从我们将马尔克斯的尸体抬出丛林,波拉德的视线始终没有离开过他。"天啊,他简直不成样子了!"他终于开口说,"他死的时候很痛苦吗?"

"不。"我安慰道,"受那么重的伤,他根本体验不到痛苦,只会立即休克。"

"哦,我想,我们应该对此心存感激。"波拉德说。他总算将视线从尸体上移开,转头看着我,"现在怎么办?"

"现在事情的发展早已超出了狩猎运动的范畴。"我说,满脑子想的却是当局会不会因为客户丧命而暂停我的执照,或者干脆将其吊销,"它杀了我们的人,它就得死。"

"依我看,这本就是狩猎的目的。"

"原本的目的是竞技性捕猎,所有的猎物都有被捕杀的可能。而现在,目的是尽我们所能,迅速高效地将它消灭。"

"听上去像是复仇。"拉莫娜强调。

"不,是实用主义。"我纠正她,"现在它已经知道杀掉持有武器的人并非难事,我们不能让它将杀人变成习惯。"

"你怎样才能阻止它?"

"方法有很多种。"我说,"在它再下杀手之前,我会不择手段地捕杀它。我的手段可不少。"我顿了顿,"现在,我希望你们能告诉我,它到底长什么样。这样我才能确定该设置怎样的陷阱。"

"像只红色巨猿,一对大眼睛闪闪发光。"波拉德说。

"不对。"拉莫娜说，"更像是头棕熊，但四肢比棕熊长。"

"它的皮毛很光滑。"波拉德补充道。

拉莫娜再次提出异议："不，它毛躁躁的。"

"太棒了！"我嘟哝道，"我相信，您至少拍到了几张全息照片吧，波拉德先生？"

他摇摇头。"它冲出来的时候，我实在太惊讶了，完全忘记了拍照。"他满面羞愧地承认。

"好吧，真是帮了大忙。"我厌烦地说，接着转向德斯蒙德，"你呢？"

"我不知道。"他呜咽着说，突然再度战栗起来，"它就像是死神！"

"请你原谅菲尔蒙。"拉莫娜虽然这么说，但脸上的表情却像是在告诉所有人，她并不打算原谅自己的丈夫，"他在投资、兼并甚至是恶意收购方面真的很在行，但身体方面实在没什么竞争力。"她拍了拍他的奖牌，"除了跑步。"


马尔克斯的妻子和三名已经成年的子女都生活在罗斯福三区。他的朋友们相信其家属会希望能将他运回故土。于是，我们把他的尸体装入真空匣，塞进飞船的货舱。

安置好马尔克斯的尸体，我和查金卡立即开始行动。我们设置了七个陷阱，然后回到营地，等待猎物上钩。

第二天一大早，我们就外出查看是否捉到了什么。

眼前的一切让我相信蛇鲨极具幽默感，尤其擅长讽刺。

每个陷阱里都有一只死掉的动物，但为了避免我们错误地认为是陷阱起到了作用，所有动物的头颅都被压扁了。

这个婊子养的，居然敢嘲笑我们。

蛇鲨本就是奇异的生物,要逮住它
用普通的方法可行不通。
用尽你知道的方法,你不知道的也尽管一试吧:
别让今天的机会就这样溜走了!

——《捕猎蛇鲨》


第二天早上,我被隐约传来的熟悉的外星语惊醒。我花了一分钟时间头脑才清醒过来,分辨出听到的究竟是什么。紧接着,我冲出帐篷,几乎跟查金卡撞了个满怀,他正跑来找我。

"怎么回事?"我问道。

他用达比赫语言回答我。

"你的T盒呢?"我问。

他又说了一通,我一个字都听不懂。

最后,他拉着我,来到达比赫人的食宿区,指着一堆不成样子的金属、塑料和计算机芯片。昨天夜里,蛇鲨偷偷摸进营地,毁掉了所有的T盒。

我不禁想:它究竟是碰巧选择毁了这些东西,还是它根本就知道这些东西对我们来说有多重要?

姆贝莱也被达比赫人的叫嚷声吵醒了,连忙离开自己的帐篷,赶到事发现场。

"真见鬼,究竟发生了什么事?"他问。

"你自己看吧。"我说。

"上帝!"他说,"有会说地球语的达比赫人吗?"

我摇摇头,"如果他们能说地球语,就不需要T盒了,不是吗?"

"是蛇鲨干的?"

我做了个鬼脸,说:"还会有谁?"

"那么,现在你打算怎么做?"

"首先,我想搞清楚,这究竟只是个恶作剧,还是有目的的。它知不知道这样做造成的后果。"

"你觉得它会比你曾经捕猎过的熊更聪明吗?"

"我不知道。它像动物一样生活、行动、捕猎,但却能够在极短的时间里杀死马尔克斯,并确保剩余的五名人类无法跟十二名达比赫人直接交流。"我苦笑着,"对于愚蠢的动物而言,它又太聪明了,不是吗?"

"你最好叫醒其他人,告诉他们发生的一切。"姆贝莱说。

"我知道。"我猛然把一个破损的T盒踢向旁边的树,"妈的!"

我把德斯蒙德夫妇及波拉德叫醒,告诉他们发生的事。我认为菲尔蒙·德斯蒙德或许会晕倒,但另外两人还有些用处。

"大概多久之前发生的?"波拉德问。

"查金卡或许能给出更精确的估算,但我无法跟他沟通。我的估计则是约两小时前。"

"也就是说,如果我们去追捕它,它比我们领先两小时的路程?"

"没错。"

"咱们最好尽快将它杀掉。"拉莫娜说,"既然它已经知道了营地的位置,随时有可能回来。"

"给我一把激光枪。"波拉德补充道,"自从童年时代露营结束后,我再没开过一枪。不过用光束扫射整个区域没什么难的!"

"你看上去身体有些不适,德斯蒙德先生。"我说,"或许你想要待在营地。"

其实,我看得出,他对我将他排除在外心存感激。然而他妻子却说留下他只是因为他碍手碍脚,搞得他不得不一同前去。

"我要去。"他说。

"真的没这个必要。"我说。

"我付了钱,我要去。"

这个我无法反驳。

"带着持枪者毫无意义。"我一边说,一边和他们三人朝狩猎车走去,"我们无法跟他们沟通。另外,在现在这种情况下就不用考虑规矩了,一旦发现它,我们就从车内射击,这样你们还能找到点儿什么东西架住激光枪,以便扫射整个区域。"他们坐进自己的位置。我说道:"再稍等一会儿。"

我回到营地,找到姆贝莱,告诉他我们要去追捕蛇鲨,建议他组织达比赫人建造防卫圈。然后,我示意查金卡跟我同行。不一会儿,他又坐到自己习惯的位置上了——发动机盖顶端。我们终于动身前去搜寻蛇鲨。

根据它留下的足迹,我们驱车向东北方向行驶,越过草原,驶过起伏的旷野,穿过一条植被稀疏的大峡谷。有那么两三次,我以为找到了它的踪迹,在下一座山丘就能逮住它,但这混蛋谨慎又小心,直到下午三点,我们仍然毫无收获。

黄昏已至,查金卡在车上看不清蛇鲨留下的痕迹了。于是,他跳下车,一路跑步前进,同时眼睛紧盯着地面。进入峡谷后,他的脚步逐渐慢下来,拉莫娜和波拉德下车陪他同行,我驱车跟在后面,德斯蒙德则始终蜷缩在车子后座上。

> 但峡谷越变越窄,
> 夜变得又黑又冷,
> 他们只好(只是因为害怕,而非相亲相爱)
> 肩并肩一同前行。
>
> ——《捕猎蛇鲨》

夜幕降临,蛇鲨仍然不见踪影。在黑暗中行车,车子有可能受损,我不愿冒这样的风险。于是,我们一直睡到日出时分才驱车返回营地,临近中午时终于抵达营地。

眼前的景象出乎所有人的意料。

我们留在营地的十一名达比赫人横七竖八地躺在地上,全部身亡。他们的身体扭曲成奇怪的姿势,有的喉管被撕碎,有的肠子被扯出。残肢断臂四处散落,血流成河。瞪着眼睛等候我们归来,似乎在责备我们说:"我们有难时,你们在哪儿?"

比眼前的惨状更加糟糕的,是尸体散发出的恶臭。拉莫娜捂住嘴巴,接着就吐了起来。德斯蒙德低声抽泣着,蜷缩在车子的内底板上,不愿再看这屠杀后的场景。波拉德像座雕塑一样愣在那里,过了一会儿,也开始呕吐起来。

我这一生,见证过太多死亡,查金卡也一样,但我俩都没见过如此惨绝人寰的景象。现场没有太多打斗的迹象,对付一帮手无寸铁、体重不足九十磅的达比赫人,花费不了这个四百磅重的猎手太长时间。我猜测,它这场战斗可能仅用了不到一分钟。

"这里到底发生了什么?"波拉德总算能够开口说话了,虚弱地指着血泊中被肢解的尸体问道。

> 我很愿意解释我所采用的方法,
> 因为它在我脑海中是那样清晰。
> 如果你愿意听,我又得暇——
> 可需要说明的仍有很多。
>
> ——《捕猎蛇鲨》

"姆贝莱呢?"我问,从震惊中恢复过来,才发现他没在死者之中。

我没等人回答,就冲向飞船舱门,进入船舱,手中紧握着步枪,甚至有些期待蛇鲨朝我扑过来。

我在控制室发现了姆贝莱船长的遗骸。他身首异处,腹部被撕开。地面、隔板,甚至是视镜屏幕都溅满了血迹。

"他在那儿吗?"拉莫娜在外面问。

"别进来!"我吼道。

接着,我搜查了飞船的每个角落,寻找蛇鲨。每遇到一块新的区域,我都能感觉到自己的心脏在狂跳,但它没有留下任何痕迹。

我回到控制室,开始仔细地察看现场。蛇鲨显然不知道飞船如何运转,甚至不知道这究竟是什么东西。但它明白飞船属于敌人,便对其进行了大肆破坏。宇航员的座椅、深度睡眠舱、备用屏幕之类的东西被毁倒是无关紧要,但聚变点火装置、导航电脑、亚空间无线电等也遭到了破坏,这无疑带来了很大的麻烦。

我又彻底检查了整艘飞船,对损失进行了评估。暴怒的蛇鲨扯断了两张床,但损失最严重的地方是厨房,我觉得里面的东西没有能用的了。

我走出飞船,来到其余三人面前。

"你找到姆贝莱船长了吗?"拉莫娜问。

"是的,他就在船舱里。"她迈步朝舱门走去,我却伸手拉住了她的胳膊,"相信我,你不会想见到他的样子。"

"够了!"德斯蒙德尖叫道,"当初选择来这儿,真是疯了。我要离开这颗星球!不能等到明天,不能再拖延!就现在!"

"我支持这个提议。"拉莫娜也表示同意,"咱们得尽快离开这颗该死的行星,趁它把我们杀光前。"

"不可能了。"我沮丧地说,"蛇鲨对飞船进行了极其严重的破坏。"

"修好它需要多久?"波拉德问。

"如果我是技艺高超的太空船修理工,同时拥有全套工具以及可供替换的部件,或许需要一周时间能修好。"我回答,"但我只是个猎人,不懂得如何修理破损的飞船。我甚至不知道该如何下手。"

"你的意思是,我们被困在这里了?"拉莫娜问。

"暂时是这样。"我回答。

"你说什么? 暂时?"德斯蒙德歇斯底里地叫道,"是永远! 我们会死在这里! 全部死在这里!"

我抓住他,摇晃他的身体,但他仍不停尖叫,我只好重重地往他脸上扇了一巴掌。

"这样做没用的!"我愤怒地说。

"我们永远也无法离开这颗该死的肮脏的星球!"他低声咒骂。

"不,我们能离开。"我说,"姆贝莱每周都得跟西林格&马赫公司联络。如果他们没有收到信息,就会派救援团队来。我们要做的就是活下去,耐心等待。"

"他们不会来的!"德斯蒙德哀号道,"我们全都活不了!"

"别再哭哭啼啼!"我厉声道。我愤愤地想,闭嘴吧,这就是现在我所想要的全部了;我们周围都是四肢不全的尸体,地上全是血迹,蛇鲨很可能还在附近,而这混蛋已经彻底失控。"我们还有事要做!"他们都望着我,"我希望你们三个挖一个尽可能大的坟墓,将十一名达比赫人埋葬。完成之后,再把所有的东西都烧掉——树林、灌木丛,一切——将血腥味彻底消除,以免引来食肉动物。无法烧掉的就埋了。"

"那你要做什么?"德斯蒙德质问道。他至少已经逐渐镇定下来了。

"我要把姆贝莱从飞船里弄出来,清理干净所有的血迹。"我直言不讳,"除非你愿意替我做。"我想他会被吓晕的,"接下来,如果能想办法让查金卡明白我的意思,我俩会尽可能地守卫这片区域。"

"怎么做?"拉莫娜问。

"我们有些设备对动物的行动和体热很敏感,或许可以把它们装配成某种警报系统。我和查金卡再将它们藏在营地周围。如果我们先一步完成任务,就会加入你们,帮忙挖坟。现在,大家忙碌起来吧——越快完成任务,就能越快躲进飞船里,决定下一步的行动。"

"还有下一步行动?"波拉德问。

"永远都有。"我回答。

我花了四个小时清理控制室中姆贝莱的血迹和内脏,接着将他的遗骸装进真空袋里,扛在肩上,带到飞船外面。

我发现查金卡正在帮忙挖坟。我把他叫到身边,用复杂的手势向他表明我的想法。几分钟之后,我俩将警报设备安置在了营地周围。由于极度危险的敌人随时可能发起进攻,我认为没理由继续待在帐篷里,便将它们全部折叠起来,放回了货舱。坟墓仍然没有挖好,我跟查金卡又前去帮忙。德斯蒙德不愿触碰任何一具尸体,拉莫娜似乎又要开始呕吐。于是,我、查金卡和波拉德将尸体及其散落的四肢拖进坟墓,我又把装着姆贝莱残骸的真空袋放了进去,之后四名人类外加查金卡一同动手,把土填满。我在坟前读了《圣经》。

"现在做什么?"拉莫娜问,她浑身泥土,身体已经到了崩溃的边缘。

"将一切烧掉,将所有凝固的血迹掩埋,然后回到飞船里。"我说。

"坐等救援队到来?"

我摇摇头,"救援队可能需要数周甚至一个月才能抵达,我们需要肉食。但厨房已被完全破坏,我们没法将其冷藏。这就意味着,我们很可能需要每天外出打猎,或者至少隔天一次。"

"明白了。"她说。

"此外,我还要干掉蛇鲨。"我说。

"我们干吗不耐心等待救援队到来?别再冒险了。"拉莫娜忧心忡忡,向我提出建议。

"它夺走了十三个人的性命,而这些人都是归我保护的。"我冷酷地说,"我要干掉它,即便为此付出生命。"

"或许菲尔蒙应该把激光枪给你。"拉莫娜建议道,"反正他又不擅长使用那东西。"

德斯蒙德盯着她,但并未回答。

"他或许会用得着的。"我说,"而且,我对自己的武器很满意。"

"你要去哪里追捕它?"波拉德问。

"就在这附近。"我回答,"它没有理由走远。"

"我们不能跟诱饵似的,就这么坐着等它!"德斯蒙德说,"我们来到这颗星球后,你就一直没有见到它,但它已经杀掉了马尔克斯、姆贝莱以及我们的达比赫随从。只要它愿意,随时都可以出入我们的营地!它还蓄意破坏了我们的T盒和飞船!要想杀掉它,恐怕需要调动军队!"

"要是它再来,你们就待在飞船里,不会出事的。"我说。

"姆贝莱船长把自己锁在了船舱里,但还是丢了性命。"拉莫娜强调说。

"他没有关舱门。我通过种种迹象推知,他目睹了发生的一切,冲进飞船想要找枪,但还没找到就被蛇鲨抓住了。"我顿了顿,"他经验丰富,实在不应该不随身携带武器的。"

"那么说,他被那野兽杀掉,都是因为自己的过错?"德斯蒙德喊道,"咱们不责怪把一切都弄糟了的猎人,却归咎于受害者!"

我无法再控制自己的情绪了。"你再说一句,就会多死一个人!"我毫不客气地予以回击。

波拉德走到我俩中间。"别吵了!"他喝道,"那生物就在外面!咱们自相残杀,可省了它的事!"

听到这话,我们都冷静了下来,一起回到飞船里。虽然没有吃的,但所有人都已精疲力竭,不觉得饿。半小时之后,我们都沉沉入睡。


每天早晨,我和查金卡都要走过那片被我们烧焦的土地,可原本空荡荡的地上最近又长出了新的植物。我们坐进狩猎车,准备外出猎取当天的食物。即便飞船附近已经没有任何可以藏身的地方,我仍然心神不定,感觉它正注视着我们,估算我们的实力,等待时机降临。

我们只在距营地四英里的范围内活动。我捕猎时不再精挑细选,而只是射杀距离最近的动物。接着,我们把需要的肉撕下来,将尸体留给食腐动物。然后返回营地,吃完早餐,便步行搜寻蛇鲨的踪迹。

我百分之百确信它就在附近,清楚得就像知道自己的名字一样,但我们却找不到它留下的任何痕迹。我警告其他三人不拿武器不许离开飞船,最好干脆就别踏出飞船一步。如果我不在身旁,决不允许离开飞船超过三十码。

大屠杀后的第五天,所有人都厌倦了红肉。我决定带查金卡去河边,看看能不能用长矛插几条鱼回来。

"我可以跟你们一起去吗?"拉莫娜出现在舱口内侧,"我觉得自己就快得幽闭恐惧症了。"

我找不到拒绝的理由。无论怎样,她跟我和查金卡同行,甚至比待在飞船里更安全。

"去拿你的枪。"我说。

她转身回到飞船里,不一会儿,拿着一把激光枪出现在我们面前。

"我准备好了。"

"我们走。"我说。

我们穿过茂密的树丛,来到河边。

"附近的动物都会来这儿喝水。"拉莫娜说,"早上你们来这儿捕猎,岂不是比乘车外出更轻松?"

"这样会引来太多食腐动物。"我解释道,"而且我和查金卡每天都要来这儿两次,取水带回飞船。在这儿捕猎或许会污染水源,为什么要自找麻烦呢?"

"我明白了。"她顿了顿,"河里有食肉动物吗?就是能吃人的那种。"

"我还没发现。"我回答,"但我绝不推荐在这里游泳。"

我们抵达河边,查金卡抓起一根大树枝,不断敲打水面。确定没有危险之后,他淌进齐大腿深的河中,将长矛举过头顶,摆出叉鱼的姿势。我和拉莫娜则在旁边静静地看着。他一动不动地站了将近两分钟,突然猛地将长矛刺入河水,提起来时,矛尖插着一条大鱼,正不断地扭动挣扎。

他咧着嘴笑起来,说了些我无法理解的话,然后吃力地爬上岸来,捡起一块石头,猛砸鱼的头部。等到鱼不再挣扎了,他才又回到水中。

"再抓两条,我们就有晚餐了。"我说。

"他真的很了不起。"她说,"你在哪儿发现他的?"

"他是我继承来的。"

"你说什么?"

"他是我师父的追踪者。"我解释道,"师父退休时,将他的客户名单留给了我,外加查金卡。"

突然,耳边传来查金卡胜利的呼喊。他举起长矛,矛尖上的那条大鱼正在摆动,大概有二十五磅。可这达比赫人自己还不到八十五磅,水流湍急,脚底又滑,他突然向后摔倒,整个身体跌进了水里。

不一会儿,他从水中露出头来,手里的长矛和鱼却不见了。我看到它们朝下游漂去,离他已差不多有十码了。我没法告诉他该往哪儿看。没有T盒,他完全听不懂我在说什么。于是,我淌进水里,自己去追长矛。河水很快齐到胸口,而且我还得对付水流的阻力,但最终还是抓到了长矛,涉水回到岸边。过了一会儿,查金卡也爬上岸来,脸上露出尴尬的笑容。他又说了一句我听不懂的话,然后如法炮制,用石头猛击鱼的头部。

"看到了吗?"我讽刺地说,"只要参加游猎活动,连捕鱼都变得这么惊心动魄。"

没人回应。我环顾四周,拉莫娜·德斯蒙德不见了。

蛇鲨被判有罪,法官陷入沉默,
情绪太过紧张,竟然说不出话。

蛇鲨站了起来,现场静如深夜,
就算别针坠地,也能听得见吧?
——《捕猎蛇鲨》

我蹲在她的尸体旁边。现场没有血迹,它扭断了她的脖子,悄无声息,然后任凭她倒在原地。

"它一直在盯着我们。"我怒不可遏,"等没人陪在她身边,便将她抓住,拖进树丛。"我脑海中闪过一个骇人的念头,"究竟是谁在捕猎谁?"

查金卡低声说着什么,但我无法理解。

"算了。"我最后说,"咱们把她带回营地吧。"

我背起拉莫娜的尸体,示意查金卡跟在后面。

当德斯蒙德看到我们,发疯似的冲出飞船。他开始捶打自己,拼命撕扯自己的头发,歇斯底里地叫嚷着,说的都是些不知所谓的话。

"究竟发生了什么事?"与此同时,波拉德也爬出舱口问道。接着,他看到了拉莫娜的尸体。他努力控制住自己的情绪,才没有大声喊出来,"噢,上帝!噢,上帝!"他不断重复着。冷静下来以后,他说:"那根本不是动物!像是前来复仇的苏醒的外星神祇!"

查金卡前往货舱,拿来一把铁锹。

波拉德看了看仍在胡言乱语的德斯蒙德,"我来帮忙挖坟。"

"多谢。"我说,"我想我最好还是把德斯蒙德送回船舱,给他一剂镇静剂。"

我走到德斯蒙德的身旁,伸手拍了拍他的肩膀。

"都是你的错!"他尖叫着,"你本应该保护好她,却让蛇鲨把她杀掉了!"

我无法否认，所以只好轻轻地将他推进船舱。

接着，在不到两秒的时间内，他突然失控了。我能从他的脸上看出变化。他双目圆睁，下巴的肌肉颤抖着，甚至连说话的音调都变了。

"我要让那东西知道，杀掉远伦敦区最强者的妻子会是什么下场！"他望向外面的灌木丛，吼道，"我是菲尔蒙·德斯蒙德，妈的，怎么会被该死的低等野兽吓倒？你听到我说话了吗？结束了！你死定了！"

"走吧，德斯蒙德先生。"我轻声说，想把他推进船舱。

"见鬼，你到底是谁？"他质问道，我看得出，他是真的认不出我了。

我正想给他个幽默的答案，突然，我眼前一黑，向地面栽倒。

> 银行家不知道哪来的勇气，
> 这个问题只能粗略说明，
> 他发疯似的冲向前去，转眼不见踪迹
> 一门心思只想找到蛇鲨。
>
> ——《捕猎蛇鲨》

波拉德用水把我泼醒。我大口喘着气，坐起身来，伸手摸了摸自己的头，发现头上全是血。

"你还好吧？"他跪在我身旁问道，我看到查金卡在他身后。

"发生了什么事？"

"我也不确定。"他说，"我俩正准备挖坟，突然却听到德斯蒙德停止了胡言乱语。接着他用什么东西重击了你的头部，然后跑掉了。"

"我完全没想到会发生这种事。"我呻吟道,愤怒地眨着眼睛,"他去哪儿了?"

"我不清楚。"他指着西南方向,"往那边去了,我想。"

"该死!"我说,"蛇鲨还在附近!"

我试着站起来,但疼痛和晕眩让人难以忍受,我又重重地坐在了地上。

"别激动。"他说,"你很可能有点儿脑震荡。急救箱在哪儿?至少我能帮你止住血。"

我告诉他去哪儿找急救箱,接着用全部心力去克服晕眩的感觉。

波拉德拿回急救箱,开始给我包扎。我问:"他至少随身带着激光枪吧?你刚刚看到了吗?"

"如果他打你的时候没带,那么之后也没去取。"

"该死!"

"我猜这意味着他没带激光枪。"

"太棒了!"我低声咒骂。波拉德正在包扎我的后脑勺,我痛得一缩,"也就是说,他手无寸铁,冲进灌木丛,还拼命喊叫。"

"搞定了。"波拉德说,接着站起身来,"虽然不算完美,但至少血止住了。你感觉怎么样?"

"没什么力气。"我说,"把我拉起来。"

我刚刚站定,便环顾四周,"我的步枪呢?"

"在这儿呢。"波拉德说着,把枪递给我,"可你现在根本没法儿去追德斯蒙德。"

"我不是去追德斯蒙德。"我咕哝道,"我是去追蛇鲨!"我示意查金卡跟上,摇摇晃晃地朝西南奔去,"把你自己锁在飞船里。"

"我得先把拉莫娜埋了。"

"不行!"

"可……"

"除非你打算用铁锹跟它较量?不然就照我说的做。"

"我不能把她的尸体留在外面,留给那些食腐动物。"波拉德抗议道。

"把她带回飞船,给她喷上咱们用来保存战利品的防腐剂。先把她放进货舱,等我回来,咱们一起埋葬她。"

"如果你能回来的话。"他纠正我,"你现在这个样子,连站都站不稳。"

"我会回来的。"我向他保证,"我仍然是个猎人,而它也依旧只是头野兽。"

"没错,它只是头野兽。可现在还活着的只剩你、我和查金卡。"

德斯蒙德没走太远,至少没我料想的远。我们在半里外找到了他的尸体,颅骨被砸得粉碎。我将他扛回营地,跟他的妻子合葬。

我们坐在飞船旁边,喝着温水解渴。波拉德说:"从一开始,那个杂种就总能快我们一步。"查金卡坐在离我们几码远的地方,如泥塑般静止不动,留神蛇鲨的动静。

"它比我想象得还要聪明。"我承认,"或者说是幸运。"

"没什么东西能这么幸运。"波拉德说,"它一定是有智力的。"

"绝对有。"我表示赞同。

波拉德睁大眼睛。"等等!"他突然说,"如果你早知道它有智力,为何一开始还让我们捕猎它?"

"智慧和感情是两码事。"我说,"我们知道它有智力,却不知道它是否拥有感情。"

他看起来有些困惑,"我以为有智力的东西一定有感情。"

我摇摇头,"当人类还住在地球上时,黑猩猩便具备了相当的智慧,能够制造简陋的工具,代代传承知识,但没人将它们看作感情动物。蛇鲨能够隐藏自己的踪迹,识破陷阱,逃避追踪,这说明它拥有智慧,但却并不能说明它是感情动物。"

"换句话说,这同样无法证明它不是感情动物。"波拉德坚持道。

"对,的确不能。"

"那么我们该怎么做?"

"杀掉它。"我回答。

"即便它是感情动物?"

"你会怎样对待杀害了十五名感情动物的凶手?"我说,"如果它是人类,将会被处决;如果它是动物,也逃不掉被捕杀的命运。无论选择哪条路,结果都一样。"

"好吧。"波拉德说,但听起来依然心存疑虑,"咱们杀掉它。但怎么杀?"

"咱们离开飞船,主动追捕它。"

"为什么?"他表示不解,"在飞船里,咱们至少是安全的!"

"把这话说给姆贝莱、德斯蒙德夫妇以及达比赫人听吧。"我反驳道,"待在这儿,我们在明,它在暗。这就意味着,它是猎人,我们才是猎物。如果我们离开营地,并能在它发现我们的踪迹之前找到它,就又掌握了主动权。"我站起来,"事实上,咱们越早开始,效果越好。"

他并不情愿,但别无选择。如果不跟着我们,他就只能独自留下。把武器扛上车子后,我拍了拍发动机盖,让查金卡跳上去,接着驱车前往发现德斯蒙德尸体的地点。

我们一路尾随达比赫人发现的蛇鲨踪迹前行。我能清楚地感觉到想要杀死它的欲望。不仅仅是为所有丧命的人类和达比赫人复仇，甚至与职业荣誉感无关，而是我知道，这注定是自己最后一次狩猎。负责保护的十五人全部丧命，我再也不可能得到执照了。

它留下的痕迹引我们回到了营地，蛇鲨目睹了我们埋葬德斯蒙德夫妇，等到我们驱车离开，它开始往西北方向前进。天色渐暗，我们仍没有找到它，这时距离飞船已有八英里了。

"没必要返回飞船过夜。"我对波拉德说，"那样的话，我们或许再也无法找到它的踪迹。"

"难道它不会再度折回营地吗？"

"不会，因为我们已经离开了营地。"我斩钉截铁地说，"这不再是狩猎，而是战争，你死我活的战争。"

他像看疯子似的看着我，就像我上午看德斯蒙德那样。最后，他开口说："夜里我们无法追寻它的踪迹。"

"我知道。"我回应道，"咱们轮流守夜，你、我和查金卡每人三小时，等到天光放亮，就继续追踪。"

我值首班。因为精神高度紧张，我根本无法入睡，因此，又代替波拉德值了下一班。直到叫醒查金卡守夜，我才去勉强小睡了三个小时。天刚蒙蒙亮，我们便开始了追踪。

临近中午，我们迫近一个小峡谷。突然，我发现远处闪过一条黑影。我停下车子，开启隐形眼镜的望远模式。

它距离我们超过一英里，而且是背朝着我们的。但我知道，我终于亲眼见到了蛇鲨。


这一刻，蛇鲨傲然挺立，气度不俗，

> 下一刻,他们目睹那狂野的身影
>
> (似乎一阵战栗)冲进峡谷,
>
> 而他们只是心怀敬畏,等待,聆听。
>
> ——《捕猎蛇鲨》

我将车开到峡谷边缘,查金卡从发动机盖上跳下来,我和波拉德也来到他身旁。

"你确定看到的是它?"波拉德问。

"我确定。"我说,"两足动物,深褐色的皮毛,长相介于熊和猩猩之间,至少远远望去是那样。"

"没错,那应该是它。"他朝峡谷深处望去,"它顺着崖壁爬下去了?"

"是的。"我说。

"我猜咱们要下去追它?"

"我不相信它能从附近的什么地方逃脱。"我说,"如果我们坐等,就会前功尽弃。"

"这里似乎全是岩石。"他说,"咱们怎样才能发现它的踪迹?"

"查金卡能找到。"

波拉德长叹一声。"真见鬼!"他耸耸肩说,"如果你们俩都去追踪它,我当然不会独自留在这里。只要不摔倒在岩石上折断脖子,我想还是跟你们在一起安全些。"

我用手势示意查金卡探路,他的脚步比任何人类都要稳健。他沿着峭壁边缘,走了大概五十码,然后带我们走上了一条天然的小径。我们向下走了将近一个小时,来到峡谷底部。谷底有一条小溪,我们喝了点儿溪水,由于将紫外线除菌药丸落在了飞船上,我心里暗暗祈祷水质不会有问题。

短暂的休息之后,我们继续狩猎。查金卡仍然能够找到我完全发现不了的蛇鲨的踪迹。中午过后,峡谷的地面变得不再平坦,我们只能顺着曲折的小路前进,绕过一连串的岩石。波拉德很有勇气,但已经累得不成样子。他一直落在后面,事实上好几次都消失在了我们的视线里。我俩不得不停下脚步,等他赶上来。

他又一次被甩得很远,我本想问问他是否需要休息,但又不敢大声喊叫,怕将我们的位置暴露给蛇鲨。于是,我只是示意查金卡放慢脚步,等待波拉德追上我们。

但他没能追上来——几分钟过后,我们掉头往回走,想看看究竟发生了什么事。

我没能找到他,他就像是从这颗行星表面蒸发了。

> 他们追猎蛇鲨直至漆黑一片,
> 但却没能找到一截断尾、一根羽毛,或者其他痕迹,
> 他们只能说自己所站的地点
> 是贝克曾经与蛇鲨相遇的地方。
>
> ——《捕猎蛇鲨》

我们花了半小时寻找波拉德,但一无所获。最后,我们不得不承认,蛇鲨神不知鬼不觉地调转了方向,绕到我们身后;又或者躲藏了起来等我们经过。不管它采取的是何种方式,波拉德明显中了埋伏。

我知道,继续找下去也是白费工夫,于是,指示查金卡继续搜寻蛇鲨。我俩顺着岩石密布的谷底前进,最后来到一处陡峭的石壁前。

"我们爬上去,或者掉头往回走?"我抬头看着石壁,自言自语

道,"应该怎么做呢?"

他用期待的眼神看着我,等我指路。

我回头看看来路,接着又抬头瞧瞧前路——正当我抬头张望时,一个硕大的物体猛地向我砸过来!

我连忙推开查金卡,自己也向左扑倒,落地后打了个滚。那物体最后落在距离我五英尺远的地方,发出令人胆战心惊的巨响!我发现,那竟然是波拉德的尸体。

我抬头仰望,看到蛇鲨站在一处岩架上,正瞪着我。我们的目光相碰,它转过身,沿着峡谷的峭壁向上爬去。

"你还好吧?"我问查金卡,他刚刚站起身来。

他掸去身上的泥土,接着做了个挖坑的动作,用询问的目光注视着我。

我们没带铁锹,用手在岩石地面上挖坟,就算是个很浅的坑也需要几个小时。如果把波拉德的尸体丢在这里,食腐动物就会吃掉他;但如果花时间掩埋他,我们就无法追上蛇鲨。

> 留他在这里,接受他的命运。
> 时间已经太晚!
> 贝尔曼惊叫起来。
> 我们已经浪费了半天,如果再有拖延,
> 午夜之前根本捉不到蛇鲨。
>
> ——《捕猎蛇鲨》

等我们沿石壁爬到一半,我停下来,回头观望。外星猛禽正高高地盘旋在空中,接着,第一只落到了波拉德身旁,开始啄食他的血肉。我转过脸,全神贯注地追踪蛇鲨。

一小时后,我们才攀上石壁顶端。查金卡又用了几分钟,才再度找到蛇鲨的足迹。我们跟着其足迹前进,又过了一小时,景观慢慢发生了变化,碧绿葱翠的植被代替了岩石。

然后,奇怪的事情发生了。它的足迹突然变得越来越明显,越来越容易追踪。

太容易了。

我们又追了半小时,我感觉它就在附近,所以做好了朝任何移动物体开枪的准备。空气太过潮湿,我的双手全是汗水。为了避免紧握枪托和枪管的手打滑,我示意查金卡,我们稍作休息。

我拿过水壶,抿了一口。接着,正当我倚在树上,擦拭着步枪上的汗水时,我发现半英里外有东西在移动。

是它!

我用肩膀抵住步枪,瞄准,但距离实在太远了。我猛地跳起来,向它追过去。它转过头,跟我打了个照面,然后迅速消失在了树丛中。

等我们来到它刚才所在的位置,发现其足迹一路向北而去,便紧随其后。有只叮人的虫子钻进了我的靴子,我只得暂时停下来,想要捉出虫子。突然间,我看到了它。我猛冲过去,它大吼一声,再度消失在浓密的树丛中。

这个杂种似乎一直在戏弄我们,我不禁想:难道它要引我们进入圈套?

接着,我突然灵光一闪。

或许它并非想要将我们引入陷阱,而是不想让我们接近某样东西?

这或许讲不太通,但我内心深处却认可了这个判断。

"停下!"我命令查金卡。

他听不懂这句话,但我说话的音调使他停住了脚步。

我指着南边,"走这边。"我说。

达比赫人皱着眉头,指指蛇鲨逃走的方向,用他自己的语言说了些什么。

"我知道它往那边去了。"我说,"但咱们还是要走这条路。"

我开始向南走,才迈了四五步,查金卡就追到了我身旁,急切地说着什么,拉住我的胳膊,想让我继续去追蛇鲨。

"不!"我厉声喝道。就算他听不懂这单词,也从声调中感到了我的决心。他耸耸肩,看我的眼神像是在说:你是不是疯了? 但最后还是跟在了我身后。他无法再引路了,因为这里既没有蛇鲨留下的痕迹,他也不清楚我们要去哪里。我同样不知道,但直觉告诉我,蛇鲨不希望我往这个方向走。这理由已经足够充分了。

我们走了大概十五分钟后,听到左侧传来了可怕的吼声。是蛇鲨! 这次它离我们更近,出现在另一个方向,但只是短暂地露了一面又不见了。

"我就知道!"我激动万分,低声对查金卡说。他见我仍然对蛇鲨视而不见,感到十分不解。

随着我们继续向南进发,蛇鲨变得越来越大胆,最终出现在了距我们一百码以内的地方,但停留的时间都非常短,不够让我瞄准开枪。

我感觉得到,查金卡越来越紧张。最后,当蛇鲨在三十码外吼叫时,小达比赫人举起了长矛,朝它奔去。

"不要!"我叫道,"它会杀了你的!"

我尝试抓住他,但对我而言,他的速度实在太快。我跟着他冲进了一片八英尺高的草地。这绝对是傻到极点的举动:我看不到查金卡,也看不到蛇鲨,如果遭遇袭击,甚至没有还击或是闪避的空间。然而,他是我的朋友——如果我再诚实一点,他很可能是我唯一的朋友——我不能让他单独面对蛇鲨。

突然,我听到扭打的声音,然后是几声动物的咆哮,查金卡只喊了一声,一切就归于平静。

我判断了一下,然后朝声音传来的方向前进,拨开茂密的草丛,穿过多刺灌木,任凭荆棘划破我的四肢。我不在乎这些,只想找到查金卡。

我在一片林间空地发现了他,他刚刚完成了生命中最英勇的一战,身上的伤痕足以证明一切。但即便手握长矛,他仍然无法跟体重四百磅的猎食者对抗。他认出了我,努力说着我听不懂的话。就在我抵达他身旁的同时,他死去了。

我知道蛇鲨仍在附近,自己不能待在浓密的树丛中。这是它的地盘。于是,我原路返回,继续向南进发。蛇鲨躲在某处发出吼叫,但却没有露头。

又走了大约四分之一英里,我来到一棵中空的大树旁。我正准备绕树转上一圈,突然听到里面传来尖锐的哭声。我小心翼翼地靠过去,端着步枪,打开保险——突然,蛇鲨从离我不到十五码的隐藏之处冲了出来,发出震耳欲聋的吼叫,朝我发起进攻。

它扑向我的速度实在太快,我根本没时间开枪。它强有力的爪子猛地击向我,我侧身躲过,但它的掌风还是扇中了我的肩膀,将我打得飞了起来。我后背一着地,连忙翻身爬起来。它站在十英尺开外,我的步枪恰好落在它身旁。

它再度发动攻击。这次我已经做好了准备,从它的爪子下面钻过,就地打了一个滚,双手握到了武器,趁它刚刚转身,发射出第一颗子弹。

"你完蛋了,混蛋!"我发出胜利的呼喊。

起初，我以为这一枪打得太高了，只是击中了它的胸部，并不致命。但它中枪后立马倒下了，鲜血从伤口喷洒而出。我注意到它的腰部还有一个伤口，而且已经化脓，毫无疑问，这是一周前马尔克斯那枪留下的。我盯着它看了一会儿，决定以第二发子弹的微小代价"加份保险"，确保它在死掉之前无法反抗，或是再造成什么伤害。我走上前去，将枪口指向它的耳朵，发现这地方不好下手，便伸出脚，用大脚趾推它的头。

我感觉到有什么东西如同电流般在脑海中涌动，虽然从未有过与之类似的体验，但我还是瞬间明白了自己正在跟这只濒死的蛇鲨通过心电感应交流。

你们为什么要来我的土地？为什么要杀我？它问，疑惑远远多于愤怒。

我吃了一惊，连忙向后一跳，心电感应随即中止。很明显，只有我俩身体接触时，才能用这种方式交流。我蹲下来，握住他的爪子，感受着它的恐惧和痛苦。

接着，它的生命就此终结。我站起来，低头看着它，觉得天旋地转——因为在那短短的一瞬，我分享了它的想法，了解到了事情的真相。

这头蛇鲨所属的种族确实是感情动物，但并未掌握科技，而且历来数量稀少。在经历了一场恶性疫病后，其他蛇鲨都死了，只有它侥幸保住了性命。从那以后，它忍受着难以想象的寂寞，独自生活在这颗星球。

自我们登上道奇森四区的头一天，它就已经发现了我们。它很愿意跟我们分享这片狩猎区，从没想过要伤害我们，或是把我们吓跑。

它杀掉那头长着水晶角的雄鹿，是想送给我们作礼物，以示友好;他并不知道自己抢走了马尔克斯的战利品,因为战利品这个概念对它而言是完全陌生的。它之所以杀掉马尔克斯,是因为马尔克斯打伤了它。

即便如此,它还是愿意原谅我们。我们在陷阱里发现的那些死去的动物,就是它主动和解的信号。

它无法相信,我们真的想要杀掉它。于是,它决定造访我们的营地,尝试跟我们沟通。当它抵达营地时,误将达比赫人的T盒当成了武器,所以毁掉了它们。虽然并没有伤人,但这一举动显然会被看作挑衅,所以赶在我们醒来之前,它悄然离去。

此后,它又一次回到营地,希望跟我们讲和。这一次它正大光明地走了进去,并且准备好接受外星种族的质疑和检查。但它却没料到达比赫人群起而攻之。出于自卫,它很快将所有达比赫人都解决掉了。姆贝莱跑回飞船,想要躲起来,或者是想寻找武器。它曾在五十码外被马尔克斯的武器射伤,当然不敢让姆贝莱在飞船内向它射击。于是,它冲进飞船,在姆贝莱找到武器之前将他干掉了。

那之后,事态演变成战争。它不知道我们为何想要杀死它,但相信我们确实会这么做……它曾一度想要结束自己痛苦的独处生涯,但现在,它有足够的理由,甚至说是强烈的愿望,不惜一切代价也要独自活下去……因为它已经不只是它。蛇鲨是种没有性别的动物,通过芽殖繁衍后代。它生前最后的情绪是无尽的遗憾,并非是因为即将死去,它知道生死有命,但认定自己的后代也会遭到同样的对待。

我盯着蛇鲨的尸体,胜利的喜悦稍纵即逝,代之以无法抑制的负罪感。我本以为的胜利在短短几秒之后竟变成了一场灭绝种族的屠杀。

耳边又传来哭声，我走到那段空树干旁，向里面看去。发现了一只极其幼小、无助的蛇鲨，它看到我，不停地颤抖，连连后退。

我向它伸出手，它发出一阵细微的尖叫，蜷缩成一团，向后倚着树干。

我柔声低语，放慢动作，再次伸出手。这次，它盯着我的手看了许久，最后犹犹豫豫地伸出手来，碰碰我的手。两手相触的瞬间，我立刻感受到了它那种深切且复杂的恐惧。

别害怕，小家伙，我心里想。无论发生什么事，我都会保护你。我欠你的实在太多。

它的恐惧消失了，因为心灵感应时，没人能说谎。不一会儿，它便从树干里出来了。

我的视线投向远方。人类很快就会来到这里，救援队将在一到两周后着陆，他们将在飞船货舱里找到马尔克斯的尸体；从坟墓中挖出德斯蒙德夫妇、姆贝莱以及十一名达比赫人的遗骸；他们还将通过船长的日志，了解到这场屠杀的罪魁祸首是一种叫作蛇鲨的动物。

他们既然是捕猎公司的员工，当然能迅速有效地制订出捕猎蛇鲨的行动方案，而且由于整队人类及达比赫人全部已经丧生，任何理由都不足以阻止他们。

不过，他们将会感到惊讶的，因为这只蛇鲨不仅仅对地形了如指掌，而且对人类的思想和行为方式一清二楚，甚至还装备着人类的武器。

蛇鲨宝宝把手伸向我，说出两个字。我试着重复了一遍，但发音实在太糟糕，自己都忍不住笑出声来。我把这个小生物抱在怀里，迈步走进树丛，趁着还有时间，努力学习成为一名合格的蛇鲨爸爸。

它咿呀学语，
它欢笑开怀，
却突然踪迹皆无——
因为蛇鲨本就是种怪兽，你会明白。
　　　　　　——《捕猎蛇鲨》


（袁　枫　译）

# 心大星*43王朝

　　为感谢造物主赐给他第一个王子,心大星皇帝马洛斯四世下令召集所有能工巧匠,修建了一座庙宇。从古到今,心大星上其他的所有建筑物跟它相比都黯然失色。这座庙宇全部用水晶筑成,屋顶被众多尖塔覆盖,如同百万个闪闪发光的矛尖指向太阳。支撑整座庙宇的是二百一十七根圆柱,为的是纪念马洛斯四世的二百一十七位祖先。只要轻轻敲击,每根柱子都会发出美妙的音符,声音可传至数千米之外,虔诚的信众们一旦听到,便会开始祷告。

　　这座庙宇被命名为太阳神庙,因为王子恰好在正午时分降生,是天空中的太阳升到最高点的时候。庙宇的修建历经了二十七个标准年。银河系所有种族均欲慕名前往心大星,一睹太阳神庙的雄伟壮观。但马洛斯四世却颁布法令,禁止任何外星人或者异教徒入内,以免亵渎神圣的庙宇。


　　一家三口出现在太阳神庙外。女的举着相机,从十几个缺乏想象力的角度,反复拍摄着同一处景观。男孩嘴边已稀稀落落地长出了胡须,不再是乳臭未干的孩子了,只顾盯着掌上电脑玩游

---

　　*学名心宿二,是天蝎座α星,全天第十五亮星。

戏。男的先是四下张望了一下,确保没人在看他,接着便将业已熄灭的雪茄用脚后跟碾碎,然后紧走两步,赶上自己的妻儿。

他们朝我走过来,趁着他们尚未开口,我悄然隐入大理石围墙和石头甬道之间,希望通过周围环境的遮蔽,让他们无法发现我。

我藏了起来,你们看不到我,即便从我身边走过,也不会注意到我。

"嘿,伙计,我们想找个向导。"那男的说,"你有兴趣吗?"

我强忍着没叹气,并深深鞠了一躬,回答道:"能为你们效劳,我很荣幸。"我在心里暗自庆幸,他们没有发现心大星人身体折叠的微妙之处。

"哇哦!"那女的发出惊呼,将照相机对准我,"你好像能将整个身躯对折! 我从未见过有人能那样做! 可以再表演一次吗?"

听到这个女人的要求,我不禁想起一个古老的传说——虽说有可能是杜撰出来的,但我仍愿意相信其真实性。据说,曾有一位外星使节,同样对心大星人折叠身体的方式着迷不已,竟请求第三十八王朝的缔造者科马里斯一世再鞠一躬。科马里斯一世动也没动,只是死死盯着那位使节,使节自觉没趣,只好偷偷溜走。后来,科马里斯一世又执掌政权长达二十九年,再也没有鞠过躬。

科马里斯时代已经过去将近七千年了,心大星和整个宇宙都已不同以往。我又向那女人鞠了一躬,她赶紧按下全息相机的快门。

"你叫什么名字?"男人问。

"你们无法念出我的名字。"我回答,"为你们这个种族的成员当导游时,我给自己选择的名字是赫尔墨斯。"

"赫尔曼,是吗?"

"赫尔墨斯。"我纠正道。

"对呀,赫尔曼。"

男孩终于抬起了头来,"他说的是赫尔墨斯,老爸。"

男人耸了耸肩。"随便叫什么吧。"他看了看表,"那么,咱们出发吧。"

"好。"男孩插话道,"今天下午,罗斯福三区的比赛有直播,我要赶回去看呢。"

"看体育比赛机会多得是。"女人说,"但参观心大星,这恐怕是你一生仅有的机会。"

"我或许会很幸运,还有机会来……"男孩嘴里嘟哝着,继续低头玩他的游戏。

开场白我早已倒背如流,"欢迎你们来到心大星,来到首都卡里米特拉,这座闻名银河系的都城,又叫作百万尖塔之城。"

"我们从空间站换乘航天飞机来到这里时,根本没见到一百万座尖塔。"男孩接茬道,我本以为他根本没在听,"也就一两千座吧。"

"以前的确有一百万座。"我解释道,"如今只剩下了一万六千三百零四座,都用水晶或石英制成。傍晚时分,太阳西斜,所有尖塔扮演了棱镜的角色,将阳光折射,产生无数种奇异的颜色,照亮整座城市的街道。生活在银河系另一端的种族,也会前来见证这一奇观。"

"一万六千座。"女人咕哝着,"其他的去了哪儿?"


为何心大星人会把尖塔建造得如此唯美,我们无从知晓。那些尖塔矗立在星球的各个城市之中,居高临下,投射下阴影,折射出变幻多姿的色彩。它们壮观、精美、巧夺天工,展现出心大星人无可比拟的想象力及敏感的内心。心大星的统治者们足足花费了三万八千年的时间,才造好这上百万的尖塔。

第二次侵略战争期间,坎弗里特舰队仅用不到两周的时间,就将绝大多数尖塔摧毁,只剩一万六千三百零四座幸免于难……

那女人眺望着远处的尖塔,赞叹不已。最后,她询问究竟是什么人修建了这些尖塔,或许在她看来,如此巧夺天工的建筑不可能出自心大星人之手。

"今天你见到的一切,都出自心大星的能工巧匠之手。"

"都是你们自己做到的?"

"这让你难以相信吗?"我礼貌地问。

"那倒不是。"她辩解道,"当然不是,不过,尖塔的数量的确很多……"

"卡里米特拉绝不是一天、一年,甚至是一千年就能建成的。"我强调说,"这可是心大星四十三代王朝集体智慧的结晶。"

"这么说来,现在已经是心大星第四十三王朝了?"

君王泽洛莱恩九世正式宣布卡里米特拉为永恒之城。无论遭遇战争或者暴乱,这座城市都安然无恙,甚至那巍然耸立的祖庙也有望永存于世。泽洛莱恩九世执政期间,恰逢心大星的黄金时代,他确有理由认为其王朝将会万古传承……

"第四十三王朝的末代皇帝三千年前就已归于尘土。"我解释道,"从那以后,我们一直被外星征服者统治着,入侵心大星的外星种族为数众多,而且前赴后继。"

"谢天谢地,他们总算没有毁掉你们雄伟的建筑。"女人说着,转身去观赏喷泉。不知为什么,在她眼里,喷泉似乎成了神秘的外星艺术品。她正准备拍照,却被儿子阻止了。

"妈,那不过是个喷水口而已!"男孩说。

"但还是很美呀。"她说,"想象一下,很久以前究竟是怎样的人在使用它……"

"口渴的人。"男孩不耐烦地说。

女人对儿子的话充耳不闻,转过身来对我说:"就像我说的,劫掠一个拥有如此瑰宝的星系实在是太罪恶了。"

"是啊,但看起来还是有人连这附近的一些建筑物都给毁掉了。"男孩插嘴说,似乎想要证明刚才有人说错了话,"记得咱们在那边地上看到的洞吗?"他指着三人来的方向说,"依我看,那就像是个弹坑。"

"你搞错了。"我解释说,带他们走近观看,"这个洞是天然形成的。"

"只不过是个大污水坑而已。"男人说,一脸不足为奇的样子。

"心大星人认为这是上帝的足印,对它极为崇敬。"我讲解道,"很久很久以前,持续数年的旱灾使卡里米特拉陷入困境。最后,心大星最伟大的牧师乔瓦什向上帝提出请求,愿意用自己的生命换取雨水。上帝答复说,只有等到祂再度垂泪,雨水才会降临,虽然心大星人饱受旱灾的折磨,却还不足以博取祂同情的泪水。尽管如此,上帝承诺会跟乔瓦什做笔交易。"我顿了顿,想看看他们有何反应,但男人又点了根雪茄,男孩则全神贯注于掌上电脑。"第二天早上,大家在神庙中发现了乔瓦什的尸体,上帝用祂的脚踩出了这个坑,并用水将其填满。心大星人就靠坑里的水勉强支撑着,直到上帝再度落泪。"

女人显得有些不安。"呃……实在不好意思,我有个小小的请求。"她还是开了口,"你能把刚才的故事再讲一遍吗? 我的录音机没打开。"

男人露出不悦的神色。"她老忘记把那鬼东西打开。"他解释着,顺手扔给我一个硬币,"给你添麻烦了。"

洛比里亚是心大星历史上最伟大的诗人。尽管他在第二十三王朝就已辞世,但绝大部分作品却流传至今。可他最伟大的著作《流放的长夜》——巴加塔流放和凯旋的史诗——却失传了。

虽然洛比里亚是他所属民族中最知名的吟游诗人,他本人却目不识丁,甚至连自己的名字都不会写。他的诗歌都是即兴创作的,每次复述都会加以润色。他仅仅咏颂过一次那首史诗,对诗歌的结构很满意,便拒绝复述。而抄写员们却都在等待最终版本,于是就没能将它记录下来。

"谢谢!"女人说,在我讲完后,她关掉了录音机。她停了停,接着说:"我可以买一本记述了更多精彩而古老的民间传说的书吗?"

民间传说和宗教典故有何不同,我决定还是不跟她解释为妙。"宾馆的礼品店就有卖的。"我回答。

"你的书还不够多呀?"男人低声抱怨着。

女人瞪了他两眼,但没说什么。我带他们来到王陵,这个景点向来很受游客欢迎。

"这是贝多瑞恩五世的陵墓,贝多瑞恩五世是第三十七王朝最伟大的君主。"我说,"贝多瑞恩曾只是个平民百姓,一个农民,却将臭名昭著的麦拉斯特里七世赶下了王位。后者是个力大无比的武士,也是第三十六王朝的末代皇帝。贝多瑞恩即位后,就开始推行全民教育。"

"之前的情况是怎样的?"

"贝多瑞恩执政之前,心大星的女性无权接受教育。"

"那家伙最后怎么死的?"男人问,他其实并不在乎答案,只是不想让妻子问光所有问题。

"被他的一个随从刺杀了。"我回答。

"一定是个男随从。"女人打趣道。

"贝多瑞恩去世前,"我接着讲,"没费一兵一卒,便合并了三个战乱不休的城邦,并宣布心大星人必须使用统一的语言,同时宣布崇拜克伦内克是非法行为。"

"克伦内克是什么东西?"

"是一种有毒的爬行动物。贝多瑞恩掌权之前,它们在朝拜仪式上杀害了众多信徒,朝拜克伦内克的仪式莫可名状,而且淫秽恶心。"

"是吗?"男孩说,刚才的介绍引起了他的兴趣,"仪式具体的情形是怎样的?"

"一个种族认为令人作呕的东西,对另一个种族而言,或许会非常无聊。"我说,"地球人就会觉得那很无聊。"我说的并非实情,但我真不希望自己描述那些仪式时,看到男孩在旁边偷笑。

"真可惜。"女人嘴上这么说,但听得出她明显地松了口气,"你似乎对心大星的历史了如指掌。"

我真想告诉她,这些故事都是刚编出来的,可又怕她会信以为真。

"这些都是你从哪儿学来的?"她再次提出问题。

"要获得导游资格,"我答道,"心大星人必须学习十四年相关知识,而且必须流利地讲至少四种外星语言,地球语始终是其中之一。"

"资格证书只是种形式而已。"男人点评道,"我就读于牙科院校时,仅用一年就考到了上岗证书,然后就翘了学……"

任凭你说得天花乱坠,反正现在花钱雇我的是你。

"你没在当地大学教书,我真觉得惊讶。"他接着说。

"我曾经在大学任教。"

这次我说的是实话。但我要挣钱养家——而导游的小费,就算游客是勉勉强强给的,也远比老师的薪水高出不少。

一个拉普——心大星儿童——钻到我们中间。这孩子刚会走路,身上的衣服破烂不堪,脸上粘满污泥。网状呈圆盘形的皮肤上生着恶疮,金色的眼睛流泪不止。他用心大星语苦苦哀求,希望得到些施舍。若没有回应,他便会伸出手来,摆出全宇宙通用的姿势,那意思是:你们十分富有,我又穷又饿,赏我点儿钱吧!

"你的孩子?"男人皱着眉头问,与此同时,女人快速连拍了十几张照片。

"不,他不是我的孩子。"我说。

"那他在这儿干吗?"

"他无家可归。"我回答。我对拉普的遭遇深感同情,同时,解释他出现的原因及遭遇又让我觉得有些丢人,"他想讨些小钱,这样他和妈妈今晚就不用挨饿了。"

我感伤地望着拉普,心想:时移势转。很久以前,我们也曾在属于自己的土地上昂首阔步。你如果生在心大星四十三代王朝中的任何一个,都不会挨饿。

人类男孩瞧了瞧心大星男孩。我不清楚,他是否意识到自己多么幸运。他面无表情,让人看不出其内心的想法;也许他真的什么想法都没有。最后,他挖了挖鼻孔,继续玩他的电脑游戏。

男人盯着拉普看了一会儿,扔给他一个两元的硬币。拉普接在手中,鞠躬致谢,还冲男人说了句祝福的话,然后就跑掉了。我们目送他远去,小家伙把硬币举过头顶,兴高采烈地呼喊着——不一会儿,二十多个街头流浪儿将我们团团围住,一个个蓬头垢面,饥肠辘辘。

"还有完没完!"男人吼道,暴跳如雷,"让他们从这儿滚开,都回家去,赫尔曼。"

"他们都住在这儿。"我心平气和地向他解释。

"就住这儿?"男人质疑道。他用脚猛跺地面,吓得一旁的拉普连连后退,"就这儿是吧? 那好,就让他们待在这儿,别跟着我们。"

我用心大星语告诉拉普们,这些游客不会给他们钱。

"那我们就去偷,去人类住的那家丑陋的粉色酒店偷。"他们说。

"这与我无关。"我说,"不过一旦被抓住,可有你们受的。"

听到我的警告,最年长的拉普露出微笑。

"要是被抓住,就会被关起来,监狱自然会管我们吃喝,风吹不到,雨打不到——比待在这儿强太多了。"

这些孩子唯一的愿望就是远离风吹雨打,吃上饱饭,对此我无言以对,只能耸耸肩。他们跑开了,笑着、唱着,好像变成人类的小孩,要赶去玩什么游戏一样。

"该死的外星人!"男人咕哝着。

"你说得不对。"我说。

"哦?"

"语义有误。"我低声指出,"他们是土生土长的心大星人,你们才是外星人。"

"好吧,他们得跟我们这些外星人学学行为得体!"他吼道。

我们沿着长长的坡道向上走,来到王陵前,正准备进去,女人却停住了脚步。

"你们仨在入口处站好，我想给你们拍张照。"她说着，对我露出微笑，"只是想向朋友们证明，我们的确来过这里，见到过真正的心大星人。"

男人走过来，站在我身旁。男孩不情愿地挪到我的另一边。

"搂着赫尔曼。"女人说。

男孩连忙向后退，脸上露出复杂的神情，混杂着鄙夷和厌恶。"跟他摆个姿势就好，我不愿意碰他。"男孩说。

"照你妈妈说的去做！"男人喝道。

"没门儿！"男孩说，赌气顺着坡道向回走，"你想抱他，你去好了！"

"听我的话，小混蛋！"男人说。但男孩没有停住脚步，似乎根本没听到父亲的话，很快就消失在一座庙宇后面。


第三十王朝的奠基者查洛克颁布旨意，规定皇帝的身体神圣不可侵犯，即便是御医和嫔妃，也必须得到他的许可才可触碰。

查鲁巴是查洛克最得力的臣僚，辅佐查洛克统一了心大星超过百分之八十的疆域，还遏制了第二十九王朝遗留下来的超级通胀。

一天晚上，恰逢国宴，查鲁巴向查洛克引见遥远的多马星球的使节时，没留神蹭到了查洛克。

次日清晨，虽然深感遗憾，查洛克还是命剑子手将查鲁巴斩首。尽管王朝初叶出现过如此不幸的事件，第三十代王朝仍然存续了一千零六十二个标准年。


女人很尴尬，连忙向我道歉。可我发现，她也尽量避免与我发生身体接触。男人去找他的儿子，几分钟过后，两人一起返回了王陵——我对此感到庆幸,因为女人已经开始喋喋不休地重复之前的话了。

男人把男孩推向我,男孩阴沉着脸,勉强说了声"对不起"。男人朝他迈出一步,这显然给男孩造成了压力,他极不情愿地伸出手来。我握了握,赶紧松开,这次接触让我俩都觉得很别扭。接着,我们便踏进王陵。里面还有其他两组游客,但彼此相距数百米,我们听不到他们的导游在说些什么。

"屋顶有多高?"女人问,同时将照相机对准头顶那美轮美奂的雕刻。

"三十八米。"我回答,"王陵长二百零三米、宽六十七米,贝多瑞恩五世就长眠于地下的巨大墓穴之中。"每次讲到这里,我都会愣神,想象着心大星旧日的辉煌,这次也不例外,"陵墓竣工当天,举国哀悼,上百万心大星人在王陵外排起长队,向贝多瑞恩五世致以他们最后的敬意。"

"你介意我问个愚蠢的问题吗?"女人说,"为什么心大星所有的建筑都如此宏伟?"

"因为人都是自负的。"男人说,自觉聪明,颇为得意。

"造物主巨大无比。"我解释说,"因此,心大星人认为,祭拜祂的神庙越大越好,这样的话,祂在里面或许能待得比较舒服。"

"在你们看来,房子盖得小,心大星的上帝就找不到,或者没法适应吗?"男人问,脸上露出傲慢的笑容。

"祂是全宇宙的上帝。"我反驳道,"庙宇小些,祂当然也能找到,可为什么非要让祂住小庙呢?"

"贝多瑞恩有妻室吗?"女人问,她的心思又回到琐碎的细节上来。

"他有五位妻室。"我回答,"与贝多瑞恩王陵毗邻的,就是他几位王后的陵墓。"

"一夫多妻吗?"

我摇摇头,"不是,只是前四任王后都先于贝多瑞恩去世。"

"他去世的时候,想必年纪已经非常大了。"女人说。

"并非如此。"我说,"心大星人相信,凡是在社会上取得巨大成就的人,其个人生活注定充满苦难,贝多瑞恩的命运就是如此。"男孩回来之后一言未发,我转过身,问他是否有问题,他却瞪了我一眼,什么也没说。

"这地方是多久以前建成的?"男人问。

"贝多瑞恩五世于六千三百零二个标准年前去世,他驾崩后,修建这座陵墓又用了十七年。"

"六千三百零二年。"他若有所思,"这么久啊。"

"心大星人有着悠久的历史。"我自豪地回应,"曾有一位人类考古学家说过,你们的祖先还没有进化成拥有智慧的生物时,我们已经进入了第三王朝。"

"也许我们的祖先在树上花的时间是久了点儿。"男人反驳说,显然对此不以为然,"但你不妨看看,一旦我们从树上下来,很快就把你们甩在身后。"

"如果你要这么说也行。"我不能与他针锋相对,只好支吾过去。

"事实上,所有其他种族都远超心大星人。"他坚持己见,"看看你们的历史记录:心大星究竟被征服过多少次?"

"我不太清楚。"我说了谎,因为实在羞于启齿。


心大星人得知人类共和国意欲吞并他们的星球后,在赞图城聚集起军队,足有三十万精兵,浩浩荡荡开赴战场。战士们个个都是心大星的年轻勇士。金色的眼睛，网状呈圆盘形的皮肤在晨曦中闪闪发亮，他们已经作好捍卫家园的准备。

人类共和国仅仅派出了一艘飞船，在勇士们的头顶投下一枚炸弹，不到一秒钟时间，心大星的军队便不复存在，赞图城也灰飞烟灭，克茨托卡大图书馆也未幸免。

几千年来，心大星四次被人类征服，两次被坎弗特温斯征服，被洛丁四区、埃穆拉、拉莫以及塞特帝国各征服一次。据说，被战火烤焦的大地在饱饮了汇聚成河的心大星人的鲜血之后，渴意终于得以消解。


离开王陵时，我们又遇到了一个拉普，身材矮小、骨瘦如柴。他坐在石头上，金色的大眼睛望向我们，似乎正出神地思索着什么。

人类男孩视而不见，继续向下一个庙宇走去，他的父母却停住了脚步。

"这小家伙简直太可爱了！"女人激动地道，"他好像很饿。"她把手伸进单肩包里，拿出一块早餐剩下的糖果。"嘿，"她说着，举起那糖果，"想吃吗？"

拉普动也没动。不但那女人从未有过这样的经历，我也是头一回见到这种情况，因为很明显，那个拉普缺乏足够的营养。

"或许，他根本消化不了这种东西。"男人说。他掏出一个硬币，走到拉普面前，将手摊开，"拿去吧，孩子。"

拉普表情木然，似乎仍在沉思，根本没有伸手去拿硬币。

突然，我激动不已，心想：饥肠辘辘却不屑嗟来之食，穷困潦倒却不收他人施舍。难不成他就是心大星人苦苦等待了几千年的救世主，将引领我们恢复昔日荣光，开创第四十四王朝？

可细细端详过后，我激动的心情立马消失不见，真是来也匆匆，去也匆匆。那个拉普并非不屑于接受地球人的食物和钱财，他金色的双眼混浊不堪，流浪生活使他的身体极度虚弱，眼睛也瞎了，而且他也听不懂地球人的语言。表面的傲慢并非源于内心的自尊或者灵光，而是因为他不知道别人要施舍于他。

"请让我试试。"我轻轻地从女人手里拿过糖果，避免接触到她的手指。我走到拉普近前，将糖果放在他手里。他闻了闻，急不可待地吞了下去，然后把手伸开，祈求得到更多。

"这真让人心碎……"女人说。

"噢，跟我们在巴雷穆斯五世陵墓看到的情况差不多。"男人回应道，"他们真的是穷到极点了，还记得他们那恶心的皮肤病吗？"

女人陷入回忆之中，脸上随即露出厌恶的神情。"我想你是对的。"她耸耸肩。我清楚，即便那孩子还站在我们面前，可怜巴巴地伸着手，她也不会再把他放在心上了。

我带着他们穿过消失王子之园，这花园的屈辱历史交织着牺牲与阴谋，男人突然停住了脚步。

他指着许多空荡荡的底座，问道："这是怎么回事？"

"历史的见证。"我解释道，"或者说是贪婪的见证，因为这两者有时候其实就是一回事。"他露出不解的神情，于是我继续说，"只要能够运回其母星的珍宝，征服者们绝不会客气。所有能够掠走的东西，都被洗劫一空。"

"这些无头雕像又是怎么回事？"他指着那些雕像问，"是你们自己弄成这样，好让外来入侵者觉得毫无价值吗？"

"不是。"我回答。

"哦，无论这是谁做的，"他指着一座无头雕像，"都应该把他捆起来，用鞭子抽。"

"有什么值得大惊小怪的？"男孩说，语调中透出厌烦的情绪，"只不过是些外星人的雕像罢了。"

"其实，毁掉这些雕像的恰恰是人类，而且罪魁祸首还成了心大星的最高统治者。"我告诉他们。

"你说什么？"男人问。

"人类第二次征服心大星时的指挥官，名叫路易斯·琪博科。"我开始解释，"她下令将三千多座雕像枭首或者完全毁掉，其中很多座雕刻的是心大星的神祇。琪博科及其手下都是人类某一宗教的虔诚信徒，她觉得心大星人崇拜的神都是异类，因此必须尽数毁掉。"

"原来如此。"男人耸耸肩，说，"不过她把你们从洛迪尼特人的统治下解救了出来，你们付出这点儿代价不算什么。"

"或许吧。"我说，"问题是后来的每一位救世主都让我们付出了更大的代价。"

他瞪着我，我们都陷入了尴尬的沉默。最后，我提议带他们去参观大暴君的宫殿。

"心大星人似乎是很温顺的种族。"女人也觉得自己的用词不太恰当，"我是说，文明程度高而且侵略性不强。你们的基因库里怎么会冒出一个如假包换的暴君呢？"

事实上，心大星人曾经勇猛好斗，可没完没了的外族入侵使这种天性泯灭大半。但我知道，这样的答案会让他们不高兴，甚至有可能影响到我的小费收入，于是，我又对他们撒了谎。（我感到很惭愧，随着时间的推移，对外星游客撒谎变得越来越容易。的确，我编造谎言越来越得心应手，有时候连自己也觉得很惊讶。）

"每个种族的基因时不时都会发生突变的。"我说，看得出，她对此深信不疑，"借用你的措辞，我们心大星人性格温顺。所以这个与众不同的暴君想掌握大权,自然也不会有什么难度。"

"他叫什么名字?"

"不知道。"

"你不是花了十四年研究历史吗?"她质疑道,我知道她认为我在撒谎。然而,每当我真的说谎时,她却会信以为真。

"心大星语存在着许多方言,过去的三万六千年里,所有方言都在不断进化发展。"我解释道,"我们已经译解了其中的一部分,但时至今日,仍有许多谜团尚未解开。实际上,这段时间,恰好有一帮人类考古学家正努力钻研这个课题,希望揭开大暴君的姓名之谜。"

"如果这种语言已经不再使用,他们又怎么能够破解呢?"

"想当年,人类的足迹尚未踏出地球时,曾经使用一种名为罗塞塔石碑的工具来破解古老的语言。我们也有类似的东西——叫作鲍斯佩里卷轴——是大暴君时代的遗存。"

"卷轴在哪儿?"女人边问边向四周张望。

"很遗憾,考古学家目前都聚集在德鲁洛斯八号的一家博物馆中,鲍斯佩里卷轴自然也在那里。"

"**聪明!**"男人说,"在德鲁洛斯,卷轴可以得到更好的保护。"

"**防备什么人?**"女人问。

"这还用问,当然那些想偷卷轴的人。"男人说,那语气像是在给小孩儿解释。

"我的意思是,那卷轴只是用来破解早已不用的语言的,谁会去偷这种玩意儿呢?"

"你知道,那东西在收藏家眼中有多珍贵吗?"男人回应道,"或者偷走它的窃贼能换取多少赎金吗?"

他俩为此争论不休。其实真相再简单不过,卷轴体积很小,便于携带,所以人类考古学家便将它掠夺到了德鲁洛斯。见他们仍继续争论着,我便告诉女人,原因是德鲁洛斯有种设备,能够恢复卷轴上模糊的字迹,她若有所思,点了点头。

步行四百米后,我们来到了气势磅礴的皇宫外。这座宫殿完全由黄金铸成。白天,在阳光的照射下,宫殿外墙非常烫手,只有等到晚上才敢用手触摸。心大星第七至第十二王朝的君主在此居住。众多纲领性文献在这里颁布——《中央集权九大宣言》《全体公民权利宪章》以及最受心大星人推崇的《马贝利安宣言》。

我们曾经生活在太平盛世,从未尝过失败的滋味,所有问题都会迎刃而解。那时,庞大的商队定期往返于边境线上。君主英明睿智、公正严明,每天都能缔造新的辉煌,国家的前景一片光明。

我指着破损不堪的石质王座说:"宝座上曾经镶有二百四十六颗珠宝和宝石。"

男孩走到王座近前,然后用质疑的眼光看着我,问道:"宝石在哪儿?"

"几千年的时间,早被尽数掠走了。"我回答。

"又是征服者干的,绝对没错。"女人言之凿凿。

"没错。"我说,但事实上,我又说谎了。宝物是被心大星人自己偷走的,用来跟入侵的军队交换食物,或者是用来保释被俘的亲朋好友。

我们又待了几分钟,审视着皇宫业已逝去的辉煌,然后走出门外,向下一座早已坍塌的建筑走去。这是思想家纪念堂,时至今日,仍然深受心大星人的崇敬。然而,在我看来,为何心大星人会兴建如此壮观的礼堂来纪念故去的学者们,这些地球人根本无法理解。再加上我实在没力气解释了,便告诉他们这是嫔妃居住的宫殿。当然,一家三口对我的话照单全收。男孩明显露出了失望的神情,问我这里为什么没有嫔妃的雕像。我灵机一动,告诉他那些雕像毫无保留地展现了性场面,这有悖于路易斯·琪博科的宗教信仰,因此全部被毁掉了。

这次撒谎让我深感内疚,因为以任何方式冒犯游客所属的种族,都与《公正行为准则》相违背。但可笑的是,除了男孩表示失望,当我告诉他们人类只因为心情不爽,便毁掉了拥有千年历史的艺术品时,一家三口竟能坦然接受。我心想,既然他们毫无负罪感,我也不必因此感到愧疚。(然而,内疚仍然折磨着我。传统的确很难改掉。)

我发现男人神情焦急,四处乱走,视线投向角落以及底座后面,便问他出了什么事。

"茅房在哪儿?"他问。

"什么?"

"茅房!厕所!洗手间!"他紧皱眉头,"难道那些该死的嫔妃都不排便吗?"

我终于弄明白他想干什么,便带他前往西门外,那里建有专供人类使用的卫生间。

几分钟过后,他就回到了思想家纪念堂。我带他们离开那里,穿过一座巍然耸立的建筑,这座建筑名叫玛瑙方尖碑,象征着第四王朝的发端,然而,这一王朝如今几乎已被遗忘。我们在光之河神庙停留片刻,这座庙宇建在河流之上,因此,神圣的河水穿庙而过。

离开光之河神庙后,我们拐了个弯,一座建筑突兀地出现在眼前,几乎将视线所及的范围全部填满。

"那是什么?"女人问。

"是通天螺旋坡。"我回答。

"绝妙的名字!"她激动地说,"肯定也有个绝妙的传说吧!"她转脸看着我,满心期待。

"很久以前,心大星的科学家们还对宇宙知之甚少,人们认为只要修建一条足够高的坡道就可以登上天空。"

男孩发出狂笑。

"这是真的。"我继续说,"它始建于第二王朝,第三王朝中叶才竣工,历时七百多年。你们或许感觉能够从这里看到顶端,但实际上,你们看到的只是坡道的下半段。上半部分被云层遮住了,看不清楚。"

"它有多高?"女人问。

"九千米有余。"我说,"比心大星最高的山峰还高三千多米。"

"真了不起!"她赞叹道。

"或许你们想要靠近点儿看一看?"我建议道,"愿意的话,你们甚至可以攀登前一千米,直到五千米坡度才会变得陡起来。"

"好啊!"女人高兴地说,"我很愿意试试看。"

"我才不会去爬坡呢。"男人说。

"噢,来吧。"她央求道,"会很有趣的。"

"空气太稀薄,地心引力又太大,太他妈费力气了。啥时候由我来选择旅行路线,保证咱们肯定不用走这么多路。"

"咱们回去看比赛吧?"男孩急切地问。

男人又看了一眼通天螺旋坡。"好的。"他说,"我也看够了,咱们回去吧。"

"我们真的应该参观完所有景点。"女人说,"我们可能再也不会来银河系的这个区域了。"

"那又怎样? 穷乡僻壤而已。"男人回应道,"别告诉你的朋友什么摘星天梯的事,谁知道那鬼东西到底叫啥。即便你错过了这个景点,他们也不会知道。"

女人想出一个自以为很有说服力的理由，"可是你已经答应，付给咱们的导游整个旅程的费用了……"

"咱们少付点儿就是了，给他一半就好。"男人说，"没什么大不了的。"

他从口袋里掏出一沓信用券，从中抽出三张十块面值的。他迟疑了一下，看了看我，又把这些放进口袋，将一张五十块面值的塞在我手里。

"哈，见鬼，我想你会接受这价格的，赫尔曼。"他说。接着，一家三口就步行回宾馆去了。


头一批来造访心大星的外星人是些粗鲁无礼的野蛮人，但第三十一王朝最伟大的帝王佩尔加尼安二世却颁布旨意，要求臣民以最崇高的礼节来接待他们。这批外星来客将要启程离开时，来向佩尔加尼安二世辞行，其中一人将一块硕大且毫无瑕疵的蓝宝石塞进皇帝手中，以答谢他的热情好客。

外星人刚刚走出宫廷，佩尔加尼安二世便将宝石扔到地上，当众宣布心大星人绝不是用金钱能够收买的。

整整三代过去，那块宝石始终留在那里，成了心大星人尊严和独立的象征。最后，它在一场沙尘暴中消失了，再也没人见到过。

（袁枫译）

# 血肉筑起的丰碑

普鲁塔克怎么看都不像是颗普通星球，这里看起来更像战区，然而自古以来，这片土地上从未有过战火。

事实上，也没人搞出过别的什么名堂。我可清楚了；来之前，我已经把这地方摸透了。

纵观整颗星球的历史，从未有居民出过一本书，连一个故事、一首诗都没有。舞台上也好，全息视频里也罢，从未有过哪位专业演员是来自此地的。当然也没出过作曲家。就算有人曾在科学或医学上有所突破，也并没有人将其记录下来。当地自然也有些政治人物，却不曾有人走出这星球，继续升迁。这是个宁静的、被人遗忘的小地方。它地处民主联邦边缘，若是要从民主联邦中心区域到人口稀少的外疆，走到这里，就只剩下六分之一的路程了。

这地方毫无卓越之处——除了那座雕像。

这座雕像由天津四星雕塑家米克斯万创作，他的作品在五十个世界里都有展出。我不知道他们怎么请得起他（或者是"它"），肯定所有人都凑了份子。

米克斯万其实并不搞抽象艺术，但这座雕像的人物造型却显得不伦不类，既不像人类，也不像坎佛人。这些人物外表金黄，线条突兀,看起来到处都是角,而没有肌肉。其中一个人物——看样子或许是块头最大的一个——几百年间不断受到损坏和侵蚀,底部那一半已经彻底没了;还有个人物没了脑袋。尽管如此,这座雕像仍然引人注目——我怎么也搞不懂,米克斯万是如何让那球始终悬在空中的。

这是普鲁塔克星上最壮观的景象。见鬼,这儿只有这个景象算得上壮观。我听说过这个——毕竟在普鲁塔克星上,值得一谈的东西也就只此一个了——鉴于我在这儿有事要办,我觉得最好让当地人看到我对它的尊敬。

于是我认认真真仔仔细细看了好几遍,心想这他妈的是个什么样的世界,居然请人造个雕像来纪念一次失败。我是说,要是我干了这种事儿,想都不用想,第二天就得找新工作了。而普鲁塔克呢,从没为了纪念成功、胜利或是无论哪方面的突破而建造雕像、立起牌坊。但他们却搞了这么一座雕像,而且肯定为此欠了一屁股债,得还上好几年。考虑到米克斯万大名鼎鼎,说不定他们得还上好几十年。这没道理。

一个女人推着手推车向我走来。我这辈子见过几百种不同的购物车——反重力的,机动型的;有的能从货架上挑选商品,再用仿真手抓取;还有的甚至能变身飞行器,购物结束后载着主人回家。但眼下这种,我还是头一回见。主人正实实在在地花力气推那该死的玩意儿。

"我敢说我从没在这儿见过你。"她说,"欢迎来到普鲁塔克。"

"谢谢。"我说,"我刚来没几个钟头。"

"你是专程来看我们的纪念碑的吗?"

"不是,我来这儿出差。"我说,"但我发现你们的纪念碑很有意思。"

她点了点头,"它纪念的是我们历史上最辉煌的时刻。"

"这个我读到过。"

"你想看看也行,每家商店都有卖这个的全息视频。"

"说不准我会买一个。"我说。

"希望你在这儿过得愉快。"她说,"现在,正是这儿一年里最好的时候。"

我没发现这地方或是这时候有什么特别之处。

"最近正是玉米长势喜人的时候,都快从市郊蔓延进城里来了。"她继续说,"你要是晚上打开窗,就能听见玉米长高的声音。"

我给了她一个"我早过了听童话故事的年纪"的表情。

"这是真的。"她说,"到下个礼拜,玉米每天晚上都会长高八英寸到十英寸。长得可快了,你都能听见叶子唰唰摆动的声音。"

"我会听的。"我跟她说。

"你会在这儿待很久吗?"

"我不知道。"我答道,"不过也许你能帮到我。我在哪儿能找到达米卡·德雷克?"

她皱起了眉头,"他会在学校待到下午。"她顿了顿,"我就知道你是为他来的。"她严肃地盯了我好一会儿,"离他远点儿。"

"我来这儿不是为了伤害他。"我说,"恰恰相反,我——"

"我们比你更需要他。"她一边说,一边费力地把车子推走了。

我觉得我得往市中心走。这颗星球上只剩下这座城市了,也许普鲁塔克从来就只有这一座城市。我知道学校肯定在市中心附近。我绕着雕像走了一圈,找到了一条去学校的路。路旁坐着一个老乞丐,端着一个杯子,杯子里放着几枚硬币,他身边有一块牌子,上面写着"走头无路","头"显然是个错别字。

"你好,老伙计。"我说,"坐在这儿晒太阳很暖和吧?"

"我早就不能走街串巷到处跑了。"他狡黠地咧嘴一笑,"当然啦,走街串巷的日子也不长。行行好,给点儿救济币?"

"救济币是什么鬼东西?"

他耸了耸肩,"这可问住我了。"他坦白地说,"我应该在哪儿看到过。"

"信用币行吗?"

"有一句老话怎么说的来着? 乞丐没得挑。"

我往他的杯子里投了几枚民主联邦信用币。

"谢谢先生。"他说,"你是来找达米卡·德雷克的,对吧?"

"对。"

"这就是了。"他说,"所有人来普鲁塔克都不外是两个原因:雕像和德雷克小朋友。我看你之前看过那雕像了,却还没走人,那肯定是为了找那小孩来的。"

"是的。"我说,"你能跟我讲一点儿他的事吗?"

"没什么好讲的。"他答道,"不过我能跟你讲讲那座雕像。"

"我已经听说了。"

"你可没听本地人说过。"

我又扔给他几枚信用币,"好吧,说来听听。"

"没问题。"他说,"不过我的喉咙刚好有些干了。"

"要我看,一杯水也不够你润嗓子吧。"我试探道。

他咧开嘴笑了,"我对水过敏,最好来点儿啤酒。"

"好。"我扶着他站起来,"带路吧。"

他径直走向大约两百英尺外的一幢破败楼房。那里面光线昏暗,天花板上吊着的风扇吱吱嘎嘎地慢慢转着,有一个人类酒保——这里显然雇不起机器人。我们在吧台前两张磨得发亮的高脚凳上坐下。

"来两大杯。"乞丐说,"我朋友埋单。"

酒保看看我,"你新来的?"

"只是路过。"我一边说,一边往吧台上拍了点儿钱。

"他们都这么说。"酒保应道,"尤其是有点儿钱的人。"

"我正要跟他讲讲那场比赛呢。"乞丐说。

"他看起来可不怎么感兴趣。"酒保说。

"我很想听听。"我说。

"那我最好待在这儿,万一这个老杰罗米把细节搞错了呢。"

他端来三杯酒,我们每人一杯。

"那是四百二十一年前。"乞丐杰罗米开始讲,"那时没人听说过普鲁塔克——"

"他是说这颗星球,不是那个希腊人①。"酒保插嘴进来。

"这个他知道。"杰罗米烦躁地说,"总之,我们这儿就是穷乡僻壤,什么名头都没有。"

"除了达米卡。"酒保说。

"我就要说到了。"杰罗米说,"我们只有一样东西非同一般,也因为这个,普鲁塔克显得与众不同。我们有一个年轻人叫达米卡。"他停了停,满是缅怀,"据说他会飞,而且移动得特别快,以至于肉眼难以看清他的动作。"

"有好多传言。"酒保补充说,"其实他就是个平常人。"

"他可不止这么简单。"杰罗米顽固地说,"反正,我们入围了星区篮球杯。入围的有四十八支队伍,其中只有十九支是人类队。每场比赛,庄家都给我们五十比一的赔率,我们拿冠军的赔率是三千比一。"

"可你们赢了。"我说。

---

①普鲁塔克(约公元46~120),罗马帝国时期希腊传记作家、哲学家。

他点了点头，"达米卡平均每场比赛拿下六十三分，抢到二十二个篮板球。这事儿简直是闻所未闻的，就连'高跷'魏尔特和'魔术师'约翰逊这些地球时期的传奇人物都没打出过这样的成绩。我们一下就出名了。奎因氏星团冠军杯之前，有游客来看我们训练。更棒的是，有人来投资了。全都是因为那支篮球队。"

"说白了，全都是因为一个年轻人。"酒保说。

"这个达米卡，他肯定值得一看！"我说。

"据说他跳得特别高，滞空时间又特别长，为此教材甚至要重写万有引力定律。"

"这适合当睡前故事。"酒保说，"他是最棒的，但添油加醋就没意思了。"

"不管怎么说。"杰罗米继续讲，"我们本来不被看好，但却拿到了奎因氏杯——我们出线了，然后就要跟坎佛六队争夺民主联邦杯的冠军。据说观看那场比赛的人数是有史以来最多的。想想看，一夜之间，两千亿人都知道普鲁塔克在哪儿了！老天，如果达米卡说他想当国王，大家肯定会心悦诚服地拥戴他。"

"但他却是个谦虚又礼貌的年轻人。"酒保说，"他一心只想为这个星球带来点儿荣耀。"

"我们又被大大地看扁了。"杰罗米说，"我们的球员，每个人都比人家矮七八英寸，大概还少五十磅肌肉。不过你要是买个全息视频的话，自己就能看到。坎佛人用两三个球员防守达米卡，于是他们大比分领先了。我们在麦克卡利斯特二星上打比赛，谁都不是主场球队，但那里的引力比标准引力强百分之十，我们的球员比坎佛队体重轻，受影响更大。半场时，他们52：38领先，所有人都觉得没戏了。"

"真是差屁大点儿就没戏了。"酒保应和说。

　　"但是接下来达米卡又掌控了比赛。"杰罗米说。这一切发生在大约四个世纪以前，他现在说起来却依然既兴奋又骄傲，消瘦的脸庞容光焕发，"他做的事是空前绝后的，他凭一己之力把我们带出了绝境。"

　　"下半场他拿了四十五分。"酒保补充说，"这种情况没人见过，过去没有，后来也没有。那些攒钱从普鲁塔克飞过去的人又是尖叫，又是呐喊着给他加油，他也没让大家失望。"

　　"他压哨一投，打平了。"杰罗米继续讲，"然后进入加时赛。最后十秒，我们还落后一分。但达米卡拿到了球，我们知道他不会让人失望的。"

　　"说得好像你当时在现场一样。"我调侃说。

　　"我希望我在那儿。"杰罗米答道，"只差十秒，就可以在整个星系里脱颖而出！"

　　"或者是又回到默默无闻的状态。"酒保说。

　　杰罗米点点头，"达米卡带球上篮，两千亿人都知道他将要跳四英尺高，再把球扣进篮筐——然后就出事了。"

　　"我读到过。"

　　"我最讨厌看这一段。"酒保说。

　　"人人都讨厌看这段。"杰罗米说，"他正要起跳，坎佛队有个人给了他一个肘击。他摔倒了，就算在全息视频里你都能听到咔嚓一声，他的脚踝折了，听着跟一声枪响似的。"

　　"他单腿支撑着站起来，跳到场外。"酒保说，"坎佛队教练开始大喊大叫，说是赛制规定了，被侵犯的球员如果能自己站起来，就得自己罚球。达米卡根本不可能双脚站立，可规定里没说单腿站立不能罚球。你甚至能看见骨头从达米卡皮下刺出来，可他还是试着自己罚球。他双眼无神，尽力不跌倒，浑身都在抖，最后两罚全失，就这么回事。"

"从此之后，他的脚跛了。"杰罗米说，"他再没打过球。没了他，我们的球队也不像样了。四个多世纪了，我们从没打进过星区杯四分之一决赛。"

"游客不来了……"酒保说。

"投资也停了……"杰罗米说。

"我们又变得一无所有，就跟达米卡出现之前一样。"

"不过，我们有过光辉时刻，曾经很了不起。半个星系的人都知道我们。十几个全息摄制组来普鲁塔克采访我们。"杰罗米停了停，"我们知道自己再也达不到那种高度了，于是为了纪念那一刻，我们拿出星球金库中的钱，请来了民主联邦最好的雕塑家——常规时间里，达米卡抢到最后一个篮板，在最后两秒得分成功。"

"那尊雕塑可维护得不太好。"我说。

"它有四百岁了。"杰罗米说，"维护要花钱。"

"渐渐地，居民们也抛弃了这颗星球，巴不得走得越远越好。"酒保说，"达米卡打坎佛队的时候，我们有近五十万居民。现在只有六万左右，可能还不到。"

"他是来找达米卡·德雷克的。"杰罗米说。

"意料之中！"酒保说，"来布鲁塔克难道还能是为了别的？"

"那孩子和达米卡名字相同，想不留意都难。"我说。

"普鲁塔克星上出生的男孩，四分之三都叫达米卡。"杰罗米说，"所有的父母都希望自己的达米卡能重现往日的辉煌。"

"所谓的过去的辉煌也只持续了一个月不到。"酒保冷冷地说。

"你要把达米卡·德雷克带走吗？"杰罗米问。

我耸了耸肩，"我不知道。我得跟他聊聊，先看看他资质如何。"

"忘记问你了,"杰罗米说,"你带哪支队?"

"沙卡莫山电光队,在罗斯福三星。"

"我听说过。"酒保说,"去年的阿尔比恩星团杯,你们输了半决赛,是吧?"

"是。"我说,"我们大概就输在缺一个好球员吧。我做了点儿功课,觉得德雷克小朋友可能就是答案。"

"好吧,你功课做得倒是比其他人好。"杰罗米说,"一般人可不会来我们这儿,你是第一个来招他的人。"

"你见过他打球吗?"我问。

"见过。"杰罗米说,"他不错,但他不是你要的那种人,没法帮你拿第一。"

"这孩子肌肉不够,传球意图也太明显。"酒保加了一句。

"还有,他传球最远也就二十英尺。"杰罗米补充说。

"你们说得好像我这趟是白来了。"我说。

"我也不想这么跟你说,但确实是白来了。"杰罗米说。

"我既然来了,最好还是看一眼吧,得对得起我的报销账单才是。"我说。

他们交换了一下目光。酒保拿起一块布开始抹那干净锃亮的吧台。"随你,"他最后说道,"但别怪我没提醒过你。"

"这是我的主意。"我说,"当然不会怪你。"接着我转向杰罗米,"你能给我指指学校在哪儿吗?"

"出门,走过两个街区,就在左手边儿。"他说,"眼下那儿差不多都空了,但在过去,真的达米卡还在那儿的时候,几乎每间教室、每张桌子都坐满了人。"

我向他道谢,在吧台上留了点儿小费,便走出了酒馆。我向左转,走了两个街区。因为一路都抬着头在找学校,差点儿被一个醉汉绊倒。他挨着人行道边沿睡得正酣。(这里曾是人行道,但我怀疑它两三个世纪都没派上过用场了。)

"不好意思。"我说。他惊醒了,小声咕哝着,"你没事吧?"

"会没事儿的。"他一边说,一边摇摇晃晃地站起来,"都怪我,昨天没走回家。"

"你最好现在回家去。"我说,"晚回总比不回强。"

"不行,差不多到训练时间了。"

"你在做什么训练?"我问。

"不是我。"他说,"是他们。"

"他们?"

"球队。"他说,"这些天,我就这点儿乐子了。"

"你是个球迷了。"我说。

他往地上啐了一口,"我才不喜欢篮球呢。"

"我有点儿糊涂了。"我说,"我以为你说——"

"我们正是从篮球这项运动的巅峰掉落下来的。"他说,"也只能靠篮球重回巅峰。"

"其实还有很多别的方法。"我说。我是个教练,我知道世界不会因为一场比赛的输赢而改变——除了他们自己的世界。

"普鲁塔克没有其他方法。"他说,"你瞧,每个男宝宝一出生,人们就围过来,看他有没有可能是'救星'。"

"救星?"我重复了一遍。

"带我们重回荣耀时刻的救星。"

"你们凭什么这么认定他一定得是个篮球运动员?"我问,"为什么不能是其他运动呢?"

"橄榄球、轮椅橄榄球、棒球,这些运动需要更多的人和器材。看看我们,有个篮球场都算幸运的了。"

"好吧,我们一起去看看他们吧。"我说。我们起身走向学校边的一个操场。

没过几分钟就下课了,差不多二百个孩子从楼里出来,准备回家。还有二十来个留在球场周围观看。又过了五分钟,十个小伙子穿着短裤和T恤出来了。教练立刻把他们分为两队——但并不是每队五人。一队——穿着短袖——有七个球员;另一队——赤膊上阵——只有三人。

赤膊队里,有一个孩子让我移不开视线。虽然对抗还没开始,可他身手如动物般轻盈,举手投足间满是自信。我知道他一定是达米卡·德雷克。

教练把球给了穿短袖的队伍,他们运球到前场。德雷克纵身一跃,插进了传球路线,阻断了一次传球。他带球跑过全场,然后像直升机一样起飞。他最多有六英尺高,但这一跳的垂直高度至少有四十五英寸。我从没见过能与之相比的。

当短袖队再一次拿球,他们避开德雷克,穿过全场,终于投了一个球,但是没进。德雷克抢篮板的时候,头比篮圈还高。他第一传①给了正等着接应的队友,然后飞速往后场撤,撤至中场时,队友把球喂给了他。然后是扣篮,他的动作熟练得仿佛每天都在练习。(就我所知,他确实如此。)

这孩子满场飞奔。没有官方记录,但在我看的十分钟里,我想他抢了八个篮板,盖了五个帽,送了四次助攻,得了二十三分。

我想着:是啊,杰罗米,这孩子还没准备好见大世面呢!是啊,酒保,他又不会投球,又不会跳,大概还不会侧向移位呢!是啊,伙计们,我来这儿招他就是浪费时间呢!

接着,像预感到了什么似的,我环视操场四周,看到二十个多

---

①篮球术语,抢到前场篮板球后的长传。

个成年人站在这里,他们隔着围栏观看达米卡·德雷克打球。还有十多个人正透过附近一幢老旧的公寓楼的窗户看着。

我突然意识到,他们大多数是在看我。他们脸上的表情不是在问:他是救星吗?而是在说:是的,他就是救星,是我们最后的机会,唯一的机会。请不要把他从我们身边带走。我们等了四百年才等到他。我们会让他幸福,我们会像对国王一样对他,见鬼,要是他想当国王,我们就让他当……让他留在这儿吧。你要的只是一个球员,而我们需要一个救世主。

我没必要看完后面的训练了。传言里有的优点他确实都有,甚至还有更多。他并没有翅膀,这真令我惊讶,因为他简直就是飞向篮筐的。在我看的时候,从头到尾他只投丢了两个球,也就是说他的得分率高过百分之九十。去年,我们联合会最厉害的孩子得分率是百分之五十二,而所有人都觉得这已经很惊人了。

不过,那个孩子所在的星球满地是黄金,到处有钚矿,有全星区最好的田地,还是附近十几个世界的金融中心。他们以他为傲,但如果他第二天就消失了,那里的生活也不会有丝毫改变。没人要靠他重拾失去了四百年的自尊。如果有成年人看他训练,那也只是因为他们是球迷。他并非来自一个衰败星球的破落学校,而且他的星球也没有在创造历史的前十秒钟,功亏一篑。

我乘空中汽车回到航天港,路过的不仅仅是老旧的楼房,还有遗失的梦想和殷切的期望,我感觉自己的选择越来越少了。当我到达小小的航天港,通过亚空间无线电信号联系上学校的体育主任时,我已经别无选择。

"怎么样?"他问。

"轻轻松松。"我答道,"我明天就能回来了。"

"那个孩子怎么样?"

"他在小联赛里还行。"我说,"但不是我们要的那种人。"

"哦,好吧,也不算白去一趟。回来的时候,你在伊利亚特星系的奥德赛星停一下。那儿有个人有七英尺高,应该挺抢手的。格林维尔德正在跟他联系,不过还没签约。"

"没问题。"我说,然后结束了通话。

我转过身回望这个日益衰败的城市。

好吧,我想,我给了你们未来,却是以自己的前途为代价的。你们最好给我好好把握。

这该死的担子放在哪个孩子肩上都太重了。不过,他至少有个好名字。也许我会再见到他,在决赛里——只要我们走得够远。而他毫无疑问会在那儿等着我们的。

他,还有那个被人遗忘的世界。

（郝蕴馨　译）

# 最后一只狗

他①是条老狗,皮肤松弛,满身疥癣,骨瘦如柴,脊椎在背上隆起一座座小山。他耷拉着脑袋,小跑着穿过废弃的街道。他的半只耳朵和大半根尾巴都已经不见了,脖子上结痂的血块看起来像一条围巾。从他身上仅剩的一点毛来看,他本身可能是金色,要不就是浅棕色的。但他现在从头到尾,连同爪子上粘着的杂草和泥土,看起来就像一块陈旧的红砖头。

他对时间流逝没什么准确的概念,因此也记不清上一回吃饭是什么时候,他只知道那是很久很久以前。一周前,他在汽车回收场里找到了一个破旧的散热器,靠着里面的水过活了几天,在最后一滴带着铁锈味的浑浊液体耗尽后,他甚至还逗留了好一阵子。

此刻,他气喘吁吁,每一次呼吸都伴随着一连串的喷气和喘息。他两肋发疼,双眼含泪。曲折的街道两旁,废弃建筑物比比皆是,他时不时会被散落的废墟瓦砾绊倒。他的爪子满是脓疮和老茧,两只狼趾也早已被扯下。

他继续小跑着穿梭在毫无生气的城市,偶尔一阵寒风呼啸着穿过街道,冻得他直发抖。一次,他发现了一只老鼠,正准备出手,

①作者原文全文用"he",将狗拟人化。

可肚子偏偏不合时宜地发出了饥饿的响声,老鼠一溜烟儿钻进了废墟之中。于是他只能继续前进。他的步子愈发小了,胸口的伤也疼得更厉害了。他必须找到食物,否则就没法挺过这天,没法继续捕猎、继续进食,更没法继续活下去。

突然,他停了下来,用粘满泥的鼻子探测着风向的变化,可怜的半截尾巴也警惕地竖了起来。近一分钟的时间里,他几乎一动不动,只有前脚偶尔抽动一下。之后,他潜入阴影里,沿着街道默默前行。

他站在曾经的路口,两眼紧盯着街对面的东西,眨了眨眼。年轻体壮的时候,他的视力就不太好。现在,想看清对面的东西就更是吃力。所以他匍匐在地,向前行进了几米,几滴唾液滴在了他的胸前。

男人隐约听到了脚步声,他捡起一块老旧的长木板当作武器,看向阴影里。和狗一样,他也是又脏又憔悴,头发蓬乱,四颗牙没了,剩下的牙齿里有一半已经腐烂。他脚上包着破布,身上的衣服靠着污垢勉强可以蔽体。

"谁在那儿?"他说道,声音粗哑。

狗露出獠牙,从建筑残骸间走了出来,慢慢靠近,喉咙里发出隆隆的低吼。男人转过身面对他,紧了紧手里的临时军棍。在距离彼此大约五米的地方,双方都停住了,全身紧绷,一动不动。男人慢慢地举高棍子,狗不动声色地收起后腿,都准备朝对方发起进攻。

突然,一只老鼠毫无预兆地从废墟中冲了出来,跑进他们之间。男人和狗同时发出了野蛮的怒吼。狗一下飞扑上去,但男人的军棍更快;棍子飞过去恰好落在老鼠背上,老鼠瞬间被砸成肉饼,当场死亡。

男人快步上前取回武器和猎物。他刚一弯下腰,狗就发出低吼。男人盯着他看了好一会儿,慢慢地、小心翼翼地拿起棍子的一端,用另一端把烂成一团的尸体捣成两半,并把其中一堆推向狗。狗一动不动,过了几秒才低下头,猛地叼起血淋淋的肉泥,冲向了街对面,他停在阴影的边缘,把肉放下来,开始消灭他的"大餐"。男人盯着狗看了一会儿,拿起他的那一半老鼠,像几百万年前的祖先一样蹲了下来,也开始享用"大餐"。

用餐结束后,男人打了个饱嗝,径直走向建筑仅剩的一堵墙边,背靠着墙坐了下来。他把军棍放在腿上,目不转睛地盯着狗。狗舔了舔永远舔不干净的前爪,也回望着他。

后来,他们俩都睡着了。在这座鬼城里,一动不动地沉沉入睡。第二天早上,男人一站起身,狗也跟着站了起来。男人把棍子扛在肩膀上迈步开始了新的一天。男人没走多久,狗也跟了过去。这天的大部分时间,男人都在城市里穿梭,每遇到一家店,他就进去搜罗一番。他找遍了凋敝的商店和卖场,也找不到任何鞋子、衣服或是食物,他忍不住咒骂着。黄昏时分,男人在废墟里点起一小堆火,环顾四周却不见狗的踪影。

这晚,男人睡得很不安稳,醒来时距离日出大约还有两小时。狗睡在离他六七米的地方。男人突然坐起来,狗吓了一跳,急忙跑开了。大约十分钟后,狗又跑了回来,停在离他大约二十五米远的地方,随时准备一有危险信号就立马逃跑,然后再回来。

男人看了看狗,耸耸肩,往北走去。中午时分,他已经走到了城郊。这里的地面松软泥泞,他用手和棍子挖出一个洞,在洞边坐了下来,等着水慢慢渗进去。最后,他把手伸进洞里,捧成杯子的形状,小心地把来之不易的液体引到嘴里。他喝了两口就离开了。没走几步,他本能地回头看,只见狗急切地舔光了剩下的水。

那天晚上，男人又捕猎成功了。一只中等大小的鸟儿飞进了破败酒店二楼的房间，还没找着出去的路，就被他砸成肉酱了。男人吃掉了其中的大部分，把剩下的装进了一个勉强算口袋的东西里。他走出酒店，把口袋扔在地上。狗溜出阴影，虽然还是很紧张，但不再隆隆低吼了。男人叹了口气，回到酒店，爬上二楼。所有房间的窗户都是坏的，不过他找到了一间还剩下半个床垫的，倒头就睡。

男人醒来发现狗就趴在门廊，睡得正香。

他们还是一起走，只是这次挨得近了一些。他们穿过城北的森林遗址，走了十几公里，发现了一条还没完全干涸的小溪，喝了点儿水。男人先喝，然后狗再喝。那天晚上，男人又点了堆火。他睡在火堆的这一边，狗睡在另一边。第二天，狗捕杀了一只营养不良的小松鼠。他没有和男人分享，但男人走近时，他既没有咆哮，也没有露出獠牙。那天晚上，男人自己捕获了一只负鼠[①]。他们在这里待了两天，直到吃光了这只有袋动物的最后一块肉。

他们往北走了近两周，靠着偶尔遇到的猎物和偶然发现的水源过活。一天晚上，因为下雨没法生火，男人坐在一棵大树下，双臂紧抱着自己取暖。不久，狗靠了过来，坐在离他大约一米远的地方。雨水打在狗的侧腰上，他不得不慢慢地、非常非常缓慢地向前挪了一点点。男人心不在焉地伸出手抚摸狗的脖子。这是这么久以来，他们第一次身体接触。狗跳开了，咆哮起来。男人收回手，一动不动地坐着，不久狗再次向前挪动。

过了一会儿，可能是十分钟，也可能是两个小时，男人再次伸出手。这一次，虽然狗依然紧张地不停颤抖，但他没有逃开。男人修长的手指慢慢移动到狗满是脓疮的脖子，在他撕裂的耳朵后边

①属于有袋类动物。

挠痒,轻轻地抚摸他伤痕累累的头。终于,男人收回手,转向一边。狗看了他一眼,叹了口气,靠着男人瘦弱的身体躺下了。

第二天早上,男人醒来时感觉手里压着什么东西,暖暖的,还很粗糙。文献资料里狗鼻子凉爽而湿润,这和资料里记录的不同。因为这狗不是文献资料里的狗,他是最后一只狗。而他是最后一个人。他们看起来也许不够英勇,不过没关系,反正周围也没人会看到或哀叹英雄末路。

男人拍拍狗的脑袋,站起身,伸了个懒腰,继续前行。狗小跑着跟在他身边,半截尾巴多年来第一次欢快地摇起来。他们一起捕猎,一起进食,一起喝水,一起睡觉,然后再一次次地重复这个过程。

后来,他们遇到了那东西。

那东西看上去既不像男人也不像狗,甚至不像地球上的任何东西。事实上它本身也不属于地球。它的故乡在半人马座方向,比大角星①和心宿二②还远,深入银河系的核心,那里的恒星紧挨着彼此,黑夜从不降临。它来到了地球,观察了地球,也征服了地球。

"是你!"男人怒吼道,拿起棍子准备战斗。

"你是最后一个了。"那东西说,"六年来,我一直致力于恶化腐蚀这个星球的面貌。六年来,我独自吃饭,独自睡觉,独自居住,挨个儿追杀那场战争的幸存者,你是最后一个了。只要杀了你,我就可以回家了。"

说着,它拿出了武器。那武器看起来很奇怪,像枪,但又不是枪。

男人蹲了下来,准备扔出棍子。他还没来得及出手,一个砖红

①牧夫座α星,距地球约36光年。

②天蝎座α星,距地球约470光年。

色的身影从他身边冲了出去。那身影伤痕累累、毛发直立,仿佛毁灭之神。狗猛地跳起来,撞向那东西。那东西抚摸了一下身上的"腰带",在空中快速地做了个手势,狗就被什么东西弹了回来。那东西看不见、摸不着,但又实实在在地存在。

而后,那东西慢慢地,可以说是随意地,把武器指向男人。没有爆炸,也没有耀眼的光,更没有呼呼的齿轮,但男人突然抓住自己的喉咙,倒在了地上。

狗站起来,一瘸一拐地爬向男人,用鼻尖蹭他的脸,哀号着刨他的身体,试图把他翻过来。

"没用的。"那东西说,但实际上它的嘴巴没有动,"他是最后一个人,现在也已经死了。"

狗再次发出哀号,用鼻子推了推男人毫无生气的头。

"动物,过来。"那东西无声地说,"跟我走,我来养你,照顾你的伤。"

我要陪着他。狗无声地回答道。

"但他已经死了。"那东西说,"你很快就会饿,还会变得很虚弱。"

我以前饿,也虚弱。狗说。

那东西向前迈了一步,狗龇着牙咆哮着,他不得不停下来。

"他配不上你的忠诚。"那东西说。

他是我的……狗想要在大脑里搜寻一个合适的词,但他想要表达的意思太复杂,已经远远超出了他的能力范围。他是我的朋友。

"他是我的敌人。"那东西说,"他渺小、野蛮、肆无忌惮,是芸芸众生中最糟糕的,他是人类。"

没错,狗说,他是人类。他哽咽了一下,在男人的尸体旁躺下,把头靠在他的胸口。

"朋友又怎样。"那东西说,"很快你就会离开他。"

狗抬头看着那东西,再次冲它咆哮。那东西消失了,只剩下狗和男人。狗舔了舔他,蹭了蹭他,两天两夜寸步不离地守着他。然后,正如那东西说的,他离开男人去寻找食物和水。

他来到一个山谷,这里到处是又肥又懒的兔子,还有凉爽清澈的池塘。在这里,他不愁吃,不愁喝,逐渐强壮起来。他的伤口开始结痂愈合,毛也长长了,毛色非常漂亮。

他只是一只狗,没过多久他就忘了这个世界上曾有个男人。只是在那些寒冷的夜晚,当他独自躺在山谷的树下时,能够在睡梦中模糊地忆起头上温柔的触感和火堆噼啪声外依稀可闻的轻语。

然而,他只是一只狗,有一天他甚至连这个梦都忘了,以为内心的空虚是因为饥饿。直到他年纪大了,体衰多病,也没去找过男人的尸骨,更没卧在男人身边死去。他只是在池塘附近潮湿的地上挖了个洞,躺在洞里,半闭着眼。麻木从四肢袭来,缓缓地向心脏推进。

在呼出最后一口气之前,狗感到一丝恐慌。他想要跳起来,却发现跳不动。他呜咽着,眼前笼罩着恐惧和别的东西;接着他看见一只瘦骨嶙峋的手正温柔地抚摸他的耳朵。最后摇了一次尾巴,世界上最后的狗闭上了双眼,准备跟着死神走了。这个死神满脸胡子,衣服破烂,脚裹破布。

(魏春予 译)

# 你需要的一切

你一定想不到他们竟然会这么蠢。这里可是全国最大的太空站，数百个全息摄像头覆盖着这里的每一寸土地，而这三个混蛋竟然以为他们能抢劫货币兑换处，还能侥幸全身而退。

不错，他们的确带着几把陶瓷手枪的部件混过了我们的安检，然后在男士更衣室里把完成了组装，而且另一个人还成功从餐馆里偷了两把牛排餐刀，但是活见鬼了，难道他们觉得我们会就这么袖手旁观，眼睁睁看着他们带着赃物闲庭信步似的走出大门？

在太空站服役的这四年中，我没遇到过几次战斗。经受了这几个月的集中训练之后，我简直是在巴望着这种事情发生。我来大洋港有三个星期了，始终不明白他们为何要费神搞一支真人警卫队。要知道，他们有着高效无比的自动化系统，你往地上吐一口痰都会被阻拦下来。

不过，我现在算是知道了。

一个持枪男子在出口截住人群，另一个拿刀的家伙则劫持了一个女孩——不是女人，而是个十二岁左右的孩子——他用刀抵着女孩的喉咙。

"别轻举妄动，"我耳朵里的声音说，"我们得把那个女孩平安救出来,而且不能让他们朝人群开枪。"

说话的是西姆斯队长。他喋喋不休地叨念着那套陈词滥调:对方的身份已经确认,不论他们去哪儿我们都能追踪到,他们死定了,所以不要危及任何旁观者。要是没能当场逮住他们,我们就得在公路上追捕他们。他们总得吃饭,得睡觉;但我们不需要。不管他们自以为能逃到哪儿去,我们都会往他们的汽车油箱里倒白糖,弄断他们的喷射器,再搞爆他们的核反应器。(我一直在等他说我们还要往他们的跑鞋里放大头钉,但他并没有说。)

"表明身份,但是别接近他,"西姆斯的声音说,"如果他们要朝某个人开枪,宁可我们挨一枪,也不要让平民中弹。"

呵呵,要是我们记得穿上了防弹内衣那还差不多。我们中大多数都穿上了,而那几个忘了穿的人则出于害怕不敢吭声。被惹毛了的西姆斯队长可比一支自制手枪射出的陶瓷子弹可怕多啦。

我走出自己的工位,发现自己和那三人相距差不多五十码。就好像红海在摩西面前一分为二一样,人群在他们面前让出一条路来,他们便朝着门的方向慢慢前进。然后,有个什么东西吸引了我的注意。那是一个穿着考究的中年男子,体型不胖不瘦,但也说不上特别结实。就在所有人都已经离开了的时候,他竟然转过身,朝前走了两步。

他妈的!我心想,你没加入我们警卫队真是太可惜了。你马上就能够到那个持刀的混蛋了。

正当这个念头闪过我的脑海,那个男人侧身举手朝持刀者的手臂劈了下去,把凶器打到了地上。小女孩挣脱了束缚,跑向人群,而我在看着那个解救了她的男人。他没有任何武器,很明显他的身体素质也比不上一名运动员,可他却冲向了拿枪的那两个人。

他们转过身来,开了几枪。男人的胸前已是一片血肉模糊,他单膝跪倒在地,然后奋力朝较近的那个人的双腿扑去。这个可怜的家伙根本就没有机会,转瞬身上又挨了四枚子弹。

当然了,坏人也没得到任何机会。他们集中精力对付男子的那一刻,我们都掏出了武器开始射击——子弹枪、激光枪、远程泰瑟枪,凡是你想得到的都一应俱全。三人还没倒在地上,就都已经一命呜呼。

我看见康妮·内夫冲向那个女孩,去确保她平安无事,于是,我急忙跑向那个挨了一堆子弹的男子。他情况不妙,但还有呼吸。有人叫了救护飞船。不到两分钟,飞船就到了。医护人员把他抬上了一张充气担架,将担架塞进了飞船后面,然后起飞前往迈阿密。我决定同他一起过去。我是说,见鬼,他是冒着生命危险救下那个小女孩的,很可能真的为此丢了小命。如果他醒过来了,身边应当有一个不是医生的人。

大洋港距离迈阿密海岸八英里远,不到一分钟,救护飞船就把我们送到了医院,但飞船又过了四十秒才轻轻地落下来,这是为了避免对伤者造成进一步伤害。

我掏出他的钱包和身份证,仔细看了看。他的名字叫迈伦·西摩,今年四十八岁,而且——据我判断——是个退役军人。他身上还留着入伍时部队植入的芯片序号。其他没什么特别的:正常身高,正常体重,这个也很正常,那个也很正常。

他看上去并不怎么像个英雄。但是在当时,我也从没见过任何货真价实的英雄,所以其实我也说不出来英雄到底长什么样。

“我的天啊。”一位护理员说,他从飞船里下来,帮忙把西摩运往急诊室,“又是他!”

“他以前来过这儿?”我吃惊地问道。

“三次,也可能是四次。”护理员回答道,“我敢发誓,这蠢货纯属找死。"

西摩被送往手术室的路上,我还在琢磨那句话。三个小时后,他出来了,重度麻醉,情况堪忧。

"他能不能挺过来?"我向那位护理员问道,他正指引着充气担架往一间恢复室走。

"绝对不可能。"他说。

"他还能活多久?"

护理员耸了耸肩,"最多一天,很可能连一天都不到。等把他连接到机器上,我们心里就有数了。"

"他还有没有可能说话?"我问道,"或者至少能听得懂我说的话?"

"很难说。"

"你介意我待在这附近吗?"

他笑了,"你戴着一枚勋章走来走去,身上光我看见的就有三把致命武器,很可能还有一两把我没看到的。我算老几,哪儿有本事告诉你不准留在这儿?"

我在医院的餐厅吃了块三明治,然后给大洋港打了个电话,得知我并不需要马上到岗,就动身去了恢复室。这里的所有病人都相互隔开了,所以我花了一两分钟才找到西摩。他静躺在那儿,周围有十二台机器用来监视他的生理机能,手臂上插着的五根管子滴着颜色、浓度各不相同的液体,鼻孔里还插着一根氧气管,身上到处都是绷带,绷带上还有血液渗出来的痕迹。

我猜我这是在浪费时间,他可能再也醒不过来了,但我还是又等了一个小时,只是想为这个拯救了一个女孩生命的男人致以我的敬意。然后,正当我准备离开时,他的眼睛眨了一下,然后睁开了。接着,他的嘴唇动了动,但我没听清他在说什么,于是我把椅子拉向了床边。

"欢迎回来。"我轻轻地说。

"她在这儿吗?"他低声说道。

"你救下的那个女孩?"我说,"不,她很好。她和她的父母在一起。"

"不,不是她。"他说。他的脑袋几乎动不了,但他仍尝试着环顾房间,"这次她一定在这儿!"

"谁一定在这儿?"我问,"你说的是谁?"

"她在哪儿?"他粗声说道,"这次我都要死了。我敢确定。"

"你会没事的。"我骗他说。

"除非她马上他妈的出现。"他试着坐起来,但是他太虚弱了,于是他伸开四肢,躺回了床上,"门是开着的吗?"

"这里没有门。"我说,"你现在在康复病房。"

他看起来真的糊涂了,"那么她在哪儿呢?"

"不论她是谁,她可能并不知道你受伤了。"我说。

"她知道的。"他不容置疑地说。

"她当时在太空站吗?"

他无力地摇了摇头,"她根本就不在这颗星球上。"

"你确定不用我去问问服务台吗?"

"你没办法的。她没有名字。"

"每个人都有名字。"

他发出了一声无奈的叹息:"如果你要这么说的话,那就是吧!"

我开始感到有点儿后悔,我不该待在这儿的。我没有给他带来任何安慰,他的回答我也根本听不明白。

"你能跟我说说她的事儿吗?"我问。在放弃努力起身回家之前,我还想再做一次尝试,看能不能帮上点什么。

我以为他会回答我,看上去他确实是在努力说些什么,但是紧接着他就昏了过去。两分钟后,他身上连着的所有机器都开始失控,然后两个年轻医生冲进了房间。

"他死了吗?"我问。

"出去!"其中一位医生命令道。

他们俯身贴到床前,开始抢救他,我想我留在这儿也只能碍事,便出门去了走廊。没过多久,他们就从房间里出来了。

"他死了吗?"我又问道。

"是的。"其中一人回答道,"你是他的朋友吗?"

我摇了摇头,"不,我只是把他从太空站送了过来。"

两位医生沿着走廊走向了医生失去一个病人后该去的地方,然后两名护理员带着一张充气担架出现了。其中一个就是之前和我交谈过的那个人。

"我跟你说过了他撑不过一天。"他说,"为什么这些家伙觉得他们能冲进枪林弹雨还全身而退呢?"

"这些家伙?"我重复道。

"是啊。这是这个月的第二起了。差不多三个星期之前,还有一个人。那人偶然遇到了一起银行抢劫案,却并没有报警,而是低着脑袋硬冲向了那四个持有武器的家伙。"他长长地呼出一口气,然后摇了摇头,"那个可怜虫根本都没能冲进他们身前二十码内。"

"送到医院的时候他就已经死了吗?"我问道。

"差不多了。"护理员回答说,"他坚信有什么人在赶过来陪他,不顾一切地想让入院登记处的所有人都知道要告诉她上哪儿找他。"

"她?"

"我想应该是一位女士。"他耸了耸肩,"可能我搞错了。他并不是很清醒。有那么一两分钟我以为他都想不起自己的名字了。结果他是对的,而我错了。丹尼尔·丹尼尔斯。有趣的名字。"他的同伴开始吃力地转移重心,"如果你没有别的问题,那我们就要把这家伙搬到地下室去做尸检了。我们本来在休假,但是这个星期医院的人手有些紧张。"

我退到一旁,好让他们走进房间,我想是时候回太空站了。纯粹是出于好奇,走之前我顺便去了一趟入院登记处,问了一下有没有人打听过西摩的情况。

一个人也没有。

回到办公室,我仍然感到很好奇,于是便打开电脑,利用手头关于西摩和丹尼尔·丹尼尔斯不多的信息,对他们的身份进行了搜索。我很容易就找到了西摩的资料:他是土生土长的迈阿密人,在这里读了大学,后在太空站服役了九年,于科伯尼克沃二号星球(俗称尼基塔星)的一次枪战中身中数弹,就此光荣退役。卸甲之后,他拿到了房产经纪人执照,直到两年前还在销售沿海房产,然后突然之间,他似乎铁了心想要证明自己不是英雄就是刀枪不入的高手,或者两者都是。从此以后,他曾先后三度弃生命于不顾;头两次医院将他抢救了过来,而这一次他们也无力回天。

丹尼尔斯的资料就不那么好找了。今年年初的时候,一共有四个叫丹尼尔·丹尼尔斯的人住在迈阿密。你一定也觉得他们的父母怎么这么没有创意。其中两人现在还活着。还有一人以九十三岁高龄寿终正寝。剩下的就是那位护理员跟我提到的那个人了。

他今年三十三岁。十六岁辍学,跟职业足球小联盟的球队签过两份合同,两次都被裁;二十岁加入了空间站,服役七年后因病退役,此后辗转换过好几份低收入的工作。

我查了一下因病退役的记录。他是在尼基塔星球上受了重伤之后得的病。后来他身体倒是康复了,但却因为抑郁症看了四年的精神病医生。一天晚上,他试图对付一伙小流氓,结果招祸上身,变成了真人版的"火人辛德尔"①。他们花了一年时间才给他植好了全新的上皮组织,让他重焕生机——但一个月之后,他重蹈覆辙,自杀式行为。连警察都不清楚到底发生了什么——他们是在枪战结束之后才发现的他——他身上遍布着那么多不同口径的弹孔,可以推测他在应对至少六名持有武器的人。

这就是问题所在了:两名普普通通的人,除了生活在同一座城市、曾在同一颗星球服役之外,再无相同之处,却都不明缘由地自寻死路——更有甚者,他们得救之后,竟又走出门去再次寻死。

我还在思索这个问题,这时西姆斯队长叫我去他的办公室递交报告。我跟他说了我查到的事情,我说的和所有其他报告都吻合一致,我以为这里没我的事儿了。

"等一等。"我正转身离开,他叫住了我。

"长官?"我说。

"你陪他去了医院。为什么?"

"我原希望他或许能跟我讲讲他为什么甘愿置身如此险境。"我回答说,"我以为他可能知道一些关于被我们干掉的那几个人的事情。"

"那他知道吗?"

我摇了摇头,"我们永远也不会知道了。手术后他只苏醒了大

---

①1994年风靡美国的格斗游戏《杀手本能》中的角色,全身散发火焰,因而被称作"火人"。

概一分钟,然后就死了。"

"我很奇怪,到底是什么驱使他这样做的?"西姆斯队长若有所思地说。

"我也很纳闷,"我说,"所以我用电脑查了查他和丹尼尔斯……"

"丹尼尔斯?"他突然问,"哪个丹尼尔斯?"

"另一个以类似的方式自寻死路的人。"我说,"但这两人仅有的相同之处就是他们都住在这儿,也都在科伯尼克沃二号星球上经历过战斗。"

"科伯尼克沃二号星球,"他重复道,"就是那个被他们叫作尼基塔的星球吗?"

"是的,长官。"

"现在事情变得有趣起来了。"西姆斯队长说。

"怎么了,长官?"我问道。

"大概两年前,我在火星港执行保安任务,当时也发生过类似的事情。有四个人抢劫了当地的一家餐厅,然后有个家伙本来在等候飞往泰坦星球的航班,竟决定单枪匹马和他们干。他还没走近对手,就被射中了。趁着他们还没伤害更多的人,我们就把那四人一网打尽了,但那家伙中了太多子弹和能量脉冲,几个小时之后他就死了。"西姆斯队长顿了一下,皱了皱眉头,"我当时得填写一份报告,所以必须弄清楚遇害者是谁。我提起这件事的原因是,他也在尼基塔星球上待过一段时间。"

"因病退役?"

"不错。"他答道,"很奇怪,对吧?"

"太奇怪了。"我说,"你知不知道那是不是他第一次这样拿自己的生命冒险?"

"我不知道。"西姆斯队长说,"我想你这样问一定有原因吧?"

"是的,长官。"

"给我点时间,我来查一查记录。因为我说过,那是两年前的事情了。"

他激活了电脑,命令它先停止运行正在处理的文件,然后让它查找那名死者的生平资料。十一秒过后电脑有了答案。

小克莱顿·莫滕森曾在四个不同的场合自寻死路。前三次他都奇迹般地生还了,直到第四次在火星港,他才走到了生命的终点。

"队长,"我说,"如果我告诉你西摩和丹尼尔斯在成功自我了断之前也曾数次寻死未果,您怎么看?"

"我猜他们一定在尼基塔星球上遇到了什么非常有趣的事情。"他说,然后指示电脑生成了一份关于科伯尼克沃二号星球的示值①读数。他端详了一会儿,然后耸了耸肩,"这颗星球大小约是地球的四分之三,重力比地球小,氧气也更少,但能支持呼吸。和帕楚卡联盟打仗的时候,我们发现敌方利用尼基塔星球作为一个临时军火供应站,于是我们向那颗星球上派遣了一支小分队,捣毁了敌方军火供应站,敌我双方都伤亡惨重。为数不多的生还者分散在星球上的各地,我们花了差不多三周时间才找到他们,最终他们重新回归大部队。尼基塔星上有一些动物和植物,但是没有地球人,也没有帕楚卡人。"

"我很好奇那儿到底发生了什么。"我说,"绝大部分在战争里中过弹的人都不想再经历一次了——但这儿却有三个人自愿一次次走向对方的枪林弹雨。"

"用你的电脑找出生还者,然后找他们问问。"他说。

回到办公室后,我填完了报告,然后按照西姆斯队长提议的,

---

①测量仪器所给出的量值。

试着找了找尼基塔星生还者。帕楚卡战争已经结束，所以所有的文件和记录都已经被解密，但是这也帮不上什么忙。我们曾派遣了一支由三十名男女混合组成的秘密部队。那是一场惨烈无比的战斗。二十五人在尼基塔星球丧生，而其他五人——其中就包括西摩、丹尼尔斯和莫滕森——都身受重伤。很显然他们失散了，但都凭借一己之力想办法活了下来，撑过几周之后，一支救援队抵达了该星球。

我试着追查其他两名生还者。他们都曾自寻死亡，直到死亡无可避免地降临到他们身上才罢休。

在他们的过往人生中，没有任何线索能表明他们非常勇敢或非常愚蠢。除了丹尼尔斯有抑郁症之外，其他人都没有接受过任何情感或精神问题的治疗。据我所知，退役之后，他们都没有与其余四人中的任何一人保持联系。

在尼基塔星球之战后的六年内，他们都死了，而且都曾一次次把自己置于只能被称作自寻死路的情形之中，直到最好的医师和最好的医院都无法再延续他们的生命。

第二天，我向西姆斯队长报告了我的发现。我能看出来，他跟我一样迷惑不已。

"你觉得会是什么驱使他们一再放弃生命？"他略一思考，接着说，"还有，如果他们决心找死，干吗不直接朝自己的脑袋开一枪？"

"有个办法可以查明真相，长官。"我说。

他摇了摇头，"我不能把你送去那儿。"他说，"我们是大洋港的警卫人员，而尼基塔星离这里有一千多光年。"

"但如果是那个星球上的某样东西导致他们有这种行为……"

"别想了。如果那里的食物或者水或者空气里有什么东西，空间站或海军方面早就发现了。"

但是我无法忘怀。你怎么能忘记完全不同、只有过短暂的共同经历，然后突然做出同样的、完全自我毁灭行为的一群人？

每天夜里下班回到住所，我都会尝试查找更多与那颗星球和那些生还者有关的信息。问题在于，根本没有多少可查的东西。他们在那儿待了三个星期，最多也就四个星期，活下来的只有四个人。战争结束后，帕楚卡联盟就遗弃了那颗星球，之后就再也没有人去过那儿了。

然后我想到了之前我没考虑到的一条调查线索。我们已经不在战争状态了，于是我给两位帕楚卡星的历史学家写了信，询问他们是否能为我提供一些信息，并不是关于尼基塔星上的战斗，而是关于那些帕楚卡联盟生还者的下落。

一周之后我才得到答案。他们其中一位，一个叫作米克考斐提的家伙——至少我的电脑是这样翻译他的名字的——最后告诉我，四位生还者之中，两人因自然因素死亡，其他两人则是英勇牺牲：一人在当地动物园救下了一名孩童，那孩子误入了关有一群凶狠食肉动物的围场；而另一人则是在竭力保护一名莫鲁特星人时丧命，那个外星人无意冒犯了一群帕楚卡星人，致使后者当即变成了丑陋而嗜血的暴徒。

"那东西不只影响地球人，长官。"收到历史学家回信后的第二天，我向西姆斯队长报告说，"不管那颗星球上有什么，它影响着所有人。"

"我知道你在想什么，"他说，"我和你一样感兴趣，但就像我之前跟你说的那样，我没有权力送你到那儿去。"

"我已经累积了很多休假时间。"我说。

他用电脑查了一下，"你的假期时间还不足五个月。"

"那我再请个假。"

"仔细想想吧,"他说,"那个星球上没有什么东西伤害过任何人。你真想到那儿去无聊至极地待上一两个星期再回家,然后某天也变得突然想证明自己可以刀枪不入?"

"不,"我承认,"不,我并不想那样。"

我说那句话的时候的确也是那样想的,但是日子一天天过去,我却对这个问题愈发着迷:到底是什么可以让正常人冲向武器去送死?而且在我脑海深处,我不停回想着西姆斯队长的问题:如果他们真想去死,干吗不直接对着脑袋开一枪,或者服药自尽呢?接着,我想起了迈伦·西摩躺在恢复室里的样子,他并不想死,他很想见那个女人,他确信对方无论如何都会知道他在医院里。好吧,也许那个女人是他幻想出来的,但是他想要活下来,这可不是幻想。

我从来没想过自己会如此执迷不悟,但是随着接下来的三个星期飞驰而过,我发现自己仍被尼基塔星球上的谜团扰得心神不宁,最后再也受不了。我告诉西姆斯队长,我打算申请一个月的假期,如果没有被准假,那么我也已经为辞职作了充分的准备。

"别傻了,"他说,"这是一个非常糟糕的决定,就为了追求一个白日梦犯不着。再说了,我已经把你的发现报告呈交给了海军和空间站。我保证他们会开展调查的。"

"我也相信他们会的,"我说,"只不过要等到猴年马月去了。"

"你这话是什么意思?"

"我们现在还在打着十几场小型战争。"我说,"调查一个六年无人踏足的星球对他们来说不过是件微不足道的事儿。"

"我把所有细节都汇报给他们了。"西姆斯队长说,"如果他们认为这很重要,肯定会很快赶过去的。"

"而且如果他们发现了导致人产生这种行为的东西,不管那是什么,他们都会把它列为最高机密,一百年之内都不会解密。"我回击道,"我想知道发生了什么。"

"我说什么也劝不了你,是不是?"他思忖良久,然后说。

"是的,长官,您是劝不了我的。"

"那好吧。给你一个月的假,明天开始。"他给了我一个小立方体,"这里没有去那儿的直达航班。这东西可以让你自由搭乘任何地球或地球盟友名下的飞船。"

"谢谢您,长官。"我说。

"整整三十天后,代码就会消失,所以停留时间不要超过三十天,除非你打算自掏腰包飞回来。"

"非常感谢,长官。"

"你是个优秀的警卫员。"他有点儿不舒服地说(他表扬别人的时候总会感到不舒服),"我不想失去你。"

"您不会失去我的。"我向他保证,"一个月之内,我一定会带着谜题的答案回来。"

"保重身体。"他说。

"不应该是祝我好运吗?"

"我想如果你永远都找不到你寻找的东西,那才是好运。"西姆斯队长神情凝重地说道。

没在太空中旅行过的人往往会认为,有了超光速和虫洞,你就可以在一天之内到达银河系中的任何地方,但事实显然并非如此。虫洞连接的空间是随机的,可不是我们想去哪儿便去哪儿。此外,即使你以几倍的光速旅行,银河系依然是非常广袤的。我花了一天时间才到达心大星三号星球,在那儿换了一艘飞船,然后前往白金汉四号星球。我在中途停了一天,才搭上一艘能把我载到迈柯林星的飞船,接下来,我只能在那里租一艘私人飞船飞完剩下的路程。

"你要牢牢记住这个方位。"小飞船在尼基塔上着陆的时候,飞行员对我说,"十天之后我准时来这里接你。到时候,如果你不在这个地方,我既没时间也没兴趣来一次单人行星搜索,也就是说你会被困在这儿,很可能得在这儿了此残生。明白吗?"

"明白。"我说。

"你确定你的储备够吗?"他看着我的背包问道。

"为了安全起见,我带了够用十二天的食物和水。"

"如果从现在算起的第十天后你不在这里,那就没什么安全可言了。"他说,"可能要过个几十年才会有另一艘飞船在这里着陆。"

"我会在这儿等你的。"我向他保证。

"那样最好。"他说。

舱门关闭,他走了。只剩我一人——六年来第一个踏足尼基塔星球的人类。

我感觉不错。见鬼,这里的重力是地球的百分之八十二,谁都会觉得还好。他们正是在这种环境下治疗心脏病患者的。氧气含量有点儿低,但是合适的重力已经弥补了这个不足。

这个世界本身看起来也非常舒适。地面大部分是褐色的,像是草原一样,地上长着一簇簇形状古怪的树木,一颗G型恒星既提供了充足的光照,又不至于让尼基塔星人热得难受。我看见几只形似老鼠的小动物正躲在灌木和树丛后面偷偷望我,可当我转身想好好看看时,它们却飞快地躲进了地洞。

我知道这颗行星上有水源。这里有两片淡水海洋,还有四条顶部积雪的山脉,山上的积雪融化形成了径流。我经过调查发现,这里的水闻起来很怪,尝起来更糟糕,但是可以饮用。我不知道水里有没有鱼,不过我猜应该有。自从第一次接触到群星起,我们就知道到了一件事,那就是生命不仅会以最奇怪的形式存在,还会在最诡异的地方成长。

根据我的图表来看,我距离交火地点——也就是军火供应站——约四英里远。我正在重走我们的队伍曾走过的路。其实,他们是从远在三千英里之外的行星的另一头出发,在夜色掩护下,乘坐高速飞车到达这里的。当然,最后几英里路他们也是徒步完成的。

我寻找着营地的踪迹,然后意识到一支秘密突击队不会驻扎营地,而应该趁着没被发现向目标不断前进。

地面很平整,完全没有生长过密的植物,我继续前进,直到抵达目的地。这里并不难找。地面上有个周长近五百码、深度约四十英尺的大坑,这就是军火供应站的遗址。很显然,双方的救援飞船都没能同时处理活人和死者;地上散落着地球人和帕楚卡人的残骸,尸体的血肉已经被小动物和昆虫剔得干干净净。帕楚卡人的骨头带着一丝蓝绿色——我一直没弄明白那是为什么。

我在这个区域走了走。那一定是一场惨烈至极的战斗。这里完全没有藏身之处,也没有可供躲避的地方。夜间袭击应该也起不了什么作用:如果帕楚卡人有超光速飞船和脉冲炮,那他们一定也有各种各样的视觉辅助装置,能让夜晚变得与白天无异。还记得我小时候,有一次站在墓地山脊的顶端,心里想着乔治·皮克特少将[①]是如何让自己的人在毫无遮掩的情况下,顶着炮火、沿着那寸草不生的长坡发动冲锋的;在尼基塔星球上看到此番景象,我有了同样的感觉。

另一件让我感到费解的事情是,在经历这样的战斗后,幸存者

---

[①]南北战争期间的邦联将领,是李将军的重要手下之一,因盖茨堡之役第三日的皮克特冲锋而闻名。

怎么还会喜欢对着荷枪实弹的敌人冲锋,或者用其他方式舍弃性命?他们本应因为侥幸生还而谢天谢地,本该一心想着庆祝余生中的每一天。

我的第一印象就是这样。接下来,我开始像个士兵一样分析这个地点。你不会想靠军火供应站太近,因为你不知道里面有什么,可能会发生多大的爆炸。你也不会希望幸存的敌人把你的队友挨个儿射杀,所以你会想法子包围这里,以便杀光幸存下来的帕楚卡人。大坑的直径超过四分之一英里,所以你想要你的人以相互之间约一英里半的间隔就位,或者考虑到他们武器的准心,可能间隔还要更远一些。比如,两英里或者再远一点儿。

我又仔细调查了这片区域。好了,最小半径是一英里,沿圆周的间隔距离要超过四分之一英里,我知道他们是如何走散的了。如果你受伤了,你的第一反应就是撤到安全地点,而不是留在敌方射程内寻找队友。接着,一旦你觉得自己安全了,但又不能确定所有敌军都已死亡,而自己的伤口又开始结痂或是恶化,最后的策略才是起身寻找其他幸存者。

所以,救援队抵达之时,那五名生还者其实还都是各自为营,而救援队在此后的一周内都没有再来过。他们有能够维持一周的水和食物补给吗?如果没有,他们能依靠这块土地活下来吗?他们有药物吗?他们的伤势有多严重?他们到底是如何幸存的?我不知道,但是我有十天时间寻找答案。

我提醒自己,这还只是解开谜团的第一步,较为简单的一部分。要把一切都搞清楚,我只有不到十天的时间。

天上的太阳开始下沉——这颗行星上的一天是十九个小时——我决定最好在还能看见四周的时候尽快扎营。我从包中取出驻扎泡,念了激活口令。几秒钟过后,它就变成了一个七尺见方的立方体。我从背包里取出一些吃的，然后把背包扔了进去。我下令让门关上，接着捡了几根树枝，聚成一堆，再用镭射手枪把它们点燃。我往火里扔了三份H号口粮包。烤熟之后，它们就从火里滚了出来，我决定干吃，不喝水，也不喝啤酒，我可不想在七八天之内把能喝的东西耗尽，然后去把附近的河水喝干。

我看了看外头这片贫瘠的荒原，心想着智慧生物为何没有占领这里，就像他们占领成百上千颗类似的星球一样。大自然似乎总有理由把思考能力赋予一两个物种，无论它们看上去多么奇怪。可是我并没有在尼基塔星上发现智慧生物。实际上，虽然帕楚卡人曾提到过大型动物，地球人的突击队却从没发现比我见过的小型类鼠动物更大的东西，不过这种情况也说得过去：除非胜券在握，不然食肉动物断然不会冒受伤的危险。因为一头受伤的食肉动物往往会因饥饿而死，压根儿挨不到伤口愈合、再次狩猎，所以，要是看见了飞车或人类，任何大型捕食者一定都会远远跑开。

可这样想就真的说得通吗？当时有五个身受重伤的人类分散在这片土地上，几乎毫无自卫能力，但直到救援飞船到达，他们都没有受到过侵扰。这就是说，帕楚卡人搞错了，这里并没有什么大型食肉动物。但我还是不相信，因为在一个低重力世界里，生物应该长得更大，而不是更小。

我决定等到明天。尼基塔星球上生活着什么，和我来此了解的东西并无关联，我自然也不会在夜里出去寻找大型食肉动物。

H号口粮包发出的"完成！"声吸引了我的注意，它们一个接一个地滚到我的脚边，然后啪啪作响，逐一爆裂开来。

我先从人造斯特罗戈诺夫式酱肉开始动口，吃完之后接着开动仿制帕马森干酪。两包口粮下肚，我已经吃不下第三包了，就下令让它重新自动封存。

"我将保质十六个标准时。"它宣布说,"十六个小时后,我将自我毁灭,以防任何人因食用我生病。自毁过程不会发出声响,即使自毁时有人把我握在手里,该过程也不会对任何人造成不良影响。"

然后它不再说话,合起了包装。

我抬起头,看见了尼基塔星的三个月亮——它们都非常小——接连划过天际。我在地球上驻扎了两年,已经习惯了我们那大大的月亮庄严地在空中缓缓前行。我已经忘记比较小的月亮能飞多快了。

我口述了这一天的经历、发现和想法,存进了我的电脑。此时,夜色降临了。口述完毕后,我决定散个步,以助消化。我让营火继续烧着,这样我就不会走得太远,还能轻松辨别回来的路。然后,我便朝左手边出发了。

我走出了半英里,觉得已离临时营地足够远了,于是就开始围着营火绕大圈子。我绕完一圈,正在绕第二圈的时候,火熄灭了。我盘算着最好先回去再捡几根树枝,重新生火。我走了差不多一半的路,在经过一片浓密的树丛时,突然听到身后传来一种外星生物恐怖的吼叫声。

我转过身来想要面对这未知的生物,可有什么东西已经跳起向我直扑过来。几个月亮都在尼基塔星的另一头,我很难看清这东西的轮廓。我猫着腰转过去,却被那东西庞大的身躯撞飞了起来。我落到大约六英尺开外的地方,感到腿受了伤,还听见了骨头断裂的声音。我翻过身来,伸手去摸我的镭射手枪,但那东西太快了。我还是没能看清它的样子,可它似乎没觉得看不看得清对方算个事儿。它的爪子深深地刨进了我的手臂,手枪从我的手中掉了出来。我还没来得及够到我的声波武器,它就压到了我身上。

它的牙齿掠过了我的脸和脖子。我伸出手,似乎摸到了它的喉咙,然后拼尽全力顶住了它,然而这是一场必败的战斗。那畜生压在我身上,我能感觉到它至少和我一样重。它不断往下压,而我那满是鲜血的右臂已经开始麻木。我用力顶起没有摔断的那条腿,希望这家伙是头雄的,想顶到他的睾丸,但这一招似乎没有奏效。

我的眼睛和脸颊感觉到了它喷出的热气,我知道约四秒钟后自己就会被它彻底打倒——可是突然,它发出一声充满痛苦与恐惧的嚎叫,从我身上跑开了。

我本以为会听见什么更大动物的咆哮声——那动物接下来就会把注意力转到我身上来——可是那个朝攻击我的家伙发起进攻的东西却非常安静。

接着,传来了一声尖锐的叫喊,我能听出来那畜生已经跑开了。然后,暂时挽救我的那个东西就朝我走来,这时恰好有一轮月亮从地平线升了起来。鲜血从我额头上的一处伤口流到了眼睛里,月亮并不很大,也不是很亮,但我能看见有什么东西在朝我移动,也能听见它的脚步掠过草丛发出的沙沙声。

终于,我用没有受伤的那只手握住了声波手枪,然后颤颤巍巍地把枪举到了面前。

"退后!"我吃力地喊了出来。

我开了一枪,但就算已经处于半昏迷状态,我还是能看出来这一枪打得很偏。我试着稳住手臂再次射击,可是接着就眼前一黑。我最后的念头是:死得可真窝囊。

可我并没有死。我不知道自己昏迷了多久——也许九到十个小时吧,因为我醒来的时候,太阳已经高高挂在空中了。

"别起身。"一个轻快的女声用完美的、听不出任何口音的人类语言说道,"我别无选择,只好给你的腿上了夹板。"

我擦掉几片干结在睫毛上的血块,发现右臂上缠着厚厚的绷带。一块湿布轻轻擦过我的双眼,我能够看清那个拿着湿布的人。

她是位漂亮的妙龄女子,二十岁出头的样子,肯定不到三十岁,体态修长,有着一头红棕色的长发、高高的颧骨和一对几近透明的淡蓝色眼珠。她看上去很眼熟,但我知道自己其实从来没见过她。

"你是谁?"我用微弱的声音问道。

"我叫丽贝卡。"她微笑着说,"而你是格雷戈里·多诺万吧。"

"我还以为我把身份证留在驻扎泡里了。"

"没错。"

"这么说你把它打开了。"我皱着眉头说,"按理说有我的语音命令才能打开的。"

"我没有打开它。"她说,"现在你休息一会儿吧。"

我正要与她理论,因为她显然没说真话。但突然之间,我全身的力量都消失了,然后再次陷入昏迷状态。

我再次醒过来时,已经接近傍晚。丽贝卡坐在地上凝视着我。我又看了她一眼,然后发觉她可不只是"漂亮"二字可以形容的了——而是堪称绝色。我在她身上找不到任何一处瑕疵。

她身着洁白的衬衫和卡其色长裤,衣裤在她身上如同手套一般服帖,看上去简直不真实;而同样不真实的是,在一颗本该没有智慧生物的行星上,我正接受着一位会说人类语言的美丽姑娘的悉心照料。

"你醒了。"她说,"感觉怎么样?"

"好多了。"我说,"我的伤怎么样?"

"你的手臂严重感染,腿上有三处骨折,脸上和脖子上还有几处重伤。"

"到底发生了什么事?"我问。

"你遭到了袭击,对方是……勉强翻成人类语言的话,可以叫作'夜行兽'。这是尼基塔星上体积最大的肉食动物。"

"不可能,"我说,"有一头更大的动物把它赶跑了。"

"相信我,格雷戈里。"丽贝卡说,"夜行兽是尼基塔星球上体积最大的肉食动物。"

我身体太弱,无力辩驳,再说无论如何,这都已经不重要了。有什么东西把夜行兽赶跑了,我并不怎么关心那个东西是一头体型更大的食肉动物还是什么暴怒的微型生物。

"你来这里多久了,丽贝卡?"我问。

"你说和你在一起?"她说,"昨晚开始。"

"不是,我是说到尼基塔星上。"

"从小到大一直在。"

我皱了皱眉,"我的电脑从来没有提过这里有个人类殖民地。"

"的确没有。"她回答。

"你的意思是你从小就被困在这里?"我问道,"你父母和你在一起吗?"

"我的父母以前在这里生活过。"她说。

"他们还在世吗?"我说,"九天后会有一艘飞船来接我……"

"不,他们不在了。"

"我很抱歉。不过,飞船至少能把我们俩带离这颗星球。"

"你饿吗?"她问道。

我思考了片刻,"不太饿。但是我想喝点儿什么。"

"好的,"她说,"几百米之外就是条河。我过几分钟就回来。"

"他们说这里的水很难喝。我的驻扎泡里有水和电解质溶剂。"

"如果你想喝的话。"她说。

"我说吧,"我责备道,"我就知道你进过我的驻扎泡。"

"我跟你说了,我没进去过。"

"如果你说的是实话,那你现在就没法儿进去。经程序设定,它只会对我的声音模式说出的正确口令做出响应。"

"我很快就把它们拿过来。"她说。

千真万确,一两分钟后,她就带着三听罐头回来了。我从里面挑了听能让我最快恢复精力的,尽量不去想她是怎么让驻扎泡放她进去的。

"我觉得你应该过一小时再吃,格雷戈里。"她说,"你需要体力来抵抗感染。过一会儿我去查看一下你的补给品,看看你都有些什么。"她对我微笑了一下,"我的厨艺还不错。说不定能想办法把你的H号口粮包混在一起,做出橙酱烧鸭的味道。"

"你为什么那么说?"我问道。

"你最喜欢吃那个了,不对吗?"

"是啊,没错。"我答道,"你是怎么知道的?"

"我一眼看去就觉得你像那种喜欢橙汁烧鸭的男人呢。"

"这到底是怎么一回事?"我厉声问道,"你知道我的名字,知道我最喜欢的食物,你能让设定过语音口令的驻扎泡给你开门,你知道怎么给断腿上夹板,怎么帮我包扎,你说话的时候还不带任何口音。"

"你发什么牢骚呢?"她问道,"你是不是情愿我任凭你躺在地上断腿流血?是不是想让我给你找来你觉得难以下咽的水?我是不是不该找来你讨厌的H号口粮包?"

"不不，当然不是。"我说，"但你并没有回答我的问题啊。"

"是啊，我是没有。"

"还有一个问题，"我说，"最初你到底怎么到这儿来的？这颗行星很大，你怎么会正好发现我，及时救了我的命？"

"机缘巧合。"丽贝卡说。

"机缘巧合，得了吧。"我说，"我再问你，昨天晚上救我的是什么东西？"

"是我救的。"

"你是帮我包扎了。"我说，"但是什么救了我？是什么把夜行兽赶走的？"

"那很重要吗？"丽贝卡问道，"你现在活着，这才是最重要的。"

"那对我来说很重要。"我说，"我不喜欢别人对我撒谎。"

"我没有对你说谎，格里戈里。"她说，"现在你静一静，让我检查一下你手臂上和脖子上的伤口。"

她走了过来，跪在我身旁。她身上有一丝甜美的气味，像是香水味，闻起来和她非常相配。她查看了我脖子上的伤口，它们肿得很厉害，明显在发炎，可她那冰凉的手指碰上去却一点儿都不疼，反而让人感到安心。

"还在渗血。"她说着站起身来，"我在你的绷带上涂了当地的草药，能帮助伤口愈合。吃过晚饭我再替你换药。"

"你用的是什么绷带？这里什么都没有，你是怎么搞到的？"

她指向放在几英尺外的一只小包，"我总是准备充分。"

我突然感到一阵眩晕，接下来的两分钟里我都在努力试着不跌倒。我不记得接下来的事了，可当我的头脑清醒过来，她就坐在我的身边，用她的身体稳住了我。这种感觉很好，我假装自己还在眩晕中，这样她就不会挪开了。我觉得她是知道我的用意的，但她还是保持不动。

"我还要多久才能走路?"终于,我开口问道。

"我会在三到四天里给你做几根拐杖。"她说,"毕竟,如果想及时到联络点赶上接你的飞船的话,你需要做点儿锻炼。"

"就是说我得在这儿困上三天,或许四天?"我闷闷不乐地说。

"我很抱歉。"她同情地说,"我会让你尽可能过得舒服一些,可是你现在非常虚弱,体温也高得危险。恐怕你不能调查这颗行星了。"

"你为什么会觉得我是来调查尼基塔星的?"我尖锐地问道。

"不然你还能为什么到这儿来?"丽贝卡答道,"今晚我会帮你回到你的泡里去的。你得待在那里;你太虚弱了,不能到更远的地方去。"

"我知道。"我叹着气承认,"这几天会过得很闷的。真希望我当时带了几张能拿来阅读的磁片。"

"我们可以讨论一下我们喜欢看的书啊。"她提议道,"那样的话,我们可以过得愉悦一些。"

我不知道自己为什么会因为她说读书而吃惊——我是说,见鬼,每个人都会读书——但我确实吃惊了。

"你最喜欢的作家是谁?"我问道。

"塞斯克、查邦斯基,还有海德堡。"

"这不是真的吧!"我惊呼道,"这几个也是我最喜欢的作家呢!至少我们在晚饭后有东西聊了。"

我们确实有东西聊了。我们聊了几个小时,而且不全是在聊书。在我的一生之中,从来没有谁能让我感觉这么舒服。我们聊了希望和梦想,聊了后悔的事,什么都聊了。这感觉真是奇妙:她似乎能回应我的每一个想法,包括我最心底的渴望。而当我们陷入沉默，也不会是那种令人尴尬的沉默，不是那种你觉得必须说些什么来打破的沉默；注视着她和跟她说话一样让我感到愉快。她在一颗距离地球几千光年的星球上长大，我几乎对她一无所知：她住在哪里，她在救我之前干过什么，甚至连她姓什么我都不知道——可我睡着之前的最后一个念头是，我已经有一点儿爱上她了。

我不知道睡了多久。醒来时，我感觉到丽贝卡正在我脸颊和脖子的伤口上涂抹着什么药膏。

"不要动哦，"她轻声说道，"再过一分钟我就涂好了。"

我一动不动地等她抹完，然后睁开双眼，意识到我们正在我的驻扎泡里。

"没想到你不需要帮忙就能把我拖进来。"我说，"我一定睡得很死，你挪我过来的时候我都没醒。"

"我可比看上去要强壮哦。"她微笑着说。

"真厉害。"我说，"快扶我起来，让我这瘸子出去呼吸点儿新鲜空气吧。"

她伸出手来扶我，但僵在了半空中。

"怎么了？"

"我十分钟内就回来。"她说，"我不在的时候不要试着站起来，你会把夹板弄坏的。"

"发生什么了？"我问道，"你没事吧？"

她已经跑进了附近的树丛，不见了踪影。

真是莫名其妙。唯一合理的解释就是，她吃了什么变质的东西，现在感觉恶心想吐，但是我不相信。她跑得那么优雅，离开之前也没表现出不舒服的样子，一点儿都没有。

我决定不顾她的命令，自己站起身来，结果却引发了一场灾难。夹板绑在腿上，我根本没法儿站起来。我努力摆正夹板，却发觉绷带已经湿透,还散发着恶臭。我用手指在上面刮了一下,然后举起手来。那不是血,而是某种黄绿色的东西。我不知道这情况是好是坏。

接着我想到了那头食肉动物,也就是所谓的"夜行兽"。我很好奇,它为什么没能统治这颗星球?接着我意识到,除了并非尼基塔星球原住民的丽贝卡之外,我还没见过任何比浣熊或负鼠大多少的东西,所以也许夜行兽已经统治这颗星球了。这个结论似乎说得过去,但是我在外星上服役过很长的时间,我知道"说得过去"和"对的"二者之间往往并没有什么联系。

接着,丽贝卡回来了,还是一样的纤尘不染。她看了看我的腿,对我说:"我跟你说过了,不要在我离开的时候尝试站起来嘛。"

"好像有哪里不对,"我说,"味道很难闻,而且它湿透了。"

"我知道。"她说,"我会治好它的。相信我,格雷戈里。"

我看着她的脸,让我感到奇怪的是,我发现自己真的相信了她。我只身来到这个离家无数英里远的地方,很可能不久就要死去,却有一个才认识几天的姑娘在用树叶和草药照料我,而我还相信了她。我心里隐隐觉得,如果她叫我跳下悬崖,我也会照办。

"说到健康,"我说,"你的身体怎么样?"

"我很好,格雷戈里。"她说,"可我知道你在担心我,这让我受宠若惊。"

"我当然担心啦。"我说,"是你让我存活至今。"

"你才不是为了这个担心我呢。"她说。

"嗯,"我承认道,"确实不是。"

我们陷入了短暂的沉默。

"好了,你准备好一瘸一拐地走出去了吗?"她问道,"我帮你走到那棵树那儿。你坐下的时候可以倚在树干上,树枝和树叶可以帮你遮挡阳光。这里的中午热得很呢。"

"我准备好了。"我说。

她用双手握住了我的右手往前拉。刚开始我的腿痛得要命，不过接下来我就自己站起来了。

"靠在我肩上。"她一边说，一边帮我转向驻扎泡的出口。

我半走半跳、一瘸一拐地出了门。那棵树在四十英尺开外。大概走到一半，我没有受伤的那条腿踩进了某种啮齿类动物的洞穴里，我倒了下去。我伸手去抓她的衬衫，接下来发生的事情奇怪至极——我没有抓到衣服，我的手指滑过她裸露的皮肤。我能看见她的衬衫，可它并不存在。她转过身来想接住我，我的手触到了她裸露的乳房，滑过了她的乳头，又滑过裸露的臀和大腿，然后我便倒在了地上，骨头断裂发出咔嚓的声响，随之而来的是锥心一般疼痛。

丽贝卡紧接着趴在了我的身边，摆正我的腿，把手枕在我的脑后，尽可能让我觉得舒服一些。腿上和胳膊上的剧痛足足过了五分钟才消退一些，但毕竟是缓和下来了，至少已足够让我思考方才发生的事情了。

我把手伸向她的肩膀，摸到了她衬衫的布料，接着我沿着她的身体侧面摸下去。摸到长裤时，布料的质地改变了，但并没有裸露在外的皮肤——然而我知道，我并没有产生幻觉。你会在经受剧痛之后产生幻觉，比如现在。但之前不会。

"你会告诉我发生了什么事吗？"我问道。

"你摔倒了。"

"别跟我装傻，"我说，"你这么聪明漂亮的人不适合装傻。快告诉我是怎么回事？"

"你先歇会儿。"她说，"我们以后再谈。"

"你昨天跟我说不会对我撒谎。你说的是真话吗?"

"我永远不会对你说谎的,格雷戈里。"

我盯着她那完美无瑕的脸看了很久。"你是人类吗?"最后,我问道。

"目前而言,是的。"

"你这究竟是什么意思?"

"意思是,我是我需要成为的事物,"她说,"也是你需要我成为的。"

"这不算回答。"

"我告诉你了,我现在是人类,我是你需要的一切。这些还不够吗?"

"你会变身吗?"我问道。

"不,格雷戈里,我并不会。"

"那你为什么可以变成这样?"

"因为这就是你想看到的。"她说。

"那要是我想看看你的真实面目呢?"我不依不饶地问。

"可是你并不想。这个——"她指了指她自己,"才是你想看到的。"

"你为什么会这么想?"

"格雷戈里啊格雷戈里,"她叹了口气,"你以为我是用我的想象创造出这张脸和这副身躯的吗?我是在你的心里找到的。"

"瞎扯。"我说,"我从没遇见过长得像你的人。"

她笑了。"可你希望你曾见过。"她停了一下,"而且如果你见过,你肯定还希望这个人名叫丽贝卡。我不仅是你需要的一切,还是你想要的一切。"

"一切?"我不解地问道。

"一切。"

"我们能不能……呃……?"

"你滑倒的时候抓住了我,我没有防备。"她答道,"我摸起来是不是就像你希望我是的那个女人一样?"

"让我直说吧。你的衣服和你一样都是幻觉?"

"我的衣服是幻觉。"她说。突然之间,她的衣服消失不见了,她站在原地,赤身裸体,在我面前,"而我是真的。"

"你的确是个真的东西,"我说,"但你不是一个真的女人。"

"此时此刻,我和你认识的所有女人一样真实。"

"让我想一想。"我说。我一边凝视着她,一边试图思考。接着我意识到,我完全没在想正事,于是我把视线投向了地面。"把夜行兽赶跑的那个东西,"我说,"那就是你,对吧?"

"那一刻我就是你需要的东西。"她答道。

"把树顶上的叶子扯下来的东西,不管那是什么——一条蛇、一只鸟、一只动物,不管是什么——那也是你吧?"

"你需要这些树叶和草药做的混合药剂来消炎。"

"你是不是打算说,你置身此地,纯粹是为了我的需求?"我质问道,"我可不觉得上帝会那么大方。"

"不,格雷戈里。"丽贝卡说,"我是说,照料需要被照料的人,这是我的本性,甚至是我的强迫性冲动。"

"你怎么知道我有需要,又或者你怎么会知道我在这颗星球上?"

"有很多种方法可以发出危难信号,其中很多远比你能想象得更强大。"

"你的意思是,打个比方,如果有人在五英里远的地方遭遇危难,你都可以知道?"

"是的。"

"五英里以外呢?"我接着问。她只是注视着我。"五十英里呢? 一百英里呢? 这该死星球的另一端呢?"

她盯着我的眼睛,她的神情突然变得忧伤无比,使得我都完全忘了她的其余部分。"不只限于这颗星球,格雷戈里。"

"刚才你跑开了几分钟,那是去解救其他人吗?"

"这颗星球上就你一个人。"她回答道。

"好吧,那是怎么回事?"

"一只小型有袋类动物伤了一条腿。我减轻了它的疼痛。"

"你没去那么久。"我说,"你是说,一只受伤负痛的野生动物会让一个陌生的女人接近,我觉得这难以置信。"

"我并不是以女人的样子接近它的。"

我盯着她看了许久。我觉得我有点儿希望她变成某种外星怪兽,可她看起来依然美丽动人。我打量着她那裸露的身体,想找到几处瑕疵——或者是什么差错—— 一些可以说明她并非人类的迹象,然而我什么都找不到。

"我得好好想想。"我最后说道。

"你想要我离开吗?"

"不。"

"如果我重新创造出衣服的幻想,是不是就不会那么让你分心?"

"是的,"我说,但紧接着又说,"不是。"我又说,"我也不知道。"

"他们总是会发现,"她说,"但通常不会这么快。"

"你是唯一一个……一个你这样的东西吗?"

"不是的。"她答道,"但我们从来都不是人丁兴旺的种族,而我是留在尼基塔星球的极少数之一。"

"其他人怎么了？"

"他们去了需要他们的地方。有些人回来了；但大多数人从一个危机信号奔向另一个危机信号。"

"我们的飞船六年没来过这里了。"我说，"他们是怎么离开这颗星球的？"

"银河系里有许多种族，格雷戈里。在这里着陆的并非只有地球人而已。"

"你救过多少地球人？"

"几个。"

"帕楚卡星人呢？"

"帕楚卡星人也救。"

我耸了耸肩，"想来也对，为什么不？我猜对你们来说，我们都一样是外星人。"

"你不是外星人。"她说，"我向你保证，此刻的我是完完全全的地球人类，就和你梦中的丽贝卡一模一样。其实，我就是你梦中的丽贝卡。"她轻快地微笑了一下，"我甚至想做那个丽贝卡想做的事情。"

"这有可能吗？"我好奇地问。

"你还有一条断腿的时候当然不行。"她答道，"但是不错，那不仅可能，而且来得很自然。"我一定看起来满脸疑惑，因为她补充了一句，"它感觉起来会和你希望的那样完全一致。"

"你最好把衣服穿上，免得我做出什么很傻很傻的事情，搞得我胳膊和腿的伤势更加严重。"我说。

转眼之间，她又把衣服穿好了。

"这样好些了吗？"她问道。

"不论如何，至少更安全了。"我说。

"你去思考你的大问题吧,我要开始给你做早饭了。"她一边说,一边扶着我走到了树荫下,然后回到驻扎泡里找 H 号口粮包。

我呆呆地坐了几分钟,想了想自己听到的一切。我得出了一个至少在当时显得十分惊人的结论:她就是我的梦中情人。她的美色倾国倾城——至少对我来说是这样。我们有许多共同爱好,她同我一样对这些爱好充满热情。和她在一起我觉得很自在,而得知她其实是异类后,我远不及想象中那样感到苦恼。如果她只有在我出现的时候才是丽贝卡,那也要比从来没有一位丽贝卡的好。而且她喜欢我;如果不是真的喜欢我,她完全没有必要那样说。

她走了过来,递给我一只盛满豆制品的碟子。经过她的精心烹制,这盘食物看起来、尝起来与豆制品截然不同了。我把碟子放在地上,握住了她的双手。

"你没有把手缩回去。"我一边说,一边轻抚着她的手臂。

"当然不会。"她说,"我是你的丽贝卡。我喜欢你抚摸我。"

"我也没有把手缩回来。"我说,"也许这才更让我奇怪。我坐在这儿,抚摸着你,看着你,闻到你就在我身边,丝毫不在乎你到底是谁,也不在乎我不在的时候你是什么样。我只想让你留下来。"

她弯下腰来吻我。如果这种感觉和被人类女性亲吻有什么不同之处,我也一定感觉不到区别在哪儿。

我用过了早餐,然后我们聊了一早上——关于书、关于艺术、关于影院、关于食物,我们大概有一百样相同之处。我们又聊了一下午,接着又聊了整夜。

我不知道我是什么时候睡着的,但我在半夜醒来了一次。我侧着身子躺着,她就蜷在我身旁。我感觉腿上有什么温暖而平坦的东西,不是绷带,那感觉就好像是——"吸"这个字眼太难听,应该说是"萃取"——从我的腿上萃取脓液。我有一种感觉,这是她身上某个我看不见的部分;我决定不去看,而等到清早我醒来的时候,她已经在收集柴火,准备给我热早饭了。

我们在那个营地过了无忧无虑的七天。我们聊天、吃饭,我开始挂着她做的一对拐杖行走。她有四次告辞跑开,我知道她一定是收到了空气中的另一条求救信号,但她总是几分钟后就回来了。远在七天结束之前,我就已经意识到:尽管断了腿、折了胳膊,但这七天却是我有生之年最幸福快乐的日子。

和她在一起的第八天——也就是我在尼基塔星上的第九天——我和她一同缓慢而痛苦地回到了联络地点,第二天早晨飞船将在这里把我接走。晚饭后,我搭建好了我的驻扎泡,两个小时后,我爬了进去。正当我即将迷迷糊糊睡去,我感到她倚着我躺下了,这一次,我摸到她没有穿衣服。

"我不能,"我不快地说,"我的腿……"

"嘘,"她轻声说,"都交给我好了。"

于是我将自己全都交给了她。


早上醒来,她正在做早饭。

"早上好。"我从泡里走出来,对她说。

"早上好。"

我蹒跚着走过去吻她,"昨晚谢谢你。"

"但愿我们没有弄到你的伤口。"

"哪怕弄到也值了。"我说,"还有不到一个小时飞船就要来了。我们得谈谈。"

她充满期待地望着我。

"我不关心你是谁。"我说,"对我来说,你就是丽贝卡,我爱你。在飞船到达之前,我想要知道你是不是也爱着我。"

"是的,格雷戈里,我也爱你。"

"那你愿意和我一起走吗?"

"我很想和你走,格雷戈里。"她说,"但……"

"你以前离开过尼基塔星球吗?"我问道。

"离开过。"她回答道,"每当我感觉到和我有过关联的人正在经受身体上或情感上的痛苦时。"

"但你总是要回来?"

"这里是我的家。"

"迈伦·西摩离开尼基塔星之后,你去看过他吗?"

"我不知道。"

"这是什么意思,你不知道?"我说,"去过就是去过,没去过就是没去过。"

"好吧,"她面带不悦地说,"去过就是去过,没去过就是没去过。"

"我以为你永远不会对我说谎。"我说。

"我没有说谎,格雷戈里。"她说着,伸出一只手,搭在我没受伤的那只肩膀上,"你不明白这种关联是怎么起作用的。"

"什么关联?"我疑惑地问道。

"你知道,我长这个样子、叫这个名字,是因为我无可抗拒地被你的痛苦和需要吸引着,然后在你的脑海中找到了这个名字和这副样貌。"她说,"我们是关联在一起的,格雷戈里。你说你爱我,或许那是真的。我也有同样的情感。可我之所以有那样的情感,和我能谈论你最喜欢的书、戏剧是一个原因——因为在我发现丽贝卡的地方,我也发现了它们。如果这种关联中断了,如果我与你不再有联系,它们就会被我忘记。"她的脸颊上滑下一滴泪珠,"而且,我此刻对你的全部感觉也会被一同遗忘。"

我呆呆看着她，努力理解她说的话。

"对不起，格雷戈里。"过了一会儿，她接着说道，"你一定不知道我有多么抱歉。现在我一心只想和你在一起，爱着你，照顾你——可是一旦这种关联中断了，这一切就全都没了。"又是一滴眼泪，"我甚至都感觉不到一丝失落。"

"所以这就是你为什么不记得你有没有去过地球解救西摩的原因？"

"我可能去过，也可能没去过。"她无助地说，"我不知道。也许永远都不会知道了。"

我想了想。"没关系的。"我说，"我不关心其他人怎么样。我只要你跟我在一起，不要中断我们的关联。"

"这不是我可以控制的，格雷戈里。"她回答说，"你最需要我的时候，我们的关联就最牢靠。而随着你的伤口愈合，你不再那么需要我了，我就会被吸引到更需要我的人或物那里去。也许是另一个人类，也许是个帕楚卡人，也许是别的什么东西。可那样的事总会发生的，一遍又一遍。"

"直到我比任何人都更需要你。"我说。

"直到你比任何人都更需要我。"她确认说。

那一刻，我明白了为什么西摩和丹尼尔斯还有其他人会踏进看起来必死的境地。我也明白了西姆斯队长和帕楚卡星的历史学家米克考斐提不知道的事情：他们并不是要丢掉自己的性命，而是要险些丢掉自己的性命。

突然，我看见了头顶上的飞船，它正准备在几百码外降落。

"此刻有什么人或物需要你吗？"我问道，"我是说，比我更需要你？"

"此刻？并没有。"

"那就跟我走，伴我越久越好。"我说。

"这个主意行不通。"她说，"我是可以即刻启程，可是你正一天比一天健康，而且总是会有什么东西需要我。我们会在一个太空港着陆换乘，你一转身，我就会消失。六年前地球人和帕楚卡人的幸存者就是这样的。"她的脸流露出悲伤的神情，"银河系里的痛苦和折磨实在太多了。"

"可是，就算我康复了，我也一样需要你。"我说，"我爱你，他妈的！"

"我也爱你。"她说，"今天爱，可是明天呢？"她无助地耸了耸肩。

飞船着陆了。

"你爱过他们中的每一个，对吗？"我问道。

"我不知道。"她说，"如果能想起来的话，我愿意付出一切代价。"

"你也会把我忘了，对吗？"

她抱住我的脖子，吻吻我，说："不要再想了。"

接着，她就转身跑开了。飞行员走过来，拿起了我的装备。

"那东西究竟是什么玩意儿？"他指着丽贝卡跑开的方向——我发觉他看见了她的真实面目，她只和我存在关联。

"在你看来是什么样的？"我答道。

他摇了摇头，"我从没见过这种东西。"


我花了五天时间才回到地球。我恢复得很快，而且所有感染迹象都消失了，连医院里的医务人员都觉得惊讶。他们觉得我是个奇迹，况且说起来这的确也是个奇迹。但我不在乎；我只想让她回到我身边。

我辞去了大洋港的工作，在警察局找了份活儿。他们让我在办公桌后面待了几个月，直到我走路不再一瘸一拐。昨天，我终于被调到了缉捕队。

今天晚上会有一宗大规模毒品交易：阿尔比恩花丛里的阿尔法尼拉种子，药效比海洛因猛十倍。我们将在四小时后发起突击。买卖双方都深谋远虑，带了许多身强力壮的执勤保镖，看来一场恶战是在所难免了。

我正希望如此。

为此我已经把我的武器锁起来了。

（易晨光　译）

# 温室之花

我测了测温度,八十三华氏度,暖和,但不算热。刚刚好。

接下来的一小时,我四处走动,检查施药情况,调节湿度,还清理了一个生命基站。然后,我碰到负责人贝利先生,他正要去吃晚餐,顺路过来看看。

"受监护的人都还好吧?"他问,"今天有什么问题吗?"

"没有,先生,一切正常。"我回答。

"很好。"他说,"我们可不想遇到任何问题,尤其是庆祝仪式已经临近。"

庆祝仪式安排在世纪之交,我们都已经做好准备,要在公元2200年第一天零点的钟声响起时,大肆庆祝一下。可这事还有些争议,因为某些扫兴的科学家(他们也可能是数学家)告诉媒体,新世纪其实在一年后才会到来,也就是说,得等到2201年。

我的受监护人根本不知道二者的差别,但能在今年庆祝,我还是很开心,因为这意味着大家可以将这里的色调装点得更明快些,而且,如果我们愿意的话,唔,2201年大可以再庆祝一次。

跟费莉西亚结婚已经十七年了,我从不曾后悔过。我俩相识的时候,她有点儿婴儿肥,这些年过去,她越来越肥,如今已经是彻头彻尾的肥婆,除了"肥",没有其他词语可以形容。她以往那头褐色秀发现在夹杂着银丝,昔日优雅的身姿完全消失不见。尽管如此,她仍不失为好伴侣。我俩都对全息摄影感兴趣,因此,我们从没有就晚饭后究竟要看什么的问题吵过架,当然,我们也都很爱自己的工作。

吃晚饭时,我俩的话题一如既往地转到花园上去。

"我担心雷克斯。"她说出心中的担忧。

"'雷克斯'就是紫叶秋海棠<sup>①</sup>,她的吊篮植物。"

"嗯?"我问,"他怎么了?"

她满脸迷惑,摇了摇头,"我不知道。或许我让他晒了太多太阳。他的叶子发黄,根的形状本来可以更好些的。"

"你去找植物学家咨询过吗?"

"没有。他们正忙着克隆雅丽皇后<sup>②</sup>的新品种呢。"

"还没搞定?"

她耸耸肩,"他们声称那才是要事。"

"那该死的植物已经存在了几百年。"我说,"我看不出它有什么紧要的。"

"我跟你说过:他们改造了雅丽皇后的基因结构。突变完成后,雅丽皇后真的能在夜里发光,就像涂了一层发磷光的银漆。"

"能源公司不会因此倒闭。"

"我知道。但对他们来说,这的确很重要。"

"这不公平。"我第一百次,或许是第一千次说这话,"创造出新物种使他们名利双收;你负责养活这些植物,拿到的工资可一毛钱

---

①男性名雷克斯(Rex)跟紫叶秋海棠(Begonia Rex)的后半部分相同,因此夫妇二人后面谈到这种植物时也用"他"来代指。

②又名白雪粗肋草,是天南星科粗肋草属的一种植物。

都没涨。"

"我不介意。"她回应道,"我爱我的工作。如果失去温室,我真的不知道自己还能做什么。"

"我了解。"我柔声说,"我的想法跟你一样。"

"那么,你的雷克斯今天怎么样?"她问。

这次轮到我耸肩了。"没什么变化。"我禁不住笑起来。

"什么那么有趣?"费莉西亚问。

"你认为你的雷克斯晒太阳过度,我却感觉我的雷克斯晒太阳太少。所以,今天下午我把他移到窗户边了。"

"依你看,这样做会有什么不同?"她问。

我长叹一声,"有过吗?"


我走向少校,对他露出微笑,问:"今天过得怎么样?"

少校用失焦的双眼看着我。他的嘴角流出一滴口水,我将其拭去。

"多么美妙的早晨。"我说,"真可惜,你不能去外面,享受这一切。"我顿了一下,等着他做出回应,当然,这种事情从未发生过。"不过,"我接着说,"你目睹过的早已超过了应有的份额,所以,错过一些也没什么大不了的。"我看了一眼他生命基站的屏幕,找到他的出生日期,屈指一算,"哇哦,我真该死!你已经看到过六万零五百七十三个清晨!"

当然,后面将近一半的时间,准确说来是二万九千八百八十二天,他都躺在这里。如果他真的数过,会发现自己已在这儿停留太久。

我清理了他的进食管、输药管以及氧气管,然后逐一消毒,检查他是否有褥疮,给他洗澡,测量他的体温和血压,确认他的胆固醇没超过三百五十。(他们希望他胆固醇低些,但他无法锻炼,五十多年来,他们始终是用静脉注射的方式助他进食,因此,没理由为他更换食谱。毕竟,吃这些东西,他还活得好好的,如果更改,或许还会让他丧命。)

我将他已经萎缩的身体升起,以便更换寝具,然后慢慢将他放低。(反重力光束问世之前,这一过程需要十分钟之久,至少还要一个人帮忙。现在仅用几秒钟就能完成,而且还能使他更舒服些。当然,这只是我的想法,少校没法告诉我他的感受。)

接下来轮到雷克斯。费莉西亚的雷克斯出了问题,我的也有点儿麻烦。

"早上好,雷克斯。"我说。

他嘴里咕哝了两句,但我无法理解。

我低头看着他,发觉他的右眼充血,而且泪流不止。

"雷克斯,我要拿你怎么办?"我说,"你知道自己不能直视太阳的。"

其实,他根本就不知道。我甚至怀疑,他是否知道自己叫雷克斯。可给他的眼睛消毒并上药,耽误了我不少时间,我必须找人来发泄一下。雷克斯显然不介意成为被指责的对象。他不介意烧坏自己的视网膜,不介意数十年躺着不动。如果他真的有介意的事情,迄今为止也没人发现。

给他滴眼药的时候,不小心把几滴溅到了他身上,于是,我决定不仅仅为他换尿布,还应该再进一步,给他来个化学干洗。当我看到他身体上横七竖八的手术疤痕时,仍像以往一样感到震惊。他换过两次心脏、肾、脾以及左侧的肺。下腹部有一条细小且年代久远的疤痕,我想是急性阑尾炎切除手术时留下的,但我在电脑上找不到相关的记录,而且他自己也有将近一个世纪没提及过此事了吧。

　　然后，我来到斯宾诺莎先生面前。他躺在那儿，嘴巴张着，眼睛瞪着，脑袋以一个扭曲的角度歪向一边。我碰都没碰他，就知道他已经停止了呼吸。我的第一反应是给急救中心打电话，但接着便意识到生命基站应该已经报告了他的情况，而且毫无疑问，几秒钟过后，复活组就会冲进病房，在他的病床周围拉起帘子（好像他的室友们还能旁观或者关注似的），不到十分钟，他们就会把这位老绅士从鬼门关拉回来。

　　他今年已经死过五回了，一次次折磨让他的系统越来越不堪重负。我担心如果再发生像这样的事情，其中一次极有可能就是永诀。


　　"你的少校今天情况怎么样？"晚饭时，费莉西亚问。

　　"没什么变化。"我回答，"你的呢？"

　　她的少校是一株蓝英花①。"同上。"她说，"老迈，但却坚强。"她皱着眉头，"今年或许开不了花了，根系的情况有点儿糟。"

　　"真可惜。"

　　"这种事情总会发生的。"她略微停顿，"今天其余的时间，你过得怎么样？"

　　"出了点小问题。"我回答。

　　"是吗？"

　　"斯宾诺莎先生又死过去了。"

　　"这是第四次，对吗？"她问。

　　"第五次。"我纠正道，"复活组让他活了过来。"

　　"复苏组。"她也来纠正我。

　　"你用你的词，我用我的。"我说，"我的更好些，复活就是他们

————
　　①一年生草本植物，叶翠绿，单花腋生，有五个淡蓝色花瓣。

所做的。"

"这么说来,你这周只失去了一位病人。"费莉西亚说,虽然没有改变话题,至少也稍微偏移了刚才的主题。

"对。拉兹洛先生。他已经一百九十三岁了。"

"一百九十三岁。"她沉思片刻,接着耸耸肩,"我想他确实到岁数了。"

"记得你提过,你也失去了一株植物。"我提醒她。

"我的兰花。"

"那株淡紫色的,对吗?"我说,"他们还给它取了个外号,叫小飞侠?"

她点点头。

"给兰花起这个绰号,可真是够蠢的。"我说。

"它永远都保持娇嫩,至少看上去如此,"她回应道,"它能开出最优雅的花朵。我真的会很想念它。我已经培育它将近二十年。"她挤出笑容,但却很是哀伤,一滴泪水从脸颊滚落,"我在它身上花了大功夫,有时候,我感觉自己就像是它的妈妈。"她看着我,"这听起来很滑稽,是吧?"

"一点儿也不。"我被她的感伤深深打动。

"没关系。"她说,然后看着我的脸,"别太在意,只不过是株花而已。"

"这就叫作移情。"我说,她还在流泪,我却有些疑惑,产生了最奇怪的想法:她失去的只是一株兰花,都如此伤心落泪,我失去的则是活生生的人,难道我不应该更加难过吗?

可是,我并没更加难过。

我不清楚这种情况始于何时。或许始于首个给折断的手臂吊上悬带,或者将水从溺水同伴的肺部挤出的穴居人。反正,在遥远幽暗的过去,在某个不知名的地方,人类发明了医学。数千年来,医学时而昌明发达,时而沉寂落后,但上个千年末期,医学治愈了大批疾病,延续了众多生命,以至于事态逐渐失去控制。

生于2050年的人类到2150年还活着的超过半数,生于2100年的人类到2200年还活着的便将近九成了。医学让人类的寿命延长至以往的两倍甚至三倍。不朽不再是镜花水月,长生也在向我们招手。

人们都忙于增加生命的长度,却没有人真正考虑过,生命被延长后,质量究竟如何。

终于有一天,我们幡然醒悟,才发现痴傻老人的数量已经远超正常人。

他名叫伯纳德·戈德米尔。他们用空气垫把他送来,让他占据拉兹洛先生的生命基站。

清理完少校的各种导管,给他换完寝具,又给雷克斯的眼睛上了药,接着我在戈德米尔生命基站的全息屏幕上调出他以往的病历。

"这里太臭了!"耳边传来刺耳干瘪的声音。

我惊得跳了起来,转身察看是谁说话。屋子里除了我和我的受监护人,并没有其他人。

"刚才是谁说话?"我问道。

"是我说话。"戈德米尔先生回答。

我近距离打量着他。他皮肤松弛,秃头上布满棕色的老年斑,双颊全无血色,鼻子插着氧气管,但深陷的双眼却清澈明亮,此时正盯着我看。

"你居然会说话!"我惊呼。

"你以前从没听过病号说话?"

"至少记忆中没有过。"

这是另一个不幸的事实。一百岁时,一半的人会出现某种程度的老年痴呆;一百二十五岁时,比率达到五分之四;一百五十岁时,则高达百分之九十九。戈德米尔先生已经一百五十三岁,也就是说,他保持正常精神状态的概率还不到百分之一。

"我还要补充一下。"我说,"正确的说法是'受监护人',不是'病人',当然也不是'病号'。"

"干脆叫僵尸得了……"

我知道,跟他争论毫无意义。"你感觉怎么样?"我问。

"看看我。"他流露出厌恶的神情,"你感觉怎么样?"

"要是你哪儿不舒服……"我接过话茬儿。

"我告诉过你:这儿太臭。全是屎尿的味道。"

"部分受监护人大小便失禁。"我解释道,"我们必须给予理解和同情。"

"为什么?"他的声音依然刺耳,"他们能给予我们什么回报?"

"试着稍微宽容些。"我说。

"你试吧!"他吼道,"我可忙着呢!"

我禁不住发问:"忙着干吗?"

"保持清醒!"

我露出微笑,"那很难吗?"

"你干吗不问问其他受监护人?"他猛吸一口气,做了个鬼脸,"该死的! 又一个家伙拉了自己一身! 我到底来这儿干吗? 我还没成天杀的植物人呢!"

我查看完屏幕上的所有记录。

"你来这儿,戈德米尔先生。"我对即将告诉他的事情不无歉疚,"因为其他病房都不愿接纳你,整个医院的所有护理人员都被你得罪了个遍。"

"要是我连你也得罪了,会被送去哪儿?"

"这是你的最后一站了。无论好坏,你都只能待在这儿。"

我真是太幸运了!我转身看着全息屏幕,开始例行检测。

"你在做什么?"他问道,试图用那骨瘦如柴、肤色斑驳的手肘将身体撑起来看我,但他实在太虚弱了。

"看看你是否有什么疾病需要我为你治疗。"我回答。

"我已经四十年没下床了。"他粗声说,"要是有什么病,也是你们这些傻瓜传染给我的。"

我不理会他,继续盯着屏幕,"你曾经患过癌症。"

"没什么大不了的。"他说,"我刚得上,你们这些混蛋就给治好了。"他顿了顿,"十七种癌细胞。你们切除五种,烧死三种,剩下九种都淹死在你们的化学药剂里了。"

我继续翻看着屏幕。"根据记录,你依然保有自己的心脏。"我强调着,心里有些讶异。绝大多数病人一百二十岁之前都换过心脏,肺和肾则换得更早些。

"你打算把你的捐给我?"他显然是在讽刺我。

好吧,这混蛋傲慢无礼,又充满敌意——但他还是我唯一能说话的受监护人,于是我强作笑容,试图跟他讲和。

"你很幸运。"我说。

他瞪着我,"你可以解释一下吗?"

"你的反应依然敏锐。很少有你这样高龄的人能做到。"

"你认为这很幸运,是吗?"

"当然。"

"原来你是个蠢蛋。"戈德米尔先生说。

我叹了口气,"我想尽办法跟你成为朋友,你却毫不领情。"

他皱起瘦削的脸庞,露出厌恶的神情,"你到底为啥想要跟我做朋友?"

"我想成为每名受监护人的朋友。"

"他们?"他鄙夷地说,目光扫视整个房间,"可能盆栽对你的回应都比他们多。"费莉西亚凑巧也说过类似的话。

"听我说,"我说,"你会在这个病房待很久,我也是。咱俩为何不试试,至少看看能否制造出友好的假象?"

"我不喜欢这主意。"

"彼此友好?"我问,心里想,他们送来我病房的究竟是什么怪物?

"那个也是。"他说,"但我刚才指的是不愿意待在这里很久。"他长出一口气,我听到他胸腔里发出的噪声,心中暗暗记下,要告诉医生他呼吸不畅。接着,他又说:"在任何地方待很久我都不喜欢。"

"你为什么要这样尖酸刻薄?"我问。

"我目睹过恐怖的景象,其他人从未见过的景象。"

"我们都有过类似的经历。"我表示赞同,"与巴西开战,流星撞击莫桑比克,加拿大革命。"

"蠢货!"他叫道,"这些都是小儿科。"

"小儿科?"我重复他的话,心里感到不可思议,"那么,你到底经历了些什么?"

"最可怕的地方。"他回答,"我去过这样的地方,那里的人一心求死,若是死不成,只能慢慢变疯。"

"我记不得曾在书上读到过这样的地方,也没听别人提起过。"

我说，"究竟是哪儿？"

他一直盯着我，眼睛眨也不眨，最后给出答案："就这儿，病房。"

吃饭时，费莉西亚抬起头来看着我，说："他叫伯纳德·戈德米尔？"

"没错。"

"我可没有伯纳德。"她说，"一般不会给花取这种名字。"

"没关系。"

突然，她露出愉快的神色，"不过，我有一株金色的花，是株彩虹菊。我可以叫它戈迪，甚至戈德米尔。"

"这不重要。"

"很重要。"她坚持着，"这些年来，我们都这样相互比较。"她露出微笑，"这样做让我感觉拉近了与你的距离，像你照料受监护人那样，悉心照料花儿们。"

"好吧。"我说，"随你怎么叫吧。"

"你好像有点儿——"她寻找合适的词汇"——心烦。"

"他惹到我了。"

"噢？怎么回事？"

"我爱我的工作。"我开始讲述。

"我知道。"

"这是很有意义的工作，"我继续说，极力控制着语气中的愤怒，"或许我不是医生，但我守护着他们，让死神远离他们。这很重要，不是吗？"

"当然很重要。"她说，试图安慰我。

"他看不起我的工作。"

"这不算什么。"费莉西亚说，将手伸过餐桌，握住我的手，"你知道,人一旦到了这个岁数会变成什么样子。"

没错,我知道他们会变成什么样子,但他跟他们不一样。听他说的话——我也无法确定——感觉他很正常,跟我没啥两样,这恰恰是让我心烦的症结。

"他似乎失去了理性,"我提高嗓音,"实在太刻薄。"

"过分偏激当然会让人失去理性。"

"我知道,"我说,"可是……"

"可是什么?"

"哦,我要说的话听起来既幼稚,又自私……"

"我认识的人里面,你是最无私的一个。"费莉西亚说,"究竟什么让你心烦,告诉我。"

"就是……呃,我原来总是想,要是受监护人能说话,他们会告诉我,他们是如何满怀感激,我所做的努力对他们而言,是多么重要。"我略作停顿,想了想,"这样说是不是显得我很自私?"

"当然不。"她回答,"我认为,他们应该心存感激。"她拍拍我的手,"医院里的许多人,都只是混薪水而已;你留在那儿,是因为你在乎这份工作。"

"可当我终于拥有一位可以开口感谢我,告诉我他是多么感激我的人时,他竟然暴怒不已,就因为我竭尽所能,想让他活下去。"

她学鸽子咕咕叫,又学小猫喵喵叫,柔声安慰着我,但其实什么有用的都没说,最后,我主动改变话题,问她花圃的事情。过了一会儿,她兴高采烈地描述起金脉单药花[1]抽出的新芽来,告诉我她认为应该给西伯利亚绵枣儿[2]分株了。我心怀感激地听着,不再想戈德米尔先生。他现在正躺在床上,一动不动,诅咒着黑暗,直到天明我去上班。

[1]亚灌木状草木,原产南美,叶片墨绿色,叶脉淡黄色,花期达两个月。

[2]多年生草本植物,原产于西伯利亚、伊朗等地,多为深蓝色。

"你今天感觉好些了吗?"我一边朝戈德米尔先生的生命基站走去,一边问道。

"不,今天我感觉一点儿也不好。"他恶狠狠地说,"上帝的奇迹卖完了。"

"你至少逐渐适应新环境了吧?"

"见鬼,没有。"

"你会的。"

"我他妈最好还是别适应!"

我盯着他,"你再也不能离开这里。"

"我知道。"

"那么,你或许会慢慢习惯这里。"

"绝不!"

"我实在无法理解你。"我说。

"因为你是个蠢货!"他吼道,"看着我!我穷得叮当响,家人死光光,我没法自己吃饭,甚至连坐都坐不起来。"

"没必要这么消极。"我平心静气地说。我正准备告诉他,他的情况跟我的绝大多数受监护人差不多,但被他抢了先。

"我剩下的只有愤怒。我不会让你夺走它;我跟这些植物人仅有的区别,也只有愤怒了。"

我望着他,心中充满感伤,摇了摇头,说:"我不知道是什么把你变成这样的。"

"一百五十三年的时光。"他说。

我仍然看着他,看着那再也走不动路的萎缩的双腿,那皱缩的双臂,皮包骨的手指,死神面具般的头颅,还有那双深陷但却燃烧着怒火的双眸。我想:或许——只是或许——衰老是自然规律,是一种让人免受如此煎熬的机制。或许你没有我认为的那么幸运。

少校的下巴被口水沾湿，我走过去，帮他擦干净。

"这儿。"我说，"好了，干净极了。"

我低头看着他，心想：好吧，你无法向我致谢，但我代你做那些你自己不能做的事情，这样至少不会招来你的怨恨。为什么不能所有人都像你这样呢？

"如果他真的那么让你厌烦，你干吗不要求调换病房呢？"费莉西亚问。

"那我要怎么说呢？"我反问，"说这个连翻身都需要帮忙的老人把我逼走？"

"就跟他们说你想要换个环境。"

我摇摇头，"对我而言，工作很重要，受监护人同样重要。我不能只因为他让我感到不快，就对他们不闻不问。"

"或许你应该坐下来，搞清楚他为何让你厌烦。"

"他让我产生不愉快的念头。"

"什么不愉快的念头？"

"我不想提。"我回答。但我的意思其实是：我不愿想这些。

只可惜我的大脑并不听我的指挥。

管理人贝利走进病房，来到我身边。

"我今天需要你加会儿班。"他通知我。

"噢？"我回应道，"出了什么麻烦？"

"附近准有什么病毒在肆虐。"他说，"三分之一的员工都打电话请了病假。"

"没关系。我只需要跟费莉西亚说一声，等下晚点儿回去吃饭。除了这里,您需要我兼顾哪个病房?"

"87号病房。"

"那不是女性病房吗?"我问。

"没错。"

"我宁愿接另一项任务,先生。"

"我宁愿一个人都不缺!"他嚷道,"今天咱俩注定都要失望了。"

他转身离开了病房。

"你跟女人相处有什么问题吗?"戈德米尔先生那聒噪的声音响起。我原以为他睡着了,但他只是躺在那儿,一动不动,眼睛圆睁,耳朵也没闲着。

"没什么。"我回答,"我只是觉得给她们洗澡有些不妥。"

"究竟有他妈什么不妥?"

"这涉及她们的尊严。"

"她们的尊严?"他嘲弄地哼了一声。

"她们的羞耻心,如果你认为这么说更合适的话。"

"尊严?羞耻心?你他妈的在说什么呀?"

"她们是人类。"我郑重其事地说。

"早就不是了。"他回答,语气中满是鄙夷,"她们早成了植物人,根本不会在意谁给自己洗澡。"他闭上眼睛,"你这个蠢货,愚昧不堪,还多愁善感。"

我讨厌他说这些话,我想要解释自己并不是他说的那样。但这就要证明他是错的,只可惜我做不到——我已经做过尝试。

所有的人类都有羞耻心和尊严,如果失去这些,她们就不再是人类——如果她们不再是人类,我们为什么要让她们活下去?因此,她们肯定还保有尊严和羞耻心。

接着,那皱巴巴的身体、萎缩的四肢、难以理解的眼神再次出现在我脑海中，我感觉头痛再度袭来。

两天过去，我吃不下，睡不香，过得甚至不如戈德米尔先生。

"他这次说了什么？"费莉西亚坐在餐桌对面望着我，疲倦地问道。

"我也不确定。"我回答，"他不断说起亚洲的年轻人，我最后通过百科全书查了查，说他们人数众多，食不果腹。"我顿了顿，紧皱眉头，"但据我所知，他从没去过亚洲。我不清楚他为什么一直提起他们。"

"谁知道呢？"费莉西亚耸耸肩，"他老了，难免会犯糊涂。"

"他可是清醒得很。"我恨恨地咕哝道。

"你是不是误解了他说的话？"她问，"老人说话往往含混不清。"

"我对此表示怀疑。他说的其他所有话，我都能理解，为什么就这句不行？"

"我们来核实一下。"她说着，激活了餐厅的电脑。它闪烁着光芒，活跃起来。"电脑，找一下'亚洲的年轻人'这个词组的同义项。"

电脑开始将同义词一一报出："亚洲的青年、亚洲的青少年、亚洲的孩子们、亚洲十几岁的——"

"停下！"费莉西亚发出指令，"同义词不准确。电脑，'亚洲的年轻人'这个词组，从英文发音来看，是否存在同音异义？"

"同音异义词必须要精确匹配。"电脑回答，"没有精确匹配的义项。"

"那么存在较为近似的义项吗？"

"有一个，'安乐死'①。"

---

①安乐死的英文单词"euthanasia"跟英文词组"youth in Asia"（意为"亚洲的年轻人"）发音相近，而且小说设定的时代安乐死已被取消，相应的词汇也不再使用，所以主人公才会误解。

"啊。"费莉西亚发出胜利的欢呼,"这个词是什么意思?"

"这是个古代词汇,已经不再使用。在我的记忆库中找不到其定义。"

"安-乐-死。"戈德米尔先生一字一顿地说,"字典和百科全书怎么能不再收录这个词?"

"收录了。"我解释道,"但没有写明意思。"

"告诉我,"我正耐心等他告诉我这个词的含义,他却改变了话题,厌恶地说道,"你在这里工作多久了?"

"快十四年了。"

"目睹许多病人来来去去?"

"当然。"

"如果他们离开这里,会去什么地方?"

"他们不会离开,除非被转到其他病房。"

"也就是说,他们来到这里,然后就会死掉?"

"你说的好像这是在一夜之间发生的一样。"我回答,"其中有些人经过我们的护理,能再活超过一百年。"我自豪地补充,"事实上,是绝大多数人。"

他盯着我,我熟悉这特殊的眼神,这意味着他接下来要说的话,我不会爱听。

"直接杀掉他们,你们会节省很多时间和体力的。"

"这样做为文明社会所不容,更违反了道德法!"我怒不可遏,回应道,"我的工作就是让所有病人都活下去。"

"你可曾问过他们是否愿意苟延残喘?"

"没人想死。"

"没错,这跟文明社会不符,还违反了道德法。"他咳嗽着,想要将肺部的痰咳出来，"好吧，正因为这个原因，你们才把它从字典里删掉。"

"删掉什么？"我疑惑不解，问道。

"'安乐死'。"他说。

"我不明白你的意思。"

"这就是我们一直在说的，不是吗？"他说，"这个词的意思是让病患毫无痛苦地死去。"

"毫无痛苦地死去？"

"这句话你以前应该听过，思考一下。"

我依然无法理解，为什么有人认为，让另一个人毫无痛苦地死去是件仁慈的事。这时，下班时间到了，我动身回家。

"为什么有人想死？"我问费莉西亚。

她的眼睛滴溜乱转，"又是戈德米尔？"

"没错。"

"不知道为什么，我一点儿也不吃惊。"她气呼呼地说，接着哀伤地摇摇头，"我不知道那家伙的想法从何而来。没人想死。"她顿了顿，"理性地想想看。如果感到疼痛，可以接受药物治疗；如果失去手臂或者腿，可以安装义肢；如果太虚弱，无法自己进食——呃，还有像你这样训练有素的护工。"

"如果他就是厌倦了活着，又该怎么办？"

"你还不至于会相信那样的鬼话吧。"费莉西亚斩钉截铁地说，"所有的生命有机体都会努力争取活着，这是自然法则的头一条。"

"没错，我也这样想。"我表示赞同。

"这位老人真让人不快。他还说了什么别的吗？"

"不，没什么了。"我漫不经心地摆弄着眼前的食物。不知怎么,我突然食欲全无。"温室里情况怎么样?"

"他们终于如愿以偿,让雅丽皇后披上散发磷光的银色外衣了。"她说,"据我所知,他们想给它取名'银色魅力'①。"

"可爱的名字。"

"是啊,我很喜欢这个名字。他们跟我说,几百年前,曾有一匹著名的赛马就叫'银色魅力'。"她停了一下,"当然,这意味着我额外添了些工作。"

"栽种它们?"

"不,它们都栽好了。问题是要给它们腾地方。我想,我们必须放弃蓝英花了。"

"但蓝英花是你的少校!"我提出抗议,"我知道你有多爱它们!"

"我确实很爱它们。"她承认,"它们开出的花格外优雅。但它们患上了一种外来的根腐病②。"她长叹一口气,"我早就发现它们开始变色,分泌出一些黏滑的物质,但没有及时做出准确的判断。它们濒临死亡,这都是我的错。"

"为什么不把它们带回家来?"我提议道。

"如果你想要几株少校,我可以带些健康的幼苗回来,春天就能开花。至于那些老的,我直接倒进垃圾桶里就好。根腐病赢了。"

我好像理解了些什么,但又无法确定。"可你刚刚告诉过我,所有的生物都会努力争取活着呀?"

"少校不想死。"费莉西亚说,"但它被感染了,为避免这种病传给其他植物,我立即做出了决定。"

"但如果——"

---

①美国著名赛马,1994年出生,赢得过大小冠军奖杯十余座。

②由于根部腐烂,植物吸收水分和养分的功能逐渐减弱,最后全株死亡。

"别跟我探讨哲学。"她说,"它们只是花而已,感觉不到疼痛。"

当天夜里,我禁不住想,雷克斯、少校、斯宾诺莎先生,又或者是其他受监护人,他们最后一次感觉到疼痛,又是什么时候?

五十年前?七十五年前?一百年前?甚至更久?

我意识到,这恰恰是戈德米尔先生希望我思考的问题。他看到那些虚弱的老人,而且想要他们全部死掉。

然而,他们根本就不是他的目标。他们永远都成为不了他的目标。

我终于知道,他想要"感染"的是谁了。

我提早去上班,进入病房时,所有人都在沉睡。

我看着自己的受监护人,一股暖流涌上心头:我们是不可分割的整体,你们和我,我使你们的生命得以延续,你们则让我体验到满足感和使命感。我向你们保证,我绝不会允许任何人毁掉我们之间的纽带。

当我思考这个问题时,感觉费莉西亚的工作跟我的其实没太大不同,她要保护她的花儿,我也得保护我的。

我将注射器充满,轻轻走到戈德米尔先生的生命基站前。

是时候开始消灭我花园中的杂草了。

(袁枫 译)

# 大个儿

人人都叫他大个儿。

他身高七英尺九英寸,壮得跟头公牛似的,却温和得像只羚羊。

我不认为会有人说得出他的真名,哪怕是创造他的人。我曾多次听到他们把他称作"拉尔夫-43",这真让人感到好奇——拉尔夫1号到42号都去哪儿了?

不过,这可不是我该关心的事儿。他们发给我薪水不是让我思考的,而是让我防守、抢篮板的。偶尔,当队里前两三位主攻队员均被盯防时,我也会投篮——至少得尝试投篮。

我叫杰寇·迈尔奇科。虽远不如大个儿那么高,但个子也确实算高了。我身高六英尺十英寸,体重二百五十七磅。(唔,今早训练之后我的确那么重。不过后来我喝了些水,现在估计涨到二百六十五磅了。)我就是这么一个人,可不像某人壮得跟头公牛似的,却温和得像只羚羊。

他们到外面去找个比我更好的中锋是迟早的事儿,但谁也没预料到会是这么一个人:虽然不清楚他是自动机械人、人形机器人,还是别的什么来着,但他是我所见过的最棒的篮球运动员。我

381

见过高跷威尔特、卡里姆、沙克，以及一些其他球员老旧的全息照片，但若站在大个儿身边，他们看上去简直就像小孩子。

我还记得他走进球场的那天，当时我们正在晨练。鱼饵麦凯恩——我们的教练，没人知道他这个绰号是怎么得来的，但据说一次垂钓之旅中，喝醉了的他吃了一大堆鱼饵蚯蚓——向我走来，把我拉到一旁。

"我想知道这个机器能做些什么。"他说，"如果他进入罚球区，拿前臂压他一下；当他准备投篮时，推他一把。让咱们看看他会怎样处理。"

"我看过新闻。"我答道，"我知道他有多值钱，可不想弄坏他。"

"我要是让他上场比赛，他要经历的磨难可比这严重得多。"鱼饵说，"我得知道他会作何反应。"

"你是老板，听你的。"我耸了耸肩说。

"真高兴这儿还有人记得我是谁。"鱼饵说。他拍了拍手让所有队员朝自己看，然后打了个手势让大个儿站了出来。"伙计们，"他说，"这是咱们的新队员。我知道大家都读到过他的新闻或是听说过他了。只要他有传言所说的一半强，我想你们就该庆幸威洛比先生出大价钱把他拍下来了。"

"天哪，他比我想象得还要大！"我们的控球后卫斯古特·索恩利说。

"谁都想不到他能有这么大！"我们的替补大前锋杰克·雅各布插了一句，"你有名字吗，大个儿？"

"我叫拉尔夫，"他用人类的声音回答，这让人有些意外，"很高兴见到大家，也很荣幸能加入蒙大拿山丘队。"

"你能有高兴的感觉？"训练员多克·兰德瑞问道。

"不能。"大个儿说，"但出于礼貌我必须这么回答。"

"呃。"多克说,"如果你没有任何情感,那至少跟哥利亚·杰普森对抗时不会被他吓着。"杰普森在抢篮板球和技术犯规方面是整个联盟的头把手。我觉得任何人都不会喜欢他,包括他的队友。

"好了。"鱼饵说。他扔了个篮球给大个儿,"咱们来场一对一小型比赛。拉尔夫,让我们看看你跟杰寇对打能打成什么样。"

大个儿面无表情地看了我一眼。我开始往前移动靠近他,试图使双手能碰到他,并能看清他冲向篮筐的方向。结果,还没等我移到能碰到他的位置,他就已经越过我,把球投进了篮筐。

"再来。"鱼饵说。

这回我则伸手挡在他面前,以模糊他的视线。他的反应则是垂直上跳,那一跳至少有六十英寸,接着便从三分线外投了个空心球。

十分钟的羞辱这才刚刚开始,大个儿跑得比我快,身体比我壮,跳得比我高,一投一个准;而我所有的投篮几乎都被他盖了帽,只给我剩了两个。

我们又花了十分钟时间对他进行双人防守。他有一次"两次运球"[1],还有一次我见到他走步[2],但鱼饵都没吹哨,于是他独自一人把我俩打了个30:0。

"伙计们。"第二次羞辱结束后鱼饵说,"我想咱们找到了个中锋。"

这意味着我失业了,至少不再是首发队员了,但我又能如何反对? 我们已经是个很棒的团队了;一个好中锋意味着我们能更进一步,击倒罗德岛红队,获得冠军。

我们每人轮流过去跟大个儿握了握手,欢迎他加入球队。他

---

①篮球赛中的专业术语,是一种违例的动作。

②中文规则一般称为"带球走违例"。是指当队员在场上持着一个活球,其一脚或双脚超出规则所述的限制向任一方向非法移动。

礼貌得不能再礼貌了,但你会觉得他不过是被程序设定成这样的罢了,因为他的表情和态度都跟他在前场运球时没什么两样。

"而你,杰寇。"我们全都握完手后鱼饵说,"我想让你跟拉尔夫同住一间房,给他传授些窍门。"

"和他住同一间房?"我重复道,"难道不是只要晚上关掉电源,早上再把他打开吗?"

"他是球队的一员,就该被当作队员来对待。他会跟咱们一起旅行,也会跟咱们住在一起,如果他能吃饭的话,也会跟咱们一起吃。"他突然停了下来,转身问大个儿,"你能吃饭吗?"

"能,如果是在公共场合而且又有必要的话。"拉尔夫答道,"吃完之后我会私下处理掉吃进去的东西。丢掉它们,或是送给我的室友。"

"不用,谢谢。"我飞快地答道。

"那些食物很干净的。"他向我保证,"我并没有消化酸液。"

"无论如何,还是算了吧。"我说。

"好了。"鱼饵说,"咱们训练二十分钟,分成衬衫队和皮肤队。拉尔夫,你是衬衫队的。杰寇,你看上去都要累趴下了,去冲个凉吧。杰克来打皮肤队的中锋。完了之后咱们坐大巴回酒店。夏恩新闻的人这次没听到风声,也许我们回去时就不用从一两百个记者中突围了。到酒店后你们就可以自由行动了,想干吗干吗,想去哪儿去哪儿,除了拉尔夫。咱们明早坐大巴去参加比赛前,他一只脚都不能踏出酒店。"他停顿了一下,"你得跟他待在一起,杰寇。"

"为什么?"我问。

"跟他讲讲我们的比赛,让他看看我们的掩护配合战术,针对不同进攻我们会采取怎样的区域防守。"

"他不需要知道那些,鱼饵。"我说,"只要传球给他,让他瞄准就行了。"

"扣你一千块,为你所说的话。"鱼饵说,"现在我再问你一次,你要是再回嘴就是五千块了。"

"如果我还是你的首发中锋,你是不会这么做的。"我悻悻地说。

"如果你还是我的首发中锋,很多事我都不会做,其中之一就是获得冠军。"他说,"现在冲你的凉去,趁你还能负担得起一张毛巾。"

除了裁判员,人类历史上还没人能论得过鱼饵麦凯恩,于是我就冲凉去了。我回来时看见衬衫队把皮肤队打了个38:7,大个儿拿下了三十分,助攻四次,盖帽六次,篮板球十一次——而我要一周才能打出这样的成绩,还得是在状态好的时候。

训练完后我们回到了酒店,我向拉尔夫展示了一下我们的房间。

"我从没见过像你这样的。"我羡慕地说,"我已经很不错了,但你却能像控制婴儿一样制住我。我觉得对抗哥利亚·杰普森对你而言就是小菜一碟。"

"我不用对抗哥利亚·杰普森。"他答道。

"他的膝盖又挂彩了吗?"我说,"我一定是错过了新闻报道。"

"不。"大个儿答道,"我并不是唯一的原型机器人。今年至少还有三个机器人要加入联盟,正好能赶上季后赛。"

"不要告诉我。"我正色道,"其中一个要加入罗德岛红队。"

"正是,杰寇。"他说,过一会儿接着道,"我需要跟大家一起吃晚餐吗?"

"不,鱼饵放每个人自由活动去啦——唔,除了你和我。我一会儿要么去楼上餐厅吃饭,要么点餐在房间里吃。"

"你几点睡觉?"

我耸了耸肩,"不知道。大概十一点吧。"

"我不用睡觉,"拉尔夫说,"如果我使用房里的电脑,会打扰到你吗? 我会把它调一下,防止吵到你。"

"你能做到?"

"是的。"

"好的。"我说,"但在我睡着之前,麻烦你说指令时轻声点儿。"

"我不用说指令。"他答道,"我也是一台机器,只要与电脑连接上就行了,你什么都不会听到。"

"只要你高兴,怎么都行。"我说,"你介意我问你一个问题吗?"

"我俩是队友,还是室友。"他说,"你想问什么都行,我知无不言。"

"你连接电脑到底想干吗? 睡前我完全可以为你图解我们所有的比赛。"

"我有一种学习的冲动。"拉尔夫答道。

"关于篮球比赛?"我皱着眉问。

"关于一切。"

"所以你不打篮球的时候就把国会图书馆或是与之类似的地方的书都背下来?"

"我会选择一个主题,尽我所能学习与之相关的一切知识,然后转而学习下一个主题。昨晚是埃及古物学,还特别重点学了第十二王朝。"

"今天会是什么主题?"我问。

"训练员问我能不能感受到情感。我不能。所以今晚我要尽力学习关于情感的一切东西。我见文学作品里提到过它们,但在今早之前我从未意识到,地球上所有生物中只有我这样的不曾拥有情感。"

"你是生物?"我问。

整整一分钟,他动都没动一下。

"等了解感情之后,我再来探求这个问题。"他最后答道。

"呃,不管你是不是生物,我都很高兴你加入我们球队。"我说,"但我也不禁有些疑惑。"

"疑惑什么?"他问。

"你是我见过的最卓越的机器。"我说,"你的动作流畅而优雅,你似乎不会感觉到疼痛——我用手肘攻击过你好多次,用力大得连哥利亚·杰普森都吃不消——而你却连肩都没耸过一下,就跟没事儿人似的。而现在,你试图在任何可能的时候连接上电脑,学习你能学的一切。"我摇了摇头,"我难以相信他们竟只想让你打篮球。你应该去管理哈佛大学、国务院或是别的什么。"

"我只是个机器人原型。"他答道,"或许军队最终将由且仅由各种型号的我组成,也是因为人类太过重要,不应被浪费在像战争这样无用的追求上。一旦证明我们能模拟人体能做到的一切,在谨慎的引导下,我们就将被给予价值判断的能力,也就是将人类和机器人区分开来的根本能力。"

"但你现在已经可以做出价值判断了呀。"我指出。

"麻烦解释一下。"

"我们假设你在罚球区边上拿到了球,这时你被三人防守,而我独自站在篮筐底下,你会怎么做——传球还是投篮?"

"我会传球给你。那样你就可以扣篮,而我必须从约二十英尺开外的地方投篮。"

"看吧,"我笑着说,"这就是价值判断。"

"确实如此。"他说,"但那不是我的价值判断。我对篮球场上可能发生的每种状况都有相应的预置反应程序。我指的价值判断是面对突发状况时能自行应对,而非单纯遵循人类为我提前选择好的方案。"

"我嫉妒你的能力。"我说,"但也为你感到遗憾。"

"为什么?"他问。

"你的一生拥有很多知识,却没有自由意志。"

"我的一生,就算你称它为一生,不过才十六天而已。而我至今没发现拥有自由意志的人有什么优势。有选择就意味着有选择错误的可能性,这无法避免。"

"无论如何,我为你感到遗憾。"我说。

我断定这次对话不会有什么结果,于是开始画图为他演示我们的比赛,并跟他讲了我们的暗语。每讲六七场比赛他都会停下来问我一个问题,但我们一个小时内就讲完了所有比赛。我去楼上的餐厅吃了晚饭,回来的时候发现拉尔夫一动不动地坐在电脑前,一根细细的线从他左手食指里一直延伸至电脑后。直到我早上醒来时,他还保持原状。

比赛开始前两小时我们来到球场,换上队服,做了约半个小时的热身——除了拉尔夫,他并不需要热身至出汗(很可能他根本就没有汗)。

然后比赛开始了,这是两年来第一次——唔,在不需照看伤员的情况下的第一次——我坐在了替补席上。

这简直是场屠杀。怀俄明队上次以领先八分的成绩击败了我们,他们成功防守了我队得分最多的斯古特·索恩利,只让他进了两个球。而这次到中场时,我们就已领先了二十二分,最终以领先四十三分的成绩完胜他们。在稳操胜券之后,甚至连我都上了场。而大个儿,他拿下五十三分,抢下二十四个篮板球,助攻九次,差一次助攻就能拿下三双①了。

　　两天后,在塔尔萨②的比赛中,他拿下了大四喜:得分六十一,二十二个篮板球,十一次助攻,十二次盖帽。如此圆满的战绩,历史上无人能出其右。他感觉不到疼痛真他妈是件好事,因为在更衣室里他所承受的后背重击和被扇的耳光足以把一个普通人送进急救室了。

　　赛程表上剩下的十二场比赛,我们赢了个遍。另外三个机器人加入了联盟,那些没得到机器人的球队都哀号着控诉这是场血腥的谋杀,因为拥有机器人的四支球队只有在互相比赛时才有输的可能。联盟断定这个赛季将会变成一场公关灾难(除了在机器人所属的四个城市中),于是宣布今年的季后赛将采用淘汰赛制,而非七场系列赛制。等到明年所有球队都拥有机器人,差不多势均力敌时,我们才回归普通的季后赛赛制,这大约需要两个月时间。

　　进入季后赛时,我们察觉到了自身的优势。尽管红队、枪手队、老鹰队都有了机器人,但我们提前好几个星期就拥有了拉尔夫,也就有了更加充裕的时间制订战术,以便发挥出他的特殊能力。这在对战其余球队时倒没什么影响,但对阵那三个拥有和拉尔夫差不多块头、力量和速度的机器人的球队时,情况就有很大不同了。

　　前两场比赛我们分别以领先三十八分和四十四分的成绩获胜,成功挺进四分之一决赛。然而,那些从来没高兴过的全息网络网民开始纷纷抱怨拉尔夫万年不变的表情。看来,就算一个球员

---

　　①得分、篮板、助攻、抢断、盖帽中,有三项技术统计达到两位数,被人们称作三双;四项技术统计达到两位数的称为四双或大四喜;五项技术统计达到两位数为五双。

　　②美国俄克拉何马州第二大城市。

能在手臂上挂着好几个人时仍能投出三分球,或是凶猛地灌篮,但如果不能表现出欣喜若狂或荷尔蒙爆棚,观众们还是无法认同他。

于是他被带走了几个小时,回来时脸上就有了一个灿烂的笑容。问题是,这个笑容也是万年不变的。与伯明翰比赛时,他得了六十六分,抢了二十五个篮板球,而我们从网络和媒体中听到的声音则是:面带亘古不变笑容的他看上去就像个白痴。

于是,在和法戈的半决赛的前一天,他被带走了整整一天。当他走进房间的时候,我正躺在床上看一本3D的跨页版杂志。

"嗨,杰寇。"他说,"回来真好。"

"嗨,拉尔夫。"我说。

"今天天气真好,对吧?"

我定睛看着他,"你听上去都不像你了。他们对你做了什么?"

"还记得我来的第一天咱们讨论过情感吗?"拉尔夫说,"嗯,现在我知道自己缺的是什么了。我还不能完全理解它,就像盲人不能完全理解色彩。"

"他们给了你情感?"我问。

他开心地点了点头,"是的。我对新闻媒体真是感激不尽。若不是他们批评了我和伯明翰队比赛时脸上的笑容,我可能永远都不会体验到这个!"

"你体验到了什么?"我好奇地问。

"一想到今晚与枪手队的比赛我就激动不已。我感到了自己对鱼饵麦凯恩的关心,因为他十分担心我对战'杰瑞-56'时会有怎样的表现。我还感到了自己对你的友情。"

"他们一晚上就能给你这么多?"

"从被激活以来,我全方位地研究过自己。我觉得这些情感相当复杂,不可能在一天内完成安装。我想它们应该一直都在,昨天那些人所做的不过是解锁而已。"他兴奋不已，"该死！我准备走了！你要和我提前去做一个小时的额外练习吗？"

我皱了皱眉，"你从不练习的。"

"那是以前，现在不同了。我渴望身在球场上的兴奋感，渴望成为完美运转着的机器——'蒙大拿山丘队'——中的一颗螺丝钉。'杰瑞-56'并不好对付。他比我高两英寸，据说跑得也比我快。我必须作好应战准备。"

"你确定现在就想去体育场吗？"我深表怀疑。

"必须现在去。"他扫了一眼影像，"队里的新成员？"

我笑了起来，"不是。"

"我们准备把她招进队里来？"

这让我明白了至少有一种情感他们并没有给他。

我们很早就到了，但工作人员正在清洁球场、布置摄像机，干着各种各样的杂活儿，所以我们只能待在更衣室里。每个队员进来时拉尔夫都笑脸相迎，似乎他们都是他久未谋面的亲兄弟。他甚至还抱了一下斯古特，斯古特只有六英尺两英寸高，是队里个头最小的队员，他几乎消失在了拉尔夫的怀抱里。

鱼饵不知道是什么时候进来的，然后让我们到场上做了十分钟的投篮练习来热身。而后，当我们回到更衣室里，他进行了一番慷慨激昂的演讲，如若不是在前两场季后赛开始前他也做过一模一样、几乎一字不差的演讲的话，效果可能会好点儿。

比赛时间到。我们从更衣室里出发，被两个高中乐队夹着走了出去，说实话，我们的耳朵都差点儿被震聋。在解说员逐一介绍我们的时候，一束束我所见过最强的光打到我们身上，终于国歌响起，我们立正，手放在心上——唔，胸口上——宣誓；我可不认为拉尔夫或"杰瑞-56"拥有心脏。"杰瑞-56"确实略胜一筹。我第一次看到有人比大个儿跳得还要高,这让我简直不敢相信。

"杰瑞-56"传球后,其队友便向上投篮。结果球撞上了篮筐,被拉尔夫一把抢了下来。他见斯古特一路向前场跑去,便将球直线传给了他。斯古特立马投篮,球进了。全场的欢呼声中数大个儿最为洪亮。在撤回防守时,他伸手在斯古特背上鼓励性地拍了一下。

在证明了自己的团队精神后,两个机器人便开始主导比赛。中场结束时我们以52:55分落后,杰瑞得了三十八分,拉尔夫得了三十二分。

第三节的最后,我们拉平了比分,鱼饵让我上场替换大前锋杰克·雅各布。突然我听到一声哨响,四处张望,结果是拉尔夫被吹了犯规哨。

"怎么回事?"当杰瑞走向罚球线时,我小声问大个儿,"你整个赛季都没犯过规。"

"那个狗娘养的活该。"大个儿说,"他行进间掩护时差点儿把斯古特给杀了,而那个白痴教练却没有吹哨。"

这话听起来一点儿都不像我所认识的拉尔夫说的。但我什么都没说,因为在某种程度上,他只是进入了比赛的更高境界而已。最后,我们以六分之差赢了比赛。如果你问我原因,我只能说是因为拉尔夫比"杰瑞-56"更想赢得胜利。

拉尔夫不会流汗,所以从未与我们一起冲过澡。但半决赛胜利后,他跟我们一起冲澡了,他说不想错过任何共享队友之情的机会。我们坐上飞往总决赛举办地普罗维登斯①的飞机时,他仍处于兴奋之中。

当吃完午饭回去,我以为他当机了。他就那么坐在那儿,一动

---

①美国罗得岛州首府。

不动地注视着虚空。我伸手推了推他的肩膀。

"你还好吧,大个儿?"我说。

"还好,杰寇。"他答道。

"你害我担心了半天。我以为是你的电源用光了,或是诸如此类的事情。"

"没有。"他说,"我只是在分析。"

"分析红队?咱们跟他们打过比赛。你了解他们的每步动作。你也见过'塞米-19'了,那该死的。"

他摇了摇头,"不,我不是在分析红队。"

"那你在分析什么?"我问。

"情感。"他说,"这东西真是非凡啊,对吧?"

"我没怎么想过这问题。"我说,"但我猜应该是的。"

"那是因为你已经习以为常。"他说,"但对我来说,当终场蜂鸣器响起宣告我们赢得了比赛时,那种难以言喻的感觉!还有在更衣室里,整个团队一起庆祝胜利,那种团结一致的感觉!还有当我用假动作骗'杰瑞-56'移位的感觉!还有……"

"我有一个问题。"我打断了他。

"什么问题,杰寇?"

"你为什么要去分析这些感觉?好好享受它们不就得了!"

"我曾告诉过你。"他说,"我有一种学习的冲动。当充分地体验了各种情绪后——兴高采烈、胜利凯旋、队友之情,凡此种种——我必须完全理解它们。"

"唔,如果有一天你弄明白了为什么鱼饵明知道判决是对的,却还要对着裁判一阵大吼的话,一定要让我知道,行吗?"

"好的。"他正色道,"你知道,我曾以为是价值判断把你我区分开来的。现在我觉得自己弄错了,应该是感情才对。"

"你说了算。"我看了看表,"离出发去体育场还有四个小时,"我说,"我准备打个盹儿。如果过了五点我还在睡,就把我叫醒。"

"好的,杰寇。"

我走到一张床前躺了下来,肯定不到半分钟就睡着了。四点半时我起床上厕所,看见拉尔夫依然一动不动地盯着那只有他自己才能看到的东西,显然还在分析之前感受到的情绪。

我决定不再继续睡了,便打开全息投影看体育新闻。这并没打扰到大个儿。没什么能打扰到他,除非他自愿,但他正忙着研究自己的情感呢。

我们五点半坐上大巴,六点整抵达体育场,穿上队服,快速地进行了一轮投篮训练,然后回到更衣室。鱼饵一成不变地做了赛前演讲,而且为了强调,一字一句地跟我们讲了两遍。

比赛时间到。据说美国将有超过两千万人观看这场比赛,全球观众数量更接近三亿之多。我们略居劣势,因为红队是东道主,而且"塞米-19"比大个儿先进些。

挨过了开幕式的一堆废话后,我们队唱国歌时,我发现没人比拉尔夫更加慷慨激昂了。前期的比赛终于全都结束,本季的其他比赛也被我们抛诸身后,现在,我们即将为圣杯——所有体育竞赛中各队都为之神往的冠军称号——而战。

他们很快就领先了。严格来说,这是他们打主场的缘故。不,并不是观众的尖叫声和欢呼声影响到了我们。而是因为球场上有许多死角,而我队篮板上还有一个阳角;他们熟知这些点位,但我们直到第一节打完才了解这些点位。这时,我们以25:34落后。但我们相信自己,特别是相信大个儿,于是回到比赛奋力迎战。中场时我们以54:61落后,而第三节结束时,已经追到了89:94。

大个儿比我之前见过的任何一次都打得好。他似乎找到了把那些新发现的情感融会贯通到比赛之中的方法。他即将在一场比赛中夺得七十分，抢下三十个篮板球，这将打破一切现有的记录，而我们则将靠他拿到冠军头衔。

不过，红队在获得"塞米-19"前已经很了不得了，现在更是棒极了——他们可不会躺在案板上任人宰割。比赛还剩六分钟时，我们领先了一分，但塞米立即以两个投篮、一个盖帽拉回了比分，我们刚领先片刻旋即又落后三分。这种状况一直持续到了比赛的最后一分钟。

斯古特抢下一个传球后传至拉尔夫手里，拉尔夫成功把球塞进了篮筐里，距离比赛结束还有三十八秒，我们只落后一分了。我队有三名球员防守塞米，其中一名还是拉尔夫，所以红队明白把球传给塞米是不可能的，于是由一名后卫投了篮——球偏了。

拉尔夫一把抢下篮板，把球带到了前场。

"谁都不要碰球！"鱼饵站在边线上大喊。如果对方犯规，他得确保被犯规对象是拉尔夫。

还剩十秒、八秒、六秒，拉尔夫终于向篮筐冲去。谁都知道他会这么做。"塞米-19"体内置有太多控制它犯规的程式，但他们的一名前锋冲了过去，妄图把球拍离篮板。这时场内每个人都听到"哐当"一声，他把拉尔夫的手腕拍了一块下来。

他们已经越过了犯规线，那意味着即便拉尔夫没被打到，我们也会得到两个罚球。同时也意味着，冠军头衔已是我队囊中之物。整个赛季，无论在练习赛还是正式赛中，拉尔夫从没在罚球上丢过分。

我瞥了一眼计分板。上面显示着"红队122分，山丘队121分"，比赛还剩两秒结束。我看见鱼饵发出暗号让斯古特和杰克去前场篮下，因为拉尔夫罚球之后，对方必然会让塞米以其超人般的力量发球,我们得防守住他将传球的队员。

拉尔夫走至罚球线,看了看篮筐,又拍了几下球,然后把球往上一投。

球没进!

我简直不敢相信自己的眼睛。他投篮从没失过手。我向他走去。

"保持镇定就好。"我说,"投进这个我们就能在加时赛里打败他们。"

"我很镇定。"他说,他的声音听上去确实镇定,而且一点儿都不像一个无法相信自己丢了罚球的人所发出的声音。

人群开始尖叫,他们不断挥动着手臂,企图以各种方式分散拉尔夫的注意力。这在过去从未奏效,现在也不会有用。

拉尔夫从裁判那儿接过篮球,镇定自若地审视了一番篮筐,再次把球抛向空中。

还是没进。

"塞米-19"抢下了篮板,一切尘埃落定。罗德岛获得了冠军。

在更衣室里没人跟拉尔夫说话,也没人指责丢掉的那两个罚球。我的意思是,该死,他是我们能走到今天的唯一原因。但真是见了鬼——比赛结束前三秒,我们还坚信自己能拿冠军,然后它便与我们失之交臂了。我这辈子都没有在这么安静、这么垂头丧气的更衣室里待过。

我们的飞机第二天早上才起飞,大巴把我们拉回了酒店。我流连酒吧,喝了好多杯酒后才回到房间,只见拉尔夫坐在办公椅上,脸上带着一抹不可思议的表情。

"不要自责。"我说,"你得了六十六还是六十七分来着?没人能要求更多了。不必这么沮丧。"

"太妙了。"他说。

"什么太妙了?"我问。

"沮丧的感觉。知道自己令队友们失望,还毁掉了所有球迷的希望时的感觉。我相信这就是被称之为'失败的痛苦'的感觉。"他顿了顿,"我把这种感觉与昨晚的兴高采烈对比了一下。它们都让人如此着迷,尽管极端对立,却又在某种程度上那么相似。"

"你在说什么?"

"没能投进的罚球。"他说,"我告诉过你我有学习的冲动。"

我皱起眉头,感觉有些困惑,"你的意思是?"

"如果投进了,我的感觉会和前晚一样。我将学不到任何新的东西。"

"你是说你是有意没投进的?"我问。

"当然。不然我怎么能体会到失败的滋味呢?不然我怎么能毁掉我的、我最好朋友的,"——他打了个手势——"甚至千千万万球迷们的快乐呢?"

"我无法理解。"我说,"为什么你想体验失败?"

"本赛季之后,他们会把我的情感收回。也就是说,今晚之后,到下个赛季开赛之前,我都体验不到情感。"他说,"时不我待。我必须在还有能力的时候尽我所能地体验一切。"

"甚至是失败?"

"人总不会战无不胜吧?我们昨晚不是已经赢了伯明翰吗?"

"你这样对我就是为了学习失败的感觉?"我爆发了,"你这该死的毫无人性的机器!我终其一生的奋斗就是为了拿冠军,而你却把它弃如敝屦!"

他一动不动地坐了片刻,"现在我感到了罪恶。这真是种有意思的情感,和失败、失望截然不同。杰寇,谢谢你把它带给了我。"

　　"哈,我可不会感谢你把失败和失望带给了我!"我怒不可遏地说,"那些都是我的老朋友了,才不用你再带它们来。"我瞪着他,"我认为你根本作不出价值判断,也运用不了自由意志。"

　　"我也这么认为。"他答道,"但情感高于一切。"他开心地笑了,"它真是妙极了。"

　　"你毁掉了我们队所追求的一切,还感觉妙极了?"我吼道,"去死吧你!"

　　他站了起来,有一瞬间我以为他要打我,把我打到下周都起不了床。

　　"我不准备放弃我的情感。"他宣布,"明天在巴士上替我解释一下,告诉他们我会在下个赛季前回来。"

　　"你有七英尺十英寸高。"我说,"你以为你能躲到哪儿去?"

　　"躲到他们找不到我的地方去。"

　　"你到底要去干吗?"

　　"还有很多事要做。"他说,"我从没爱过,也没失去过。我一定要寻得所爱,然后再失去所爱。我想这两种感觉都一定妙极了。"

　　"你都变成个该死的情感瘾君子了!"

　　"不是人人都这样吗?"他温和地问道。

　　然后他就离开了。

　　他还没有回来,但他从来都信守承诺。还有几个月时间下个赛季就要开始了,所以我确信很快就能再见到他。

　　你知道,我曾为大个儿无法拥有情感而遗憾。而这些天我发现机器人要拥有情感很容易,但他们无法理解情感。过一阵子我又想,等到他所爱的女人离开了他,等他终于体会到了心碎和悔恨,他便会希望再也不要体会别的什么情感了吧。

我一直认为带着高昂的情绪打篮球才是比赛的最佳境界。我想我错了。当大个儿最终出现在训练场上时,他将被带走一天,他所有的悔恨、悲伤和挫败都会被移除。然后,他会完好如初地回到球场上来。

我真希望我们也能被如此对待。

(冯南希 译)

# 被流放的巴纳比

　　巴纳比坐在自己的笼子里,等待莎莉到实验室来。

　　她会给他一个拼图,就是他昨天拼过的那个。不过,今天他绝不会再让她失望了。为了那个拼图他冥思苦想了一整夜。思考真是件有意思的事儿。今天他会把它正确地拼出来,然后她会开怀大笑并表扬他很聪明。他会躺在地上任她挠自己的肚子,听她说:"噢,你真是个聪明的小伙子,巴纳比!"然后巴纳比会做个有趣的鬼脸,接着再翻个筋斗。

　　巴纳比就是我。

　　莎莉离开后,我就变得很孤单。天黑时,巴德会来打扫我的笼子,但他从不说话。有时候他离开时忘了关灯,我就试着跟罗杰一家聊天,但它们只是兔子,不会使用手语。总而言之,我觉得它们不太聪明。

　　每天晚上,当巴德来时,我都坐起身来对他微笑,用手语跟他说"你好",但他从没回答过。有时我会觉得巴德并不比罗杰聪明。他只会拍拍我的头。

有时候巴德会忘了关电视。我最爱看弗雷德和巴尼①。在那里一切都很明亮，而且生活节奏也很快。有好多次我都叫莎莉把迪诺②带到实验室里来跟我玩儿，但她从没把它带来过。我喜欢巴尼，因为他不像弗雷德那样个头又大又聒噪，而我的个头也不大，性格也不聒噪。还有，我的名字叫巴纳比，跟巴尼很像。有时候，当夜幕降临，只剩我孤单一人时，我会想象自己是巴尼，想象自己并没有睡在笼子里。

今天外面是白茫茫的一片，莎莉刚到实验室时身上还沾了些白白的东西，不过后来它们全都化成了水。

今天我们有了一个新玩具。这玩具上面有很多像扁葡萄一样的小东西，看着跟博士办公桌上的那玩意儿有点儿像。莎莉告诉我，她会给我看些东西，然后我得去触摸印有相同图案的葡萄。她给我看了一只鞋、一个皮球、一颗鸡蛋、一颗星星以及一个正方形。

我把鸡蛋和皮球给认错了，但明天一定能做对。我思考的能力与日俱增。就像莎莉说的那样，我是个聪明的小伙子。

我们玩了好多天这个新玩具，现在我已经能通过触摸正确的葡萄跟莎莉说话了。

她来到实验室跟我说："今天早上感觉怎么样啊，巴纳比？"我就会摸摸代表"巴纳比感觉不错哦"或是"巴纳比饿了"的葡萄。

其实，我真正想说的是"巴纳比好孤单"，但这里并没有代表"孤单"的葡萄。

---

①二十世纪六十年代红极一时的美国卡通片《摩登原始人》里的人物。
②弗雷德和巴尼的宠物。

今天我摸了摸代表"巴纳比想出去"的葡萄。

"从笼子里出去吗?"她问。

"从这里出去。"我用手语说,"到外面光明的世界里去。"

"你不会喜欢外面的。"

"我不喜欢独自一人时的黑暗。"我用手语说,"我会喜欢光明的。"

"外面很冷。"她说,"你适应不了的。"

"白茫茫的多美啊。"我说,"巴纳比想出去。"

"上次我放你出来时,你就把罗杰伤着了。"她提醒我。

"我只是想要摸摸它。"我说。

"你不知道自己的力气有多大。"她说,"罗杰只是一只小兔子,你把它给弄伤了。"

"这次我会温柔些的。"我说。

"我还以为你不喜欢罗杰。"她说。

"我确实不喜欢罗杰。"我说,"但我喜欢抚摸。"

她把手伸进笼子里来挠了挠我的肚子,又抓了抓我的背,我感觉舒服多了,但她却停了下来。

"是时候上课了。"她说。

"如果我做对了,你能带点儿什么东西来让我摸摸吗?"我问。

"什么样的东西?"她问。

我想了一阵儿。"另一个巴纳比。"我说。

她看上去有些难过,没有回答我的问题。


一天,莎莉给我带了一本全是图画的书来。我闻了闻,又舔了舔,最后才明白她是想让我看它。

书里有各种各样的动物。我看见一只很像罗杰的动物,但它是棕色的,而罗杰是白色的。还有一只小猫,跟我透过窗户看到的某只一模一样。还有一只狗,和博士偶尔带到实验室里来的那只一样。但书里没有迪诺。

然后我见到一张小男孩的图片。他的头发比莎莉短,不像博士那么灰,也不像巴德那么黄。他微微笑着,我知道他一定有很多可以让我抚摸的东西。

第二天早晨莎莉回来时,我有好多关于图片的问题想问。但我还没来得及开口,她就先提出了问题。

"这是什么?"她拿起一张图片问。

"罗杰。"我说。

"不。"她说,"罗杰是个名字。这种动物叫什么?"

我拼命地回忆。"兔子。"我最后说。

"非常好,巴纳比。"她说,"那这是什么?"

"小猫。"我说。

我们一起翻遍了整本书。

"巴纳比在哪里?"我问。

"巴纳比是猩猩。"她说,"这本书里没有猩猩的图片。"

我真想知道,世上是否还有其他猩猩,他们是否也和我一样孤独。

后来我问:"我有爸爸妈妈吗?"

"当然有啊。"莎莉说,"一切生物都有爸爸妈妈。"

"那他们在哪儿?"我问。

"你的爸爸去世了。"莎莉说,"你的妈妈在离这里非常远的一家动物园里。"

"巴纳比想去看看他的妈妈。"我说。

"恐怕不行,巴纳比。"

"为什么?"

"她不会认得你的。她已经把你忘了,就像你也忘了她一样。"

"如果见到她,我会说'我是巴纳比',然后她就会认得我了。"

莎莉摇了摇头,"她不会明白的。你很特别,但她不是。她无法比手语,也不能使用电脑。"

"那她还有其他巴纳比吗?"我问。

"不知道。"莎莉说,"我想有吧。"

"她如何跟他们说话呢?"

"她不说话。"

就此我想了很久。

最后我说:"但她会抚摸他们。"

"是的,她会抚摸他们。"莎莉说。

"他们一定非常幸福。"我说。


今天一定要了解更多关于巴纳比的信息。

"早上好。"莎莉走进实验室时说,"你今天好吗,巴纳比?"

"动物园是什么?"我问。

"动物园就是动物们生活的地方。"莎莉说。

"我能透过窗户看到动物园吗?"

"不能,它在很遥远的地方。"

我思索了很长时间才问出下一个问题:"巴纳比是动物吗?"

"是的。"

"莎莉是动物吗?"

"从某种程度上说,是的。"

"莎莉的妈妈生活在动物园里吗?"

莎莉大笑了起来。"不。"她说。

"那她住在笼子里吗?"

"不。"莎莉说。

我想了想。

"莎莉的妈妈去世了。"我说。

"不,她还活着。"

我感到十分沮丧,因为不知道该怎样表达"莎莉的妈妈为什么跟巴纳比的妈妈不同"这个问题。我越是努力就越是表达不清,莎莉完全看不懂我的意思。最后我开始用拳头捶起地板来。罗杰一家都跳了起来,然后博士打开了大门。莎莉给了我一个打它时会吱吱叫的小玩具,我很快就忘了生气,开始玩起玩具来。莎莉跟博士说了些什么,然后他就笑着离开了。

"我们上课之前你还想问点儿别的什么吗?"莎莉问。

"为什么?"我问。

"什么为什么?"

"为什么巴纳比是猩猩而莎莉是人?"

"因为上帝就是这么创造我们的。"她说。

我兴奋起来,觉得自己快要了解到关于巴纳比的更多情况了。

"谁是上帝?"我问。

她试着回答我的问题,但我又一次没能听明白。

天黑之后,巴德清扫过我的笼子,除了罗杰一家,我又是独自一人了。于是我就坐在那里思考上帝。思考是件非常有趣的事情。

如果祂创造了莎莉和我,为什么不把我造得跟莎莉一样聪明？为什么她能说话,能用双手做到我做不到的事呢？

这让我非常困惑。我决定要见见上帝,问问祂为什么要这么做,祂为什么忘了即使是巴纳比也想要被抚摸。

莎莉刚到实验室我就问她:"上帝住在哪里？"

"住在天堂里。"

"天堂远吗？"

"远。"

"比动物园还远？"我问。

"比动物园远多啦。"

"上帝会来实验室吗？"

她笑了,"不会。为什么这么问？"

"我有好多问题想要问祂。"

"或许我能为你解答其中一二。"她说。

"我为什么总是孤单一人？"

"因为你与众不同。"莎莉说。

"如果我没有与众不同的话,我就能跟其他巴纳比生活在一起了吗？"

"对。"

"我从没伤害过上帝。"我说,"为什么祂要把我造得与众不同？"

第二天早上,我让她给我讲讲其他巴纳比的情况。

"巴纳比只是个名字。"莎莉解释说,"世上还有其他的猩猩,但我不知道其中有没有也叫巴纳比的。"

"名字是什么？"

"名字是一种能把你和其他人区别开来的东西。"

"如果我的名字叫弗雷德或迪诺,我就能跟别人一样了吗?"我问。

"不会。"她说,"你是与众不同的。你是倭黑猩猩巴纳比。你非常有名。"

"什么是有名?"

"许多人都知道你。"

"什么是人?"我问。

"男人和女人。"

"除了你、博士和巴德之外,还有别的人吗?"

"是的。"

之后就开始上课了,但我答题答得很糟,因为我还在想那个除了莎莉、博士、巴德之外还有更多人类的世界。我不停思索到底是谁在天亮时把他们从笼子里放出来的? 以至于把上帝都忘在一边儿啦,很多天都没有想起过祂。


我听见莎莉在跟博士说话,却听不懂他们在说什么。

博士不断提到我们已经没有乐趣①了,而莎莉却一直说巴纳比真的很特别,然后他们说了好多我完全听不懂的话。

他们说完之后博士就走了,我问莎莉为什么我们没有乐趣了。

"乐趣?"她重复道,"你想表达什么?"

"博士说已经没有乐趣了。"

她盯着我看了很长时间,"你听得懂他说的话?"

"我们为什么没有乐趣了?"我又问。

"科研经费。"她说,"他说的是科研经费,是别的意思。"

---

①英语"资金"(fund)一词的发音与"乐趣"(fun)很像。

"所以巴纳比和莎莉还是可以一块儿开心地玩吗?"我问。

"当然可以。"

我躺在地上跟她打手势,"挠挠我。"

她把手伸进笼子里来给我挠痒痒,但我看见她眼中有水——人类不开心时眼睛里就会有水。我假装咬了一口她的手,然后在笼子里拼命地跑圈儿,就像我还是小宝宝时那样,但这次没能把她逗笑。

我听见门后传来声音。又是莎莉和博士。

"唔,我们不能把他关在动物园里。"博士说,"只要他开始跟游客比画手语,不到月底,就会出现成千上万的人要求动物园还他自由。然后会发生什么? 他会变成什么样? 你能想象这可怜的家伙身处马戏团的样子吗?"

"我们不能因为他太聪明就把他给毁了。"莎莉说。

"那谁来照顾他? 你吗?"博士说,"他现在才八岁。等他性发育成熟变成一只成年公猿时,会发生什么? 现在离他成年也不远了。他几秒钟就能把你的衣服给撕没了。"

"他不会,巴纳比不会那么做的。"

"你的房东会让你养他吗? 你愿意牺牲自己未来的二十年来照顾他吗?"

"也许今年秋初我们就能获得后续科研经费了。"莎莉说。

"现实一点吧。"博士说,"就算有的话,也还得等好多年。国内已有六个跟我们类似的项目了,其中有一些已经研究得更为深入了。你知道巴纳比并非唯一学会了使用冠词和形容词的猩猩,有一只年满二十五岁的大猩猩,还有三只十几岁的倭黑猩猩。已经没道理相信还会有人给我们经费了。"

"但他不一样。"莎莉说,"他会问抽象问题。"

"我知道,我知道……那次他问你上帝是谁。但我研究了一下磁带,是你先提到上帝的。如果你提到迈克尔·乔丹,他也会问你那是谁,但那并不意味着他会对篮球产生持久的兴趣。"

"至少再让我跟委员会谈一次吧? 给他们看看他的录像带?"

"他们知道黑猩猩长什么样。"博士说。

"但他们不知道黑猩猩会怎样思考。"莎莉说,"也许这能说服他们……"

"这不是说不说服他们的问题。"博士说,"科研经费已经枯竭。这年头所有项目都受到了影响。"

"拜托……"

"好了。"博士说,"我会安排一个会议,但那不会有什么用的。"

我全部都听到了,但一点儿都没听明白。今天天亮之前,我梦见一个到处是巴纳比的地方。醒来后我坐在角落里,闭上双眼,想要在画面逐渐消散之前把它记住。

我们每天还是继续上课,但我看得出莎莉不开心,我想知道自己到底做了什么让她如此沮丧。

今天早上,莎莉打开笼子的门,默默地抱了我好久。

"我必须跟你谈谈了,巴纳比。"她说着,眼里又出现了水。

我摸了摸葡萄,"巴纳比喜欢谈话。"

"我们要谈的事很重要。"她说,"你明天就能离开实验室了。"

"我可以去外面了吗?"我问。

"你会到一个非常遥远的地方去。"

"去动物园吗?"

"比那更远。"

我突然想到了上帝。

"我会去天堂吗?"我问。

她笑了,但眼里出现了更多的水。"没有那么远。"她说,"你要去的地方没有实验室,也没有笼子。你自由了,巴纳比。"

"那里会有其他巴纳比吗?"

"有的。"她说,"那里还有其他巴纳比。"

"博士错了。"我说,"莎莉和巴纳比还能一块儿开心地玩儿。"

"我不能跟你一起去。"她说。

"为什么?"

"我得留在这里,这里是我的家。"

"如果你表现好的话,也许上帝也会让你离开你的笼子。"我说。

她发出一种奇怪的声音,然后再次拥抱了我。


他们把我放进一个小些的笼子里,里面一点儿光线也没有。那两天我每天都能闻到阵阵恶臭。给我准备的水大多都洒了出来,而且我还总能听到震耳欲聋的噪音。有时候人们会聊天,还有一次,一个既不是巴德也不是博士的男人通过笼顶的小洞拿给我了食物和更多的水。

我摸了摸他的手向他表示我并不生气,但他却尖叫着把手收了回去。

我不断地打手语,"巴纳比好孤单。"但笼里太黑了,没人看得到。

我不喜欢我的新世界。

第三天早晨,他们移了一下我的箱子,过了一会儿,又移了一下。最后他们终于把它抬走了,当他们把它放下来时,我闻到许多过去从未闻过的味道。

他们打开了门,我一出来便踏上了一片草坪。阳光如此刺眼,我眯缝着眼看着那些人,他们不是莎莉,不是博士,也不是巴德。

"你到家啦,小伙子。"其中一人说。

我环顾了一下四周。这个世界是个比实验室要大好多好多的地方,让我感到害怕。

"继续吧,伙计。"另一个人说,"好好闻闻四周的气味,去适应这个地方。"

我四处闻了闻,但我无法适应这个地方。

我在这个世界里待了好多天,慢慢认识了这里所有的树木和围在它们外面的栅栏。他们喂我吃水果、树叶和树皮。我无法适应这一切,还病了一段时间,但后来又好转起来。

我听到各种各样的噪音从这个世界外面传来——惨叫、咆哮、尖叫。我闻到很多种奇怪的动物味道。但我不曾听到任何巴纳比的声音,也不曾闻到他们的味道。

有一天,人们又把我放回了那个箱子,我在里面独自待了很长时间。当他们再次打开箱子时,我已不在那个世界里了,而是来到了一个林木遍野的地方,这儿的树多得几乎遮蔽了天空。

"好了,伙计。"一个人说,"把你带进森林啦。"

他打了个手势,但我不懂这个手势的意思。

我也比画着回复他:"巴纳比很害怕。"

那人亲昵地摸了摸我的头。这是离开实验室后第一次有人抚摸我。

"好好活着吧。"他说,"然后生一堆小巴纳比。"

然后他便爬回自己的笼子扬长而去。我拼命去追那个笼子,但它的速度太快了,很快就消失在我的视线中。

我回头注视着这片森林,听着各种稀奇古怪的声音,突然一缕清风带来了水果的香甜。

附近没人能看到我,但我还是打了个手势,"巴纳比自由啦"。

巴纳比自由啦。

巴纳比好孤单。

巴纳比很害怕。


我学会了寻找水源,也学会了爬树。我看见一些长着尾巴的小巴纳比在我面前叽喳不停,但是他们不会手语。我还见到一种长着斑点的大猫,它们会发出可怕的吼声,我只好躲着它们。

我真希望自己能躲回笼子里去,在那儿我永远都是安全的。


今天天刚蒙蒙亮,我就起床去找水喝,结果找到了另一只巴纳比。

"你好。"我用手语说,"我也是巴纳比。"

这只巴纳比对着我咆哮起来。

"你也住在实验室里吗?"我问,"你的笼子在哪里?"

这只巴纳比冲过来就要咬我。我尖叫了一声,摔倒在地,连滚带爬地逃开。

"我哪里惹到你了?"我问。

这只巴纳比又再度向我冲来,我发出恐惧的叫声,爬上了一棵树的树顶。他坐在底下盯了我整整一天,直到黑夜重新降临。天

可真冷啊,之后又变得特别潮湿,我颤抖了一整晚,真希望莎莉在
这儿。

　　早上的时候,这只巴纳比离开了,我从树上爬了下来。我闻了
闻他之前所在的地方,循着他的气味追踪他,因为除此之外我也不
知道能做什么。最后我来到一个到处都是巴纳比的地方,这里的
巴纳比数量完全超出我的想象。我想起莎莉教过我数数,于是便
数了起来。一共有二十三只巴纳比。

　　其中一只看见了我,他尖叫起来。我还没来得及比手势,他们
就全都向我冲来,我只能逃跑。他们追了我好久,但最终还是放弃
了,于是我又是孤单一人了。

　　我一个人待了很多天。我不再回到巴纳比族群那里去,因为
只要有机会,他们一定会伤害我。我不知道自己到底哪里惹到他
们了,也不知道如何才能改正。

　　我学会了在大猫还离得很远的时候嗅出它们的味道,然后爬
上树躲避它们。我也学会了如何躲避大狗,它们大笑的时候跟莎
莉看我翻筋斗时很像。但我如此孤独,我想聊天,我都忘了莎莉教
给我的一些手语了。

　　昨晚我梦到了费雷德、威尔玛、巴尼,还有迪诺,当我醒来时,
我的眼睛正在造水。

　　早上的时候,我听到些响动。不是大猫或大狗发出的,而是一
种奇怪的、笨手笨脚的响动。我准备去看看到底是谁弄出来的动
静。

　　在微亮的天色下,我看见了四个人——两个男人、两个女人

——他们带着一些小小的棕色笼子①。这些笼子可比不上我之前的老笼子,因为你既没法儿从外边看进去,也没法儿从里边看出来。

其中一人升起了火,他们围着火堆坐在椅子上。我想接近他们,但我已在巴纳比事件中汲取了教训,于是我就等着,直到其中一个男人看到了我。

他没有大叫,也没有追我,于是我对他比画起了手语。

"我是巴纳比。"

"它手里拿着什么?"一个女人问。

"什么也没有。"一个男人说。

"巴纳比想要成为你们的朋友。"我比画着。

一个女人把什么东西举到自己面前,忽然间砰的一声巨响!周围变得好亮,我什么都看不清了。我揉了揉眼睛,然后向前走去。

"别让他靠得太近。"另一个男人说,"谁知道他身上有没有携带着什么疾病呢?"

"你们愿意跟巴纳比一块儿玩吗?"我问。

第一个男人捡起一块石头向我扔来。

"嘘!"他大吼起来,"走开!"

他又扔来一块石头,我只好转身跑进森林。

等到天完全黑透,他们围坐在篝火边。我又悄悄走到尽可能靠近他们又不会被发现的地方,躺了下来,倾听他们的声音,假装自己又回到了实验室。

天亮之后,他们又拿石头扔我,直到我离开。

————————————
① 根据上下文理解,此处应该指的是帐篷。

直到有一天，他们向我扔了石头后，我找水喝去了。等我回来时，他们已经走了。他们并不算什么很好的朋友，但他们是我唯一的朋友。

现在我该怎么办呢？

终于，在很多天之后，我找到了一个单身巴纳比，而且是一名女性。她身上有很多伤疤，都是别的巴纳比攻击她时留下的。她见到我时，向我露出牙齿不断咆哮。我静静地坐在那儿，期望她不要跑掉。

过了很长时间，她开始向我靠近。我不敢动，因为不想吓着她或惹她生气。我没有看她，而是望向森林深处。

最后，她伸手从我肩膀上抓了一只虫子放进自己嘴里，很快，她就一边吃着飘落在地上的花儿和叶子，一边坐到我身旁来了。

终于，当确定她不会逃跑之后，我用手语跟她说："我是巴纳比。"

她抓住我的手，以为我在玩什么水果或是虫子，当发现我手里什么也没有时，她又对我露出了牙齿。

她真的不比罗杰聪明，但她至少不会从我身边跑掉。

我要叫她莎莉。

因为莎莉很怕其他巴纳比，所以我们生活在森林的边缘地带，他们很少到这里来。她会抚摸我，这感觉好极了，不过，我发现自己更想念聊天和思考了。

我每天都设法教她使用手语，但她不会学习。我们有了三个巴纳比宝宝，每个雨季之后都有一个出生，只是他们也不比莎莉聪明,而我,也已把大多数手势忘了。

越来越多的人类来到森林里,住在他们的棕色笼子里。我的家人很怕他们,但是,我爱聊天、爱倾听、爱思考,比什么都爱。我总会在夜里造访他们的营地,在黑暗中倾听他们说话,并试图理解那些词汇。我假装自己回到了实验室里,虽然我已越来越难记起实验室的样子了。

我每次都会走到新来的人面前,对他们说"我是巴纳比"。但从未有人回答过我。如果有人终于回答了我,我想那一定就是上帝。

我曾有好多事情想问祂,但大部分问题我都忘记了。我会告诉祂:对莎莉和实验室里的另外两人好点儿——我把他俩的名字给忘了——因为发生在我身上的一切并不是他们的错。

我不会问祂为什么这么恨我,把我变得如此与众不同,也不会问祂为什么人类和巴纳比们总是不断地驱逐我。我只会说:"请跟巴纳比聊聊天吧。"然后会问,"我们可以一起上堂课吗?"

曾经,当我还是个非常聪明的小伙子时,我有好多事情想要跟祂讨论。不过,既然我已离开了那个世界,能说上这些就已经足够了。

(冯南希 译)

# 拳击台上的导师

当大局已定，阿明①装模作样地说："我要跟尼雷尔②总统在拳击台上一决高下，这样将士们就不用在战场上牺牲了……穆罕默德·阿里③将是这场比赛的最佳裁判人选。"

——乔治·伊万·史密斯④，

《坎帕拉的幽灵》(1980)

当坦桑尼亚开始反攻，阿明提出了一个疯狂的方案以解决此次争端。他宣称此事应在拳击台上得到解决。

"我一直坚持锻炼以便能跟尼雷尔总统在拳击台上一决高下，而不用让将士们牺牲在战场上。"阿明还说穆罕默德·阿里将是这场比赛的最佳裁判人选。而他自己，作为前乌干达全国重量级拳击冠军，要和个头矮小、满头白发的尼雷尔对决。为了公平起见，

①伊迪·阿明(1925~2003)，乌干达前总统。

②朱利叶斯·尼雷尔(1922~1999)，人称"非洲贤人"，坦桑尼亚政治家、国父，也是坦桑尼亚建国后的第一任总统。

③穆罕默德·阿里(1942~2016)，美国著名拳击手。

④乔治·伊万·史密斯 (1915~1995)，澳大利亚人，做过战地记者、电影导演、外交官。

他将一只手缚在身后，在双腿上绑上沙包。

——丹·伍丁雷·巴奈特，

《乌干达大屠杀》(1980)

尼雷尔透过模糊了视线的血污向上望去，只见一名彪形大汉俯视着自己，大笑不止。他深深地看进这人的双眸，仿佛看见了非洲的蒙昧之心，残暴而又野蛮。

他记不太清自己到底在这儿干吗。哪儿都不痛，但当他试图移动身体时，却哪儿都动不了。一个身穿白色衬衣的黑人——这人看上去有点儿眼熟——似乎正在把那彪形大汉往角落里推去。彪形大汉对着尼雷尔看不见的人群微笑招手，向后退去，接着那白衣男人便折回来开始大叫。

"四！"

尼雷尔眨了眨眼睛，试图理清头绪。自己是谁，为什么会半裸着躺在地上，而那两个男人又是谁？

"五！"

"不要起来，导师！"他的身后传来一阵呼声，意识开始逐渐清醒。他是导师。

"六！"

他又眨了眨眼，看到了位于自己上方的巨型电子钟。第一轮进行至一分五十八秒了。他是导师，如果站不起来，他那业已破产的国家将输掉这场战争。

"七！"

他想不起刚过去的一分五十八秒里发生了些什么。事实上，他刚一踏上拳击台，脑子里就一片空白。他能尝到嘴里自己鲜血的味道，也能感到血正沿着眼睛和脸颊往下流淌，却想不起自己到底是怎么受伤的，又是怎么倒地的。这一切简直是个谜。

"八！"

腿终于又能动了，于是他竭尽全力站了起来。他不知道双腿是否还能支撑住身体的重量，但它们必须得撑住。穆罕默德·阿里——阿里！那就是白衣男人的名字——正在一边清理手套，一边看着他。

"你不应该起来的。"阿里小声说道。

尼雷尔咕哝着答了一句。他庆幸护齿套把话都给挡了回去，因为他也不知道自己到底在说什么。

"如果你愿意，我可以终止比赛。"阿里说。

尼雷尔又咕哝了一句，这时那个彪形大汉轻笑着穿过拳击台向他慢慢走来，阿里耸耸肩站到了一旁。

最初人人都以为这是阿明的一句玩笑话，没人当真。除了那些饱受其摧残的人。

他对坦桑尼亚北部发起了一次出人意料的空袭。没人知道为什么。因为自独立以来，不管非洲的领袖们在自己的国土上怎样胡作非为，甚至造成种族灭绝，但他们都坚定地维护一个原则：领土主权神圣而不可侵犯。

于是坦桑尼亚的总统、贤人和导师——朱利叶斯·尼雷尔动员本国武装力量把阿明的军队赶回乌干达去。没有一个非洲国家为其提供军事援助；没有一个西方国家为其提供经济援助。一颗子弹的钱都没有。而出于利益考虑，阿明摇身一变成了伊斯兰教徒。于是如今利比亚的领导人卡扎菲，一个疯子加机会主义者，为乌干达增援了大量的资金与军火。

尽管如此，尼雷尔手下的将士们还是身着破旧军装、手持老式步枪向坎帕拉一路挺进，看起来阿明政府倒台、战争结束、米尔顿·奥博特①重任乌干达总统只不过是时间问题。这是一场道德的征伐，尼雷尔坚信阿明的将士们将弃甲曳兵、大败而逃，因为他们也明白，正义是站在坦桑尼亚这边的。

然而，正义也许确实更加青睐尼雷尔，但时间却不。他知道西方媒体甚至坦桑尼亚军队都不知道的情况：三周之内，他那业已破产的国家将无法再给将士们补给军火，甚至连把他们从乌干达带回国的钱都没有。

"我要在拳击台上跟尼雷尔总统一决高下，这样将士们就不用在战场上牺牲了……"

这次挑战遭到了西方世界每一份报纸的嘲笑。三百三十磅重、肯尼亚军队中的前重量级拳击冠军阿明走上拳击台与五英尺一英寸高、一百一十二磅重、五十七岁高龄的尼雷尔一决高下的场面遭到了一个又一个专栏作家的嘲弄和调侃。

导师是唯一没有嘲笑这件事的人。

"你知道自己疯了吗？"

尼雷尔平静地看着站在自己桌前高大威猛的男人。天气又热又湿，典型的达累斯萨拉姆气候，眼前的男人已经汗流浃背。

"我没让你来对我的精神状况评头论足。"尼雷尔答道，"而是让你来告诉我怎样才能打败他。"

"这是不可能的事。你比他轻两百磅，老二十岁。我作为裁判，只要避免他彻底杀了你就算尽职尽责了。"

_____

①阿波罗·米尔顿·奥博特（1924～2005），乌干达政治家，1962年至1966年间出任该国总理，1966年至1971年及1980年至1985年期间两度出任总统。

"你常常打败比你高大强壮的对手。"尼雷尔温和地指出,"而且,在职业生涯后期,你也常常打败比你年轻的对手。"

"像蝴蝶一样轻灵,如蜜蜂一般蜇人。"阿里答道,"但五十七岁高龄的总统已经没法轻灵起来,你这样瘦小的人更没法蜇人。我当了一辈子拳击手。而你,打过人吗?"

"年轻时打过。"尼雷尔说。

"多年轻的时候?"

尼雷尔的思绪回到大约四十八年前的那个阳光灿烂的日子,那天他打了自己的弟弟,虽然已经记不起原因了。在他的记忆中,他俩都是一副又矮又瘦、营养不良的模样。整个过程总共也就打了两拳,出拳的力量小得几乎连只蚊子都打不晕。第二周他便开始识字了,意识到文字的力量远胜于蛮力,从此再也没有因为愤怒而抬手。

尼雷尔叹了口气,"很年轻的时候。"他承认。

"一点儿办法也没有。"阿里说,然后又重复了一遍,"真的一点儿办法也没有。这个人不仅是个拳击手,还是个疯子,疯子感觉不到疼痛的。"

"你会怎么跟他打?"尼雷尔问。

"我?"阿里说。他的左拳猛地朝空中一击,"停一下、跑一下,停一下、跑一下。让他跟着我动,直到累倒。那种身材的人往往都长着一身肥膘。"他把双臂举至面前,"如果他追上了我,我就往围绳上一靠,身体后倾,用前臂抵挡他的攻击,伺机反攻。让他自己耗尽精力。"突然他直起身子,转身面向尼雷尔,"但这对你而言没用。如果你试图拿手臂保护自己,他会打断你的手臂。"

"他到时只有一只手能动。"尼雷尔指出。

"他一只手也做得到。"阿里答道,"你唯一能做的就是不断跑动,耗到他筋疲力尽。"他皱起眉头,"但……"

"但什么?"

"但我从没见过一个五十七岁的人能把一个三十多岁的人耗至筋疲力尽。"

"唔。"尼雷尔不高兴地耸了耸肩,"看来我得再琢磨琢磨。"

"不如琢磨怎样让你的将士把他的士兵打得满地找牙。"阿里说。

"那不可能。"

"我感觉你的军队会赢的。"阿里说。

"最多十四天,他们的弹药和汽油就会耗尽。"尼雷尔答道,"到时他们既无力自保,也没法撤退。"

"那就给他们补给呀。"

尼雷尔摇了摇头,"你不明白。我的国家破产了,没钱购买弹药了。"

"该死,我可以借钱给你。"阿里说,"这个阿明是个疯子。他把全世界黑人的名声都搞臭了。"

"这个方案不在讨论范围内。"尼雷尔说。

"你觉得我拿不出那么多钱?"阿里不服气地说。

"我确信你非常有钱,也确信你是真诚地想要资助我们。"尼雷尔答道,"但即使你给了我们钱,也肯定来不及把钱换成所需的物资了。这是拯救我国军队的唯一方法。"

"通过让那个疯子把你撕成两半拯救军队?"

"通过在拳击台上打败他,趁他还没有意识到自己能在战场上打败我的人之前。"

"我见识过各种各样的事情发生在拳击台上。"阿里说着,难以置信地摇了摇头,"但这是最奇怪的一次。"

"你不能这样做。"玛丽亚说。她最终还是知道了。

"比赛已经定下来了。"尼雷尔答道。

在他们自己的卧室里,他凝视着印度洋上月亮的倒影。水面上波光粼粼,他尽力让自己忘掉西方的黑暗。

"你又不是职业拳击手。"她说,"你是导师。没人希望你与这个疯子碰面。媒体都把这当作一个玩笑。"

"我也想跟他交流博士论文,但他却坚持要与我切磋拳脚。"尼雷尔讽刺地说。

"他就是个文盲。"玛丽亚说,"民众也不会同意的。是你带领着我们走向独立,从此一路引领着我们。民众需要的是你的智慧,而非拳头。"

"我一直保持着一名知识分子的操守。"他承认,"但那给我们带来了什么?肯雅塔①、蒙博托②甚至是卡翁达③通过不正当交易窃得数以百万计的美元,我俩却自结婚那天起一直贫困不堪。"他悲哀地摇了摇头,"当我奋起反抗阿明时,只有博茨瓦纳总统塞雷兹·卡马先生站在我们一头,而那是因为他有英国骑士头衔的庇护。"他停顿了一下,努力理清头绪,"或许肯尼亚'老人'④是对的——花开堪折直须折。如果当初把所获得的国家援助都偷偷存进自己的瑞士银行账户,我们的军事装备还会如此之差吗? 我还能

①原名卡莫·瓦·恩根吉(1893~1978),肯尼亚共和国首任总统,肯尼亚民族独立运动领导人。

②蒙博托·塞塞·塞科(1930~1997),扎伊尔共和国(现刚果民主共和国)总统,1965年他通过政变上台,重建中原政府,1997年在第一次刚果战争中被推翻。

③尼思·戴维·卡翁达(1924~ ),赞比亚国父、政治家、外交家、教育家、国务活动家,非洲民族解放运动的元老和非洲社会主义尝试的代表人物之一,非洲统一组织(今非洲联盟)和不结盟运动的资深领导者。

④原文为东非英语"MZEE",意指睿智的老人。

比如今的状况更糟吗？我居然准备——"他无法掩饰自己的厌恶，
"——在拳击台上去面对这个疯子。"

"你决不能与他碰面。"玛丽亚坚持道。

"我必须见他，不然会全军覆没。"

"你以为他打败你之后还会让将士们活下来吗?"她问。

尼雷尔还没想得那么长远，他苦恼地皱起了眉头。

他上任时怀抱远大梦想。让肯雅塔当他的西方资本主义走狗
去吧，让马沙尔把国家出卖给俄罗斯去吧。但坦桑尼亚会不一样，
它将成为非洲社会主义的试验场。

这是一个干旱贫瘠的国度，物资十分匮乏。尽管这里有大型
野生动物保护区——位于北方的塞伦盖蒂平原[1]和恩戈罗恩戈罗
火山口[2]，但国内五分之四的土地上都密布着采采蝇[3]，地下也没有
矿藏，内罗毕[4]已然成了东非最繁荣的城市，而达累斯萨拉姆的现
代化程度和其完全不能相比。这里牧场稀少，水源更是稀缺。但
这些问题没有一样能难倒尼雷尔；它们不过更有挑战性罢了。他
毫不怀疑自己有能力把一切改造得让自己满意。

但是，比工业化、社会繁荣和其他一切政务更为重要的，是教
育。他的一生，从荒凉之地走上总统之位，将莎士比亚的全部著作
译成了斯瓦西里语，制定了本国宪法的形式与结构，所以他知道，
让民众识字才是治国的基础。当他的人民还生活在茅草屋里时，
其他国家的人民已登上了月球，懂得了利用原子能，治愈了成百上
千种疾病，这一切都归功于知识。所以当肯雅塔变成"老人"——

---

[1]位于非洲东部、赤道以南。

[2]位于坦桑尼亚北部东非大裂谷的死火山口。

[3]舌蝇，亦译螫螫蝇。非洲吸血昆虫。

[4]肯尼亚首都，也是东非最大的城市。

睿智的老人时,他自己成了导师。不是总统,不是领袖,不是酋长,而是老师。

他将引导他们远离蒙昧之心,抓住智慧之光。基于以色列的基布兹集体农场,他开辟了乌贾马①村落,发表了《阿鲁沙宣言》②,将一半以上的国家援助资金划拨给学校。他的国民或许食不果腹、衣不蔽体,但他们能够阅读,一切都将顺理成章地好起来。

但随之而来的却是一次又一次的干旱、一场又一场的饥荒、一波又一波的疾病。于是他只好前往别的国家,描绘自己的愿景,请求经济上的援助;但他最终也没能筹措到资金,只带回了一万名满脑子理想主义的青年学生。他们本意是好的,而且工作勤恳,但也需要有食宿和医疗。当发现无法在一两年内将此国打造成心目中的乌托邦时,他们选择了离开。

而后,这个疯子便出现了,他成了压垮坦桑尼亚经济的最后一根稻草。尼雷尔谴责了他的所作所为,却发现自己在非洲大陆上变得孤立无援,因为非洲领导人之间是不会互相责难的。一夜之间成了众矢之的的是导师,而非乌干达的嗜血屠夫。原就风雨飘摇的东非共同体开始分崩离析,当尼雷尔试图挽救时,肯雅塔——那个真正的资本家——将三个成员国的共同基金挪为己用,开始印刷本国钞票。剩给几近破产的坦桑尼亚的,是只在其国内才能使用的钞票。

但他仍会奋力迎战。如果这就是那个"老人"想要的游戏规则,他也可以效法。他封锁了坦桑尼亚和肯尼亚的边境。如果观光客想去参观他的自然动物保护区,就得乖乖地待在他的国家里——再也不会有与内罗毕之间的往返旅程了。如果阿明想要杀戮

①村社社会主义,非洲社会主义的一个派别。
②坦桑尼亚于1967年2月5日发表《阿鲁沙宣言》,宣布走社会主义发展道路。

他自己的国民,那就杀好了;他会斩断所有外交关系,邻国爱怎么想就怎么想去吧。或许这样还要好些呢;如今,没了外界的影响,他就能专注地打造自己的乌托邦了。或许困难更多,需时更长,但最后的成果一定能带来巨大的满足感。

然后,阿明的空军就向坦桑尼亚投下了炸弹。

简直丧心病狂。

尼雷尔闪身躲过了一记右勾拳,阿明狂笑着对观众眨了眨眼睛,阿里则往后退了退,同时默默希望自己现在身在别处。

尼雷尔的视线终于清晰起来,但鲜血仍在源源不断地往左眼里流。开打不到两分钟,他就已经喘不过气来了。他能感觉到自己的每一次心跳,仿佛胸膛中关了个手拿铁锤和铁凿的小矮人,正拼命想要逃出来。

绑在阿明脚踝上的沙包应该拖慢了他的速度,但不知怎的,尼雷尔还是被逼得靠上了围绳的角落。阿明虚晃一拳,尼雷尔一个闪身,脸正好迎上这个疯子的全力一击。

五十七岁的尼雷尔再次跪倒在地,挣扎着呼吸。他突然意识到自己呼吸不到空气了,他窒息了,也许心跳也停止了……但并没有,他能感觉到它依旧在怦怦跳动。然后他才明白过来:自己的鼻梁被打碎了。他试图用嘴巴呼吸,但护齿套却很碍事儿。他啐的一口把护齿吐了出来,看到上面竟然没有一丝血迹时稍微有些惊讶。

"三!"

站在拳击台那头的阿明嚣张地大笑着走来。阿里停下了倒数,慢慢地将他赶回了中立角。

笔尖胜过干戈。尼雷尔脑中兀自冒出这句话来,他真想笑。

一声骇人的干呕从他双唇逸出，陌生得让他不敢相信是自己的声音。

阿里慢慢走回他的身边，恢复了倒数。

"四!"阿里的眼睛似乎在说，就这么躺着，你这个老糊涂。

尼雷尔抓住一根围绳试图把自己拉起来。

"五!"他用眼睛说，我可以尽力为你拖延时间，但你要是再站起来，我就没法保护你了。

尼雷尔用尽平生最大的力气艰难地站起来。

"六!"你跟他一样，就是个疯子。

尼雷尔站了起来。他真希望玛丽亚能为他感到自豪，可他知道她不会。

阿明对着观众做了个可笑的模仿阿里的鬼脸，然后开始移动，准备痛下杀手。


当他还是个年轻人的时候，就读于乌干达马凯雷雷大学，是他们班的班长。那时他的老师和同学就已认定他会是未来的领袖。他所在的兄弟会参加了一场田径运动会，而他被选中去跑四百米田径赛。

他说，我又不是运动员，我是个学生;我有考试要愁，有奖学金要拿，可没时间去做这种蠢事。但他们还是把他的名字报了上去，那场比赛是当天的最后一个项目，就在比赛快要开始前，他的兄弟们跑来跟他说，他至少得跑赢五个对手中的一个，不然在其他项目中只有微弱优势的兄弟会就会输掉这次比赛。

那么你们输定了。尼雷尔耸了耸肩说。

如果我们输了，那都是你的错。他们告诉他。

这不过是场赛跑。他说。

但它对我们而言很重要。他们说。

于是他来到起跑线前,信号枪一响,六个年轻人跑了起来。他一上场就被甩到了最后,并且全程占据着最后一名的位置。当跑过终点线时,他发现兄弟们都不理他了。

之后他抗议说,这不过是场比赛而已,跑得快些又能怎样?我们上大学是为了学习法律、矢量和宪法的,又不是来跑圈儿的。

并不是最后一名的问题,其中一人答道,而是你代表着我们却不肯付出努力。

过了很多天后,他们才又跟他说话。从此,他开始每天早晚各跑一公里,当下一次运动会开始时,他主动报名参加了四百米跑。他比第一名落后了差不多三十米,但却是第四个跑完的,跑过终点线十米以后,他终于因体力不支倒下了,而第二天早上,他就在拥立声中被再次选为兄弟会的主席。

第一轮还剩四十三秒结束,而他的手臂已经沉得抬不起来了。阿明一记勾拳,他躲了一下,却还是被打到了肩膀,倒退了半场之远。肩膀逐渐失去了知觉,但这为他争取了十秒钟时间,因为这个疯子脚踝上绑着沙袋没法走快,或许就算没有沙袋,他也不会走快。更何况他还如此享受跟观众逗趣,跟阿里说话,对着拳击台旁的摄像机做鬼脸。

阿里发现自己夹在这两个男人之间,他花了几秒钟才笨拙地退开——阿里这辈子都不曾行差踏错一步——却为尼雷尔争取了五秒。尼雷尔抬头看了看时钟,第一轮还剩不到半分钟了。

阿明低吼一声,挥拳而出,这一拳足以打碎他的头盖骨,但这并没有发生;这大块头乌干达人因一手缚在身后而没能掌握好平衡,不仅没有击中对手,还差点儿跌出了围绳。

"就是现在,打他!"尼雷尔那方传来阵阵呼喊。

"杀了他,导师!"

但尼雷尔已经几乎无法呼吸,手臂也抬不起来。他眨了眨眼,挤出眼里的鲜血,蹒跚着往拳击台最远端走去。也许阿明要花十二三秒才能爬起来、确定他的方位、来到他的身边。那时就算他再次倒下,也能因铃响而获救。挨过这一轮,他就还能继续比赛。

矢量,角度,直角三角形斜边的平方。这些都十分有趣,但对他的领导人之路却没有丝毫帮助。于是他选择了法律、历史和哲学。

他怎会知道长远来看,它们也没什么用?

他坐在自己的中立角,鼻孔被撑开,拳击台医生正在处理他眼睛上的伤口。阿里走过来定睛注视着他。

"他再把你打倒一次,我就叫停比赛。"他说。

尼雷尔试图回答,但因为嘴唇被打破了,让人完全不知所云。不过也好,他自己知道,他努力想说的是"请叫停吧"。

阿里探身过来压低声音说道:"你知道吗?拳击不仅是种运动,它还是门科学。"

尼雷尔发出疑惑的嘶声。

"你跑,他就会抓住你。"阿里继续说道,"拳击台不够大,没有地方可以藏身。"

尼雷尔木然地看着他。这个男人究竟想说什么?

"你得靠近他,抓住他。不给他挥拳的空间。如果你那么做,或许我明天就不用参加你的葬礼了。"

矢量、角度还是哲学,当你成为导师并为自己的生命而战时,它们都没什么差别了。

四百磅左右的狮子在狂怒中打倒了一吨重的水牛。

一百磅的鬣狗把狮子耗得油尽灯枯，最后杀掉了它。

二十磅的豺吃掉鬣狗，结束了这一切。

尼雷尔紧紧抱住了这个疯子，拼死也不放手，他感到一记记重拳如雨点般落到自己肩背上，于是抱得更紧了。阿里把他俩分开后站到靠近阿明右手的位置，使阿明无法打出勾拳，而尼雷尔又再次抱住了这个巨人。

他的脑子终于清醒了。马上就是第四轮了，第一轮后他就再没被击倒过。他依旧喘不过气来，双腿几乎无法支撑他走到拳击台中央，鲜血也再次淌入了双眼。他看了看对面吼叫着诅咒他的疯子，气喘吁吁。

阿明累了吗？这还重要吗？尼雷尔仍未打出一拳。他怀疑就算打上一百拳，这个乌干达人也不会倒下。

或许他也该在这场比赛上下点儿赌注的。赌他撑不了这么久的赔率是一千比一。他可以把赢得的奖金留给他的军队，然后光荣地死去。

当他们给他按摩肩膀、在他脸颊涂上油脂、冰敷他肿胀的眼睛时，尼雷尔知道这次和以往的比赛都不相同。他挺过了四轮，竭尽了全力，但并不会改变局面。他能因在六人田径赛中得到第四名而被再次拥立为主席，但如果今晚得了第二名，可就没有国家能再次推选他为总统了。这里是现实世界，胜利比挺过去更重要。

阿里让他坚持住，支持他的观众让他放弃，拳击台医生让他保护好自己的眼睛,但没人告诉他怎样才能获胜,他意识到只能靠自己找到答案。

哥利亚①死在了一个孩子手里,就算阿喀琉斯②也有弱点。他要怎么做才能把这个疯子打倒?

阿明是个疯子,痴迷酷刑,谋杀了自己的妻子们,甚至有谣传说他吃了自己尚在襁褓中的儿子。你如何能在那样一个野蛮人身上找到弱点?

尼雷尔突然反应过来,得从他野蛮人的性格中找突破口——愚昧、无知、迷信。

现在没有时间仔细思考了,但他会记着这个想法。他会凭借紧靠、抱住阿明的战术再挺过一轮。虽然和这个巨人共处一室都令人觉得有失体面,更别说紧密接触——这简直让人感到窒息。

再动干戈三分钟,而后他将以笔为刀。

他差点儿就没能做到。这轮进行到一半时,阿明就像抖一只苍蝇一样把他抖了下来,然后就在他企图再次贴上去时,阿明的右拳狠狠地击中了他的脑袋。

他开始逐渐失去意识,但依靠坚定的意志力又挺过来了。他晃了晃头,往拳击台上吐了一口血,再次站了起来。阿明向他冲来,他又一次用自己那纤细的小胳膊钳住了这个巨人。

“蛇。”他含糊不清地说道,差点儿连自己都听不明白。

---

①《圣经》中的巨人,身长九英尺,力大无比,最后被一个名叫大卫的牧羊少年杀死。

②《伊利亚特》中参加特洛伊战争的一个半神英雄,希腊联军第一勇士,除了脚踵外,全身刀枪不入。

"蛇?"拳击助手问道。

"画条蛇在我的手套上。"他强忍着痛苦费力地挤出了这句话。

"现在?"

"现在。"尼雷尔喃喃说道。

尼雷尔顶着一张血肉模糊的脸应战第七轮。阿明向他走来时,他一口将护齿套吐了出来。

"我出击时,这条蛇也将出击。"他轻声说道,"保护好你的心脏,疯子。"他又用扎纳克方言复述了一遍,让那个巨人以为他在念咒语。

阿明的双眼因为恐惧而睁大,尼雷尔一拳击中了他的左胸。

这是开场以来他打出的第一拳,而阿明直接跪倒在地,尖叫了起来。

"一!"

阿明低头看着自己完好无损的胸膛和便便大腹,似乎对于自己仍然活着还能呼吸感到有些诧异。

"二!"

阿明眨一下眼睛,然后笑了起来。

"三!"

巨人站了起来,一步步走近尼雷尔。

"再试试看。"他说,声音大得能让拳击台旁边的人听到,"你的蛇可没有毒。"

他一手撑着臀部,杵在那儿等着。

尼雷尔凝视了他片刻。所以,笔尖根本胜不了干戈。莎士比亚应该告诉他的。

"我等着哪!"巨人怒吼了一声,又对观众做起鬼脸来。

尼雷尔意识到一切都完了,今晚他将死在拳击台上,他既没钱,也无法靠自己的拳头拯救军队。这场拳赛他打得很好,坚持的时间比任何人预期得都长。至少,在一切结束前,他还能有点儿小小的满足。他以左肩佯攻,再集中全部力量挥出右拳,这最后的一击正中这个疯子的下体。

只听"咳"的一声,一股气流从阿明嘴里喷出,他弯下腰,接着再次跪倒在地。

阿里把尼雷尔推回中立角,示意裁判从计分板上扣除他一分。

他们可以扣我一分,尼雷尔想,但他们无法抹杀我与他决战拳击台、挺过六轮、还把这个巨人打倒两次的事实。一次依靠笔尖,一次依靠干戈。

尽管两次都没起到多大作用。

这次比赛给身为导师的我上了最后一课,他想,有时候既懂矢量又懂哲学也是不够的。要想战胜非洲的蒙昧之心,要想战胜遍布于这片悲苦大地的狂悖无道,我们必须想出别的办法来。我已为后来者走出了第一步;我已勇敢无畏地面对、抵抗过它。以后我的使命将由他人接手,由比我更加睿智的导师接手,由他去完成。我已倾尽全力、付出所有,在蒙昧的盔甲上凿出了第一道凹痕。理智并不总能战胜疯狂,但理智的人必须站出来表明自己的立场,就如我所做的那样。我已问心无愧。

最后他平静下来,准备迎接巨人的最后一击。

(冯南希 译)

# 弗兰肯斯坦的新娘

**4月4日**

我到底在这里做什么?

我们没有佣人,从不外出,也不会有客人来访。家具全都又破又丑,屋里到处弥漫着一股霉臭味。整个村庄的其他地方都通上电了,但维克多却拒绝把电输送至山上的城堡里来。我们借着烛光阅读,靠着壁炉取暖。

这可不是我为自己设想的未来。

噢,我知道,我们是各取所需——他得到我的钱财和身体,我获得他的贵族头衔。真不知道当时的自己以为成为冯·弗兰肯斯坦男爵夫人会是一番怎样的光景,但绝不该如现在这般。我知道他有一栋年久失修的古堡,但没想到我们会成天待在里面。

维克多也真是烦死人了。他老爱用口哨声吹奏一首毫不着调的曲子,而且,只要我一跟他抱怨,他就会立马道歉,可隔会儿又开始哼哼起来。他还不如那个总是为他跑腿的不知礼数的矮小驼子。他就是个懦夫,从不会直接走到我跟前对我说:"我还需要些钱。"噢,不,维克多才做不到呢。反而,他会派那个丑陋矮小的马屁精来找我,这人对我总是那么粗鲁无礼,而且身上的味儿闻上去就像没洗过澡似的。

当我问这笔钱是用来干什么的时候,他会让我自己去问维克多。而维克多只会支支吾吾,永远不会告诉你答案。

昨天他指使伊戈尔出去买了个发电机回来。我还以为他终于意识到城堡需要改造一下了。我本该更清醒点儿的。发电机被搬进了地下室,因为他的一个实验需要用到它。可他愚蠢的实验既不能给我们带来名气,也不能带来钱。他会用发电机的电力让一条死青蛙的腿抽搐起来(好像谁会在乎似的),却不会用它把这风雨不蔽、无聊透顶的丑陋城堡变得暖和一些。

我讨厌自己的生活。

## 5月13日

"我的作品活啦!"

半夜,一声鬼哭狼嚎般的尖叫把我吵醒。他造的那个该死的东西当然会活过来。那个矮个儿的小杂种今天又跑来跟我要钱了。

## 5月14日

好吧,今天我终于见到了这几个月来的工作成果。维克多竟为创造出这么一个可怕的东西而感到无比自豪。老实告诉你吧:它奇丑无比,几乎不能言语,你恐怕得用显微镜才能发现它的智商,而且,它甚至比伊戈尔还要难闻。我的财产就被他花在这么一个东西上了?

"它是什么?"我问。维克多纠正说不是"它",而是"他"。他坐在桌子的边沿上,就那么傻不溜丢地一直盯着墙壁看。维克多握住我的手臂(他的手上总是沾着些化学药品,我讨厌他碰我),把我拉到这东西面前。"你觉得怎么样?"他问。"你真想知道?"我答道。他说真想知道,于是我用接下来的五分钟时间向他原原本本地阐述了我的想法。他一言不发地站在那儿,下唇不停颤抖,那表情简直跟多年前我哥得知自己养的小狗崽淹死时的表情一模一样。

那东西发出一种想让人宽心的哼哼,还伸手抚摸维克多,似乎想要安慰他。我啪的一下扇开他的手,警告他永远不要碰触人类。他呜咽起来,双手捂脸,似乎以为我会打他。就算能打,我也不会打;这件衬衫已经很难洗了,我可不想再蹭上这怪物身上的东西。

"不要吓唬他!"维克多生气地说。

这句话足以证明他与现实生活是多么脱节。这东西足有六个橄榄球员加一个举重运动员那么壮,而我不过是个成天花大把时间思考自己当年为何没有嫁给布鲁诺·施密特的无助女人。没错,布鲁诺确实秃顶、肥胖、牙齿烂黄,还装了颗玻璃假眼珠,但他是个银行家啊,而且家里的地下室里也不会有一只怪物。

## 5月25日

今天我去溪中钓鱼了,因为维克多忙于他的研究笔记而没能发现家里已经快弹尽粮绝了。(如果家里有台冰箱的话,食物储备就不会那么容易告罄了。当然,就算有冰箱,也没地方给它插电。)

我正手拿钓竿,穿着雨靴站在溪边,突然身后传来一阵噪音,我转身去看——女人独自一人的时候总得万分小心——发现维克多把那个东西放了出来,或许这万恶的可怕家伙也需要出来做做运动、透透气,或是干点儿别的什么吧。

当我转身面向他时,他停了下来,默默注视着我,于是我说:"你要是敢碰我一下,我就把你的眼珠子挖出来!"

他微微颤抖了一下，然后绕着我走了个巨大的半圆，最后在溪水下游大约三十码的地方停了下来，开始盯着鱼儿看。不知怎的，当他蹚入水中，鱼儿们好像知道他并无恶意，全都簇拥到他脚踝旁去了。他指着那些鱼，笑得跟个白痴似的。

"很好。"我说，"抓四条来当晚餐吧，说不定我也会煮一条给你呢。"

我发誓直到那时，我都还以为他一个字也听不懂，平时他的反应不过是根据音调做出的。没想到他竟俯身下去捞了四条鱼起来，然后一把扔到了草地上。鱼儿在草地上啪嗒啪嗒地扭动着。

"不错嘛。"我认可道，"杀了它们，咱们就可以带上它们回城堡了。"

"我不杀生。"他说，声音低哑，充满恐惧。直到这时我才发现他会说话。

"好吧，那就趁你那条还活着，赶紧吃了吧。"我说，"我可不会在乎。"

他盯着我看了一分钟，最后说："我还不饿。"说完便慢慢地往城堡走去。

"很好！"我冲他背影喊道，"这样我们还能多吃一条！"

如果说这世上有什么东西让我无法忍受，一定是它的傲慢无礼。

## 5月27日

"亲爱的，难道你没发觉，"维克多说，他那窄小的胸膛里澎湃着满腔的自豪，"从没有人完成过这样的创举吗？"

"我相信。"我说着，看向那个似乎每天都在变得更丑的家伙，"但那并不代表它是值得炫耀的东西。"

"你就是不明白。"维克多说着撅起了嘴,每次我指出一些显而易见的问题时他都会嘟嘴,"利用死尸身上的不同部分,我创造出了一条生命!"

"我完全明白。"我说,"你觉得是谁在为这一切埋单?"我指着那个忙着发呆的家伙,"左臂本该是我的新电炉,右臂本该是地毯,左腿是我的小轿车,右腿是中央供暖系统,躯干是我的新家具,而头——应是早已畅通无阻的室内管道系统。"

"你这样太物质了,亲爱的。"维克多说,"真希望我能让你明白这个生物所具有的难以估量的科学价值。"

我看了一眼自己丈夫在实验室里造出的这个乱七八糟的东西。"如果你还要继续养他。"我说,"至少给他一把拖把,然后教会他怎么用。"

## 6月1日

我从屋里拽了把椅子到花园里坐,因为实在是忍受不了维克多那些化学药物的味道。由于巴伐利亚版的《华尔街日报》今天又来晚了,我都沦落到阅读《生活》和《看见》的地步了。虽然不得不卖掉所有股票为维克多那无休无止的科学实验埋单,但我依旧密切关注着行情,还会盘算若我嫁的人是布鲁诺·施密特,或某个别的医生,如今已身家几何了。当然,这个别的医生得安心让病人死去,不会把他们复活。

我又拽了一张小桌子出来放杂志和冰茶。原本能让伊戈尔来做这些事的,但我宁愿死也不会请他帮忙。我坐在那儿看书,看着看着就听到了一阵大地震动的声音——轰隆、轰隆、轰隆,毫无疑问,那个家伙又出来放风了。

"下午好,男爵夫人。"他用沙哑的声音说道。

我瞪了他一眼。

他看到我的杂志。"你在看书吗?"他问。

"不。"我冷淡地回答,"我正在跟一个来自地狱最底层的、活生生的梦魇说话。"

"我并不想打扰你。"他说。

"很好。"我说,"那就到城堡那边去,不要在这里打扰我。"

他叹了口气走开了,于是我继续阅读。几分钟后,我的杂志被一片巨大的阴影笼罩,我抬起头来,看到那东西正站在我的身旁。

"我认为我已经告诉你——"

他伸手递来一朵精致的金色花朵。"送给你的。"他说。

"谢谢。"我把花接了过来,然后随手扔到了地上,"现在,走开。"

在他转身离去的瞬间,我发誓看到了一滴眼泪从他侧颊滑落,但或许那不过是当时阳光照在他脸颊上形成的错觉。

## 6月3日

今天我在木屋图书馆里碰到了他。那儿本该是让我快乐和骄傲的存在,如今却成了我逃离百无聊赖的现实生活的地方。

"你在这里干什么?"我一进去便问。

"我觉得好无聊,每天都无所事事。"他答道,"我想到城里去,但主人"——他是指维克多——"还不愿别的人见到我。但他说我可以去读读他的书。"

"你能阅读?"我问。

"当然能。"他答道,"这很让人吃惊吗?"

"好吧。"我耸了耸肩说,"看去吧。在另外那面墙上你能找到维克多的科学书籍。"

"我对那些不感兴趣。"他说。

"那可不是我的问题。"我说,"不过你竟站在一排简·奥斯汀和勃朗特姐妹所写的爱情小说旁。那些书对你而言毫无意义。"

"我觉得我会喜欢看爱情小说。"他说。

"真令人恶心!"

"你真这么认为?"他好奇地问。

"我就是这么说的,不是吗?"我答道。

"也许这就是主人每晚都待在实验室里的原因吧。"他说。

我从书架上抽了本大部头出来。真想用它狠狠打他一顿,但我不认为他能感觉到疼痛,最后我只是把它塞进他手里,然后让他滚出我的视线。

## 6月4日

当我在户外阅读《华尔街日报》时,他笨拙地缓慢走过来,最后终于在我面前立定。

"这次你又想干什么?"我生气地问道。

"我是来向你致谢的。"他说。

"为了什么?"我问。

"为这个。"他放了本书在桌子上,"我昨晚读了《圣诞颂歌》,真是本让人振奋不已的书啊。"他停顿了一秒,用那双毫无生气的冰冷圆球注视着我的眼睛,"当我知道连斯克鲁奇①都能转变时,真是无比欣慰。"

"你是在拿我跟斯克鲁奇作比较吗?"我愤怒地问道。

"当然不是。"他稍稍停顿了一下,"斯克鲁奇可是个男人。"

我一下站了起来,两手撑桌,俯身怒视着他。当我正准备说出我的想法,告诉他我要跟维克多谈谈,并且一定会坚持要把他捐给

①狄更斯小说《圣诞颂歌》中的人物。

某个大学的时候，一只硕大的毛蜘蛛不知从哪儿蹦了出来，飞快地落到我手上并开始沿着我的手臂往上爬。我尖叫着拼命晃动手臂，蜘蛛便跌到地上去了。

"弄死它！"我喊道。

他跪下去把蜘蛛捡到自己手里。"我那天就告诉过你。"他说，"我不杀生。"

"我才不管你告诉过我什么！"我厉声说道，"踩死它，要不就拿手捏碎它——只要杀了这鬼东西就行！"

"我死过一次了，男爵夫人。"他忧郁地答道，"我不愿再让任何人、任何东西体会死亡的滋味。"

说着，他拿着蜘蛛走到五十英尺开外的地方，把它放在一棵小树的枝丫上。

我忙着思考他说的话，连他是什么时候回来拿走了那本书的都没注意到。

## 6月7日

第二天他读了《呼啸山庄》，接着是《安娜·卡列尼娜》，最终他读到了《飘》，这本书在书店里极其畅销，所赚的版税多到连维克多都挥霍不完。

"你读爱情小说的品位倒是越来越高了。"当又一次在图书馆里碰到他时我说。这是我第一次主动跟他说话，我也不知道为什么。我猜，在独自度过足够多的漫漫长夜之后，你会主动跟任何人说话吧。

"看得我心都碎了。"他无限忧伤地说，"我还以为爱情小说都是美满的大结局，就像《圣诞颂歌》那样，但并非如此。希斯克利夫和凯瑟琳死了；安娜和渥伦斯基死了；斯嘉丽失去了艾希礼，后来又失去了白瑞德。"

"也不是所有爱情小说的结局都是不幸的。"我说。我认为自己是在与他争辩,但真的不是在试图安慰他吗?

"虽然记忆已经有些模糊了,但我还记得亚瑟王和圭内维尔的故事。"他深深地叹了口气,"结局非常悲惨。罗密欧和朱丽叶也是一样。"他悲伤地摇了摇自己那颗硕大的头,"不过那倒解释通了很多事情。"

"一堆爱情悲剧能解释通什么?"我问。

"为什么你会那么痛苦、那么不开心。"他答道,"主人是一个很棒的男人——才华横溢、慷慨大方、待人体贴,他还总在不断诉说自己有多爱你。显然你也一样爱着他,否则不会嫁给他。然而,由于一切浪漫爱情都将以悲剧结尾,所以你表现得好像是在做不得不做的事情,还满心愤懑。"

"够了!"我说,"带着你要看的书给我滚,今天不要再出现在我视线里。"

他拿了一本书,然后往门口走去。

在他离开前的一瞬间,我问:"维克多真的说他爱我吗?"


## 6月8日

当我还躺在床上时,马屁精用木托盘给我送来了早餐。我盯着他那畸形的身子和丑陋的脸看了一会儿,然后让他把盘子放在床头柜上。

"这是要干什么?"我问。

"那东西担心自己伤害了你的感情。"伊戈尔答道,"我已设法跟他解释过这是不可能的,但他还是坚持为你准备了早餐。结果最后一刻却因为太害怕你,不敢亲自把早餐送来。"

"你什么意思，什么叫不可能伤害得了我的感情?"我问。

"我与主人在一起的时间比你还长，但从未见过这种事儿发生，男爵夫人。"他答道。

"也许是该改变一下这个局面了。"我若有所指地说。

"千万别。"他的语气非常诚恳，于是我不再说话，只是看着他，"从主人把你带回城堡那天起，你就一直虐待我，无论是身体上还是言语上，而我从未抱怨过。而且我如果丢了活计，你让一个八岁时就因照顾体弱多病的母亲而辍学的文盲驼子上哪儿找工作去呢? 镇里的人都笑话我，连孩子们也捉弄我，总编些关于我的可怕歌谣，有的甚至还拿东西扔我。"他停顿了一下，我能看出他在拼命控制自己的情绪，"这里不会有人——任何地方都不会有人——愿意给我一份工作。"

"你还在照顾你母亲?"我问。

他点了点头，"还有我的寡妇姐姐和她的三个小孩。"

我盯着他看了好一会儿，最后说:"滚出去，你这个丑陋的肉疣。"

"你不会再跟主人说要辞退我的事吧?"他坚持问道。

"我不会跟维克多说。"我告诉他。

"谢谢你。"他感激不尽地说。

"其实也许他根本就不会听我的。"我说。

"你错了。"伊戈尔说。

"什么错了?"

"在必须做出选择时，"伊戈尔肯定地说，"他总会站在所爱的女人那边。"

"如果他那么爱我，干吗还总待在那该死的实验室里工作个不停?"我说。

"或许和那东西不敢亲自给你送早餐的原因一样。"伊戈尔说。

他离开许久之后,我还在思索着他说的话,鸡蛋和咖啡都渐渐放凉了。

## 6月9日

自维克多创造出那家伙之后,今天是我第一次自愿前往地下实验室。这里乱得可怕,化学药品发出的恶臭让人无法忍受。

维克多惊讶极了,问我是不是发生了什么。

"没发生什么。"我说。

"不是村民跑来烧咱们的城堡了吧?"

"它看上去确实碍眼。"我同意,"但并不是,没有人要来烧城堡。"

"那你来这儿做什么呢?"他问。

"你夜以继日地待在这里,我觉得是时候让我看看你都做了些什么了。"

他那张其貌不扬的脸突然绽放出光彩,"你是认真的?"

"我都已经在这儿了,不是吗?"我说。

接下来我度过了有生以来最枯燥的一个下午,维克多自豪地为我展示了每一个实验,无论是成功的还是失败的。还有他做的所有笔记和运算,还用一大堆没人能懂的专业术语给我解释了他是怎样造出这个生物,又把它复活的。

"真是太迷人了。"当他终于讲完,我对他撒了谎。

"就是啊,对吧?"他的语气就像刚揭露了一个伟大的事实一样。

我看了一眼手表,"现在我得上楼去啦。"

"哦?"他一脸失望地说,"为什么?"

"去准备你最爱的晚餐啊。"我试着想起来他到底喜欢吃些什么。

他笑得就像期待打开圣诞礼物的孩子。

## 6月14日

我在图书馆里遇见了那家伙。

"伊戈尔跟你说谢谢。"

"我也没帮上什么忙。"我说。

"工资涨了之后,他妈妈就能继续住在原先的地方了。那真的帮了很大的忙。"

"我查了下账。"我答道,"他的工资已经十五年没涨过了。"

"他非常感激。"那家伙说。

"如果我炒了他。"我说,"维克多只会去找个更丑更笨的助理来,他可不擅长有条有理地管账和管家。"

"过去一周维克多看上去快乐了许多。"

"他对实验结果显然非常满意。"我说。

这家伙凝视着我,却没有作答。

"你找到快乐结局的爱情故事了吗?"我问。

"没有。"他承认。

"既然悲剧爱情故事让你那么沮丧,干吗还要继续读?"

"因为必须怀抱着希望。"

我本想说希望是被人们高估了的美德。然而,事与愿违,我竟然发现自己很羡慕他能不放弃希望。

"每一个罗密欧都会有一个朱丽叶。"他继续说道,"每一个特里斯坦都会有一个伊索尔德。"他停顿了一下,"有人说,我们来到地球只是为了繁衍,但既然主人已展示了创造生命的另一种方式。那么,我们必定是为了更高的目标才来到地球的——有什么目标能够高尚过爱呢?"

我凝视了他好一会儿,然后意识到自己把《傲慢与偏见》从书架上抽了出来。我把书递给他,当他的手指碰到我时,我竟然抖都没抖一下。"读读这个吧,"我说,"不是每个爱情故事都以悲剧结尾。"

我真想知道自己怎么了。

## 6月16日

维克多坐在桌前吃晚饭时看上去有点儿沮丧。

"出什么问题了吗?"我问。

他眉头紧皱,"是的,有东西不见了。"

"是桌上的东西吗?"我一边问一边四处张望,"什么丢了?"

他摇了摇头,"不,不是桌上的,是实验室里的东西。"

"有人把你的笔记偷了?"我问。

他一脸困惑。"比那还奇怪。"他说,"我的折叠床不见了。"

"你的折叠床?"我重复道。

"是的。"他答道,"你知道的,就是每晚工作完后我睡的那张。"

"真奇怪。"我说。

"谁会偷张床呢?"他问。

"听上去是挺奇怪的。"我同意,"万幸的是,城堡里还有另一张床。"

他更加困惑了,盯着我看了好长一段时间,然后,他突然笑了。

## 7月2日

"你确定要这么做?"维克多问。

"我们无法放任他在这世上自由生活。"我说,"他能靠什么来养活自己呢？我今天下午才跟他开玩笑,说他可以去当摔跤运动员,因为他看着就像个恶棍。"

"他怎么说？"

"他说想要被爱,而不是被害怕——他说不想伤害任何人。"

维克多惊讶地摇了摇头,"我真想知道伊戈尔到底给我找了一颗怎样的大脑啊？"

"一颗更好的,我想,比你之前所期望的还好。"我说。

"应该是的。"维克多同意,"但那也影响不了人们见到他样子时的反应。"

"那会毁了他的。"我说。

"的确如此。"维克多同意。

"如果我们想要留下他,"我告诉他,"你知道我们该做什么了吧。"

维克多看着我。"当然知道,亲爱的。"他说。


## 7月3日

我在图书馆里找到了他,最近他大部分时间都待在这里。他坐在维克多和伊戈尔为他专门打造的超大号椅子上,但一见到我就站了起来。

"你跟主人说了吗？"他紧张地问。

"说了。"我说。

"所以？"

"所以他答应啦。"

他庞大的身躯似乎整个都放松了。

"谢谢你。"他说,"没有男人,没有任何一个人,"他微笑望着我,修正了一下措辞,"应该独自度过他的一生。哪怕是像我这样的也不应该。"

"她看上去可不会漂亮。"我提醒他。我很想加上一句,听上去、闻上去可能也不怎么样。

"在我眼里她会是漂亮的。"他答道,"因为我能透过外貌看到她内在的美丽。"

"我很吃惊你会这样。"我说,"我还以为那些爱情悲剧早把你给吓着了呢。"

"爱情也许会以悲剧结尾。"他承认,"但也好过从未爱过。你同意吗?"

我想到了维克多,然后点了点头。"是的,"我说,"我同意。"

接下来要做的就剩把伊戈尔再次送出去搜索墓地啦。

我希望维克多能在圣诞节前完成这个新项目。我已经迫不及待地想看到我们五个围坐在圣诞树旁其乐融融的样子。或许结局并不会太好,但就如我的新朋友所说,这并不是不去尝试的理由。

(冯南希 译)

# 与猫同游

在邻居家的车库里，我找到了它。他们即将退休，迁往佛罗里达，所以选择就地卖掉家中大部分物件，而不是支付船运费把它们带去南方。

当时我十一岁，正在找一本关于人猿泰山的书，或者克拉伦斯·马尔福德①的"卡西迪牛仔"系列中的一本，又或者（如果我老妈没注意的话）一本米基·斯皮兰②的限制级小说。这些书我全部找到了，可接下来，残酷的现实便接踵而至。每本书的价格是五十美分（《致命之吻》则要整整一美元），可我只有五分钱。

于是，我继续翻找其他书，总算找到唯一一本买得起的。书名叫《与猫同游》，而作者是普里西拉·华莱士③小姐。不是普里西拉，而是普里拉小姐。这么多年来，我一直误以为"密斯"④是她的姓。

①克拉伦斯·马尔福德(1883~1956)，美国作家，最著名的作品是"卡西迪牛仔"系列。

②米基·斯皮兰(1918~2008)，美国作家，擅长写侦探小说，后面提到的《致命之吻》是他1952年出版的一本小说。

③普里西拉·华莱士，作者杜撰出的女作家。

④英语单词"Miss"的音译，在这里的意思是"小姐"，用在姓名之前来称呼未婚女子，但小说的主人公误以为它也是姓名的一部分。

我匆匆翻阅，希望书页里至少能藏着几张半裸土著女孩的插图。可书里根本没有插图，通篇都是文字。我没感到惊讶；不知为何，我早已料到，一位名叫密斯的作家不可能往书里放裸体女孩的图片。

在我看来，对于男孩——尤其是下午还要参加少年棒球联盟选拔的男孩——而言，这本书的装帧过于高档，而且也太娘了——封面上的字略微突起，卷首及卷尾的空白页竟是雅致的绸缎，封面及封底用天鹅绒般柔滑的黄褐色布料包裹着，里面甚至还附有一张书签，用一条缎带系在书脊间。我正准备把它放回去，却突然翻到了某页，上面写着：**仅限量印刷200册，这是第121册**。

这让我对它的看法彻底改观。仅用五分钱，就能拥有一本限量书——我怎么能说"不"呢？我拿着书到车库前端，尽职尽责地付出那五分硬币，等待我老妈看完她在看的书。（她从来只看不买——买意味花钱，她和我老爸童年都经历过大萧条[1]，只要能廉价租到，或者最好是能免费借到，就绝不会花钱买。）

当晚，我不得不做出重大抉择。我并不想读名叫《与猫同游》且还是由一位叫密斯的女士所写的书，但我却用最后一个硬币买下了它——下个星期再次拿到零花钱之前，这是我最后一点儿钱了——而且，我已经把拥有的其他书看过太多遍，你几乎可以在书页上找到我视线留下的痕迹。

所以，虽然没有多少兴致，但我还是捧起了它，开始读第一页，然后是第二页——突然间，我好像被传送到了肯尼亚殖民地、暹罗[2]和亚马逊。普里西拉·华莱士小姐的描述不仅让我希望自己能身临其境，等读完第一章，我是真的感觉自己曾经到过那里。

---

①指二十世纪三十年代始于美国的全球性经济危机。

②泰国的旧称。

那些城市我闻所未闻,每个的名字都充满异国情调,比如马拉开波①、撒马尔罕②以及亚的斯亚贝巴③。还有些城市,比如君士坦丁堡④,我甚至在地图上都没找到。

当还存在探险家的时候,普里西拉小姐的父亲从事过那行当。她前几次出国旅行都是和父亲一同前往的。毫无疑问,在父亲的熏陶下,她养成了远赴异国旅行的嗜好。(我老爸是个排字工。我实在太羡慕她了!)

我本来期望非洲那一章里写的全是暴走的大象和吃人的狮子,或许非洲确实如此——但那并非她眼中的非洲。非洲也许是个到处都是尖牙利爪、斑斑血迹的地方,但对她来说,非洲有旭日灿烂的金芒,就算是昏黑阴暗的地方,也满是奇迹,而非恐惧。

她能在任何地方发现美。周日清晨,巴黎塞纳河沿岸,两百名卖花人依次排开;戈壁滩的中央,一朵娇弱的花儿独自绽放;而你竟然相信一切都像她描述的那样令人惊叹。

闹钟突然响起的时候,我被吓了一跳,这是我第一次彻夜未眠。我把书放在一旁,穿好衣服去上学,放学后匆匆赶回家,以便尽快读完它。

那年,我把这本书读了足有六七遍,甚至能一字不差地背出某些段落。我爱上那些充满异域情调的遥远所在,或许还有一点儿爱上作者本人。我甚至以粉丝的身份给她写了一封信,信封上写着"某处的普里西拉·华莱士小姐",当然,邮局把信退了回来。

接下来的那个秋天,我开始读罗伯特·海因莱因⑤和路易斯·拉

①委内瑞拉第二大城市,著名港口。
②乌兹别克斯坦第三大城市。
③埃塞俄比亚首都。
④土耳其最大城市伊斯坦布尔的旧称,曾是奥斯曼帝国的首都。
⑤罗伯特·海因莱因(1907～1988),美国著名科幻小说作家。

莫①的小说。有个朋友看到了那本《与猫同游》，因为华丽的封面和女性作者嘲笑了我一番。所以，我将它束之高阁，几年过去，彻底忘记了它的存在。

她笔下那些神秘奇异的地方我不曾去过，许多事我不曾做过，扬名立万我不曾体验，功名利禄我不曾拥有，甚至连婚我都未曾结过。

转眼已是不惑之年，我终于准备承认，人生就会继续这样平淡无奇地过下去。我写过小说，但并未完成，更不用说出版；我花了二十年，寻找值得爱的人，但徒劳无功。（那只是第一步；第二步——寻找一个爱我的人——可能更加困难，反正我也从来没有认真考虑过第二步。）

这座城市让我厌倦，跟那些拥有幸福与成功的人交往，更让我厌倦，因为这两样都与我无缘。我在中西部出生、长大，最终却迁往威斯康星州的北部林区，马尼托沃克、明纳瓜以及沃索②就算是那里最富异国情调的市镇了——但跟普里西拉·华莱士书中提及的澳门、马拉喀什③以及那些金碧辉煌的都城相差甚远。

我在当地一家周报做文字编辑，这份报纸拼错了新闻故事中的名字不打紧，餐馆或者房地产广告却万万错不得。这当然不是最富挑战性的工作，但却清闲，我也并不想寻求挑战。年少时对成功的渴望早已逝去，就像当年对爱与激情的希冀一样；人到中年，我求的只是安稳地生活。

在一片无名小湖边我租了个小屋，距离市区大约有十五英里。这个小屋倒也有几分魅力：一条古香古色的门廊，尽头的秋千几乎跟整座屋子一样历史悠久。一个码头延伸进湖中，可惜我没

---

①路易斯·拉莫（1908～1988），美国作家，以写西部小说见长。

②威斯康星州市镇名。

③墨西哥西部一城市。

有小船;还有一个供前主人的马匹喝水的饮马槽。没有空调,但我其实并不需要它——冬天,我会坐在火炉旁,阅读刚刚面世的平装恐怖小说。

一个夏末的夜晚,威斯康星的寒意已经在空气中悄然涌动,我坐在空荡荡的火炉旁,阅读一段追车加枪战的紧张情节,故事发生在柏林、布拉格或者别的什么城市,那些城市我永远都不会亲眼见到。这让我不禁开始怀疑自己的未来:垂垂老矣,孑然一身,每晚坐在壁炉旁阅读流行小说,或许腿上盖着一条毛毯,陪在身边的只有一只虎斑猫……

不知道为什么——或许是因为想到虎斑猫——我突然记起了《与猫同游》。我从未养过猫,但她养过,还养了两只,无论她去哪里,它俩都相伴左右。

我很多年没有想起过这本书,甚至不知道是否已经将它遗失。突然之间,我迫不及待地想找到它,再次阅读它。

我走进杂物间,那里堆满尚未整理的行李。其中有二十几箱书,我接连打开两箱,在布拉德伯里①、阿西莫夫②、钱德勒③以及哈米特④的作品中找寻着,向下翻出勒德拉姆⑤、安布勒⑥,以及两本更为古老的赞恩·格雷⑦的小说——突然,它出现在我眼前,一如往日

①雷·布拉德伯里(1920~2012),美国著名作家,擅长科幻、奇幻、恐怖及神秘小说。
②艾萨克·阿西莫夫(1920~1992),美国著名科幻小说作家,波士顿大学的生物化学系教授。
③阿瑟·伯特伦·钱德勒(1912~1984),英国著名科幻小说作家。
④达希尔·哈米特(1894~1961),美国侦探小说作家。
⑤罗伯特·勒德拉姆(1927~2001),美国惊悚小说作家,最广为人知的作品是《伯恩三部曲》。
⑥艾瑞克·安布勒(1909~1998),美国惊悚小说作家。
⑦赞恩·格雷(1872~1939),美国探险小说作家。

的优雅。我有且仅有的一本限量书。

于是，三十年来，我又一次翻开这本书开始阅读，并发现它依然像初读时那样引人入胜。每个细节都如我记忆中一样妙不可言。而且，和三十年前一样，我再次忘却了时间，一口气将它读完，直到旭日东升。

那天早上，我没做多少工作。满脑子想的都是她那细腻精巧的描写，外加对旧日世界的敏锐观察。接着，我开始想普里西拉·华莱士是否依然健在，她或许已经老态龙钟，但我还是可以把以前那封粉丝信修改一番，重新寄出。

趁午餐的空当，我前往当地图书馆，决心找全她其他的作品。然而，无论在书架上翻找，还是查阅卡片文件，我都一无所获。（那是座老式乡村图书馆，管理员对我很是友善；可要实现电脑查询，还要等上几十年。）

我回到办公室，打开电脑，上网搜索关于她的信息。我找到了三十七个不同的普里西拉·华莱士。一位是低成本电影演员；一位在乔治城大学任教；一位是美国驻布拉迪斯发①的外交官；一位因培育表演型狮子狗大获成功；一位是南卡罗莱纳州的年轻的六胞胎妈妈；一位则负责印刷周日连环漫画……

然后，当我认定通过电脑也无法找到她时，下面的文字出现在我的显示屏上：

"普里西拉·华莱士，生于1892年，卒于1926年。曾著有一书，名为《与猫同游》。"

1926年。无论是三十年前还是现在，给她写信都已太迟；我出生前数十年，她已撒手人寰。尽管如此，我还是突然有了莫名的失落感，甚至些许恨意——恨一个像她这样的人居然年纪轻轻便香

①斯洛伐克共和国首都。

消玉殒,恨她生后仍然存活的人们,永远无法见到她在各处目睹过的美景。

像我一样的人们。

还有一张照片。它像是老式深褐色锡印相片的翻版,上面的少女身材苗条,一头深褐色秀发,乌黑的大眼睛似乎流露出哀伤的神色。或许哀伤的只是我自己,因为我知道,她三十四岁就死去了,对于生活的全部热情也随之消散。我把看到的文字打印出来,放进书桌抽屉里,下班时带回了家。我不知道自己为什么要这样做,毕竟上面只有两句话而已。但无论如何,生命——任何生命——都应该得到更多。尤其当这条生命就算已经埋骨黄土,仍旧能够打动我,让我感受到——至少当我读她写的书时——或许这个世界并非如我所看到的那样单调无味、平淡无奇。

当晚,我拿出冷藏的食物,热了热当晚餐,坐在火炉旁,拿起《与猫同游》,随意翻阅我最喜欢的段落。其中一段描述的是在积雪覆盖的乞力马扎罗山下,庄严的象队缓缓走过;另一段描述的则是五月的清晨,她走过凡尔赛的花园,嗅到浓郁的花香;还有一段,就在结尾处,也是我的最爱:

还有多少美丽的景色等我去观赏,还有多少重要的事情等我去完成,这样的生活让我渴望永生。我由衷地相信,即便久别人世,只要有人拿起并阅读这本书,我便会再活过来,这样的信念让我深感安慰。

这样的信念让人感到慰藉,和我曾经追求过的信念相比,当然也更加不朽。我没有留下任何印迹,我死后二十年,或许至多三十年,就不会有人知道我曾经在世间活过。有个名叫伊桑·欧文斯的男人——我的名字,你以往从未听过,将来肯定也不会听说——曾经在这里生活工作,寿终正寝。他努力过好每一天,不给任何人添麻烦,然而,这也就是他全部的成就了。

我跟她很不一样,但或许也有些相同之处。她并非政治家,也不是勇士女王。无人为她树立丰碑。她写过一本小小的游记,但早已被人遗忘,还没来得及写下一本,就已殒命。她辞世超过四分之三个世纪,谁还记得普里西拉·华莱士呢?

我给自己倒了一杯啤酒,再次开始阅读。不知何故,她越是描述那些异域城市和原始森林,我却越发体验不到那份本应陌生的异国情调和原始风光,越发感觉那像是家的延伸。虽然我读了很多遍,却还是弄不明白她是如何做到的。

走廊上传来哗啦一声,吸引了我的注意力。该死的浣熊,每晚都来捣乱,而且越来越放肆。我正想着,耳边突然传来一声清晰的猫叫。离我家最近的邻居也在一英里以外,闲逛的猫不太可能从那么远跑来,但我想至少也应该出去看个究竟,如果它戴有项圈,项圈上挂有标签,我可以据此给它的主人打电话。若是没有,趁它还没有和浣熊发生冲突,我可以及时把它轰走。

我打开门,迈步踏上走廊。的确,那儿有只猫,一只白色小猫,头部和身体上有几处点缀着棕毛。我俯身想把它抱起来,但它却向后退了几步。

"我不会伤害你。"我柔声说。

"它知道,"一个女人的声音传来,"它只是害羞。"

我转过身,发现她就在那里,坐在我家门廊的秋千上。她挥了挥手,那白猫穿过走廊,跳上她的膝头。

今天早些时候,我曾见过这张脸,那时,她从深褐色的锡版照片上凝望着我。我花了好几个小时研究那张照片,直到记住了她脸上的所有细节。

真的是她！

"多么美好的夜晚，不是吗？"她说，我却仍旧目瞪口呆地看着她，"万籁俱寂，就连鸟儿也睡着了。"她顿了顿，"只有知了还醒着，为我们演奏蝉之小夜曲。"

我不知道该说什么，只是注视着她，等待她就此消失不见。

"你看起来很苍白。"过了一会儿，她又开口说。

"你看起来很真实。"我好歹发出声来。

"那当然。"她微笑着回答，"如假包换。"

"你是普里西拉·华莱士小姐，我花了太多的时间来想你，甚至开始产生幻觉了。"

"我看起来像是幻觉吗？"

"我不知道。"我承认，"我从未有过幻觉，所以，我不知道它们是什么样子——除非它就是你这样的。"我顿了顿，"我以为幻觉要比这糟很多。你有一张美丽的脸。"

听完我的话，她笑出声来。那白猫跳了起来，似乎是受到了惊吓，她开始温柔地抚摸它。"我确信，你是想要我脸红。"她说。

"你会脸红？"我问，希望自己的脸没有泛红。

"我当然会。"她回答，"从塔希提群岛①归来以后，我也一度怀疑过自己还会不会脸红。瞧瞧他们都在那里做了些什么！"她接着说，"你刚才在读《与猫同游》，对吗？"

"是的。从孩提时代起，它就是我最珍视的东西。"

"是别人送你的吗？"她问。

"不，是我自己买的。"

"我很开心。"

①又称大溪地，是法属波利尼西亚向风群岛的最大岛屿，位于南太平洋。

"终于能见到作者本人，我也很开心，你曾经带给我那么多快乐。"我说，感觉自己似乎又变成一个笨嘴笨舌的孩子。

她看起来有些疑惑，似乎想问点儿什么。然后，她改变了主意，再次露出微笑。她的笑容真可爱，跟我想象中一模一样。

"这个小屋很漂亮。"她说，"延伸到湖中的码头也属于你吗？"

"是的。"

"还有其他人住在这里吗？"

"只有我。"

"你很享受独处。"她说。用的是肯定语气，并非提问。

"也不能那么说。"我回答，"事情自然而然地发展成这样。人们似乎不是很喜欢我。"

究竟我为何要跟你说这些？我想。就算对自己，我也从未承认过这一点。

"你看起来很容易相处。"她说，"我很难相信，你居然不讨人喜欢。"

"或许我有些言过其实。"我承认，"大概他们只是没注意到我。"我蹩脚地转换了话题，"我没准备向你吐露心声。"

"你孤身一人，理应向别人倾诉。"她回应道，"在我看来，你需要的只是一点点自信。"

"或许吧。"

她久久凝视着我，"你看起来像是在担心什么糟糕的事情会发生。"

"我担心你会消失。"

"那很糟吗？"

"没错。"我想都没想，脱口而出，"那很糟糕。"

"那么，你为何不干脆接受事实，相信我就在眼前呢？如果你判断错误,答案也会很快揭晓的。"

我点点头,"是的,你的确是普里西拉·华莱士。这确实是她作答的方式。"

"你知道我是谁。或许,你也愿意告诉我你是谁?"

"我叫伊桑·欧文斯。"

"伊桑,"她重复道,"真是个好名字。"

"你这么认为?"

"我绝不会言不由衷的。"她顿了顿,"我该叫你伊桑,还是欧文斯先生?"

"请叫我伊桑。我感觉自己已经认识了你一辈子。"我感到自己又要开始坦白些什么了,这真让人难为情,"我小时候,甚至给你写过一封粉丝信,但它被退了回来。"

"如果收到的话,我会很珍视它的。"她说,"我从来没有收到粉丝写来的信。一封都没有。"

"我敢肯定,成百上千的人都想写,但或许他们也不知道你的地址。"

"或许吧。"她说,似乎有些怀疑。

"其实,我今天还想过再寄一次呢。"

"无论你想说什么,都可以面对面告诉我。"那只猫跳回到走廊上,"那样倚在栏杆上,你似乎不太舒服。伊桑,为什么不来我身边坐?"

"我很愿意。"我说完,站起身来。然后,我又考虑了一下,"不,还是不过去为好。"

"我都三十二岁了。"她打趣道,"不会有行为监护人①了。"

"跟我在一起,你确实不需要。"我保证道,"另外,依我看,现在

---

①以前在英国,未婚女子出入社交场所必须有年长的女性陪同,以监督她的行为。

也没处找行为监护人了。"

"那问题到底出在哪儿?"

"你想我说出实情?"我说,"如果我坐在你身旁,咱俩的身体可能会彼此触及,又或者我会不经意地碰到你的手。然而……"

"然而怎样?"

"然而,我会发现你并非真的在我眼前,我不希望这种事发生。"

"但我的确在你眼前。"

"我希望是这样。"我说,"若是留在原地,我会更容易相信这一点。"

她耸耸肩,"如你所愿。"

"今晚,我的愿望已经实现了。"我说。

"那么,我们为什么不坐在这里,享受威斯康星夜晚的微风和香气呢?"

"只要你觉得开心。"我说。

"能来到这里,我已经很开心。知道还有人读我的书,我也很开心。"她沉默片刻,凝视着漆黑的夜晚,"今天几号,伊桑?"

"4月17号。"

"我是说年份。"

"2004年。"

她似乎很惊讶,"已经过了那么久?"

"自从……?"我迟疑地问。

"自从我死后。"她说,"哦,我知道,我一定死去很久了。我不再拥有明日,而我的昨天也早已逝去。可新千年?似乎有点儿——"她找寻着合适的字眼,"夸张了。"

"你生于1892年,一个多世纪以前。"我说。

"你怎么知道?"

"我用电脑搜索过你。"

"我不知道什么是电脑。"她说,然后突然问,"那你也知道我死于何时,因何而死吗?"

"我知道你去世的时间,但不知道发生了什么事。"

"请别告诉我。"她说,"我现在三十二岁,刚刚写完书的最后一页。我不知道接下来会发生什么,你也不应该告诉我。"

"好吧。"我说。接着,借用了她先前说的话,"如你所愿。"

"你保证。"

"我保证。"

突然,那只小白猫紧张起来,朝院子那头望去。

"它看到它的兄弟了。"普里西拉说。

"很可能只是浣熊。"我说,"它们真是讨厌鬼。"

"不。"她坚持道,"从它的举动,我猜得出,的确是它兄弟来了。"

果不其然,不一会儿,耳边传来一声清晰的猫叫。那只白猫从门廊上纵身跃下,朝声音的方向跑去。

"在它俩彻底迷路之前,我最好找到它们。"普里西拉说着,站起身来,"它们在巴西曾走失过一次,我花了将近两天时间,才把它们找回来。"

"我去拿手电筒,跟你一起去。"我说。

"不,你这样或许会吓到它们的,让它们在陌生的环境中瞎跑可不太好。"她站起身,凝望着我,"你似乎是个很好的人,伊桑·欧文斯。咱们终于有缘相见,我很开心。"她伤感地笑笑,"我只是希望你别再那么孤独。"

我还没来得及编造谎言,告诉她我的生活充实且丰富多彩,根本就不孤独,她就已经下到院子里,步入黑暗之中。突然间,我预感到她不会回来了。"我们还能见面吗?"我在她身后喊道。此刻,她已经消失在我的视线中。

"那取决于你,不是吗?"她的答案从黑暗中传来。

我坐在门廊的秋千上,等待她带着猫咪再次出现。最后,我在清冷的夜色中睡去。醒来时,清晨的阳光已经照到秋千上。

我仍旧孤身一人。

我花了将近半天时间,来说服自己昨夜发生的一切不过是场梦。但它跟我以往做过的梦都不同,因为我记得其中的每个细节、她说的每句话、她做的每个动作。当然,她并未真的来拜访我,但我也无法将普里西拉·华莱士驱逐出我的脑海,最终我停止了工作,再次尝试用电脑搜索更多关于她的信息。

除了那句简单的介绍,我再也找不到任何关于她的只言片语。我尝试搜索《与猫同游》,但一无所获。我想查查她父亲是否也写过相似的游记,但他没有。我甚至联系了几家她曾住过的旅馆——不管是她只身一人时,还是和她父亲一起——但所有旅馆都没有保留那样久远的记录。

我尝试了一条又一条线索,都没有任何结果。历史几乎已将她完全吞没,就像它有朝一日也会将我吞没一样。要想证明她真的存在过,除了那本书,只有电脑上的那个词条,总共十个单词、两个日期。她就像躲避法律制裁的通缉犯一样躲避着后人的追寻,而且显然更胜一筹。

最后,我向窗外张望,发现夜幕已然降临,其他同事都回家去了(周报并不需要加夜班)。我路过一家餐馆,停下来买了一份火腿三明治,外加一杯咖啡,返回我的湖边小屋。

　　我打开电视,看了十点钟的新闻,然后坐下来,再次拿起她的书,只是为了说服自己,她确实曾经存在过。几分钟后,我感到心烦意乱,把书放到桌上,走到屋外,想呼吸一点儿新鲜空气。

　　她正坐在门廊的秋千上,还是昨晚的位置。她身旁有只猫,却不是昨晚那只白猫,而是只拥有白色爪子和白眼圈的黑猫。

　　她注意到我在看那只猫。"这是'瞪眼'。"她介绍说,"在我看来,它真是猫如其名,你觉得呢?"

　　"我想是吧。"我心不在焉地说。

　　"那只白的叫'瞎闹',因为它淘气的方法五花八门。"我没搭茬儿。最后,她微笑着问:"你的舌头是被它俩中的哪一只叼走了?"

　　"你回来了。"最后我说。

　　"的确,我回来了。"

　　"我又在读你的书。"我说,"在我看来,我从未遇到过像你这样热爱生活的人。"

　　"有太多东西值得去爱!"

　　"对我们中的某些人而言。"

　　"值得去爱的东西就在你身边,伊桑。"她说。

　　"我更愿意通过你的双眼去审视周遭的一切。你就好像会在每个清晨重获生命,迎接崭新的世界一样。"我说,"我想,正因为这样,我才一直保留着你的书,反反复复地读——为了分享你的见闻和感受。"

　　"你完全可以亲身去感受。"

　　我摇摇头,"我更愿意体验你的感受。"

　　"可怜的伊桑。"她真诚地说,"你未曾爱过,是吗?"

　　"我努力过。"

"我不是问这个。"她盯着我,眼神中充满好奇,"你结过婚吗?"

"没有。"

"为什么不?"

"我不知道。"我下定决心,要给她诚实的答案,"或许因为我遇到的女人没有能跟你相比的。"

"我没有那么与众不同。"她说。

"对我来说,你就是那么特别,一直都如此。"

她紧皱眉头,"伊桑,我希望我的书能为你的生活添彩,而不是毁掉它。"

"你没有毁掉我的生活。"我说,"你让生活变得可以忍耐。"

"我很奇怪……"她沉思着。

"奇怪什么?"

"我置身此地,真令人莫名其妙。"

"用'莫名其妙'显然不够分量。"我说,"用'难以置信'更恰当些。"

她心神不宁,摇摇头说:"你不明白我的意思。我还记得昨晚发生的一切。"

"我也记得——每一分、每一秒。"

"我不是这个意思。"她抚摸着那只黑猫,茫然若失,"昨晚之前,我从未被召唤回来。原先我还不能确信。我本以为每次经历过后自己就会忘记一切。然而,今天我还清楚地记得昨晚。"

"我不太明白你的意思。"

"你不可能是我死后唯一一个读过我的书的人。就算你真的是,可之前你读那本书的时候,我也从未被召唤回来。"她盯着我看了很久,"或许我的判断出了错。"

"什么地方出了错?"

"或许,我之所以被带到这里,并不是因为你在读我的书,而是因为你是如此渴望有人陪伴。"

"我——"我激动起来,但又把想要出口的话咽回去。有那么一瞬间,我感觉似乎整个世界都被我咽了进去。然后,月亮从云朵后面露出头来,一只猫头鹰低鸣着,朝左边飞去。

"你想说什么?"

"我本打算告诉你,我并不是那样孤独。"我说,"但那更像是自欺欺人。"

"这没什么可羞愧的,伊桑。"

"也没什么可夸耀的。"她独有的魅力让我吐露心声,说出以往从未对任何人说过的话,包括对我自己,"孩提时代,我曾对未来有极高的期望。我要找到自己热爱的工作,闯出一片天地;我要找到自己深爱的女人,跟她相守到老;我要亲眼见证你在书中描述的那些地方。可是,这么多年,我看着这些愿望一一成为泡影。如今,我满足于有钱付账,定期去诊所做检查。"我长叹一声,"在我看来,彻底认识到希望落空,足以用来描述我的一生。"

"你必须敢于冒险,伊桑。"她轻声说。

"我不像你。"我说,"我也曾希望能像你,但我做不到。更何况,现在也没多少原始荒蛮的环境了。"

她摇摇头,"我不是那个意思。爱也需要冒险,你必须冒着受伤的危险。"

"我受过伤。"我说,"但都不是什么值得一提的事情。"

"或许这就是我置身此处的原因。因为鬼魂不会伤害到你。"

该死的不会,我心想。接着大声问道:"你是鬼魂吗?"

"我感觉不像。"

"我看你也不像。"

"我看起来怎么样?"她问。

"可爱极了,跟我想象中的一样。"

"可是审美潮流一直在改变。"

"但美丽本身并不会。"我说。

"很感激你这么说,但我看上去肯定像个土老帽儿。事实上,也许我所了解的世界对你来说已经很原始了。"她兴奋起来,"这是新的千年。给我讲讲都发生了些什么。"

"人类曾在月球上漫步,而且还登上过火星和金星。"

她仰望夜空。"月亮!"她惊呼道,接着说,"既然你可以登上月亮,为什么还要留在这湖边?"

"我不愿冒险,还记得吗?"

"活在这样刺激的年代该多好!"她热情地说道,"我总想看看下座山后隐藏着什么。而你们——你们可以看到下一颗星星后面的景象。"

"没那么简单的。"我说。

"迟早会做到的。"她坚持道。

"总有一天吧。"我表示赞同,"在我的有生之年可能看不到了,但那一天会到来的。"

"那你会怀着莫大的遗憾死去的。"她说,"我敢确信,因为我当年就是如此。"她仰望星空,似乎幻想着自己已经飞向群星,"告诉我更多未来的事。"

"关于未来,我一无所知。"我说。

"我的未来。你的现在。"

我尽可能将所知道的都讲给她听。听说现在数亿人乘飞机旅行,我认识的所有人都拥有汽车,火车旅行几乎在美国绝迹——她面露惊讶。电视的概念让她极为着迷,因此,我决定对她隐瞒,电视的问世让人类的精神世界变得一片荒芜。彩色电影、有声电影、电脑——她想了解关于它们的一切。她想知道动物园是否变得更加人道，人类是否变得更加仁慈。她无法相信，心脏移植如今极为普遍。

我连续讲了几个小时，感到口干舌燥。我跟她说，我要休息几分钟，进屋到厨房拿些软饮。她头一回听说芬达和乐倍，而我只有这两种软饮。她也不爱喝啤酒，所以，我给她泡了杯冰茶，自己则开了瓶啤酒。等我端着饮料来到秋千旁，她和"瞪眼"已经消失不见。

我甚至没有费神找寻她。因为我清楚，她从何处来，现在已经回到何处去了。


接下来的三个夜晚，她都会回来，有时候带着一只猫，有时候带着两只。她给我讲述旅行的经历，讲述她无法压抑的渴望，渴望透过生命狭窄的时间之窗去见证更多的事物。我则给她讲述那些她闻所未闻的奇迹。

真的很奇怪，每晚与一个幻影促膝长谈。她总是安慰我说她是真实的，每当她这么说，我都深信不疑。但依然不敢触碰她，担心最终发现这是个梦。两只猫咪也总是刻意与我保持着距离，似乎知道我在担心什么；在那些夜晚里，它们从未靠近我，在我身上磨蹭。

"我真希望能见它们所见。"第三个夜晚，我点头示意那两只猫，接着说道。

"有人认为，带着它们周游世界是件残忍的事。"普里西拉回应道，若有所思地抚摸着"瞪眼"的后背，猫儿发出满意的呜呜声，"但我觉得，丢下它们更加残忍。"

"所有猫——这些或是之前来过的那两只——给你惹过麻烦吗？"

"当然。"她说,"但如果你珍爱某样东西,就不会在意因此带来的麻烦。"

"是啊,我想你也会这么觉得。"

"你怎么知道?"她问,"我记得你说过,你什么都没有爱过。"

"或许当时我说错了。"

"哦?"

"我不知道。"我说,"或许,我爱上了某个人,我们每晚相见,但当我转过身去,她就会消失无踪。"她凝望着我,突然间,我感到很尴尬,别扭地耸耸肩,"或许吧。"

"我很感动,伊桑。而且我保证我是真实的。"她说,"可我并不属于这个世界,你我不是一路人。"

"我不介意。"我说,"能够与你共度这些美好的时光,我已经感到满足。"我试着向她微笑,但笑得跟哭一样难看,"而且,我甚至不清楚,你是否真实存在。"

"我不断告诉你,我不是幻影。"

"我知道。"

"如果你知道我真实存在,你会怎么做?"她问。

"实话实说?"

"实话实说。"

我凝视着她。"你千万别发火。"我说。

"我不会发火的。"

"初次在门廊上见到你,我就想要揽你入怀,亲吻你。"

"那为什么你至今没这样做呢?"

"我担心……担心如果我触碰到你,你会就此消失。而一旦证明了你并不存在,那么我将永远无法再看到你。"

"记得我说过爱需要冒险吗?"

"记得。"

"那么?"

"或许,我明天会试试看。"我说,"我只是不想失去你。我觉得今晚自己还没有鼓起足够的勇气。"

她淡淡一笑,在我看来,那是略带忧伤的笑。"或许,你会厌倦继续读我的书。"

"永远都不会!"

"但总是同一本书,你能反复读多少遍呢?"

我看着她,青春洋溢,充满活力,或许只有两年可活,绝对不超过三年。我知道在命运之路上等待着她的是什么;但她所能看到的只是充满冒险历程的一生,冒险的足迹延伸到远方,无比奇妙。

"那么,我会读你其他的书。"

"我写过其他的书?"她问。

"几十本呢。"我撒了谎。

她禁不住又露出微笑,"真的吗?"

"真的。"

"谢谢你,伊桑。"她说,"你令我非常开心。"

"彼此彼此。"

一阵嘈杂的厮打声从湖边传来。她连忙环顾四周,寻找她的猫咪,但是它们没有离开门厅,而且也被那噪声所吸引了。

"是浣熊。"我说。

"它们为什么要打架?"

"或许有条死鱼被冲上了湖滩。"我答道,"它们不太习惯分享。"

她笑了。"它们让我想起了一些认识的人。"她顿了顿,纠正道,"应该说,是我曾经认识的一些人。"

"你想念他们吗，我是说，你的朋友们？"

"不。我认识很多人，但知己却寥寥可数。我从不会在一个地方停留太久，因此很难交到真正的朋友。只有遇到你的时候，我才意识到他们已经不在人世了。"她停顿了一下，"我还无法完全理解发生的一切。我知道我在这里，跟你在一起，在新的千年——但是我又感觉，自己好像刚刚才过完三十二岁生日。明天，我还要去父亲墓前献花，下周则将乘船前往马德里。"

"马德里？"我重复道，"你会去竞技场，看他们与公牛搏斗吗？"

她的脸上闪过一丝怪异的神情。"这可真奇怪。"她说。

"奇怪什么？"

"我不清楚自己会在西班牙做什么……可你读过我所有的书，所以你知道。"

"你不想让我告诉你？"我说。

"不想，那会把事情搞砸的。"

"你不在时，我会想念你的。"

"你可以拿起一本我写的书，我就会立刻回到这里的。"她说，"况且，去西班牙已经是四分之三个世纪前发生的事了。"

"这一切真实得太让人困惑了。"我说。

"别太沮丧。我们还会再相聚的。"

"虽然只有一个礼拜，但跟你交谈之前我晚上都做些什么，我竟然记不起来了。"

湖边的打斗声越来越响，"瞎闹"和"瞪眼"缩作一团。

"我的猫被吓坏了。"普里西拉说。

"我去把它们赶走。"我说着，走下门廊，朝浣熊打斗的地方走去，"等我回来，"我补充道，感觉她让我勇气倍增，"或许，我会搞清楚你到底有多真实。"

我来到湖边，战斗已经结束。一只大些的浣熊嘴里叼着半条鱼正怒视着我，没有丝毫惧意。其他两只浣熊体型略微小些，站在十英尺外。三只浣熊都伤痕累累，鲜血直流，但似乎都只是皮肉伤。

"你们活该。"我嘀咕道。

我转过身，从湖边往小屋走去，脚步略显沉重。两只猫依然趴在门廊上，但不见普里西拉的踪影。我以为她准是进屋去拿冰茶了，又或许是用洗手间——这无疑会进一步证明，她并非鬼魂——但等了几分钟，她仍然没有出来，我便进屋去找她。

她没在屋子里，也没在院子里，更不在空荡荡的旧谷仓里。最后，我回到门廊，坐在秋千上等待。

过了一会儿，"瞪眼"跳上我的膝盖。我漫不经心地抚摸着它，几分钟过后，我才意识到，它是真实的。

早晨，我买了些猫粮回来。我可不想把它放在门廊上，因为我确信，浣熊会闻风而来，把"瞎闹"和"瞪眼"赶跑。所以我把猫粮放进汤碗里，把碗搁在厨房水池旁的角落里。我没有纸箱子给猫咪们当厕所，只好把厨房窗户开得足够大，让它们可以自由进出。

我强忍住冲动，没上网搜寻更多关于普里西拉的信息。我唯一不清楚的只剩下她的死因，而我并不想知道。一个如此美丽、健康，且能够周游世界的女人，怎么会在三十四岁就丢掉性命？被狮子撕成碎片？被野蛮人当成活祭？成为不明热带疾病的受害者？在纽约被抢劫后奸杀？无论答案是什么，都夺去了她半个世纪的生命。比起去想五十年时光她能够写出多少本书，我宁愿去想这五十年她周游各地能够获得多少欢乐。不，我绝对不想知道，她究竟是如何死去的。

我心不在焉地工作了几小时，下午三点左右我就溜出办公室，匆匆赶回家,自然是为了再见到她。

我刚下车就感觉不对劲。秋千上空空如也。"瞎闹"和"瞪眼"从门廊上跳下来,朝我冲过来,磨蹭我的腿,似乎在寻求安慰。

我呼喊她的名字,但是没人回应。接着,我听到屋里传来响动,我冲向屋门,当踏进厨房时,发现一只浣熊从窗户爬了出去。

屋里乱成一团。很明显,它想寻找食物,而我一向只吃罐头和冷冻食品,所以它便把屋子翻了个底儿朝天,寻找任何可以填饱肚子的东西。

紧接着,我看到了它:被撕成碎片的《与猫同游》,我把它搁在厨房桌子上,似乎浣熊因为没找到食物大发脾气,将所有的怒火都撒在书上。书页被撕得粉碎,封面也被扯成条,那家伙甚至还在书的残骸上尿了泡尿。

我发疯似的折腾了几小时,想将它恢复原状。成年后我头一次哭泣,泪水顺着面颊淌下来,但所有努力都于事无补——这意味着今晚普里西拉不会再来,除非我能再找到一本《与猫同游》,否则她将永远不会出现。

我暴怒不已,不顾一切地抓起来福枪和强力手电,杀死了先出现在我面前的六只浣熊。但这样做并没有让我的心情有所好转——尤其是当我冷静下来,不禁怀疑对于我嗜血的杀戮她会怎么想。

我甚至感觉黎明永远不会再降临,但它还是降临了。接着我就冲向办公室,打开我的电脑,试图通过两家最大的网络旧书经销商 www.abebooks.com 和 www.bookfinder.com[①] 找到《与猫同游》,但一无所获。

我联系了一些过去打过交道的书商,但他们都没听说过这本书。

---

①文章提及的两个网站都真实存在。

我打电话给美国国会图书馆的版权部门，认为他们或许能帮上忙。不幸的是，《与猫同游》从未注册过正式的版权，档案中自然不会有它的副本。我甚至开始怀疑，莫非整件事都是我幻想出来的——那本书，还有那个女人。

最后，我打电话给查理·格林密斯，他自称是图书侦探。他大部分时间为选集编辑工作，寻找那些长期未曾翻印、不为人知的书和故事，获取出版的权利或许可。不过，只要付钱，他愿意为任何人效劳。

我付给他六百美金，九天后，我总算得到了明确的答复：

亲爱的伊桑：

多亏你，我进行了一趟愉快的追寻。调查过程中，我曾一度认为这本书根本就不存在，但你是对的，很明显，你曾经拥有的那本书，确实是限量发行的。

《与猫同游》由某个叫作普里西拉·华莱士（死于1926年）的人自费印刷，限量两百册。印刷商是康涅狄格州布里奇波特市的阿德尔曼出版社，但该出版社早已不复存在。这本书从未在美国国会图书馆登记或注册版权。

现在，我们只能推测。据我估计，这个叫华莱士的女人，将大概一百五十本书送给了亲朋好友，她去世后，剩下的五十本很可能被当成垃圾处理了。我已经调查过，过去的几十年间，从未有过任何副本在市场上出售。由于年代久远，很难再获得比这些更加可靠的信息。鉴于她籍籍无名，这本书又是自费出版，一般来说，只会将它送给认识的人，最多还有十五到二十本依然存世。

祝好！

查理

当应该冒险的时刻终于到来,你不会多做考虑,只会放手去做。当天下午,我辞掉工作。过去的一年里,我的足迹踏遍整个美国,寻找另一本《与猫同游》。虽然尚未找到,但无论花费多长时间,我都不会放弃。我感到孤独,但绝不会气馁。

难道这只是一场梦?她只是我虚构的幻象?几位听我倾诉过的熟人都这么认为。见鬼去吧,如果我孤身旅行,我也会这么认为,但我有两只猫相伴,它们跟其他猫没什么不同。

于是,我这个以往毫无目标、只知混日子的家伙,终于有了值得穷尽一生去完成的任务,一个重要的任务。我所爱的女人半个世纪前便已辞世,而我是唯一能帮她追回时光的人,即使只能用一个夜晚或者一个周末来弥补——尽管如此,她会得回属于自己的时光。我所有的昨天已经白白虚度,从现在起,我要为她储存每个明天。

无论怎样,故事就是如此。我放弃了工作,钱也所剩无几。将近四百天,我从未在同一张床上睡过两次。我日渐消瘦,甚至想不起身上的衣服已经穿了多久。这些都不重要,重要的是我必须找到那本书,而且我知道,终有一天,我会找到的。

我是否后悔过?

有,只有一件事。

我从未触碰过她,哪怕一次也没有。

（袁枫译）

# 不　弃

格温多琳把手指戳进蛋糕里，又抽了出来，笑嘻嘻地舔着。

"我太喜欢过生日啦！"她一边说，一边咯咯直笑。

我弯下腰，轻轻抚去她脸上粘着的糖霜，说道："你怎么这么不爱干净！难不成拆礼物前还想先洗个澡？"

"有礼物？"她的目光落在用彩色礼品纸和红色蝴蝶结包装的盒子上，"是不是要送我礼物了？是不是？是不是呀？"

"是是是，给给给。"我把盒子递给她，"生日快乐，格温多琳。"

她撕破包装纸，把贺卡扔到一边，拆开了盒子。随即，她发出一声愉快的尖叫。她拿出一个布娃娃，大声宣布："这是我这辈子最幸福的一天！"

我只能叹气，竭力忍住泪水。

格温多琳今天八十二岁了，我们结婚已经六十年了。

我不记得肯尼迪遇刺时我在哪里，也不知道9·11发生时我在干什么。不过，我清楚地记得噩耗降临的那一天，记得每一个细节，每一分、每一秒，我全都记得。

"也有可能不是阿尔茨海默症。"卡斯尔曼医生说,"阿尔茨海默症已经逐渐成为各种老年痴呆症状的代名词。我们最后会确定她究竟是哪种痴呆症,但毫无疑问,格温多琳得的是其中一种。"

这其实不算意外。就是因为我们发觉事情有些不对劲儿,她才来做检查的。但检查结果出来还是让我们震惊了。

"治得好吗?"我问道,竭力维持着镇定。

他难过地摇摇头,"目前,我们只能减缓病情的发展。"

"我还有多久?"格温多琳问道。说话时,她神情严肃,牙关紧咬。

"你的身体没什么问题。"卡斯尔曼回答,"还能再活十到二十年。"

"那还有多久我就认不清人了?"她追问道。

医生无奈地耸耸肩,"情况因人而异。一开始,你根本察觉不到记忆在退化。但过不了多久,退化就会变得明显。你自己可能感觉不出来,但周围的人会感受到。记忆的退化过程不是呈线性发展的。也许某天,你会突然发觉自己丧失了阅读能力。而过几个月,你却又能像今天一样看报、点菜,没有任何问题。保罗到时候一定特别开心,他会误以为你的能力恢复了,会打电话告诉我这个好消息,但这一切不会持续太久。再过一天、一小时,或是一周,阅读能力就又消失了。"

"那我会有感觉吗?"

"唯一令人欣慰的就是这点。"卡斯尔曼回答道,"你现在知道以后会发生什么,但随着退化越来越严重,你慢慢会无法意识到自己正在逐渐丧失认知能力。最开始,你肯定会很痛苦,我会给你开些抗抑郁的药。但总有一天,你将不再需要它们,因为那时你根本不记得自己也曾心智成熟过。"

她转过身来对我说:"保罗,对不起。"

"这不是你的错。"我安慰道。

"对不起,竟然让你眼睁睁地看着这一切发生。"

"我们肯定能做些什么,我们可以和它战斗……"我喃喃地说。

"恐怕不行。"卡斯尔曼打断道,"据说,当人得知自己快死了的时候,心理上会经过这样几个阶段:先是抗拒,然后是愤怒,接着是自怨自艾,最后是接受现实。没人为老年痴呆症做过类似的研究,但最终,你还是得接受它,并学会适应它。"

"我还有多久就得去……去保罗没法一个人照顾我时,我该去的地方?"

卡斯尔曼做了一个深呼吸,抿了抿嘴唇说:"每个人都不同,可能是五六个月,可能是两年,也可能更长。这很大程度上取决于你自己。"

"取决于我?"格温多琳很惊讶。

"随着记忆的退化,你会越来越像个孩子。对周围你不再认识或不再记得的东西,你会充满好奇。保罗告诉我,你非常有探究精神。在保罗睡觉或是干别的事儿时,你会不会满足于乖乖坐在电视机前? 你会不会想出去走走,却忘了怎么回家? 你会不会好奇厨房电器的那些按钮都是干什么的? 两岁小孩儿打不开门,也够不到橱柜,但是你可以。所以就像我说的,这取决于你自己。没人能预测得到。"他停顿了一下,"另外,你可能会非常暴躁。"

"暴躁?"我重复道。

"多数情况下。"他回答说,"她不清楚自己为什么这么暴躁。当然,你知道,但你没法改变什么。如果事情真的发生,可以通过药物缓解。"

我太难过了,当时甚至想到了协议自杀。格温多琳却转身对我说："保罗，看来，未来的几个月我们得好好计划一下。我一直想参加一次加勒比海邮轮旅行。回家路上，我们顺便去趟旅行社吧。"

这，就是她面对人生中最大噩耗的反应。

我感谢上苍，祂让我们在这六十多年里相濡以沫。我也诅咒上苍，我们还没来得及说完想说的话、做完想做的事，祂就要带走那个我爱的格温多琳。

年轻时，她很漂亮。当然，她现在也很美。容颜会随着时间而衰老，美丽的心灵却历久弥新。六十年来，我们举案齐眉、相敬如宾，一起工作，一起玩乐。我们相处融洽，能接下对方没说完的话，了解对方的喜好胜过自己。我们也像其他夫妻一样吵架，但床头打架床尾和。

我们有三个孩子，两个儿子一个女儿。其中一个儿子死在了越南战场；另两个孩子一直与我们保持联络，但他们也有自己的生活，住在好几个州之外。

渐渐地，我们的社会交往越来越少；除了对方，我们别无所求。而现在，我竟然要眼睁睁地看着，我唯一爱过的女人一天天地远去，直到只剩一个躯壳。

邮轮旅行一切顺利。旅行期间，我们还坐火车前往了位于牙买加中心的朗姆酒工厂。飞回家之前，我们又在迈阿密停留了几天。一路上，她看起来非常正常，完全就是她自己，我甚至开始怀疑，也许是卡斯尔曼医生做出了误诊。

但随后变化就开始了。一切都和平常一样，找不到任何诱因，但它就这么发生了。那天下午，她把吐司放进烤箱，可我们直到吃晚饭时,才发现她忘了按启动键。两天后,我们又一起看了看过无数遍的《马耳他猎鹰》,但她却突然不记得是谁杀了亨弗莱·鲍嘉的伙伴。她"开始"喜欢读雷蒙德·钱德勒[1]的书,而实际上她喜欢这个作者已经很多年了。除了暴躁,卡斯尔曼医生全都说中了。

我开始帮她计算药片。她要吃五种不同的药,其中三种一天两次。她从没忘记吃药,但也没记清楚过具体数量。

有时我会提起我们共同认识的某个人、一起去过的某个地方、一起做过的某件事,大约每三次里就有一次她想不起来。如果我告诉她是她忘记了,她就会生气。一个月后,三次中有两次她都想不起来了。后来,她就不怎么看书了。她抱怨眼镜有问题,我把她带到眼镜店重新验光。验光师测试后告诉我们,她的视力与两年前完全相同,并没有变化。

她一直在与病魔抗争,尝试着用填字游戏、数学题以及任何能让她思考的东西来刺激大脑。但填字游戏和题目的难度在逐月递减,她答对的次数也越来越少。她依然热爱音乐,依然喜欢在院子里撒上米粒儿,看着鸟儿来啄食。但是,她再也不能跟着旋律哼唱,也没法认出那些鸟的种类来了。

她从不让我在家里放枪。她说,与其被小偷一枪打死,还不如让他把家里偷个精光。那些不过是身外之物,我们自己才是最重要的。六十年来,我一直尊重她的意见。但现在,我买了一把小手枪和一盒子弹,把它们锁在我书桌的柜子里。我告诉自己如果有一天,她丧失了太多的记忆,不再记得我是谁,当那一天真的来临,我就先用一颗子弹打死她,再用另一颗打死我自己……但我知道,我做不到。杀了我自己,没问题;杀了她,我永远做不到。

---

① 雷蒙·钱德勒(1888～1959),美国推理小说作家。

我们是在大学里认识的。她是优等生。而我，只是个名不见经传的体育生，足球队的三流防守边锋，篮球队的后备大前锋，大块头，肌肉男，沉默寡言。但她却看到了我身上的闪光点。我总在学校里看她。她那么漂亮，真的很难忽视。但她总和那些聪明人在一块儿，我们的道路几乎没有交集。我第一次约她出去，也是因为和兄弟们打赌，他们赌十块钱她肯定不会答应。但是，我也不知道怎么回事儿，她就是答应了。而在接下来的六十年里，我再也离不开她。我们有钱就花，没钱就穷开心，我们只是活得不那么精致，也没有四处旅行。我们养大了孩子，带领他们进入社会，经历了一个孩子的死亡，目送两个孩子离开，开始他们自己的生活，终于一切又回到最初的模样——生活里只有彼此。

而现在，我们中的一个，一天天、一点点地在消失。

一天早上，她把自己锁在了卫生间里，却忘记了怎么开锁。她惊慌失措，完全听不进我在门外的指示。我正打电话，准备找消防队帮忙，她却突然出现在我的身边，问我为什么要给消防队打电话。是什么东西着火了吗？

"她不记得把自己锁在厕所里了。"第二天，我向卡斯尔曼医生解释，"前一秒，连三岁小孩儿都搞得定的锁，她都打不开。可下一秒，她就打开了门，完全忘记之前的问题了。"

"是这样的。"他说。

"再过多久，她就会连我都不认识了？"

卡斯尔曼叹了口气，说："我真的不知道，保罗。你是她生命中最重要的，也是陪伴她最久的人。按理说，你会是被最后遗忘的。"他又叹了口气，继续道，"可能是几个月后、几年后，也可能就是明天。"

"这不公平。"我喃喃道。

"没人说这公平。"他回答说,"她来的时候我给她做了检查,庆幸的是,作为这个年纪的女人,她的身体状况算很好的了。心肺功能都不错,血压也正常。"

我苦涩地想,她血压当然正常。她不用整日担心和自己过了大半辈子的人突然不认识自己了该怎么办。

后来我才意识到,她根本没有担心过任何事。她的思维和记忆正在加速消失,我为之前的自怨自艾感到愧疚。

两个星期后,我们去商场购物。逛着逛着,她走开了,去拿什么东西,我猜应该是冰淇淋吧。当我挑选好需要的东西,走到冷冻食品区去找她的时候,她却不在。我环顾四周,查看了相邻几个货架的周围,还是没能找到她。

我让女营业员帮忙看了看女厕所,空的。

我心里开始发慌,正准备到停车场去找她时,一位警察轻轻牵着她的胳膊,领着她走了进来。

"她四处找她的车。"警察解释说,"说是一辆1961年产的纳什蓝巴勒。"

"四十年前我们就换掉那车了。"我回答道,接着转身问格温多琳,"你没事儿吧?"

她的脸上布满泪痕,说道:"对不起,我不记得我们把车停在哪儿了。"

"没关系。"我安慰道。

她哭个不停,不断告诉我她有多抱歉。很快,大伙儿都盯着我们看。商店经理问我要不要把她带到办公室,让她坐下歇会儿。我对经理和警察的好意表示感谢,但还是决定带她回家会更好些。我领着她走向我们的车，一辆五年前换的福特，开车带她回家。

我把车停进车库。下车后，她站在一边，端详着车子，说道："这车真漂亮！是谁的？"

"目前什么都不能确定。"卡斯尔曼医生说道，"但医学界认为老年痴呆症与$\beta$-淀粉样蛋白有关。我们发现，阿尔茨海默症和唐氏综合征患者的体内都存在超量的$\beta$-淀粉样蛋白。"

"不能直接把它取出来吗？或者想办法中和它？"我问。

我们说话时，格温多琳坐在椅子上，静静地盯着墙壁。她已经出神到离我们十万八千里的地方去了。

"如果有这么简单，我们早就做了。"

"归根到底，是蛋白质的原因。"我说，"它是不是来自哪种食物？有没有什么要忌口的？"

他摇了摇头，"蛋白质各种各样。这一种是人类与生俱来的。"

"是在大脑里吗？"

"最初，是在脊髓液里。"

"那就不能把它吸出来吗？"我追问。

他叹了口气，说："等我们确定它会对个人健康造成影响时，已经太晚了。它会在大脑里形成斑块，而且，这种病一旦发作就是不可逆转的。"他疲倦地停顿了一下，"至少在今天，这个过程是不可逆的。医学在不断发展，总有一天人类能治好它。用不了多久，我们就能减缓退化的速度，如果二十五年内可以彻底治愈它，我也不会感到惊讶。未来甚至可能实现在受精卵阶段就检测出$\beta$-淀粉样蛋白是否失衡，并直接在子宫里进行修正。"

"但是，来不及治疗她。"

"是的,来不及治疗她。"

在接下来的几个月里,她渐渐地忘记了自己有老年痴呆症。她不再读书了,但喜欢看电视,尤其喜欢儿童节目和动画片。我一走进房间,就会听到这个我深爱的八十二岁的女人跟着米老鼠俱乐部哼唱着。我甚至觉得,如果电视上是一片雪花,她也会看得津津有味。

那天早晨,该来的终究还是来了。我正在帮她准备早餐——她在电视广告里看到的那种麦片。她抬头看我,我看得出来她不记得我是谁了。幸好,她不怕我,只是有些好奇,但眼神中没有透露出一丝熟悉。

第二天,我把她送到了老年痴呆症专业疗养院。

"我很抱歉,保罗。"卡斯尔曼说,"但这确实是最好的选择。她需要专业的护理。你瘦了很多,也一直没能好好睡觉。老实说,现在谁喂她吃饭、谁给她洗澡、谁监督她吃药,对她来说已经没什么差别了。"

"不,对我来说不一样。"我气愤地说,"他们把她当个婴儿!"

"她现在就是个婴儿。"

"已经整整两个星期了,我一次都没看见过他们正儿八经地尝试着与她交流。"

"她没什么可说的,保罗。"

"她有。"我说,"就在她脑子里。"

"她的脑子已经不是她从前的脑子了。"卡斯尔曼说,"你要面对现实。"

"我不该这么快就把她送过去的。"我说,"一定有什么办法可以和她交流。"

"你是个成年人，尽管她的外表没变，但她实际上就是个四岁小孩儿。"卡斯尔曼缓缓说道，"你们没有任何交集。"

"我们共同走过了一生！"我厉声说道。

我听不下去了，站起身，大步走出了他的办公室。

鉴于卡斯尔曼医生已经没辙了，我决定去其他医生那儿试试。可他们说的都和卡斯尔曼医生大同小异。其中一人甚至带我参观了他的实验室。他们在实验室里对β–淀粉样蛋白和其他物质进行化学实验。这确实鼓舞人心，但这些都来不及治疗格温多琳。

我每天总会拿着枪在手里把玩好几次，考虑要不要干脆一死了之。可转念又想：万一有奇迹发生呢？医疗、宗教，随便哪种都可以。万一她再次变回我深爱的格温多琳呢？如果我死了，就相当于抛弃了她，那时就只剩她独自一人在这世上，身边是一群陌生的老头儿、老太太。

所以我不能自杀。我帮不了她，但也不能袖手旁观。不管是什么，不管在哪儿，肯定有办法和她建立联系，让我们又处在同一水平上进行沟通。我们一起面对过那么多难题，我们失去过一个儿子，一起经历过她的流产，目睹了双方父母相继去世。可只要我们还在一起，我们就能解决一切问题。这不过是又一个问题而已，只要是问题就都能解决的。

这次，我也找到了解决办法。虽然之前没想到会是在这种地方，用这种方式解决，可她已经八十二岁了，时日无多，我没时间犹豫。

这就是今晚事情的始末。今天早些时候，我买了这台笔记本，以上是我的第一条记录。

6月22日，星期五。这段时间，我一直尽力学习与这种疾病相关的一切知识。期间，偶然听说了一个私人诊所。政府裁定这个诊所为非法机构并强制关闭了它，使得整个机构只好搬到了危地马拉继续运作。其实它并没有什么了不起的地方，不过反正我也没期待太多，只是希望另一种奇迹出现。

他们将实验的预期结果全盘托出，正因为这样的结果，他们只接收临终病人作为志愿者。可他们太缺志愿者了，所以当我告诉他们我有癌症的时候，他们也没仔细核实。我签了一份让渡协议，这份协议在危地马拉以外的任何地方都没有法律效力，但这份协议允许他们在我身上为所欲为。

6月23日，星期六。实验开始了。我以为他们会往我的脊椎里注射药剂，结果他们选择了颈动脉。这也有道理，颈动脉是连接脊柱和大脑的重要渠道。蛋白质要想去它能搞鬼的地方，这儿是必经之地。我以为会疼得要死，实际上却只有一点儿疼。除此以外，我没什么感觉。

6月27日，星期三。连续四天都安排我们听无聊的演讲，无非是解释我们中的一些人会死，但也有人会得救，然后会造福全人类，等等。现在，我大概知道实验室里的小白鼠是什么感觉了。它们并不知道自己马上就要死了。我猜过不了多久，我们也没什么感觉了。

7月3日，星期三。整整一个星期，他们都让我玩儿超级简单的拼图游戏。他们告诉我，我的认知能力已经丧失了百分之六，而且速度还在不断加快。他们似乎非常高兴。我才不信。我觉得，只要他们再多给点儿时间，我就能把这玩意儿拼得更好一点。我已经很久没玩过这种东西了，只是缺乏练习而已。

7月7日，星期天。我觉得药剂已经开始起效了。当时我在楼下休息室看书，好长时间我都想不起我的房间在哪儿。很好！起效得越快越好。我已经落后她很多了。

7月16日，星期二。今天我们又挨骂了。他们说注射过量了，正状①发展得比他们预想得更快。这么久了，也该记点有趣的事儿了。"有趣"，是这么写吧？

7月26日，星期五。我是太幸运了。最后guān头，我想起我最初为什么去诊所了。我等到天黑偷溜了出来。我到了机场才发现我没有钱。他们看了我的钱包，拿出一张素料卡，摆弄了一下，说了声可以了，然后给了我一张票。

7月27日，星期六。我把家里的地址写下来了，这样就不怕忘了。我在机厂坐上出租，但我不知道要跟司机说什么。我们一路开一路开。太幸云了！最终我想起来我把地址写下来了。我到家后，却发现没有要shi。我开始在外面敲门，但没人开门。后来，想起了警笛声，很大声，他们把我代走了。我不能待太久。我得找到格温多琳，不然就来不及了。但我不记得为十么会来不及。

---

①即"症状"。因为主人公的认知能力正在逐渐丧失，原文中的英文拼写和语法也出现了各种各样的错误，几近儿语。随着日记的时间向后推进，语言能力的退化就越来越厉害。

入月，星其一。这人说他是卡思额曼一生，他说我认识他。他不停地说，哦，包罗你为十么要这样对自己。我告诉他，我不计得了，但我知道肯定有元因，而且和格温多琳有关。你还计得她，他说。当然，我说，她是我的最爱，我的生命。我间，我什么时候能见她，他说很快。

星其三。他们给我弄了个单间。但我不相要单间，我只相和格温多琳在一起。中于，他们让我见了她，她依然美丽。我想拥抱她，亲勿她，但我一走到她面前，她就开始哭，户士把她代走了。

已经弟八天了我在这，好相是九天。我还是不计得。今天，我看到了一个票亮的女孩在大厅，她有一头票亮的白头发。女孩让我想起了一个人，但我不 zhī dào 是谁。明天如果我计得，我要给她带个李物。

我 jīn tiān 又看了呐个票亮女亥了。我一多花从 pén 里拿出来给她。她笑了，说谢谢。我们 liáo 了很多。她说，我很高兴我们遇见了，我最后很开心。我说，我 yě 是。我想我们会成为很好的 péng yǒu，因卫我们喜欢，还有很多共问点。我间她叫什么名字，但她不计得了。我相叫她个温多令。我相我在很久以前，认识一位个温多令。这是一个非常美的名字，给一个很美的新 péng yǒu。

（魏春予 译）

# 旧日重现

　　我第一次见到她的时候，她在公园里晨跑。当时我正同往常一样，坐在长椅上读报纸。我觉得她似曾相识，但也并没有因此太在意。

　　第二次是在超市里。我是顺路来添置速溶饮品的——咖啡、咖啡伴侣、方糖——这次我可把她看清楚了。最初，我以为自己一时眼花了。作为一个七十六岁的老人，老眼昏花也不足为奇。

　　两天后，我去文森佐餐厅①吃晚饭，这是我四十年来最爱的意大利餐厅。她又出现了。她不只出现，还穿了我最喜欢的蓝色连衣裙。哦，下摆要短一点，袖子也有些不同，但就是那条裙子，准没错。

　　这完全没道理。我有四十多年没见过这样的她了。她已经去世七年了，而且如果她还魂，干吗不直接回到我身边？我们毕竟一起生活了近半个世纪啊。

　　我借着去洗手间的机会从她身边走过，距她还有五英尺的时候，已经香气扑鼻。我们在一起的每一天，她都擦这种香水。

　　可她去世时已经六十八岁了，而现在，她看起来酷似我们初见

　　①原文为意大利语。

时的样子。我走过她桌边,试着朝她微笑。她对我视而不见。

我走进洗手间,洗了一把脸,照照镜子,确认这半个世纪不是黄粱一梦,而我的的确确已经七十六岁。好吧,镜子里就是我:头发稀疏,胡子拉碴,因为曾有过一次小小的中风,导致了一只眼睑拉着。随着我变得越来越自欺欺人,我承认自己曾经中过风的次数越来越少。我下巴上还有一小块结痂,是剃须时划破到的。(我受不了新式的电动剃须刀,不过鉴于这种剃须刀面市的时间和我的年纪相仿,用新式形容它已不太恰当了。)

这张脸饱经沧桑,我却要用它去面对这么一个人,一个和迪尔德丽一个模子里刻出来的人。

我走出去,她还是一个人坐在那儿,细嚼慢咽地吃着甜点。

"打扰一下。"我走到她的桌边,说,"我可以过来坐一会儿吗?"

她看了我一眼,好像觉得我不太正常。她又向四周望望,这地方用餐者很多,求助有路,而我的样子也没什么恶意,可以放心。终于,她拘谨地点了点头。

"谢谢。"我说,"我只是想说,过去我认识一个人,和你长得一模一样,连裙子和用的香水都一样。"

她一直盯着我,却没有回答。

"我该做个自我介绍。"我伸出一只手,说,"我叫沃尔特·西尔弗曼。"

"你想怎样?"她无意握手,直接问道。

"实话实说吗?"我说,"我只是想走近点儿看看你。看见你,我就想起那个人,历历在目。"她似乎不相信。"我不是搭讪。"我接着说,"见鬼,我这把年纪都能当你爷爷了。而且你可以问问餐厅的服务员,我来这儿吃饭有四十年了,从来没骚扰过一个顾客。我只是觉得你跟我十分在乎的那个人长得太像了,这才过来的。"

她的神色柔和了一些。"抱歉,刚才我可能不太礼貌。"她说,我又是一惊——这声音和她像极了,"我叫迪尔德丽。"

这下轮到我盯着她了。

"你还好吗?"她问。

"我很好。"我说,"不过和你长得像的那个人也叫迪尔德丽。"

她愣住了。

"我给你看。"我一边说,一边抽出钱包。我取出迪尔德丽的照片,递给她。

"真是不可思议。"她端详着照片,说道,"我们连发型都差不多。这是什么时候拍的?"

"四十七年前。"

"她去世了吗?"

我点了点头。

"是你妻子?"

"对。"

"真难过。"她说,"要我说,她可真是个美人。"跟着又说,"虽然我们长得很像,但我这么说可不是自恋。"

"哪里。她确实很美。我也说过,她用的香水都和你一样。"

"太离奇了。"她说,"现在我懂你为什么想和我聊聊了。"

"这就像……就像我突然穿越到半个世纪前。"我说,"就连你衣服的颜色也是迪迪最喜欢的。"

"你说什么?"

"我说你衣服的颜色也是她——"

"不,我是说你刚才叫她什么?"

"迪迪?"我说,"这是我给她起的爱称。"

"我的朋友也都叫我迪迪。"她说,"真奇怪,对吧?"

"我可以这样叫你吗?"我说,"我是说,如果我们再见面,我能这样叫吗?"

"行。"她耸了耸肩,"聊聊你自己吧,沃尔特。你退休了吗?"

"退休十几年了。"我说。

"有没有子女或者孙子?"

"没有。"

"你不工作,又没有家庭,那平常都干些什么呢?"她问。

"读书、看片儿、散步,在电脑上用谷歌搜索各种有趣的东西。"我欲言又止,顿了一顿,"但做这些不过是为了打发时间,只为了等到和迪迪再相聚的那一天。希望这听起来不会让人感觉神经兮兮的。"

"你们结婚多久了?"

"四十五年。"我答道,"那张照片是我们结婚前几年拍的。过去,我们从订婚到结婚要很久。"

"她工作吗?"迪尔德丽问,"我知道,你们年轻那会儿,有很多女人都不工作。"

"她给儿童图书画插图。"我说,"她还得过两三个奖。"

迪尔德丽突然皱起眉头,"好吧,沃尔特你调查我有多久了?"

"调查你?"我重复道,不明所以,"几天前我看见你在慢跑,然后今天我吃饭时看到了你……"

"你真以为我会信?"

"你为什么不信呢?"我问。

"因为我是儿童杂志的插画师。"

实在是太巧了,"你再说一次?"

"我给儿童杂志画插图。"

"你姓什么?"我问。

"怎么了?"她心有疑虑,反问道。

"你就告诉我吧。"我的声音都有点儿刺耳了。

"艾伦森。"

"谢天谢地!"

"你这是什么意思?"

"我的迪迪结婚前姓凯普兰。"我说,"刚才有那么一会儿我以为自己疯了。如果你真姓凯普兰的话,我就肯定是疯了。"

"抱歉,我失态了。"迪尔德丽说,"只是这确实有点儿……怎么说……怪怪的。"

"我不是故意让你不好受的。"我说,"只是,我也说不清,就像又重新见到了我的迪迪,而且还跟我记忆中一样的年轻美丽。"

"你总是想起这样的她吗?"她好奇地问,"想起她四十五年前的样子?"

我抽出了另一张照片,这张是在迪迪去世前一年拍的。她重了四十磅左右,头发花白,眼睛周围长满了皱纹。我盯着照片看了一会儿,然后递给了迪尔德丽。

"这也是她。"我说。"我看着她,就忘了她增加了体重、长了年岁。我觉得每个女人都是美丽的,各有各的美,但数我的迪迪最美。"

"你要是年轻五十岁就好了。"她说,"你这种观点深得我心。"

我不知道该怎么接,于是什么也没说。

"你的妻子是怎么去世的?"她终于问了。

"当时她在过马路。有个小孩嗑了药,正疯着呢,飙车飙到街角,时速七十码。她根本不知道自己是让什么给撞了。"我停了一下,那天真是不堪回首,"那个小孩判了六个月缓刑,没了驾照。我没了迪迪。"

"出事时你看到了吗?"

"没有,我还在商店里结账。但我还是听到了。晴天霹雳。"

"太可怕了。"

"至少她没觉得疼。"我说,"我看有些人走得更痛苦,或者说是煎熬。这会儿,我的朋友们大多都在尝这滋味呢。"

现在轮到她无言以对了。最后,她看了看手表,"我得走了,沃尔特。"她说,"这一切……很有意思。"

"我们还能再见面吧?"我满怀希望地提议道。

她看了我一眼,似乎是在说她最担心的事到底成真了。

"我不是找你约会。"我连忙接着说,"我是个老人了,只是想再和你聊聊,就像是再和迪迪小聚了一场。"我停下来,觉得她该说我恶心了,但她什么都没说。"这样吧,我一直都在这儿吃饭。要不你一个星期后回来,我们边吃晚饭边聊?我请客。我保证不尾随你回家,而且我一把老骨头,关节都不灵活了,没法在桌子下面搞小动作。"

听到我最后这句话,她忍不住扬起嘴角。"好吧,沃尔特。"她说,"六点到七点之间,我就是你的迪迪。"

一星期后,六点钟如约而至,我紧张得像个小男生。我还穿了件西服,打了条领带,这可是好几个月来的头一回。(我刮胡子的时候还割伤了自己好几处,希望她别发觉。)

六点钟来了又过了,六点十分来了又过了。六点一刻,她终于进来了。她穿着衬衫和长裤,我敢说迪迪也有这么一身。

"不好意思,我来晚了。"她说着,在我对面坐下,"我读书入迷了,忘了时间。"

"让我猜猜,"我说,"简·奥斯汀?"

"你怎么知道?"她惊讶地问。

"她是迪迪最喜欢的作家。"

"我可没说我最喜欢她。"迪迪说。

"但她确实是你最喜欢的作家,对吗?"我追问。

一阵尴尬的沉默。

"对。"她最终说道。

我们点了菜——她自然点了帕玛森芝士焗茄子,迪迪也总是吃这个——然后她从包里取出了几本杂志,一本是大开本的,还有一本是文摘,然后给我看了她画的一些插图。

"很不错。"我说,"金发小女孩和马的这张特别好。我看见就想起——"

"你妻子画过的东西?"

我点了点头,"很久以前了。我好多年都没再想起过。我一直都很喜欢那张画,但她觉得自己有很多比那画得更好的。"

"我也有更好的。"迪尔德丽说,"但手头只有这些。"

上菜前,我们又聊了一小会儿。我尽量泛泛而谈,因为我看得出她和迪迪的各种相似之处让她很不自在。老板文森佐在墙壁上挂满了意大利裔名人的照片;她认得法兰克·辛纳屈[1]、迪安·马丁[2]和乔·迪马乔[3],不过我还是花了几分钟来解释卡曼·巴斯里奥[4]、埃迪·阿卡罗[5]等等其他人都是因为做过什么才受此追捧的。

"你看,"沙拉上来的时候,我说,"迪迪有一套简·奥斯汀的书,是漂亮的皮面装订版。我从没读过,这些书就堆在那儿积灰。我很乐意在下个礼拜带给你。"

"哦,我不能要。"她说,"这些书肯定价值不菲。"

---

①法兰克·辛纳屈(1915~1998),美国意大利裔歌手、演员。

②迪安·马丁(1917~1995),美国意大利裔歌手、演员、笑星和电影制片人。

③乔·迪马乔(1914~1999),美国意大利裔棒球运动员。

④卡曼·巴斯里奥(1927~2012),美国意大利裔拳击运动员。

⑤埃迪·阿卡罗(1916~1997),美国意大利裔赛马骑手。

"值不了多少。"我说,"再说,等我死了,这些书的下场也是被扔进垃圾堆,或者被卖到二手店。"

"别这么提到死。"她说。

"怎么了?"

"说得好像是家常便饭一样。"

"你离它越近,它就越像是家常便饭。"我说,"别担心。"我轻描淡写地说,"我保证,晚饭结束之前我死不了。好了,那些奥斯汀的书……"

我看得出她在纠结。"你确定?"她最后说。

"我确定。我还有一套类似的勃朗特姐妹的书,如果你喜欢的话我也可以带给你。"

"谢谢,但我不太喜欢她们。"

自然如此。那些书,我记忆中迪迪一本都没有翻开过。

"好的。"我说,"我下个礼拜就只把奥斯汀的书带过来。"

她突然皱起眉头,"我想我下个礼拜来不了,沃尔特。"她说,"我的未婚夫出差去了,他差不多就在那天回来。"

"你的未婚夫?"我重复道,"你之前没提到过他。"

"我们只聊过两次天。"她答道,"我可没有瞒着。"

"好吧,挺不错的。"我说,"现在你应该知道,我对婚姻充满了信心。"

"我想我也有信心。"她说。

"你想?"

"哦,我对婚姻有信心,只是不确定对和罗恩的婚姻有没有信心。"

"那你为什么和他订婚呢?"

她耸了耸肩,"我三十一岁了,到时候了,而且他人也很不错。"

"但是?"我问,"你的话里暗含了个'但是'。"

"但是我不知道自己想不想和他共度一生。"她停了停,觉得很困惑,"话说,我为什么跟你讲这些?"

"我不知道。"我答道,"你觉得是为什么?"

"我也不知道。"她说,"我就是感觉你值得信赖。"

"谢谢。"我说,"至于说到和你的小伙儿共度一生的问题——老天,看看现在的人,结了婚又离婚,说不定你不结婚更好。"

"你可真会哄女孩儿开心啊,沃尔特。"她哭笑不得地说。

"抱歉。你的个人生活和我无关。我没想冒犯。"

"没事。"她接着说,"我们再聊些什么?"

我想到了迪迪。我们迟早会聊到各种各样的话题,但迪迪最爱的是戏剧。"汤姆·斯托帕[1]和爱德华·阿尔比[2]你更喜欢谁的作品?"

她的眼睛一下子亮了起来,而我已然知道,她会用接下来的十分钟讲她喜欢谁,还有为什么。

不知怎的,都在我意料之中。


接下来的一周,我们没有见面,但之后的三个月里,我们每周都见。有一回,罗恩也一起来了。他大概是想确认一下,我是不是真如她所说的那样又老又没吸引力。他没再来过,看来我的形象让他颇为放心。他看上去的确是个好小伙,显然也爱着她。

我在附近的博德斯书店碰到过她两次,在巴诺书店碰到过一次,每次都请她喝了杯咖啡。我知道我慢慢爱上她了——见鬼,我第一眼见到她就爱上她了。可这却把我搞糊涂了,我知道我并不是真的爱她;我爱的是年轻版的迪迪,她只是寄托罢了。

①汤姆·斯托帕(1937~　　),英国剧作家,1997年被授予爵位。

②爱德华·阿尔比(1928~　　),美国剧作家。

罗恩又出差了,他不在的时候,她带我上戏院看了一场重演的斯托帕的《跳跃者》,我带她去跑马场看了一场小额投注的牝马赛。那场戏很不错,有点儿难懂但演得很好;我感觉她和迪迪一样喜欢马场的风气和热烈的氛围。

我总是想,她会不会就是迪迪的转世,但我心里知道这是不可能的:如果她是迪迪——我的迪迪——她就该等着我,可这位却要和一个叫罗恩的小伙子结婚了。况且她也有过去,她有自己小时候的照片,有多年的老朋友,而迪迪去世只有七年而已。虽然我不知道现在是怎么一回事儿,却确信不可能同时存在两个她。(不,我从没问过自己为什么;我就是知道这不可能。)

有时候,我明知有些东西是迪迪不喜欢的,却会用它们来小小地试探她。点上某种酒,提起某场戏、某本书或某部电影,迪尔德丽无一例外会皱起鼻子,表示同样提不起劲儿。

太离奇了。我实在是弄不明白,开始感到有点儿害怕了。这不是我的迪迪。我的迪迪和我过了一辈子,而她的那辈子也已经结束了。我七十六岁了,毛病缠身,半截入土。我从没打算缠着迪尔德丽,我于她也不过是个古怪的相识罢了……那为何让我遇见了她?

我时不时会遐想,如果有两个人像我和迪迪那样彼此相爱,又那么合拍,那么他们就会经历一次次轮回再在一起。他们曾经是亚当和夏娃,是兰斯洛特①和桂妮维亚②,是鲍嘉③和白考儿。但他

①《亚瑟王传奇》里亚瑟王领导的圆桌骑士中的传奇人物。勇敢强大且乐于助人,是亚瑟王最伟大的圆桌骑士之一,也是亚瑟王的养父爱克托骑士的哥哥。

②又称格温娜维尔、格尼薇儿、桂妮维尔,是传说中亚瑟王的王后,因为与兰斯洛特的私情而饱受舆论谴责,最终成为修女。

③亨弗莱·德弗瑞斯特·鲍嘉(1899~1957),美国电影演员,代表作《卡萨布兰卡》,其和白考儿的爱情已经成为好莱坞的传奇。

们不会是一个老人和一个年轻女士,这样两个永无交集的人。我攒了半个世纪的阅历却无法和她共享,她要是想到跟我肌肤相亲,肯定也会起鸡皮疙瘩。而且,单就肌肤相亲而言,我都早已力不从心了。我的迪迪借她重生也好,她碰巧名叫迪迪也罢,我们两个为何在此时此地相遇?

我不知道。

但几天后我发现我最好赶紧搞清楚。我在医院做了各种检查,终于查出了什么。他们给我开了几种新药,配了强效止痛片以备不时之需,还告诉我不要想得太远。

见鬼了,我都没有怎么不开心。至少我要跟我的迪迪相聚了——真的迪迪,而非那位迷人的替身。

接下来的一晚,我们照旧相约晚餐。我决定不把这消息告诉她,不该让她发愁。

结果她自己已经够愁的了。罗恩给她下了最后通牒:定个日子,不然就分手。(现在跟我们当年太不一样了。我们这一代人都觉得,如果有位漂亮的女朋友愿意和你睡觉,却一想到结婚就焦虑,那简直是梦寐以求。)

"那你准备怎么办呢?"我关切地问道。

"我不知道。"她答道,"我喜欢他,真的。但我就是……不知道。"

"放他走吧。"我说。

她疑惑地盯着我。

"如果你经过这么长时间还是不确定。"我说,"那就跟他吻别吧。"

她深深地叹了口气,"他符合我对丈夫的所有期望,沃尔特。他又细心又体贴,我们有好多共同兴趣。他还是个建筑师,前途光明。"她一脸苦笑,"我甚至还挺喜欢他妈妈。"

"但是?"我鼓励她继续说。

"但我想我不爱他。"她望着我的眼睛,"我老是觉得自己如果爱一个人,立马就能确定。至少我从小到大听的故事就这么讲的,我又读了好些言情小说,看了好些爱情电影,这种想法就越来越根深蒂固。你和你的迪迪是怎么样的? 你犹豫过吗?"

"从来没有。"我说,"从始至终,没有片刻犹豫。"

"我三十一岁了,沃尔特。"她忧愁地说,"如果我现在还没遇到那个对的人,在我四十岁甚至六十岁之前,他又有多大可能性会出现呢? 如果我想要个孩子呢? 我是应该和一个我不爱的人生一个,还是等待这个在千里之外、不知何时才会出现的人呢?"她又叹了一口气,"我有两个好朋友嫁给了自己的白马王子,可她们都离婚了。我最好的朋友嫁了个好男人,虽然她自己也不确定是不是爱那个人,十年来她婚姻美满。她不断跟我说,我疯了才会放走罗恩。"她从桌子对面望向我,一脸纠结,"我可以付出一切只为找到那个人——不管是什么样的人——就像你找到你的迪迪一样。"

就在这一刻,我明白了为何让我遇见了她。明白了在入土之前,医生为什么还给了我几个月的时间。

吃完饭,我第一次陪她走回家。她住在一幢高层公寓里,这类公寓本身就像是一座微缩城市。公寓没有门卫,不过她说这里的安保系统是最先进的,让我放心。她亲了我的脸颊,几个邻居正好出来,像看疯子一样看了看她。等看到她安全地进了电梯,我才转身回家。

第二天早上,我一醒来就决定要立马行动。我的任务颇重,至少得去那些让我感到自在的老地方逛逛。我穿好衣服,出门去马场,我在靠近一个段柱①的看台上坐了几个钟头,从这个地方看比

---

①赛马全程分为若干段,每一段有立柱作为标志。

赛,视野最开阔。我一点儿注都没下,只是四处看看。晚饭后,我
又逛了逛我最爱的几家书店。之后的两天,我用一整个下午在动
物园和自然博物馆里闲逛,在这些地方,我曾和迪迪度过了许多快
乐的午后。接下来的一天,我下午去了棒球场,坐在左边的看台
上。路上我得吃几片止痛片,但我并没有因此放慢脚步。傍晚时
分,我继续周游书店和咖啡店。

第六晚,我觉得自己已经吃腻了意大利菜——见鬼,我每隔一
段时间就会觉得腻烦——于是我去了奥林匹斯,我也是这家餐馆
的常客。这家看起来可不太像奥林匹斯,没有希腊雕像,也没人跳
肚皮舞,或是弹布祖基琴,不过这里的希腊式千层面和葡萄叶粽是
城里最好的。

正是在这里,我看见了他。

和迪尔德丽不同,看到他的模样,我并没觉得眼前一亮。不过
我也的确好长时间没有仔细看过这张脸了。他独自一人。等到他
起身去男士洗手间,我便跟了进去。

"夜色真好。"当我们洗手时,我说道。

"你说好就好吧。"他冷淡地应道。

"空气清新,明月朗朗,微风习习,一切都有可能发生。"我说,
"简直太棒了,对吧?"

"听着,伙计。"他烦躁地说,"我刚跟我的妹子分手了,没心情
聊天,好吧?"

"我得问你几个问题,沃利①。"

"你怎么知道我的名字?"他追问道。

我耸了耸肩,"你看起来就像个沃利。"

他扫了一眼门口,"见鬼的,这都是哪儿跟哪儿? 你要是要什

①"沃利"是"沃尔特"的爱称。

么花样，我就——"

"别担心。"我说，"我是个糟老头子，只是想在踏上黄泉路之前做最后一件好事。"我从钱包里抽出一张陈年旧照，举起来，"是不是有点儿眼熟？"

他皱起眉头，"我不记得自己什么时候拍过这张照片。是你拍的吗？"

"一个朋友拍的。你最喜欢的演员是谁？"

"亨弗莱·鲍嘉。怎么了？"理应如此。从儿时开始，鲍吉①就是我最喜欢的演员。

"我只是好奇。最后一个问题：你对阿加莎·克里斯蒂②怎么看？"

"怎么了？"

"就是好奇。"

他怔怔地看了我片刻，耸了耸肩，"我受不了她。谋杀应该发生在后巷，不该在牧师家里。"自然如此。对推理小说里谋杀案只是为了给侦探留一具尸体的做法，我一向不以为然。

"答得好，沃利。"

"你笑什么？"他怀疑地问。

"我高兴。"

"好吧，至少我们两个中有一个开心了。"

"我跟你说，"我说，"我也许能让你也乐起来。你知不知道那家叫文森佐的餐厅—— 一家意大利小馆子，从这儿往东走差不多三个街区？"

"知道，我时不时也去那儿。怎么了？"

①"鲍吉"是"鲍嘉"的爱称。
②阿加莎·克里斯蒂(1890～1976)，英国著名侦探小说家，代表作有《东方列车谋杀案》和《尼罗河上的惨案》等。

"我想请你明天来共进晚餐。"

"这又是为什么?"

"我这个老头子有钱也没处花。"我说,"你不能迁就我一下吗?"

他想了想,耸了耸肩,"管他呢。反正也没人跟我一起吃。"

"暂时还没有。"我应道。

"你这是什么意思?"

"你来就是了。"我说。然后,我往门口走的时候转身朝他笑了笑,"我给你找了个女孩儿!"

（郝蕴馨 译）

# 宇宙"蛋"生

很久很久以前,存在着一粒原始原子,或者宇宙之卵、伊伦[1],又或者随便称它为什么吧。有一天(当然,在此之前,根本就没有时间这个概念),这粒原子发生了爆炸。

宇宙因此诞生。

既然宇宙永不止歇地扩张着,那么她所需要做的不过是大刀阔斧地书写些宇宙现象罢了,难道不是吗?

没那么幸运。

没错,我知道您会说:爱因斯坦可是毋庸置疑的,重力扮演着黏合剂的角色,将宇宙万物聚合在一起(只要你坐下来,真正用心去思考,就会发现这一理论并非深奥难懂),而且,形形色色的星球及星系相距极为遥远,仅靠重力不足以将它们全部聚拢在一起。此外(我听您说),宇宙间不存在足够的质量[2],所以古老的膨胀-收缩理论站不住脚。

好吧,让我来为您细细道来。爱因斯坦老伙计在很多事情上

---

① 原元素,是一种原初物质,按照大爆炸理论,它存在于化学元素形成之前。

② 宇宙中可见的物质含量不足以解释所观测的星系之间彼此产生的引力强度,因此科学家猜测宇宙中存在72%的暗能量,23%的暗物质。

都他妈是正确的,但他又不是头一个指出这些事实的人。事实上,他是第六十三位提出狭义相对论的科学家,这一理论经历了痛苦乃至悲剧的历程,最终仍被证明是正确的。我之所以屡屡提及他的名字,只不过是因为相对于其他的六十二位,他是距今年代最近的一位。

当然,就老阿尔伯特来讲,他只是位理论派,真正的罪魁祸首是埃克托·阿波罗·思鲁普。

如今,思鲁普被定义为蹩脚的理论数学家,还是位平庸的哲学家。他是否真的能够理解爱因斯坦的理论,这一点值得怀疑。不过,他究竟理解与否,或许根本就不重要。

思鲁普准备做的事情,是制造超光速驱动器。噢,此类尝试之前已经在世界各地进行过六十二次之多,当然,其中许多次都是偶然为之,但思鲁普显然无法得知这一事实。他只是一门心思地想要借机捞钱。

大国政府都不愿为他提供资金,毕竟,爱因斯坦曾经说过,任何速度都不可能超过光速。然而,思鲁普却成功地找到某个因石油巨富的阿拉伯小共和国,花言巧语地诱使对方掏了钱。他声称此举能够提高该国的国际声望,为大批半熟练工人提供就职岗位。他大谈科学的纯洁性,几乎把所有能够想到的都说了个遍,就是对爱因斯坦只字未提。

于是,他顺利得到想要的资金,雇了一帮伪科学家为自己效力,这些家伙对爱因斯坦的了解甚至还不如他。他投入到研究中去,赌咒发誓要在三年内制造出速度超越光速的宇宙飞船的原始模型。

很疯狂,是吧?

好吧,真正疯狂的还在后面呢:那艘太空船真的造好了。

噢,它当然没有超越光速。爱因斯坦说过没有什么能够超越光速,他的理论正确无误。

然而,老阿尔伯特却从未说过无法等于光速。他仅仅指出了以光速前进的结果。

结局出乎意料,这令人吃惊的消息还是没能够摆脱能量守恒定律的范畴。你们想必也知道:当物体的行进速度接近光速,其质量便会接近无穷大。

也就是说,当速度达到光速,质量则达到无穷大。

现在,暂时停下手中的活计,给我一秒钟,假装你自己就是埃克托·阿波罗·思鲁普,你想想这意味着什么,这可不仅仅意味着蛋糕发不起来、蛋奶酥塌成死面饼一块。

重力是质量的固有特性之一。在尝试追平光速之前,思鲁普有那么一两秒时间仍然满怀信心,但他最终还是认识到,突然制造出拥有无穷大质量的物体,对于仍在不断膨胀的宇宙而言会带来怎样的结果。

他当初没意识到,宇宙会因此停止膨胀。宇宙的所有组成部分都将向思鲁普的飞船冲去,仿佛正在与其赛跑,就像世界末日已经迫在眉睫。

世界确实到了末日。

第六十三个末日。

（袁 枫 译）

# 阿拉斯泰尔·巴弗的奇迹商店

金子和银子——就是我俩。自职业棒球大联盟于密西西比河畔的比赛结束,我俩就是朋友了,那会儿的星条旗上还只有四十八颗星星。(那时的国旗要好看得多,看上去要……整齐些:六排,每排八星;或八排,每排六星。这取决于你看的时候是站着还是躺着。)我们有过三个妻子(他结过一次婚,我结过两次)、两个孩子(都是他的),但他们全都先于我俩离开了人世。我俩的友谊维系了四分之三个世纪之久(准确地说是七十八年),如今一块儿住在赫克托·麦克弗森老年公寓里,从……唔,从我俩生活再也没法儿自理开始。

他是金子——莫里·金子。而我,我是内特·银子。泰迪·罗斯福①总统在任期间,祖父就给我改了名,我想在那之前,我叫作内特·银子斯坦。而第一次世界大战一结束,莫里的爸爸也把他的姓从金子伯格、金子曼,或金子别的什么改成了现在这样。以前叫什么都无所谓了。现在,我俩就是金子和银子。

如我刚才所说,我俩相识于七十八年前。我们一直住在芝加

---

① 即西奥多·罗斯福,其昵称为"泰迪"。

哥。在我们还是孩子的时候，芝加哥非常安全。那时，艾尔·卡彭[①]及其党羽已被警察一网打尽，街上也还没有爬满瘾君子和叫花子，所以，家长们允许我俩自己坐地铁到卢普区去。我从北边的罗杰斯公园出发，莫里则从距离芝加哥大学几英里的南海岸出发。在那个年代，卢普区满大街都是天才和共产主义者——他们往往是同一群人。

去帕尔默豪斯——城里最豪华的酒店——是我最爱的消遣之一。酒店从三楼或四楼开始是客房，而一楼与客房之间的夹层则遍布着各种商店，店里尽是琳琅满目的迷人玩意儿：会在黑暗中发光的时钟；可以自动弹奏的钢琴；从充满异域风情的地方，例如君士坦丁堡、香港、孟买进口的服饰和珠宝。

而最令人着迷的要数夹层中的一家小店。它是一家叫作"阿拉斯泰尔·巴弗的奇迹"的魔术商店。世上所有的魔术道具都能在这儿找到（至少在我看来是这样的）。这里有一种盒子，无论阿拉斯泰尔·巴弗放什么进去，从一枚银币到一个鸡蛋，它们都会在你眼前消失得无影无踪。还有种里面原本空无一物的帽子，会突然冒出一只兔子、一束鲜花或一簇彩色丝绸。店里还有一张实物尺寸的断头台，铡刀落地，断头台上阿拉斯泰尔·巴弗的脖子却神奇地完好无损。而这一切发生得太快，肉眼根本无法看清。这里有纸牌魔术、绳子魔术、会飞的魔杖，还有个长着美女脸蛋的时钟，如果你要对它失去兴趣了，她就会微笑着开口跟你聊起天来。

其中最精彩的便数魔术秀了。哦，他可不会免费为你表演——但只要你答应买一样道具，并让他看看你带的钱（一般得要五十美分，不过要是钱没带够，他偶尔也会同意卖个价值二十五美分的道具给你），他就会花上半小时为你演示自你上次离店后新到的

---

①艾尔·卡彭（1899～1947），黑帮教父、芝加哥王，1925年～1931年掌权。

所有魔法道具。

我以为只有魔术师才会经常光顾这家店,但这里的客户看上去可不太像舞台上的那种魔术师。(是的,我小时候确实没看过舞台魔术秀,但我看过它们的广告,所以知道魔术师是那种又高又瘦的男人,系上白色领结、穿上白色燕尾服,就跟弗雷德·阿斯泰尔①一样帅,而且总会有穿着暴露的女人给他们当助手,这种女人让我恨不得马上长大。)

但我见过少数出入此店的客人则与之完全不同。有个人看着就像保罗·穆尼②在影片中所扮演的逃犯一样。还有个人用绸缎把自己完全裹了起来,头上还缠着头巾,嵌在头巾正面的宝石闪闪发光。也有女人到这家店来——不是那种你希望在舞台上见到的女人,她们戴着优雅的帽子、面纱和深色手套,妆容充满了异域风情。那时候,女人流行穿狐皮大衣,大衣上还保留着狐狸的脑袋。有一天,我进门时,正好看见巴弗在挥手送别一位正要离去的女士。只见他对其中一个狐狸头说了些什么,说的不是英语,我发誓我看见它抬头对他眨了眨眼。

那时我每周的零花钱是二十五美分。我存满五十美分就去买一个道具——但自从地铁的单程票价涨成二十五美分之后,我差不多要一个月才能买一次了。我一直好奇为何没有别的孩子发现这近乎免费的魔术秀——直到我认识了莫里。

和我一样,他去店里已有一年多的时间,可惜莫里总在周六去。他每次都目瞪口呆地观看各种奇迹,然后买一个道具换一场魔术秀。

---

①弗雷德·阿斯泰尔(1899～1987),又译作佛雷·亚斯坦,本名菲德利克·奥斯特利兹,美国著名电影演员、舞蹈家、舞台剧演员、编舞、歌手。

②保罗·穆尼(1895～1967),著名男演员,生于奥匈帝国(现乌克兰)伦贝格,原名穆尼·维森弗劳恩德。

"啊！年轻的银子先生！"一个周六的早晨，当我走进店里时，阿拉斯泰尔·巴弗对我说，"我想你该来见见这个人。"

我真希望那是个半裸的魔术师助手，结果却只是另一个小男孩罢了。他有一头乌黑的头发，瘦得皮包骨，个头儿比我要矮几英寸。

"银子先生，跟金子先生打声招呼吧。"

"莫里·金子。"他说着伸出一只手来。我握住他的手，告诉他我叫内特·银子。然而，当阿拉斯泰尔·巴弗开始表演"柯林斯之绳"以及接下来的"消失的老鼠"时，我俩立马失去了对彼此的兴趣。不过，由于我还剩一枚硬币，我俩离开前一起去买了杯苏打水，然后闲聊了起来。很快我们发现，除了他是白袜队的球迷，而我支持小熊队以外，我俩在其他方面的兴趣爱好都很相似。我们在那儿待了好几个小时，最后认为还是在父母报警之前回家比较好，但我们相约四周后在奇迹商店再见。

接下来的两年时间里，我俩每个月都会碰面。后来因他爸爸调职的缘故，他们举家搬来了北边，能跟我在同一学区上学，他兴奋极了。我俩变得形影不离，打比赛时一个队，看同样的书，恋慕同样的女孩，即便后来我们不再每月都去阿拉斯泰尔·巴弗的奇迹商店，但为了纪念我俩的相遇，我们还是会每年去一次。

我们高中刚毕业，第二次世界大战就爆发了。我们在同一天被招募入伍，我怀着忐忑的心情去了欧洲，而莫里在太平洋上度过了接下来三年半的时光。他在塔拉瓦和冲绳岛战场上冲锋陷阵，而我深陷意大利之战和"突出部战役"[①]之中。在此期间，我俩不曾中过弹，也没染上过性病。退伍之后，我俩决定一起做点儿生意。

事实上，我俩做了许多生意，一个接着一个，从未破产，也没能

①又称"阿登战役""亚尔丁之役""守望莱茵河作战"，此战役发生于1944年12月16日到1945年1月25日，是纳粹德国于二战末期在欧洲西线战场比利时瓦隆的阿登地区发动的攻势。

赚大钱。一门营生做个几年,觉得赚不到钱,我们就把它卖掉或直接关门大吉,然后另起炉灶,如此周而复始。我们开过杂货店、比萨店、五金店、快递公司,甚至还搞过一家唱片店。唱片店是唯一收入还算不错的生意,但后来摇滚乐取代了真正的音乐,那声音实在让人难以忍受,于是我们把它也卖掉了。

而当我们蓦然回首,发现自己已是一双八十二岁的鳏夫了。我的第一任妻子死于癌症,第二任死于中风。莫里的妻子在一场交通事故中丧生,儿子在越南丢了性命,女儿则因吸毒而死。我们靠着微薄的社保过活。莫里的关节炎一月比一月严重,他有时痛得无法起床,有时没法儿走路。至于我,则有一大堆毛病——因为癌症没了一叶肺,前列腺有问题,装了个人造臀部,还有些别的小毛病——它们全都不致命,却不断累加。由于身边已经没了能照料自己的人,我俩合计着是时候搬到提供看护服务的老年公寓里去了。我们选择了赫克托·麦克弗森老年公寓,并非因为这里的服务更好,当然也不是因为食物,而是因为这里有一间双卧室的小公寓,这样我俩就能彼此做伴了。更何况,别人也不会愿意听我俩絮叨。绝大部分人都喜欢八卦泰格·伍兹[1]、迈克尔·乔丹[2]、茱莉亚·罗伯茨[3]和汤姆·克鲁斯[4],但我俩却爱聊贝比·鲁斯[5]和他得的奖,还有梅·韦斯特[6]博加特和雷夫提·格罗夫[7]。人们把帕米拉·安德

---

[1]艾德瑞克·泰格·伍兹(1975~ ),美国著名高尔夫球手,在2009年前高尔夫世界排名榜中多年位居首位,并被公认为史上最成功的高尔夫球手之一。他的绰号"Tiger"的英文意思是"虎",所以经常被称为"老虎"。

[2]迈克尔·乔丹(1963~ ),生于纽约布鲁克林,美国著名篮球运动员。

[3]茱莉亚·罗伯茨(1967~ ),美国女演员。

[4]汤姆·克鲁斯(1962~ ),美国男演员。

[5]贝比·鲁斯(1895~1948),美国职业棒球运动员。

[6]梅·韦斯特(1893~1980),美国女演员。

[7]雷夫提·格罗夫(1900~1975),美国棒球运动员。

森①和帕丽斯·希尔顿②的照片钉在墙上,而我俩会时常忆及营房墙上贝蒂·格拉布尔③和丽塔·海华斯④的海报。

我们在千禧年的前几年搬了进去,并感到相当满意。我估计有些人会认为我俩是同性恋,但对于一对九十多岁的老家伙来说,关灯以后也什么都做不了,是不是同性恋难道有区别?我们对于未来已经没什么期待了,所以总在追忆过去。我们谈论美国总统肯尼迪和尼克松之争,谈论名马纳舒厄与斯瓦普斯之战。我们讨论舒格·雷·罗宾逊⑤和泽西·乔·沃尔科特⑥,还会闲聊明星八卦,他们有的仍在人世,有的却已去世——好多明星都已过世啦:玛丽莲、詹姆斯·迪恩、皮莱恩·皮科洛⑦……

然而话题迟早会绕到阿拉斯泰尔·巴弗的奇迹商店去,那个我们多年前相识的地方。

"那真是个神奇的地方!"莫里说,"你知道,我真相信他会魔法。"

"啊,得了吧,莫里。"我说,"他就是个变戏法的。每个魔术都有机关。你买了,他就演示给你看。"

"我又没说你或是我会魔法。"莫里答道,"我说我认为他会。"

"你都快变成个老糊涂了。"我告诉他。

"那你就快变成个怪老头了。"他反击道,"见鬼,我那时就是个孩子。我的人生还有漫漫长路要走,整个世界都在前方等我,未来充满无数可能。凭什么我不能相信魔法。"

①帕米拉·安德森(1967~　),美国女演员、模特。

②帕丽斯·希尔顿(1981~　),美国名媛、演员、模特、歌手。

③贝蒂·格拉布尔(1916~1973),美国女演员。

④丽塔·海华斯(1918~1987),美国女演员。

⑤舒格·雷·罗宾逊(1920~1989),著名拳击手,被人称作"拳击圣人"。

⑥泽西·乔·沃尔科特(1914~1994),世界重量级拳王。

⑦玛丽莲、詹姆斯·迪恩、皮莱恩·皮科洛皆为电影明星。

"他可从不自称魔法师。"我说,"我想正确的词应该是'幻术师'吧。"

"他从未给过自己任何名头。"莫里固执地说,"但他能把鹦鹉变没了,或变成一颗鸡蛋——对十一岁大的我而言,那足已被称为魔法了。"

"他真棒,对吧?"我说,"那为何从没在电视或电影里看到过他?"

"如果你的电影已经能让超人'飞'起来,或以光速'发射'千年隼,你还要一个真正的魔法师干吗?"

"他又不是真正的魔法师。"我说。

"对你我而言已经够真了。"莫里说,"咱们过去一直到他店里去,不是吗?"

"直到已经长大,不再需要他。"

"我从未不再需要他。"莫里坚持道,"只是生活开始变得越来越复杂,我还有其他事情要做。"

"见鬼。"我说,"要是雇他到比萨店里来表演的,咱们可能就不会那么快破产了。"

"他才不会干这种事儿。"

"你怎么知道?"

"他是真正的魔法师,又不是耍戏法的。"莫里坚定地说。

"那可真糟。"我说,"他或许还能施法让客人们多花些钱呢。"

"如果他愿意的话,倒真有可能。"莫里说,"我不觉得他会在乎钱。他用周六的半小时为我们表演好几十个戏法,难道只为挣那二十五分钱或半元银币?"

莫里就是那样。只要他想起一件发生在三年、五年、七十年前的事儿,并就此事讨论开来,他就会一直不断地说下去。

"省省吧。"我烦躁地说,"他可能都死半个世纪了。"

"那又怎样？因为他，我俩才遇见的。"

"是，要不是有金子和银子的话，华尔街都垮了。"

"你怎么回事?"他说，"以前你可不会这样。"

"以前我不需要氧气瓶，"我说，"不用每小时跑一趟厕所，也不用拐杖。我以前可不用做如今我在做的好多事情。"

"怪老头子。"他咕哝道，"你真是个怪老头子。"

"难道你就年轻了?"我说，"我记得你的生日蛋糕上似乎插了九十根蜡烛，差点儿把该死的房子给点了。"

"够了，内特。"他说，"这些年可是咱们的黄金年代，别这么尖酸刻薄。"

"我的黄金年代在二十五年前，之后一切都每况愈下。"

"你觉得自己是唯一变老的人吗?"他问道，"有个月我甚至没法儿从轮椅里爬上我那该死的床——但我可没有无所事事、混吃等死!"

于是我又开始聆听他每日一次的长篇大论了——我们不应在生命的盛宴中袖手旁观，而应积极地参与进去。如往常一样，一想到他坐着轮椅、我带着金属屁股和氧气瓶去参加活动的场景，我就得努力克制住自己的笑意。我的意思是，真见鬼，一半的时间里，他的手痛得连棋盘上的棋子都移动不了，还说什么积极参与。而在越来越多的日子里，我好想一把将氧气瓶丢到窗外去，结束这一切。

同往常一样，过了一会儿他平静下来，接着我俩便开始讨论如果身在《墓碑》一片中，更想让谁来保护自己:约翰·韦恩[1]还是加里·库珀[2]? 可能克林特·伊斯特伍德[3]比他俩都好，但由于他还是个年轻的孩子，所以我俩从未考虑过他。

①约翰·韦恩(1907～1979)，美国男演员，经常出演硬汉形象。

②加里·库珀(1901～1961)，美国男演员，经常出演硬汉形象。

③克林特·伊斯特伍德(1930～　)，美国电影导演和演员。

"对不起,我刚刚发脾气了。"莫里说。他总这样说,而且态度诚恳。这并不是他的错,关节炎总是让他满腔怒火,他需要不时地发泄一下。

"没事。"我说。

"谢谢。"

"应该的。"我继续说,"如果我早知道这种痛苦将伴随着你的生活,或许多年以前我就让阿拉斯泰尔·巴弗把你变成一只角蜥了。"

"那我至少可以跟他一起巡回各地,进行演出。而对西尔维娅来说,度假就是去埃文斯顿购物。"

"他才不会巡回演出呢。"我说,"他一直在那儿。"

"我真想知道他是否还在那儿?"

"得了吧,莫里,咱们以前去的时候他都不算年轻了。他现在应该都,我不知道,一百二十五或一百三十岁了吧。"

"我知道,我知道。"他说,"但我还是想知道那家店是否还在?"

"在过了七十五年之后?"我问。

"有次咱们路过时,还跟他讲我们准备做些生意呢,你还记得吗?"莫里说。

"好吧,七十二年前它还开着。但那也没多大差别呀。"

"内特,我的余生都将在这该死的大楼里度过,我希望最后再出去一次。"

"那去吧。"

"而阿拉斯泰尔·巴弗的奇迹商店是我最想再去看看的地方。"

"我还想再看看贝比·鲁斯对战小熊队时做的'全垒打预告'[①]

①1932年的世界大赛上,棒球运动员贝比·鲁斯在第三战的第三个打席摆出了一个伸手指的姿势,手指指向中外野的露天看台,很明显地预告他就是要将球击向那个方向,而且他真的把球打到他所指的地方。后来许多记者在新闻中写下:鲁斯做到了他的"全垒打预告"。

呢。"我说，"咱俩都注定会失望的。"

"贝比·鲁斯早已入土为安了。但那家店可能还开着，或许已经交给阿拉斯泰尔的儿子或孙子经营着呢？你的冒险精神哪儿去了？"

"我是个只剩一叶肺、一瓣屁股的九十二岁老头子。"我答道，"对我来说，每天早上起床都是一场冒险。"

"总之，我要去。"他说，"如果再等上一个星期，我就可能再也没法儿离开这该死的轮椅了，所以我决定明天早上就出发。"

"寻找一家可能六十年前或更早就已停业的店？"我说，"你找不到的，莫里。"

"也说不定阿拉斯泰尔·巴弗的店就在等着我去找它呢！"

这时护士们走了过来，检查了一下我俩的身体状况，等她们离开之后，我俩在电视上看了一场格斗比赛。现在的比赛跟凡尔赛·加涅[1]和斯特朗勒·刘易斯[2]时期的可大不一样了。没人再使抱摔这一招。他们操起桌椅就打，还总会有双方选手以外的人冲进场内，打晕他下周的对手。不一会儿我就厌倦了，我总是这样，然后便上床睡了。

我醒来的时候，以为莫里已把去城中寻找魔术店的愚蠢计划抛诸脑后了，但他却刮好了胡子，整装待发。他见我醒来，就摇着轮椅来到我的床边。

"乡下佬，你介意我带上几片你的扑热息痛片吗？以防万一。"

"当然不介意，拿去吧。"我说着，轻轻把脚放到地板上，"哦，该死的。咱们最好把整瓶都带上。"

"咱们？"他重复了一遍。

---

①凡尔赛·加涅(1926~2015)，美国摔跤手。

②斯特朗勒·刘易斯(1891~1966)，美国摔跤手。

"你不会以为我会让你自己去吧?"

"我真以为你会这么做。"他承认。

"如果我那么做的话,还算什么朋友?"

"爱发牢骚的朋友。"

"我抱怨只是因为我不知道外面的世界到底什么样了?"我说,"或许是时候出去看上最后一眼了。"

"谢谢,内特。"

"顺便问一下,他们会让咱们离开这儿吗?"

"我还真没想过这问题。"他承认。

"那咱们最好现在就开溜,趁他们都在忙着准备早餐和上午的用药。"

他点了点头,吃了片扑热息痛和几颗他自己的止痛药,从轮椅上站了起来。

"这儿。"我说着,把自己的拐杖递给他,又从橱柜里把备用拐杖拿了出来,"咱们从后面的楼梯下去,再往外面的小巷走。他们应该都在公寓前边工作。"

我俩依计而行,并取得成功。

"究竟怎么才能从这儿走到地铁站去?"我们走到一个墙角时,莫里问道。

"不知道。"我承认,"我想我们已经出来得够远了,都该走到轻轨站了。"

"可我没看到任何轻轨站或轨道。"他边说边环顾四周。

"我也没看见任何像是地铁站的地方。"我说。

"那我们该怎么办?"莫里问,"我是不会才走了半个街区就回去的。"

我伸手从口袋里掏出一个破旧的皮钱夹。"咱们还会出来几次呢?"我说,"省下这些钱有什么用?"

他咧嘴笑了起来,然后招手喊了一辆出租车。我们花了好几分钟才坐进车里去——我们都不如以前灵活啦——但最终还是坐好了。我们让看上去一点儿都不像本地人的司机载我们到帕尔默豪斯酒店去。

"你确定不想先在哪儿停下来吃点儿早餐?"当车穿过近北区时,我问莫里。

"帕尔默豪斯酒店还在营业呢。"莫里说,"不然司机一定会问那是哪儿,或问我们到底在说什么。如果芝加哥最高级的酒店尚在营业的话,店里怎么着也有一两间餐厅吧。"

"对呀,说得有理。"我同意。

"那样的话,就算阿拉斯泰尔的店已经不在了,这趟短途旅行也不算白来。"

"啊,得了吧,莫里。我很高兴还能最后再看一眼这座城市,但你不会真的认为那家店还在吧?"

"就算它不在了,那儿也是金子和银子最初相遇并成为终生拍档的地方。"他说,"临终前再去一切开始的地方看看,有何不对?"

"该死,如果你昨晚就这么说,咱们就不用吵架啦。"

"得了吧,内特。"他说,"我俩总是吵架。"他突然笑了笑,"或许就是争吵把我俩绑在一起的吧。我们从不承认对方比自己更好。"

我没有回答,但我有种感觉,他是对的。

交通越来越拥堵,市中心堵,卢普区也堵,我们的车一路爬行,每分钟只能走一个街区,还得是在一路绿灯的情况下,否则情况还要更糟。不过,我们最终还是在帕尔默豪斯酒店大门口停了下来。我老眼昏花到没法看清计价器了,于是我把钱一张张地塞给司机,当他笑得有点过分的时候,我把最后一张钞票收了回来,然后我俩便一瘸一拐地走进了酒店。

"没怎么变嘛。"我说。

"看那些镀金的地方，"莫里说，"和七十五年前一样闪亮。"

"你知道的。"我说，"我发誓我还记得那张大皮椅。"

"我也记得。"他说，"我开始有点激动了。魔术店或许还在这儿！"

"只有一个办法能找到答案。"我指着扶梯说。

我俩等到没人用的时候才走上扶梯——就算是在状态较好的日子里，我俩走起路来也脚步蹒跚——然后扶梯把我俩带到了夹层。

"往右走。"莫里说。

"我知道。"

我们经过一排主要售卖珠宝和女装的店铺，然后来到这家店前，但它已经不是阿拉斯泰尔·巴弗的奇迹商店了。橱窗里陈列着二十双女鞋，店里陈列得更多，有上百双。

"请问要买点儿什么吗？"当我俩站在门口凝视着店里的一切——不是眼前的，而是过去曾在这儿的一切时，一位穿着考究的年轻女售货员问道。

"不，谢谢。"我说。

"如果你们在找正装店的话，它搬到楼下的购物中心去了。"

"正装？"莫里说。

"大约六年前搬走的。"

"要是你知道这里曾是家怎样的店，一定会大吃一惊的。"他伤感地答道，然后对我说，"咱们走吧。"

"你还撑得住吗？"快到扶梯时，我问。

"还好。"他说，又接着道："我真是个愚蠢的老头子。至少，现在我明确知晓它已不在了。"

"太遗憾了。"我说,"原本能看上一场半小时的小型魔术秀的。"

我们搭乘扶梯来到一层,这时莫里已经痛得不得不坐下歇会儿了。他很自然地选择了那张大皮椅,这意味着一会儿我很可能需要帮助才能把他从皮椅里拉出来。

他吃了几片止痛药,痛得面部都皱成了一团,然后让我拉他起来。但我已经喘不过气来了,不得不一边不断吸氧,一边向一位白发苍苍的保安求助。

"谢谢。"我们把他拉起来后,莫里说。

"很高兴能为您服务。"保安说,"需要我为你们指路吗?"

"我怀疑你是否知道我们想去的地方。"我说,"我们在找一家可能五六十年前就已停业的店铺。"

"这真是个愚蠢的想法。"莫里说,"都是我的错。"

"你们在找哪家店呢?"

"没用的。"莫里说,"它不在这儿。"

"店铺总是挪地方。说不定我能帮到你们。"

"这家店在时,恐怕你都还没出生。"我说。

"都这么多年了,你俩还回这儿来。它一定是间很特别的店铺。"保安说。

"没错。"莫里说,"我俩是在这家小魔术店里认识的。"

"是个名字古怪的家伙开的?"保安问道。

"阿拉斯泰尔·巴弗。"莫里说。

"就是这个名字。"

"你听说过?"莫里急切地问,"这附近有它的照片吗?"

"一张照片你就满足啦? 你可以直接去店里啊。"

"它还在营业?"我难以置信地问道。

"是啊。那家店经常搬来搬去。最近我听说它搬到卢普区南边的斯泰特大街去了，就在我年轻时经常去看滑稽秀的地方附近。"他微笑着对我俩眨了眨眼，"现在我都是个不修边幅的老东西啦。"

"你确定那是阿拉斯泰尔·巴弗的店？"莫里问。

"你不会忘掉那样一个名字的。"

"谢谢！"莫里握着保安的手说道，"你不会明白这对我有多重要。"

"祝你们玩得愉快。"保安说，"我也时常追忆我的年少时光，尽管那些回忆更可能被一家倒闭的漫画店或是士兵球场①勾起。"

我明白他的意思。那时小熊队总在瑞格里球场打球，一到周末，芝加哥一半的老爸都在士兵球场的停车场教他们的孩子开车。

我俩迈着沉重的步子艰难地走出酒店大门，往斯泰特大街走去。没一会儿，莫里就不得不扶着街灯柱子停了下来。

"内特。"他说，"我本来不想问的，但你剩的钱还够拦辆出租车吗？还有五六个街区才到那儿，我觉得自己没法儿走那么远。"

"嗯，钱还够。你的腿怎么样了？"

"糟糕极了。"他说着，整个身子都往灯柱上靠去。

我拦下一辆黄色出租车——我想市面上已经没有切克尔出租车②了——它载着我们缓慢地向斯泰特大街驶去。莫里几乎一路上都把鼻子紧贴在右窗上。

"该死，内特！"当我们通过以前表演富丽秀③和里亚尔托滑稽

---

①芝加哥一所体育场的名字。从二十世纪二十年代起，芝加哥小熊队就在此比赛。这是现存最古老的体育场之一。

②1958年至1982年间风靡全美国的出租车品牌。

③法国时事秀与美国综艺秀的结合。作为音乐剧发展初期的雏形之一，曾在美国风靡一时。

秀的戏院所在的街区时,他咕哝道,"它不在这儿! 那个老杂种骗了我们!"

"师傅,就在这儿停!"我说。(好吧,这句话我是吼出来的。)

车在我们的尖叫声中停了下来,莫里差点儿就被甩到前座去了。他痛苦地呻吟起来,"到底怎么回事?"他咕哝道。

"你看错边儿啦。"我说。因为阿拉斯泰尔·巴弗的奇迹商店就在对面街道上,在已经歇业了的"菲菲女士快乐宫殿"旁。

"真见鬼!"我给司机付钱时,莫里从出租车里痛苦地爬了出去,"我都不敢相信它真会在这儿。"

出租车扬长而去,能够甩掉这两个老疯子,司机开心极了。随后我俩使劲杵着拐杖,颤颤巍巍地穿过了街道。店铺的橱窗里并没有太多的摆设——只有一些骗孩子的戏法,还有霍迪尼、邓宁杰、布莱克史东①的海报——不过倒也合乎情理。在卢普区南部,你绝不会把任何贵重物品放在橱窗里。尽管这儿的部分街区已经改善很多了,但这里依旧是个"三不管地带"。当然,卢普区并非全都这样,比如这里与舍曼路中国城之间的一些贫民窟已被高级公寓取而代之。

我转过头去看了看莫里,他就像个突然发现了一家糖果店的孩子,睁得圆圆的双眼闪闪发光。

"你准备在这儿站上一整天吗?"我说,"还等什么呢?"

他笑了,然后推开大门,与我一同走进店内。

柜台后面有个男人,他背对着我们。"请先随便看看,先生们。"他说,"我一会儿就来。"

这里比在帕尔默豪斯酒店时的店面要小一些,但有着一样的魔术用品、一样的魔术帽子、一样的魔法杖。我感觉自己仿佛回到

---

①以上三位都是魔术师。

了十一岁,甚至看到莫里的关节炎都明显地好转了。

那人转过身来,我不敢相信地眨了眨眼。他和阿拉斯泰尔·巴弗简直一模一样,就连鼻尖上的小肉疣都是一样的。他一定是巴弗的孙子,也可能是曾孙,但毫无疑问,一定是老巴弗的直系亲属。

"啊!"他说,"金子先生和银子先生。欢迎回来!请原谅我这样说,但时光可没像你们所期望的那样善待你们啊。"

"你认识我们?"莫里说。

"当然啊。你是莫里·金子,而你——"他转向我说,"是内森·银子。能再次见到你们可真好。你俩长大后过得挺好的吧,我猜。"

"我俩现在搭伴儿生活。"莫里说。

"金子和银子,那是当然。"

"你多少岁啦?"我皱着眉问道。

"跟我的舌头一样大,但比我的牙齿大一点。"他见我俩毫无反应,便继续说道,"埃德蒙·格温①在电影《梦幻街奇缘》里说的。他人挺可爱的。他以前每次来芝加哥表演,都会顺道去帕尔默豪斯酒店里那家老店坐坐。"

"你怎么可能还活着,而且看上去跟七十五年前一模一样?"

"我想我应该说,多亏了节食和健康的生活。但事实上,我爱美食,还大量吸食土耳其卷烟,而且讨厌运动。"

"你不会有重返青春的魔法吧?"莫里微笑着问。

"那你可买不起。"巴弗说。

"好吧。"我说,"你到底是谁?"

"我已经告诉你了。"

"我听到你说的了,完全是胡说八道。"我说,"没人能活那么久。"

---

①埃德蒙·格温(1877~1959),美国男演员。

他注视着我，不怒、不恼、目光冰冷，就像在审视一只虫子。我想我该跟他对视，直到他收回目光，但不知怎的，我就是无法面对他的凝视。

"得了吧，内特。"莫里说，"他就是同一个人。我记得他的样子，清楚得就跟昨天一样。"

"是吗？"我说，"那他也不该看着跟昨天一模一样啊。"

"我看到你的口袋里有个钱夹，银子先生。"巴弗说。他看上去被逗乐了——不像是因为可笑的事儿，倒像是因为他把我搞得如此不舒服。"咱们最后一次见面时，你的口袋里也装了东西，还记得是什么吗？"

"当然。"我骗他，"你觉得是什么？"

"一本有趣的平装书。"他说。

听上去是对的。

"那第一次见面的时候呢？"他继续问道。

"我怎么可能记得？"我急躁地说道，因为我知道他会告诉我答案，那便意味着我错了，他确确实实是阿拉斯泰尔·巴弗。

"一根银河牌巧克力棒。"巴弗说，"那天天气十分暖和，我告诉你只能在吃巧克力棒和玩魔术游戏之间选择一样，因为巧克力已经快要融化了，吃的时候会粘在手指上，然后粘到魔术器材上去。"

我盯着他看了一分钟。"该死的。"我最后说，"我居然记得。"

"你居然还活着！"莫里激动地说。

"这家店就是我的生命。"他回答道，"事实上，有好多家店。"他看了看面部肌肉突然紧绷起来的莫里，"我想你最好坐下，金子先生，在你跌倒之前。"他不知从哪儿变了把椅子出来递给莫里。

"谢谢你，巴弗先生。"莫里说，他几乎是瘫倒进椅子里的。

"叫我阿拉斯泰尔。老朋友之间不必那么拘束。咱们可是老朋友呀,从你俩在店里第一次见面算起,已经过去了多久来着?"

我仍在设法找出他的破绽,他怎么可能一百四十岁了还活着,而我又怎么可能无法拆穿他,但莫里立马就回答了他的问题。

"七十八年了。"他说。

"时光如梭啊!"巴弗说,"我发誓我还以为最多只有七十四五年呢。"

我无法分辨他是想跟我们开个玩笑还是认真的。就在我努力分辨的时候,他又开口问道:"那么,今天我能为你俩表演点儿什么呢?"

"我也不知道。"我说,"说真的,我俩真没想到你还在开店。"或者说是还活着。"你能表演什么?"

"什么都行。"他说。

我发现一个四面镶着镜子的魔盒,它看上去是那种会让东西在你眼前消失的道具,而不像传统魔盒,要把东西藏进盒子里,然后才能变得不见。"这个怎么样?"我指着那个盒子说。

他摇了摇头,"我们现在可以干点儿比那更棒的啦,银子先生。"他说,"当你还是孩子的时候,你会被逗孩子的戏法给逗乐,但当你长大成人,你所渴求的就不再是一时的消遣了,对吧?"

"我所渴求的和我所能得到的可不一样。"我挖苦道,"莫里,这是你的主意。你想看什么戏法?"

"我把选择权留给巴弗先……留给阿拉斯泰尔。"莫里说,他的手指突然开始抽搐起来,当他的关节炎发作严重时就会这样。

"戏法是变给孩子看的。"巴弗说,"你们已经过了看戏法的年纪。"他停顿了一下,"我想今天该为你俩展示些成年人的奇迹啦。"他转过身去,用目光搜索着身后的货架。尽管屋内其他地方都十分敞亮,但货架最上层却笼罩在黑暗之中。往下一层的货架上放着一套三个的微缩人头：其中一个伸出舌头对我做了个鬼脸，另外一个则对着我咯咯笑。货架上还有一张不足一英尺长的迷你乒乓球桌，配了一副微型球拍和跟蜜蜂差不多大的乒乓球；当我注视着它时，两个球拍突然开始猛烈地对抗起来。我还看见一根拐杖糖，一会儿变成条蛇，一会儿变成支箭，然后又变回一根拐杖糖。"塞西尔·戴米尔①拍《十诫》之前该到我店里来瞧瞧的。"巴弗说着，举起了拐杖糖，"这可比查尔顿·赫斯顿用的那根无聊的道具棒子有意思多了。"只见它逐渐变成一条腰带，然后又变回一根拐杖糖，最后被放回了货架上。

"它还能变成什么？"莫里问道。他的眼睛瞪得老大，跟七十八年前一样充满了渴望。

"派对上的小戏法罢了。"巴弗轻蔑地说，"没有适合大人的。"他走到柜台尽头，拿了个小罐子过来，把它放到靠近莫里的柜台上。

"这是什么？"我问。

"如果我没猜错的话——当然我很少猜错——你们前几天刚讨论过它。"巴弗回答。

"天哪！"莫里大喊起来，"快看，内特！"

我走过去，往瓶里看去。

"是他，内特！"莫里兴奋地说，"他又在做'全垒打预告'了，就跟他在1932年的世界职业棒球大赛上做的一样！"

只见约莫半英寸高的贝比正面向球迷指出自己即将把球击向哪个垒位。这一切竟还不是静态的。游击手不停地捶着自己的手套，而裁判员正示意鲁斯停止指示，立刻就位。

我抬起头来看着巴弗，"你怎么做到的？"我问。

①塞西尔·戴米尔(1881～1959)，美国导演、制作人。

他看上去又被逗乐了，而我再次感到自己像只虫子。"用镜子。"

"这是什么鬼答案？"我追问道。

"就你付的钱而言，能得到这个答案已经很值啦。"

我掏出五美元摞到柜台上。

"好了。"我说，"现在能告诉我你是怎么做到的了吧？"

"对不起，银子先生。"他答道，"我从不对同一问题做两次回答。"他把钞票推回我面前。

"你还有什么魔术？"莫里问。

"还有好多呢。"巴弗说，"好了，现在我们来看看莫里·金子的收藏品在哪儿呀？啊！"他伸手到一个高点儿的货架上抓了一叠乐谱下来，然后拿给我们看，"你从未谱写过的那首歌。"之后又拿来一本书，"你从未撰写过的那本小说。"接着又展示了一张小男孩的照片，这时无限的哀伤划过了他的脸庞，"你从未拥有过的那个孙子。"

"他看上去可真像马克。"莫里说，马克是他那丧生在越南的儿子，"他是谁？"

"我刚刚已经告诉你了。"

"但我没有孙子。"

"我知道。"巴弗说，"所以这幅照片当然并不存在。"他朝照片吹了口气，照片便消失在了我们眼前。

"我还以为你今天不会给我们变戏法。"我说。

"我确实没有。"他答道，"戏法是变给孩子看的。"

"那么，你把刚刚为我俩展示的一切称作什么？"

他指着那一套三个的晦暗玻璃罐说道："希望，梦想，遗憾。"

"说真的，你是怎么做到的？"我锲而不舍地问道。

"说真的？"他重复道，然后挑起一条眉毛看着我，目光似乎穿透我，触碰到了我内心深处谁也不曾触及的角落，"准备两条好心而又平凡的生命，把一切'可能发生的事'与'从未发生的事'拌入其中，再以年轻时的乐观向上、成熟时的愤世嫉俗及年老后的悲观厌世调味，加入一勺成功和一杯失败，以逝去的激情加热烤箱，最后撒上一丁点儿智慧，就成啦。"他笑了笑，似乎对自己的解释相当满意，"屡试不爽。"

听上去就像推销员忽悠人的那一套，但我看得出莫里把每个字都听到心里去了。他双眼发光，脸色泛红，仿佛又回到了十一岁，阿拉斯泰尔说的每一个字都能将他牢牢吸引住。

"我并不想打扰你们的雅兴。"巴弗说，"不过现在快到喂食班曦女妖和蛇发女妖的时候了。"

"我们能看看她们吗?"莫里问。

"也许可以吧。"巴弗说，"但我相信你们会觉得她们就是猫而已。"

"对所有人都一样?"我若有所指。

"见仁见智，取决于他们是否能透过现象看本质。"

"你总能这么快就给出一个圆滑的答案吗?"我问，这么多年后仍然弄不明白这一切，这让我有点儿气恼。我的大脑不断跟我说这一切都是假象，但却有别的什么一直在我耳边小声说这就是魔法。

"不能，银子先生。"他答道，"不过，你也不是总能这么快就提出一个刻薄的问题。"

"在某些圈子里，刻薄被看作智慧的象征。"我辩驳道。

"那些不算什么圈子，银子先生。"巴弗说，"你只不过身在其中，看不见那些所谓圈子的棱角罢了。"

这时莫里突然呻吟起来。我转过身去，只见他已痛得全身扭曲。我从他的口袋里掏出几片药,喂到他的嘴里。

等过了一分钟,我问:“好些没有?”

他的脸痛苦地皱成了一团,“没好多少。这次可真痛啊,内特。”

“我带你回家。”我说。

“好,你最好这么做。”

阿拉斯泰尔·巴弗突然出现在我俩和大门之间。“我只想说,能够再次见到两个老朋友可真是件开心事。”他说,“希望以后还能再见。”

“可别抱希望。”我冷酷地说,“我想这是我俩在这世上的最后一趟旅行了,尽管也不过如此。”

“至少让我握握你们的手,为你俩送别。”他说着,一把抓住我的手,然后转向莫里,“还有你,金子先生。”

莫里看上去怕得要命——他最讨厌别人在他疼痛不堪的时候碰他——我上前一步,准备阻止巴弗拉他的手。但巴弗把我轻轻地推开了——我说“轻轻地”,是因为他似乎完全没有用力,但我有种感觉,他只用一丁点儿力就能推开一头大象——然后他对着莫里笑了笑。

“别怕,金子先生。我会很小心的。”

他伸出手,把莫里那不停抽搐的、皱巴而又消瘦的手放进自己手里。我曾见护士那么做过:莫里总会尖叫起来,而且往往是护士的动作只做了一半他就会晕过去。但这次他没大吼大叫,也没晕倒,甚至连哼都没哼一声。他只是表情怪异地盯着巴弗的脸,就跟他第一次观看魔术秀时一样,世界那么年轻,充满着无限希望。

我扶着他来到街上,叫了一辆出租车。当我转身准备协助他坐进后座时,我发现他竟然站得笔直,还没有用拐杖。他抬起手,一遍又一遍地活动每一根手指,好像不敢相信眼前的景象。

我有好多问题想问阿拉斯泰尔·巴弗,但突然听到锁门的声音,等回过头去,只见店前已经挂起了"午休中"的告示牌。

发生在莫里身上的转变简直让人难以置信。当晚他就没吃止痛效果最强的那两剂药了,而第二天他竟洗了一副扑克牌——要知道他已经好多年都没法洗牌了。医生称这近乎奇迹,关节炎有时确实能够好转,但不可能好得如此迅速、如此彻底。莫里礼貌地听着医生说话,但当我俩单独在一起时,他告诉我他觉得这毫无疑问是阿拉斯泰尔·巴弗的功劳。

他把一些债券兑换成了现金,虽然我不懂他存下这些是为了什么。第二周我们又去了奇迹商店。

"欢迎回来,我曾经年轻的朋友们。"巴弗在我俩进店时说道,"这次我该给两位绅士表演点儿什么呢?"

"随你。"莫里答道。

"让我想想。"巴弗说,"啊!我有个好东西!"他走进后屋,过了一会儿拿了个东西出来,那是一只关在笼子里的实验室小白鼠,但那个笼子完全可以装进一只六十磅重的大狗。

"海王星自旋魔。"他宣布道,"就算不是银河系,也是太阳系里最稀有的生物。"

"它当然是。"我无语地说。

"你不相信?"他的语气让我觉得他像一只正在逗弄食物的猫,而我就是他的食物。

"当然不信。"

"啊,你这个多疑的人哪,什么让你这般疑惑?"

"你是说,除了它的外表之外?"我问,"它能呼吸吗?"

"当然能。"巴弗答道,"为什么这么问,银子先生?"

"因为海王星是颗气体巨星,根本没有氧气。"

巴弗看上去似乎真的很吃惊,"真的吗?"

"真的。"我说。

他耸了耸肩,"唔,他们说是海王星来的,但我猜它更可能来自北河三①星系的第四行星。"

"得了吧。"我说,"它就是只小白耗子,来自街头的宠物店。"

"那就算是吧,银子先生。"巴弗说。突然他朝笼子俯下身去,说了声:"卜!"

转眼之间,那只老鼠就变成了个重约五十磅的黄褐色动物,它咆哮着不停地转圈,还不断拍打着它那双发育不全的翅膀。

"这究竟是什么鬼东西?"我问。

"我已经告诉你了。"巴弗得意地笑着回答,"你生活在一个不断变化的宇宙中,银子先生。你一定从没想过万事万物随时随地都在发生着改变吧。"

他举起自旋魔让莫里看了看,然后把笼子提回了后屋。

"这个人已经快疯了,太危险了。"我低声对莫里说,"咱们赶紧离开这儿吧。"

"要走你自己走。"他答道,"他是奇迹工作者,我还需要一个奇迹。我不走。"

我知道与他争论毫无意义,于是只好干坐在那儿,盯着墙上挂着的部落死人脸面具看,并试着忽略它在对着我咧嘴笑的感觉。

"你今天看上去好多了,金子先生。"巴弗回来后说,"看到你的状态并非总是那么差,我真高兴。"

"直到遇见你我才好起来的。"莫里说。

---

①恒星名,即双子座β星,意思是"拳术师"。

"你这样想可真让我受宠若惊啊。"巴弗说,"但我不过是个开店的罢了。那么,既然我已经展示了今天的奇迹,我该卖个什么魔术给你呢?"

"我的右眼看不见了。"莫里说,"青光眼,还是老年黄斑变性来着?我不知道。就是一大堆毫无意义的长单词。治好我的眼睛吧,就像你治好我的关节炎一样。"

巴弗笑了,"你想要一个上帝。"他说,"而我只是个开店的。"

"我想要一个奇迹,你做的是奇迹生意。"

"我做的是魔术生意。"

"一样的。"莫里坚持。

"要点儿别的戏法吧。"我说,莫里那虔诚的样子让我有些生气,"我打赌他能让一个瞎子变成个瘸子。"

"这么刻薄可不像你呀,银子先生。"巴弗从自己的口袋里摸出一个小罐子递给莫里,罐子里似乎装满了粉末,"今晚往一杯水里放一小撮,然后用水来抹眼睛。它能减轻疼痛。"

"我的眼睛又不痛。"莫里答道,"是看不到了。"

"我并不是医生。"巴弗抱歉地说,"这是我唯一懂得的眼睛幻术。"

莫里带着粉末回了家,然后用它抹了眼睛——第二天早上他就能看见东西了。

莫里把他所有的投资都兑换成了现金——那也没有多少——然后开始每隔几天便往奇迹商店跑。有时我会跟他一块儿去;而有时,当我实在忍受不了他崇拜巴弗的那副嘴脸时,他就会独自去。他开始每天清晨都做俯卧撑和仰卧起坐,每天晚上都精力充沛地花很长时间散步。过去我俩想将小熊队有史以来最好的队员做个汇编,他却常常忘记盖尔·赛尔[1]和华特·培顿[2]在比赛中是打同一个位置的,他还曾以为锡得·拉克曼[3]是拉克·锡得的什么人,但如今他的脑子变得特别好使。哈利·杜鲁门[4]在1948年的选举中赢得了多少个州的支持?迈克尔·乔丹第一赛季时的平均分是多少?罗斯玛丽·克鲁尼[5]什么时候获得的第一张金唱片[6]?他全都知道。

阿拉斯泰尔·巴弗从未主动提出卖戏法给我,我也从未主动买过。虽然莫里不断鼓励我买,但我认为自己花了九十多年才累积了一身病痛,这是我应得的。但这么想是一回事儿,看着莫里一天天变得越来越强壮、越来越健康的感觉又是另一回事儿。一直以来,我都是块头更大、更强壮的那个,而现在,有生以来第一次,我无法跟上他的脚步了。我的意思是,该死的,他连头发都变浓密了。第一次有人问他是不是我的儿子时,我唯一能做的便是尽量控制自己不举起拐杖打他俩。

然后,有一天,他离开了。我以为他是去找巴弗了——这是他唯一会去的地方——但那天晚上他没有回来,他也没打电话回来,于是第二天早上老年公寓便报警说他失踪了。但报警也没什么用,没人发现他的任何踪迹。

但我知道他在哪儿。又过了两天,我如往常一般,从后门出去,走到拐角处叫了一辆出租车。十分钟后,我在斯泰德大街的奇迹商店门口下了车。商店大门紧锁,橱窗空空如也,门前挂了一块

①盖尔·赛尔(1943～　　),棒球运动员。

②华特·培顿(1953～1999),棒球运动员。

③锡得·拉克曼(1916～1998),橄榄球运动员。

④哈利·杜鲁门(1884～1972),第33任美国总统。

⑤罗斯玛丽·克鲁尼(1928～2002),美国女歌手。

⑥奖给唱片销售总额已逾一百万张的歌星或演唱小组的金制纪念唱片。

告示牌："迁至新址"。但上面并没提到新店的地址。

我试图在黄页里查找。不过运气不佳，没有找到。然后又试了试白页。该死的，如果还有紫页或是褐页，我一定也会试试看的。接下来的两周时间里，我都在那个区域游荡，询问每一个我遇见的人是否知道阿拉斯泰尔·巴弗的奇迹商店搬到哪里去了。他们最初都彬彬有礼，但很快看我的眼神就变得像在看当地的疯子一般，再后来一看到我向他们走去，便立马转身快步离开。

我又在赫克托·麦克弗森老年公寓待了七个多月。由于我的公寓有两个卧室，所以他们一直想要给我安排一个新室友，但金子和银子在他俩出生前就是最佳搭档了，我没法儿适应一个新搭档。

然后，该来的还是来了。医生顾左右而言他了半天，最后支支吾吾地告诉我，癌症在我剩余的那叶肺里复发了。我问还剩多少时间。他小心翼翼地算了几分钟，然后说，少则三周，多则三月。我甚至没有感到悲伤；九十多年已是很漫长的岁月了，我比大多数人都活得久，而且，自莫里离开之后，我的生活已经变得了无生趣。

呼吸和走路变得越来越困难。某天我读到一篇报道，说《卡萨布兰卡》重返大荧幕了，在老城区的一个小影院里放映。影院所在的区域就在卢普区北面几英里，那地方曾聚集过"垮掉的一代"，后来是嬉皮士，再后来是雅皮士。尽管这部电影在电视上已播出过成千上万遍，但这是它近四十年来在大荧幕上的第一次商业亮相。我想：在观看博热和克劳德为友谊勇闯未知之境、与坏人殊死决斗时离开人世——还有比这更好的死法吗？那情景简直就跟我和莫里还是孩子时做的白日梦一模一样啊。

我开始沉迷于研究自己怎么死、在哪儿死。我又等了些日子，才有了勉强爬下楼梯的力气，然后便趁护士和看护都在干其他活儿的时候从正门走了出去，等待我用电话预订的出租车来接我。

（这天寒地冻的，我可不确定自己是否有力气站在这儿拦出租车。）

我把影院的地址给了司机，十五分钟后，他便把我载到了目的地。我给了他二十块钱，把剩下的一张十块、一张二十块塞进衬衣口袋中。十块是电影票的价钱，二十块是为了有备无患——要是我没死成，还得再打车回去呢。我向售票窗口走去。到了之后，我停下来打量四周，准备看这世界最后一眼。

结果我看见，在一家老式蔬果铺和小型五金店之间，安然伫立着阿拉斯泰尔·巴弗的奇迹商店。我穿过街道，透过橱窗往内窥视。它看起来与上家店一模一样。我在门前斟酌了半晌，最后还是推门走了进去。

"银子先生。"巴弗说，他看见我来毫不吃惊，"什么事把你给耽误了？"

"生活。"我气喘吁吁地答道。

"生活确实会拖慢人的脚步。"他同意我的说法，但他的语气听上去并不沉重，反倒带着点儿同情的意味，"啊，快进来，别冻着了。有人在等你呢。"

"莫里？"

他点了点头，"我曾怀疑你不会再来了，但他跟我保证你总有一天会出现的。"

一个看着很眼熟的小男孩从店铺后方走了进来。他对着我微微一笑，我知道这正是我见过千万次的那个微笑。

"莫里？"我问，有些吃惊，还有些恐惧。

"嗨，内特。"他说，"我就知道你会来。"

"你到底怎么了？"

"我在这里工作。"他说，"全职的。"

"但你本来是个老人！"

"你知道的,人们都说,"他答道,"你感觉自己有多大,你就有多大。而我,觉得自己只有十二岁三个月零二十二天。"他又笑了笑,"和咱俩相遇的那天一样大。而现在,咱俩又相遇啦。"

"长话短说。"我准备告诉他癌症的事,"上周我得到了坏消息。"

"上周的消息已经不算新闻啦。"莫里不以为意地说。

"我得去给来自天津四①的蜘蛛猫喂食了。"巴弗大声说,"我让你们两个老朋友单独待会儿吧。"

我凝视着莫里,"你还没懂我在说什么吗?我的另一叶肺里也出现了癌细胞。他们说我最多只能活三个月啦。"

"你为什么不问问阿拉斯泰尔能够给你什么呢?"

"你想说什么?"

"看看我,内特。"他说,"我不是幻觉。我现在十二岁大。是他把我变成这样的,他也可以让你变成这样。我已经请他为你预留了一个职位。"

"一个职位?"我皱着眉重复道。

"一个终生职位。"他意味深长地说,"而在这里,没人知道终生有多长。看看他。你知道吗?他曾亲眼看见乔治·华盛顿骑马经过。"

"你最好祈祷他是在撒谎,莫里。"我说。

"你想说什么?"他疑惑地问道。

"难道你还不明白你得为他工作多久吗?"

"你说得我好像是个奴隶似的。"他抱怨道,"我喜欢在这里工作,他教会了我很多事情。"

"教会你什么?"

---

① 天鹅座主星,全天第19亮星,距地球2 640光年。

"就是你所谓的'戏法',当然事实上它们并不是。"

"你最好跟我回去,莫里。"

"为了能腐烂在轮椅上并且慢慢变瞎?"他反击道,"为了忍着火烧一样的疼痛捡一支铅笔？ 只要留在这儿,我就能永远保持健康!"

"你到底知不知道永远是多久?"我也回击道,"你连合同中的条款都没看就签字了吗？ 要多久你才能还清欠他的债？ 你什么时候才能重获自由离开这里？"

"我不想离开!"他几乎吼了起来,"外面除了疼痛和伤害,还有什么?"

"所有的一切都在外面!"我答道,"疼痛和伤害只是其中的一小部分。它们是咱们为了享受美好事物所付出的代价。"

"对咱们这种体弱多病的老人来说,美好的事物已成为过眼云烟。"莫里说,"你不该劝我离开这里,但我应该劝你加入我们。"

"这感觉像是在欺骗,莫里。倘若真有上帝,我很快就要去见他了,而且我打算问心无愧地去见他。我俩从未在生意上骗过谁,我也没欺骗过我的妻子们,而现在,我也不准备欺骗。"

"你对这事的看法完全是错的。"他坚持道,"如果你不跟我待在一起,你就是在欺骗你自己。"他停顿了一下,"我不知道他能将这个职位保留多长时间,内特。我并不认为他有多喜欢你。"

"没那个职位我也可以活下去。"

"该死的,内特! 你就剩一叶肺了,而它现在还得了癌症! 你不可能靠它活下去! 什么都不能让你活下去了。来吧,趁现在还有机会。咱们就可以再次成为金子和银子,再次一生一世在一起。"

"我这一生都还没走完哪。"我说,"也许我只剩下三个月的寿命了。也许还会有新的化疗或别的什么疗法被研发出来。生命就是一场冒险，莫里。至今为止，我一直遵守着游戏规则，现在也不打算改变什么。"

"就算他们治好了你又有什么用？"他说，"再让你活八个月？而巴弗可以给你八十年。"

就在此时，巴弗从店铺前面走了进来。"我想金子先生已经告诉你关于职位的事了？"他说。

"你不会想要一个体弱多病的老人。"我说。

"那倒是。"他答道，"一个体弱多病的老人对我而言百无一用。"他顿了顿说，"但我可以一直雇用身强体壮的年轻人。"

"愿你能够幸运地找到合适的人选。"我说，"但不会是我。而现在，我想我该回去了。"

"不要你的戏法了吗？"巴弗问。

"我不得不放弃它了。"我说，"我只剩下去街对面看电影然后打车回家的钱了。"

"那么你可以先欠着。"他把手伸向空中，变了朵红玫瑰出来，然后把花递给了我，"小心有刺。"他提醒道。

"我第一次去你店里就见你变这个魔术。"我说。

"不，银子先生。"他说，"每次都是不一样的。闻闻花香。"

"闻不了。"我指着氧气罩说。

我还没来得及阻止他，他就一把将我的氧气罩抓起来扔进了废纸篓里，"我们这儿不允许有氧气存在，银子先生。它太易燃了。"

我已做好了攫住自己喉咙开始大口喘气的准备，但除了深呼吸一下以外，什么都没有发生。感觉还不错。该死，感觉太棒了！

"那么，玫瑰香味如何？"

我把玫瑰凑到鼻子跟前。"真美！"我惊叹道。

"你下次来时可欠我一美元啊。"

"内特,"莫里说,"你确定不留下来?"

"我做不到。"我说,"你确定不离开吗?"

他摇了摇头。

我不知道该跟他握手还是拥抱,于是只是凝视着他,最后一次把他的样子刻在自己脑海里,然后出门离开。

两天后我的治疗开始了。医生给我验了血,测了血压,做了CAT和X光扫描等系列检查,然后让我坐在那儿等,一等就是好几个小时。最后治疗小组的头儿出来告诉我,他们最初的诊断出了错,我根本没得癌症。

第二天早上我打车去奇迹商店想要把欠巴弗的一美元给他,结果橱窗上挂着一块告示牌:"迁至新址"。

我不断寻找。不是为了接受他提供的职位,只是为了把欠他的钱还给他,也或许是为了再见莫里一面吧,看看他过得好不好。我听说巴弗在城中罗杰斯公园附近的摩斯大街上开了家店,但当我赶到那儿时,他已再次搬走了。

有人告诉我海德公园附近的大学区里新开了家魔术店,但或许当我决定亲自去一趟时,它又会在我出发前搬走。我觉得他不想让我找到他,也许是害怕我改变主意。至于我呢,面对一个愉快地出卖自己灵魂的人和一个收买他灵魂的人——我也不知该说些什么了。

不过,我愿付出生命所剩的几个月时间,只为再看一眼阿拉斯泰尔·巴弗的奇迹商店。

（冯南希 译）

**图书在版编目（CIP）数据**

放轻松　慢慢养 / 姚莉，赵兮著 . — 长沙：湖南
教育出版社，2020.2
ISBN 978-7-5539-7339-5

Ⅰ . ①放… 　Ⅱ . ①姚… ②赵… 　Ⅲ . ①家庭教育
Ⅳ . ① G78

中国版本图书馆 CIP 数据核字（2020）第 009765 号

Fang Qingsong　Manman Yang

| | |
|---|---|
| 书　　名 | 放轻松 慢慢养 |
| 作　　者 | 姚 莉 赵 兮 |
| 责任编辑 | 张件元 |
| 特约编辑 | 贺 天 |
| 插　　画 | 赵 兮 |
| 封面设计 | 主语设计 |
| 出版发行 | 湖南教育出版社（长沙市韶山北路 443 号） |
| 网　　址 | www.bakclass.com |
| 微 信 号 | 贝壳网教育平台 |
| 客服电话 | 0731-85486979 |
| 经　　销 | 新华书店 |
| 印刷装订 | 天津旭丰源印刷有限公司 |
| 开　　本 | 880 mm×1230 mm　32 开 |
| 印　　张 | 6.25 |
| 字　　数 | 140 000 |
| 版　　次 | 2020 年 4 月第 1 版 |
| 印　　次 | 2020 年 4 月第 1 次印刷 |
| 书　　号 | ISBN 978-7-5539-7339-5 |
| 定　　价 | 38.80 元 |